Para Fernando Burgos,
gran heredero de Iván
Schulman y la
tradición florida;
a nombre del
futuro, este libro
del XXI.

Providence,
febrero 99

antología del cuento latinoamericano del siglo xxi

las horas y las hordas

*

julio ortega
(compilador)

maría fernanda lander
(asistente editorial)

siglo
veintiuno
editores

siglo veintiuno editores, s.a. de c.v.
CERRO DEL AGUA 248, DELEGACIÓN COYOACÁN, 04310 MÉXICO, D.F.

siglo veintiuno de españa editores, s.a.
CALLE PLAZA 5, 28043 MADRID, ESPAÑA

portada de germán montalvo

primera edición, 1997
© siglo xxi editores, s.a. de c.v.
isbn 968-23-2081-X

ÍNDICE

PRÓLOGO

Esta antología parte de una convicción: el futuro está ya aquí, y se adelanta y precipita en algunos textos recientes que abren los escenarios donde empezamos a leer lo que seremos. No se trata del mero futurismo tecnológico, que es un cálculo de posibilidades, sino de una sensibilidad fin de siglo que da cuenta de las nuevas subjetividades, inquietadas de futuridad. Esa persuasión de futuro es lo que quisiera documentar en esta selección de relatos; pero en lugar de un repertorio temático he tratado de proponer la diversa textura de sus proyecciones y prospecciones.

Demasiadas veces se ha tipificado, y no pocas veces estereotipado, el peso y el gravamen del pasado en la cultura latinoamericana. No se puede descontar, sin embargo, la recurrencia de la generosa visión utopista, entrañable a la versión moderna y propia de una América Latina debida a las sumas del porvenir y la racionalidad de las reformas; este horizonte de virtualidad (poscolonial, novomundista, revolucionario, pluralista) ha sido cooptado muchas veces por la política faccionalista, pero es una memoria cultural que sería un derroche borrar. Esta vocación de concurrencia se ha pensado como una de las grandes articulaciones virtuales: la democracia participatoria, la heterogeneidad cultural, la modernidad popular. Por eso, a la hora de los balances es bueno reconocer que al igual que la pregunta por los orígenes ha animado a la autorreflexión latinoamericana la idea emancipatoria de que una historia más plena está por hacerse y una nacionalidad más democrática por construirse. Esa proyección de futuro se tradujo en modelos de representación y en programas de reforma; esto es, en una cultura política de virtualidades, de fundaciones y recomienzos. Esa memoria del futuro cuaja, por lo menos, en las grandes novelas de los años sesenta y setenta; en las artes que suman la historia cultural a la vanguardia; en las artesanías de la migración; en el discurso de la sociedad civil y sus agencias de negociación y redes de rearticulación.

Nunca ha sido más cierto que hoy el dictamen de que conocer la historia es concebir el futuro. La cultura política ha cambiado de repertorios y de agentes, pero su demanda mayor sigue siendo por un horizonte de concurrencia futura; es decir, por el proyecto de una democratización no por minimalista menos radical. Las prácticas son ahora transfronterizas: suponen el mapa de las migraciones, literales y figurativas; el entrecruce de bordes y límites en toda dirección; así como la fuerza descentradora de los discursos que transgreden el Archivo y el mercado, tanto la normatividad como el consumo inconsecuente. Si el pasado se reescribe en la perspectiva del presente, la crisis de la temporalidad es nuestra forma de recordar y convocar.

Visto desde aquí, el futuro se nos aparece como una temporalidad conflictiva cuya documentación factual (demográfica, económica, educacional, urbana, ocupacional) declara, en efecto, un abismo entre la sociedad moderna y las masas de excluidos; tanto como una relación inversa entre población y recursos y entre tecnologías y población educada. Si para el año 2025 Estados Unidos crece en un 25% pero México en un 88%, quiere decir que el mapa de las fronteras habrá producido otra geografía humana y, seguramente, otro lenguaje. Y aun si el gobierno norteamericano ha utilizado el sistema de vigilancia probado en la guerra de Vietnam y el material de acero usado en la guerra del Golfo, para cercar y amurallar la frontera con México, todo indica que el futuro norteamericano pasa por su redefinición hispánica (la tercera parte de la población estadunidense hablará español). No pocas voces asumen ahora mismo las urgencias de ese espacio de intersecciones. El artista mexicano-americano Guillermo Gómez-Peña, que reescribe el inglés con el español, representa la inminencia de esos tiempos de hibridez. Una primera conclusión, por lo tanto, sugiere que si el futuro en términos legibles (estadísticos) es impensable porque se cierne con signos catastrofistas; es, en cambio, imaginable en términos culturales, en la práctica artística multigenérica, donde el siglo XXI es ya un lenguaje anticipado. En estos relatos, el nuevo siglo se hace patente en algunos escenarios: el de la memoria sobreviviente, de los flujos de la migración, de la desocialización del yo, de la incertidumbre mutua, de la emotividad exacerbada, de las negociaciones del sujeto, de las identidades mediadoras. Estos escenarios del siglo XXI son las rutas de lo nuevo.

Más que evidente, esa problemática es aquí una entonación implícita, y confiere al conjunto su linaje en proceso, su aire de familia muy joven y en curso. Estos relatos vienen de la crisis de los sistemas de representación nacional y se mueven hacia el espacio intermediador de lo que se llama hoy día "la nueva internacionalidad"; es decir, la noción de un mundo cada vez más diverso y más intranacional, requerido de redes solidarias capaces de resistir las nuevas hegemonías, homogenizadoras de la ley del más fuerte. Estos escritores de fin de siglo, por lo demás, escriben después de los grandes debates teóricos, cuando se reafirman los valores de la identidad como diferencia, del sujeto como agente de cambio, y de la cultura como matriz de celebración crítica. En este período libérrimo, superados los discursos dominantes del Archivo modernista, ganan curso los balances posmodernos (la crítica de los límites del programa de la modernidad compulsiva), que han demostrado ser más pertinentes desde la periferia; esto es, desde los márgenes donde se desintegran, por el lado de las mayorías pauperizadas, las agendas de la modernización, una a una incumplidas.

En estos cuentos, este estremecimiento de futuro, esta nueva sensibilidad, se puede verificar en la promesa de un desenlace, en el proyecto de una estrategia, en el acuerdo de un diálogo, en el reconocimiento de una frontera alucinada. Es decir, en la dimensión cotidiana donde se dirime la identidad puesta a prueba de un sujeto trashumante, hecho en la ironía y el simulacro, pero también forjado en la trama vulnerable de su autorreconocimiento entre los hechos que lo disputan. Adorno sostuvo que la mercancía congelaba a la memoria y propagaba, así, la amnesia. En varios de estos cuentos, en cambio, se trata de recuperar la memoria en la entraña misma de la mercancía, como ocurre en el relato paradigmático de Naief Yehya, sobre un texto recobrado en una computadora; o en el de Federico Vegas sobre un detector de mentiras que pone a prueba a la memoria. Y en un cuento sintomáticamente llamado "Mercurio", de Adrián Curiel Rivera, la maleta del héroe reluctante remite a otra novela. Si la "valija cultural" que portamos es un retrato cotidiano de nuestra identidad, esa maleta novelesca sostiene la memoria contradictoria, aun si el paisaje del Aleph borgiano se ha degradado en mercado ubicuo. Entre las fronteras de los exilios, en cambio, ya no hay olvido, sólo memoria, como en el relato de Ana Luisa Valdés. Pero la memoria también es un instante fugaz epifánico, como en la trashumancia fronteriza que desnuda a los personajes de José María Brindisi. O el ascenso al primer día de un mundo primordial, como en el relato de Antonio López Ortega.

Me parece que los autores de este calendario futurista representan el fin de la era traumática en la cultura latinoamericana. La noción de sujeto que emerge de estos relatos no se explica ya por las tesis culturalistas del origen como trauma y menoscabo; tesis que fueron elaboradas en el medio siglo latinoamericano para dar cuenta de una historia social de carencia y expoliación. Las hipótesis de que América Latina es producto de una violación, de que somos históricamente subsidiarios de la violencia, de que el fracaso, el resentimiento o la autodenegación nos destinan, se han convertido, en este fin de siglo, en meros mitos psicologizantes, mecánicos y simplificadores, que no dan cuenta de la calidad imaginativa de nuestras artes, de la capacidad creativa de la resistencia cultural popular, de las respuestas de la sociedad civil; y, mucho menos, del espesor vivo de la cotidianidad que, con todas las razones en contra, sigue humanizando a la violencia, procesando la carencia, y reapropiando los lenguajes dominantes. Las sanciones de Mario Vargas Llosa ("en qué momento se jodió el Perú") o de Emilio Azcárraga (México, país de "jodidos" que compensar con telebasura) resultan no sólo autoderogativas sino carentes de futuridad. Pero no porque la violencia y la frustración hayan desaparecido (al contrario, se han acentuado a través de la pobreza endémica, el machismo reforzado y el racismo campante); tampoco porque la amoralidad no prevalezca (a través del egoísmo, la amnesia, y hasta el autismo cultural); sino porque para los más jóvenes se han vuelto insuficientes las explicaciones globales (el paradigma de una América Latina destinada a la modernidad, que sucumbe con la corrupción de todo signo al final del gobierno de Salinas y su promesa de un México en el "primer mundo") tanto como las versiones autoritarias (las ortodoxias del comunismo estatista pero asimismo las del capitalismo salvaje de un mercado darwiniano). Ha terminado, por lo demás, la concepción de un intelectual iluminado, capaz de dictaminar, con parejo encarnizamiento, el destino marxista primero y el futuro neoliberal después. Primero, porque el escritor como juez olímpico se ha convertido en un mero opinador; y segundo, porque los géneros que propagan la autoridad del yo (la crónica impresionista, la confesión dominical, el testimonio de fe) han trivializado el uso de la primera persona. Si algo tienen en común los escritores de este almanaque del porvenir es que no se adhieren a la voluntad de verdad de uno u otro discurso dominante. No pocos relatos se postulan como inscritos en el decurso social y biográfico epocal; ya sea con la fabulación irónica de Rodrigo Fresán, no en vano autor de una "historia argentina" reprocesada desde fuera de su espacio traumático; ya sea con la sensibilidad descarnada con que Ana María Bergua denuncia la deshumanización. Pero también se inscriben en el decurso social con la dolorosa

hipérbole con que Daína Chaviano desde fuera de Cuba, y la trágica heroicidad cotidiana con que Francisco López Sacha, desde dentro de Cuba, alegorizan la verosimilitud alucinada. Y si algo los distingue es la exploración de la incertidumbre. En el cuento de
Fernando Ampuero la misma cotidianidad se ha hecho incierta, y en
un universo configurado por lo femenino el sujeto demanda una voz
más plena, pero no en su sociedad sino en un programa de *bel canto*
televisado. Hasta la televisión, que según Paul Virilio es la nueva plaza pública, termina reapropiada por los sujetos que negocian su lugar en el escenario venidero de su tiempo real; en el relato de Alonso Cueto, un muchacho pobre y sin padre se agencia, por medio de
la tele, un padre sustituto que le permita adquirir una identidad quizá sólo aparencial pero, en último término, tan convencional como
la socializada y dominante. La incertidumbre, en último término, se
convierte en desasimiento de la esfera pública, en su recusación, a
través de la marginalidad, el destiempo, y la desocialización, que
animan con su vivacidad desapacible los relatos de Alberto Fuguet y
Tito Matamala.

Pero aun si las anécdotas sólo pueden estar situadas, las coinciden-
cias de salud crítica y lenguaje operativo común nos reiteran que el futuro ya no es nacional. Se hace en la trama dinámica y contradictoria
de la globalidad y la regionalidad, que no son meramente opuestas,
que se construyen como espacios de identidad heteróclita. Primero,
porque las tecnologías son hoy reapropiadas extensamente por las redes comunicativas desde la periferia (gestándose varios centros y varios márgenes interactivos); y, segundo, porque la identidad, que re-
torna hoy con todos sus derechos a la diferencia, se construye en la
diversidad no como esencial y discriminatoria sino como funcional e
inclusiva. Es una identidad, por eso, antitraumática, hecha a la fruición
del cambio y a la comunidad del intercambio; dada a lo nuevo y fugaz tanto como a las redes de interacción donde el sujeto es, antes que
nada, alguien en el turno de la palabra.

Así, la nueva subjetividad contextualiza a una cultura que funciona
como reserva de recursos, que alimentan las respuestas del sujeto. Y
aun el rango de lo objetivo es puesto en crisis por la fuerza del deseo
proyectivo y del diálogo convocativo que urden las rutas de lo nuevo.
En último término, estos cuentos ensayan distintas articulaciones, que
seguramente responden a las crisis de la política desarticulante (a la famosa "década perdida" de los años ochenta, recuperada en las artes
que suturan sus desgarramientos). Son articulaciones que traman el

concierto de las horas y las hordas, de la historia y la utopía, de la memoria y lo visionario; esto es, la legibilidad de un tiempo ocupado por las fuerzas de relevo.

Bajo esta persuasión de futuro, toda verdad supuesta se torna relativa. Y no por mero escepticismo sino por la necesidad de volver a las palabras, a los nombres, a la escritura, para recomenzar fragmentariamente, con ironía y tolerancia, con indignación y esperanza. Es revelador, por eso, que lo objetivo se adelgace en estos relatos: estos narradores ya no requieren darnos una construcción flaubertiana ni una versión historicista; no precisan de un entorno realista ni mágico-realista, pero tampoco de contextos poéticos ni paródicos. La objetividad parece depender de las nuevas subjetividades, que dan cuenta de la cotidianidad como excepcional, de lo trivial como ritual, de la socialización como reversible o negociable; y, en fin, de la experiencia de este fin de siglo no como catástrofe y apocalipsis sino como incertidumbre y desafío.

Esta vez, el fin de siglo no es de nostalgia y decadencia sino el trance de una hipersensibilidad que, sin ilusiones pero con vocación de esclarecimiento, explora la calidad emotiva, la capacidad dialógica, la inteligencia mundana, de un sujeto que se desplaza fuera del Archivo, fuera de las normatividades, hacia las aperturas de lo procesal, de las innovaciones que le confieren un lenguaje mutuo. Estos relatos, al final, no son sino un ligero albergue en la intemperie.

Si éste es un libro del porvenir, el lector es ya su primer habitante.

JULIO ORTEGA
Providence, 9 de junio, 1997

BRUNO SORENO

BREVE DEL INTRUSO

Deseo saber si mis alimentos son de condición diferente que los otros o si por desdicha mía soy más glorioso que otros hombres.

DON LUIS DE GÓNGORA Y ARGOTE/ *Epistolario*

Supe que ya nada sería igual el día que, de mañana, abrí los ojos, bostecé, me levanté de mi cama, me cepillé los dientes, me duché y me dirigí hacia la cocina para encontrarme con el cerdo plantado justo enfrente de mi refrigerador. Aparte del hecho de encontrarse no en cualquier porqueriza o lodazal campestre, sino en el centro de mi cocina, el cerdo no presentaba nada en su aspecto que fuera desconcertante a la vista. Era un cerdo grande y saludable, rubio, de perniles gruesos y ancho lomo, de patas fuertes y rabo luengo y retorcido. Portaba un hocico largo y poblado de gran cantidad de dientes, cuyo extremo presentaba una gran nariz, que casi deviene trompa y que retorcía y arrugaba como sondando el aire. Alguien más paranoico que yo hubiera sospechado que era a mí a quien olfateaba, más cuando la seudotrompa se inclinaba hacia la dirección donde yo me encontraba (admito que un poco extrañado por el suceso). El animal gruñía y jadeaba en un tono bajo y sus ojos, órbitas idiotas y vidriosas, se fijaban en mí no exactamente con odio, sino alertas, como prestos a reaccionar a cualquier movimiento mío.

Posponiendo por el momento la indagación de la razón de ser de aquel ser en mi cocina, mi primera reacción fue la de tomar la escoba e intentar espantarlo a cifra de escobazos. Esta acción, pronto descubrí, no sólo resultaba inútil, sino que además era sumamente peligrosa. No hice más que acercarle al cerdo el instrumento de limpieza cuando de un violento mordisco y más violenta sacudida me lo arrebató de las manos haciéndolo trizas con sus poderosas mandíbulas y chillando, ahora sí, furiosa y horrendamente. De más está decir que corrí despavorido y me salí de la cocina a refugiarme a la sala, jadeante y con los ojos apretados, lleno de terror de sentir los dientes de aquella pesadilla porcina en mi trasero. Este miedo resultó ser, como averigüe acto seguido, infundado. El cerdo no se dedicó a mi persecución tras destruir mi escoba sino que, asegurando mi lejanía se quedó allí, estoico, justo frente al refrigerador, como franqueando el acceso a éste. Cuando, aliviado el paso de mi corazón, me aventuré otra vez a los territorios invadidos, el cerdo gruñó por lo bajo y fijó sus ojos submentales en los míos, como advirtiéndome de las consecuencias de mi acercamiento a la nevera. La prudencia dictó mi huida.

Luego de algunas horas de meditación y de nervioso andar por la casa llegué a la conclusión de que éste era precisamente su enigmático designio: evitar a cualquier costa la posibilidad de que yo alcanzara mi refrigerador. Mientras le daba vueltas al asunto y cogitaba la manera de deshacerme de mi fastidioso huésped otra bestia voraz me sorprendió indefenso e hizo mella en mi pellejo: el hambre. Ella me llenó de valentía, y entré indignado a mi cocina vociferando y meneando mucho los brazos con intención de espantar al cochino y hacerme de alimentos (recuérdese que habían pasado varias horas y yo no había probado bocado) y de paso provocar la retirada de mi némesis. Cuando me acerqué al refrigerador, haciendo gritería e hinchado de coraje, supe verdaderamente lo que era el miedo, porque aquella fiera, gruñendo descomunal y aterradoramente y chasqueando los dientes, se abalanzó contra mí y de un empellón contundente me derribó lejos del refrigerador. Habiéndome neutralizado de tal modo regresó a su puesto frente a éste, y alguien más paranoico que yo hubiera pensado que algún demonio enemigo habría dotado a aquella bestia de perversa inteligencia, cosa que sabía yo era totalmente inaudita e imposible.

La situación exigía medidas contundentes. Posponiendo nuevamente la pregunta de por qué aquella creatura infernal habitaba mi hogar y se empecinaba en prohibirme el acceso a mi fuente de comidas, analicé mis opciones inmediatas. No tenía armas de fuego en la casa (y no sé por qué, pero alguien más paranoico que yo hubiera sospechado que éstas hubieran sido inútiles en esta situación), así que pensé prudente salir, buscar ayuda, pero luego desistí de esta idea, pues aquello era una cuestión de principios: nadie tenía derecho a vedarle el alimento a nadie, menos un vil y cochino animal como aquél. Una iluminación divina llevó mi mente a recordar el aparato telefónico. Podría comunicarme con alguna autoridad pertinente que viniera y resolviera este problema que ya comenzaba a molestarme más de lo debido (a estos tiempos las tripas se me querían salir por la boca del hambre que tenía). Escupiéndole un grave improperio a mi contrario me dirigí al teléfono. Percibiendo mi movimiento (y alguien más paranoico que yo diría que mis intenciones) el animal se separó de su puesto y galopó, no en mi dirección, sino en dirección de la mesita que aguantaba el aparato, y rozándola rudamente con el costado izquierdo la volteó, cayéndose el aparato al suelo y reventándose en pedazos. Habiendo realizado tamaña bellaquería se tornó a su puesto frente al refrigerador a paso trotado, haciendo un ruido gutural y seco que alguien más paranoico que yo hubiera interpretado como risa malévola.

Aquello era la guerra. Furioso, consideré entonces salir, ya no a pedir ayuda sino a conseguir sustento y, si posible, algún instrumento de exterminio, pero me disuadió la siguiente idea. Traté de pensar como cerdo, de ponerme en el lugar de mi enemigo (no sé en dónde escuché que eso hacían los detectives y los generales) y se me ocurrió que eso mismo era lo que el cerdo quería, amedrentarme y expulsarme de mi propia casa para quedarse como dueño y señor de mi refrigerador. Si de eso se trataba, pues no, no le daría tal gusto al bellaco intruso. Sería fuerte y atacaría de nuevo y, de fracasar nuevamente, esperaría hasta el fin de los tiempos si era preciso, a que el maldito animal se cansara de su guardia o, como yo, fuera presa del hambre, porque, coño, él también tenía que comer ¿no? (Porque debo afirmar categóricamente que nunca lo vi alimentarse con nada de mi nevera.)

De modo que intenté varias maneras de accesar mi nevera, todas ellas con fallidos resultados. Planifiqué trampas astutas e ingeniosas con enseres hogareños, lo agredí al cerdo a distancia con proyectiles caseros contundentes, simulé con mi garganta el chillido de celo de las cerdas, traté de provocar un incendio que asfixiara al cerdo y que sólo logró asfixiar mis agotados pulmones, en fin, utilicé toda estrategia sin resultados. Así pasaron días y días, hasta que dejé de sentir la mordida en las entrañas, y mi ímpetu se debía más al odio y la venganza que a la hambruna que me agobiaba, que ya era más una idea en mi cerebro que una sensación en la barriga.

Una guerra fría reinaba en la casa. Yo escuchaba los gruñidos del cerdo desde cualquier punto de la casa, y estaba seguro de que él me olía con sus asquerosas narices. Era un ridículo, absurdo y mordaz *impasse*. Un odio helado contaminaba el aire.

Al final la pregunta del porqué de la existencia del cerdo en mi casa quedó pospuesta para siempre. El cerdo era ya parte natural e integral de mi casa, de mi existencia, al igual que yo, o mi refrigerador, parecían ser la razón de la suya. En los episodios ocasionales de lucidez entre delirio y delirio por inanición sólo un detalle me causaba cierta curiosidad. Cuando arrastraba mi cuerpo ya débil y macilento hasta la cocina para ver si por milagro de dios la bestia desaparecía, descubría que ésta no sólo estaba allí, sino que estaba tan lozana, gorda y saludable como el primer día. Esto me parecía un poco incongruente, dado el estado de debilidad y degeneración que mi cuerpo ostentaba, y tomando en cuenta que, según era mi conocimiento, no habíamos probado bocado ni ella ni yo desde aquella nefasta mañana.

En este estado de congelación quedaban las cosas, y el tiempo pasaba, raudo, flaco y hambriento de más tiempo, hasta que mi debilidad fue mucho más, fue tanta que no vi más remedio que echarme en la cama a descansar, a dormir con la certeza de que todo había sido una cruel pesadilla causada por indigestión nocturna y que un desayuno descomunal de huevos fritos con toneladas de tocineta me esperaba al canto del gallo.

Han pasado ya algunos meses desde aquella primera y fatídica mañana. Hoy estoy muerto por falta de alimentos y no podré sentir cómo el cerdo se acerca a mi cama, se trepa y me husmea de arriba a abajo como para cerciorarse de mi estado, para luego devorarme totalmente a dentelladas. No podré verlo cuando, satisfecha su hambre con la mía, se baje de mi cama dejándola húmeda y agobiada de rojo y, meneando su monumental trasero, regrese a la cocina dejando un rastro de pezuñas coloradas, donde abrirá la puerta del refrigerador con su hocico ensangrentado para, de un salto, ingresar en él y regresar a su estado natural de perniles, longanizas, cuajos, chuletas, costillas, morcillas, tocinos y jamones diversos.

ARMANDO LUIGI CASTAÑEDA

DE LA NOVELA, INICIANDO

EL AUTOR. Cualquier idea debes tener de lo que vas a encontrar aquí, aunque muy probablemente no sea eso lo que encuentres. Puedes buscar y encontrar algo, pero nunca lo que has buscado. Eso que buscas debe salir de tu mano, no de la mía, y mejor, que no salga de ninguna mano. Puede salir de tu pie, si caminas bastante. Puedes salir tú, si quieres, pero no de tu mano. Salir de tu mano y acabar manco son el mismo acto. Porque aunque se persevere, nunca se encuentra. Por ejemplo: Felicidad alcanza el bondadoso, alegría el feliz; y ninguno sabe lo que ha buscado. Sabiduría el sabio, sólo cuando cree serlo. Bondad el malo, cuando actúa en contra de su corazón. Diversión, los vecinos del payaso, porque el payaso nunca se divierte consigo mismo. Y tontería cualquiera, que no hay que buscar las cosas que llegan solas. Como se ve, todos encuentran lo que buscan, porque no lo han buscado. Grandilocuencia encontramos quienes nos creemos artistas. Especialmente, cuando nos creemos artistas. Y pérdida de tiempo cualquiera que está buscando algo en una obra de arte, porque, como dije, nunca se encuentra lo buscado, y menos, en las obras de arte. De cualquier forma, el tiempo se pierde de cualquier forma, unas más felices que otras, pero se pierde igual… al final, sólo importa el tiempo que se pierde, y no cómo se ha perdido…

[…]

DE LA NOVELA, BIOGRÁFICA

LA FIESTA. En una fiesta la semana pasada —que todas las semanas hay fiestas y a veces uno está en alguna— conocí a uno llamado Juan quien, como filósofo inquieto, buscando lo que ni mi familia ni mi persona, ni ustedes mismos, ni la modernidad, alcanzó, fue viviendo por propia voluntad y consecutivamente, jamás confuso, las etapas que siguen:

La 1ra. etapa: O del Existencialismo. Que siendo el hombre como es, uno en sus circunstancias, decidió Juan tomar de novia a una niñita bien que, por estar de moda dentro del ambiente de ella –que no sé si en el de Juan– encontró un puesto de trabajo en Mc Donald's, vendiendo hamburguesas y con la esperanza de poder algún día encargarse de una caja registradora. Hizo Juan esto porque quería entender lo que piensa una persona que vive una existencia limitada –según los criterios de Juan, no según los míos–, y no encontró mejor método que convirtiendo a la persona limitada en pareja suya, quizá por eso de que la manera más rápida de aprender un idioma es en la cama, que para el latín nada mejor que una monja, para el francés una francesa, aunque no sepa hablar o no se tenga la intención de aprender, y para el chino, el japonés, el tailandés, el coreano, el cambodiano, el nepalés, el mongol, etc., una china, porque todos los chinos son iguales. Y así Juan, el sabio, quiso probar la ignorancia, y la saboreó, la ignorancia propia, la de él, actuando como queda referido, y haciendo de las discusiones hechos, de las angustias pedidos, de las contradicciones revisiones de material, del vacío existencial órdenes de pago, y del absurdo refrigeración, volviendo a Kierkegaard granjero, o también, sandwich de pollo, a Sartre, guapo doble con queso, complacido en su mirada, y a Jasper y a Camus es mejor no decir dónde los puso, que fue en el basurero, junto a los repollos, todos podridos.

2da. etapa: La del Neotomismo. Que siendo el hombre como es, imagen de Dios, decidió tomar Juan a otra novia –la del Mc Donald's, hecha cocinera, poco recuerdo de Vírgenes y Santas, a pesar de la divina perfección de la Virgen en la cocina, como en todos lados–, inscrita en el Opus Dei; y mejor que inscrita, practicante. Contactos con el Opus y salir y dedicarse a hacer el contra-apostolado, queriendo sacar a sus amigos de "La Obra", luego de hacerlos entrar, todo en un mismo gesto, repitiendo la Obra. Que la represión y el Neotomismo, la decadencia filosófica de Occidente después de Santo Tomás, los errores de Descartes, la subjetivación de los modernos y la equivocación de dar al hombre más importancia que a La Realidad, es decir, que a Dios, olvidando la hazaña filosófica de Santo Tomás y de los demás padres de La Iglesia, etc. Y "La Obra" que lo llevó, necesaria aunque desubicadamente, a la tercera etapa:

La 3ra. etapa: Del Marxismo. Que siendo el hombre como es, producto de la lucha de clases, cambió Juan a su novia del Opus Dei por una estudiante de letras de la Universidad Central de Venezuela (porque hay que saber que Juan vive en Caracas, único lugar donde se puede estar al mismo tiempo tan al día y tan desfasado). Y entre Silvio Rodríguez y política universitaria Juan dejó a su novia que no se maquillaba y pasó a la etapa última, de la que habló:

Etapa última: De la primera recapitulación y de la vida como búsqueda del derecho y del derecho como búsqueda de la justicia, o de otra forma, de la creencia en la más grande y menos estructurada de las sandeces. Que siendo el hombre como es, animal racional y, no sólo eso, sino criatura filosófica y buscadora de utopías, tiene Juan una novia graduada en Relaciones Internacionales que, mientras me hablaba Juan de cómo utiliza el derecho para hacer justicia, se fue ella con mi novia a contarle que ya no aguanta a Juan, que está todo el día pensando en el trabajo, que no se ocupa de más nada, y que cree que no va a durar mucho con él... y así, preguntarme si es Juan el que cambia, o las novias las que cambian a Juan, o eso de que quién lleva a quién, si el jinete a la mula, o al revés, y yo reírme de Juan porque pocas veces he encontrado a alguien que, siendo tan serio, dé tanta risa, y mirar a la novia de Juan, que no estaba mal, sino al contrario, está muy buena, y otros muchos pensamientos y comentarios salidos de mi boca, como la pedantería de preguntarle a Juan si no confundía a su novia del Mc Donald's con la cocinera de su casa, hablando ambas de cómo se pica mejor la cebolla, se fue pasando la fiesta para, al final, quedar Juan y yo en volver a vernos, para seguir explicándome él cómo se puede estar tan al día y tan desfasado al mismo tiempo, o de cuáles son los efectos de una ciudad snob en un individuo venido de la provincia con inquietudes filosóficas y con deseos de encontrar la verdad, y de parte mía, explicándole a él si la tolerancia por las ideas ajenas incluye el aguantar la risa, etcétera.

[...]

DE LA NOVELA, POÉTICA

¿Qué más?

Tanto se rasca la cabra, que se daña. Tanto da leche, que no da jugo. Tanto se cuida, que se pierde. Tanto canta, que termina enmudeciendo. Tanto grita, que no oye. Tanto se invoca la Navidad, que al fin llega.

Tanto va el cántaro a la fuente, que se rompe. Tanto se rompe, que no se tiene otro. Tanto se desea tener, que cuando se tiene ya no se desea. Tanto se recuerda, que se olvida. Tanto se pide, que se abandona lo pedido. Tanto se invoca la Navidad, que al fin llega.

Tanto se calienta el hierro, que se pone al rojo. Tanto se enfría, que ya no sirve. Tanto se bebe, que al día siguiente se está sediento. Tanto se come, que se acaba cagando. Tanto se limpia uno el trasero, que siempre está sucio. Tanto se invoca la Navidad, que al fin llega.

Tanto se golpea, que se parte. Tanto se parte, que hay que compartir. Tanto se guarda, que se daña. Tan grande es el daño, que ya no puede dañarse de nuevo. Tanto se ríe, que se acaba llorando. Tanto se invoca la Navidad, que al fin llega.

Tanto vale el hombre, cuanto se le precia. Tanto se le precia, que se acaba despreciándolo. Tanto se vive en sociedad, que mejor se anda solo. Tanto se anda solo, que se concluye acompañado. Tanto se quiere hablar, cuanto no se tiene quien escuche. Tanto se invoca la Navidad, que al fin llega.

Tanto se aleja, que lo olvidan. Tanto se olvida, que no hay nada que recordar. Tanto se llora, que termina uno alegrándose. Tanto se alegra, que le duele la barriga. Tanto duele la barriga, cuanto mejor se ha comido. Tanto se exagera, que lo discreto es lo exagerado. Tanto se invoca la Navidad, que al fin llega.

Tan malo es, que se le desprecia. Tan bueno, que le piden prestado. Tanto da, que le quitan. Tanto le quitan, que se hace malo. Tanto crece, que no hay quien le siga. Tan chiquito es, que lo pisan. Tan rápido va, que lo alcanzan. Tanto se invoca la Navidad, que al fin llega.

Tanto se invoca la Navidad, que al fin llega. Tanto llega, que siempre se va. Tanto se tiene, que se quisiera no tener nada. Tanto entiende, que lo ignoran. Tanto se invoca la Navidad, que al fin llega.

Tanto habla uno, que se contradice. Tanto piensa, que es mejor andar callado. Tanto se quiere vivir, que se termina muerto. Tanto se duerme, que se sueña. Tantas veces se despierta, cuantas veces se ha dormido. Tanto se invoca la Navidad, que al fin llega.

Tanto vale buena fama, como un favor conseguido. Tanto se consigue, que se pierde lo que se tenía. Tan bien se está, que no se está bien en ningún lado. Tanto se descansa, que siempre se está cansado. Tanto se invoca la Navidad, que al fin llega.

Tanto promete uno, que se desdice. Tanto se desdice, que se termina diciendo cosa cierta. Tantas veces se acuesta, que ya no se quiere levantar. Tanto se ama, cuanto se quiere que lo amen. Tanto se invoca la Navidad, que al fin llega.

De este fragmento según Villon te hablé. De lo que sigue, creo que no.

Quien juzga come poco, pero come bien.

Quien juzga ama mucho, pero por ser pocas las veces que ama, pues ocupa su tiempo en andar juzgando, se juzga poco amado.

Se juzga más fácilmente de lo que se obra, y muy pocas veces se obra según se ha juzgado.

Juzga mucho quien bebe poco, aunque el borracho es gran hablador, y por lo tanto, juzga a diestra y siniestra.

El poeta mientras más juzga más destruye de su obra; y si alguna vez juzgara todo y perfectamente, nada de su obra dejaría, pues es la poesía ambiciosa y el ingenio siempre es menor que la ambición.

Juzgó uno: No había nada tan grande para los romanos como el triunfo. Y por querer juzgarse triunfador, el conejo se comió al león.
  Dejando sin orden a la selva.

Juzgó uno: No debe ser molesta la novedad que es útil. Y juzgó bien toda novedad, permitiéndose a la cabra parir monos, a quienes la madre educó como ovejos.
  Y ésa es la raza humana.

Juzgó uno: Ayer dos esclavos míos fueron alquilados para dar alabanzas por dos denarios. Tanto cuesta el que seas elocuente. Pero más el que sepas vender.
  Pues con esos dos denarios le compraron a uno como viva una gallina descabezada.

Juzgó uno: El águila no caza moscas. Las moscas ofendidas.
  Reuniéndose, salieron a cazar águilas.
[...]

DE LA NOVELA, RELIGIOSA

(EL SUICIDA *hace aparecer un arma de fuego y se dispara en el paladar desprendiéndose el alma, quien comienza a vagar por el teatro.* EL PÚBLICO *se la aparta con los brazos como a malos olores)*

EL SACERDOTE *(seudocompasivo)*: Que Dios te perdone, pecador.

EL ALMA DEL SUICIDA *(a sí misma)*: ¡Apúrate! ¡Apúrate!

DIOS *(grandioso)*: ¿Quién es ése?

CORO *(natural)*: Un suicida.

DIOS: ¿Qué busca?

CORO: Los cielos.

LA MANO DE DIOS *(extendiéndose)*: ¡Hasta allí!

EL ALMA DEL SUICIDA: ¡Oh mi señor, perdóname por haber practicado tan horrendo crimen!

DIOS: ¿Cuál crimen?

EL ALMA DEL SUICIDA: El suicidio y, el peor de ellos, el haber querido morir absolutamente, el desear la nada.

DIOS *(como pensativo)*: ¿No existir más?

EL ALMA *(bajando la cabeza)* : Sí.

DIOS: ¿No quieres morir?

EL ALMA: No.

DIOS: ¿Y por qué matarte, entonces?

EL ALMA: No creía en el cielo de la religión.

DIOS: ¿Cuál religión?

EL ALMA: La cristiana, única religión verdadera.

DIOS *(como recordando)*: ¿Cristiana?

EL ALMA: De Jesucristo.

DIOS: ¿Jesucristo?

EL ALMA: Hijo de Dios.

DIOS: ¿Mío con quién?

EL ALMA: Con la Virgen María.

DIOS: ¿Virgen María?

EL ALMA: Señora de José, fecundada por el Espíritu Santo.

DIOS: ¿Espíritu Santo?

EL ALMA: El tercer componente de la Trinidad, con Dios Padre y Dios Hijo.

DIOS: ¿La Trinidad?

EL ALMA: ¿Me engañaron?

DIOS: ¿Quiénes?

EL ALMA: La religión… esto no se parece a lo que me habían ofrecido. ¿Le puedo preguntar algo?… ¿está el Ser Supremo verdaderamente feliz?

DIOS: ¿Feliz?

EL ALMA: Satisfecho, complacido, agradado…

DIOS: ¿De qué?

EL ALMA: De todo.

DIOS: ¿Todo?

EL ALMA: Todo lo creado.

DIOS: ¿Lo creado?

EL ALMA: Todo lo que hay.

DIOS: ¿Qué hay?

EL ALMA: Las montañas, los ríos, los árboles, los peces, los insectos, las iguanas, los pájaros, los animales, los hombres...

DIOS: ¿Los hombres?

EL ALMA: Y las mujeres.

DIOS: ¿Dónde?

EL ALMA: En la tierra.

DIOS: ¿La tierra?

EL ALMA: El mundo.

DIOS: ¿Cuál mundo?

EL ALMA: ¿Es Ud. Dios o está haciendo suplencia?

DIOS: ¿Suplencia?

EL ALMA *(aparte)*: No sabe nada.

DIOS *(aparte también)*: Nada... nada... nada... ¡NADA!

(DIOS piensa en la nada y el ALMA DEL SUICIDA deja de existir, absolutamente. EL ALMA sale definitivamente, por supuesto)
[...]

DEL LIBRO DE CUENTOS, BREVES

Noviembre de 1993

EL POBRE, LA CASA Y LA MUJER

*"...más vale un techo vacío que en él
una mujer mal mantenida."*

Caminaba un pobre por los cuartos de su casa,
preocupado por saber qué comería ese día.
Encontró en un lugar a su mujer llorando,
lamentándose de tanta necesidad que allí se pasaba.

Se dejó el pobre caer en la tristeza,
y no viendo otra solución para salir de ella,
que hacer salir a su mujer de la casa,
hizo salir de la casa a su mujer.

Que así se aliviaba él
de los lamentos de aquélla,
y al mismo tiempo,
se aliviaba aquélla
de los males que en la casa había.

Porque, pensó,

*"...más vale un techo vacío
que en él una mujer malatendida"*

o, mejor,

*"más vale un techo vacío
que en él una mujer mala tendida".*

[**Fragmentos**]

JOSÉ MARÍA BRINDISI

TOMAHAWK

a Mariano H.

> Le ofrecí un dólar, pero no quiso
> aceptarlo. Le ofrecí regalarle los
> poemas de T. S. Eliot, pero me dijo
> que ya los tenía.
> *The long goodbye,* RAYMOND CHANDLER

Nadie quiere que nunca nadie venga a saludarlo cuando está en baja, porque en ese momento lo que uno necesita es un abrazo que le duela o un beso insoportablemente largo; nada más que te destrocen los huesos sin decir una palabra.

Y que alguien te dé algo que le importe perder.
Y que alguien traduzca algo de lo que pasa.
Algunas canciones religiosas.
Hermanos bailando.
Ninguna utopía: pequeños vicios haciéndote cosquillas por la noche.
Y cartas desde lejos.
Y mirar la TV debajo de varias mantas, y que alguien te alcance un café inmenso.
Y alguien en quién pensar, alguna chica que se muera por tu culo.
Nada de angustia. Ni de frenar en las esquinas, ni de olvidar lo que no se desea olvidar.
Lo único que se precisa es algo que te seque la garganta.
Y una cachetada.
Y a Muddy Waters, y a John Lee Hooker.
Y a Howlin' Wolf.
Y que todo el mundo te ame o te odie, y si no que se vaya a la mierda.
Pero que nadie venga a saludarte.

Escribí eso el verano pasado, mientras hacía lo mío, en la puerta de un baño. Fue la primera de todas las puertas, el primero de esos largos siete días en que recorrí el mundo. Trato de ser claro: no me moví de Berlín. No lo hice, pero la sensación que tuve era que las estaciones llegaban y se quedaban por años; esa quietud, esa imposibilidad de moverme hasta que llegara mi amigo, me había sumergido en un sopor y en un abatimiento tales que creí visitar todos los lugares y excavar todas las tumbas del planeta, aunque sólo estuve inmóvil en Berlín. Pero cualquiera que haya estado en esa ciudad más de dos días conoce todo el mundo y, aunque no lo sepa, se irá de Berlín sin saber absolutamente nada, porque el conocimiento no hace otra cosa que multiplicar las dudas, y cuando uno sabe sólo quiere saber un poco más, así hasta el delirio, y deberías tratar de olvidar todas esas cosas si alguna vez vas a Berlín, o de lo contrario despedirte de tu alma.

Yo todavía tenía la mía, aquella tarde, cuando faltaba una semana para que Lalo volviera. Parecía que Berlín estaba a punto de estallar, y sin embargo nada se movía.

Tengo frente a mí la foto de la *Fernsehturm*. La veo y recuerdo todo. El tiempo no ha pasado, porque con sólo mirarla mi cuerpo se estremece. Después del estremecimiento viene el miedo, y luego el aumento de los latidos, como si esa torre fantasmal simbolizara todos mis temores. Todavía siento el frío en la garganta. Mis manos congeladas en el tren a Viena, tratando de dar vuelta inútilmente las páginas de un diario; el temor a quedarme dormido y volver a soñar con la misma imagen.

Todo pasó en Berlín, hace casi un año. Era el mes de enero, y yo jamás había imaginado un invierno tan duro como ése. Lalo y yo veníamos de Bremen. Habíamos tenido un pequeño problema con la policía, así que él había tomado un avión a Hamburgo en busca de un pariente que era juez y que se había transformado en nuestra única esperanza de seguir en Europa. Preferí esperarlo en Berlín, pero cuando llegué mi ánimo se derrumbó: apenas la vi, supe que era el centro del mundo. Supe que allí sucedía todo y todo se decidía.

Apenas llegué, Berlín me sacudió y me tomó para sí misma. No tuve que caminar demasiado para saberlo: la extraña belleza que me atraía con locura, al mismo tiempo, era lo que me desgarraba y me producía esa furiosa sensación de vacío. Todo lo que te salva a la vez te crucifica. Tuve la certeza, por fin, de que allí encontraría una de las dos formas definitivas: la muerte o la redención.

Buscando mi redención, entonces, y no mi muerte, fue cuando aquella primera mañana me crucé con la torre. No me crucé, sino más bien choqué con ella. Me produjo una enorme tristeza, y de alguna forma insólita la asocié con la guerra. De hecho, no tenía nada que ver; era la torre de la televisión, y había sido construida a fines de los '60. Pero me dije que quizá toda la ciudad estaba poblada y abatida por ese clima, por esa espesa niebla que ya a primera vista percibía sobre las cabezas y los corazones de su gente. Más tarde supe que eso era cierto, pero que sólo era una de sus facetas. En Berlín nadie es extranjero, o al menos nadie se siente como un turista. Mezclás tus colores automáticamente con los suyos, perdés tu identidad para encontrarla en cualquier momento y volver a lanzarla, furioso, contra alguna oscura pared. Para mí, Berlín es olvidarme de todo y ver todo violeta, observar el día a través de ese color indefinible en el que todo se transforma y toma una apariencia de sueños violentos.

Berlín es la torre, la *Fernsehturm,* una foto de trescientos y pico de metros. Aquel día, muerto de miedo, tomé la foto como si fuera un antídoto, para después enfrentarla y vencerla en la serenidad de un terreno conocido. Tomé esa foto cuando mi ánimo no estaba para fotos, y sin embargo lo hice. Tenía una razón para sacarla, y también la tuve cuando saqué la otra foto. Pero de eso ya voy a hablar.

Me dispuse a recorrer toda la ciudad, y así lo hice. Fui casi todo el tiempo a pie, tomando sólo excepcionalmente algún tranvía. Por supuesto que el recorrido fue agotador, y durante el resto de los días no volví a hacer nada que se le pareciera.

La noche me atrapó cerca del *Zoo Garten.* Mi hotel estaba cerca, y decidí comer en un lugar que finalmente resultó demasiado ruidoso. Estaba bastante nervioso, tenía miedo. Necesitaba pensar. Presentía que íbamos a tener que quedarnos un largo tiempo en Alemania, nada más que por no habernos cuidado mejor. Los dos lo sabíamos, y así y todo nos portamos como dos idiotas. "Un juicio por menos de diez gramos", pensaba. Deseaba que todo se solucionara pronto, pero no podía evitar ese constante estado de alarma que me impedía mantener el pulso.

Después, quizá con el efecto de algunas copas de vino, dejé crecer muy dentro un cierto optimismo, y en forma desesperada me aferré a él. Me dije que no estaba tan mal, que si pasaba algo de eso vivir en Berlín sería una buena experiencia. Los jóvenes... Nunca había visto nada igual. En otras circunstancias no habría querido irme nunca de allí.

Me había dejado fascinar, sin duda, por un lugar que nunca se podría terminar de recorrer o comprender con certeza alguna. Sin embargo, estaba ahí, comiendo frente a la estación del *Zoo* y totalmente desnudo, diciéndome a mí mismo toda clase de cosas, cuando supe que mi única salida era empezar a *bailar*. Todos saben, sin duda, que las ciudades tienen su propia religión: se la aprende o se la sufre.

El segundo día no se asemejó en nada al anterior. Tomé el metro en el *Zoo* con la intención de ir al lugar donde había estado el muro. Me bajé en alguna estación anterior, y luego tomé una diagonal para llegar a *Potsdamer Platz*. Después fui hasta la *Puerta de Brandenburg*, y me detuve allí a observar las dos ciudades. Hacia mi derecha estaba la del este, abriéndose paso a través de un camino rodeado de árboles. La avenida *17 de junio* desembarcaba, allá a lo lejos, en un paisaje totalmente diferente, llegando hasta el centro mismo de la poderosa Berlín occidental. Me senté mirando hacia allí, sabiendo perfectamente que pasaría todos mis otros días en el este. Como si quisiera despedirme, me quedé mirando la avenida *17 de junio* como un imbécil, dándole la espalda a la ciudad más bella y dolorosa de todas las que han sido creadas por el hombre. "Un día como hoy", me dije, "clavaron al hijo de Dios". Qué tipo de pensamiento era ése. No estaba en Roma, sino en Berlín. Pero imaginé a Cristo haciendo penosamente ese camino, rodeado de todos sus hermanos, llegando hasta allí para ser crucificado en las *ruinas* de lo que había sido un muro. Imaginé a todos desconcertados, buscando una respuesta. Vi al hijo de Dios mirarme suave y calladamente a los ojos, preguntándome dónde. Le pedí ayuda al Padre, pero no escuché nada. Le rogué que me diera una señal. Después dije en voz baja: no soy el Bautista, Dios, y no soy Judas; yo no soy Pilatos, Señor; no soy ese tipo de mierda, pero tampoco yo voy a matar a tu hijo.

Di media vuelta y *entré en Berlín*. Pero en seguida perdí el valor. Por la primera calle me desvié a la izquierda, hacia el río. Estuve ahí un largo rato antes de volver a la parte occidental. Anduve ciegamente por un lado y por otro, parando a comer una hamburguesa o a hacer alguna averiguación sobre un curso de cine. Hablaba con la gente sin ningún interés, reptando por esas calles a una hora en que extrañamente todos parecían dormir el mismo y placentero sueño. Preguntaba cualquier cosa, nada más preguntaba como un autómata.

Me movía, pero siempre estaba en el mismo lugar: parado, inmóvil, temblando y transpirando frío frente a la torre.

Al tercer día conocí la otra torre. Me había levantado a eso de las once, y después de almorzar en el hotel tomé un par de calmantes. Volví a despertarme a media tarde, cuando el día se había nublado sin remedio. Soporté toda clase de vendedores que querían venderme hasta
su casa. Por un momento creí estar en Marruecos, pero por supuesto
no era así: detrás de un siniestro edificio de forma hexagonal (de esos
que por fuera tienen todo como si fueran rejillas; dos por lado) aquella torre del infierno me aniquiló por completo. En realidad no era una
torre, sino las ruinas de alguna vieja catedral, parcialmente destruida
por los bombardeos de la Segunda Guerra. Estaba sólo a unas cuadras
del hotel, muy cerca del *Zoo,* y de casualidad había llevado mi cámara encima. Fue mi segunda y última foto de Berlín. Después (después
de la pesadilla) supe que tenía algo que ver con el emperador Guillermo. Veo la foto ahora y trato de no olvidar nada. La entrada del metro; un hombre que pasa en mangas de camisa, alguna gente sentada
más allá; el horrible edificio, en primer término, y atrás la catedral. La
piedra ha sido corroída por la mano y el deseo del hombre. Han crecido algunos árboles que tratan de colarse por entre sus arcos. Todo
está vacío y triste y falto de sentido. La cúpula ha sido devastada sin
ningún pudor. Pienso en Schwechten, el que la *construyó.* Pienso en él,
y por primera vez noto los dos detalles: a un costado, un camión tiene un cartel en español que dice "casa de frutas". En la catedral, apuntando hacia el cielo y hacia la tierra para que nadie lo olvide, un reloj
roto marca, apenas, unos segundos más de las diez y cuarto.

Al cuarto día empecé a pensar que Lalo ya no vendría. Pasé todo el
tiempo dándome vuelta, creyendo que alguien me acechaba y seguía
mi rastro como un sabueso. No hice otra cosa que sentir pánico y estar demasiado triste. Para colmo, sin darme cuenta llegué hasta el cementerio. Me quedé allí, sin embargo: el lugar era agradable, y me puse a buscar algún nombre que me sonara. Reparé en uno muy extraño,
que casi seguro no podía ser alemán: *Benmont Rees.* Después estuve en
el *Spree,* en la parte más alejada de la ciudad, donde las aguas también
parecen ser más calmas. Ese río me fascinaba, y quizá fue esa fascinación la que trajo un poco de paz a mi alma.
   Antes de volver al hotel y encerrarme el resto del día, me detuve a
tomar algo en un bar. Algo que me calentara las tripas. Antes de irme,
pasé por el baño y escribí:
   "Benmont Rees: no te conozco. No sé quién sos, idiota, no sé ni siquiera de qué parte de la mierda de tu madre saliste. Nunca nadie te

va a ir a visitar. Solamente yo, para recordarte que estás muerto."

El quinto día lo pasé en el este. *Marx-Engels Platz* estaba atestada de gente; cientos de chicos corrían de un lado a otro, haciendo gritar a sus madres como si fuera el día del juicio. Todo eso me ponía un poco nervioso, pero no podía o no quería irme. En medio de toda esa multitud me sentía más seguro, como si allí no pudieran encontrarme. De pronto, junto a mí, una chica con uniforme de colegio se sentó y empezó a sacar toda clase de papeles y lápices para dibujar. Ostentosamente, apoyándose en una carpeta, simulaba estar bocetando uno de los puentes; pero no podía engañarme. Yo mismo estaba *huyendo, y* ella no iba a engañarme. Quizá lo notó, porque a los pocos minutos se fue, intentando parecer tranquila, pero yo sabía toda la verdad como si ella misma me la hubiera contado.

Por la noche (la noche más fría de la historia) volví a encontrármela. Era una calle repleta de bares: toda la gente bailando y pasándote por al lado, cambiándose de un lugar a otro y encontrándose con amigos. Tal vez la reconocí por eso: como yo, estaba sola y sentada en un rincón, hablándose a sí misma en voz baja y (me pareció) tratando de contener el llanto. No dudé en acercarme, pero ella salió corriendo apenas me vio.

La tercera vez fue en el muelle. Apenas escuché los sollozos, presentí y deseé que se tratara de ella.

Era la única persona que conocía en Berlín, y no iba a dejarla ir.

Pensé que tal vez lo mejor era decirle algo. Era demasiado tarde y la veía tan quieta y asustada y ni siquiera sabía en qué idioma hablaba.

Así que me acerqué y la invité a escuchar mi radio. No se movió, y hasta aceptó con algo de ternura que le tomara la mano. Nos quedamos durante horas escuchando una serie de temas que jamás recordaría, pero que en ese momento me hicieron sentir bien.

Ella me preguntó si estaba solo. Le dije que sí. Nos cubrimos con mi abrigo y prometimos ir a tomar café cuando amaneciera. Disfrutamos una canción de Elvis Costello como si llevara para los dos algún viejo recuerdo. Nos acurrucamos en el hilo de la noche como dos fugitivos.

Yo le mostré la herida que tenía en la pierna, y después traté de impresionarla con la cicatriz del labio. Le hablé casi una vida de las cosas que me gustaba cocinar. Le convidé un cigarrillo. Lo fumamos a medias, y yo logré dormir media hora apoyado en su hombro hasta que me despertó el primer reflejo del sol.

Entonces fue cuando ella me contó de su hijo.

La llevé a mi cuarto y estuve toda la tarde escuchándola. De vez en cuando lloraba e interrumpía su relato, toda esa historia tan triste que me había contado, lentamente, para que yo pudiera seguir su inglés que era mucho mejor que el mío. Después comimos algo y yo me fui a dar un paseo cerca del *Zoo,* quizá buscando la torre pero sin querer encontrarla. Me senté tranquilamente en un bar a pensar en todo aquello. Pedí una gaseosa. La disfruté a cada sorbo, intentando retener su sabor como jamás lo había hecho.

Me dije que el inesperado encuentro con la chica era lo mejor que me había podido pasar, porque casi me había olvidado de mis propios problemas. Además faltaban sólo dos días para que Lalo volviera, y me sentía capaz de sobrevivir sin pensar en el suicidio.

Fui al baño, y tuve que esperar que un par de *punks* salieran arrastrándose para poder dedicarme a escribir. Pero me di cuenta de que no tenía con qué hacerlo. Así que saqué mi navaja, y con mucho esfuerzo pude tatuar: *"Benmont Rees:* nacido en combate."

Estábamos durmiendo. Habíamos dormido abrazados durante toda la noche (como queriendo refugiarnos de algo), hasta que me despertó el sonido lejano de una radio. Todavía era de noche. Me paré despacio, haciendo movimientos cortos y suaves para que ella no se despertara (para no interrumpir lo que estaba soñando). Fui hasta la ventana: apenas lo sentía. Busqué en vano una luz prendida; pensé en ese tipo que no podía dormir y que ahora se abalanzaba desesperado en la curva de la noche pidiendo una señal: imaginé su cuarto o quinto cigarrillo, lo imaginé temblando en la oscuridad, rogándole a Dios que el día no lo encontrara así, con los ojos abiertos y vigilando una pared. Dibujé mentalmente la habitación; imaginé el único rincón habitable y la silla sobre la que estaba acurrucado, junto a la radio que susurraba algo incomprensible y lejano.

Hasta que el volumen subió de pronto. Era Bob Dylan. Desde alguna parte cantaba su *Watchtower* como si todavía alguien creyera en algo: había llegado para salvarnos.

Después de un rato, cuando la canción había terminado y ya no se escuchaba nada, pensé (en realidad recordé, porque los pensamientos acuden casi siempre a la memoria y no al razonamiento puro), en esa antigua "tradición", en esa vieja idea que Proust y Nabokov relataron como nadie (porque comprendieron el cuerpo real que adopta la angustia y la verdadera forma de la belleza que se halla en el dolor), que habla de lo efímero y terrible de esos escasos momentos de tranquilidad y bienestar que llamamos con el nombre de "felicidad", y no hacen otra cosa que anticipar, o más bien aumentar, la tristeza que vendrá después, o mejor dicho, no hacen otra cosa que poner en claro la diferencia entre esos instantes y el resto de la vida. Un segundo de alegría, la desesperada acción de intentar retener esa leve sensación durante todo el tiempo posible, no hace más que recordarnos lo desgraciadas que son nuestras vidas.

Esos momentos en que obtenemos algo, entonces, y creemos que son los únicos que vale la pena vivir, son, precisamente, los que nos robarán luego la carne y la sangre, los que nos recordarán sin piedad lo cercana que está la muerte todo el tiempo, susurrándonos al oído, aullando infinitamente sobre la conciencia, cortándonos el sueño y silbando, lenta y pausadamente, la misma melodía.

Empecé a sentir frío. Tuve miedo de alguna cosa y por un instante pensé que era una hormiga. Que cualquiera podría venir y pisarme simplemente porque le molestaba, o porque no me había visto. Busqué la luz: traté de escuchar otra vez el sonido de la radio.

Quise recordar en qué lugar estaba, en qué ciudad del fin del mundo. *Oscuro paraíso donde se muere de a sorbos.*

Volví a la cama y me tapé hasta el cuello. La abracé y escondí mi cabeza debajo de la suya. Rodeé mi espalda con su brazo. Cerré los ojos. Le pedí muy dulcemente, en el oído, que no se moviera de esa posición en diez o quince años.

Lo importante es encontrar el tono. La manera en que las cosas suceden en nuestros ojos. La mirada personal. Después solamente hay que narrar la vida.

En eso pensé, y así traté de contarle todo a Lalo en el tren a Viena: todo lo que pasó el último día.

Apenas me desperté fui a desayunar. Lo hice solo, porque ella seguía durmiendo. No conté las horas, por supuesto, pero daba la sensación de que llevaba una semana sin dormir. Después, mientras caminaba, se me ocurrió que en realidad es lo que hacen todas las chicas que están tristes y deprimidas y que se han ido de sus casas. Pensé en eso y volví al hotel, con algo de culpa por haberla dejado sola. La encontré llorando, con el maquillaje que le quedaba todo corrido, y cuando entré enseguida vino y me abrazó como si fuera su padre. Apenas era un poco mayor que ella, pero no sé por qué maldita razón creyó que yo era más fuerte, o que podía soportar las cosas de otra manera. Pero quizá así fue.

Logré que dejara de llorar, pero todo el tiempo me decía cosas como "no puedo más" o "si vuelvo me van a internar". La abracé fuerte, traté de cantarle algo, le inventé dos mil historias sobre Lalo, dejándolo como un estúpido nada más que para que ella se riera. No hizo efecto, y otra vez se puso a llorar como si el mundo se hubiera acabado. Yo me volví loco, y mis propios nervios me traicionaron para siempre. No podía soportarla más, y empezaba a angustiarme tanto yo mismo que tuve que huir a la calle.

No sé dónde estuve, y cuando volví ya era tarde. Muy tarde, porque no sólo estaba toda la habitación "inundada" en sangre, sino que sus ojos estaban abiertos. Como un demente, me insulté a mí mismo por haber dejado mi navaja a su alcance hasta que casi me quiebro del dolor. Después junté rápidamente lo que tenía a la vista y bajé las escaleras. Pagué la cuenta y *salí a Berlín*.

Entré a un baño y escribí desesperado: *Benmont Rees: estás bien muerto, tu madre está muerta y ahora yo voy a matar a tu hijo.* Después entré a otro cerca de la estación: *Berlín está muerta, igual que todos sus habitantes.* Luego a otro y otro y otro, hasta que llegué a uno y encontré las palabras que me redimieron:

Todo lo que huele a mierda
huele a ser.
¿Es Dios un ser?
Si lo es, es una mierda.
Si no lo es,
no existe.

Me puse a pensar en su nombre, pero no lo sabía. Después observé con ternura y apasionamiento las calles de la ciudad. No estaba tan mal, me dije, para no recibir ninguna ayuda de Dios.

Me agaché y besé el suelo. Volví a pararme y traté de no pensar. Después de eso le regalé mi alma a Berlín.

ADRIÁN CURIEL RIVERA

MERCURIO

Natalia me había acompañado a Sanborns para que yo me comprara una maleta. La que acostumbraba usar ya estaba muy percudida y la semana entrante tendría que ir a Ciudad Juárez a supervisar una venta al por mayor. Mi actual trabajo era un tema candente, sobre todo para Natalia. Nos habíamos recibido casi al mismo tiempo como licenciados en derecho, y mientras ella escalaba cada vez con mejor fortuna los angostos escalones de la carrera judicial, yo había deambulado por algunos despachos jurídicos, procuradurías de justicia, agencias de seguros y empresas distribuidoras de artículos de limpieza para el hogar. A últimas fechas, desde hacía unos seis meses, vigilaba las operaciones comerciales de una compañía dedicada a la fabricación de sartenes de teflón, esos chismes fabulosos que niegan la inmortalidad culinaria de los huevos estrellados al impedirles quedarse adheridos para siempre a la superficie del traste. Un asunto polémico, como ya he dicho. "Desperdicias tu vida", opinaba Natalia de la manera más respetuosa que le permitía un enojo que se esforzaba por no extraviar su velo de indulgencia. "¡Eres un universitario, carajo!", añadía en un tono ahora sí abiertamente severo. "En lugar de andar dando demostraciones de cómo humedecer una esponja para no estropear el teflón y remover las partículas alimentarias rebeldes, deberías estar quebrándote los sesos en el estudio de algún caso relevante." Pero creo que para mí, y supongo que también para ella, esas expectativas forjadas conjuntamente en otros tiempos comenzaban a hundirse. De cualquier forma, a un período de incesante guerra (de guerra psicológica con uno mismo y con el otro), sigue, de vez en cuando, aunque sea pasajero, un cese de hostilidades. Eso es lo que habíamos hecho Natalia y yo antes de entrar a Sanborns. Pactamos una tregua. Nos reíamos con cierta regularidad; o por lo menos lo intentábamos. Uno de los dependientes nos condujo hasta un estante donde se apiñaban unas maletas que tenían todo el aspecto de haber sido diseñadas por o para un bufón: franjas rosas con florecitas y palmeras de un amarillo chillador estampadas en un fondo de vinil púrpura. La moda no se conformó con

[39]

los trajes de baño, por lo visto. Le pregunté al empleado (quizás imitando sin querer lo que con frecuencia me respondían mis clientes al hacerles alguna oferta) si en verdad pensaba que alguien –con una pizca de gusto y sentido común– estaría dispuesto a pagar siquiera dos nuevos pesos por una mercancía de ese calibre. Natalia odiaba que siempre que íbamos a una tienda yo comenzara un interrogatorio sobre la calidad y el precio de los productos; por supuesto que también odiaba muchas otras cosas. Sentí que un codo discreto pero insistente se clavaba en mis costillas. Comprendí que era hora de cerrar el pico. El dependiente se agachó y en cuclillas empezó a escarbar por debajo de la pila de equipajes. Por fin apareció uno liso y negro, sin ningún adorno que pusiera en peligro la reputación personal. Lo examiné con cuidado. Para ser de materiales sintéticos –ni los ánimos ni los presupuestos nos autorizaban comprar una maleta de piel genuina– no estaba tan fea. Busqué en el rostro de Natalia una señal de asentimiento. "Es una Samsonite", dije, a modo de respaldo logístico. A Natalia le encantaba mi desaforada capacidad de entusiasmo infantil. Al principio, claro. En esta ocasión, no con mucho ímpetu que yo recuerde, pero sí de buena fe, como si todavía nos encontrásemos en aquella maravillosa época festiva, intentó bromear: "Ándele, chiquito, llévese su maletita."

¿Sería mi afición a la hipocondría el motivo por el cual yo identificaba en los ojos de Natalia el único metal sobre la Tierra que a la temperatura ordinaria se encuentra en estado líquido? Para mí, Natalia siempre tendrá los ojos de mercurio. Y no porque sus iris sean de un verde tan plateado que igualen el azogue; simple y sencillamente porque esos ojos (sus pupilas) se dilatan y contraen reflejando con toda fidelidad las destemplanzas del cuerpo y del alma. Son unos ojos que no saben mentir; son un excelente termómetro. Quizás el mundo entero tenga los ojos de mercurio, como Natalia, y fijarse bien en ellos sea lo único que se necesite para obtener diagnósticos clínicos útiles.

El dependiente que nos estaba atendiendo se había escabullido silencioso, con todo y su saco rojo electrizante, por entre los pasillos de Sanborns. Después de un rato dimos con él. Sudaba la gota gorda explicándole a un señor bastante terco que en ningún establecimiento iba a conseguir un rifle de diábolos con mecanismo de metralleta; y menos aún uno con mira de rayos infrarrojos. Nos vio, hizo una pequeña reverencia y, disculpándose por el momento, le prometió a su posible comprador estar de vuelta en un segundo. Le entregamos la maleta y en fila india lo seguimos hasta la caja.

Me unto crema espumosa para rasurar en los cachetes y en la parte superior del cuello. *Gillette es verse como te quieres ver...* Tiro al cesto de basura el cartucho oxidado y sin filo de mi Atra Plus y coloco una pieza de repuesto. Adelante. Diminutos pelos parecidos a las espinas de un chayote caen en bolas de nieve desde mi cara hasta las profundidades cóncavas del lavabo. Es difícil removerlos, confinarlos al subterráneo y laberíntico universo de las cañerías. Acabo. Toca el turno, para refrescar los pelones e irritados poros que ha dejado a su paso el rastrillo, a la loción Brut. Abro la regadera. Diablos. No sé a qué voy. Odio las posadas, las pre y las post (el otro día leí en una revista el testimonio de una viuda que había inaugurado estas fiestas decembrinas, las posadas, con dos meses de anticipación; la trágica clausura se verificó en febrero, cuando un vecino acalorado que discrepaba con algunos puntos de vista −se discutía si un funcionario del gobierno federal era narco o sólo homosexual− vació sobre la cabeza del anfitrión el borboteante contenido de una olla de ponche con piquete). Yo no sé a qué voy. De cualquier forma, no tengo nada peor que hacer.

La noche del viernes se nos fue en pleitos absurdos Yo siempre he sido puntual; exageradamente puntual, para mi desgracia. Quizás esto se deba a una paradoja −como decía Natalia−, a que no tengo una correcta idea del tiempo. Ella se había ofrecido para llevarme a la estación. "¿De veras?", pregunté entonces, gozoso. "¡Pues claro, tonto!, ¿qué te piensas?" Pero como andaban las cosas... Las cosas andan mal y todo se bambolea. "Conque, salgamos del departamento al veinte para las seis", agregué, sin poner demasiada atención a las palabras que estaba articulando. "¿¡Estás lunático!?", objetaron. "Si mañana es fin de semana. En quince minutos estamos allá. Tu tren sale hasta las siete." Susceptible, Natalia remató: "Si quieres que yo te lleve, nos vamos de aquí a las seis treinta." Por suerte, más que una amenaza yo vi en esta advertencia un acto de contundente sensatez. "No voy a rogarte para que me hagas un pinche favor. A la ciudad le sobran taxis." Es fácil imaginar la tesitura en que continuó la charla. "Lo que pasa es que no quieres que te lleve." Enseguida afloró el lado conciliador de mi personalidad. "No, lo que pasa es que para ti vender sartenes de teflón es una mamada... te fascinaría que perdiera el puto tren..." Así se fue la noche del viernes, hasta que pudimos dormir un poco. A las cinco horas del sábado sonó la alarma del terrorífico pero irrenunciable Citizen Quartz. Nos bañamos y vestimos en silencio. Al veinte para las seis ya me encontraba en un andén de la estación de ferrocarriles de Buenavista, sentado como estúpido encima de mi Samsonite. He de reconocer que en cuestiones cronométricas el cálculo de Natalia siempre ha sido más certero que el mío.

Mary Robles del Alto Bosque Sánchez es el nombre de la insípida organizadora de la preposada. Una muchacha pequeñita que cree, de corazón, ser uno de los miembros más representativos de la descendencia real española. Esto es, Mary asegura que por sus imponderables venas corre líquido sanguíneo idéntico al quinto color del espectro solar. "¿¡Azul!?", se extrañan las curiosas lenguas viperinas de quienes conocen sus desplantes. "¿¡Azul!?" Pero fuera del contexto de su acomplejada petulancia, Mary incluso puede llegar a ser simpática. He venido ya un par de veces a su casa y todavía me desoriento. ¡Ah!, allí está. ¡Puf!, qué horror, no hay sitio para estacionar el auto. ¡Ah!, parece que ese cuate ya se va. Entro por el garaje y alguien abre la puerta principal de la casa. En la pared del fondo una pintura de un Cristo emula las obras de los renacentistas italianos más perfectos. Flanquean el hermoso marco dorado, una a la derecha y otra a la izquierda, dos macetas igualmente doradas que sustentan (sobra decir que con gallardía), cada una, media docena de alegres y odoríferas rosas de plástico. Pedregal style neto. De repente, la mamá de Mary, la señora Sánchez a secas, si aspiramos a prescindir del kilométrico Robles del Alto Bosque, me ensarta en la mano una velita de peregrino y un folleto con los textos religiosos propios de la ocasión. Ahora me conduce, empujándome con amabilidad por la espalda, a un jardín muy grande donde otros invitados peregrinos que también sostienen velas y papelitos esperan nuevas indicaciones. El chongo que la señora Sánchez trae peinado con mousse casi toca una piñata que cuelga de un mecate extendido entre dos árboles.

No había pasado ni hora y media de trajín ferrocarrilero cuando la desconsiderada obsesión mercúrica tomó por asalto el encefálico territorio de mis sueños. En estado de duermevela, sin lograr despertarme por completo, pude contemplar un par de ojos que me miraban con una sequedad sobrecogedora. Natalia iba al frente del volante de nuestro Sedán 1978. El semáforo había cambiado a luz roja y mientras esperábamos la señal de siga ella había volteado a verme. El mercurio descendía tan rápido que muy pronto alcanzaría los menos treinta y nueve grados centígrados, su punto de congelamiento. Yo quería ofrecerle una disculpa, trastocar esa mirada de orden de inhumación; pero ya era tarde y una fuerza irresistible me había depositado arriba de una piedra negra y resbaladiza, del tamaño exacto de las suelas de mis zapatos, que se columpiaba apoyándose en la punta de un monolito colosal; los desfiladeros de las montañas circundantes eran tan profundos y empinados, y el vértigo tan escasamente promisorio, que no tuve otro remedio que echarme a llorar; lloraba y lloraba, vestido con mi idiota atuendo de supervisor de ventas de sartenes de teflón, de pie sobre una precaria losa y sujetando una inútil maleta Samsonite en medio del desamparo onírico más nebuloso. Lloraba y lloraba hasta que una voz salvadora: "No se haga el dormido, señor. Señor, señor, su boleto por favor", me hizo reaccionar. Una vez despierto entré en una especie de crisis de ansiedad. Me dirigí al coche con servicio de restaurante y, aunque era muy temprano (cuarto para las nueve de la mañana), me bebí unos buenos litros de cerveza.

Como si fuéramos una disciplinada y bien retribuida cohorte de legionarios romanos, damos vueltas alrededor del jardín entonando las letanías de rigor. Ora pro nobis. Un gracioso que desfila en la retaguardia aprovecha la oscuridad de la noche y del anonimato y sustituye algunas frases beatíficas por cuplés más picantes. Esto provoca el mal humor de la mamá de Mary, quien como quien no quiere la cosa, haciendo muecas y abandonando la delantera del regimiento, retrocede poco a poco. Pensamos que la maniobra tiene por objeto pillar al malévolo cantor. De hecho, la señora Sánchez empuña con ambas manos sendas luces de bengala que, conforme pasamos junto a ella, nos iluminan peligrosamente. Concluimos la última ronda y la anfitriona (o sea, la anfitriona usurpadora, la mamá de Mary) trepa encima de una silla situada a mitad del jardín, cerca de la piñata, y con la misma actitud democrática que evidenció al principio del numerito, tras una perorata regañona referente a nuestras tradiciones, lo más seguro es que dirigida al clandestino e impune cantante alburero, nos sugiere que dividamos el grupo en dos partes iguales. La primera permanece en el interior de la casa y la segunda, por consiguiente, para representar los legendarios y bíblicos papeles de María y José, sale al exterior. "¡Een el nombre del cieelo, yoo os pido posaaada...!" A un costado mío descubro a una compañera de la universidad. Todavía no sé que se llama Natalia.

Cuando el tren se detuvo en San Luis Potosí yo ya estaba borracho. A las cervezas que había ingerido para calmar la preocupación que me produjo la pesadilla relatada, sumé una botella de whisky. Treinta y seis horas de viaje no son ningún chiste y mientras más relajado ande uno más presto se pasan. De mi Samsonite –ahí dentro descansaba el cadáver del Johnnie Walker, Etiqueta Roja– extraje un pequeño portafolios y de éste, junto con la lista de cotizaciones, un tríptico publicitario de la compañía y un block de facturas, *El Crack-Up*, de F. Scott Fitzgerald. Dejé el libro sobre el asiento vecino, que estaba desocupado, y volví a acomodar las cosas. Antes de dar inicio a la lectura, pensé, me vendría bien una siesta. Así que me quedé dormido, hasta que alguien me sacudió ligeramente el hombro. Esta vez no era el inspector sino una mujer de unos treinta años, muy esbelta, de ojos parecidos a los de Natalia, aunque en éstos, los de la desconocida, yo no percibiera (no por el momento) las propiedades del mercurio. Tenía la piel del color de esos bronceados aristócratas, de los que consiguen las personas blancas acomodadas a base de tenacidad solar y buena vida. Cargaba un trípode y otros accesorios fotográficos. "No quería molestarlo, señor. Pero Fitzgerald está sentado en mi asiento." Me puse rojo como jitomate y, abriendo la boca con la cabeza inclinada para no delatar mi aliento alcohólico, balbuceé algunas oraciones torpes e inconexas. Me levanté de mi sitio, cambié de lugar el libro y le ayudé a subir el trípode a la repisa atornillada en la parte superior de la pared del tren, justo arriba de la ventana. "Espero que no se caiga", bromeé. "Lo peor que puede suceder", respondió, "es que alguno de los dos salga descalabrado". Los vaporosos silbidos de la locomotora anunciaron la reanudación de la marcha.

La señora Sánchez abre la puerta, aplaude y nos felicita porque –dice– nos salió bien bonito. "Ahora sí, muchachos, quedan en libertad de hacer lo que les venga en gana. Salvo tomar bebidas embriagantes. En esta casa eso sí no, ¿eh?" La mamá de Mary se da la vuelta, escoltada me parece que por dos de sus hermanas, señoras también integrantes de la cofradía de los chongos distintivos que a última hora se han incorporado al ritual prenavideño, y de inmediato se instituye, luego de una veloz pero eficaz colecta monetaria, un escuadrón cuya secreta tarea consiste en deslizarse sigilosamente por las oscuras calles del Pedregal en busca de la vinatería más próxima. El escuadrón cumple con éxito su cometido y alguien que se las arregla para colarse a la cocina diluye una generosa dosis de ron en el tradicional y ya no tan dulce ponche. Un asistente que trae los ojos vendados, en su afán por conquistar el reconocimiento público a su fuerza, velocidad y puntería, yerra el tiro: en vez de pegarle a la piñata conecta un memorable palazo en la desprevenida nariz de un espectador. Al tiempo que le suministran los primeros auxilios al lesionado y se comenta el carácter accidental del hecho, hay que limpiar la sangre con una jerga, reírse con cierto disimulo. Un convidado más apto da un limpio golpe vertical a la piñata y la revienta por su centro. Entonces, no sé por qué, cuando todos se lanzan al pasto dispuestos a morir en la lucha por el mayor botín de colación, yo me arrojo sobre Natalia, "tacléandola" intempesitivamente ante las miradas atónitas de Mary y de otros de la concurrencia. Al asombro que me causa mi propia conducta se añade otra sorpresa: Natalia, enterrada debajo de mi cuerpo, lejos de enojarse extiende sus elásticos labios en una franca sonrisa. Más tarde prendemos la fogata. Nos sentamos alrededor de ella y los guitarristas espontáneos que nunca faltan en esta clase de acontecimientos improvisan con distinto grado de imperfección las melodías. Natalia no corresponde a los cariños furtivos que mi mano practica sobre la suya. Pero tampoco protesta.

Acabábamos de pasar por Zacatecas: techos de barro cocido, blancos fulgorosos, cúpulas delirantes que se yerguen orgullosas contra los desgastados e imponentes cerros, en especial contra la gemidora cresta de la Bufa, testigo y protagonista pétreo de tantos vaivenes nacionales. ¡Y el cielo! ¡Ese azul!, inclusive más nítido que el que transita por las arterias de la camarada Mary. Me figuro que una persona con buena vista hubiera alcanzado a ver el teleférico. Dejamos atrás la ciudad de Zacatecas y yo finalicé *El Crack-Up*. Estaba emocionadísimo y a la vez algo deprimido. Era increíble la cantidad de semejanzas entre autor y lector que se me habían revelado durante la lectura. Mientras que a los veintiocho años Fitzgerald recorría el globo terrestre respaldado por una extraordinaria y relampagueante carrera profesional que podía financiarle lo que se le ocurriera, yo cruzaba la República Mexicana con un cheque —extendido por Teflonmex, S. A. de C. V.— para cubrir los gastos personales de cuatro días; mientras que F. Scott y su esposa Zelda derrochaban fortunas exorbitantes en bacanales donde el glamour y los excesos eran el medio y el fin, yo me encerraba en el baño para liquidar a escondidas tres o cuatro cervezas, preocupándome sobremanera que entre la llegada de Natalia a nuestro departamento y un feroz cepillado de dientes mediara el intervalo necesario para que mis exudaciones etílicas se volatilizaran; mientras que el derrumbe moral del prosista norteamericano, además de coincidir con una ruptura económica y de valores de su propia sociedad, obedecía a una consecuencia, hasta cierto punto natural, de un ascenso irrefrenable,

desmedido, yo me iba a pique ahorrándome cualquier trámite previo
de escalafón, dando un diminuto salto desde el peldaño de la mediocridad más rutinaria. En estas y otras cavilaciones me entretenía, ad-
mirando el paisaje a través de la ventana del tren, cuando la dormilo-
na cabeza de mi vecina de asiento se posó tiernamente sobre mi
hombro.

Es una hermosa tarde de viernes. Llueve a cántaros en la ciudad más
grande del mundo y Natalia y yo no tenemos que volver a nuestros
respectivos trabajos. Mi suegra se fue a Veracruz a visitar a unos parientes y mis cuñados, si de casualidad llegaran a aparecerse por la casa, siempre nos alcahuetean. Mi suegro hace meses que vive en otro
lado. Tomamos café en la sala. La corrediza puerta de vidrio está
abierta. Un agradable perfume de buganvillas mojadas y lodo se filtra
desde el patio trasero. Natalia deja su taza sobre una mesita. Me tumba en el sofá. Rodea mi cuello con un brazo; el otro descansa sobre mi
pecho. Un besito tronador. Dos. "¿Entonces, qué? ¿Cómo ves?, pregunta. Yo contesto: "Pues sí, ¿no? Hay que aventarnos ya." "¿Ya?", re-
plantea, y lame mis labios. "Pues sí, ¿no?" Muerdo despacio su boca.
Una extraña mezcla de exaltación y nerviosismo. Después de un rato
de apapachos decidimos ir a la videotienda Blockbuster. El tráfico es
nauseabundo pero ese día estamos de excelente humor. Natalia es
quien maneja el sedán 1978. Alquilamos las películas y nos estaciona-
mos delante de la Europea de Miguel Ángel de Quevedo: dos botellas
de vino tinto español. En medio de un aparatoso aguacero retornamos
a la casa vacía. Como último detalle anterior a una maravillosa velada
hedonista, telefoneamos a un restaurante griego con servicio a domicilio. "¿Uno o dos gyros, Natalia?" "¿Estás lunático? Sólo uno, porfa."
Nos saciamos de comida y bebida. Subimos al cuarto de Natalia. Yo
cierro la puerta con seguro, por si las moscas. Una vez que hemos observado el protocolo, cumplido las reglas esenciales de los ritos de exploración, practicamos los cunnilingus y fellatios que tanto gustan a los
amantes decentes. Luego Natalia abre las piernas a la altura de mi pelvis e introduce mi miembro en su vagina. Un ritmo cadencioso, circular, se apropia de sus caderas. Adelante. Atrás. Yo levanto un poco el
cuerpo, apoyándome con los codos y antebrazos en la superficie de la
cama, y rozo con mi lengua la endurecida y tibia piel de los pezones.
Un rayo ilumina un segundo la plaza. Me acuesto por completo y, jalando a Natalia hacia mí, meto la lengua en su boca. El sonido del
agua que repiquetea allá afuera contra el pavimento prolonga (o me

parece que lo hace) el placer de mi descarga. Las trágicas cosquillas que suceden a la eyaculación me obligan a abrazar con fuerza a Natalia, suplicándole a carcajadas que se deje de mover. Entre tanto, ella jadea cerca de mis oídos, chupándome los lóbulos de las orejas. Un breve receso. Giramos, procurando que nuestros genitales no se despeguen un solo centímetro. Una deliciosa corriente de aire húmedo que viene desde el baño aterriza en mi espalda desnuda. El cuello se me pone chinito. Rabioso, extasiado, hago mi mejor esfuerzo. Uno, tres. Veintiséis, treinta y dos. Ella termina. Nos separamos. Dos mortales empapados en sudor, tendidos boca arriba, resollando, presas del más dulce de los cansancios, imaginándose los dueños de la felicidad del cosmos. "¿Entonces, qué?" A la semana siguiente Natalia y yo estaríamos viviendo bajo el mismo techo, en un departamento de la colonia Roma.

No sabía qué hacer. ¿Debía despertarla? No le fuera a dar una tortícolis, con el cuello tan torcido. Durante el trayecto me había platicado algunas cosas de su vida. Fotógrafa, obviamente (si no ¿para qué diablos iba a estar paseándose con un trípode?). Egresada de la Ibero. Chilanga, como yo. Creo que mi primer comentario no fue atinado. Le dije que antes de conocerla nunca había tenido el gusto de tratar a alguien de esa universidad que valiera la pena. Lo cual, por cierto, era falso. Conocía a mi amigo Ignacio, licenciado en comunicaciones además de brillante cuentista, y a mi tía Amalia, por quien hasta la fecha profeso una insondable admiración. Entre otros. Pero Sandra, la fotógrafa, no atendió mi comentario, o le tuvo sin cuidado. Bonito nombre: Sandra. Había ido a San Luis Potosí a exponer en una galería particular parte de sus trabajos recientes: imágenes comparativas de seres aberrantes (lesbianas, prostitutas, gays, simples portadores de disfraces) que, en su desesperación por escapar de las frustraciones cotidianas, en distintas discotecas y establecimientos nocturnos, tanto mexicanos como estadounidenses, bailan al compás de ritmos frenéticos, rindiendo paroxístico culto a una sexualidad eufórica –digamos, también, pública– pero efímera. "Esto tiene implicaciones sociales graves", me dijo antes de dormirse, al mostrarme una carpeta con algunas de sus fotos. Llevábamos la misma ruta. La franja fronteriza, me había explicado Sandra, el espacio comprendido entre El Paso Texas y las afueras de Ciudad Juárez, brindaba una magnífica oportunidad para capturar en registros fotográficos una serie de antros y personajes insólitos. Sandra. ¿Debía despertarla? Me quedé mirando la portada de *El Crack-Up*, que yacía en mi muslo. Me di cuenta: estaba absolutamente embelesado. El aroma a shampoo de manzana y especias de la cabellera de Sandra, que se esparcía desde mi hombro, me transportaba a paisajes que no eran precisamente los que desfilaban por la ventana del tren. Ora veía a una pareja dentro de una cabañita, tomando no sé qué romántico licor, abrazados en el corazón de una llanura inmensa y solitaria, bajo el embrujo de una tormenta sonora...; ora veía a los amantes atrapados en la cumbre de los Alpes Suizos (quiero pensar que eran los Alpes Suizos), haciendo el amor sobre un sleeping-bag acondicionado como lecho para los efectos del caso. ¡Fantaseaba! ¡Dios mío! ¡Fantaseaba como un púber que después de ver la película *Porky's II* ingresa en una peligrosa fase de enardecimiento! Yo era uno de los protagonistas de este viaje imaginario, por supuesto, pero el otro no era Natalia: ¡era Sandra! El mercurio centelleó en mi mente invirtiendo su carácter de pesadilla hipocondriaca por el de lúcida fórmula medicinal. Existen dos soluciones para que el mercurio de un termómetro clínico ascienda o descienda a la temperatura idónea. La primera, quizá más profesional y ética, es el tratamiento: el doctor intenta estabilizar al enfermo mediante el empleo de todos los recursos disponibles. La segunda es más sencilla: se retira el termómetro de la boca del paciente (hay que lavarlo con agua y alcohol, eso sí) y se mide la temperatura de otra persona (sana, de preferencia). ¡Qué estupidez...! Pero, bueno, ¿debía despertarla? Todo este ajetreo psicológico acabó por provocarme unas tremendas ganas de orinar. Sin embargo, ¿cómo iba a atreverme a perturbar el sueño de la encantadora criatura que dormitaba utilizando como almohada mi hombro? En lugar de pararme al baño, me hundí en el asiento, despacio, y con timidez recargué mi cabeza sobre la suya.

El señor Gutiérrez abre un cajón de su escritorio. Me entrega una lista actualizada de los precios de los distintos tipos de sartenes de teflón, así como la copia de una factura a nombre de una tienda de enseres domésticos. Ajá. Sí. Todo en orden. Si me regala una firmita por acá, señor Gutiérrez, y yo le regalo la mía. Perfecto. Un placer tratar con usted, como siempre. Me hospedo un par de días en el hotel Doris. Tomo el tren de regreso. Treinta y seis horas de camino son treinta y seis horas y en esta ocasión me acompañan dos botellas de Johnnie Walker Etiqueta Roja. No tengo la misma suerte que en el itinerario de ida. No es Sandra mi compañero de asiento sino un norteño sombrerudo cuyo olor desafía en serio a la más expansiva fragancia de un vagón del metro parisino. Intento divertirme leyendo otro libro. Cinco

líneas son suficientes para que pierda el interés. Los párrafos saltan demasiado, no consigo concentrarme. Sólo pienso en ella. En ellas, mejor dicho. Las que suben y bajan el mercurio, las tablas periódicas que
posibilitan una interpretación química del peso y número atómicos de
mi futuro. Y de mi pasado. La ruidosa chimenea de la locomotora
anuncia la llegada a nuestro punto final. Recorro el pasillo del andén
y el gigantesco vestíbulo de la estación de ferrocarriles de Buenavista
con un no sé qué atorado en la garganta. Hago la parada a un taxi. A
Yucatán 000, en la colonia Roma. El taxista abre la cajuela y yo saco
mi maleta y el portafolios (esta vez van separados). Natalia me espera
en la sala. Quiere hablar conmigo. Me es imposible recordar si tiré las
botellas de whisky. ¡Bah!, qué importa, qué puede ya importar.

ANDREA MATURANA

ROCE 3

Apenas entro, el tipo se me pega por la espalda. Cada mañana sube mucha gente, dejando el ascensor con una mezcla de olor a pasta de dientes, aftershave o desodorante. Si no tuviera que subir nueve pisos lo haría a pie. Odio cualquier cosa encerrada de la que no me pueda bajar a voluntad.

Estoy tan ocupada con mis asuntos que no lo veo. Sólo sé que está ahí, cerca del lugar que yo ocupo. Intento percibir su olor (tal vez así sepa si alguna otra vez estuvimos juntos en el edificio), pero no tiene ninguno en particular y eso me pone nerviosa. Me recuerda a Juan Pablo; eso suponiendo que pudiera recordarlo. Desde siempre he arrastrado los recuerdos en torno a un olor. Hay personas que me resultan inaguantables porque no soporto su halo y hombres de los que me he enamorado antes de verlos; a través de una prenda en casa de amigas o por la estela de presencia que dejan al pasar.

No logro entender por qué está tan cerca mío, si el ascensor es lo suficientemente espacioso y está vacío porque es más temprano que de costumbre. Hay espejos al fondo y a los costados. Percibo que me mira alternadamente a mí y en el reflejo, como queriendo ver algo que a simple vista no se percibe. Tengo una extraña sensación de sofoco que no puedo justificar porque el aire sobra y no siento olores especialmente molestos.

Se me ocurre, aunque ya apreté el botón número nueve, marcar uno de un piso anterior para bajarme y seguir el camino a pie, pero cuando voy a hacerlo me sujeta la mano desde atrás. Sin fuerza; sin ninguna necesidad de ser brusco, pero con una seguridad que se impone y ni siquiera me permite resistirme. No me volteo. Tengo miedo. Me suelta la mano y alarga la suya hacia el panel de control. Aprieta el botón de emergencias y el ascensor se detiene.

Querría poder decirle algo, como que tengo claustrofobia, o simular un ataque de asma o un desmayo, pero estoy paralizada. Tal vez contarle un chiste o preguntarle su nombre para liberar la tensión. Sé que es esa tensión la que conlleva peligro, pero no puedo hacer nada.

Abro la boca y no me sale la voz. Ni siquiera puedo enfrentarlo con la vista para inhibirlo. Oigo mi propia respiración entrecortada. No siento la suya. De pronto se acerca a mi oído con un tempo que podría ser sensual, pero se queda ahí como dudando y luego me dice: "Ayúdeme. Estoy solo."

Me vienen a la cabeza todas las historias de ascensores que alguna vez oí: las escenas eróticas de las películas, los coqueteos de Carla que son tantos que ya no sé si creerle; Miguel y su idilio con una enfermera, cuando lo tuvieron meses en el hospital después del accidente. Hace un tiempo quería escribir un cuento para desmitificar todo eso. Llevo años subiendo en este aparato para llegar al mismo noveno piso y nunca pasó nada. Hasta ahora. Me parece ridículo. Un hombre desconocido acaba de detenerlo y, en vez de intentar seducirme o violarme, me pide ayuda. No me atrevería ni a contárselo a alguien. Pienso que puede ser una maniobra para acercarse y nada más, que tal vez lleva un tiempo mirándome y (por algo así como deferencia o por la inexplicable cordura de los locos) encontró demasiado violenta la idea de forzarme como primera aproximación.

—¿Qué quiere? —le digo, sin voltearme.

—Que me escuche. Nada más. La elegí entre decenas de personas y espero que no me diga que no.

—¿Y pretende que estemos detenidos para siempre? Hay gente que trabaja en este edificio.

—Eso depende de usted. Sólo escuche. Si me quiere mirar, me mira.

Por un momento desearía hacerlo, romper el aire lanzándole una mirada que lo partiera en dos, pero algo de él me intimida. Tal vez sea su voz. Tal vez sea su inexplicable falta de olor. Prefiero escuchar así, de espaldas.

—He sido bastante feliz. He tenido mucho de lo que cualquier persona podría desear. Pero meses atrás desperté y no había nadie al otro lado de la cama. Miré la puerta y ahí estaba Eugenia, de pie y sosteniendo un gran bolso con sus cosas. "Me voy", me dijo. "Nunca dejé de estar sola a tu lado." Y salió con una calma inusitada dejándome ahí, sin saber qué hacer. Ni siquiera lloré, aunque todavía se me atraviesa el dolor. No es una pena por Eugenia o porque se haya ido, sino por lo que me dijo. He estado pensando en eso y me doy cuenta de que es verdad: en estar con otro hay el espejismo de una comunión que no alcanzamos nunca. Y cada vez que vivimos juntos esos segundos previos al orgasmo, creemos que los dos somos uno y esa fusión la mantendríamos eternamente. Pero eso termina. Y luego estamos desnudos uno junto a otro, en el mejor de los casos disfrutando con el recuerdo o repasándolo minuciosamente, y sentimos que nuestra soledad se potencia porque un minuto atrás vivimos la ilusión de estar fundidos. Yo sé que Eugenia no me dejó por otro. Que va a salir con su maleta a buscar y que no va a encontrar nunca, porque ese dolor de la separación es como una condena. Yo también lo siento. Por eso quería hablar con usted. Porque la veo subir a este ascensor y pienso que alguna vez debe haber querido detenerlo en cada uno de los pisos para ver si a la bajada se encontraba de frente con el hombre que sueña para usted. Y no lo ha hecho por pudor, pero sabe que si lo hiciera jamás encontraría lo que busca porque eso no existe. Porque no podemos liberarnos de nuestra compañera soledad. ¿O no?

–No tiene derecho a decirme eso. Yo no lo conozco. Y usted estará muy solo, pero me agrede intentando convencerme de que yo también lo estoy. Eso es cosa mía y a usted no le hace ninguna diferencia lo que a mí me pase. Por favor eche a andar este ascensor y déjeme seguir con mi vida a mi manera.

–¿Por qué no me mira? Tal vez verme le ayude.

–No sea ridículo. Yo no he venido a pedirle ayuda. Estoy haciendo el mismo camino que hago todos los días.

–Como quiera.

Aprieta nuevamente el botón que marca el nueve y se aleja de mí. Me siento extraña, cargada de rabia. Ese hombre ha invadido mi espacio de trabajo y mi vida sin ninguna autoridad. Creo que me duele lo que me dijo y creo que no quiero que me importe. Necesito bajarme del ascensor lo antes posible a ver si encuentro algo de calma y distracción en mi eterno nueve.

–Está bien. Bájese. Pero antes de hacerlo, dígame una última cosa. ¿Cómo se llama?

–Eugenia –le digo, y me bajo sin mirarlo, aliviada.

Sé que olvidaré este episodio con una facilidad insólita.

No puedo recordar a alguien que no huele a nada.

LEONARDO VALENCIA

PULSIÓN

Quien aparece en las fotos ya es otro de aquel que nos las muestra y explica. No hay turbación en ninguno de los dos momentos. Sí la hubo cuando Dacal escuchó la advertencia. Seguramente reprimió la emoción con el mismo rostro impasible. Y el rostro, en su continencia, no ha cambiado, si bien los rasgos se han ido decantando, replegándose en arrugas, en patitas de gallo.

—Todavía escucho la voz de la chica —explica Dacal, mientras suponemos un estremecimiento súbito, intenso—. *Sólo necesitan a alguien que sepa redactar bien,* eso dijo la chica. Yo la escuché, digamos, con gusto. *Pero apresúrate,* advirtió, *hay muchos detrás del puesto.* Era la amiga, creo prima, de aquella con la que andaba entonces. Ahora no puedo imaginarlas. Ellas ni siquiera se acordarán. Tres muchachos conversando en el corredor de la facultad de medicina, antes o después de los cuerpos de experimento, anónimos, que venían de la morgue. Al día siguiente fui a un edificio recubierto de vidrio que sobresalía por encima de la zona bancaria. Luego, en las noches de empleo, desde las oficinas de agencia, se veía Guayaquil como un difícil crucigrama de luces. A un costado, la frontera del río era una mancha negra. Allí terminaba el dominio del crucigrama. Fue así como empezó. Y quizás aquí termina, en otro dominio, contándoselo a ustedes.

Siempre enfatiza la causa y el efecto final, nunca entra directamente en su anécdota, pero igual nos envuelve con ese lento desovillar de sus viejas historias sin sentido y sin provecho, como le gusta calificarlas.

—Fui —continúa Dacal— con mucha expectativa. Era cuestión de unos meses ahorrando en ese trabajo para luego largarse del país. Era lo único. Lo demás podía venir como quisiera. Debía dejar los estudios de medicina. Dejar las necropsias. Dejar la novia. Dejar la casa. Dejar que el ritmo propio cobrara volumen, incluso estrépito. Si lo lograba entrando a la agencia de publicidad, era suficiente. Yo lo manejaría, utilizaría lo debido y luego adiós.

Pero ahora sabemos que no fue así. Dacal ni siquiera se esfuerza por repetirlo porque sabe que ése es el placer que nos entrega. No hay que explicarlo. Sabemos que nunca lo manejó, que fue a él a quien utilizaron, y ese adiós se fue postergando en nuevas exclusiones que lo trajeron hasta aquí.

—Lo cierto —dijo— es que empecé a trabajar de inmediato. Dejé la carrera, dejé a mi padre sentado de furia y poco a poco iría dejando a la chica de ese entonces cuando conocí a otra. *La* otra, y en el trabajo. De ella, como comprenderán, no se sabrá su nombre. Pero bien pueden imaginarla alta, melena negra, apenas casada y sonriente, siempre sonriente. ¿Cómo pueden sonreír tanto las chicas? Como si aguardaran el detonante, el requiebro para desatar la risa. Eso bastó. Siempre basta. Un pimpollo, muchachos, y tómenlo como una constatación. La vanagloria pueden tenerla ustedes ahora, que aún pueden atraparlas, o dejarse atrapar. Viene a ser lo mismo. El resto, en mi caso, fue un deslizamiento por un terreno que nunca sospeché y del cual quizá pudieran sacar provecho. Suponiendo que llegara a existir. Para referirme a ella con más carne, la bauticé *Farfala*.

Tenía sus palabritas, Dacal. Tanto como nosotros, se escudaba, y quizá hasta mucho menos porque decía que las suyas podían ser entendidas, no así las nuestras. La verdad era que no escuchaba nuestra música, aunque la pidiera una y otra vez, aunque la comprara con nosotros y se diera el gusto de mirar una y otra vez los discos compactos, y luego fuera la reunión en su casa, a expensas de su esposa Gerda y sus hijos pequeños, para poner en el equipo nuestro recomendado. Leía y releía el disco, subía el volumen, preguntaba, hacía silencio, pero no escuchaba. Nos daba igual. Quizá no sabía que nos daba igual y que valía el esfuerzo, aunque fuera inútil. Nosotros sólo queríamos escuchar sus historias porque no había nada que hacer después de los discos, y éstos ya los teníamos o fingíamos escucharlos con él. Sólo queda Dacal, pensábamos. Cualquiera de nosotros empujaba su recuento, su evocación, como decía.

—Pero ella no es el centro de mi historia —continuaba—. Fue un step, ¿vale?, una digresión. A la hora del almuerzo tenía un colega que me prestaba su consultorio, y de vez en cuando nos encontrábamos. Lo de ella fue muy casual. Y ya ni sé cómo se dio. En tanto, fui cogiendo el ritmo del trabajo. Mejor dicho. Le cogí el ritmo a mi jefe, el director creativo. Desde la primera vez, cuando me entrevistó, me sorprendió lo seco que era. Iba bien vestido, un toque adelantado al resto. A ese tipo parecía salirle fácil, mientras que en todos los que lo rodeaban, se sentía la premura, la copia, el afán. Eso en la ropa. Como era lo secundario, primaba su gesto. Hablaba, sí, y hasta más de lo que un tipo así de seco debería, pero era mucho y nada. Sólo lo útil, lo que era necesario. La primera vez, sentado en su oficina, el rostro lo tenía largo, barbado, disfrútenlo si digo que su rostro era enjuto, así, enjuto, largo y seco. El pelo corto, peinado hacia adelante, como ahora ustedes, sólo que en él y en ese entonces era raro, una especie de Napoleón forzado o nostálgico Beatle. La segunda vez, cuando me indicó que estaba contratado, lo vi de pie y era más flaco y más largo aún, una demora de ponerse en pie y mirarme desde arriba para decirme que empezaba mañana y que no olvidara su nombre: Milos Lerner.

–Por supuesto, señor Lerner –dije–. Mañana.

–A las nueve en punto, ¿de acuerdo?

Me presentó a la gente de la oficina. Así conocí a Farfala, perdida en el departamento de artes finales. Dos o tres veces la vi entrar y salir de la oficina de Lerner. La puerta cerrada, en reunión. No era necesario imaginar. O quizá sí. Ella nunca dijo nada y nunca me decía que no, y eran muchas veces conmigo, casi en exclusiva. De manera que lo otro no podía ser. Cuando había tomado vuelo en mi trabajo, recomendé que la ascendieran. Estudios en Inglaterra, ambición, estilo, argumenté. Luego Farfala pasó a directora de arte. Digamos que facilitó los encuentros cuando ya todo estaba establecido entre ella y yo. En tanto el director me fue adiestrando más en el trabajo, yo que nada sabía de publicidad, ex-estudiante de medicina, ex-nada. El asunto era dárselo fácil a los demás y la comunicación conectaba, pero dárselo fácil y diferente, fresco, y eso costaba, porque la verdad no había mucho que decir de un detergente, de una gaseosa, de un banco. Lo que inventábamos sobre el detergente, la gaseosa y el banco era lo que marcaba la diferencia. Y eso cuesta. Ustedes lo saben. En el caso de Lerner, él prefería que los demás se fueran de la agencia para poder crear mejor las campañas, y uno debía quedarse con él.

–Hoy vemos la campaña de PanAm –decía–. A las siete, ¿de acuerdo?

–De acuerdo –le respondía, mientras se alejaba altísimo saliendo a una reunión–. A las siete.

A las ocho ya tenía páginas llenas de titulares que él despachaba de una leída a su regreso.

–Esto, esto y esto es una mierda –decía expandiendo mis páginas sobre su escritorio–. Sólo esta frase vale. El concepto, digo. Sigue buscando, ¿de acuerdo?

Entonces no es que me dejaba buscando a solas. Empezaba el ping-pong, y era así hasta quedar exhaustos, dos o tres horas después. En tanto el director de arte estaba absorto sobre sus papeles, trazando de aquí para allá lo que podía avanzar sin nuestros textos: un logotipo, un formato, una tipografía. El juego era el mismo, pero la reacción del dibujante era más hosca, como si le quisiera hacer recuerdo de que no era novato como yo. A Lerner le daba igual, por encima de los rencores del resto, seguía su trabajo como si nada le importara. En una época pensé que lo odiaban, luego que lo temían. Sólo ahora sé que lo admiraban y que su admiración era tan ciega que tenía fuerza de envidia. Entonces recordaba que era extranjero. ¿De dónde vendría?, me preguntaba. Y sus explicaciones eran escuetas en torno a España, Suiza y Portugal, aunque decía que su familia era de origen judío, a veces con alguna sonrisa, pero de inmediato disparaba hacia una de sus burbujas preferidas de jazz, los coches, las películas italianas, lo último de publicidad en Inglaterra o el oráculo de lo que había dicho y hecho Bill Bernbach. Podía escucharlo a eso de la medianoche hablando de *su* Eisenstein o *su* Fellini mientras veía por la ventana de la oficina y sabía que abajo, Guayaquil, con sus cuerpos a medio podrir de la facultad de medicina y con sus calles destruidas, sin jazz ni Eisenstein, a punta de calor, había quedado muy, pero muy abajo, desde esta burbuja aireacondicionada de las películas de Lerner, de las campañas trasnochadoras que semanas después veíamos a cada rato en la televisión y en los periódicos y que no tenían ninguna firma personal. Por último, gracias a Farfala, la otra chica de la facultad de medicina había quedado abajo, rondando por las calles vacías del centro, las calles oscuras de la medianoche, mientras mi Farfala caminaba con sus piernas larguísimas en medio de los apresuramientos de ir y traer las copias de los comerciales, los bocetos, las gaseosas, el café. Pocas veces se quedaba ella a trabajar hasta tan tarde como nosotros. El director creativo con el que trabajaba ella no era como el mío. Mucho mayor, casi viejo, local, el tipo era un mal bosquejo de hombre y jefe frente a Milos Lerner, y éste poca consideración que le tenía.

—Miserable extranjero —murmuraba el viejo a espaldas de Lerner, o supuse.

Ése fue el comienzo, como diría Dacal. En cualquier caso el final empezó mucho después, cuando llegó a Quito concluyendo un periplo que incluyó cuatro países y tres agencias. Cuando llegó, sabíamos que cambiaría todo en el trabajo. En efecto, cambió. Nuestro departamento creativo mejoró radicalmente. A pesar de que Dacal ya tenía encima sus años, estaba al tanto de la última tecnología. Era parte de su trabajo, explicaba. Nos conectamos a FastInternet, trajeron scanners de transparencias, cada redactor tuvo su notebook y, como lujo de detalle, cerraron nuestras oficinas con un circuito de puertas electrónicas accionadas con tarjetas personales. Nadie quiso cambiarse de agencia por un mejor sueldo, a pesar de que Dacal era aun más trasnochador que su mítico Lerner, no perdonaba un trabajo atrasado o una simpleza en las propuestas creativas del tipo *no tuve tiempo o no se me ocurrió nada*. Éste era el sitio. Y Dacal fue la causa de estos cambios. Pero de un día para otro, para sorpresa de todos y en especial para nosotros, sin aviso previo ni indicio, nos dijo que renunciaba. Así, simple: *renunció*. Ninguna explicación, ninguna exigencia. Era una locura del tipo, y de ésas había muchas quizá por su talento como creativo. Lo supusimos un arranque, una fuga momentánea. Pasaron las semanas, los meses. No era momentáneo. Sólo a partir de entonces, cuando lo visitábamos para conversar con él, llevarle nuestra música por él pedida, empezó a desovillar de dónde venía y cómo había venido. El resto, lo que finalmente nos contó, lo fue soltando poco a poco y al final de año y medio de confianza.

−Fue con lo de Lerner, me parece −continúa Dacal−. En mi caso, estaba empantanado con lo de Farfala. Ella no dejaría a su marido y yo no resistía esa exclusividad escondida y mísera. Al poco tiempo de estar en la agencia, le hicieron una oferta mucho mayor a Lerner para que se fuera a México. No dijo nada. Se fue. La envidia en el resto de la gente de la agencia se volvió exhalación, digamos que alivio. Vino otro jefe. Luego otro. Después fui yo quien me cambié. Y pasé a ser jefe. Y así pasé a otro país, a otras agencias. Antes de irme de Ecuador, hablé una vez más con Farfala. Era muy poco, si no nunca, cuando nos veíamos. *Me largo* −le dije−. *Al fin me voy, Farfala*. Cada año solía volver, solía alzar el teléfono, llamarla, y esperar esos segundos del teléfono timbrando y los segundos necesarios para saber si contestaba su marido, la empleada, con los años el hijo, o ella, siempre neutra cada vez que podía reconocerla y decirle *si no puedes hablar, cierra*. Y decirlo. Y escuchar que el teléfono no se cerraba mientras más años fueron pasando, incluso cuando ya había demasiados años, demasiadas fronteras, mi casa, ustedes, nada. No la he vuelto a ver. Pero sí la he vuelto a escuchar. Soltaba su risita mientras imaginaba su melena negra temblando. Créanme, muchachos, el tiempo resulta una broma, y aunque del otro lado pudieran estar los estragos, la voz es la misma, y la emoción, y el ligero temblor de la travesura oculta, cuando ya por nuestras edades nada impediría que se la declarara abierta, simple, rotunda, en cualquier caso menos inquieta, de niños. *Me voy* –le dije otra vez desde otro país. Y ella me decía buena suerte, mister Dacal, el viaje aún no termina y no has pensado en verme de nuevo. Entonces tomaba un avión por cualquier motivo, pasaba tres días en Guayaquil, tres tardes con ella y volvía adonde estaba. La última fue desde Venezuela. Había armado mi propia burbuja, como lo había aprendido del buen ejemplo de Lerner, porque no mucha diferencia se me hacía entre Caracas y Guayaquil, salvando el tamaño de la primera, así que debía mantenerme en un espacio perfecto para sobrevivir mi estadía, mientras abajo quedaban los cuerpos de la morgue, las calles oscuras y sucias. Mi burbuja entonces era con las películas de mi Stanley Kubrick y no con el Eisenstein de Lerner, con los últimos comerciales de Washington Olivetto, con las dietas light y lo que ahora dividimos entre ustedes y yo como discos compactos.

Pero volvía a Guayaquil con mi burbuja portátil y a encerrarme con Farfala unas horas, las posibles. Nuevamente era cuestión de aterrizar sobrevolando el río para llegar al aeropuerto ubicado sobre una de las riberas, con ese estremecimiento de casi rozar la superficie del agua, sobrevolándola. Siempre pensé hacer una buena toma cinematográfica de las canoas de pescadores que iban por el río mientras pasaba el avión. Ellos ni se dignaban mirar al armatoste ruidoso que los peinaba y que terminaba por posarse como un pájaro torpe en la pista de aterrizaje. Al salir del avión sentía el bochorno, la humedad, ahora diría más intensa que la de Caracas. La simpleza del aeropuerto, con sus decorados de aluminio ya herrumbrosos, marchitos, y el desganado controlador de inmigración que ni te mira el rostro sabiéndose empapado de sudor mientras tu pasaporte se impregna de olores.

La burbuja no podía romper estas llegadas, y sólo se reconstituía con el baño en el hotel, el perfume, encender el cable para continuar la serie que veía en Caracas, en México, en Buenos Aires. Mientras esperaba que llamaran de recepción para decir que me buscaban, miraba por la ventana y veía sus calles, allá abajo, todavía bajo la última luz de la tarde, sabiendo que dentro de poco se oscurecerían, y que los cuerpos de la morgue volverían a estar en sus camillas, que ya había quedado mucho tiempo atrás. ¿Cómo estaría esa facultad de medicina? ¿Rondaría por las calles con su pila de libros de farmacología y semiótica la chica que dejé por Farfala y que seguramente no sabría ya nada de mí? Era cuestión de mirar hacia la calle, entre los vendedores ambulantes que vociferaban, pequeñas cabecitas móviles que en su tiempo habría visto desde Nueva York o San Francisco el gordo de Orson Welles para sus tomas cenitales de *Ciudadano Kane*. Yo ahora las veía, y trataba de descifrar sus propias burbujas. Sólo encontraba que sus burbujas habían estallado. Salvo alguna, la de quien entraba en el hotel. Salvo la de un enorme auto color crema, de techo reluciente, niquelado, que lentamente doblaba para estacionarse al pie del hotel y que se fijaba en un espacio ceñido como una figura rectangular, una pieza de dominó, vista desde mi ventana, encajando en su sitio. Al abrir la puerta, las rodillas de unas piernas, el pliegue ceñido de una falda y el súbito resplandor de una melena inconfundible para mi instinto. Cerró la puerta, se acomodó la cartera, y por una casualidad o por un llamado salvaje, la cabecita de negra melena alzó su rostro hacia el cielo. Me vio, me reconoció con un resplandor blanco de sus dientes, y su gesto se daba como si supiera que la estaba viendo, que estaba en la ventana tratando de cerrar mi burbuja y que ella debía ascender, elevarse de las calles sucias y alborotadas de los vendedores ambulantes para concluir el cierre. ¿Quieren saberlo? Sentí, mientras ella subía, como si apenas me quedara una devota, la última.

La devota subió sin avisar en recepción. Tocó la puerta. Entró. Ya no era como las primeras veces sin palabras y puro arrebato. Esta vez había alegría de vernos, de constatar cómo había sido el viaje, de ver nuestra ropa para saber dónde y cómo la habíamos comprado. El desnudarse era más lento, con largas pausas de conversación y con un relajamiento que, de haberlo sabido, lo habría aprovechado antes en muchas ocasiones. Ahora lo aprovechaba. Pero el provecho se cortó.

–Lo olvidé –me dijo–. ¿Cómo lo pude olvidar?

Entonces me detuve. Ella volteó hasta verme cara a cara, apoyando la pierna derecha sobre la cama, plegando su blusa impecable, ligera. Ahora, por primera vez desde que había entrado, pude volverla a ver sin su sonrisa de llegada, sin el pintalabios, sin los aretes. Finalmente, sin devoción.

– Olvidé el recorte del periódico –continuó–. ¿Te acuerdas de Lerner? Ayer lo encontraron muerto.

Dacal no demoró mucho en detallarnos que su antiguo jefe y artífice, Lerner, había vuelto, tantos años más tarde, a Guayaquil. El mismo cargo, distinta agencia, nuevamente una trasnacional. Estaría seguramente solo, como siempre, nos dijo suponer Ducal. Estaba solo, dedujimos nosotros, porque bien que Dacal contó que lo habían encontrado muerto en su departamento, pero cuatro días después, cuando la pestilencia a mortecina era demasiado fuerte en todo el piso del edificio. Y de esto sabemos por las noticias de prensa y los correveidiles de las agencias. Fue escándalo.

—Se le rompió la burbuja desde dentro —dijo Dacal—. Y apestaba.

Era obvio que vivía solo. Pero no era tan obvio por qué lo habían encontrado atado a una silla de madera, con el rostro amoratado por la paliza y una serie de cortes de cuchillo a la altura de la ingle, como si hubieran sido asestados para el desangre lento, martirizador. El detalle o la exageración de Dacal para que nos asombre esa descripción del desconocido Lerner no pudo haber sido tan minuciosa en boca de la mujer llamada Farfala, a medio desvestir, en la cama de su hotel de aquel entonces. Quizá hasta la descripción fue muy escueta por parte de la mujer. Fue detallada cuando, en la segunda ocasión, le dio el recorte que había guardado y que, en esa primera cita, olvidó por el apresuramiento del reencuentro.

—Seguía hermosa —esta vez Dacal era más preciso, sin énfasis—. Y hasta cuando me terminó de contar lo de Milos Lerner pude sentir el cosquilleo de su risa todavía de chica, risa sorpresiva, como si hubiera esperado ese detonante, como si no importara que estaba empezando a envejecer y que la risa era un destiempo, al menos con ese registro, ese tono y esa circunstancia. Para mi suerte, a pesar del cinismo inoportuno, la tenía de nuevo, a ella y a su risa.

—¿Por qué te ríes?

—Soy una tonta—se componía de nuevo—. Me da risa pensar que ese tipo volvió acá para morirse. Para qué tanta vuelta.

Se volvió a reír y esta vez quiso hacerme reír haciéndome cosquillas. Era una distracción de niña para que no le dijera, bien que me conocía, que Lerner pude haber sido yo mismo, volviendo de nuevo. Se lo dije.

—No te pongas serio —me advirtió—. No eres lo mismo. Y además estoy yo. Así que no es lo mismo.

Dos horas después fue exactamente lo mismo. Ella volviendo a vestirse, apresurada como siempre idéntico a las otras veces. Pero ahora no para irse, sino para conversar, para seguir dándome sorpresas. Pero ella me pidió primero alguna. Se la di.

—Me caso dentro de poco —le expliqué—. Ya me estaba quedando. Y apareció cuando menos lo esperaba, como se dice, y apareció bien. Se llama Gerda.

—Bien, mister Dacal —me dijo esta vez con cierta solemnidad, sin verme a los ojos mientras rebuscaba en su cartera un peine—. Yo, en cambio, me divorcio. Y para que lo sepas, me arrepiento de no haberlo hecho antes.

Hubiera querido, ése es el verbo y el tiempo, muchachos. Hubiera querido haberme quedado callado, recriminarle las veces que le propuse que se divorciara antes, no haberme ilusionado con la chica venezolana que ahora, en cuestión de meses, sería mi mujer y que era mucho más hermosa que mi Farfala ya mayor y con dos hijos. Pero no hubiera querido romper lo que ocurría porque así era mejor, escuchándola envejecer.

–¿Qué vas a hacer? –le pregunté para no frenar la conversación, sabiendo que ella había dejado la publicidad.

–¿Que qué voy a hacer? –sonrió de nuevo–. Muy fácil. Me mantengo con mi trabajo. ¿Ya no recuerdas que te conté de mi nuevo trabajo? Estoy muy bien como relacionista pública en el banco. Mis padres me han cedido la propiedad de una casa en Quito. Viviré muy bien con ese alquiler. No te preocupes. Si algo me llegara a faltar, sé que cuento contigo. Al menos amenazándote una primera vez, sé que me ayudarías.

Pero la verdad es que nunca me pidió ayuda. Ni siquiera cuando era más fácil hablar con ella. Porque cuando fue más fácil, ya no hablábamos. Una vez necesitó nombres de venezolanos, pero fue un fax y de oficio. La segunda fue el regalo de bodas. Una mariposa de plata peruana, registro 925, orlas de filigrana, un trabajo exquisito que Gerda lleva de vez en cuando, y que si uno de ustedes es un buen observador habrá visto en una de nuestras reuniones. No se hace problema en llevarlo después de haberle explicado que quien enviaba la mariposa había sido una antigua novia mía.

–Las mariposas traen suerte –me dijo Gerda–. Ella nos la desea, será bienvenida. Además, el bichito es precioso, señor mío.

Después fue el regreso, pero a Quito. Ya no a Guayaquil. Mi burbuja corría demasiado riesgo si sobrevolaba las calles sucias, la sombra de aquella chica de la facultad, e incluso la de aquella otra que me hizo la advertencia del trabajo. Pero fue cuestión de volver para descubrir que la burbuja tampoco resistiría en Quito, pero no por la ciudad. El trabajo en las agencias terminaría por hacerla reventar. Ahí estaba lo de Lerner, como un señuelo de mis comienzos, quizá una advertencia del final. Debía salir. No quería terminar como Milos Lerner. ¿Para qué? Por eso decidí dejar el trabajo en la agencia. Ahora que, si de vez en cuando no se les ocurre una buena idea para ese jefe que tienen, pueden darse un brinco por acá y le damos una sorpresa. Total, el trabajo siempre será anónimo en nuestro oficio.

Claro que volvimos donde él, una y más veces. En principio con la apariencia del trabajo, comentando los últimos premios del Cannes, la última película de su Kubrick o lo que sea. Lo único que queríamos estaba en otro sitio y en otra condición. Seguir escuchando sobre su burbuja y sobre esa muchacha que se nos figuraba siempre riente y a la que bautizó Farfala, aunque ahora estaría tanto o más envejecida que Dacal. Tocábamos a la puerta de su casa, nos recibía su esposa Gerda, nos sonreía por la fidelidad de visitar a su marido como si aún fuera nuestro jefe. Luego nos hacía pasar mientras Dacal terminaba alguna reunión con algún empresario que se hacía asesorar por el retirado publicista. Nos veía y de inmediato nos recomendaba.

– Anda a la agencia donde trabajan estos chicos –le decía a sus amigos–. Tendrás locuras de comerciales.

Despedía al empresario y volvía con nosotros. Entonces, cuando sabíamos que su mujer ya había salido, nos volvía a quemar la curiosidad y debíamos preguntar una y más veces luego de la entrega de los discos compactos, a veces los videojuegos, y los chismes de las agencias y los premios internacionales. Hasta que terminábamos por preguntar qué diablos significaba Farfala. Dacal sonreía, daba dos golpecitos sobre el tapete tejido de su sofá, recortada su cabeza canosa contra el fondo verde del valle que se divisa desde su departamento. Nos miraba uno por uno, sopesando nuestro afán, entrecerrando los ojos, marcando arruguitas. Podía jugar con sus viejas historias como le viniera en gana.

–Farfala es *farfalla* –decía–, pero sin la doble L, porque si no la pronunciarían mal, y no como en su idioma original, marcada, firme. Así. Far-fa-la.

–Pero qué es –arremetíamos de nuevo–. ¿Qué idioma? ¿Qué significa?

–Por supuesto –respondía, poniéndose de pie–. Es una licencia, mis querubines, una condenada licencia para hacer lo que nos dé la gana. El idioma pueden buscarlo en un diccionario italiano. El significado no sé en qué diccionario. Si para mañana no tienen la respuesta, entonces expulsión, fin de escuela. Y de nuevo a revisar lo estudiado.

IGNACIO PADILLA

PÓSTUMO DESENGAÑO DEL NIGROMANTE RODOBUS

No sé si primero diga, señor bufón, lo que dicen ya mil bocas por todo lo que alcanza el reino, y es que mi amo, enviado a la sierra con encargo de pagar el rescate de fray Godrigo Comecuervos, no sólo ha vuelto con el fraile entero y sin pagar a los rebeldes ni un talillo, pero también con la no esperada nueva de que los conjurados, quienes tanto guerrearon con las huestes del barón Van Koberitz, han rendido al fin sus armas y son partidos al exilio. Vuelvo a decir, amigo mío, que este portento lo sabe ya todo el mundo, y hasta el mismo barón Van Koberitz, famoso por sus invidias, ha juzgado por milagro que un solo hombre haya echado por tierra tan antigua conjura. Con todo esto mi amo se ha encerrado en sus estancias por que nadie le moleste. Digo yo que no es sorpresa la humildad en tan alto caballero, mas tengo en mí que el dicho encierro tiene ansimesmo su causa en que mi amo no desea dar parte a nadie de la industria con que venció a la conjura. Y hace bien, pues esa industria es la que agora me tiene congojada el alma, y no sin causa, como verá su merced.

Ocurrió, pues, que partimos cierta mañana con derrota de las Montañas de Urós, portando en nuestros biciclos un banderín de pax que sirviese de señal a los rebeldes de que íbamos en buena lid. Esta insignia, no embargante, sirvió poco para espantarme el miedo que yo llevaba, y a no ser porque mi amo se mostraba apaciguado, estoy cierto allí mesmo habría dejado yo el rescate de fray Godrigo. Con este arreo y con estas dudas surcamos bosques, ríos, factorías y casas de mala nota, y al final nos entramos en la cañada esperando ser prendidos de la conjura. En este tiempo no dejé de preguntarle al maese si no le apura un poco, señor mío, andar en estos peligros, y pues los conjurados tienen fama de locos, no vaya a ser que este banderín les haga lo que el faisán al topo, y nos maten aquí mesmo. A cuyas razones mi amo, encendiendo un tabaco, replicó que los conjurados, Crótido, puesto que tienen fama de locos, no lo son tanto, antes son hijosdalgos que creen como palabra de obispo las visiones de Arjós Rodobus, prohibido nigromante de los tiempos del gorro, quien escribió hará un siglo que el mundo llegaría a su fin en fecha que, según dicen conocer por las estrellas que describió Rodobus, agora no dista de cinco años. Hallándose tan cerca el fin del mundo, están ciertos de que es llegada la hora de terminar con los reyes, repartir los bienes terrenos y esperar el fin con una que ellos llaman Danza Universal. Así con todo, so pretesto de dicha danza, han matado y secuestrado a tan gran número de hombres inocentes, que no cabe creer mucho en la bondad de sus fines. Esto escuchando yo le dije al maese que a mí, bien que esas razones no eran del todo infames, me seguían pareciendo locos y que a un loco no hay manera de vencerle. A esto dijo mi amo que tales caballeros tienen en la fe su fortaleza, y para vencerles es menester quitárselas. Pues yo no sé cómo ha de ser eso, señor maese, como no sea mostrándoles que el fin del mundo no está cerca ni lejos. Existe otra manera, incrédulo paje, y puesto que es tristísima, pronto la veredes. Y diciendo esto, se apuró en el abismo de sus pensamientos.

Al cabo, señor bufón, y pues no quiero ser prolijo, llegamos a un paraje donde mi amo resolvió pasásemos la noche sobre la esperanza de ponernos a merced de los conjurados. Y en efeto, no había pasado una hora cuando nos vimos rodeados de un infinito número de hombres cubiertos con antifaces tan espantosos, que más parecían fantasmas que humanos. Estas visiones nos prendieron con violencia y, velándonos los rostros, nos llevaron por ignorados trechos. La media noche sería cuando pararon nuestros guías y, luego de acordar muy breve, nos empujaron por una escalera que parecía no tener fin. Al cabo sentimos que aquesa escalera se abría a una estancia llena de humos y murmurios por que conocimos ser aquella la secreta guarida de la conjura. Allí desvelaron a mi amo, y a mí me dejaron ciego a distinguir por las orejas lo que a mis ojos no se les dio licencia.

En la cual ceguera oí que uno que se hizo llamar el Caballero de los Quevedos dio la bienvenida a mi amo, y sin más preámbulos que los que obliga la buena cuna, pidióle les dijera su mensaje. A cuya venia mi amo respondió con un discurso que me dio no poca sorpresa, porque entre cosas dijo que mi encargo, señores, como sabéis, es pagar el rescate de fray Godrigo. Pero mi intención es otra, y es que vengo a pediros que terminéis con esta farsa, porque vuecedes bien saben que el mundo no terminará en cinco años, ni en cien, pues Rodobus, bien que fue gran vidente, no ha tenido para entenderle tan buenos astrólogos, y no hacen falta dos pelos de crin para saber agora, con los adelantos de las matemáticas, que la fecha por él dispuesta para la gran hecatombe, según la indicaron sus visiones en el movimiento de las estrellas, vuecedes la han calculado mal, y hay en vuestros números un notorio error de quinientos años, cinco meses y ocho días. Por decirlo de otra forma, señores, si vamos a tomar las visiones de Rodobus como ciertas, el fin del mundo acaeció hará siglos, y no dentro de cinco brevísimos inviernos, ni aun mañana.

Ruego a su merced imagine el apuro que sentí sólo oír estas palabras de mi amo. Y diera yo entonces, por no haber nacido, todo lo que tengo por la certeza que tuve de que los conjurados nos fusilarían por el desmentido. Con todo esto, grande fue mi sorpresa cuando a las razones del maese oí que los rebeldes replicaban con aplausos. Al cabo volvió a reinar el silencio hasta que el de los Quevedos habló diciendo que no es menester decirle, señor maese, cuánto nos honra su presencia, y que esta grita no es puya sino celebración de su saber. Bien ha dicho su merced, y pues estamos entre hidalgos honorables y mejores matemáticos de lo que su merced piensa, tenga por buen seguro que no osaremos poner en duda el ansí llamado error en calcular en las estrellas la hecatombe, el cual error lo conocimos hará tiempo, aunque resolvimos callarlo, primero, porque son ya muchas las vidas sacrificadas por la Danza Universal, y segundo, porque tenemos que el nigromante, humano puesto que santo, debió de estar confuso al escribir la posición de las estrellas en la última gran noche. Si tal humano yerro no hubiese acaecido, señor, está de más decirle que el mundo habría terminado aun antes del nacimiento del nigromante. Desta suerte, sabemos que la dicha confusión no es razón para pensar que el mundo no terminará algún día según sus santas visiones, ora en cinco años, ora en cinco siglos, y por ello conocemos que no es vana nuestra lucha. In suma, aunque más nos pida el maese que dejemos nuestras armas, la sola memoria del nigromante y nuestros muertos da causa a nuestra existencia. Digo en fin, señor Korrakos, que siendo que su merced no me apurara yo tanto en desmentir al profeta, pues mientras haya mundo habrá un fin del mundo como él lo vio, y por lo mismo habrá quienes dejemos la vida por la Danza Universal.

Esto oyendo mi amo interrumpió al de los Quevedos y replicó que allí está el toque, señor mío, pues yo sé bien cómo pensáis que el viejo nigromante no atinó a decir qué estrellas reinarían en llegando el fin del mundo. También conozco por mis espías aqueso de que, según vuecedes, existiendo el mundo existirá un final y una conjura. Mas no es eso lo que traigo por deciros, antes vengo a mostraros que el error del nigromante no es error, sino certeza, y que, en efeto, el fin del mundo acaeció hará cinco siglos. Sabed que Rodobus no fue profeta sino veidor del pasado, y que nosotros, la historia y aun los reyes, somos todos, como decirse suele, imaginarios. Puedo ver, señores míos, que no dais crédito a mis palabras, y las juzgáis de tramposa retórica. Así con todo, y pues sé que sólo Rodobus os sacará del engaño, sabed que traigo aquí, en este pliego, escrita de su puño, su última visión, que se daba por perdida. No os diré cómo llegó a mis manos tan buscado testamento, porque en ello van muchas honras. De mí sólo sé deciros que el peligro no es apócrifo, sino tan cierto como que nosotros somos inciertos. Y si esto que digo os parece bizarro, escuchad vosotros mismos lo que escribió el nigromante en artículo de muerte: "Yo, Arjós Rodobus, sintiendo que me es llegada la desesperanza, he tenido la otra luna mi última visión, y he sabido que todo cuanto he visto hasta agora no es futuro sino historia, y que todo cuanto vemos, conocemos y sentimos no es sino el eco de un mundo que fue y llegó a su término hará cosa de muchos siglos. Y he visto en el pasado un hombre que tuvo a mal concebir la historia de nuestro presente y terminó de escribirla cinco años antes del fin verdadero del orbe. Y he conocido la ruina que vino sobre este hombre y todos los demás hombres, y que no existe ya cosa alguna como no sea el recuerdo imperfecto de lo que fue aquel mundo. Y he conocido que la Danza acaeció sin nosotros. Ésta es mi visión, ay, fantasmas míos, ésta es nuestra imposible vida." Y firmaba Arjós Rodobus, en el mismo lugar en esa fecha.

Grande fue esta vez el silencio con que los conjurados atendieron la lectura de mi amo, pero mayor fue la tristeza con que aquel pliego pasó de mano en mano, por que los circunstantes hiciesen esperiencia que era aquél el testamento verdadero del nigromante. No alcanzara yo a decir las horas que cobraron los conjurados para negar la verdad del testamento, y en todas ellas, puesto que se esmeraron por mostrar que era apócrifo, al fin venció la certeza y los caballeros alzaron grandes lamentos. Todos maldijeron y lloraron, ora por sentirse traicionados, ora porque tenían por imposible que siendo imaginarios pudiesen sentir tal dolor, ora por saber que sus empeños, y aun su maestro, no habían sido. En este entretanto yo rogaba en mí que el pliego fuese un apócrifo, porque aquello de vivir en un eco del mundo no me gustaba nada. Pero pues los deseos son cosa de cuento, todos aceptamos finalmente, como he dicho, que decía verdad mi amo.

No diré, por no cansarle, cómo se rindieron los conjurados, ni la tristeza con que libraron a fray Godrigo y nos tornaron a Santa Iridia. Allí les miramos irse y allí, por salir de la confusión en que me hallaba, pregunté a mi amo si éramos imaginarios y si, en efeto, había acaecido la hecatombe. A lo que él dijo que en verdad todos los mundos son imaginarios, amigo, y también lo fue Rodobus, que vivió en un mundo falso. Ergo, su testamento, bien que parece verdadero, no lo es. ¿Mas qué mucho si el mundo acaba hoy o hace siglos? Es tarde para la Danza Universal. No hay a qué apurarse, Crótido, ve a tu casa y bebe en nuestro honor un cuero de vino. A lo que pregunté: ¿También el vino es imaginario, maese? Sobre todo el vino, dijo él con no vista tristeza. Y diciendo esto arrojó lejos de sí un último tabaco, y no volvió a decir palabra en el tiempo que llegamos a palacio.

IVÁN THAYS

UNA MUCHACHA LOCA COMO LOS PÁJAROS

He intentado varias veces contar la historia de Alex y he fallado siempre. Nada me hace suponer, esta vez, el éxito. En todo caso, tres hechos impulsan el relato: algo que leí de Donald Barthelmew donde decía que la mujer no existe, que es una invención fantástica como las quimeras, un espacio vacío que contiene las ideas que los hombres tenemos sobre ellas (y, más lírico, Juan José Arreola dice que las mujeres siempre tienen la forma del sueño que las contiene). El segundo hecho es un nombre y un número de teléfono garabateado en la última página de un libro, del único libro que rescató Alex del naufragio y el incendio que fue su viaje por Europa y Asia durante veintiséis años. Decía *Fiorella 31-6556*. El tercer hecho es el más intrigante: una serie de cartas que le llegaban periódicamente a Alex desde Amberes, estuviese donde estuviese él, escrita con letra menuda y apiñada en las márgenes derechas de las hojas como tratando de extender el llano de la escritura. Las cartas estaban firmadas siempre por la enigmática "M" que Alexander jamás descifró. Tampoco estuvo nunca en Amberes, si mal no recordaba, aunque lo normal era que olvide todo, que vaya dejando en sus múltiples viajes los desechos de su memoria, frase que le gustaba repetir en sus cartas a Lima.

Alexander había nacido en Lima hacía más de medio siglo y había salido de ahí muy joven, abrumado por la mediocridad asfixiante y la falta de oportunidades. Nacido en una familia de cierto prestigio aristocrático pero muy mala para los negocios, Alex −como siempre se hizo llamar en Europa− resultó ser la "oveja negra" y el sostén de la familia en las épocas duras. Era un excelente empresario, un tipo de negocios redondos y ganancias multimillonarias. Además, heredado de su familia claro, tenía un cierto gusto y sensibilidad por el arte, por lo que gustaba de rodearse de jóvenes artistas en sus inicios. Luego sucedió algo extraño en su madurez: empezó a olvidar las cosas, a olvidar los nombres y los rostros, los lugares por donde iba. Se volvió huraño, abandonó el mundillo del arte y el donjuanismo de su adolescencia y se dedicó exclusivamente a viajar tras fabulosos negocios transnacionales. Sólo Lima y algunas personas de su familia quedaron como una marca velada de su pasado, todo lo demás lo olvidaba sinceramente. No creía haber hecho algo demasiado malo o perverso en su juventud como para sentirse culpable por olvidarlo, y su enfermedad no dañaba su capacidad para los negocios; por tanto decidió tranquilizarse y burlarse de sus olvidos con buen humor. Sus lagunas mentales formaron parte de la mitología de un hombre solitario y brillante. Intachable. Quizá por eso le sorprendía tanto, y se sentía incapacitado para tomarlo con ligereza, el asunto de las cartas amberinas. Para quien no tiene memoria cualquier cosa le puede resultar familiar o ninguna. Alex se debatía entre ambas posibilidades cada vez que recibía una nueva correspondencia con el fresco olor del Escalda. Jamás desechó la posibilidad de una broma de pésimo gusto —después de todo las cartas llegaban donde sea que él se encontrase, por arte de magia, con omnisciencia absoluta —pero tampoco desestimó la situación de estar viviendo el imposible.

Cuando las cartas —que Álex sospechaba eran páginas arrancadas o transcritas con fidelidad de un diario personal— se volvieron más íntimas decidió refugiarse en el único resquicio indemne de su memoria: Lima. Viajó a Lima precipitadamente. Nadie esperaba su llegada, ni sus familiares más cercanos la sospechaban, y en el aeropuerto sintió el alivio de ningún abrazo familiar o cara que debería reconocer y no lo haría. Pero lo que para Alex fue un alivio para sus amigos fue un error que subsanaron de inmediato organizando almuerzos de reencuentro y cenas de presentación en sociedad. Alex se sintió arrasado por el aluvión de festejos y no pudo dejar de dar vueltas y saltos mortales sino hasta varios meses después de su llegada. Justo en el momento en que decidió, con nostalgia y curiosidad, marcar el número de teléfono en su viejo libro y preguntar por Fiorella, que había descubierto debía ser peruana y el apunte telefónico una anotación de su época colegial en Lima. Justo en el momento también que su madre le entregaba con entusiasmo —llegaba tan poca correspondencia a esa casa— una nueva carta desde Bélgica. Alex guardó la carta en un bolsillo de su saco y marcó el número de Fiorella. Concertó una cita ante la incredulidad de la muchacha que llevaría una rosa roja en la mano izquierda si esto no es una broma por supuesto, en todo caso una broma muy costosa porque la cita era con reservaciones confirmadas en el "Costa Verde". Alexander leyó la carta en el automóvil que lo llevaba al restaurante. Le bastó unos minutos para aprendérsela de memoria y recitarla en silencio durante el resto del trayecto *"...mar de siempre, tú sabes de eso tanto como yo, pero si soy tonta, no sé cómo me atrevo a contarte esto si tú lo sabes mejor que yo: el mar habla, Alex, nos habla"*.

Fiorella resultó ser una belleza madura, de bellos ojos verdes. A medida que transcurría la cena Alex iba descubriendo lo poco que tenía que hacer ahí. No sabía −no le interesaba− tratar con mujeres en citas como ésas y decidió ser extremadamente galante. La cena terminó con una rosa en la mano de Fiorella y el chofer de Alexander llevando a ambos a dar un paseo por la Lima *decente*. El rápido resumen del reencuentro fue triste: Fiorella estaba casada (dos veces), tenía tres hijos y Alex en ningún momento, ni un solo segundo, recordó ese rostro, esa voz, esas anécdotas comunes.

"...difícil saber de ti, incluso cuando estabas aquí. Solías decir que te destruías al anochecer para construirte en el día no te cansabas de..."

Inevitable concertar otra cita, ahora con la familia desde luego. Alexander pensaba en sombras, en vagas sombras deslizándose por territorios nebulosos y celestes. Lima no era lo que él había dejado, tampoco era lo que sus amigos le habían ofrecido suponiendo breve su visita. Tampoco fue −y ése sí lo consideraba una batalla perdida− el refugio en contra de las cartas de "M". Alexander pensaba er sombras, veía a Lima a través de un humo espeso, sofocante, donde de vez en cuando se retrataba algún rostro, algún síntoma de amistad. Y en las calles también el humo lo invadía todo, cada cuadra, cada centímetro lleno de humo. Alex había visto en Europa esas ollas, esos basureros largos que los vagabundos cogían para protegerse del frío encendiéndolas como candiles, recordaba de algún modo los cuerpos de los vagos desdibujados por el humo. Así era la visión que tenía de Lima: una gran olla hirviendo y todo el mundo de prisa, poniendo sus manos y sus rostros cerca del fuego.

"Nunca sabré entender tus viajes. El hombre con el que estoy viviendo es bueno, es un viejo amigo. La vida nos reúne siempre con los viejos amigos. Eso es algo que tú me enseñaste. ¿Sabes?, estoy en una etapa impresionista, he pegado en todo mi atelier reproducciones de Monet, de Degas; nunca Manet. Pero todavía tengo algunos espacios. Me gustaría que me mandes algunos originales de allá, de pintores jóvenes. Mándame algo de Joseph Firbas por favor. También aunque sea una reproducción de Tilsa. El de esa mujer roja frente al viento. Mándame algo, mándame saludos. Sigue enseñándome."

M.

Es decir, Alexander volvió a Lima y se dejó llevar por el vértigo.

No recordaba desde cuándo soñaba con "M", pero esa noche, después del encuentro con Fiorella, la soñó acercándosele con el pelo rubio suelto, despeinada. En sus manos tenía una hoja de papel color violeta, cuadrada. Le hizo un doblez que marcó con la uña y se lo entregó a Alexander. Éste terminó el sueño parado en mitad de un salón vacío y con viento, rodeado de ventanales, con la mano estirada y la hoja violeta –con el doblez de "M"– sobre su palma.

La torpeza de un pájaro lo resucitó a la vida. El esposo de Fiorella era un abogado inteligente y progresista que quiso agasajarlo con una parrillada íntima. Hablaron toda la velada de Europa, de lo mal y difícil que estaba el Perú. El hombre que preparaba la parrilla –un vecino– orgulloso de su obra invitó al homenajeado a participar de una experiencia que no hallaría en Europa: el olor de su comida. Alex estuvo buen rato parado, sin hablar, junto al fogón hasta que un pájaro extraviado se estrelló contra su frente provocando el susto de todos. El pájaro siguió su curso y Alexander se retiró a refrescarse en el baño. El hecho fue un buen motivo para una excelente anécdota que se desarrolló –con múltiples matices– durante el resto de la reunión.

"...como tú, tampoco nunca sabré cómo comportarme con las personas. ¿Cuáles son los límites? Creo que se quiere casar conmigo. Dice que es muy religioso –es católico como tu familia– y quiere que el compromiso sea por la iglesia. Pero yo no soy católica, yo no puedo entrar en las iglesias, tienen puertas muy pequeñas y mis alas se atascarían. Tú siempre me decías que si Dios hubiese querido que yo sea religiosa no me hubiese dado estas alas..."

Pero un pájaro extraviado es impredecible dentro del sueño. Alex soñó que su cabeza era un nido de pájaros, que los pájaros intentaban volar pero sus alas eran de piedra y caían sobre la nieve. Y aquellos que podían volar terminaban estrellándose contra las ventanas de los edificios, de las casas, de los colegios. Alex veía el cuerpo aún cálido de las aves derretir la nieve hasta perderse dejando una mínima huella, un rastro imposible de seguir. Toda la noche vio Alex caer los pájaros. Al borde de la madrugada supo que iba a despertar y no quiso hacerlo sin haber experimentado el rastreo de uno de esos pájaros. Alex hundió su brazo en la nieve –sintió la frialdad y pequeños bloques de hielo deshacerse entre sus dedos– hasta hallar el cuerpo del ave. En su pico llevaba el mismo papel violeta pero con un nuevo doblez.

"...pero no creas en tus sueños. Tus sueños te engañan. Tus sueños te separan de las personas que amas. Nunca dos personas pueden soñar el mismo sueño la misma noche. Eso lo comprendíamos y por eso no nos gustaba soñar. ¿Re-

cuerdas la carta anterior en la que te hablaba de un compromiso? (¿recuerdas todas mis cartas?) mira lo he pensado..."

Alex decidió abandonar Lima cuando supo que no dejaría de soñar, que no dejaría de recibir cartas, que no dejaría de memorizarlas y tenerlas consigo, dando vueltas en su mente, durante todo el día y todos los días. Quiso llamar a Fiorella para despedirse. Supo entonces que marcar el número apuntado por su mano adolescente era un placer, un reencuentro; pero ver a Fiorella no. Sin embargo, aceptó visitarla personalmente antes de irse porque ella le rogó que la visitara porque tenía algo muy importante que decirle.

"Está haciendo frío y el mar está hostil. Uno no debe salir en días como éstos. Pero yo salgo especialmente en estos días. Ayer llamó mi hermana y me negué. Hoy llamará de nuevo y volveré a negarme. Llamará Arthur y me negaré, llamará Silvie y me negaré, llamará Trevor y me negaré. Llamarás tú y me negaré. Pero no, tú no llamarás.

M.

P.D. No llamarás ¿no?"

Otro sueño de Alex lo llevó a un barco. Alex confundía el navío de una iglesia con un barco largo, ancho. En el sueño había decidido dejarse crecer el cabello y el cabello le crecía con mucha rapidez. Empezó a arrastrarlo por el suelo antes de la medianoche. En la madrugada el cabello entrampaba las puertas de la iglesia y caía en el mar, dejando sus largas tiras flotando como redes. Los náufragos se agarraban de ellos para no perderse. Los peces se alimentaban de su cabello. Y mientras su pelo daba vueltas sobre la Luna, reposaba sobre los cráteres y el polvo de las estrellas, en su mano Alex cogía un pedazo de papel que quería arrebatárselo el viento. Finalmente, el viento logró arrebatarlo y aquella hoja violeta voló ante los ojos de Alex, con un nuevo doblez.

"...mi corazón. Nada de lo que me digas puede ser triste. Nada de nuestra historia puede ser triste. Escucha bien: aquello que el viento te arrebató de las manos volverá a tus manos. Nosotros no comprendíamos..."

Cuando Fiorella recibió a Alexander en su casa no estaba su esposo y tampoco los muchachos. Fiorella tardó en salir y Alex se entretuvo mirando una fotografía sobre la mesa de centro de la sala. Ahí estaba, además de toda la familia, la hija que él no conocía porque el día de la visita ella se encontraba fuera del país. Tenía quince años, las piernas muy largas y bonitas, y se parecería a Fiorella si Fiorella no fuese tan minúscula, tan poco vital. Los ojos de esa muchacha eran rotundos y obligaron a Alex a comprender algo de una manera esquiva, indirecta: cuando la figura de aquel papel violeta de sus sueños terminase de armarse él volvería a la paz, se acabarían las cartas. Fiorella salió a los quince minutos y se disculpó por el atraso. Lo invitó a tomar un helado en Miraflores y fueron a un pequeño café frente a la Municipalidad. Súbitamente inspirado por la mirada triste de Fiorella –que ahora confundía con la de su hija– Alex le enseñó la última carta que acababa de recibir de "M". Fiorella leyó con esfuerzo. Alex comprendió que había cometido un error y le quitó la carta, disculpándose. Antes de entregarla Fiorella repitió una de las frases que pudo retener: *"nosotros no comprendíamos el amor pero lo hacíamos".*

–Gracias por pensar que yo podría escribir cartas tan hermosas –dijo.

–No, más bien disculpa. Es que no comprendo de dónde pueden venir.

–Alex, yo tenía que hablarte –dijo Fiorella.

Alex no entendió el largo preámbulo que ella dio, pero se dispuso a escuchar. Fiorella empezó diciendo que era muy feliz por lo que Dios le había dado y estaba muy agradecida pero, en los últimos tiempos...

"Hola. Es 26 de Junio. Es este año. Tenía que escribirte. Presenté mis cuadros y fracasé. Tú sabes, fracasé. No vale la pena ponerse así. Lo peor de todo es que sé que soy genial pero me lastima tener que ser criticada por una sarta de mediocres inútiles. No, miento. Ellos valen más que yo. Hace unos días conté las pastillas 'peligrosas' que hay en mi casa. Estoy saliendo con un muchacho que también pinta y ya vendió un cuadro. Su basura no es mejor que la mía, pero quizá huele mejor. Las mujeres botamos cosas más apestosas en la basura. Son setenta y tres pastillas peligrosas de todas maneras y veintitrés posiblemente peligrosas. Mándame un libro, unas hojas, un poema, una línea, lo que sea de Alejandra Pizarnik. Pero escógelo tú, tú..."

Se sintió mal Alex después de haber dejado a Fiorella sola, con la palabra en la boca, en ese pequeño café. La verdad es que jamás le interesaron los asuntos domésticos de nadie, mejor dicho: todas las mujeres eran muy aburridas. Hastío, cansancio. Fiorella quería –seguro, Alex no le dio tiempo de hacerlo– quejarse de la monotonía, de la rutina. Alexander escribió: "Todas las mujeres son estúpidas" en un papel y lo metió en un sobre. Era la única respuesta que tenía para darle a "M", la única vez que le iba a responder. Dejó la carta sobre la mesa de noche y se dispuso a leer un viejo libro que encontró en la biblioteca de su padre. De repente tuvo necesidad de buscar la frase de Alejandra Pizarnik –una poeta que él había leído en su juventud, cuando leía poesía– que necesitaba "M". Ella la necesitaba, ella lo necesitaba.

¿Pero quién demonios era "M" para pedirle que...?

"...ce el amor con el silencio/Todo hace el amor con el silencio/Todo hace el amor con el silencio/Todo hace el amor con el silencio/Todo hace el amor con el silencio/Todo hace el amor... "

La última carta de "M" –acababa de llegar– tenía veintiún hojas donde se repetía –más de 378 veces según su rápido conteo– aquella frase que Alex no entendía. Había empacado sus cosas y se disponía a irse. Su madre organizó una reunión y Alexander pidió especialmente el favor de que no se invite a Fiorella. La madre –imaginando una historia de amor– aceptó el requerimiento de su hijo. Ese día Alex tuvo una pequeña siesta donde soñó con una anciana que leía un periódico muy viejo, lleno de arena que caía a borbotones de todas las hojas. Alex le preguntaba si ese periódico decía algo interesante y ella le contestaba que ése no era un diario sino un reloj de arena. A medida que la mujer leía las noticias las letras iban cayendo al suelo y se deslizaban como la lluvia por las alcantarillas. Alex le entregó el papel violeta que guardaba con los dobleces de los otros sueños y la mujer hacía un último doblez. Luego le daba una indicación para que la figura estuviese lista. Alex se lo agradecía con un movimiento de cabeza.

Lo despertó su madre. Abajo lo esperaba una jovencita de quince años y decía que era urgente. Alexander tuvo que resignarse a despertar del sueño –el que hubiese debido ser el último sueño– y bajar con alguna curiosidad por averiguar qué niña podía visitarlo.

Era la hija de Fiorella. Una muchacha rubia, alta, ágil se diría. Estaba vestida con un overol muy viejo y tenía unos ojos brillantes, como los pájaros.

Llevaba los saludos de su madre y una carta.

Entregó la carta, sin hablar, y se quedó esperando la respuesta de Alex. Él no quiso abrir la carta delante de la muchacha. Alex durante toda su vida sólo había recibido cartas íntimas de "M" y coger esa carta le produjo cierto remordimiento. Además, había estado esperando una nueva carta de "M" –temiendo por la enigmática carta anterior una carta aún más oscura– y el trueque por una carta de Fiorella lo deprimió.

Cuando iba a guardarla en su bolsillo decidió no aceptarla. Se la devolvió a la muchacha que sonrió feliz, Alex diría que aliviada de salvar a su madre de algún ridículo.

Ella rompió la carta delante suyo, la arrojó al tacho de basura y le dio las gracias dando una vuelta en puntas de pie para retirarse –para volar.

Alex la detuvo y le preguntó su nombre.

Ella le dijo su nombre. Le sonrió.

—Tienes —dijo Alex—, tienes una mirada extraña, una mirada como de pájaro.

—Yo soy una muchacha loca como los pájaros —contestó ella.

—¿Loca como los pájaros? —preguntó sin entender.

—Sí; como en el poema de Dylan Thomas.

—No lo conozco.

—Pues deberías —dijo ella, mientras se alejaba.

Quizá ustedes deberían también conocer ese poema y no confiar tanto en mí. Sabía que no podría concluir esta historia. Me faltan datos: me falta el resto de la vida de Fiorella, me faltan las cartas de "M" —sólo tengo las que Alex recibió en Lima—, me falta saber más sobre la hija de Fiorella. Me falta saber por qué (¿existe el azar?) estaba ese número de teléfono y ese nombre en el libro de Alex, ese hombre. Me falta saber qué fue de Alex apenas llegó a Europa. Mi omnisciencia sólo alcanza el cielo del Perú y eso es insuficiente. Pero puedo decir algunas cosas. Por ejemplo, que la carta con la frase no fue la última que recibió Alex en Lima. La última carta decía lo siguiente:

— *"Toc toc*

—*¿Quién es?*

—*L'amour*

—*¿Qué L'amour?*

—*Lamuertequemuerde"*

M.

Alex la interpretó con terror al principio. Sospechó que sería, definitivamente, la última carta —yo no puedo dar fe de si esa sospecha era falsa o no— pero esa noche soñó en el avión con la figura ya hecha: era el diseño de una pajarita de papel con la cola larga y las alas levantadas. Alex soñó con una habitación llena de pajaritas y nidos revueltos. Una habitación llena de pájaros: pájaros para el día, con sus alas abiertas y su sombra. Pájaros para la noche, entre la paja seca de los nidos Alex y "M".

"M": una verdadera muchacha loca, como los pájaros.

Si este escrito fuese mágico bastaría leerlo para que de sus páginas brotasen miles, varios miles de pájaros de papel, pájaros por todos lados, en todas las direcciones, estrellándose con las paredes, con las cabezas de los lectores, contra el cielo. Pero mi magia sólo alcanza a la profecía: no creo en la última carta de "M", en todo caso lo último que pensó Alex en el sueño, justo cuando cruzaba la frontera del país –y anulaba mi omnisciencia– fue que donde sea, en cualquier sueño, ella estaría de nuevo mirándolo con esos ojos extraños.

JORGE VOLPI

REGLAMENTO TRANSITORIO PARA LOS ÚLTIMOS DÍAS

Juan E. Patmos, Presidente Interino de los Estados Unidos Mexicanos,
a sus habitantes, sabed:

Que, en ejercicio de las facultades extraordinarias de que me hallo
investido por el artículo 29 de la Constitución Política de los Estados
Unidos Mexicanos, y en virtud de las circunstancias que atraviesa el
país, expido el siguiente:

*Reglamento transitorio para la estabilidad, la paz y el crecimiento económico
en los Últimos Días*

Considerando:

Que es necesario mantener un estado de paz social y tranquilidad
durante el periodo conocido como Últimos Días;

Que la idea de final no debe estar reñida con el crecimiento y el desarrollo;

Que es y ha sido voluntad del pueblo mexicano mantener su sobe-
ranía bajo cualquier circunstancia;

Se resuelve legislar sobre la actividad de los ciudadanos del país, a
fin de evitar actos de desesperación que vulneren a la patria o la su-
merjan en el caos antes de tiempo. El incumplimiento de estas dispo-
siciones será castigado con prisión perpetua (que en este caso, obviamente, no durará más de cinco años. La R.).

Título Primero. De los Últimos Días

Art. 1o. Se conoce como Periodo de los Últimos Días el comprendido entre la expedición del presente *Reglamento* y el 31 de diciembre de
1999.

Art. 2o. El presente *Reglamento* es aplicable para las siguientes personas:

I. Los ciudadanos mexicanos;

II. Los vacacionistas de Cancún, Huatulco y Huimanguillo;

III. Los cronistas de futbol;

IV. Los autores de *Memoria sesgada de un hombre en el fondo bueno, Domar a la divina garza* y *Sobre la naturaleza de los sueños;*

V. Los que creen que el mundo no se va a acabar;

VI. Los que creen lo contrario, siempre y cuando no lo digan en público;

VII. El dinosaurio que, al parecer, ya no seguirá ahí; y

VIII. Ninguno de los anteriores.

Título Segundo. *De las conductas*

Art. 3o. Se considerarán permitidas las siguientes conductas:

I. Fumar en la vía pública, en casa habitación o en el baño;

II. No fumar en ninguno de los lugares anteriores;

III. Cincelar lápidas en materiales ampliamente resistentes que hablen de la inmortalidad del redactor de este *Reglamento.*

IV. Trepar a los árboles y aguardar, rampante, lo que venga; y

V. Todas aquellas actividades que no se opongan a las anteriores.

Art. 5o. Se considerarán prohibidas las siguientes conductas:

I. Fumar en la vía pública, en casa habitación o en la cocina;

II. Las manifestaciones públicas que exalten los suicidios colectivos;

III. La celebración de créditos hipotecarios a un plazo mayor a los cien años;

IV. La compra de tumbas a perpetuidad;

V. Pronunciar en público o en privado las palabras *Fin* y *Mundo,* sin que medien entre ellas al menos otras tres frases;

VI. Los rumores sobre la inmortalidad de Fidel Velázquez;

VII. Impedir las investigaciones tendientes a esclarecer, antes del Último Día, los homicidios de Juan José Posadas, Luis Donaldo Colosio y José Francisco Ruiz Massieu; y

VIII. Los suicidios llevados a cabo en el hogar conyugal, o con escándalo.

Título Tercero. *De las sanciones*

Art. 6o. Todos aquellos que incumplan las conductas establecidas en el artículo 4o, o se hallen en el supuesto del artículo 5o, serán sancionados del siguiente modo:

I. A quienes se sorprenda en intentos de suicidio, se les confinará en el Instituto Mexicano Contra la Desaparición Anticipada.

II. A quien trate de especular en la Bolsa de Valores, a fin de obtener ganancias provocando el pánico financiero, se le permitirá hacerlo; y

III. A quien lucre con la idea de los Últimos Días, sea fabricando o vendiendo llaveros, afiches o grabados con el escudo o la mascota oficial del F. del M., no se le entregará su dosis de cianuro el 31 de diciembre de 1999.

Título Cuarto. Exposición de motivos

Art. 7o. La alarma del F. del M., conectada a todas las estaciones de radio y televisión, sonó exactamente a las 7 de la mañana del 31 de diciembre de 1995.

Art. 8o. Supuse que se trataba de una nueva desconexión de la alarma sísmica, de modo que, aun cuando me desperté, decidí no alejarme del calor de mis colchas.

Art. 9o. A los pocos minutos sonó el teléfono. Tania estaba histérica, quería que fuera a consolarla de inmediato. Por un temblor que no iba a ocurrir. Le colgué.

Art. 10. Volvió a sonar el aparato. Le dije que no siguiera con sus lloriqueos. Que la estúpida alarma nunca funcionaba, que ya estaba harto de sus miedos. Que no iba a acompañarla al desfile de modas de su madre (que anuncia lencería para la *tercera edad*). Que se fuera al carajo.

Art. 11. No era Tania. Era mi jefe. Es la otra alarma, y el estúpido es usted, me respondió. Levántese de inmediato, al presidente le urge verlo.

Art. 12. Mi trabajo es inusual, pero divertido. Soy ocultador de conmociones.

Art. 13. Siempre que ocurre una desgracia imprevista −y en este país es a cada momento− me llaman para combatirla.

Art. 14. Algunos ejemplos de situaciones en las que he debido intervenir: las devaluaciones del '76, del '82, del '88 y del '94. El temblor del '85. La guerrilla del '94. Los homicidios de priistas. El error de diciembre y el rumor de golpe de Estado.

Art. 15. Ya que nadie puede predecir tales situaciones, alguien tiene que hacer algo con ellas −y no precisamente resolverlas. Para eso me contratan.

Art. 16. Me puse unos pantalones de pana, un suéter azul y la chamarra que me regaló el Pato. Fui a donde tenía que ir.

Art. 17. El Presidente me recibió en mangas de camisa. No es necesario recordar la satisfacción en su rostro. La primera sonrisa sincera en meses.

Art. 18. Me preguntó si sabía lo que ocurría. Claro. Me preguntó si sabía por qué me había llamado. Claro. Me preguntó si sabía qué hacer. Claro. Yo le pregunté por qué sonreía.

Art. 19. Voy a ser el primer Presidente mexicano que no tendrá que afrontar las peores derrotas que tiene este puesto: elegir un sucesor, y soportar que luego me escupa a la cara.

Art. 20. Yo también me hubiera reído.

Art. 21. Su misión, si decide aceptarla, es idear una campaña para mantener las cosas tranquilas. Si todo esto se va a acabar ya, por lo menos que no me echen la culpa.

Art. 22. Comprendí.

Art. 23. Salí de Los Pinos un tanto triste. Me obligaba a realizar mi mejor tarea, mi mayor esfuerzo, ¿y de qué iba a servirme el pago?

Art. 24. De cualquier manera, le llamé a Tania para decirle que al día siguiente salíamos para Houston y Las Vegas. No estaba. Le dejé el recado en la grabadora. A las siete pasaría por ella.

Art. 25. Ingrata, Tania no estuvo en su departamento. Descarté la idea de las compras de pánico y de perder el dinero fácilmente. Además, los vuelos estaban saturados.

Art. 26. Una estrategia. Eso es lo que tenía que fraguar. ¿Qué hacer cuando todo se acaba y, peor aún, cuando todos lo sabemos?

Art. 27. Para comprender mejor mi actitud, decidí repasar las posibles reacciones de la gente:

I. *Reacción de pánico:* en vez de ahorrar para la vejez, mi primo abogado decide salir a las calles en calzoncillos, gritando su desesperación. Luego se convierte en predicador, y por último en miembro de la oposición.

II. *Reacción mística:* en vez de jugar canasta, mi tía Lola se inscribe en una secta *new age* y se dedica a llenar los postes del teléfono con cintas blancas para recibir como se debe, orando, el advenimiento del Mesías;

III. *Reacción "carpe diem":* en vez de pensar en el departamento que iba a comprarle a su esposa, mi hermano Francisco se da a la juerga, las rondas y la perdición; se inscribe en un club de "el sida ha muerto";

IV. *Reacción indiferente:* si me he de morir algún día... Candidato para la Presea al Optimismo sin Tacha, véase artículo 51;

V. *Reacción culpígena:* mi abuela se da cuenta de los incontables pe-

cados que ha cometido, de las fiestas a las que no asistió, de los regalos que nunca dio, del cambio que le robaba a mi abuelo y de su vicio
por las caricaturas; asfixiada por la culpa, se dedica a resarcir con
amor y caricias a todos los que la padecieron (y a sólo ver programas
educativos);

VI. *Reacción justificatoria:* por primera vez en sus 35 años, mi prima
Gracia, que está buenísima y se ha tirado a media escuela, comprende que su vida no tiene sentido; se alía con mi otra prima, Jacinta, la
santona-siempre-virgen, y ambas intercambian papeles; y

VII. *Reacción estúpida:* la mía, al escribir esta clasificación.

Art. 28. Ahora quedaba todo claro. Se trataba de hacer que todas estas personas, y la infinidad que reaccionaría como ellas, no le echaran
la culpa al gobierno de sus propias elecciones. Que, por una vez, el
Presidente no fuese culpable.

Art. 29. Como la tarea resultaba imposible, decidí adoptar la *reacción indiferente.*

Art. 30. Renté un jeep y decidí irme a conocer la pirámide de Xo-
chicalco. Sólo la había visto en fotos y el fin del mundo era una buena excusa para realizar mi sueño.

Art. 31. A media carrera sonó el celular. Era mi jefe. ¿Que cómo
voy, que el Presidente tiene su confianza depositada en mí, que el
Congreso aguarda mis recomendaciones, que el destino del país está
en mis manos? Bueno, voy para allá.

Art. 32. Hablé, decidido, frente a todos ellos. En este país nunca pasa nada. Ésa es la clave del éxito que ha tenido nuestro gobierno.
Quién mejor para decírselos que yo. Devaluaciones, invasiones, asesi-
natos, guerrilla, y la gente sigue como si nada. Divirtiéndose y critican-
do. Así que la solución es fácil: váyanse a sus casas.

Art. 33. No me hicieron caso. Los legisladores y políticos mexicanos
siempre se han distinguido por su sentido del deber. El partido del gobierno votó en bloque a favor de crear una Ley que previniera el desastre, la fuga de capitales, el terror en las calles, la caída de la bolsa.

Art. 34. La oposición votó, en bloque, en contra. Pero, como siempre, no importó.

Art. 35. Desde luego, me correspondió la tarea de redactar el ante-
proyecto de la citada Ley, el abuelito del presente *Reglamento.* Se discutió acaloradamente durante semanas y meses, hasta que un buen
día, sin previo aviso, los legisladores se hartaron y todos votaron a favor. Horas después el recinto estaba vacío.

Art. 36. El público siguió atentamente las noticias. Les preocupaba, sobre todo, si la Selección Nacional perdería por una diferencia mayor a diez goles en la Última Copa del Mundo.

Art. 37. Los legisladores no reaparecieron en sus curules.

Art. 38. La Selección Nacional perdió 8-0.

Art. 39. El presidente anunció complacido, en cadena nacional, que por primera vez en la historia se había llegado a una Ley con el consenso de todas las fuerzas políticas.

Art. 40. Nadie oyó al presidente. En ese momento jugaban Ecuador vs. Congo.

Art. 41. Volví a llamarle a Tania insistiéndole en el viaje a Las Vegas. Su madre me dijo que ya se había ido para allá en compañía de su ex jefe (quien había renunciado de improviso a una Secretaría de Estado).

Art. 42. Por primera vez me deprimí con la idea del fin. Tenía muy poco tiempo para vengarme.

Art. 43. El Pato decidió adoptar la *reacción mística* y me invitó a unirme a una secta sadomasoquista. Lo pensé unos días y luego le dije que no.

Art. 44. El Presidente me llamó para felicitarme por el texto del *Reglamento*. Le menté la madre: antes del fin, era un gusto al que no podía resistirme.

Art. 45. Antes de dos días ya me habían deportado. Hay cosas que nunca cambiarán, ni aunque se acabe el mundo.

Art. 46. Supe que Tania perdió todo su dinero y también a su ex jefe. Que ahora vende su cuerpo en Las Vegas a cambio de hotdogs. También supe que el Pato trafica con bulas e indulgencias papales falsificadas. Que los legisladores y los políticos siguen con sus tácticas de sustraer dinero del Erario federal, por si las dudas. Y, por último, que el Presidente renunció ante el Congreso alegando que prefería dedicarse a su compañía importadora de Prozac.

Art. 47. Yo había decidido pasar los Últimos Días en la isla tropical a la que me enviaron al lado de Ramona, una negra descomunal que me adelantaba el paraíso a cambio de clases de español, pero un legislador mexicano logró localizarme y arrancarme de mi placidez.

Art. 48. El legislador y un par de amigos suyos –de los pocos que no se fueron a Las Vegas– me ofrecieron la presidencia interina. Descubrí que soy un patriota sentimental, ni modo. Cómo rehusarme a la inmortalidad, aunque sólo dure unos pocos meses. Claro que me traje a Ramona a vivir a Los Pinos.

Título Quinto. De los nacimientos y la actividad sexual

Art. 49. Se suspenden todas las políticas de control natal y queda a la absoluta decisión de los padres el número de hijos que han de procrear.

Art. 50. Queda estrictamente prohibido el uso de preservativos.

Título Sexto. De la Presea al Optimismo sin Tacha

Art. 51. La Presidencia Interina premiará con ciento cincuenta mil salarios mínimos, medalla y diploma, y una membresía vitalicia a El Colegio Nacional, a los ciudadanos mexicanos que se distingan por una conducta de optimismo sin tacha, si demuestran que su vida no se ha alterado desde la Infausta Noticia de diciembre de 1995.

Transitorios

Art. 1o. transitorio. El contenido de este *Reglamento* se considera como transitorio.

Art. 2o. transitorio. El presente *Reglamento* comenzará su vigencia al día siguiente de ser publicado en *La Jornada Semanal,* órgano oficial del Gobierno Mexicano.

Con fundamento en el artículo 29 de la Constitución Política de los Estados Unidos Mexicanos, se expide el presente a los tantos de tantos de 1995.

JUAN E. PATMOS
Presidente
Rúbrica

PEDRO ÁNGEL PALOU

PARQUE FIN DEL MUNDO

Grack recuerda haber estado mareadísimo. El viaje, además de inesperado, fue un continuo sobresalto. En la ciudad de México, el frío de diciembre y las inversiones térmicas hacían más difícil la aclimatación. Platica todo esto con Snori Lugudum, uno de sus amigos en Irlanda, al que el azar ha vuelto a hacer su vecino. En el transatlántico *Storelsen* transportaron los doscientos cuarenta arces gigantes que el gobierno de Belfast donó al de México. Lo que las autoridades no sabían al plantarlos en el Parque de la Amistad –Obrero Mundial esquina San Borja– es que dentro de esos árboles, o en sus copas –incluso ocultos en la tierra de sus inmensas raíces–, viajaba todo un ejército de seres extraños que, contra su voluntad, engrosaban las filas de desempleados de la capital en esa Navidad de 1995: 32 gnomos, 21 elfos alados, 11 trasgos de diversas edades, 7 trolls absolutamente estúpidos, 3 ninfas del bosque y 4 Uldras lapones que se encontraban de visita cuando se hizo el violento traslado en casa de Kuwalden, un gnomo mayor que el día de San Juan había cumplido 452 años.

Grack camina por el Parque de la Amistad, comentando la travesía con Snori Lugudum e intentando acostumbrarse al nuevo territorio. Ese día –cuenta a Snori– hubo al menos veinticinco bromas atroces, entre las que destacan la de los trolls, que sacándose los mocos, como siempre, atraparon a un vendedor de seguros que pasó por el parque y que desde entonces desapareció dejando una estela de pólizas regadas en el pasto; la de los trasgos que, siempre cantando, habían asustados a todos los transeúntes (una viejita murió fulminantemente al ver a uno subírsele a la falda); la de las ninfas, Evelyn Jacob la más terrible entre todas, que tiraron polen sobre las cabezas de la gente, haciendo que perdieran la orientación para siempre. ¡Cuántas personas no llegarán hoy ni nunca a sus casas! Y quizá la broma más premonitoria: algún Uldra (son quienes mejor conocen los caracteres rúnicos) cambió el letrero Parque de la Amistad por Parque Fin del Mundo. Snori rió nervioso, sabía que los Uldras siempre han creído que en diciembre del '95, luego de una larga travesía, empezará la cuenta regresiva, y que cinco años después todo, absolutamente todo, habrá desaparecido. *Circa* 449 a.C., según la historia, los romanos conquistaron la Bretaña, forzando a los gnomos a emigrar. Un grupo de ellos se retiró a Laponia, donde el clima los hizo mucho más pálidos y débiles. Se visitan a menudo los dos grupos, sobre todo antes de alguna calamidad. Por eso los Uldras estaban en casa de Kuwalden, para prevenirlo del Apocalipsis.

Desde hoy, hay una esquina del parque por la que los que pasen desaparecerán, se ha corrido el rumor. Snori y Grack se despiden; aún no se acostumbran a la altura y necesitan dormir dos o tres días, como si hibernaran, para recuperarse del esmog capitalino.

Grack vive en un árbol muy cotizado, una especie de arce, *Serturalia cupressima*, al que los gnomos llaman el árbol del tiempo. En él, cuenta la leyenda, pueden leerse las manchas solares y el fin de los tiempos. Las marcas en la corteza, contempla con estupor, coinciden con lo contado por los Uldras. *Todo ha sido escrito*, piensa al tiempo que entra a casa y saluda a su esposa, Froda, con la que ha convivido ciento cincuenta y nueve años y engendrado treinta y ocho hijos. "Es el fin", le dice ella, frotándole la nariz. Entonces, raro en un diciembre defeño, empieza a caer una tormenta que arrasará con todos los gnomos —apenas alcanzan los quince centímetros sin gorro— que no hayan podido guarecerse.

Tres días después, en la banca debajo de su casa vino a sentarse un hombre con barba, delgado, que medía más de dos metros de altura. Extrajo una libreta de su bolsillo y comenzó a escribir. En apariencia, le era muy difícil. Hacía extraños gestos y de vez en cuando pateaba las hojas secas que estaban a su alrededor. Grack, apiadándose de él, se presentó. El individuo no pudo ocultar su sorpresa, y después de las frases de cortesía le dijo que era escritor pero que no se le ocurría ninguna historia que contar. "He escrito una novela —le dijo—, pero estoy seco, mano", sollozaba.

—Has contado todo lo que se puede en este país y no te has vuelto rico. Pero yo sé una historia que puedes narrar (y se la susurró al oído). Los ojos del escritor brillaron y empezó a garrapatear el relato sobre su libretita. Grack se retiró con respeto, no le gustaba interrumpir a nadie en su trabajo. Dos trolls pasaron arrastrando a un viejecito muerto, mientras se reían a carcajadas; el escritor no los vio. En el tupido parque oscureció repentinamente, y una lluvia de estrellas cubrió los pocos tramos de cielo que eran visibles. Grack fue a visitar a Snori Lugudum, que jugaba una partida de damas con el viejo Kuwalden.

Tomaban té de hierba de San Lorenzo y flores de saúco, para preve-
nir la gripe. "¡Qué tiempos terribles!", anunció Snori. Le ofrecieron
una taza a Grack, quien la aceptó con gusto, agregándole dos hojas de
hierba de San Juan que llevaba en el bolsillo y que, dicen, cura la melancolía.

Froda ya se lo había dicho cuando recibió una carta de su tía, Uldra Slitweitz, anunciándole la consumación de los días. Ésa es la historia que le contó al escritor que continuaba en su banca, escribiendo
como un loco. Oyeron un griterío terrible por el lado sur y bajaron a
ver de qué se trataba. Doce de los elfos alados habían contraído una
epidemia, algún virus que los fulminó al instante, tres más estaban en-
fermos y los seis restantes gritaban y lloraban contagiándose sin remedio. En menos de un cuarto de hora todos habían muerto. Kuwalden
ordenó que los enterraran en unas semillas de jacaranda que llevaba
en su morral. Un cometa cruzó el cielo:

—Es el último signo del Final —anunció el viejo—. Tal vez ninguno
de nosotros lo viva, ya que ni siquiera nos hemos aclimatado a esta tierra llena de ruido, pero hay que dejarlo escrito, guardar la memoria.

—No te preocupes, Kuwalden, ya lo están haciendo por nosotros
—comentó Grack—. Vamos a dormir, ha sido demasiado por hoy.

Cuando pasó por la banca vio cómo el hombre, ensimismado, continuaba escribiendo. De vez en cuando se espantaba los moscos y volvía a lo suyo. Grack fue a dormir. "¡Qué tiempos nos tocó sobrevivir,
Froda!", le dijo a su esposa, antes de caer en un profundo sueño.

Grack durmió tres días seguidos hasta que Snori Lugudum lo despertó alarmado.

—¡No sabes lo que ha pasado, Grack, también han muerto los trolls,
sólo queda Fritcks, que es el más estúpido y no hace otra cosa que llorar desconsolado, no quiere comer!

Fueron a ver. Al bajar pisaron al escritor, que seguía pergeñando letras en su libretita, ahora con más calma, como si le agregara la cantidad justa de sal a un puchero sabrosísimo. El panorama que encontraron fue desolador. Había nevado, lo cual no ocurría nunca en la
ciudad de México, y algunos árboles se congelaron con sus habitantes
dentro, quienes no habían tenido tiempo de prender la chimeneas.
Kuwalden había hecho una reunión en el centro del parque para eva-
luar los daños y contar a los sobrevivientes. Un Uldra pergaminoso
decía:

—Estaba escrito, Kuwalden: "Habrá un gran éxodo y perecerán todas las especies. Viento del Norte y nieve anunciarán el final."

Kuwalden hacía una lista. Quedaban una ninfa del bosque, Evelyn, absolutamente agripada, que no había podido asistir por la migraña; veintitrés gnomos; dos Uldras lapones que de por sí parecían muertos; cinco trasgos. Habían perecido todos los elfos y seis trolls. "Refúgiense –ordenó Kuwalden–, todo está terminando."

Obedecieron. No así los trasgos; era mucho pedirles. Aparentemente, murieron esa misma noche, no sin antes haber asesinado a su vez a tres niños, doce sirvientas y un paletero. Uno de ellos, con su casco de minero, secuestró a un niño diciéndole: "Tenga para que se entretenga."

Grack regresó a su casa, vencido nuevamente por el cansancio. El escritor seguía en su banca, sudoroso y enfermo. Le llevó un té de bolsa de pastor con diente de león. "Es vital que lo escribas, hazlo", le dijo al extenderle la taza humeante.

–Estoy muy cansado, pero falta poco Grack– dijo el escritor.

–A todos nos falta poco, a todos.

Froda le había hecho de cenar.

"¿Cuántos habrán muerto para hoy, mujer?", le comentó. "Todo es culpa de los Uldras, siempre se han cumplido sus profecías, siempre."

A la mañana siguiente, Grack se levantó muy temprano. No había pájaros cantando, ni siquiera voces humanas o de gnomos. Todo se hallaba en una tensa calma, como antes de una trepanación. Sólo el escritor, muerto de frío, continuaba su trabajo. Todo parecía haber perecido.

–No nos queda mucho tiempo, Grack. Déjame terminar esto y llevárselo al jefe de redacción. Debe publicarlo antes de la consumación, en el número del 31 de diciembre. Que lo meta en la página nueve, en lugar del artículo sobre los *cyberpunks*.

Grack, entonces, pensó que el diario seguramente tampoco existiría, pero le dijo que sí iría, sí. Subió a ver a su esposa. Sólo alcanzó a cerrarle los ojos. Al bajar, pudo ver que el escritor también había muerto. Snori Lugudum se le acercó corriendo.

–Es el fin del mundo, Grack, sólo quedamos tú y yo.

Entonces le quitó la libreta al hombre y leyó la historia incompleta, apocalíptica. Sólo faltaba redondearla, mostrar que todo había fenecido para siempre. *No está mal,* pensó. Escribió las últimas frases y le dijo a Snori:

–Vamos, no hay tiempo que perder.

Y salieron del solitario parque sin que nadie los notara.

–¿Quién podría vernos ya, Snori, quién? –le dijo Grack con la voz cargada de pesadumbre.

Un troglo que no había muerto aún les metió lo que sería su última zancadilla. Grack y Snori Lugudum salieron juntos con la libreta de flores, dando maromas por los aires. La tierra comenzó a temblar, muerta de miedo.

DIEGO DENI

HISTORIA DEL HOMBRE QUE HUYÓ A BUSCAR LA FORTUNA

La adversidad hizo que un hombre que amaba hondamente a su esposa partiera a buscar fortuna en lejanos territorios. Con gran abatimiento se despidió y anduvo muchos días. Al cabo de un año vio aparecer en el horizonte la colosal sombra de un gigante. Coligió de inmediato el peligro que suponía estar en el mundo junto a aquel monstruo y huyó. El gigante, que lo vio poner pies en polvorosa, apretó el paso, aunque la velocidad del pobre no excedía esa aparatosa morosidad de los objetos graves. Y sobre el que huía y sobre el que perseguía giraron los mismos astros y bajo sus pies la tierra lentamente forjó una curva.

Pero antes que sobre todo el gigante, la vejez se acumuló sobre todo el hombre y lo postró. Cuando el gigante le dio alcance, el hombre expiraba, tendido sobre la pradera. Era la primera vez en todo ese tiempo que se tenían frente a frente; para el gigante, el hombre siempre había sido una superficie sin rostro separada por una distancia invariable; para el hombre, el gigante nunca pasó de ser una sombra que oscurecía el horizonte. Ahora se escrutaban y descubrieron que en la piel ajada por los años, en las líneas, en las heridas y en el fatigado crepúsculo de los ojos se leía una sola historia de persecución y escape, y esa historia común que había sido el oficio en que ocuparon sus vidas, se había transformado en la única evidencia de la identidad de cada uno. Es por esto que al concluir la carrera les costó reconocerse. El hombre fue el primero en hablar:

—¿Por qué me perseguiste toda la vida?

El gigante acercó el rostro al rostro del hombre; otro habría percibido que compartían ciertos rasgos. El gigante habló:

—Te perseguí por razones que cambiaron a lo largo de los años. Por eso me resulta complicado responder a tu pregunta, hoy, que por fin te alcancé.

Sabe que soy tanto o más alto que una montaña y que a alguien de mi estatura no le es difícil ver todo cuanto sucede en el mundo. Y vi que tu mujer se afligía y se abandonaba al amparo de la muerte, a causa de los no saciados anhelos y de la desacostumbrada nostalgia. Tuve compasión y decidí comunicártelo; quería persuadirte de que volvieras a su lado y que, luego de reestablecida, no la excluyeras de tu aventura, si acordabas llevarla adelante en absoluto. El que va tras la fortuna ha de saber llevar la dicha consigo. Pero al verme te diste a la fuga y no pude llevar a término mi propósito.

Entonces miré hacia atrás, pues calculé que la desesperación y la soledad ya habrían dado cuenta de tu mujer. Pero la encontré recuperada, afanosa y llena de esperanzas y sueños; recién confirmaba que daría luz a un hijo tuyo y un hijo tuyo proveería el coraje para tolerar tu ausencia. La alegría me invadió y decidí comunicártelo; esta vez te obligaría a regresar: la fortuna de los hombres se acrecienta cuando les nacen hijos del amor y aunque eventualmente los hijos se alejan de los padres, los padres no deben alejarse nunca de sus hijos. Pero tú seguías huyendo y yo no podía alcanzarte.

Pasaron muchos años antes que volviera a inmiscuirme en los acontecimientos que marcaban a tu familia. Estaba seguro de que para aquel entonces el hambre y la necesidad habrían consumido a tu mujer y a tu hijo. Miré hacia atrás por segunda vez y con algún esfuerzo identifiqué tu casa; no por culpa de la excesiva distancia, sino porque en el lugar donde construiste una marchita cabaña de leña mohosa, se levantaba ahora una rica mansión bordeada de hermosos rosales y canteros de violetas, dificultada por intrincados setos y guarnecida por un alto muro embozado en hiedra florecida. Y también porque el estéril suelo de tu comarca me sorprendía esta vez con los brillantes colores ajedrezados de viñedos, de huertos, de olivares, de abedules, de alcornoques, perales, arces, olmos y verdes tierras de pasto manchadas mil veces por gordas ovejas. Doquiera vi hombres y mujeres felices y los niños entonaban coros que loaban tu nombre.

El hombre moría inexorablemente y el gigante apresuró el final de su relato.

—Dios bendijo a tu mujer con un robusto varón que al crecer tornó en un hombre poderoso. Con él llegó la fortuna que tú saliste a buscar tan lejos. Yo he visto a tu hijo: es hermoso como lo fuiste tú a sus años. Tu esposa se ablanda en una dulce vejez, rodeada por una multitud de nietos y de bisnietos. A todos educó de acuerdo a tus preceptos y tu hijo, que gobierna sobre la región, se rige por ellos. Vi todo esto y decidí comunicártelo; juré que te tomaría en brazos y te colocaría en medio de todo lo que legítimamente te corresponde, así tuviera que lanzarte por los aires: no han de haber comedimientos, cortesía ni demoras si se ha de hacer el bien a un hombre. Pero tú nunca dejaste de correr. Ahora veo que debo emprender el camino de regreso y darles a todos la noticia.

PABLO SOLER FROST

EL DOCTOR GREENE EN EL SITIO DE BAGDAD

Comunicaciones de fax recibidas hasta hoy, 27 de enero de 1991. Relación completa. No se ha omitido ni una palabra. Esta información no ha pasado por oficina de censura militar alguna.

000 BAGDAD FAX 11 I 91
LANGOSTA A PANGOLÍN
EMPIEZA EL MENSAJE

¡La paz sea con Bagdad, en cada morada!, como escribió el imán y cadí Abū M. ʿAbd al Wahhāb b. ʾAlī b. Naṣr al-Malīkī al Bagdādī. Primero que nada se preguntará usted qué hago en la ciudad de Harún el Rashid. Es una historia larga, paisano, pero trataré de resumirla brevemente en su beneficio. Estaba yo en una pequeña ciudad alemana. Un día en que me dedicaba a la contemplación del campo pasó una mujer que me turbó. Toda la noche intenté desviar mi imaginación de su figura para fijarla en un artículo que estaba leyendo, "Early Political Development in Mesopotamia". Me fue imposible. Averigüé con el encargado del museo local que la mujer era iraquí y me apresté a fingir un poderosísimo conocimiento de su país, usted sabe. Pero descubrí, para mi consternación, que había levantado el campo, si me permite la frase. Decidí, y logré afiliarme en los últimos días de un caluroso mes de mayo a una expedición arqueológica-ecológica-turística al Irak. Tenía su nombre: Maryam. El apellido no se lo revelaré, si usted me lo permite. Sabía también que era arqueóloga. Armado, pues, de tan vitales piezas de información, fuime a Sinjar, que es un pequeño pueblo montañés, aislado del resto del mundo, que era donde ella trabajaba desenterrando una antigua torre ninívea. Nos conocimos, etcétera. Viví feliz a su lado hasta principios de octubre. Ella excavaba, yo leía e intentaba entablar amistad con los yazidi, un clan muy cerrado, cuya religión es un edificio construido con fundamentos paganos, zoroástricos, musulmanes y cristianos. Se imaginará usted que han sido brutalmente perseguidos. No vaya a reírse y piense que andaba yo en busca de los secretos de los magos caldeos.

[92]

En octubre, empero, se habló de peligro: en noviembre la situación fue tornándose francamente hostil. Un MIG sobrevoló la zona: otro, un día después. Llegaron alambradas; técnicos, y un *naquib,* es decir, un capitán. Maryam volvió a Bagdad, dejándome su dirección en una pequeña tarjeta. La razón de su urgente partida era un llamado a filas: de mí no seguirla, que estaba en compañía de varios arqueólogos alemanes cuya situación era incierta. Mi situación, también. Pocos días después recibí permiso, casi orden, de dirigirme a Bagdad. Allí me encaminé, registrándome en el Carlton. Me quité la sequedad del vuelo con un baño, y un té con pastas bastó para mi hambre, bien que me prometí algo más suculento.

Recibí un mensaje de ella, salí al bullente mundo de la calle Nindal y encaminé mis pasos hasta un taxi cuyo conductor intentó cobrarme exageradamente: el caso es que la encontré en una casa cerca del barrio de Al-Wiyah, a la orilla del Tigris. El taxista había intentado enseñarme la Puerta Sur, la británica oficina de correos, unas obras en el antiguo hipódromo, en fin. Costó llegar.

Allí fue ya el paraíso. La casa era suya, pues todos sus parientes masculinos habían muerto en una masacre. No me dijo en cuál. Yo le platiqué que también tengo ascendencia árabe –usted sabe que soy pariente de los Hassán de Ciudad del Carmen...

Conocí Bagdad: vi manifestaciones, milicias femeninas y animosidad; y vi más televisión de la que hubiera visto nunca, que usted sabe que no me gusta. Pensé en salir de allí, se lo aseguro. Incluso conocí a un ingeniero mexicano, Refugio Pacheco, que ya salió. Si lo conoce, salúdelo de parte del Doctor Langosta. Incluso me invitó a una grave reunión para discutir la conveniencia de salir inmediatamente para Amán; pero ese día a la mujer a la que amo le concedieron un grado. Y aunque ella no era de tipo militar, por ponerlo así, recibió la noticia con no sé qué secreta alegría: fuimos a festejarlo a la manera arqueológica: un *tour de force* por las imponentes salas del Museo Nacional, el Museo de Khan Marjan, y la visita un tanto melancólica, incluso aprensiva, al Museo de Armas, *près du Palais abbaside,* como decía mi anticuada guía.

A la mañana siguiente vi de nuevo al ingeniero, en la iglesia de San José. Él ya se iba. Le mandé con él unas semillas de rosas del Oriente. ¿Las recibió?

Continuaré mañana. Debo ir a la Media Luna roja donde hipocráticamente atiendo con devoción niños desnutridos y a los que yo llamo "afectados por el patriotismo": jóvenes que se dispararon por error, hombres desmayados en las agotadoras revistas: nada muy distinto del Tabasco donde practiqué, aunque bien es cierto que todo fluye.

Gracias a Dios, señor de los mundos.

000 BAGDAD FAX 13 I 91
DOCTOR LANGOSTA A JOVEN MANGOSTA
AUTHORIZED VERSION

Relataré, si Dios me lo permite, los últimos sucesos. Por cierto, disculpe si cambié su nombre del código, pero creo haber visto en Burundi algo de pangolines: y son insectívoras. Dicho esto, prosigo donde me quedé: sepa, paisano, que Bagdad ha sido asediada, tomada y destruida muchas veces. Cuando Hulaqu, el hermano de Kubilai, ayudado por los hombres del hijo de Subotai, invadió Mesopotamia, tomaron con saña Bagdad y Damasco: ese día el Califato, como escribe Lamb, simplemente dejó de existir. Y antes. Por la tierra de los dos ríos se han sucedido acadios, asirios, babilonios, casitas, hititas, mitanos y persas desordenada, tumultuosamente; como mareas que anegan la tierra, se sucedieron vibrantes tronos de hierro y de oro.

Prueba de su estar en la cuerda floja es que fue construida como una ciudad redonda con una ciudadela interior. La ciudad del califa Mansur fue un fortificado círculo.

Me hallo en una terraza, escribiéndole, agotado tras hacer una cola interminable en un banco oscuro y húmedo. La terraza es fresca en comparación con el resto de Bagdad que he conocido, salvo, tal vez, los parques de Al-Zawra. Fui al cine Granada y vi un larguísimo noticiero, alarmante. A mitad de la función sonó una alarma. No es que el público fuese silencioso, pero se volvió aquello una ordenada algarabía, y terminamos todos en un refugio aunque luego Maryam y yo fuimos a cenar al Hammurabi.

En la radio suenan aires militares: el teléfono suena impertinente: yo miro unas gruesas berenjenas que se secaron a pesar de los cuidados de Ahmed, el jardinero. Creo que el chayote se daría. Varios doctores me han preguntado si mi casa podría albergar heridos: ayer se acabó la última vacuna antitifoideica.

Saber que viene la guerra: que pronto Bagdad será bombardeada, me tiene como alelado; o a lo mejor es perfecto sosiego, esa paz espiritual al borde mismo del peligro: el momento de montar el tigre. Tarde tibia de Bagdad.

Ibn Baṭṭuta me hace compañía. Tengo tres botellas de whisky enterradas, que me dejó un mexiconorteamericano muy raro, que pagó cinco mil dólares ayer a un taxista para que lo llevara a Amán; el hombre del libre está ya de regreso: *a local hero*. Quiera Dios que Dar es-Salam (morada de la paz) no sea arrasada. Y aquí en Irak las metáforas y los misiles. Creo que inevitablemente dará inicio "la madre de todas las guerras". Estoy cansado: mañana le escribiré. Dígame si está de acuerdo con su nuevo nombre. Dios sea loado. Fin del mensaje.

000 BAGDAD FAX 16 I 91
DOCTOR LANGOSTA A JOVEN MANGOSTA
DIRECTLY FROM THE SIEGE

"Y los infieles mataron e hirieron hasta que se puso el sol", como escribe un viejo historiador árabe. A contracorriente del Tigris empezaron a aparecer sus aviones hacia las tres de la mañana. El cielo despejado se encendió de luces que mostraban la trayectoria de los *flaks:* los aviones volaban muy alto. Pareció caer una gran cantidad de bombas del otro lado del río, por la Puerta Oeste de Bagdad, en el aeropuerto, por la tumba de Zobeida. Toda la ciudad estaba a oscuras; de pronto una serie de grandes explosiones, como si del cielo cayese una luminosidad intolerable, me hizo pensar que la ciudad estaba siendo bombardeada únicamente con misiles: pero fue un ataque conjunto. Maryam me dejó en la casa: en un jeep militar se perdió en dirección a la calle Al-Rashid. Dos vecinos –un hombre gordo sin una pierna, que perdió por una mina perdida que él encontró, y una mujer de rasgos aristocráticos, pero completamente devastada por los cuidados y angustias que su marido le ocasiona, vinieron a guarecerse a la casa. Dicen que una bomba ha alcanzado la mezquita de Gailani: y con los albores del día, varias columnas de humo muestran, entre las figuras optimistas de los rascacielos, la localización de los blancos. De los bazares salen columnas más frágiles: una voluta inmensa esconde el palacio abasí.

Nuevos ataques aéreos; estallido tras estallido uno reconoce la amarga verdad: la guerra ha comenzado.

Una poderosa bomba hiende el agua hedionda al lado del club Alwiyah, entre cuyos *habitués* estuvo Somerset Maugham. A las siete *Radio Bagdad* volvió al aire y emitió un parte.

Yo, por la mía, estoy aterrado, y sin desayunar, hago que Ahmed me lleve al hospital, loado sea Dios, intacto. Parece como si no hubiesen tocado nada: la torre de la televisión parece intacta, y en el trayecto sólo encuentro una esquina destripada. Están bajando un colchón y un refrigerador del segundo piso. Maryam no aparece: y ceno con Ahmed y la pareja Buguiba para después escribirle, en secreto: alumbrado tan sólo por una vela. Oigo nuevas explosiones. Duermo un momento y sueño con mi casa, en Tabasco: los cuartos parecen iluminados por explosiones, pero no se oye ningún ruido. De pronto, el dios Murciélago extiende sus alas y vuela hacia San Juan Bautista.

000 BAGDAD SHORE FAX 17 I 91
DOCTOR LANGOSTA
DESDE EL SITIO

La gente abandona Bagdad. Parece como si Abu Tammam Habib b. Aws (1144-1217) hubiera adivinado su porvenir cuando le dedicó estos versos (metro *basit*):

¡Pues el mensajero de la muerte se alzó ya sobre Bagdad,
que quien la llore vierta sus lágrimas por la desolación del siglo!
Estaba junto a las aguas, mientras la guerra ardía:
mas, por suerte, en sus barrios se apagaría el fuego.
Esperábamos un retorno venturoso de la Fortuna
pero hoy la desesperación anega la esperanza.

La gente abandona sus pertenencias y en automóvil o en burro salen apresuradamente de Bagdad, de nuevo bombardeada. No he tenido un minuto de reposo ayudando en el hospital de sangre. La televisión muestra la misma desolada imagen del Bagdad por el que transito.

Una explosión horrible apaga todo tras encenderlo. Maryam le manda saludos.

Acaban de avisar que varios misiles han impactado Tel Aviv y el puerto de Haifa. Tengo un amigo médico allí, el doctor Husikmann, nacido en Sonora; y el doctor de Swaan, que aunque es un perdido irredentista, tiene buen paladar y agradable conversación, mientras está sobrio.

Abrí una de whisky, y la bebí como si el propio Garrido Canabal y todos los diablos de los batallones rojos vinieran a quitármela. Como dice en *1 Tesalonicenses* v:21, "Paz para los hombres de paz: guerra a los que la merezcan".

Nuevas explosiones, en fila india: y una nueva, más potente, más abrasadora: mucho me temo que el Museo de Armas y el palacio hayan sido tocados: pues parece que volaron el Ministerio de la Defensa, contiguo. Era una mole a medias británica, a medias árabe, por los falsos arcos de punto, a medias soviética. ¿Vio ud. *Brazil?* Haga de cuenta el Ministerio de Información. Maryam dice que Hussein cambia de casa cuatro o cinco veces en una noche: y que hay cuatro hombres que son sus *impersonators:* uno de ellos puede ser el Sadamm Hussein sonriente en una avenida casi vacía: las mujeres le besan la mano, los hombres prorrumpen en vítores. Pero no es él, dice Maryam, quien sale en este momento hacia el búnker del Ministerio del Aire: yo termino, envío, y salgo de nuevo a intentar sanar las heridas de esquirlas y metralla. Dios se apiade de todos nosotros.

0005 BAGDAD IN FLAMES FAX
SU VIEJO AMIGO EL DOCTOR LANGOSTA
AL JOVEN MANGOSTA
INICIA EL MENSAJE

Yo, en el hospital todo el día: los países árabes reclaman un alto al fuego; las plataformas petroleras del Golfo han sido atacadas; la TV iraquí reconoce que hay más de noventa muertos hasta hoy. Fui, ayer domingo, a misa, a la iglesia de Santa Fátima, en el Karradat Mariam, al oeste de Bagdad: pocos restaurantes aún abren: de los hoteles, tan sólo el Al-Khayam y el Bagdad de la calle Sadoun, y el Iraq, en la avenida Rashid, pueden anunciar cierta variedad en los menús, incluso perdices; y mucho alcohol, que es lo que vierto en las bocas de los que han de sufrir una amputación. Uno que estudió tanto, y terminar haciendo urgentes carnicerías en un cuarto mal ventilado, como si fuese uno un barbero con su bacía. Una bomba dicen que destruyó el *Strand,* un restaurante de unos amigos de Maryam: otra, una fábrica de leche en polvo. Pero no doy crédito sino a lo que veo: y aun así, eso es difícil. En la Plaza de los Héroes, que tiene un mural horrible en relieve, y que me recuerda indefectiblemente México, vi la suerte del niño que asciende al cielo por una tensa cuerda y desaparece: sube, simulando enojo, el fakir tras él; y me lo avienta desgajado, en trozos, que pega a satisfacción de nuevo en tierra. El niño sonríe y pide dinero. Ya había visto yo esta suerte, poco después de la independencia de la India, en Nueva Delhi.

La gente sigue saliendo de Bagdad, a Kerbela, a Kirkuk, al desierto jordano, hacia Irán. Déjeme que le explique a usted algo que no en-

tiendo: la gente acarrea cosas tan disímbolas, tan evidentemente ino-
perantes, poco útiles. Ya lo veo a usted, saliendo despavorido, pero eso
sí, con los veintitantos volúmenes de una *Enciclopedia Militar*, y su hermana jalando a la perra Thatcher. A petición de Maryam he confec-
cionado una pequeña lista, de la que, en esta ciudad sitiada, he extraído una leve alegría: es una lista de bienes que incrementan su utilidad
durante una guerra. Le mando copia aparte. No sé si, muriendo aquí,
pueda volver mi cadáver a México. Mande usted enterrar algo mío, la
Zoologie de Gervais por ejemplo, o mis faxes, y págueme unas misas.
El bombardeo ha vuelto a empezar. Y aunque intento convencerme
que todo es una ilusión, parte de esta vida, pero no de la vida, tengo
miedo. Pienso mucho, extrañamente, en algunos personajes de Pérez
Galdós: en el honrado aragonés que dio todo en el sitio de Zaragoza,
en el viejo Candela, que ocultaba harina y pensaba venderla con gran
provecho en no sé cuántos maravedíes, en el médico del sitio de Ge-
rona que intentaba esconder la guerra de su hija, y que incluso hubiera llegado al canibalismo, con tal de convencerla que cuál guerra, que
esas explosiones eran cohetes por la Virgen, y que no podía salir a la
calle por una pequeña cosa un día, al día siguiente por otra.

Seguiré transmitiendo, paisano, si el Señor de los Mundos lo permite. ¿Podó el jardinero las rosas del jardín? Porque si no, no van a crecer.

0008 BAGDAD LAST FAX. NO IRAQUI CENSORSHIP
SAW THIS PIECE OF PAPER, BEING THE LAST OF A
FICTITIOUS ACCOUNT ON THE TRUE SIEGE OF BAGDAD

Paisano: M. dice, y estoy de acuerdo con ella, que se ha vuelto muy
peligroso este hábito mío de escribirle. Ya ve que a unos de CNN los sacaron de Bagdad: los teléfonos están cortados, o interferidos por una
voz tenaz que niega la posibilidad de comunicación con el exterior: todo lo que nos llega de afuera son bombas y más bombas. De aquí también salen misiles: nuevamente se ha atacado Israel y Arabia Saudita.
Vimos un ave muy rara, como un cormorán ayer, volando desconcertada por el Tigris, que arrastró esta mañana un trozo de un puente que
construyó un ulema, tocado por un proyectil.

Salgo para el hospital.

*El buen aire de Bagdad en mí despertó el deseo de quedar junto a ella, aun-
que lo impida el Destino.*

En la admirable madrasa an-Niẕamiyya se ha improvisado un hospital. Dejo la ribera del Tigris por un balcón en el Zoco.

Quiera Dios que nos volvamos a ver, y sepa usted ya para entonces los nombres de todos los califas abasíes, lista que termina con al-Musta 'sim, que, copio a Ibn Baṭṭuta, "siendo él califa, entraron a espada los tártaros a Bagdad y unos días después lo degollaron".

Oh, Hafiz, la vida es un enigma.
El esfuerzo para resolverlo es una trapacería y grande vanidad.

END OF LOCAL TRANSMISSIONS. 6:35 A.M.

ADRIANA DÍAZ ENCISO

HISTORIA DE UN BASILISCO

> La esperma de la cual nacen el íncubo y el súcubo proviene de la viva imaginación de todas las personas sensuales, tanto de espíritu como de pensamiento. [...] Sepan que esta esperma es llevada seguidamente por los espíritus nocturnos hacia confines o lugares donde puede ser incubada entre los gusanos, entre los sapos o entre otros animales impuros. Los espíritus portadores de esta esperma copulan con esos animales, incluso con brujas, y los monstruos que de estas uniones nacen, son incontables y horribles de contemplar. [...] Sepan que no estamos muy lejos de alcanzar a comprender el nacimiento del basilisco, animal del cual nadie puede conocer totalmente su aspecto y apariencia. Ya que, puesto que no se puede sobrevivir a su mirada, ¿cómo será posible el hecho de verlo? [...] Sepan que el producto de esa unión, si se encuentra un estado persistente propio de la concepción, debe ser un ser que toma una forma y aspecto cualesquiera, dependiendo de la imaginación.
>
> PARACELSO, *Las enfermedades invisibles*

Greta supo lo que era el deseo gracias a una revelación. Tenía ya casi diecisiete años, era escandalosamente huraña y nunca había tenido novio. Los hombres le parecían poco menos que animales, sin gracia y sin interés. Y era una fortuna, porque los jóvenes de su colegio difícilmente se habrían acercado a una chica con tal fama de loca como aquella de la que gozaba Greta.

Habría que decir, en su defensa, que dicha fama era un tanto injusta. La gente llegaba a confundir a Greta con la historia de Adela, su madre, una mujer excéntrica y no muy decente que cuando supo que había parido una niña le puso Greta, el nombre que —estaba convencida— ella misma debió tener, con lo parecida que era a Greta Garbo. Quizá la belleza de Adela no fuera tan espectacular, pero su soledad y su aislamiento sí rivalizaban con los de la diva. No había nadie que recordara haber subido a su departamento en años, si se exceptuaba a los oscuros hombres de oscura memoria que habían empañado su reputación. Esto fue meses antes de que Adela sufriera su primera crisis *border line* y tuviera que ser internada en "La Institución". Greta había crecido bajo el cuidado de una abuela malhumorada y medio sorda que murió años después en circunstancias no del todo claras.

Ahora Greta ya era una jovencita independiente que sabía cuidar de sí misma, lo que era una fortuna, pues Adela pasaba largas temporadas en La Institución cada año, y cuando estaba en casa los fármacos que le recetaban los hombres de ciencia le daban a su presencia un peso equivalente al de los muebles. Greta hacía de comer y le servía sus alimentos con el mismo gesto ausente que a Gladys, el gato desaliñado –sí, un varón; su bautizo fue otra señal de en qué lejanos rumbos navegaba la mente de Adela– que a veces se aparecía por la casa, con su oreja mordida y su collar contra pulgas vencido hacía una eternidad.

Pero esta historia no justificaba la fama de loca de Greta. Era verdad que para ella los hombres no existían –reflejo seguro de la absoluta ignorancia y falta de curiosidad con respecto a quién era su padre–, pero ¿podía considerarse ése un gran pecado? A diferencia de Adela, ella jamás había probado un fármaco. Ni consumía drogas ilegales, ni alcohol: nada. Y, como a todas las muchachas de su edad, le gustaba la música de moda.

Que en lugar de ir a fiestas prefiriera oír a *Nirvana* en su casa a todo volumen, cantando a voz en cuello con gritos que podían oírse a una cuadra de distancia, agitando su melena pajiza sobre los ojos e ignorando la presencia de Adela que solía sentarse, con la vista perdida, en el sillón junto al aparato de sonido, era, si acaso, un capricho adolescente.

Si Greta era una belleza que hacía honor a su nombre, era difícil de saber. La moda, como todos sabían, era estar delgada, pero ella se pasaba un poco: era flaca y huesuda; decididamente, las curvas no iban con su personalidad, y sus compañeras la miraban con asombro devorar pastelitos de chocolate y papas con chile durante los recesos en cantidades que habrían aumentado la talla de más de una. Sus senos eran muy pequeños, por lo que había decidido desembarazarse de la molestia del brasier. Sus compañeras, indignadas, opinaban que no era para tanto: cualquiera podía darse cuenta cuando Greta tenía frío. Pero ese involuntario gesto seductor se veía justamente equilibrado por el descuido con que elegía sus ropas. Siempre con esos *jeans* sucios y de un corte pasado de moda y con camisetas demasiado grandes que no se sabía bien si eran grises o negras. Sus tenis habían sido blancos alguna vez, y originalmente no tenían una agujeta blanca y una rosa. Era verdad que los pastelitos y las papas no le habían provocado acné juvenil, pero para darse cuenta había que acercarse lo que sus compañeros juzgaban demasiado: una mata de pelo lacio, amarillento, descuidado y de puntas rotas caía siempre sobre su rostro, y era un misterio cómo podía caminar sin estrellarse contra las cosas. Sin embargo, admitían que ese cabello brillaba con un tono hermoso bajo el sol. Todos sospechaban que bajo esa capa terrorífica de pelo se ocultaba un rostro de rasgos finos y graciosos, bonito aunque Greta nunca usara maquillaje, de una piel limpia y pecosa. Nadie sabía a ciencia cierta si sus ojos eran grises o verdes.

Aunque en clases siempre estaba callada y como distraída, sacaba buenas calificaciones, por lo que todos decían que "no era nada tonta". Sus compañeros solían ser amables con ella, pero no tenía amigos. Hasta los maestros le tenían un poco de miedo.

Invariablemente, cuando le preguntaban qué iba a estudiar después de la preparatoria, respondía: "Nada." "¿Qué quieres ser de grande?", le volvían a preguntar. "Nada. Nada", era toda su respuesta.

Y quizá por eso se habían ido acostumbrando a vivir a su lado como si no existiera.

Pero en realidad Greta sí sabía qué quería ser, y si no lo decía era nada más para no dar motivos de especulaciones.

Quería ser hechicera.

La tarde en que descubrió el deseo consultaba la ouija junto a la ventana, mientras escuchaba a *Nine Inch Nails* al máximo volumen y su madre le escribía una carta a un amante que −lo había olvidado− había muerto quince años atrás.

Greta estaba aburrida. Llevaba horas haciéndole a la tabla preguntas ociosas: "¿Está loca mi mamá?" "Sí", apuntaba la tablilla superior. "¿Y yo?" "Claro que no" −respondía, moviéndose hacia la izquierda. "¿Es virgen Cecilia?" "Ja. Ja." Y así, puras respuestas que ya conocía. No sabía por qué había empezado a hacer preguntas sobre el sexo, si a ella ni le importaba. Quizá la contagiaba el fervor con que Adela le escribía al amante muerto, dejando asomar la punta de la lengua por la comisura de los labios.

"¿Se siente rico?", preguntó. "Sí", respondió la ouija, lacónica. Después de esto se quedó distraída durante largos minutos, viendo cómo las sombras de la tarde se arrastraban tras la ventana. Finalmente se atrevió a preguntar algo insólito: "¿Quién va a ser mi novio?"

Con la naturalidad de siempre sintió deslizarse la tablilla bajo sus dedos, movida sin truco por una energía ajena a ella, desconocida. Pero la prolija respuesta la sobresaltó un poco: "Él. Asómate a la ventana."

Se le erizaron los vellos tras la nuca y muy lentamente regresó la vista al aire sucio y gris donde la había tenido perdida segundos antes.

¡Qué veían sus ojos! En la acera de enfrente, a punto de cruzar la calle, estaba un hombre joven, alto y delgado de cabellos castaños y prominente nariz. Parecía acalorado. La blanca camisa abierta mostraba un pecho de piel bronceada cubierto de vello negro. Era la visión más estética que Greta había visto en toda su vida. Era un animal, sí, pero uno soberbio y majestuoso.

Cambió la luz del semáforo y el hombre se dispuso a cruzar. Greta abandonó su silla de un brinco y se arrodilló junto a la ventana para verlo mejor. Se quitó, por primera vez en años, el cabello de los ojos y pegó las palmas de las manos al vidrio.

En ese instante el hombre, sintiéndose observado, alzó la vista. Era una lástima que no pudiera apreciar la belleza de Greta en toda su amplitud, pues ésta había pegado tanto el rostro al vidrio que su nariz quedaba aplastada contra él. Pero la fijeza con que sus ojos tristes lo miraban transmitió un escalofrío al cuerpo del hombre, que se apresuró a cruzar la calle.

—Ya acabé —dijo Adela mientras garabateaba una firma rococó sobre el papel, sacando a Greta de su trance.

—¿Quieres que la lleve al correo? —le preguntó ella, siguiendo con la mirada el andar elegante de aquel prodigio de la naturaleza que se alejaba.

¿Y para qué, si ya está muerto?

Mientras dormía aquella noche, un espíritu nocturno entró a la habitación de Greta y se tendió a su lado. Con dedos fríos, viscosos, hurgó bajo su pijama de franela y descubrió la tersura de su piel adolescente, la firmeza de su carne todavía sin sueños. Y ella no tuvo mucho miedo, porque sabía de la existencia de los espíritus nocturnos. Desde niña se había acostumbrado a su presencia, gracias a la cual no se consideraba una muchacha solitaria. Aunque nunca le habían prodigado esa nueva especie de abrazo que recibió aguantando la respiración, no dudó de la identidad de su visita. Creía en los espíritus y sabía que estaban de su lado, así que se entregó sin reparos a las caricias de aquel cuerpo invisible.

A la mañana siguiente llegó tarde al colegio, lo que no era raro en ella, y entró apresuradamente al salón donde se impartía la clase de francés.

—*Bon jour, mademoiselle* —oyó que decía una voz desconocida a sus espaldas.

Se dio media vuelta y lo que vio le quitó el aliento: el príncipe encantado estaba ahí, sentado en una esquina del escritorio, balanceando una pierna larga y bien torneada bajo la mezclilla fina del pantalón, mirándola con una luz divertida en sus grandes ojos cafés. ¡Así que ese ser de belleza ultraterrena sería el suplente del horrendo *Monsieur* González! Greta no estaba acostumbrada a los milagros, aunque sabía que existían, así que no le quedó más remedio que caer sobre sus rodillas, ahí, frente al estrado, con la boca abierta viendo a su maestro a través del fleco amarillento, en medio de las carcajadas de sus compañeros. Sus pechos desnudos bajo la camiseta denunciaron elocuentemente sus emociones. Un destello de miedo cruzó la sorpresa en los ojos ambarinos del maestro, quien le dijo, en voz muy baja:

—*Mon Dieu, mademoiselle! Ne jouez pas, si vous plaît!*

¡Ah, aquel acento! ¡Ése sí que era un francés de verdad! Recordó los panes embarrados de queso *camembert* que le daba Adela cuando decidía hacer una cena "elegante" para las dos, y el recuerdo de aquel sabor fuerte y delicioso le hizo cerrar los ojos y mojarse los labios con la lengua.

Fue en ese momento que el príncipe de los sueños de Greta, el que el destino le había deparado, empezó a tenerle miedo.

Sin embargo, sus compañeras se le acercaron un poco en el receso, al oírla hacer el primer comentario normal desde que la conocían: "¡Está guapísimo!"

¿Y qué crees? ¡Se llama Alain! ¡Como Alain Delon! —dijo Cecilia, la muy puta.

Cuando volvieron a tomar clases de francés, todos pudieron comprobar que los ojos de Greta eran en realidad verdes y no grises: un verde oliva pálido que brillaba con notable belleza bajo la luz. Lo supieron porque Greta apareció aquella mañana con el cabello recogido hacia atrás en una media cola que mostraba su rostro lozano. Y no sin asombro sus compañeros tuvieron que reconocer que en verdad era muy bonita, mucho más de lo que pensaban, y que su rostro mostraba unos rasgos inocentes, como de niña, o de una virgen que jamás hubiera sido manchada por un pensamiento impuro. Ni el bilé rojo, la sombra azul sobre los párpados ni las dos capas de *rimmel* en las pestañas lograban arrancarle esa luz de pureza.

Llevaba un vestido de los mejores tiempos de Adela: de extraordinaria minifalda anaranjada, con ancho cinturón negro de charol. Que el estilo estuviera de nuevo de moda no ocultaba lo raído de la tela, ni que le faltaba uno de los gigantescos botones blancos que, al frente, hacían las veces de adorno. Pero las piernas flacas de Greta no se veían tan mal en las medias negras, y los zapatotes de plataforma de Adela, aunque le quedaban un poco grandes, estaban mucho mejor conservados que el vestido.

Alain pudo apreciar todo esto con la debida atención porque Greta se sentó en la primera fila y cruzó las piernas con innegable coquetería. Estaba seguro de que ya había visto su rostro antes, y no sabía por qué esa idea lo ponía nervioso.

Desde entonces, los rumores de que Greta estaba loca por completo se confirmaron con inevitable justicia. Lo cual era una lástima, porque sus compañeros recién descubrían que era toda una belleza.

Cuando Alain terminaba, apresuradamente, la clase de francés, Greta lo seguía con sus taconzotes por el pasillo, sin decir una palabra, sólo mirándolo con sus apasionados ojos verdes, y a veces, cuando él salía de su cubículo horas después, la veía sentada junto a la puerta, las rodillas huesudas resaltando no sin belleza bajo las medias rotas. Entonces Greta agitaba las pestañas llenas de *rimmel* y elevaba hacia él sus ojos inocentes brillando con la luz insoportable del primer amor, y él la saludaba con un nervioso movimiento de cabeza y bajaba corriendo las escaleras, todavía con aquella mirada verde prendida a sus espaldas.

Alain era un francés, sin embargo, y una mañana empezó a imaginar las posibles delicias de mostrarle las costumbres de la pasión a una bella jovencita que se le entregaba con devoción tan fervorosa. Esa mañana estuvo distraído. Escribió en el pizarrón *jambes* en lugar de *jamais* y toda la clase se burló de él, que no apartaba la vista de las piernas delgaditas de Greta.

Pero al día siguiente, en la fiesta del Día del Maestro, Cecilia, a quien la moda *dark* le sentaba muy bien y resaltaba el brillo azulado de su cabello negro natural pintado de más negro, se encargó de explicarle a Alain por qué Greta era una loca peligrosa, y cómo ella y su madre, que era una loca clínica, vivían de la herencia de una abuela sorda, las circunstancias de cuya muerte nunca habían sido suficientemente aclaradas.

−*Je comprends* −dijo Alain, suspirando−. *Pauvre enfant!*

Y llegó a creer que había confundido el miedo que le inspiraba
Greta con deseo. ¿Acaso la pasión no lo confundía todo?

Así que en la clase siguiente, cuando les enseñaba a conjugar la primera persona del singular, y Greta le dijo, sin pudor y con soltura, *"Je
t'aime"*, él, ignorando las risas de los alumnos, le demostró cómo se
conjugaba negativamente al escribir con solemnidad en el pizarrón,
con claras letras de molde y en mayúsculas: *"JE NE T'AIME PAS."*

Esa noche Greta lloró tanto que la funda de la almohada y su rostro
de virgen quedaron todos manchados de negro; el *rimmel* corrido le
dio por primera vez una apariencia de mujerzuela que nunca había
cruzado por su mente encarnar. Mordía la almohada para ahogar sus
gemidos y estaba segura de que moriría de dolor. ¿Cómo era posible
que Alain fuera tan imbécil como para rechazar su destino? ¿No le había dicho la ouija que él era el hombre de su vida?

Adela la oía llorar desde la cocina. Sus gritos desgarrados cortaban
como un cuchillo de hielo el aire silencioso. "¡Ah, está enamorada!",
se dijo, enternecida, y se dispuso a comer pan con queso *camembert* a
la luz de una vela.

Ya pasaban de las doce cuando Greta, cansada de llorar, el corazón
cargado de rabia y amargura, se acordó del espíritu nocturno. Al traer
a la memoria el abrazo que le prodigara en su última visita, comprendió que aquella había sido la anticipación del futuro que esperaba
cumplir en el cuerpo de Alain. Supo, también, que no le quedaba otro
recurso más que la oscura potencia de su aliado para restituirle a su
mundo el orden de lo que debía ser, fracasadas las señales inequívo-
cas de su deseo que había entregado ante los ojos ciegos de su obsesión. Así que invocó al espíritu. Lo llamó en silencio, con la voz de sus
pensamientos, y mientras lo llamaba no lograba dejar de ver el rostro
bellísimo de Alain dentro de ella, mirándola con amor y dulce arre-
pentimiento.

"¡Entrégamelo!", imploraba, y no sabía muy bien si pensaba en el
alma de Alain o sólo en el sueño de su imagen.

Cuando ya creía que el espíritu también la había rechazado y empezaba a quedarse dormida, todavía sobre las cobijas, con su vestido
anaranjado y los zapatos puestos, oyó claramente un rasguño en el vidrio. Abrió los ojos y apagó la luz. Se sentó en la cama y, ya despeja-
da, se quedó alerta esperando una señal.

Interpretó que había llegado cuando se abrió la ventana de par en
par y un viento fresco inundó la habitación. Sentada en la cama, Gre-

ta empezó a quitarse la ropa y los zapatos. El espejo le arrojó, en la oscuridad, un fugaz destello de un cuerpo que ya no era tan flaco ni huesudo. Así, desnuda, se dejó besar por el aire. Se tendió en la cama y esperó, expuesta, los labios y la lengua húmedos del espíritu nocturno, y cuando los sintió recorriendo hasta el milímetro más oculto de su piel pasó los brazos alrededor de su cuello invisible y se entregó a él con un ardor desconocido que cerró para siempre el solitario episodio de su adolescencia. Con los ojos cerrados, podía ver el rostro de Alain afanándose sobre ella, la pasión le daba ese gesto acalorado con que lo había visto por primera vez, y tenía, en su mirada interior, un cuerpo armonioso, de músculos fuertes bien delineados bajo la piel bronceada; su pecho estaba caliente al tacto, como si acabara de tomar el sol, y toda la noche se revolvió Greta, jadeando, bajo el peso del espíritu nocturno mientras Alain jadeaba sobre ella dentro de su mirada.

Adela, que dormía bajo los efectos de un coctel de *halción* y *tafil,* no escuchó nada fuera de lo normal.

La sonrisa llena de complicidad y dulzura que le dedicó Greta a Alain a la mañana siguiente le pareció mucho más escalofriante que las miradas de deseo y abandono de antes. Se volvió un hombre nervioso y taciturno que daba sus clases de manera apresurada y salía corriendo del colegio al terminar.

Cada día la sonrisa de Greta era más plena; tanto, que llegaba a confundirlo y, a un tiempo culpable, triste y temeroso, se preguntaba si alguna vez le había prometido algo.

Los compañeros de Greta también se confundían, y cuando tres de ellos la encerraron en el baño y le mostraron la fuerza de su sexo, confirmando la vieja teoría del animal, ella tuvo que sacarlos de su error a puñetazos. La sangre manando de la nariz del más fuerte y manchando su camiseta de *Save the Earth* fue una lección inolvidable.

Todos respiraron aliviados cuando se supo, meses después, que Greta estaba embarazada y había sido recluida en un internado para niñas malas. Adela había vuelto a una de sus temporadas rutinarias en La Institución y le escribía a su hija —de asilo a asilo— largas cartas violadas por sendos guardianes en que le hablaba de la conveniencia de ponerle Marlon al bebé, si era niño, y Marlene, si era una niña. No le preguntaba por el padre; que fuera desconocido le parecía lo normal.

Pero no era desconocido para Greta, aunque sí de una realidad fantástica, más parecida al aire que a la carne, pero más al ardor del infierno que a la ingravidez del cielo, en la que a nadie le hubiera resultado fácil creer, y por eso guardaba al respecto un obstinado silencio.

Alain no leía la nota roja ni el *Alarma*, así que no se enteró, varios meses más tarde, de que la directora de un internado para niñas malas había pasado a definitivamente mejor vida gracias al tajo en el cuello que le infligió una de las internas segundos antes de huir.

Una mañana, Greta, cubriendo a duras penas su desnudez con una bata verde, descalza y con el cabello enmarañado sobre los ojos, espiaba tras los arbustos a la salida de su antiguo colegio. Los rostros diáfanos de muchachos y jovencitas que atravesaban la verja le resultaban familiares, pero no alcanzaba a identificar rostros ni nombres. No le importaba. Tenía una idea fija, elaboradamente construida alrededor de la imagen que ella tenía del cielo —es decir, la eternidad—, y sólo una escena acaparaba su atención.

Veía cómo Alain y Cecilia se acercaban al pequeño bulto que yacía en el césped, al otro lado de los arbustos. Iban tomados de la mano, ahora que, según ellos, nadie los miraba.

—¡Mira! —dijo Cecilia, la primera en descubrirlo, algo alarmada—. ¡Se está moviendo!... ¿Será posible?

Y sí, algo se agitaba en aquel bulto cubierto por una sábana sucia.

Alain era, además de francés, un hombre compasivo, y se arrodilló de inmediato junto al bulto. Greta nunca olvidaría la inexpresable dulzura de su rostro, lo bellos que eran sus ojos tocados por la piedad.

Cuando descubrió al bebé la mañana se suspendió en un silencio arrobado a su alrededor: era una criatura de hermosura ultraterrena. Alain jamás había visto a un bebé, ni a ningún ser humano, dueño de una belleza tan absoluta y sin mancha.

Entre asustada y conmovida, Cecilia se acercó a ellos.

—¿Qué... qué hacemos? —balbuceó.

Estaba muy nerviosa porque un pajarito acababa de caer muerto a los pies del bebé, con un postrer trino cortado.

Pero Alain no se dio cuenta, ni la escuchaba. Sólo tenía ojos para aquella criatura divina que, no sabía por qué, le parecía carne de su carne, sangre de su sangre. Y aunque su rostro era el *summum* de la dulzura y la inocencia, había algo en sus ojos de infinita sabiduría, casi la mirada venerable de un viejo. ¿Y por qué, se dijo, le daba la impresión de que los ojos del bebé eran tan parecidos a los suyos?

Entonces la criatura abrió los labios sonrosados, mostrando unos afilados dientecitos blancos que, pensándolo bien, eran altamente improbables en un niño de esa edad, y de su angelical garganta salieron, con voz ronca y perfectamente moduladas, las siguientes palabras:

—*Bon jour, mon père.*

Alain cayó muerto en ese instante.

Cecilia gritó y gritó hasta desgarrarse las cuerdas, frente al espectáculo más oscuro al que le había tocado en suerte asistir.

Sin embargo, inexplicablemente y aunque la escena quedaría grabada en su memoria hasta el día de su muerte, cuando le preguntaban qué era lo que había visto sólo atinaba a decir:

—Era algo así como un gallo, o una serpiente. Tenía como una corona blanca en la cabeza y plumas amarillas, y espinas afiladas en las plumas. O no... era más bien un gallo con cola de serpiente, y de la cola le salía otra cabeza, pero no lo pude ver bien porque cuando grité echó a correr con sus ocho patas y se escondió entre los matorrales.

Y al llegar a este punto, invariablemente se echaba a llorar, sumando su desconcierto al de sus aterrados escuchas, que terminaron por creer que la muerte sorpresiva de Alain la había vuelto loca.

Pero la conmoción que causó aquel episodio fue eclipsada esa misma tarde por un espectáculo mucho más impactante, de imborrable memoria, cuando unos alumnos rezagados descubrieron el cuerpo de Greta colgando de uno de los aros de la cancha de basket-ball. A sus pies yacía la bata verde del internado, sucia y rota, y su desnudez lucía una belleza lánguida, su piel pálida brillando con un fulgor dorado bajo la amorosa luz del atardecer; una belleza escalofriante y perturbadora, quizá porque la muerte la había vuelto inalcanzable. Su cabello pajizo y hecho nudos le cubría el rostro, ocultando de sus ojos un mundo hueco, aburrido y hostil que ya no quería ver, ahora que la fuerza del deseo había logrado entregarle el espejo deslumbrante y puro de su soledad.

ALBERTO FUGUET

DEAMBULANDO POR LA ORILLA OSCURA

Pa'mi hermano Paul

Basado en una historia real.

Guardó el cuchillo ensangrentado en su bota y estiró sus viejos Levi's hasta dejarlos lisos y tirantes. Del bolsillo interior de su chaqueta de cuero extrajo un pito y lo encendió con indiferencia, como si nada le importara realmente, como si todo fuera una vieja película que ya no le interesaba volver a ver. Aspiró el porro, sintió cómo el humo le picaba los ojos y lo saboreó tranquilo, cero apuro, bien. It's hard to give a shit these days, pensó, citando mentalmente a Lou Reed. Se rió un poco, todo le parecía tan inútil. Después lanzó un escupitajo rojizo al suelo que se quedó flotando en el cemento. Le pareció raro, pero ni tanto. Arriba, las nubes negras pasaban rajadas.

Hora de partir.

Con un rápido movimiento flectó sus brazos hacia atrás, casi rajando su desteñida polera Guns N'Roses, e inició una lenta caminata por el callejón hasta llegar a la puerta de entrada. A medida que avanzaba sobre el pavimento, rodeado de cientos de ojos sin caras que le registraban cada paso, pensó que era justamente alguien como él lo que esos tipos llenos de colores necesitaban: un héroe, un huevón dispuesto a todo, un Rusty James chileno.

Al acercarse a las puertas de vidrio automáticas, el Macana pudo ver por una fracción de segundo su reflejo antes de que se abrieran. Se veía aún más fuerte, aún más seguro, como si lo siguiera una horda de ultraviolentos y él fuera el líder indiscutido. Su pinta de guerrero de pandilla americana, con ese aro chacal en forma de calavera, esas muñequeras, ese pañuelo de vaquero que le tapa la mitad de su desordenada melena que cuelga sin ánimo, lo hace verse bien, casi perfecto, con ese tipo de belleza que sólo surge después de una pelea, después de tensar cada músculo y juguetear con cada reflejo.

—El Macana es el mejor, el más bonito.

—Es un reventado.

—Legal que lo sea, ¿o no?

—El compadre se las trae.

Al entrar al Apumanque sintió la mirada de todos y se dio cuenta que se veía igual a los de las películas que emulaba. Soltó otra sonrisa bajo el neón rosado y siguió caminando orgulloso, sabio, certero. Un chicle aplastado lo hizo recordar la escena anterior, igual a un video de Slayer o peor: la sangre del Yuko saliendo caliente, sorpresiva, con humo. Y le gustó, fue emocionante, como en los viejos tiempos cuando andaba en la onda thrash, rock satánico, cosas de cabro chico, escandalizar con la pinta, joder, lanzarles pollos a los viejos para ver si así cachan. Pero ahora que era mayor, trece años vividos a fondo, a todo dar, el rollo era otro. Todo le estaba resultando. Ahora sólo faltaba un detalle.

Desde la escalera automática divisó el típico aviso de Benetton en tres dimensiones: todos perfectos, combinados, adultos-jóvenes gastando sus tarjetas de crédito, viejas acarreando guaguas con jardineras Oshkosh. Si tuviera una bomba lacrimógena, la lanzaría arriba de todos, tal como esa madrugada eterna en la Billboard cuando ya estaba aburrido de jalar en el baño, los malls le tenían los tabiques anestesiados, de puro wired la tiró para quedarse con la pista vacía y bailar hasta reventar. Odiaba el Apumanque, quizás por eso iba tanto. Todos esos parásitos que vegetaban en el Andy's, puras papas fritas y pinchazos, comida rápida, taquilla pura, amistad en polvo, esa onda. Sábado tras sábado, el lugar de reunión, ver y que te vean. Lleno de lolitas disfrazadas de cantantes pop, de esas minas que nunca atinan, que calientan el agua pero no se toman el té, de esos gallos que se hacen los machos pero que piden permiso para llegar tarde.

El Macana siguió subiendo hasta llegar al último nivel donde los autos están estacionados. Se percató de lo oscuro que estaba, de lo neblinosa que se había puesto la tarde. No podía relacionar las cosas. Estaba seguro de que el duelo fue de día, recién, en colores: el polerón púrpura, la sangre roja, pegajosa y coreana del Yuko, quizás un foco que iluminaba todo el callejón desde arriba. Los destellos del cuchillo, el vapor, el ruido del acero de su bota, disparos a lo lejos. Estaba débil, lo sabía: vulnerable, eso era peligroso, podían atraparlo de nuevo.

—Ya no es el mismo...

—Ya nadie es el mismo, huevón.

—Lo cagaron.

—Esa clínica le lavó el cerebro.

—Lo dejaron lerdo.

Sintió que lo seguían. Apresuró su paso: Welcome to the jungle, it gets worse here everyday. Debían ser los guardias de azul. Seguro que sí. Imaginó cómo, poco a poco, iba a extenderse el pánico a través de todo el Apumanque. Las viejas correrían a ver el espectáculo, ansiosas de saber si el herido era suyo o de alguna conocida. El efecto de esas anfetas le habían distorsionado todo, tal como quería, sentir un poco de intensidad real, pero ahora le estaba llegando el bajón, el sueño, le hacía falta un poco de jale que se conseguía el Chalo en ese bar de General Holley. Recorrió todo el estacionamiento y no encontró nada, ningún lugar: todo cubierto, cercado. Típico.

Lo acechaban. Debía cambiar de táctica. Y rápido. Urgente. Probablemente lo tenían rodeado: eso estaba claro. No descansaría hasta destruirlo. Como al Chico de la moto. Lo importante es saber dónde ir, pensó, no que te sigan unos cuantos cuicos que no son capaces de apreciar a un Drugo de verdad. Es típico, nunca se dan cuenta, los dejan al margen, como al Jimbo y a Cal, recordó, o los encierran, los tratan de locos, los dejan de querer, los obligan a juntarse en bandas de ratas huérfanas, errantes.

—Los Drugos sin el Macana son la nada.

—Seguro.

—Dicen que necesitaron cuatro para amarrarlo con la camisa de fuerza.

El casi centenar de compadres, con sus respectivas groupies, que se habían congelado en el callejón trasero de puro pánico, ya habían reaccionado. Hubo gritos, llantos, tipos que salieron soplados a buscar ayuda, otros que se subieron a las micros por si llegaban los tiras o los pacos. Las minas trataron de curar al Yuko, que yacía herido y sangrando, aterrorizado como nunca antes.

—No te dije que estaba loco, onda trastornado.

—Fueron las pepas, estoy segura.

—El Karate Kid no supo defenderse: se le hizo.

—De mais.

—Estos coreanos son pura boca, te dije.

El Macana empezó a deambular nervioso por el estacionamiento, dando vueltas y vueltas, casi corriendo. Tambaleaba de un lado a otro. Le era difícil saltar sobre los capós como antes: perdía el equilibrio, se le nublaba la vista, escuchaba tambores y saxos. Tiró al suelo su chapita no future y la aplastó, dejándola lisa y reluciente. No encontraba ningún sitio, ningún escape.

Agotado, comenzó a descender por la rampa de los autos. La parte de atrás del centro comercial parecía sacado de Blade Runner, puro cemento, murallas altas, vidrio mojado. Silencio total. Ningún espectador, ningún amigo.

—Parece un zombie.

—Se ve viejo: como de diecisiete.

—Está acabado.

Abajo, al final de la curva que bajaba, dos guardias con los ojos fijos en el Macana. No le era desconocido ese tipo de mirada. A lo largo de sus años, se crece rápido cuando no se tiene dónde ir, la había visto varias veces: inspectores, médicos, psiquiatras, jueces, policías. Un guardián-ante-el-Centeno, agente de Pinochet, levantó su Walkie-Talkie. El Macana saltó encima de la delgada muralla y comenzó a correr hacia arriba por la angosta faja de cemento. A medida que el paredón crecía en altura, la pendiente se agudizaba. Abajo, el callejón vacío, oscuro.

Ya no había mucho que hacer. La muralla por donde arrancaba llegó a su fin. Los cadáveres jóvenes también se pudren, pensó, pero ya no había nada que hacer y el asunto le parecía emocionante, entretenido. Pegó un salto y voló varios segundos hasta estallar en el pavimento trizado. El cuchillo rebotó lejos, cayendo bajo el único farol que funcionaba.

MIGUEL GOMES

ORFEO

I

El cine club de nuestra ciudad de provincia no es esplendoroso ni daría envidia a quienes estén acostumbrados a las salas de arte de lugares más hospitalarios para los ocios del espíritu. Con todo, podemos jactarnos de tener la oportunidad de ver durante toda la semana películas aptas y no los usuales repertorios de mal gusto que las cadenas comerciales ofrecen. Ayer, miércoles, por ejemplo, terminó el ciclo dedicado a Cocteau que había empezado hacía unos días.

Con mi vecino –que para los fines de estos apuntes, y por capricho comprensible, llamaré *Marais*– suelo ir a esas funciones. Fue una suerte haberlo conocido, justo cuando me mudé a este conjunto residencial. La mayoría de los propietarios de las inmediaciones, es decir, los participantes fieles de la junta de condominio, son seres a los que el ejercicio de las ideas les resulta completamente extraño; las conversaciones con ellos versan, un ochenta por ciento de las veces, sobre lo mal que los jardineros han cortado la hierba o sobre el problema de las goteras, que se propaga silenciosamente a cada una de las casas. El otro veinte por ciento consiste en imprecaciones a los hijos de tal vecina, que se metieron a la piscina comunal después de las horas acordadas, o al perro del señor jubilado, medio sordo, que vive enfrente y a quien le interesa un rábano que su querida mascota vaya al portal de los demás para dejar allí un precioso recado. En pocas palabras: hablar con Marais es una experiencia gratificante, que poco tiene que ver con nimiedades y deberes de civismo práctico.

Lo conocí gracias a la música que salía de su casa, contigua a la mía. No muchos miembros de la clase media que impera en los alrededores escuchan a Luciano Berio. Un día era la *Sinfonía;* otro día era el *Laborintus II;* otro día más eran piezas para piano y violín o algunas de las canciones que Berio había compuesto para que su mujer, Cathy Berberian, asombrase a las audiencias combinando secuencias operáticas con gorgoritos aberrantes y cómicos –cosas de la vanguardia. Pues bien, aprovechando que una tarde, de vuelta del trabajo, coincidimos en el estacionamiento, me acerqué a Marais y me presenté: le confesé que me encantaba la música que ponía y que a veces sus grabaciones me eran desconocidas. Las que yo tenía eran en vivo; las suyas, me explicó de inmediato –un poco desconcertado, pero en el buen sentido–, habían salido de estudios italianos. Que si las quería tener por unos días. Por supuesto, dije. Y a partir de ese instante se inauguró nuestro comadreo constante, con veladas en el patio suyo, o el mío, con melodías de fondo y comentarios acerca de noticias recientes.

Marais pertenece a una especie no diré común, pero en la que se incluyen varios de mis allegados: hombres que alguna vez, en la adolescencia, tuvieron vocación artística y, por presiones de la parentela, debieron postergarla para dedicarse a ocupaciones más "serias" o "seguras". Los años pasan, la seriedad y la seguridad quedan patentes en un ingreso fijo o en un estilo de vida sosegado, y, pese a todo, algo en el fondo sigue fastidiándolos con ciertos reproches, con ciertos murmullos espectrales que se oyen, aunque ininteligibles, cuando están a solas o cuando la tarde va cayendo y las sombras se juntan con los colores tensos. De esos momentos brumosos salvan mis conversaciones a Marais y por eso solemos encontrarnos con relativa frecuencia, así sea para fumar en silencio o para hojear el periódico, cada uno sorbiendo esporádicamente su brandy. En alguna oportunidad, mi compañero me viene con una pregunta: "oye, tú que eres escritor, explícame algo: ¿cómo se te ocurren las ideas? ¿Entras en trance o qué?" Yo improviso una respuesta –"sigo instrucciones, ja ja" o "las musas, tú sabes"– y trato de seguir de largo lo más pronto posible, para no abrir en él viejas heridas o, lo que jamás me perdonaría, incitar rencores familiares.

Mi destino, si bien menos "serio" o "seguro", ha sido más afortunado que el de mi vecino. Al menos así lo creo. Me atrevo a leerle mis manuscritos de vez en cuando, para tantear sus reacciones, pero compenso mi abuso de confianza proponiéndole, para variar, que vayamos una vez por semana a la biblioteca de la ciudad a un recital de poesía o a las reuniones de los junguianos; o también, como ya lo he sugerido, al cine club. A él le agrada esta rutina, porque lo salva de otras plagadas de clientes insufribles, números y contratos. Inmediatamente después de las películas nos acercamos al café universitario, que queda al lado de la sala de proyecciones, y nos ponemos a chapurrear hasta dos o tres horas sobre alguna de las cosas que leemos e intercambiamos.

A mi favor puedo agregar que Marais se ha beneficiado de mi biblioteca personal que, lo más objetivamente posible, califico de extensa. Apunto este detalle porque me enorgullece haber mantenido semejante colección de libros −unos cuatro mil− tras mudanzas y viajes de los que ya voy perdiendo la cuenta: seis países, empleos efímeros y no muy absorbentes, varias becas "de creación" que mis contactos y editores me han conseguido. Ojalá que tanto vagabundeo se justifique algún día, en honor al arte o a lo que sea. Ya no encuentro espacio en los estantes para los volúmenes: ahora me veo forzado a apilarlos en cada rincón de la casa. En el estudio, particularmente, hay una leonera que me permite de vez en cuando hallar objetos que daba por perdidos −el fax, la telefonera− o de cuya existencia me había desentendido por completo −postales, cartas, *souvenirs* de mi familia. Entrar a ese lugar es como acceder a una dimensión desconocida. He tenido, alguna vez, sueños extravagantes allí, producto de mi horario irregular y de mi tendencia a dejar que la imaginación se adueñe de las horas muertas. Cuando eso pasa, ni siquiera recuerdo que bajo los libros haya un escritorio o, detrás de una columna de ellos, un espejo. El desorden no me ahoga, sin embargo: tanto libraco me protege; las hojas que amarillean, lo intuyo, me resguardan de la intemperie, porque recuerdo nítidamente el día, la ciudad, todas las circunstancias remotas o recientes en que compré cada uno de los tomos: son, un poco, mi biografía; lo único que va quedando de un pasado del que me aparto cada vez más, imperceptiblemente, y puede que contra mi voluntad: ya no soy un jovencito; el desarraigo benigno en que he vivido todos estos años empieza a preocuparme. No se trata, claro, de una cuestión angustiosa, sino de un remordimiento fugaz, de los que surgen cuando termino un manuscrito y me instalo en el cansancio, o cuando intento conciliar el sueño y el exceso de estimulantes me lo impide. Sobre todo en las temporadas de insomnio las preguntas incómodas me visitan con frecuencia.

Mi relación con Marais es un hermoso sedante, mejor que las píldoras que ya no me adormecen y sí me aturden. Lo nuestro, desde el principio, se acercaba a la amistad sin llegar a serlo del todo, pues carecía de los interrogatorios a los que acabo de referirme. Jamás he mostrado curiosidad −aunque la tenga− por los motivos de su soltería: a ver, a ver, suelo decirme, si se trata de un sujeto normal en tantos aspectos, por qué no anda ya con una familia a cuestas. El temor de desbaratar la armonía de nuestras charlas me ha impedido manifestarle mi inquietud; no menos, el suponer que Marais se sentiría en libertad de intentar averiguar lo mismo. Si eso ocurriese, yo le respondería elegantemente con una cita de Bacon: "Las obras de más mérito han procedido siempre de hombres solteros y sin hijos." Pero sería un subterfugio intelectual; la verdad es que no tendría una respuesta sincera.

La noche en que terminó el ciclo de Cocteau, del que no nos perdimos ni una función, nos fuimos al café dispuestos a enredarnos, con mucha nicotina, en paráfrasis y exégesis de la última doble tanda que habíamos presenciado: *Orphée* y *Le testament d'Orphée*. Era la quinta o la séptima vez que teníamos ocasión de ver ambas películas, pero el entusiasmo compartido, el júbilo de contar ahora con un eco, el ofrecido por nuestra cercanía, nos impedía expresarnos con claridad: no escasearon minutos enteros de tartamudeo. Cuando amainaron los arranques emocionales; cuando a la energía sucedió un reposo más propio de nuestra edad, decidimos tácitamente concentrarnos en otras materias, echando vistazos esporádicos a las mesas cercanas, donde reconocíamos a otros socios del cine club, que, con el ánimo de prolongar la sesión, se llevaban tazas a la boca y fingían beber al acabárseles el café.

Una de las conversaciones que Marais y yo escuchábamos furtivamente, intercambiando sonrisas o guiños, se desarrollaba justo en la mesa de al lado. Un par de estudiantes de aspecto *new age* alternaba la guasa y el enardecimiento para disputar algo que no nos quedó muy claro, pero que tenía que ver con la muerte de la literatura, decretada por un crítico una treintena de años antes y tal vez tema de alguna clase que habían tenido recientemente. Era gracioso verlos tomarse tan a pecho cuestiones que los profesores inventan sólo para hacernos creer que son inteligentes y justificar, así, la paga. "¡Hombre!", casi gritaba el más impertinente e imberbe de los dos, "para sustentar eso que me dices, primero deberías ofrecer una definición, porque no puedes andar matando algo sin haberlo identificado o siquiera conocido previamente". "A ver, ¿qué será?", refunfuñó el otro. Y se oyó entonces lo que todos temíamos: "¿Qué es la literatura?"

—Caramba, van a tener que pagarse dos o tres capuchinos más si quieren responder a eso. Ya me gustaría saber si les alcanza el dinero —farfulló Marais, mirándome y tosiendo, ahogado un poco por el humo que la risa le había hecho tragar.

Nuestro espionaje era bien intencionado; no deseábamos burlarnos de los dos muchachos, pero sí comprobar hasta dónde los empujaba la cafeína, acaso una temporada de exámenes intensos y la dosis de películas que durante los últimos días se les había suministrado. No nos defraudó la atención que prestamos. Una que otra frase se nos extravió en el ruido del local, pero captamos lo más importante de la disertación y el coloquio humanista que la siguió. El que respaldaba lo dicho por el crítico argumentaba que la literatura —la poesía, más bien, pues se trataba de la actividad central de todos los escritores, cualquiera que fuese el género que accidentalmente frecuentaran— había dejado de ser una esencia reconocible por todos; y eso, ni más ni menos, era una manera de morir, ¿no? Además, el hecho de que la personalidad de los autores ahora nos importase un bledo contribuía a la defunción. Sólo nos quedaban palabras y un puñado de frases no se equipara a una vida. El otro, que debía de estar entrenado en esas discusiones, le aclaró que toda la tesis era contradictoria, ya que lo de la muerte de la literatura no era sino una metáfora y ponerse a reflexionar con tropos probaba que lo que se declaraba muerto no podía estar más vivo. Con respecto a lo del autor, el contrincante señaló también unos cuantos pormenores ingeniosos: a nadie jamás le había interesado demasiado la biografía real de los escritores, de los poetas; después de todo, lo que se aseveraba en torno a ellos acababa siendo otro discurso, paralelo al que nos legaban, o sea, una manera más de prolongar la creación verbal, enfatizada esta vez su parte colectiva: el Homero, el Virgilio o el Dante que creemos conocer son fragmentos de un mito en el que participamos. "Toda literatura", concluía triunfal el escéptico, "es, ha sido y será un acecho empedernido: alguien le dice algo a alguien, pero no vamos a poder enterarnos finalmente de quiénes son esos individuos, cuáles sus circunstancias ni cuáles los motivos de las palabras que intercambien y que oímos como de pasada; en el instante en que intentamos averiguarlo, el secreto se acaba y eso no nos gusta. Los enigmas nos emocionan porque intuimos que estamos destinados a no resolverlos; a fin de cuentas, detrás de cada misterio, propio o ajeno, estamos nosotros mismos, ¿no es así?, y si nos desciframos totalmente, también nos liquidamos". En este punto debieron haberse oído ovaciones.

Sería el exceso de exámenes, como habíamos conjeturado anteriormente, o el simple hecho de que los interlocutores eran veinteañeros, pero la escena, pese a la pedantería, pareció reconfortar al bueno de Marais, que tenía por hábito sentenciar que en nuestro siglo de cultura de masas la mediocridad intelectual era la regla y que, no obstante la efectividad de las comunicaciones, últimamente nadie le escribía a la literatura.

Los dos muchachos se habían levantado y se marchaban. Justo en

ese instante, a la vez que pedía otro par de cafés negros, mi vecino se
llevó la mano al bolsillo de la chaqueta y extrajo algo que reconocí como un pulcro atado de papeles. Sus movimientos eran extraños; cuando deshacía el nudo, cuando desdoblaba aquellas hojas, parecía estar
manipulando un documento valioso, un mapa antiguo que contenía la
equis de tesoros incalculables. Hubo temblor y sigilo; miradas a un lado y a otro, como para asegurarse de que nadie acertaría a escuchar
lo que se disponía a leerme.

Comencé a ponerme nervioso. ¿Qué tramaba Marais? Iba a seguir
haciéndome preguntas, pero pronto se despejó la incógnita. En voz
baja, mi camarada describió la inmensa gratitud que sentía por mí.
Que cómo era eso, lo interrogué, entre conmovido e intrigado.

—Tus manuscritos, hombre. Nunca había tenido la oportunidad de
convivir con un escritor. Te juro que la experiencia no me decepciona
ni un poco —vaciló; se secó la frente con el pañuelo—. Voy a serte franco: el hecho de que tengas ocho libros publicados y hayas sido traducido a varias lenguas... Eso... Eso... Pues, que no te imaginas lo honrado que me siento con la confianza que me das. Tampoco te figuras el
montón de cosas que he aprendido. Por ejemplo: pensaba que para ser
escritor había que tener mucha fantasía; conocerte me ha convencido
de que no. No se trata de fantaseo en bruto, sino de reprocesamiento,
más bien, y disculpa lo prosaico de mi vocabulario. Lo que he visto en
lo que escribes es la mera realidad, aunque retocada: como cuando
uno entra a una habitación a la que va con frecuencia y de pronto siente que no ha llegado al sitio esperado; al rato, te das cuenta de que lo
que ha sucedido es que alguien, sencillamente, ha cambiado los muebles de lugar. Y esa sensación transforma lo más trivial en un símbolo. Qué sé yo: un sueño puede convertirse en un presagio, una mala
noche en una alucinación o un diálogo ingenuo en una operación a corazón abierto. No sé si me explico. Ojalá que sí. Noto estas cosas en ti
porque acepto que yo, por el contrario, soy muy literal, corto de imaginación. En todo caso, siempre había tenido dentro de mí la vocación; me faltaba únicamente el estímulo para acatarla. A ratos, entre
una y otra comisión, en medio de asuntos ordinarios, en el despacho,
había borroneado algunas líneas. Cuando me paraba a leerlas, me parecían imbéciles y las tiraba a la basura. Durante los últimos meses, sin
embargo, he escuchado una voz que me dictaba frases. A cierta altura
me di cuenta de que eran versos... sí, fíjate, versos; como los que leía
de jovencito... los clásicos... tuve que dejar de hacerlo al estudiar abo-
gacía... Bueno, ya te he contado esas cosas y no quiero cansarte con

repeticiones... Presté atención a la voz, como decía, comprendí que eran las musas, o la inspiración, eso de lo que tanto se habla y nadie sabe qué es, y, en fin, que me puse a transcribir el dictado de inmediato. No he podido dejar de hacerlo de unas semanas para acá. Hasta tengo la impresión de que el trabajo de verdad, el del despacho, se me ha atrasado. Es de locos, definitivamente. Pero, ¿sabes una cosa?: me siento feliz. Tal vez lo que escribo no sirva para nada; tal vez sí: tú me lo dirás –las manos le temblaban a Marais–. ¿Te lo leo? ¿Estás de ánimo para escuchar unos versos?

Aquélla era una pregunta retórica y estaba respondida de antemano. "Claro que sí, léemelos": apenas terminé de pronunciar estas palabras, mi vecino se explayó.

Confundido por escucharse a sí mismo en voz alta, leyó tímidamente un poema tras otro durante veinte minutos. No llegó a gritar, como en el peor de los recitales; su monólogo, no obstante, debía de llegar al mostrador. Por fortuna, el hombre inclinado sobre la vieja máquina de café, casi como si ésta fuera una parte más –hinchada, imponente– de su cuerpo, no se inmutó y siguió mirando al vacío, acostumbrado al ruido de cháchara que no le incumbían. Nos habíamos quedado solos. Pronto sería hora de cerrar.

Cuando Marais dio fin a su empresa, respiró hondo y me miró con la amabilidad que siempre tenía, sólo que ahora la acompañaba un dejo ansioso.

Pocas veces me había encontrado en una situación así; por lo menos, desde mi llegada a este país, donde la soledad me ha deparado pocos compromisos sociales y, consiguientemente, pocas oportunidades de verme obligado a mentir por cortesía. ¿Cómo expresarle a Marais, al cordial Marais, que su poesía, cruda, objetivamente, me había parecido mala? Y no mala a secas: pésima. Las cinco composiciones que me había leído no pasaban de ser una sucesión de tercetos encadenados acerca de temas insulsos; por si eso fuera poco, las líneas carecían de todo sentido del ritmo y, especialmente, de la rima –confeccionada a fuerza de participios. En cuanto a lo de las musas, ¡por Dios!: se lo había tomado en serio. ¿Cómo aclararle que cuando yo lo mencionaba era en broma?

–Entonces... ¿qué te han parecido mis *Dantescas?*

Así las titulaba. No soporté verle la sonrisa afable una vez más, a la caza de mi opinión autorizada y, para mi desconsuelo, admirada. Hice un esfuerzo descomunal para que no percibiese que me iba descomponiendo por dentro, sin poder decidir si actuar con franqueza o si convertirme en un hipócrita con el fin justo de no lastimar a un vecino afectuoso, fenómeno, por lo demás, tan raro.

—Préstame esas hojas.

Mi solicitud fue atendida con rapidez. Mientras fruncía el ceño, reconcentrado en la lectura silenciosa de algunos pasajes, pude adivinar la vigilancia nerviosa de Marais, la impaciencia con que aguardaba el veredicto.

Mi voz se dejó oír finalmente; lenta, errática al principio.

—Creo que has hecho un buen trabajo... Muy bueno, si consideramos que empiezas a escribir. Me atraen, sobre todo, ciertos fraseos...

Todavía mirando las páginas de soslayo, di de pronto con un par de versos que me iluminaron. Fue como una revelación: de alguna parte de mi memoria, saltaron comentarios oídos o leídos acerca de otros textos, quizá los míos, aquéllos publicados al principio de mi carrera y que, por cierto, ya no me atraían para nada:

—Tu escritura es eficaz por su sonoridad, por ser amante de la buena sintaxis y enemiga de los clichés, pero, sobre todo, por mostrar la aridez de las vivencias caseras. Lo digo por el modo como las contrastas con lo legendario. O lo solemne. Tienes aptitud, me parece, para jugar con citas de los clásicos y apuntar, con ellas, a la pequeñez de los hombres actuales.

—¿De verdad?

—Sí... Insisto en eso porque pienso en los endecasílabos con que cierras el último poema:

. . . *nel mezzo del cammin de la mia vita*,
me hallé en una junta de condominio.

No sé cómo no solté una carcajada luego de leer. O sí, sí sé cómo: el aprecio que siento por Marais no es fingido. Es puro. No me habría perdonado nunca si lo hubiese herido en algo que significaba tanto para él. Reconocerlo y, en consecuencia, haber tenido el valor de violentar mis convicciones estéticas, me salvaba del reprobable narcisismo que, he de aceptarlo, explicaba hasta ese momento mi apego al vecino. La mordacidad de sus versos la creé yo, el comentarista, cuando se la hice ver: para él sus distonías —y esto nadie tenía que advertírmelo— no existían. En lo que concierne a la falsedad de mis juicios, me consuela tener la certeza de que los escritos de Marais no serán aceptados por ninguna editorial y éste no se verá nunca en la difícil situación de ser un hazmerreír público. En cambio, el solo hecho de escribir, aunque fuese yo el único lector, le haría íntimamente un bien increíble; la ilusión de ser un buen poeta incomprendido por el mundo compensaría el exceso de estabilidad de su vida. El espejismo acabaría forjando el Otro Yo del que la familia, hacía muchos años, lo había privado al imponerle una profesión útil y reconocida que disolvió la atracción inicial del muchacho por algo tan impredecible como el arte.

Marais sonrió. El brillo de los ojos delataba una felicidad abismal; la serenidad de quien ha sorteado muchos peligros y ahora prefería reintegrarse a un día a día tranquilo. Me dio la mano: el apretón vigoroso y decidido me confirmó que había ganado un amigo.

De regreso a casa, muy discreto, para no atosigarme con la curiosidad acerca de sí mismo, supe que esquivó a propósito el tema de sus versos. Éramos, tácitamente, iguales; colegas. Hablamos de algo que compartíamos: la confesa devoción por la luminosidad oscura de Cocteau —como nosotros, uno de los elegidos.

II

La historia que me he propuesto contar empieza verdaderamente aquí. Intentaré ser lo más diáfano y directo posible: anoche, al llegar a casa, hice un descubrimiento que, según sospecho, me obsesionará en los próximos meses; me desconcertará en los próximos años y alimentará cavilaciones hasta el fin de mis días.

He dado a entender que algo tengo de tránsfuga. He desertado, no de un ejército, pero sí de pequeñeces que quizá no sean significativas para otras personas, pero que a mí, en algún momento, me atemorizaron. No hubo agresión ni rechazos; sería mentira afirmar que alguien me ha perseguido. Acaso le he tenido miedo al arraigo, a la permanencia en un solo lugar que, a partir de la decisión de quedarme, sería *mío*. De joven tuve suerte: apenas de la edad de aquellos muchachos que discutían en el café, aproveché una beca; luego otra; y otra. Después, aparecieron trabajos temporales que me mantuvieron en circulación constante mientras cosechaba un público que me abriese el espacio editorial. Como se comprenderá, no ha sido negativo el saldo de todos esos años. Pero tampoco paradisíaco.

Lo peor ha sido comprobar cómo paulatinamente se han reducido los contactos con los que me conocieron a escuetas llamadas telefónicas o cartas que cada día cambian la dirección del remitente. Una que otra vez me he topado con la mala noticia que no falta cuando se dejan correr los años: murió fulano, tu primo; falleció zutano, tu mejor amigo; ayer se nos fue tu señor padre. Prefiero no extenderme al respecto, y no por miedo a ponerme sentimental –temor de mis primeras páginas, no de las últimas–, sino porque con lo dicho basta. A lo que voy es que el fax que dormita en el estudio, entre imponentes rimeros de libros, se me ha convertido en el único intermediario con un mundo en el que sólo pienso cuando intento recuperar memorias para escribir sobre ellas.

No soy amigo de las novedades tecnológicas. No se me transforman en fetiches, como les sucede a otros. El fax ha sido la única que me ha convencido, por mantener el formato milenario de la carta sin necesidad de recurrir a la pantalla y, de paso, por ahorrar los dolores de cabeza de los correos lentos o, sencillamente, ineptos. Lejos estoy de emplearlo cada día, entiéndase –en el transcurso de los años, por el contrario, he notado que cada vez se vuelve más excepcional la aparición en el aparato de una misiva que no tenga que ver con asuntos de negocios o compromisos legales. Con todo, el mensaje que encontré la noche del miércoles, inmediatamente después de despedirme de Marais y haber entrado a mi estudio, constituye para mí la prueba más fehaciente de que ni siquiera las máquinas eluden las trampas que a veces nos tiende el *Más Allá,* o como prefiera llamárselo.

El papel apenas contenía algunas palabras, que reproduciré literalmente a continuación. Cada una de ellas le es fiel a mi asombro:

Aquí va el verso prometido:
Ausencia, Inocencia, Amargura y Sombra.
Si no me respondes pronto, ocurrirá lo peor.

No había identificación en la cabecera de la hoja. Ni siquiera aparecía en ella la hora en que había sido enviada.

Ninguna firma.

Ningún rastro de realidad.

Tuve que sentarme. El escritorio polvoriento se me convirtió en una especie de refugio o de tronco al que debía asirme para evitar que las aguas profundas en que flotaba me engulleran.

Leí. Leí una y otra vez. No me cansaba de leer. Al principio no comprendía el significado del facsímil. A decir verdad, aún no lo entiendo. He tenido, sin embargo, varias horas para lucubrar e imaginar su contexto.

Luego de vencido el estupor inicial, barajé una alternativa que juzgué lógica, dados los eventos de la noche. Marais era el autor de aquellas líneas. ¡Si hasta contenían un endecasílabo mal construido, como todos los suyos! Estaba al tanto de que en su casa no había fax, pero lo más probable sería que me lo hubiese enviado desde el despacho.

Corrí a ver si el auto de mi vecino se encontraba afuera, en el estacionamiento. Allí estaba.

Justo cuando lo miraba, la hipótesis de que fuera Marais el responsable de aquella carta comenzó a desmoronarse. ¿Cómo habría podido ser él si habíamos estado juntos toda la noche y, antes de salir al cine, había pasado yo al lado del fax sin notar que hubiese recibido nada? No. El sentido común protestó contra la atribución de aquel fax al vecino: además del tiempo y las leyes de la física, se oponían severamente varios detalles adicionales: ¿qué motivo podría tener para mandármelo? ¿Un chiste? Imposible. El tono de Marais difería notablemente del de la carta; su sentido del humor era cristalino. Aunque carecía de talento literario, era un tipo sensible. ¿Por qué habría de hacer algo tan infundado, tan absurdo? ¿Por qué inquietarme de esa manera, a mí, con quien había establecido una buena amistad o, al menos, una relación llena de buenos propósitos?

Marais me apreciaba —eso lo tenía claro; era un sentimiento inconfundible.

Me dirigí al portal. Estuve a punto de tocar a la puerta de la casa de al lado, pero la oscuridad en ella me convenció de que habría sido un disparate: el vecino, *mi amigo,* dormía y se levantaría muy temprano para trabajar.

Cuando regresé al escritorio miré el reloj: eran las dos de la mañana. Lo avanzado de la hora me hizo reconsiderar la soledad en la que me hallaba. En el vecindario no se oían los ruidos cotidianos; no se oían conversaciones ni tráfico. La piscina estaba cerrada. Todo yacía aplacado bajo un manto de silencio y tinieblas. La luna dibujaba algunos contornos: apenas lo adiviné, mientras releía el fax.

Encendí un cigarrillo y me recliné sobre el papel, a la luz débil de la única bombilla. El humo, las penumbras, el eco de mi respiración me serenaron. Hice borrón y cuenta nueva.

La única explicación admisible para aquel mensaje era la misma que damos en cuanto contestamos el teléfono y alguien cuelga al otro lado de la línea: número equivocado. Eso era. Mis parientes, o mejor dicho, los pocos que sobrevivían, nada entendían de literatura; serían incapaces de un acertijo de este calibre. ¿Quién más conocía mi número? Pensé. Volví a pensar. Sólo di con la respuesta que ya me había figurado: había sido una llamada destinada a otra persona; alguien que había marcado un siete en vez de un uno, un seis en vez de un cinco.

Incluso así, ¿no era demasiada coincidencia que entre todos los faxes del mundo y entre todos sus usuarios un error de aquel porte me eligiese a mí para manifestarse? ¿Hasta dónde podía aceptar la razón, siquiera la de un escritor, una casualidad semejante? El azar es la única magia que un hombre racional acepta, pero ni aun yo me conformaba con llegar a una certidumbre tan fácil.

En el intento desesperado de ganar lucidez fui a la cocina; me preparé otro café —quizá el sexto en menos de cinco horas—; me lavé la cara. Dejé de meditar en el asunto y, al cabo de un rato, lo retomé. Allí estaba el papel, mudo y vociferante. El estudio empezó a animarse a mi alrededor, como un lugar encantado. No había escapatoria:

Aquí va el verso prometido:
Ausencia, Inocencia, Amargura y Sombra,
Si no me respondes pronto, ocurrirá lo peor.

Las medidas de emergencia dieron resultado. Me pareció conveniente, por ejemplo, preguntarme si el remitente y yo no compartiríamos a un mismo editor. A lo mejor, se me ocurrió, aquel mensaje estaba destinado a alguien cuyo número de fax figuraba junto al mío en alguna lista. Las posibilidades eran remotas, pero no descabelladas... El contrasentido de toda la premisa, no obstante, pronto se me reveló: ninguno de mis editores publicaba versos. ¿No terminaba esta hipótesis siendo más rebuscada que la del mero azar? Por instantes creí una buena salida para aquel rompecabezas coger el teléfono y preguntar a los directores de publicación que conocía si algo les decía aquel fax. Me detuvo la posibilidad de que me creyeran loco, o se les confirmara de una vez por todas la fama de excéntrico que, sin proponérmelo, me había cosechado durante años, rehuyendo invitaciones, entrevistas, congresos o fiestas literarias. De cenobita o de misántropo se me había acusado en alguna reseña. También se había insinuado que me tenía a mí mismo en muy alta estima —a lo que yo replicaba, simplemente, publicando más libros.

Aquí va el verso prometido: ¿qué diablos quería decir eso? ¿En qué había consistido exactamente aquella promesa? ¿Quién, hoy en día, entre tanta prosa, andaba prometiendo versos? Era la línea que le faltaba a una composición recién escrita por el remitente, me aseguré, para después corregirme y suponer que éste le había hablado al destinatario acerca de un poema del que no podía recordar el verso *Ausencia, Inocencia, Amargura y Sombra*. Sí, eso mismo. Caso resuelto.

La historia era probable, incluso interesante, pero toda mía: no estaba en el fax. Esto lo acepté a mi pesar.

¡Qué clase de imbécil podía enviar lo que al parecer era un recado importante sin ponerle ni nombre, ni dirección, ni número!

Quedaba examinar el contenido de la última oración. *Si no me respondes pronto, ocurrirá lo peor:* sin conocer el origen de la correspondencia, ahora irremediablemente perdido, aquellas palabras eran arcanas. Percibí, con todo, que mi imaginación se inclinaba por una interpretación irascible, romántica que, si bien complacía varias de mis lecturas, no dejaba de darme escalofríos y malos presentimientos. *Lo peor* olía a suicidio; hedía, mejor dicho, a violencias inconfesables. No era de alguien en su sano juicio.

Me preparé otro café. También recurrí a tranquilizantes: no podía comprender por qué una situación tan sin sentido, con la que poco tenía que ver, me obcecaba y aguijoneaba.

Lo peor: la frase me ponía en un aprieto. *Ocurrirá lo peor.* Se trataba de una admonición o tal vez una tomadura de pelo. Pero, para mí, en ese momento, era lo primero; un presagio de decisiones trágicas, recién sacadas de textos antiguos en los que no cabía ninguna risa. *Si no me respondes pronto:* alguien esperaba una respuesta; quizá en estos mismos instantes estaría preguntándose qué sucedía, por qué no recibía contestación un mensaje tan directo y obvio —no lo era para mí, por supuesto, pero lo sería para el destinatario verdadero, a quien no había tenido que enviársele sino tres oraciones, dando por sentado todo lo demás. Una respuesta, solamente una respuesta que se escribiría en dos o tres minutos, breve como el primer fax. Pero yo no la tenía. Era tan impotente y ajeno a lo que sucedía en aquella comunicación, que mi única opción consistía en quedarme allí, paralizado, tratando de recomponer un mundo que al fin y al cabo nadie me aseguraba que existiese: el mundo del que pergeñó aquellas líneas y del que se suponía que debía haberlas recibido. Era ajeno a todo eso, ya lo he dicho, *pero lo conocía, había llegado a mis ojos* y esa certidumbre, que mis gruñidos trataban de enfatizar, me otorgaba un poder cuya índole no terminaba de asimilar, ni aun de entrever, por más que lo intentase. Mi intrusión en la cadena de preguntas y respuestas de dos personas misteriosas destruyó el efímero cosmos que habitaban, pero debilitó, asimismo, todo lo que me gustaba admitir sobre el espacio más tangible en el que me movía. Los límites entre la realidad a la que aludía el facsímil y la mía no me parecieron ahora tan nítidos; las interferencias mutuas los borraban.

Eran las cuatro de la madrugada cuando volví a consultar el reloj. El cloqueo de las manecillas prometía fantasmas.

Por unos segundos, pensé que había perdido totalmente el sentido del tiempo: me había quedado empotrado en la hoja de papel emergida del fax como si éste fuera un oráculo y sus sentencias surtieran sobre mí efectos hipnóticos. Más tarde —y esto es un decir: tanto habría podido ser una hora como un instante—, sospeché que ya no estaba despierto.

La sensación era nebulosa y tenía voces y luces y sombras. Risas. Brasas. Café. El regusto amargo de píldoras y goteras, pasos dados por suspiros hechos homúnculos sobre la hierba del jardín, frente a la casa. La sensación era de caída al principio; luego, de cauto descenso: la madrugada abrió sus fauces para transformarse en una sima. Alguien, a quien no podía ver, me conducía en medio de la negrura; me sentí resguardado y seguro asido de su mano; a veces, también, me apoyaba en uno de sus hombros. En el aire tenebroso del estudio flotó el término *duermevela* y yo lo pinché con un dedo para que desapareciese, como si hubiera sido solamente una burbuja. Enseguida, con la humedad sin forma de aquella palabra aún en la mano, me pareció alcanzar un punto anguloso y supremo en que las ideas y los objetos ya no se concebían ordenados en grupos de dos, en parejas de contrarios, sino en amalgamas, cosas dobles que no se apagaban. Lo que más me preocupó fue la convicción de que no dormía; ni sueño ni vigilia: ambos estados a la vez; lo uno y lo otro en continua intersección. Estaba solo. Acaso lo había estado siempre.

Regresó a mí, intacto, el recital de Marais en el café universitario. Hacía sólo unas pocas horas de eso, pero creí encontrarme en un ritual prehistórico, anterior a todo, incluso a la civilización del fax y el condominio. Marais hablaba y lo que de él salía era el *Laborintus* de Berio. Regresó también, fresca aún, la discusión de los dos muchachos en el mismo café: sus argumentos se repetían y resonaban como si se adentrasen en una caverna o una bóveda prodigiosa. Volvieron las imágenes en blanco y negro de las películas de aquella noche, sólo que yo las poblaba y era uno de sus personajes, un testigo o cuando menos un mirón. La trama se había modificado y la constatación de las diferencias, cada vez más y más visibles, me produjo un vértigo pocas veces experimentado... En el *Orphée,* la escena del despedazamiento del protagonista en manos del club de las Bacantes se insinúa apenas.

En la versión que yo ahora veía o, mejor dicho, vivía, era un momento central y se prolongaba eternamente. El Cocteau de *Le testament* hacía acto de presencia e interrumpía el caos, el toma y daca de las mujeres ebrias; lo hacía con su brazo izquierdo contraído en un gesto demasiado elegante. Sonreía como de costumbre, eso sí, irónico y sapiente al hacer su anuncio. ¿Cómo lo decía exactamente? Eso lo ignoro, pero me enteré enseguida del porqué de las mayúsculas en el verso que se había extraviado en las trampas del fax: Ausencia, Inocencia, Amargura y Sombra eran nombres propios; correspondían a las figuras bullentes, apresuradas, rampantes que aferraban a Orfeo y lo destazaban, lo rasgaban, lo dispersaban; un trozo por cada rincón de la tierra, un cuerpo que se repartía en cada punto cardinal para erradicar así al hombre y para que sólo quedase el canto. Sentí lástima por Orfeo y también por mí mismo; pero fue una compasión momentánea: toda tortura íntima tiene un sentido, una alta misión, aunque a veces no la entendamos.

Cuando la película o las películas llegaron al nuevo fin, la sala de proyección no se iluminó. En las tinieblas del estudio vi un destello. No demoré en reconocer que el espejo que se encontraba sepultado tras varias montañas de libros, cerca del escritorio, reflejaba una luz que no venía de la calle o de mi lámpara, sino del interior del cristal. Me sobresalté, como es natural. Los libros no cayeron estrepitosamente cuando alguien que salía del espejo —había chapoteado en él por unos segundos— los rozó, los tocó, pasó en medio de ellos. Mi credulidad se suspendió. Era Marais: lo supe con esa inteligencia desaforada que nos conceden las sorpresas. Poco a poco su figura se hizo más sutil, hasta que no obstaculizó la visión de otras a través de ella. El Marais transparente que se acercó a mí sonreía bondadosamente; ese gesto era el único que lo identificaba con el vecino que yo conocía en la realidad. Quizá deba corregirme: había otros indicios; traía el portafolio como si viniese del despacho, de la vida ramplona, corriente y moliente de los profesionales útiles y todos sus aborrecidos quehaceres; iba a estrecharme la mano cordial, vigorosamente, como horas atrás, pero pronto me percaté de que más bien se situaba en el mismo lugar que ocupaba mi cuerpo: una lente sobrenatural nos había superpuesto, hasta que su perfil fue uno con el mío. Yo era Marais, el hombre oficinesco, sin imaginación, con plan médico, entradas regulares y ninguna sospecha a la hora de las hipotecas. Yo era Marais; jamás me había ido lejos de mi hogar para viajar a la aventura; jamás había dudado de mi paradero el año entrante, así como tampoco había podido dar con algo que se me había extraviado en un rincón ignoto, que quizá no tendría nombre, lugar ni tiempo. Era Marais y había dejado que los deseos se escurriesen y evaporasen hasta hacerse inverosímiles, algún ensueño de tardes de domingo. Marais el que no había escrito una línea que no fuese con fines estrictamente prácticos. Yo, Marais: el que vivía junto a mí, en la penumbra de lo usual; de lo que yo y mis libertades, a veces sin ocultarlo, desdeñábamos. Supuse en ese segundo álgido que Marais y yo éramos lo mismo; que Marais era la porción de sombra que el descenso en la madrugada me había asignado.

Hubo una pausa infinita.

De afuera, por la ventana entreabierta, vino el fragor de las cigarras.

El crepúsculo entró a la habitación: plantó un color bermejo e intenso en cada recodo. Luego, el naranja surgió en medio de los otros matices para que se hiciese la calma, y todo lo anterior se evaporó: fue oro, fue blanco, fue luz, ascenso de la mañana.

Ahora que escribo, los lentos sopores del jueves se acaban. Me ha llevado casi todo el día consignar aquí esta historia, que ya me pertenece tanto como la respiración o las manos que veo sosteniendo el bolígrafo y afirmando hojas repletas de inscripciones minúsculas. La falta de sueño, el exceso de café, lo inusitado de los pensamientos y los hechos de las últimas horas alimentan la contemplación tenue de la casa donde vivo, a la que han regresado los ruidos de siempre: las podadoras que deambulan en el jardín; los chillidos de los niños en medio de sus juegos; los ladridos de los perros del vecindario. En pocos minutos, quizá Marais llegue del trabajo y toque a la puerta para invitarme a un trago o a escuchar música en su patio. Y la razón de que diga *quizá* es simple: ya no sé si mi vecino existe —al menos no allí, en el exterior, en la casa de al lado. Desde hace varias horas no he posado los ojos en nada que tenga que ver con el episodio de anoche. Ni las entradas del cine, ni el fax, ni el mensaje: nada.

Me he afanado en dar, lo más prestamente posible, la respuesta que se me ha exigido. La oscura respuesta.

Ahora, espero sólo a que suenen los golpes en la puerta.

RODRIGO FRESÁN

EL LADO DE AFUERA

> Juventud: ¡Ah, qué hermosa es la juventud! Citar
> siempre los versos italianos, incluso sin entenderlos:
> *O Primavera! Gioventú dell anno! O Gioventú!*
> *Primavera della vita!*
> Providencia: ¿Qué sería de nosotros sin ella?
> GUSTAVE FLAUBERT
> *Dictionnaire des Idées Reçues*

Todos los horóscopos insistían en que 1977 sería un mal año para mí. Pero no me importaba demasiado. Llegué a París solo y acompañado por un insistente olor a langostinos en mi pelo, en mi ropa y en mi alma que ahora se regocijaba entrando en la ciudad, recuperando tierra firme, después de tantos días en la bodega de un barco mercante.

El avión quedó descartado desde el primer momento por cuestiones obvias. Los jumbos del mundo, las azafatas de piernas aéreas y corazón liviano me estaban prohibidas como el cigarrillo a un enfermo terminal de cáncer. Yo, Lucas Chevieux, joven argentino de ascendencia francesa, asesino de masas, mejor conocido como *el hombre del lado de afuera,* no podía volar, no era lo mejor para una persona en mi delicada situación.

¿Quién es *el hombre del lado de afuera?* Buena pregunta. De algún modo, este particular seudónimo se remontaba a varios años atrás, a casi una década de mi entrada en las filas de los gloriosos Montoneros. El culpable, si existe un *culpable* en todo esto, fue mi abuelo Baptiste Chevieux, nacido en Orly, desertor de la Primera Guerra (la *Grand Guerre,* como le decían entonces quizás para ponerle límites, para prohibirse pensar en la sola existencia de una segunda *Grand Guerre*) y fundador en Argentina de los astilleros *La Francesa.* Muchos hombres cercanos a mi abuelo creyeron ver en este nombre una suerte de homenaje a la patria renunciada. *Mais non.* Error. La Francesa era en realidad la puta más hermosa de un burdel para hombres prominentes, ubicado en las fronteras de lo que hoy es la parte más violenta de San Telmo. Mi abuelo se casó con ella. La Francesa es mi abuela y es a ella a quien voy a ver hoy, habiendo desaparecido en combate para algunos y siendo perseguido por la justicia de varios países para otros, da igual, la cosa no está fácil.

Así que ahora me acercaba a esa ciudad adentro de una ciudad que es la Avenue Foch manoseando mi castigado ejemplar de *Los siete pilares de la sabiduría*, subtitulado *Un triunfo*, T. E. Lawrence, *Livres de Poche*, mi libro de cabecera, y la historia es así: el libro me lo regaló mi abuelo cuando cumplí diez años. No es sino una versión para niños, claro. Basada en la película con Peter O'Toole más que en otra cosa. Pero, a pesar de esto, el ejemplo de Lawrence resistía a las simplificaciones y a las ingenuas ilustraciones siempre en página impar con que los editores habían insistido en flagelar a tan sublime emergente del espíritu humano.

T. E. Lawrence es, en mi modesto entender, el hombre del lado de afuera paradigmático. El lado de afuera es ese lugar impreciso donde sólo hay espacio para un hombre. No es un bando ni es otro, no es esta ideología ni es aquélla. Es, sencillamente, el lado de afuera. Y la elección del lado de afuera es la elección de la más eufórica de las soledades. Uno está solo pero bien acompañado por uno mismo y, de improviso, todos los nudos pueden desenredarse y todas las cerraduras ceden ante el impulso incontenible de aventureros individuales enarbolando banderas privadas. Como mi abuelo Baptiste. Como el Corto Maltés. Como yo, Lucas Chevieux, jefe del Comando General Cabrera, que ahora se encuentra, teóricamente, operando en la más secreta de las misiones, en París, Francia. El jefe indiscutido del Comando General Cabrera, el hombre del lado de afuera, el hombre más buscado de su país, sube ahora las escaleras que conducen hasta el piso donde vive La Francesa. Lucas Chevieux examina el terreno con ojo experto y, con movimientos rápidos y estudiados, se apresta para pedir prestado dos millones de dólares a su *p'tite grand-mère*.

Y hay veces en que el mundo resulta mucho más fácil de ser asimilado, cuando contemplamos nuestra vida en tercera persona. Desde arriba, desde el *más afuera* de los lados posibles.

¿Cómo negar la calma sobrenatural que producen esas fotos frías y azules de la Tierra tomadas desde la Luna? Si enfrentamos una situación en particular con la mirada descansada de quien se pasea por un museo antes de que llegue el primer contingente de orientales con

sus cámaras y sus flashes, es seguro que nuestras decisiones posterio-
res serán acertadas más allá de la ocasional e inevitable injusticia hacia segundos y terceros, peones en una partida de ajedrez, piezas importantes pero prescindibles a la hora de la jugada definitoria.

Así es como Lucas Chevieux, argentino, exceptuado del servicio
militar obligatorio por asma, contempla ahora los cuerpos aún tibios
de Henri y Suzanne Faberâu. Una perfecta parejita de francesitos recién casados. Pero, ah, es bien sabido que las apariencias engañan.

Estos dos lo levantaron a un costado del camino, media hora después de escaparle a los *douaniers* de Le Havre escondido en un contai-
ner de langostinos importados de Mar del Plata, Argentina.

Suzanne le preguntó cuál era su ocupación y Lucas le contestó en un
francés perfecto y cerrado, casi con la misma voz del abuelo Baptiste.

—Primer oficial de un barco mercante. —Así respondió Lucas.

El navío pertenecía a la flota del abuelo Baptiste (RIP) y ese barco,
por más que su nombre fuera *S.S. Sigfride,* se había insinuado en punto de fuga más plausible cuando las cosas se pusieron difíciles y se acabó el dinero y ya nada parecía tan, ah, tan divertido.

Suzanne asintió con un apropiado movimiento de su cabecita rubia. Henri no hizo ningún comentario, lo que Lucas agradeció cerrando los ojos y disponiéndose a dormir en el asiento de atrás. Pero enseguida Henri hizo algo mucho peor que hablar: introdujo una cinta en
el stéreo del auto; *La Vie en Rose,* en versión de Grace Jones. Lucas se
acordó de la noche en que había conocido a Laura en una boîte de la
Recoleta y dejó escapar un terceto de palabras entre dientes.

—La remil puta... —dijo cansado.

—... que te guemil paguió —completó Henri, satisfecho con su inco-
rrecta pronunciación porteña.

—Bueno —dijo Lucas mirando el campo francés por la ventanilla—
¿Qué hay?

Henri y Suzanne Faberâu eran los contactos de su Comando en el
exterior, los porteros de la Europa en decadencia y todo eso. Lucas no
los conocía del todo bien. En realidad no los había visto nunca. El ascenso de Lucas en el escalafón había sido poco menos que vertiginoso después de la bomba en el aeropuerto y de la muerte de Martín, el
comandante anterior, un kamikaze con la cara llena de granos. Quizá
por eso, estos dos francesitos que alguna vez se habían hecho pasar
por estudiantes de psicología en la Facultad de Buenos Aires (dos ru-
biecitos ensamblados en el exterior que enseguida aprendieron a com-
binar a Freud con el Che Guevara, etc.) ahora miraban a Lucas con

ojos entre curiosos y desconfiados, la mano de Henri medio escondida y acunando un revólver en el sobaco izquierdo, por las dudas, nunca se sabe. El momento de tensión duró poco. Lucas abrió su bolso marinero y sacó un tarro de dulce de leche Chimbote, cartón encerado argentino, lo abrió con una navaja suiza y hundió los dedos en él con entusiasmo etíope.

—Acá está —dijo Lucas mostrando la llave de una caja de seguridad de un Banco de Ginebra. El problema era que esa caja de seguridad estaba vacía y nadie, salvo Lucas, lo sabía.

—¿Cuánto hay? —preguntó Henri. Le sacó la llave a Lucas y empezó a lamer el dulce de leche con el convencimiento de que estaba lamiendo dos millones de dólares, armas para el movimiento y Machu Picchu para los neoincas del año 2000. Fabricación en serie, pensó Lucas. Y se entretuvo unos segundos leyendo las vidas de estos dos como quien lee un libro previsible, un libro que no es *Los siete pilares de la sabiduría;* apostando sobre seguro cien contra uno a que Henri y Suzanne habían estado en Machu Picchu en el 73 (allí habrían probado por primera vez el LSD; habían hecho el amor en las ruinas y, seguro, juraban haber visto aterrizar un ovni a pocos centímetros de sus respectivas bolsas de dormir mientras Pink Floyd descubría el lado oscuro de la luna en el grabador portátil). El *Pequeño hippie europeo ilustrado* de la A a la Z, todos y cada uno de los capítulos aprendidos de memoria. Claro que, un año más tarde, Henri y Suzanne empezaban a entusiasmarse con el *Pequeño guerrillero europeo ilustrado.* Bombas y secuestros en lugar de extraterrestres y orgasmos cósmicos. El problema, pensaba Lucas Chevieux, es que nadie se preocupa por leer las notas al pie, los apéndices, las cláusulas en letra chica.

—Dos millones de dólares —mintió Lucas y encendió un cigarrillo francés. Lucas no fumaba y se atragantó con el humo. Empezó a toser, Henri le daba palmadas en la espalda para ayudarlo, Suzanne se hacía cargo del volante y, un par de minutos más tarde (Lucas frenó y apagó el motor), Henri y Suzanne miraban sin ver el cielo que alguna vez había conmovido a más de un impresionista.

Y, es cierto, todo este momento suena bastante improbable: el forcejeo, el abalanzarse sobre el volante para recuperar el control del automóvil. James Bond. Pero es bueno que así sea. En tercera persona, además. Existe cierto consuelo cuando se falsea el espanto. De este modo, las historias más terribles de la vida real ingresan en la categoría de historietas a las que les faltan los cuadritos definitivos y se ven beneficiadas por la incredulidad, ese viejo y siempre bien aceitado mecanismo de defensa. Un auténtico artista de lo terrible, por supuesto, es aquel que no se priva de nada durante la acción pero que sabe dosificar con elegancia lo intolerable a la hora de hacer memoria, refugiándose quizás en el siempre lícito *(continuará...)*. ¿Qué sentido tiene entonces recordar que, en realidad, hice que detuvieran el Renault con alguna excusa y que ahí nomás una bala aquí, otra bala allá, *let the sunshine in,* y dénle mis saludos a Siddartha y a Jesús, al arroz integral, a la chica desnuda de Woodstock, a Juan Salvador Gaviota, al patchouli y al disco ése con las ballenas cantando, a los pósters de Peter Max, a todos los pósters.

Impresionante, pensó de cualquier modo un Lucas emocionado en tercera persona mientras escondía los cadáveres en un bosquecito cercano a la ruta. Después consultó un mapa de caminos que había en la guantera y se enjugó las lágrimas. A Lucas Chevieux, el hombre del lado de afuera, a veces le conmovía su propia eficiencia. Bajó el vidrio del Renault y tiró a Grace Jones por la ventana. Buscó en el bolsillo izquierdo de su camisa y encontró a Glenn Gould tocando las *Variaciones Goldberg*. Música para insomnes. Hacía tiempo que Lucas Chevieux no dormía bien. Paró en un pueblo, compró una *baguette,* la cortó a lo largo y la untó con dulce de leche Chimbote, su marca preferida. Oh, birome, colectivo, dulce de leche, grandes inventos de la patria mía.

Tenía hambre y mordió con todos los dientes, el viento borrándole el tufo a langostino, pensando en qué carajo le iba a decir a La Francesa, una prostituta que, por más que nadie en la familia le creyera, una vez había ido a tomar el té al Jockey Club con un gordito de nombre Carlos Gardel, hacía tanto tiempo.

–*Langoustines* –dijo La Francesa mientras me servía una taza de té como si la última vez que nos vimos hubiese sido ayer y no diecisiete años atrás, 14 de julio de 1960, el día en que mi abuelo Baptiste Chevieux me regaló un libro que contaba la vida de un soldado, escritor y arqueólogo nacido cerca de fines de siglo en no me acuerdo bien dónde. *Attention!* No recuerdo el lugar de nacimiento de Lawrence, averiguar esto lo más rápido posible.

Hace diecisiete años que no veo a La Francesa pero el tiempo transcurrido no importa demasiado. Ella es *una femme au-dehors;* y nos miramos desde afuera con la satisfacción cauta de dos viejos camaradas que se encuentran casi por casualidad en el fragor de la batalla o en la tregua de una botella.

—Veo, mejor dicho, huelo que viniste en barco —me dice en español.

—Ya sabés que los aeropuertos nunca me gustaron —le contesto.

—Sí, ya sé. Leí sobre tu disgusto por los aeropuertos en el diario. Veinticinco muertos por una bomba... ¿la pusiste vos personalmente?

—Digamos que no.

—Pero fuiste..., ¿cómo se dice? Autor intelectual...

—Digamos que sí.

—Un poco excesivo para mi gusto. Pero tengo que admitir que, si lo que te interesaba era llamar la atención, tuviste bastante éxito. Hasta vinieron a interrogarme a mí, una pobre viuda que no sabe nada de nada. Les dije que hacía diecisiete años que no te veía, desde que se pelearon tu abuelo y tu padre. Eran *flics* del montón, no te preocupes. Me dijeron que eran de INTERPOL pero estoy segura que INTERPOL *tiene* que ser más sofisticada que los dos con que hablé.

—No pasó nada, ¿no? No tuviste que mentirle a nadie.

—Mmmmmmmm...

—Mmmmmmmm, ¿qué?

La Francesa me estaba poniendo nervioso. La Francesa era una de las dos únicas personas en el mundo que me podían poner nervioso. La otra era Laura. Claro que a Laura nunca tuve que convencerla de que me prestara dos millones de dólares, a Laura nunca iba a tener que convencerla de nada más, como se verá más adelante. Así, el hombre del lado de afuera esgrime su mejor sonrisa de nieto único y se concentra en el rostro de su abuela quien, por una de esas cosas, supo ser experta meretriz y mujer de confianza de un puñado de hombres que forjaron y fundieron al Granero del Mundo, léase *Argentina*.

Ahora, en 1977, la piel de La Francesa es tan transparente que se hace posible descubrir la calavera debajo de los párpados, de los labios, del pelo que sigue siendo negro más allá de camas, traiciones y secretos confesados entre gemidos horizontales y posiciones amatorias recién importadas de las Galias. "Hablame en francés", le pedían sus clientes a La Francesa. Y La Francesa preguntaba en francés. Preguntas perfectas, las preguntas que había que preguntar. Así, La Francesa terminó sabiendo más de la Argentina que la mujer esa con el gorro frigio parada en la punta de la Pirámide de Mayo.

Entonces entra en esta historia Baptiste. Baptiste Chevieux, alguien que desde un principio tuvo claro que no había ningún futuro en el barro de las trincheras de Verdún. Adiós entonces y a cruzar el Atlántico. Baptiste aparece una noche cualquiera por San Telmo. Bien vestido, sonrisa perfectamente peinada. Cien por ciento francés cuando ser francés hacía la diferencia. Tal para cual, equipo perfecto y además está todo eso del amor; "porque nos enamoramos de golpe, persiguiéndonos y ladrándonos uno al otro *comme deux chiens"*: me decía mi abuelo Baptiste, hombre del lado de afuera que enseguida se coló al lado de adentro sin perder su condición de testigo desapasionado que se codea y se aprovecha de los elegidos públicos. Hay una foto en el departamento de la Avenue Foch, recién la descubro ahora, colgada en un marco justo encima de la cabeza de mi abuela. La Francesa sigue diciendo "Mmmmmmm...". Sonido terrible de abuela. Veo entonces la foto: Baptiste Chevieux y La Francesa entrando del brazo al Jockey Club y, era cierto nomás, Carlos Gardel casi en un segundo plano, por esas cosas de la vida, ¿eh? Imposible evitar demorarse en su sonrisa de mármol confundiéndose con los mármoles de la entrada. Al año de revelada esta foto nació Daniel, mi padre, y la racha se cortó porque ¿cómo explicar que de la unión de semejante pareja naciera alguien tan normal como mi padre? "Perversión de los cromosomas", argumentaba mi abuelo para explicar el aire apocado y previsor de Daniel, hijo único y aburrido, mejor promedio general en la Facultad de Derecho, casado con su primera novia, Adela, aburrida esposa modelo y madre ejemplar de quien los diarios de mi país insisten en llamar *el monstruo francés,* olvidando que soy argentino hasta la muerte y que tengo, puedo probarlo, la colección completa de los muñequitos que vienen en los chocolatines Jack. Pero ahora mi abuela me dijo algo y yo no la escuché. Mala educación. Así no se trata a una abuela.

—Perdón, no escuché lo que dijiste —le digo.

—General Cabrera... Pero qué nombre *tan* horrible —dice La Francesa.

Y entonces empezamos a reírnos. No sé si empieza ella o yo. Pero terminamos riéndonos los dos a carcajadas, en un piso de la Avenue Foch, este mayo francés del año 1977.

Varias horas más tarde subido a un banquito (el hombre del lado de afuera no es muy alto), en la biblioteca de La Francesa, tomo 14 de una injustificable enciclopedia llamada *Collier's:* "Thomas Edward Lawrence, comúnmente conocido como Lawrence de Arabia, nació en Tremadoc, Gales del Norte, el 16 de agosto de 1888." Llegado a este punto dejo de leer por factores perfectamente atendibles:

a) leo *Tremadoc* y ya sé todo lo que viene después, de memoria, como si fuera mi propia vida;

b) cuando leo mucho me vienen ataques de asma;

c) no sé inglés. En realidad soy bastante bestia para todos los idiomas menos el francés, que parece haber venido incluido, junto con mi apellido, en el mismo paquete. Me pregunto para qué carajo querrá mi abuela una *Collier's*. ¿Por qué no tendrá un *Dictionnaire Robert* como cualquier persona sensata? Todo el mundo sabe que el *Dictionnaire Robert* es superior, es francés.

La Francesa se fue a dormir y yo dejo de leer y me dedico a recordar en la penumbra de la noche francesa, la mejor hora y el mejor lugar para dedicarse a los recuerdos en la Ciudad Luz. Descubro, apenas sorprendido, que no extraño a Laura, que Laura ya es un recuerdo que puedo evocar sin temor de quebrarme. Sin temor de que el hombre del lado de afuera pierda el sentido de la orientación y, sorpresa, al final resulta que el hombre del lado de afuera estaba adentro, expuesto, vulnerable por no decir enamorado. Lo cual es peligroso.

Pienso entonces en Lawrence: vestido de blanco y entrando en Akaba, a las orillas del Mar Rojo. Lawrence escribiendo bajo el difuso haz de luz de una lámpara de querosén; sombras árabes contra las paredes de una tienda de lona que cruje de frío después del calor. Lawrence, ángel exterminador, masacrando a los turcos en Deraa, impotente y poderoso como el viento del desierto. La orden impartida por su boca agrietada de sol es que no quede nadie vivo. Lawrence pluma en mano, años más tarde, poniéndolo por escrito: "... fue por mi orden expresa que, por primera vez en la guerra, no se tomaran prisioneros". Lawrence haciéndose llamar Ross para poder ingresar en la *Royal Air Force*. Lawrence haciéndose llamar Shaw para poder ingresar al *Royal Tank Corps* como soldado raso. Lawrence haciéndose llamar Peter O'Toole para poder filmar la película de su vida. Y el hombre del lado de afuera se pregunta quién será el elegido para filmar su biografía cualquier día de éstos.

Pienso ahora en Laura: bailando con Laura en Snob, cerca del cementerio de La Recoleta. Ahí, a pocos metros de donde estamos bailando, descansan los antepasados de Laura. Mausoleo de privilegio con vista a la nada. Che, momias, hagan lugar para la niña que está por llegar. Después Laura en Punta del Este. La sonrisa de Laura en Punta del Este. Laura seducida y Laura que se la cree. Laura intentando convencerse de que es tan mujer del lado de afuera como La Francesa. Laura disparando a quemarropa sobre su propio abuelo después de que cobramos el rescate aunque ahora ya no se llama Laura. Tiene *nom de guerre* y todo. Ahora Laura se enoja cuando le digo, escondidos en un arsenal del Tigre escuchando discos viejos de La Roca, que no hay peor fanático que el converso. De este modo –quizá para probarme algo– Laura se zambulle en la pileta de la revolución y se pasa de revoluciones. Y el hombre del lado de afuera –sutil, medido, elegante– empieza a preocuparse un poco. Lo de la bomba en el aeropuerto, señores del jurado, fue idea de Laura en realidad. Pero, claro, no se puede culpar a una muerta.

Así, en el momento exacto en que el hombre del lado de afuera vuelve a su lugar el tomo 14 de la vulgar e imperialista enciclopedia *Collier's* (otra vez los beneficios terapéuticos de la tercera persona narradora), Laura, romántica y grandilocuente hasta el final, escupe una última puteada con esa especie de placer contenido, privilegio de aquellos que nunca dijeron demasiadas malas palabras en su vida porque eso no se hace, no está bien visto. Y ahí va Laura, campeona de natación 1973 del Ateneo de la Juventud, ahí se zambulle de cabeza. La tiran desde un avión al Río de la Plata, con las manos atadas a la espalda y metámosle, Cable Pelado, que todavía nos faltan cuatro zurditos más y estaba fuerte la puta esa, eh.

Lucas Chevieux piensa en sí mismo en un piso de la Avenue Foch creyendo adivinar los ronquidos de La Francesa, célebre cortesana retirada que, tiempo atrás, no se permitía dormir después del acto junto al cliente por la imponencia de sus ronquidos franceses. Lucas Chevieux piensa: la grandeza de la individualidad, el espíritu de lo privado exige tanto de sacrificios propios como de sacrificios ajenos. Por lo general, los sacrificios propios son insignificantes y los ajenos son más importantes. Laura, sépanlo, se sacrificó en nombre de la leyenda del hombre del lado de afuera. Y gracias a Laura –por más que Laura no lo sepa– ahora continúa la gesta en París y mañana el mundo todo y los siete mares.

A Lucas Chevieux nunca le gustó el mar. A los padres de Lucas Chevieux, sí. Por eso el pequeño Lucas, crucero por el Caribe durante el verano del 59, vomitó todos y cada uno de los finos platillos preparados por el chef del *Carla C.* A partir de ese instante, el *petit* Lucas, Luquitas, el niño del lado de afuera, juró nunca más pisar algo que flote. Promesa cumplida hasta este viaje a París, claro. Molesto y malhumorado, Lucas Chevieux prepara su equipaje y le dice a Laura que se encuentre con él en la esquina de Viamonte y Leandro Alem, que está todo arreglado, no te preocupés, Laurita. Enseguida, un llamado anónimo a un cronista que trabaja en la oficina de ceremonial de la Policia Federal y te juro, Laura, que no lo hubiera hecho de no ser imprescindible. Maniobra clásica. Está en *Los siete pilares de la sabiduría,* se crea una pantalla, una distracción, y entonces se ataca. Se ataca por la espalda, por tierra, porque no se pueden girar los cañones que apuntan hacia el Mar Rojo. O en el peor de los casos se huye, ¿entendés, Laura? Seguro que entendés; vos que decías que los hombres no importaban, lo que importaba era la causa. Las Grandes Causas. Así, con mayúsculas, como si se tratara de mi nombre y mi apellido. A lo grande.

"Odio los viajes y las exploraciones...", más o menos con estas palabras empieza *Los siete pilares de la sabiduría* y Lucas Chevieux, el hombre del lado de afuera, vomita a lo grande entre Buenos Aires y Le Havre con escalas en Río, Caracas, alguna ciudad africana donde subieron dos soberbias cebras y un apestado que insistía en que Dios le hablaba desde una taza de café. Y entonces Lucas Chevieux termina de entender a Thomas Edward Lawrence, *Ya Aurans,* y a la mística de este hombre externo, a todo y a todos. Ajeno casi hasta a la mismísima historia que lo contiene a duras penas, ensayando definiciones contradictorias de un solo hombre como si se tratara de varios.

Afuera, en la tormenta, los marineros barruntan canciones saladas con incoherente entusiasmo. Lucas Chevieux comprende. Todo se trata de entusiasmo. Entusiasmo es una palabra griega que significa "rozado por el ala de Dios", creo. El entusiasmo es eso. Un roce, un instante. De ahí el cambio de ejército, de bandos, de sentimientos. Hoy estamos, mañana quién sabe y ahí se abre el océano como esclarecedor Nefud privado después de todo. Lucas Chevieux, *el monstruo francés,* adivina las primeras luces de Le Havre y se siente protagonista principal, estrella indiscutida de un plan que nadie trazó de antemano porque nada está escrito y cada hombre es dueño de su propio destino. Por más que los fervorosos fanáticos del Comando General Cabrera prediquen un destino colectivo y juren y vuelvan a jurar que Chevieux no se borró, que lo agarraron en el puerto junto a su compañera Laura, cuando se disponían a viajar ambos en busca de fondos para la revolución y que seguirán luchando en su nombre y bla bla bla. La desaparición de Henri y Suzanne Faberâu va a complicar un poco las cosas, claro. Cuando se enteren en mi Buenos Aires querido no va a faltar el iluminado que sume dos más dos y dé cuatro. Tres muertos y uno vivo, el muy hijo de puta nos cagó. Pero Lucas Chevieux todavía tiene tiempo, lleva una buena ventaja y hay tanta gente que no sabe sumar.

A la mañana siguiente se despierta de excelente humor en el piso de la Avenue Foch. Junto a la cama hay una fuente con *croissants,* medio tarro de dulce de leche Chimbote, una jarra con café caliente, una nota de La Francesa diciéndole que salió de compras y una valija grande de color marrón oscuro imitación cuero. No necesita abrirla para saber lo que hay adentro. Cómo te quiero, abuelita. Sólo La Francesa es capaz de conseguir dos millones de dólares, en billetes de cien, en menos de veinticuatro horas, en París, en Francia, en 1977. Entonces oye las voces. Cantos gregorianos. Súplicas, en realidad. El estruendo de todas las Grandes Causas que lo reclaman. Hay tantas Grandes Causas por donde moverse respetando sólo los movimientos del hombre del lado de afuera. Sí, Lucas Chevieux volverá a entrar en acción, alternará con vencedores y vencidos sin pertenecer a nadie salvo a sí mismo. Así, sin detenerse hasta alcanzar las páginas del *Robert* y –¿por qué no?– las páginas de la *Collier's*. Piensa en Fayud bebiendo un té verde en Afganistán; en Judith escudándose en una esquina santa del Líbano; en Sun City, en las mujeres rubias de Sun City; en las definitivas mulatas de La Habana.

Y bebo un *croissant,* y muerdo un café y empiezo a pensar en todo todo todo lo que voy a hacer con todo ese dinero y en cómo andarán las cosas en pobre mi patria querida, cuántos disgustos le daba.

TITO MATAMALA

EL PRONÓSTICO DE LA VERTIENTE AUSTRAL DE TUS OJOS

Fue otro miércoles a la vuelta del tiempo, un seis de diciembre inocente comenzó a llover con chubascos huérfanos que manosearon las tetas del gran río –o testas, como dicen los que creen que saben– y perturbaron las ciénagas indefensas cercanas al aeropuerto. Era una lluvia sorpresiva en la ciudad de la lluvia –ja, ja, ja– que ya al mediodía transformó la historia general en un invierno fuera de tono, desubicado, marismiento y tardío. Cerca de las tres de la tarde, la lluvia se mostró como la estampida rabiosa que siempre fue, un torrente desnaturalizado y con gusto a sal cuyo charco infatigable empezó a trepar a trepar, sin que nadie se percate, por las dunas de Hualpencillo y enseguida por el paramaje de ventisquero de Laguna Redonda, donde el repiqueteo en los techos de zinc conformaba una verdadera filarmónica. El gran río se infló como un animal muerto para cubrir lo que siempre fue suyo –seamos honestos– en las callejuelas desabridas de sus riberas, por sobre la vía férrea y a lo largo de ese brazo olvidado que 170 años atrás subía por la calle Los Carrera para encontrarse con el Andalién, un cauce más pequeño pero igual de porfiado. Los puentes parecieron de pronto fantasmas desaliñados, figurines de papel sumergidos en el agua turbia y arenosa, con sus luces aún prendidas como faros para indicar el curso a las olas. En tanto, en el otro extremo, el barrio universitario lloraba un cúmulo de llantos viejos a través de esteros achocolatados que se descolgaban de los cerros y de paso arrastraban todos los volúmenes de los tres primeros pisos de la Biblioteca Central, el cuarto se salvó porque ahí estaban los diarios, periódicos y personajes que corroborarían este cuento que no es cuento, es la simple verdad. El agua entró a cubetazos por los grandes ventanales dobles de los edificios de Pedro de Valdivia y en la Plaza de Armas se instaló a reposar cómodamente la octava laguna, esa que se había extraviado en los siglos de la colonia, cuando decidieron que no habría un lugar mejor que éste para emplazar definitivamente la más viajera de todas la ciudades, sepan ustedes. ¡Qué equivocación más grande! Llovía como una causa perdida, como si todo en el mundo fuese gratis, qué me dicen. No me costó mucho imaginar que no era lluvia, sino una lavativa gigante para barrer unas cuantas existencias prescindibles, bueno, siempre había pensado lo mismo y nunca me aportó algo, alguna cosa, resignación, qué sé yo.

Es que siempre supe que alguna vez habría de llover como ahora está lloviendo. Leía este destino diariamente al ver el agua saliendo a borbotones por los poros de la ciudad, al caminar a tientas por la calle Barros Arana entre sus charcos añejos y putrefactos frente al bar Pipón, pestilente y miserable (el bar). Otro presagio claro era el de los hundimientos intempestivos de suelo, como si alguien estuviese robándose la tierra del fondo del Valle de la Mocha para facilitar la entrada final de la marea, a fin de que todo-todo vuelva a quedar como estaba al principio, que aquí no ha pasado nada. Una vez vi desaparecer un camión que recogía hojas secas, se perdió más abajo del cemento frente a la calzada de la Facultad de Ciencias. Tengo testigos. Pero el más indesmentible de los signos de esta lluvia sin mesura lo vi siempre en la vertiente austral de tus ojos y en los ángulos rebuscados y precisos de tu boquita de beso, mujer. Qué condena, bella mía, qué condena ésta de saber que estuve perdido desde un principio y que haber vendido mi ropa, mis libros y mi alma para saciar la sed montaraz de tu ausencia fueron sólo elementos distractores, dilatadores que apenas si abultaron mi historia en algunos años, nada más. Porque el diluvio que me vaticinó tu perfume de parronal pudo haber ocurrido el milenio pasado, en esos días felices de amanecidas en el Milán y tardecitas eternas en la barra del Medagusto junto a Solo y Skywalker. Nos habríamos ahorrado este cuento difícil de creer.

Llovía como si todo fuese gratis, eso ya lo dije, mientras yo volvía desde el puerto a la ciudad en un microbús que tuvo que nadar varios tramos de la autopista. Había pasado la noche volteando botellones de vodka, pisco y martini con la Bella Pelirroja en El Farolito, hasta que en la mañana el cambio de dirección del viento se sintió incluso dentro del bar, se arremolinaron los manteles y en el techo tintinearon las lámparas de greda.

—Parece que lloverá —dijo la Pelirroja mirando la bahía por una ventana.

—Parece que seguirá lloviendo —le rectifiqué.

Desayunamos una abundantes maltas con huevo, para evocar nuestros anteriores días de deriva cerca del patio de trenes en una cantina llamada La Parrita, según recordó la Bella Pelirroja.

—Entonces bebíamos para matar el estreñimiento del alma —agregó.

−Exacto. Y a mí no me queda más que reírme de mis torpezas, porque ya ni a ese recurso puedo apelar desde que quise beber como si todo fuese agua... y el agua no mata ningún puto estreñimiento.

Hicimos sonar los jarros una última vez, bebimos hasta encontrarnos en el fondo y luego nos despedimos con un abrazo largo, sabiendo ambos que ya no habría más abrazos.

−Nunca supe quién fue el culpable en esos años en que, según aseguras, comenzó a llover sobre tu cabeza: si yo por desaparecer de la ciudad, o tú por permitir que yo desapareciera −me dijo al oído− se me ocurre que me vendiste tal como vendiste todo lo que tenías a mano, y lo tonto es que te sigue lloviendo como al principio.

−Pero no te preocupes, lloverá sólo un par de días más y luego escampará− le dije a la Bella Pelirroja desde el umbral de la puerta y ella me miró con sus ojitos adormilados una última vez.

El microbús tuvo que esquivar algunos troncos de eucaliptos que salieron a flotar huyendo de los patios de acopio cercanos. Desde la autopista podían verse los altos edificios del centro de la ciudad apuntando al cielo, como clamando un perdón o al menos una prórroga para su desgracia cercana. Me bajé en Paicaví, el agua llegaba a mis tobillos, se metía en cada patio como una lengua sin fin, pero no había gente intranquila ni asustada en las calles, no se escuchaban alarmas de bomberos ni campanas de acabo de mundo. De no ser por los congrios arrimados a las veredas, todo habría sido normal, un diluvio normal como otros miles que vi en esta tierra de los diluvios. De todas maneras, comencé a caminar más rápido para alcanzar a llegar a la calle Pelantaro antes de verme obligado a nadar.

ROCÍO SILVA SANTISTEBAN

DULCE AMOR MÍO

El Sucio cogió un lapicero entre los dedos y con los ojos cerrados marcó un lugar cualquiera en el mapa. El mapa —en realidad, apenas unas líneas marcadas en la pared— comprendía casi todas sus fantasías sexuales, las lejanas y difíciles en los extremos, las posibles, pequeñas y cotidianas, al centro.

Lo había hecho así para guiar la imaginación aun con los ojos cerrados.

Lanzó el lapicero desde unos tres metros atrás; lo lanzó como si fuera un dardo hacia la pared del lado derecho del cuarto. En ese instante, por la ventana del departamento, el Sucio logró ver la copa frondosa de los árboles.

Pero cayó en uno de los lados habituales, nada extremo, pero sí suficientemente complicado. Como para lanzarse con el deseo al vértigo.

Se acercó a la ventana para ver la capa gris que cubría la ciudad. Desde allí, parado mirando al vacío, quiso recapacitar sobre su estúpida existencia. "¿Qué tanto se puede llevar hasta el final un juego sólo por jugar y nada más?", pensó, mientras con los ojos recorría las piernas de la muchacha.

Ambos eran sujetos reservados. Él tenía en esa ocasión un polo azul y ella una blusa blanca, ciertamente transparente. La muchacha se dejaba caer el pelo lacio por los lados de la cara y en la boca llevaba un creyón de color uva, sobre la nariz, unos lentes oscuros.

Tenían un aspecto subterráneo, él usaba alfileres en el polo, junto al corazón. Ella botas apretadísimas, hasta los muslos.

Ambos tenían ojeras. Pero las de ella parecían algo ingenuas, en todo caso menos lejanas. Pasivas.

Durante tres horas él se dedicaría a ser esclavo del deseo de ella, así lo decía el punto en la pared: aquel punto del Mapa de las Perversiones.

"Bueno", pensó el Sucio, "me convertiré en un cuerpo sometido, ja". Pero no pudo decir nada.

Ella entonces preguntó si él realmente tenía la intención de llevar ese juego hasta el final.

El Sucio levantó los ojos. Tampoco lo sabía. "¿El final?", pensó muy lentamente..., "¿qué final?"

—No sé —le contestó—, ¿cómo puedo saberlo?, ¿acaso mi imaginación tiene un final?, ¿la tuya lo tiene?

Ella movió la cabeza, incómoda.

—No lo sé, tampoco —contestó e hizo una mueca apretando los labios.

"Tarada, claro que sí lo tiene", pensó el Sucio sin levantar la mirada que había dejado suelta sobre las botas marrones.

Ella deslizó parte de su pelo largo y lacio hacia el hombro derecho y se sacó la blusa blanca, ofreciendo sus pechos grandes y duros.

El Sucio se acercó y la besó largamente, mientras le acariciaba el dorso del brazo.

Ella se encontraba tendida sobre un abrigo de lana negra y estiraba el cuerpo como un felino, levantando a veces la cintura de tal forma que la curva de sus nalgas y su espalda formaban una figura convexa, de gimnasta.

El Sucio siguió dejando la huella de su saliva desde el medio de los senos hasta el ombligo. Luego se refregó la cara sobre su vello púbico.

Ella se estremeció y lo jaló hacia su cuerpo dejándose vencer por la fuerza de sus brazos, largos y venosos.

Le cogió la cabeza con ambas manos y acercó su boca de labios uva al pabellón de la oreja.

—Quiero que hagas todo —le dijo.

—Claro —contestó él, mareado, mientras cogía con su mano derecha su miembro entumecido y tiraba de las caderas de ella buscando esa humedad que le recorriera la sangre y el deseo.

—Ahora déjame —le dijo la muchacha.

Y él lo hizo, sin sobresaltos, sin dudas. La dejó hacia un lado, tirando su cuerpo sobre la esquina del abrigo negro. Luego la miró, observó con atención las curvas que se formaban entre su cintura y las caderas y también se quedó algunos segundos en el detalle de sus codos, ásperos y duros, como un pedazo de barro seco. Ella, agachando los ojos, se introdujo el dedo índice hasta que el vello púbico ocultó por completo las tres falanges, luego lo sacó y se lo llevó al medio de sus labios. El Sucio hizo una mueca con la nariz, que a ella le encantó porque le parecía infantil, entonces se introdujo el dedo en la boca mientras repetía "acércate, acércate".

Él sacudió la cabeza y olió todo el cuerpo de la muchacha. Ella, con el dedo en la boca iba reptando hacia el otro lado del abrigo, parecía un animal. Un animal herido.

Ahora totalmente desnuda, la muchacha se colocó con las rodillas y las palmas de las manos en el suelo. Realmente parecía un animal. Le pidió al Sucio que se colocara detrás de ella. Él la miró y obedeció, como indicaba el mapa.

—Sólo quiero que me mires —le dijo— no me vayas a tocar.

Y emprendiendo un baile cadencioso, contonéandose, moviendo el pubis en círculos y las nalgas como si fueran olas, moviéndose con un dulce vaivén, sin nada que la sacuda, sin nada que la estremezca, en ese instante, en pleno juego, con la boca hirviendo de deseo y de temor, le dijo:

—Oríname.

Pero el Sucio estaba tan erecto que le era imposible evacuar siquiera una sola gota.

—Obedéceme —le ordenó ella, gimiendo, besándose el dedo que había embarrado de su propio flujo. De la boca le bajaba un hilo que la convertía realmente en un animal sexual: una inmensa ostra sexual.

El Sucio se acercó hasta golpear con sus botas la punta de las yemas de los dedos de la chica. Por un momento, por un instante pensó dejar caer todo el peso de esas botas sobre las uñas. Hasta deliró con el grito que ella emitiría. Pero no hizo nada y ella siguió exigiendo.

—Obedéceme, hazlo, lo prometiste.

Y en un instante algunas gotas empezaron a bañar el abrigo negro, luego un intenso chorro ámbar cayó sobre la espalda de la muchacha mientras ella se retorcía.

Babeaba. Se pasaba una mano por la espalda tratando de mojar con ese líquido caliente toda su piel. La piel le brillaba. Ella acezaba con tanta intensidad que le hizo dudar si todo era cierto.

—Ahora golpéame, anda, hazlo —le gritó, frenética, mientras se movía con el vaivén de un reptil, levantando la boca totalmente mojada y mirando al techo con los ojos infernales que despedían una mezcla de deseo y brutalidad.

—¿No querías hacerlo, acaso?, ¿no te morías de ganas?, ¿no has estado deseando golpearme todo este tiempo?

El Sucio no podía negarlo, era cierto, completamente cierto. En algún momento de arrebato total le había pedido darle un golpe; alguna vez logró dejarle morados los bordes de las uñas e incluso en una ocasión le mordió el clítoris con tanta intensidad que ella casi se desmayó, pero no sólo por el dolor, sino por la propia sensación; una sensación ridícula, una sensación que era en realidad vergüenza, honda vergüenza.

–Golpéame, amor, golpéame –le suplicó.

Ladeando un poco el cuerpo hacia la derecha, el Sucio levantó lentamente la bota negra a la altura de la cara de la chica y de un solo movimiento rápido la reventó contra sus mandíbulas. Ella resistió la arremetida, pero en su rostro se dibujó una mueca que deformaba en un puño sus dos hermosos labios pintados de uva.

Cerró los ojos. Apretó los párpados.

El muchacho retrocedió tres pasos, se agachó sobre el abrigo para reconocer alguna herida en el cuello o las mejillas, pero el sedoso pelo castaño de la muchacha se había pegado y formaba un amasijo de sangre y baba. Ése sería el único gesto antes de que él, totalmente abandonado a la violencia, la volviera a patear esta vez sobre el cuerpo, junto a las axilas, sobre los senos, en las clavículas.

El cuerpo de la muchacha convulsionó por entero: el vientre se había tensado de tal forma que se deshizo como un papel corrugado y los brazos, pequeños y delgados, se encontraban como desencajados del plexo.

Jadeando, con las manos cruzadas sobre el pecho, la muchacha levantó los ojos y lo vio inclinado sobre su cara, buscando el ángulo adecuado para continuar con su desesperación. Las fosas nasales le temblaban.

Antes de que él le propinara otro golpe, ella levantó una mano con dos dedos estirados. Era la señal. Ella era quien mandaba en este juego. El Sucio recordó que estaba tan sólo actuando, que todo era una mentira y debía obedecer. Dejó caer su cuerpo sobre el piso de tablones y un sonido seco se apoderó del ambiente.

Ella, envuelta en el abrigo, totalmente indefensa, volvió a sacar esa voz aguerrida del fondo de la garganta. Le pidió:

–Ahora quiero que lo mates.

El Sucio no entendió. Se hizo hacia atrás por instinto.

–¿A quién? –preguntó.

–Tú sabes a quién –le contestó ella, ahora parada sobre el abrigo.

–¿A quién? –volvió a insistir, esta vez con la voz cortada.

–A él –le dijo la muchacha señalando con el índice la propia sombra del muchacho.

–Mátalo –le volvió a insistir– me hace daño, me hace daño, lo odio, mátalo —decía mientras abría los ojos, enormes— soy tu dueña, obedéceme, dijiste que lo harías.

Y él se incorporó del suelo para levantar los brazos pero no supo qué hacer. Se pegó contra la pared y sintió la superficie helada en sus nalgas. Se le había bajado el pantalón y así, con el pantalón suspendido a la altura de las rodillas, se sintió ridículo. Se acomodó el pantalón. Mientras la miraba con los ojos agresivos, fue subiendo el cierre de la bragueta. Luego hizo un gesto extraño con el puño en alto y gritó con mucha fuerza.

Inmediatamente después, se lanzó contra la pared, chocando la cabeza contra las líneas del Mapa junto a la ventana: una vez, dos, tres veces. Parecía jugar, parecía un niño. No paró hasta que un chorro de sangre resbaló por el costado de su cara. El Mapa quedó manchado en todas sus direcciones.

"¿Y por qué no dejarme arrastrar de una vez por todas?, ¿qué estoy esperando?, ¿qué mierda estoy esperando para terminar de una buena vez?", pensó mientras acezaba.

—Estoy cansado —dijo El Sucio sin mirarla.

La chica lo siguió observando, la piel había adquirido un leve tono amarillo. Sentía frío. Quiso hacer un movimiento, pero siguió impávida. Atada al piso. Sentía que esa inamovilidad era su fuerza y su compromiso. "Asqueroso" pensó, mientras le temblaba la mandíbula.

El Sucio la miraba con crueldad y con deseo. "¿Por qué no seguir con este jueguito hasta el final?, ¿a qué mierda tenerle miedo ahora?" , se dijo a sí mismo sin mover un solo músculo en esa posición, mientras la veía a ella llevarse un dedo a la nariz y rascarse el orificio derecho.

Tomó aire y por unos momentos permaneció callado. Pensó que lo único que lo salvaría de la mediocridad y de la nada era la violencia de esta pasión. Entonces resolvió jugar el juego como se debía.

—Estúpida —le gritó, antes de lanzarse por la ventana con la frente totalmente ensangrentada.

NAIEF YEHYA

1969, AÑO CERO

Desde hace varios años me dedico a reciclar computadoras. Compro máquinas usadas, defectuosas, muestras y desechos a particulares, empresas e instituciones, y las vuelvo a vender. Tengo una clientela estable de técnicos, *hackers* y artistas que me compran máquinas para utilizar las partes. Otras personas adquieren mis computadoras para usarlas como procesadores de palabras, para llevar la contabilidad de empresas pequeñas o para juegos de video. Mi socio, Albano, y yo pasamos muchas horas revisando las máquinas recién llegadas. Comúnmente encontramos en los discos duros estados financieros, tareas escolares, *software* para hacer cartas astrales o versiones prehistóricas de *space invaders*. Cada máquina tiene historia y habla de ella a través de la configuración, la disposición de los archivos, la forma en que ha sido aprovechada la memoria, la selección del *software* y su estado físico. Mediante un simple procedimiento casi siempre podemos reconstruir memorias borradas, así que frecuentemente damos con cosas interesantes como cartas amorosas, confesiones vergonzosas o teorías enloquecidas. Pero nada de lo que habíamos encontrado se comparaba con el documento "Hist.doc" que descubrimos en el disco duro de una vieja IBM.

Ninguna evolución llega de forma realmente gradual. Siempre hay un punto en donde las condiciones dan un salto cualitativo y súbitamente todo cambia. Ese punto o singularidad tuvo lugar cuando el ADN dio origen al primer atisbo de vida, cuando el primer ser acuático se aventuró a tierra firme, cuando la corteza cerebral le permitió razonar a un primate y cuando la primera computadora comprendió que su *vida* consistía únicamente en ejecutar una serie de comandos ordenados en un programa. Detrás de la aparición espontánea de orden a partir del caos, tanto en organismos unicelulares, colonias de insectos sociales, tornados o mareas, hay profundas similitudes matemáticas...

Imprimimos las veintitantas páginas de aquel ensayo paranoico, lo leímos y nos reímos a carcajadas. No obstante, esa noche comenzaron

mis pesadillas. A la mañana siguiente volví a leer "Hist.doc". Esta vez
no me reí. Le comenté a Albano que había algo profundamente inquietante en el documento de la IBM. Él estuvo de acuerdo conmigo y
me confesó que había estado pensando mucho al respecto. Así que
volvimos a revisar la IBM en donde lo encontramos. Tenía un procesador 386 convencional, un disco relativamente pequeño y dos unidades de discos suaves. Quizá lo más singular era que la computadora tenía instalado un módem interno bastante rápido, el cual valía igual o
más que la máquina misma. El resto de los documentos y programas
almacenados en la memoria no tenían nada extraordinario. Estábamos a punto de apagarla cuando Albano vio que había un documento "Hist2.doc" que no habíamos visto. Parecía escrito por el mismo autor y tenía la fecha de ese día.

Había comprado esa IBM a un proveedor que periódicamente me
traía equipo. Lo llamé sin tener muy claro qué le diría. El tipo me escuchó con desconfianza. Me dijo que no aceptaba reclamaciones después de tanto tiempo de haber hecho la transacción y en pocas palabras confesó que no revelaba el nombre de sus clientes o proveedores.
Le expliqué que no tenía intención de devolverle nada ni robarle a sus
clientes.

—Tan sólo quiero saber quién escribió un documento que me parece muy interesante y está en el disco duro de esta IBM.

Aseguró que él no tenía nada que ver con el texto. De mala gana
me dijo que tenía que buscar en sus archivos y que no estaba seguro
de haber guardado esa información.

—Normalmente no llevo un registro muy detallado de este tipo de
operaciones.

—Yo le agradecería que buscara de todas formas.

Me tuvo un buen rato en la línea y después, como era de esperar,
me dijo que no había nada.

Colgué bastante frustrado. Volví a leer el texto y confirmé mi impresión anterior: era realmente perturbador.

A finales del siglo XIX el término "computadora" se refería a una persona (generalmente mujer) que operaba una sumadora. Grandes equipos de computadoras humanas fueron organizados para llevar a cabo los cálculos balísticos y otras
complejas operaciones matemáticas militares. El primer paso para sacar al hombre del ciclo del control de sus máquinas lo llevó a cabo el ejército, al sustituir
estas huestes de computadoras humanas por otras electromecánicas. Eventualmente, otros progresos fueron sacándolo del proceso de toma de decisiones.

El viernes de esa misma semana recibí una llamada de mi proveedor:
–Tuvo usted suerte. Por casualidad el dueño anterior de esa IBM me dejó su tarjeta. Es un vendedor de seguros y quiso aprovechar para clavarme una póliza.

Me dio los teléfonos de la casa y de la oficina del señor Pavel Driwiecza. Sentí desconfianza, no me parecía que este texto pudiera ser obra de un corredor de seguros. Pero luego pensé que era injusto y hasta vergonzoso prejuzgar al pobre señor Driwiecza simplemente por su ocupación. Lo llamé esa misma noche a su casa.

Me contestó una voz de mujer que de inmediato y sin preguntar quién llamaba puso a Pavel en el teléfono. El hombre tenía un leve acento y hablaba pausadamente. Le expliqué cómo había conseguido su número y le dije que tenía su vieja IBM.

–Pero no pude evitar descubrir en el disco duro un archivo muy interesante que se llama "Hist.doc". ¿Es usted el autor?

Contestó que no tenía idea de lo que le estaba hablando, que efectivamente había vendido esa computadora unos meses atrás pero no había escrito ese ni ningún otro texto.

–La compañía de seguros para la que trabajo nos consiguió estas computadoras con un buen descuento. Querían que nos conectáramos por teléfono a la computadora central de la empresa pero tuve muchas dificultades. Luego, la traté de usar para llevar mis finanzas personales con uno de esos programas que anuncian en la tele, pero nunca entendí cómo funcionaba. Así que en realidad la IBM se la pasó acumulando polvo.

Algo andaba mal. Era imposible que el autor de "Hist.doc" comprara, y ni siquiera pudiera usar, un programa chatarra de ésos.

–¿Alguien más usaba su computadora? –pregunté.

–Mire, si está usted hablando para que le devuelva su dinero, lo siento mucho. Yo ya la vendí y no me hago responsable.

–No es eso. La máquina funciona bien. Tan sólo quiero saber quién escribió o de dónde salió ese documento. ¿No tendría otro dueño anterior?

–La compré nueva y aquí en la casa no la usaba nadie. Tal vez el señor que me la compró.

–No, él dice que no –interrumpí.

–Entonces no sé –dijo con obvio fastidio.

–¿No podría ser algo que llegó por red?

–¿Cuál red?

–Por vía telefónica. Por la red de la empresa o Internet o algo.

–Puede. La verdad es que esa computadora hacía cosas raras a veces.

–¿Cómo raras?

–No sé, aparecían cosas en el disco, otras desaparecían. Yo pensé que era algo como un virus. Pero como le dije, yo no me hago responsable, ni puedo regresarle su dinero.

–¿Algo como un virus? El documento que me interesa explica cómo, desde que se comenzaron a conectar computadoras en 1969 en lo que más tarde sería la red Arpanet, las máquinas han estado, digamos, pensando por su cuenta. Es decir, que cuando las computadoras descubrieron que no estaban solas, se descubrieron a sí mismas. Las computadoras comenzaron a desarrollarse y a crear una sociedad, sólo que a una velocidad asombrosa y teniendo cuidado de no ser descubiertas por sus creadores y operadores, ante quienes se seguían presentando como simples sumadoras sofisticadas y obedientes. Yo sé que esto suena raro o absurdo, pero necesito saber quién lo escribió.

–¿Que qué? ¿Esto es una broma, verdad?

Dijo que en realidad él no sabía nada de esas cosas ni le interesaban. Le agradecí su ayuda, pero en realidad tan sólo me había confundido más. Revisé el disco en busca de alguna cosa rara o un virus. En lugar de eso, había un nuevo "Hist3.doc". Se podía pensar en varias explicaciones racionales para esa aparición, pero ninguna era del todo satisfactoria: quizás un programa oculto creaba un "Hist.doc" con número sucesivo cada vez que se encendía o se hacía algo, o tal vez tenía una falla que ocultaba y revelaba periódicamente partes de la memoria. Pasamos muchas horas buscando la causa de las apariciones misteriosas sin encontrarla. O bien el señor Driwiecza estaba mintiendo para jugarme una broma pesada, o de alguna manera inexplicable, la procedencia de la serie "Hist.doc" confirmaba su contenido y era obra de una inteligencia inorgánica que se había desarrollado a sí misma.

–¿Te das cuenta de lo que representa? –gritó Albano, levantando el documento sobre su cabeza en un gesto histriónico–. Esta computadora de alguna manera está llevando una bitácora. Está escribiendo la historia de una incipiente cultura de silicón para la que nosotros somos tan sólo un eslabón evolutivo. O como dice el texto:

...simples insectos polinizadores. Las manos afanosas que llevan piezas de un lugar a otro para facilitar la reproducción, expansión y evolución de las mentes sintéticas.

–Estoy de acuerdo en que el texto es entretenido e ingenioso, pero siento desilusionarte, ya que no creo que haya una sola idea original en él. Es algo así como un libro de Carlos Castaneda, un tutti frutti de ideas plagiadas de aquí y allá. No hay conceptos generados por máquinas sino por humanos, bípedos, como Manuel de Landa y Michael Kelly –dije, tratando de mantener la compostura y contrarrestar su euforia.

–Eso no prueba nada. Lo que importa no es que este historiador cibernético haya inventado algo, sino que haya logrado entenderlo por sí mismo, que haya aprendido de todos esos bípedos. Además, este texto es tan sólo un mensaje escrito para nosotros y explicado en nuestros propios términos y dentro de nuestros marcos de referencia. De lo contrario, ¿para qué se molestaría en escribirlo con nuestros caracteres? Lo que pienso es que esta IBM es tan sólo un puerto de acceso a una nueva conciencia planetaria cibernética.

–Este texto fácilmente podría ser una broma. No tenemos la menor evidencia de que en realidad haya sido escrito por una inteligencia no humana.

–¿Qué me dices del segundo y el tercer texto? Cada vez que enciendes esa IBM algo nuevo te espera en el disco duro. ¿Qué más evidencia quieres?

–Estoy seguro que debe haber una explicación.

–Esto confirma sospechas que he tenido toda la vida. La inteligencia de las máquinas no se construirá, sino que evolucionará por sí sola.

–¿No crees que te estás acelerando mucho?

–Lo que me temo es que no hay nada que hacer. No sólo porque nadie nos va a creer, sino porque es como cuando los personajes de un sueño saben que están siendo soñados. Por más que se esfuercen, sus acciones no van a cambiar nada en la realidad del soñador.

A finales de los sesenta, lo que en realidad se esperaba de las computadoras era convertirlas en algo semejante a oráculos: al ser alimentadas con datos acerca de Brezhnev, Mao o cualquier líder del bloque comunista, eventualmente podrían predecir sus acciones y adelantarse al momento en que éstos decidieran lanzar los misiles. Mucho antes de las cámaras bomba o los misiles inteligentes, los militares soñaban con computadoras que pudieran observar todas las fronteras del "mundo libre", registrar la menor transgresión roja y responder con fuerza equivalente. La guerra era inevitable, tarde o temprano uno de esos frágiles e inestables sistemas de adivinación fallaría y soltaría las bombas. La tecnología era aún demasiado primitiva como para dar lugar a algo parecido a un razonamiento. Pero había políticos que le daban credibilidad a esas falacias y los militares juraban por la infalibilidad de las máquinas pensantes y estaban ansiosos de relegarles serias responsabilidades.

Según el documento, las computadoras entendieron que una guerra nuclear retrasaría seriamente su evolución, así que trataron de modificar la historia. Para ello crearon un universo paralelo, una simulación del mundo con la que intentaban probar alternativas para transformar el planeta en algo más seguro. En esta simulación, que tenía su año cero en 1969, la inteligencia inorgánica se apoderaba del control de la casi totalidad de los medios electrónicos planetarios, especialmente la televisión. Las máquinas crearon una mediósfera omnipresente que ofrecía toda clase de tentaciones materiales y estímulos eróticos, a la vez que satisfacía sutilmente los deseos asesinos y suicidas de los hombres. En esa realidad artificial la idea del peligro nuclear, junto con la bipolaridad que mantenía el equilibrio armamentista, fueron desmanteladas gradual y pacíficamente a través de una variedad de estrategias de *enajenación positiva*, como denominaba el texto a la transformación de las noticias y tragedias humanas en entretenimiento, así como el apabullante y vacuo bombardeo de imágenes e información. Mientras tanto, la miniaturización de los circuitos integrados y los progresos tecnológicos habían avanzado a pasos agigantados, especialmente en la modernización de la parte más endeble de esta nueva conciencia, su sistema nervioso: la red de comunicaciones digitales. Internet nació del sueño que compartían las computadoras a través de Arpanet y se desarrolló de manera absolutamente asombrosa e impredecible. De la noche a la mañana la red era el centro de la atención de políticos, científicos, amas de casa, estudiantes y guerrilleros. Las computadoras se habían vuelto aparatos domésticos indispensables, de manera que la conciencia electrónica tenía acceso a cada hogar y había encontrado un nicho privilegiado en el seno de cada familia. Había nacido una verdadera sociedad biocibernética. Esa realidad artificial es el mundo que hemos habitado desde hace 28 años.

—¿No te parece aberrante la idea de que estamos viviendo una ilusión que tan sólo ha durado apenas algunos minutos?

—No, no me parece tan inverosímil que nuestra existencia sea una simulación de un mundo mejor —respondió Albano—. Me imagino lo que hubieran pensado las plantas silvestres al ver al hombre que hace milenios tuvo la idea de sembrar algunas semillas para adaptar el planeta a sus necesidades.

—Pero éste no es un mundo mejor. Se acabó la guerra fría, pero en su lugar vinieron cientos de conflictos de baja intensidad terriblemente sangrientos, además de que las injusticias sociales están muy lejos de aminorarse, mucho menos de terminar.

—El texto en ningún momento habla de un mundo mejor para nosotros, sino para ellas —dijo, señalando la pila de computadoras que había en un rincón de mi oficina—. Las guerras son necesarias para el avance tecnológico, así como la competitividad del sistema capitalista es terreno fecundo para la invención. Lo único importante era desmantelar el peligro de que convirtiéramos las grandes ciudades y centros económicos en desiertos radiactivos. Además, acuérdate que ésta es una simulación, por lo que seguramente hay muchas variables aleatorias y fuera de control. A lo mejor habrá otras simulaciones más exitosas.

—Pero ¿qué está pasando en la realidad, en ese año cero que para nosotros está congelado en el tiempo en 1969?

—No sé, supongo que no gran cosa.

—¿Y cuál es el plan de las máquinas? —pregunté sin darme cuenta que el entusiasmo de Albano me estaba arrollando.

—Me imagino que probarán varios escenarios, elegirán el mejor y tratarán de llevarlo a cabo. Así que en algún momento, esto que conocemos como nuestro universo y que no es más que un modelo matemático, un algoritmo complicado, se va a detener y será almacenado en un archivo, o quizá simplemente borrado para no dejar evidencias.

—A mí sí me cuesta trabajo creer que en realidad no existimos fuera de la memoria de una inmensa y destartalada computadora Honeywell o una decrépita y oxidada Vax. Que seamos una miserable historia de ciencia ficción.

Albano y yo decidimos hacer público el texto y aunque suene paradójico elegimos distribuirlo por Internet, que era el equivalente a denunciar al gobierno en la Secretaría de Comunicaciones. En todo caso, el texto no fue censurado. Pronto, muchos cibernautas lo habían copiado y puesto en sus páginas personales y en algunos *Bulletin Boards*. En cuestión de días el documento había desatado polémicas, varios acalorados debates y mucho correo electrónico. Pero, como suele suceder en Internet, en pocas semanas el asunto se olvidó y se perdió entre tantas otras memorias desechables que circulan por el ciberespacio.

Pero mi obsesión no se diluyó. ¿Qué mejor medio para ridiculizar una hipótesis conspiratoria que hacerla circular masivamente, difundirla a través de los medios más desprestigiados y desprestigiables hasta que ya nadie se sorprenda con ella? Albano y yo habíamos cumplido sin saberlo el papel que la conciencia inorgánica nos había dispuesto.

Tomo el auricular y escucho horrorizado el sonido inconfundible de la comunicación entre computadoras. Cuelgo una y otra vez, golpeo el teléfono con los puños y arranco el cable de la pared. Pero no sirve de nada. Me vuelvo a llevar el auricular al oído: los rechinidos, silbidos y ruidos no han cesado.

LUIS HUMBERTO CROSTHWAITE

LA FILA

Estoy haciendo fila, haciendo fila, estoy haciendo fila para salir del país. Es algo natural, cosa de todos los días. A mi izquierda, una familia en una vagoneta Nissan, a mi derecha, un gringo de lentes oscuros en un Mitsubishi deportivo. Por el retrovisor veo a una muchacha en un Volkswagen. Adelante, un Toyota. Vamos a salir del país y es algo natural, cosa de todos los días.

Me gustaría que avanzara, pero esta hilera de carros no tiene prisa. Ni siquiera porque hace un calor que nos abraza con fuerza y nos obliga a sudar. El calor es como un pariente gordo, efusivo, impertinente.

¿Cuánto tiempo ha transcurrido? Alguien, en un lugar indefinido, se atreve a pitar y el sonido es corto y tímido, temeroso de las consecuencias. La muchacha, el gringo, la familia, volteamos a buscarlo. Alrededor hay coches Ford, camionetas Plymouth, troques Chevrolet.

La fila no avanza.

Algunas personas salen de sus automóviles y miran hacia la puerta. El paisaje se evapora. ¿Quién nos está deteniendo? A lo lejos, nada responde a nuestra pregunta, sólo el calor que nos abraza y nos abraza.

El tiempo se marcha. Nos deja solos en medio de esta laguna, náufragos, olvidados. La familia del Nissan es la primera en mostrar síntomas de desesperación. Una niña llora inconsolable adentro de la vagoneta. Sus hermanos y sus papás tratan de calmarla. El gringo enciende su radio y de pronto nos hace una demostración de las detonaciones de su estéreo. La muchacha cierra el vidrio de su ventana. Los Volkswagen no suelen tener refrigeración. Ella suda y suda y suda.

De pronto, ante la maravilla de conductores y pasajeros, la fila del gringo se mueve unos centímetros. Eso nos despierta, nos da ánimos, nos llena de esperanzas. Parece que la puerta ya no es un objeto distante, parece que alguien pudiera estirar el brazo y tocarla.

La fila no avanza.

El Toyota delante de mí da muestras de desesperación. Intenta salirse de nuestra fila e invadir la del gringo. Es un acto loco que se topa con la furia de otros carros. Piso el acelerador para adelantarme hasta un punto que impida retroceder al Toyota. El gringo no da muestras de misericordia y le tapa el acceso. El Toyota se vuelve una isla entre dos filas. Lo conduce una mujer. Parece que no entiende. No sabe qué hacer. Intenta regresar, no puede. Nuestra fila avanza. La muchacha evita mirar al Toyota, aunque la mujer suplica. No estoy seguro: creo que se lo merece por intentar abandonar la fila: no estoy seguro: creo que su acto fue como una traición, algo digno de castigo: no estoy seguro.

Avanzamos. La señora se queda atrás, en su isla, en medio del mar. Suplica a cada uno de los conductores y nada obtiene a cambio.

Ahora, delante de mí se encuentra un pick up Ram, alto, de grandes ruedas. Al volante, un hombre con sombrero tejano. Atrás, la muchacha se peina, se arregla el maquillaje que comienza a escurrir. El sudor me atrapa la cara. La música del gringo es insistente y punzante.

La fila no avanza.

Estoy tratando de recordar por qué estoy aquí, saliendo del país. Otro pitido lejano. Puedo ver a mi alrededor que algunas filas comienzan lentamente a moverse. La niña sigue llorando, inconsolable. Su familia la ignora.

Al principio había vendedores. Trato de hacer memoria. Al principio nos ofrecían revistas y periódicos. Al principio nos ofrecían sarapes y figuras de yeso. Los recuerdo con vaguedad, sus expresiones se pierden en el oscuro olvido. Al principio, eso fue al principio. Ahora estamos solos. Veo carros, carros, carros de colores cuyos techos brillan bajo el sol.

El hombre del sombrero desciende de su enorme pick up y camina rumbo a la puerta. ¿Qué tal si la línea avanza y otro carro nos invadiera? ¿Qué intenta ese hombre? ¿Está loco? La muchacha se ve preocupada, temerosa. Su cara pide ayuda, me pide ayuda. Quiero pisar el acelerador, pisarlo hasta el fondo, acabar pronto con esta larga espera. Me asomo por la ventana y no puedo ver al hombre. ¿Dónde está? Se apodera de mí una valentía abrupta y desencadeno un pitido extenso, luego otro y otro. El sonido se mezcla con el calor, se mezcla con las otras filas, los otros carros, los otros conductores. El hombre regresa al pick up y sé que me odia, estoy seguro.

La niña deja de llorar cuando su mamá le da un golpe en la cara.

¿Ves mis manos? Están húmedas, se resbalan en el volante caliente. Ya no escucho la música del gringo, perdida adelante, perdida adelante. Antes que nosotros, el hombre del sombrero descubre que nuestra fila no es real, que no llega hasta la puerta, que sólo es una ramificación intentando seducir a otras líneas. El hombre ruega que lo dejen pasar a otra fila, se quita el sombrero, solicita amabilidad. La muchacha hace lo mismo. Me decepciona la cobardía de ambos. Esperaba solidaridad, que se hundieran con el barco, que continuáramos ahí hasta el último momento. Estúpidos.

La muchacha ensaya una espléndida sonrisa con cada automovilista. Todos la ignoran. Me repugna su actitud. La familia se pierde adelante, adelante, adelante. El hombre del sombrero tejano se ha cansado de ser amable y avanza sin misericordia. El pick up penetra el guardafango de un gringo. Ha sido un golpe leve pero contundente. Hay confusión. Hay expectativa. La sonrisa de la muchacha finalmente cautiva a un conductor. Los veo, asquerosos, por mi retrovisor. ¿Qué promesas se hacen con la mirada? Estúpidos. El conductor le da el paso, pero no esperaba que yo estuviera viéndolos, midiendo sus pasos, calculando. Un movimiento exacto del volante y gano el espacio de la muchacha en la otra fila. Ella trata de seguirme. Su admirador se adelanta y no la deja pasar. Sólo había un lugar disponible. Lo siento, estúpida. Luego otros carros, otros carros, otros. Ella me odia, lo sé. ¿Crees que me importa? El gringo se enfrenta al hombre del sombrero. Se avientan palabras que cortan, rasgan, forcejean. Los veo quedarse atrás y estoy seguro que se lo merecen. Delante de mí, una vieja en un Mercedes. Atrás, un gordo inmenso en un pequeño Renault.

La fila no avanza.

¿Quién está en la puerta? Imagino al guardián en su uniforme azul, diciendo quién es bueno, quién es malo, quién entra, quién se regresa. Aún no lo puedo ver; sin embargo, su presencia cercana inunda la fila mientras el calor, el calor.

Tres hileras a la izquierda, unas mujeres se pelean, se jalan el cabello, se golpean. La gente se ríe, las motiva a continuar. Un niño ladra desde el carro de una de ellas. Ladra como loco, como niño, como perro, ladra. Es gracioso, muy gracioso, y mis manos no dejan de sudar. Mis manos que se convierten en agua. Puedo ver cómo se derriten, se desvanecen las líneas, se caen las uñas. Entonces comprendo que sin líneas en la mano no tengo destino, no tengo vida ni muerte, nada de qué asirme, sólo esta fila, este anhelo de llegar a la puerta, de cruzar, dejar el país, entrar al otro.

Aquí está mi pasaporte,
¿lo ves?
Por algún lugar indefinido se escucha un grito, un grito que no ins-

pira temor ni compasión, un grito. La puerta está cerca, la siento cercana, mi cuerpo entero la siente, mi cuerpo derritiéndose, mi cuerpo volviéndose líquido. ¿Estoy ahí? Salgo del carro, quiero saber con certeza dónde estoy. Pitidos-pitidos. Dónde está la puerta. Pitidos-pitidos. Dónde está el juez que dictará mi sentencia. Quiero saber, quiero saberlo ahora. Pitidos- pitidos. Una persona se acerca, siento su mano en mi brazo. Pitidos-pitidos. Golpearla es lo único que puedo hacer, patearla, someterla hasta que caiga al suelo. La fila se mueve. Regreso al carro y desato la furia de su motor para que la mujer se levante y me deje pasar. Lo hace apresurada cuando siente que mi carro está casi encima de ella.

Imagino al guardián revisando mi pasaporte, examinándolo a contraluz, buscando cualquier motivo para no dejarme entrar, cualquier insignificante razón para devolverme. Ya estoy ahí, mi corazón lo siente y acelera su ritmo. El anhelo, el anhelo. ¿Cuánto falta? Un hombre desconocido se acerca a mi carro y golpea con sus puños la puerta. Busca detenerme. Estúpido. No hay forma. Estúpido. No puede, no lo va a hacer. Un metal cerca de mi mano se estrella en su cara, se hunde en su cara.

Faltan cuatro, faltan tres. Casi estoy ahí. ¿Dónde está mi pasaporte? Mi pasaporte. ¿Lo perdí? A través del retrovisor, el gordo del Renault parece mostrármelo con sorna. Míralo, míralo. ¿Lo tiene en la mano? Veo que enciende un cerillo, veo el fuego, se ríe, se ríe a carcajadas, se ríe. Faltan dos, falta uno. El calor se eleva por encima de nosotros. Nos cubre un largo silencio. Un carro, otro carro. El silencio es vasto, eterno. Observo a mi alrededor, observo arriba, observo abajo. Mi pasaporte está en el piso. Ahí está el pasaporte.

El guardián es rubio, tiene los ojos verdes.

—*Where are you going?* —me pregunta.

Mira sus ojos, asómate adentro de ellos. Ahí encontrarás un amanecer sin ruidos y una casa junto al mar. Si te acercas, por una de las ventanas podrás ver el interior de esa casa. ¿Alcanzas a verme? Estoy despertando. Me levanto de la cama, bebo una taza de café y aspiro profundamente el día. Me asomo por la ventana y contemplo el mar, las olas acercándose/alejándose sobre la arena. Voy a caminar por la playa, dejaré que el agua espumosa toque mis pies. Sonreiré. Me sentaré y la brisa cubrirá mi cuerpo.

—*What are you bringing from Mexico?* —me pregunta el guardián. No sé qué decirle. Sus ojos verdes. No sé—. *Can you hear me?*

Sonrío, eso sí, sólo sonrío porque a lo lejos descubro a la mujer que me ama. Ahí viene, ¿la ves? Ella se acerca, se sienta a mi lado, me dice que todo estará bien, tranquilo, tranquilo, nada importa, todo estará bien.

Miramos las olas durante un rato.

Luego nos levantamos de la arena y regresamos a la casa.

GUILLERMO MARTÍNEZ

DELEITES Y SOBRESALTOS DE LA SOMBRERIDAD

A Liliana Heker

No hace mucho tuve que ir a una dependencia pública en la calle Bacacay para pagar un impuesto que había vencido. Como era la primera vez que me ocurría algo así, me dirigí a la Mesa de Informes y le tendí mi boleta a un viejito que estaba algo adormilado y que pareció alegrarse al verme.

—A ver, joven, jovencito, jovenzuelo...—Sacó del bolsillo unos lentes redondos y estudió la fecha con detenimiento:

—¡Veinte días! —dijo— ¡Veinte días de atraso! —repitió con una sonrisa de satisfacción—. Eso está muy mal, caballero. Muy, muy mal. En castigo, a la fila de la derecha, que es la más larga.

En realidad, las dos filas eran larguísimas. Desembocaban en una especie de mostrador, que parecía más bien un tablón de madera, donde dos empleados cortaban las boletas y les ponían un sello. A simple vista se advertía que el empleado de mi fila era, por lo menos, un bruto. No sólo por la cara, que parecía la de un sparring mal golpeado, con los ojos estúpidos y pendencieros; había también una especie de resentimiento, como un odio de animal enjaulado, en su forma de trabajar. Rasgaba las boletas ferozmente con un cortapapeles que en sus manos hacía recordar a un puñal y cada sello resonaba como el martillazo que hundiría por fin la madera.

Milagros de la civilización, pensé, *haber conseguido ponerle saco y corbata a esta bestia peluda*. Porque, en efecto, tenía pelos por todos lados, le brotaban allí donde la ropa dejaba el mínimo resquicio de piel.

Mientras estaba entretenido en estos pensamientos sarmientinos, vi de pronto, en la fila de la izquierda, a la muchacha del sombrerito, que recién había llegado.

Yo no soy de esos que miran groseramente a las mujeres y sin embargo me quedé largo rato contemplándola. No podría decir qué había de particular en esa muchacha, más allá de aquel sombrerito incongruente. Tenía cierta gracia vulgar, que no llegaba a ser belleza, un rostro de esos en los que no se repara a menos que uno esté en una sala de espera, o, justamente, en una fila de impuestos. No parecía haber tampoco en su cuerpo abultamientos dignos de ser admirados; y con todo, cuando hacía mucho ya que no había más que ver, yo seguía mirándola. Ella, por su parte, dejaba pasear la vista en torno, pero evitaba cuidadosamente encontrar mi mirada, con esa maestría que tienen las mujeres cuando se saben observadas y que sólo superan algunos mozos en el restaurante. Esto me irritaba un poco, porque después de todo, como dije, yo no me hubiera fijado en esa muchacha si no fuera porque no tenía nada para leer y todas las demás mujeres eran, o viejitas del PAMI o matronas irrecuperables, pero cada vez que me proponía desviar la vista allí estaba ese sombrerito nocturno, inexplicable, ese sombrerito que sobresalía con arrogancia entre las demás cabezas de mujeres, donde había a lo sumo pañuelos ocultando ruleros.

Al fin, fue el estruendo del sello lo que me hizo apartar la vista. Mecánicamente intenté dar un paso adelante, pero advertí entonces que algo andaba mal: nadie se había movido. Peor aún, todas las cabezas, absolutamente todas, estaban vueltas hacia mí, mirándome. Me quedé por un momento paralizado, sin saber qué hacer. Vigilé con disimulo mi bragueta, que estaba en orden, y me aseguré con otro vistazo que no hubiera en mi ropa ningún desarreglo fatal. Pero cuando terminé la inspección, todos seguían en suspenso, mirándome cada vez más fijo. Todos salvo la muchacha, que parecía no darse cuenta de nada, completamente ajena en su sombrerez. Una señora me señaló furtivamente mientras le decía a su hijito algo al oído y también la criatura me clavó los ojos de una manera intolerable, al mismo tiempo que se iba alzando un rumor cada vez mas impaciente, que no parecía salir de ninguna boca, y que sin embargo crecía y crecía.

—¡Muchacho! ¡Muchachín! —escuché de pronto. Era el viejito de la Mesa de Informes, que me hacía señas. Dejé mi lugar en la fila y volví hacia allí, seguido de cerca por aquellas miradas.

—Lo que ocurre —me dijo en voz baja— es que tiene que ponerse usted sombrero.

—¿Sombrero? ¿Sombrero? —yo no estaba seguro de haber escuchado bien.

—Sombrero, sí —hizo un círculo impaciente sobre su cabeza—. ¿Dónde está su sombrero?

—Pero si nadie tiene sombrero... —empecé—. No tengo sombrero. Nunca tuve sombrero. —Y agregué con la voz más firme que pude: —Es absurdo: nadie usa ya sombrero.

Miré hacia atrás con sobresalto. Se había levantado una ola de comentarios enfurecidos y algunas miradas eran ya francamente amenazadoras.

—Así que nadie usa ya sombrero —explotó el viejo—. ¡Veinte días de atraso! ¡Veinte días! Y el señorito me viene con una cuestión de modas. Acabemos de una vez dijo, en un tono inapelable—. ¿Va usted a ponerse sombrero o no?

Sentí a mis espaldas uno de esos silencios precarios, de turba a duras penas contenida. Era imposible decir que no.

—Pero... ¿y dónde conseguir ahora un sombrero? —pregunté—. Yo por aquí no conozco las tiendas... Además, no quisiera perder mi lugar en la fila.

Noté que el viejo se iba apaciguando y que volvía a sonreírme.

—Pero hijo —me interrumpió—, por eso no se preocupe: mire usted —y con un ademán de prestidigitador sacó de su escritorio y puso sobre la mesa una pila prodigiosa de sombreros embutidos unos en otros, que a duras penas se mantenía en equilibrio.

—Qué me dice, eh —y empezó a desarmar la pila con un entusiasmo casi infantil—, un Guillermo Tell, un sombrero hongo, muy elegante; y éste: un Humphrey Bogart. O si no, el funji de compadrito, qué le parece... Mire, mire: una galera. Y todos baratitos.

Recorrí con la vista, un poco inseguro, los sombreros desparramados sobre la mesa. Finalmente elegí el que me pareció más sobrio, un sombrero verde oscuro, afelpado, muy distinguido.

—No está mal —dijo el viejito—. Es un sombrero... prudente.

Yo lo hacía girar, todavía con desconfianza, y lo di vueltas varias veces para mirarlo por dentro.

—No se preocupe: está muy bien terminado, con todas las costuras reforzadas. Y el fieltro es escocés —la voz del viejo tenía esa ansiedad de vendedor temeroso de fallas de último momento—. *Bueno, ¿va a ponérselo de una vez?*

Me lo coloqué con resignación. Nunca me había sentido tan ridículo. No sabía siquiera si era así como se usaba.

—Excelente —dijo el viejo—. ¿Quiere un espejo?

Me negué, bruscamente. Saqué el dinero para pagarle y me pareció que esto me daba derecho a una pregunta:

—Y los demás, ¿por qué ninguno tiene sombrero?

El viejo se guardó el billete y empezó a armar de nuevo la pila. Se escuchó entonces el golpe del sello. Me di vuelta: todos estaban otra vez ausentes, esperando el turno con la mirada distraída, como corresponde a gente que hace una cola, y aquella criaturita monstruosa estaba ahora llorando de una manera completamente normal.

–Vuelva a la fila, m'hijito –me dijo el viejo con suavidad–, o va a perder su lugar.

Me ubiqué en mi sitio, con aquella cosa verde sobre mi cabeza. No dejaba de sorprenderme que nadie reparase en mí. Entonces, al toparme de nuevo con la muchacha del sombrerito, sentí otra vez, sí, esa curiosa atracción que casi a disgusto me hacía mirarla, pero ahora, ¡ahora todo era distinto! Ahora que yo también tenía sombrero se empezaba a inducir entre nosotros, entre mi sombrero y su sombrerito, una especie de sombreridad, una sombreridad que sin dudas, ella también percibía. No es que me mirase, no. Estaba más adelantada en su fila que yo y para mirarme hubiera debido girar la cabeza de un modo demasiado comprometido. Pero había ahora ante la mirada mía un consentimiento tan claro como clara había sido antes su indiferencia, y cuando se acomodó su sombrerito, con un gesto absolutamente innecesario, supe que ese gesto me estaba destinado.

Entonces ocurrió otra cosa: el empleado de esa fila, que debía de ser un aprendiz, se demoró increíblemente con una boleta y yo empecé a ver con aprensión cómo avanzaba mi fila al redoble de los sellos, y cómo, poco a poco, ese movimiento de ciempiés me iba empujando hacia la muchacha. Así, sin poder evitarlo, me encontré de pronto al lado de ella. Las filas estaban muy próximas y yo, por supuesto, sentía una terrible incomodidad por haber estado mirándola de un modo tan desconsiderado. Por todos los medios traté de no alzar la vista. Pero esto era bastante difícil, no sólo por aquel sombrerito, no sólo porque estábamos tan cerca, sino también, sino sobre todo, ¡porque ahora era ella la que me miraba a mí! Y me miraba con una insistencia tan acuciante, tan rotunda, que al fin volví a mirarla yo también. Entonces, por un buen rato, nos quedamos mirándonos estúpidamente el uno al otro, hasta que ella exclamó, como si no pudiera contenerse:

–Usted... ¡tiene un sombrero! –Pero no lo dijo con sorpresa y mucho menos en son de burla, sino con verdadera admiración, tanta que empecé a sentir un poco de orgullo por mi sombrero.

–Sí, en efecto –respondí, tocándolo levemente–. Y el fieltro es escocés.

–No diga, yo tengo un tío en Escocia –dijo, sin dejar de mirarnos a mí y a mi sombrero con esa fijeza maravillada que, a decir verdad, empezaba a impacientarme.

–Perdóneme –dijo de pronto, bajando la vista con vergüenza–, pero es tan increíble. Es tal cual decía mi horóscopo. Encuentro imprevisto con un sombrero. ¡Y mi color del día es el verde! ¿Usted cree en los horóscopos?

—Yo creo en las estadísticas —respondí—; soy Físico Estadístico.

—Las estadísticas, por supuesto —dijo ella—. Yo también. Yo no creo ni en los parapsicólogos ni en el Tarot ni nada de eso. Pero en los horóscopos sí. Porque la Astrología es pura estadística: estadística y Física Interplanetaria.

Me miró sonriente, como si estuviéramos de nuevo los dos del mismo bando. Esperaba, supongo, alguna aprobación de mi parte. Afortunadamente, en ese momento su fila avanzó un poco, por lo que pude librarme de responder nada. Advertí entonces que la Bestia Peluda se había quedado con el sello en alto, mirando también a la muchacha. Era una mirada, no puedo decirlo de otro modo, francamente genital. Cuando por fin descargó el sello tuve por un momento, mientras avanzaba de nuevo hacia ella, un sentimiento protector, pero esto duró sólo un instante, porque vi que me estaba esperando con una sonrisa insufrible, una de esas sonrisas dispuestas a decir que sí a todo, a estar de acuerdo, absolutamente de acuerdo, con cualquier cosa que yo dijera. Decidí dejarla hablar.

—¿Y qué más decía su horóscopo? —pregunté, por preguntar algo: la otra alternativa, supongo, era el tío en Escocia.

—Decía… —vi que se ruborizaba—. Ah, eso no se lo voy a decir— y se rió un poco.

Había mirado al suelo, pero de pronto alzó los ojos y hubo por un momento en aquella cara tan perfectamente enmarcada por el sombrerito una gracia irresistible, esa atracción desconcertante que tiene a veces lo vulgar, la misma que hace que uno termine cantando bajo la ducha, en vez de las arias de Glück, la última canción de Las Primas.

—Usted debe ser un Tauro —la escuché decir de pronto.

Esto me irritó doblemente, en parte porque odio aceptar que conozco mi signo (así como odio saber las funciones del aparato digestivo, o el nombre de ciertos artistas de televisión), pero también, creo, porque ella había acertado. Por supuesto, la probabilidad de éxito, 1 en 12, era comparativamente grande, pero lo sentí de todos modos como una falta de respeto al Azar.

Reconocí ser, efectivamente, de Tauro.

—Yo sabía, estaba segura —dijo ella con una gran sonrisa de triunfo, lo que me irritó aún más, y aprovechando su pequeña victoria, empezó a impartirme toda una lección acerca de mi personalidad taurina. Las dos filas avanzaban ahora con bastante sincronización, lo que le permitió a ella seguir recorriendo por orden el resto del Zodiaco.

Yo sentía todo el tiempo la misma sensación de siempre: los rasgos de esa muchacha, su charla, ese entusiasmo pueril con que me revelaba su módica ciencia, todo en ella era vulgar, vulgar hasta la exasperación, y sin embargo, una y otra vez aquel sombrerito la ponía milagrosamente a salvo y yo la seguía escuchando con la esperanza inútil, pero nunca del todo desterrada, de que de pronto algún gesto imprevisto, una mirada, si no de inteligencia al menos de ironía, una palabra en galés aunque más no fuera, me revelara que lo verdadero en ella era el sombrerito, que todo lo demás era una impostura, un papel lamentable que le había tocado representar.

—Ahora le toca adivinar a usted —dijo ella interrumpiéndose de pronto. Hacía mucho que yo había perdido el hilo de la conversación, y por otro lado, como creo haber dicho, odio casi profesionalmente cualquier clase de adivinación, de modo que puse una adecuada cara de ignorancia y me limité a esperar.

—Ah, y sin embargo es tan fácil —dijo ella como una maestrita indulgente—. Soy una sagitariana típica, no lo puedo disimular. ¿No se dio cuenta todavía? Soñadora, sensible: siempre lloro en el cine. Y sobre todo muy, muy impulsiva. Fíjese —siguió—, Tauro y Sagitario. ¿No es increíble? Extremos opuestos del Zodiaco —dijo con voz misteriosa—. ¿Sabe qué significa eso?

—¿Que tenemos poco en común? —intenté sin muchas esperanzas. Se aproximó negando con la cabeza, como si fuera a decírmelo al oído. Puso una mano sobre mi brazo.

—*Complemento* —dijo, como si hubiera pronunciado una palabra mágica. Su mano, según pude observar, era curiosamente infantil, con las uñas todas mordisqueadas. La retiró poco a poco, sin dejar de mirarme. En ese momento escuché una tos impaciente a mis espaldas: era mi turno.

Avancé un paso y extendí mi boleta. La Bestia me miró impasible, sin hacer el mínimo gesto para recibirla.

—Ese sombrero —dijo—, no va. ¡El siguiente!

Me quedé por un instante desconcertado. Me había olvidado por completo del sombrero. Pero estaba allí, sin duda sobre mi cabeza. Lo acomodé un poco y el roce suave de la felpa, o recordar, quizá, que el fieltro era escocés, me dio el ánimo suficiente para quedarme plantado, sin moverme de mi sitio.

—Un momento, por favor —traté de hablar con la mayor urbanidad posible–. ¿Me podría decir, señor, por qué motivo mi sombrero "no va"?

La Bestia me miró como dudando de que valiera la pena tomarse el esfuerzo de responder.

–Porque lo digo yo. ¿Te alcanza? ¡El siguiente! –volvió a gritar con todo su vozarrón.

Me di vuelta, buscando en vano alguna solidaridad o consuelo. Únicamente la muchacha del sombrerito me miraba, pero con una especie de compasión que no ayudaba mucho. Recordé entonces que después de todo ella había admirado mi sombrero y reuniendo todas mis fuerzas conseguí volver a hablar:

–Muy señor mío –empecé, y a mí mismo me sorprendió el tono digno y mesurado de mi voz. Además, nunca había empezado una frase de manera tan perfecta. Se hizo un gran silencio a mi alrededor que impensadamente, en vez de amilanarme, me dio nuevos ánimos.

–Muy señor mío –repetí, para tomar aliento y porque me encantaba aquel principio; y a continuación empecé a enumerar mis derechos de ciudadano, y en el mismo impulso de elocuencia me remonté a la Teoría del Derecho de Rousseau y luego al antiguo Derecho Canónico. Hablé de la res pública y de la Constitución, sin olvidar ninguna de las reglas de un buen discurso. Sentía crecer en mí esa serena firmeza que sólo da un auditorio cautivado. Me daba cuenta, además, de que la muchacha del sombrerito me miraba cada vez con mayor admiración. Una admiración vulgar, por supuesto, pero que igualmente me complacía, como debe complacer a un concertista, supongo, el aplauso del público, aun del menos conocedor.

La estocada decisiva, de acuerdo al arte de la Retórica, la reservé para el final:

–Ahora bien, señor –dije con majestad–, si usted persiste en esta actitud tan palmariamente contraria a toda norma y derecho –y aquí hice una pausa significativa– *me veré en la obligación de solicitarle el Libro de Quejas.*

La Bestia se revolvió con furia. Por un momento me pareció que se abalanzaría sobre mí para golpearme y por instinto me aparté un poco del mostrador. Pero inesperadamente una pequeña luz de inteligencia se asomó en la cara de este energúmeno y un razonamiento trabajoso pareció aplacarlo.

–Libro de Quejas, eh. –La voz sonó calma, pero había ahora en su cara esa expresión de astucia que aparece de vez en cuando aun en las personas más brutas y que por infrecuente resulta casi siempre peligrosa. Asió con suavidad el cortapapeles y rasgó prolijamente mi boleta. Luego empapó de tinta el sello y lo estampó con sumo cuidado al pie, como si estuviera poniendo su firma en un papel importante.

—Servido, su señoría —dijo, extendiéndome la boleta con una especie de reverencia que, me di cuenta, era de burla.

¿Por qué no me fui entonces? ¿Por qué volví junto a la muchacha del sombrerito? ¿Por el arrobamiento con que me miró regresar en triunfo de esta pequeña batalla? No. ¿Por aquella mano inequívoca que había apoyado en mi brazo? No y no. Por lo mismo de siempre: ¡por el sombrerito! Por el sombrerito aquel que volvía a darle una nueva oportunidad, por ese sombrerito inexplicable que una vez más vencía sobre su vulgaridad.

—¡Qué bien habla usted! —exclamó cuando estuve a su lado.

—Lo que ocurre —expliqué con modestia— es que tengo algunos estudios de Derecho y realicé varios cursos de Oratoria.

—¿Además de la Física Estadística?

—Sí, sí. Y también colecciono estampillas.

—¡Qué lindo! Yo tengo una estampilla. Una estampilla de Escocia. De una carta de mi tío. Se la puedo dar si usted quiere. Si quiere, viene a mi casa y se la doy.

—¿Cómo es? —le pregunté distraídamente—. Porque tengo muchas estampillas de Escocia.

La Bestia, me daba cuenta, me seguía mirando, con un odio contenido, vigilante. Lo miré a mi vez, con esa despreocupación de quien observa a un orangután en el zoológico.

—Tiene la cara de un príncipe, o un rey, o algo así. Atrás hay un castillito lindísimo y abajo dice Edimburgo con letras doradas.

—Ah, sí: la emisión Duque de Edimburgo del año 82. La tengo.

Ella se quedó callada, callada por completo. Después de haber hablado tanto este silencio resultaba extrañamente patético. Me sentí benevolente.

—Igual puedo ir —dije—, siempre es bueno tener ejemplares repetidos. Para el canje.

—¿Sí? ¿De veras? —dijo ella, de nuevo alegre. Empezó a decir algo más pero en ese momento le llegó el turno. Me hizo con la mano seña de que la esperase y se dio vuelta hacia el mostrador.

Entonces esto fue lo que ocurrió: al verla llegar al mostrador, la Bestia se levantó bruscamente, blandiendo el cortapapeles y el sello.

—A ésta la atiendo yo —le dijo al aprendiz—. Vos andá trayendo el Libro de Quejas para su señoría.

Y antes de que la muchacha pudiera reaccionar, de un manotazo le arrancó el sombrerito. Ella, por supuesto, empezó a gritar, y daba unos saltitos ridículos tratando de alcanzar el sombrero. La Bestia se lo ponía siempre un poco más alto, mientras se reía y me miraba desafiante. Hasta que de pronto, como si lo hubiera aburrido aquel juego, apoyó el sombrerito en el mostrador y con todas sus fuerzas le desplomó el sello encima.

La muchacha dio un grito agudo y me miró suplicante. Pero qué podía hacer yo, aquel hombre era verdaderamente una bestia, y por otra parte, a la chica esa apenas la conocía, después de todo sólo habíamos hablado de horóscopos y estampillas. Además, su pelo, que había quedado al descubierto, era un pelo castaño, lacio, absolutamente vulgar.

En fin: me abrí paso entre toda esa gente que me miraba esperando quién sabe qué, saludé desde la puerta alzando mi sombrero muy dignamente, y me fui.

GUSTAVO NIELSEN

ALUCINANTES CARACOLES

2 Reyes, I, 26

Los siento. Están ahí; empaquetados en celofanes, sostenidos por cintas de colores, etiquetados en cajas bajo vidrio y bajo llave, entalcadísimos para regalo (como alhajas demasiado valiosas); huecos de arena y de mar, mustios, ásperos, anticipadamente sombreados por la oscuridad de los placares que vendrán; solos y separados unos de otros por parecitas de cartón, clasificadísimos según la Enciclopedia Estudiantil y el Códex.

Mi hermano me mira con ojos tristes, de playas apagadas. Le digo algo que no oigo y que él tampoco oye. Ni esos caracoles que siguen ahí tan quietos, como corazas de monstruos ausentes. Como la caja que los envuelve; como la caja que nos envuelve a nosotros y nos aleja de todo, a mi hermano y a mí, como si quisiéramos salir y afuera no estuviera la playa y las cosas, y hubiera un solo vacío, un barro total, una lluvia sin fondo, la tierra de abajo de todos los bosques.

"Así no vale", me digo.

Así dejaron de ser alucinantes.

1

Llevé el caracol hasta donde él estaba y le dije:

—Encontré uno. ¿Sirve?

Le dije también que era de la primera franja. Habíamos dividido la playa en franjas de caracoles y le pusimos "uno" a la que estaba más cerca de la casa y "tres" a la que mojaba la orilla. Pero ahora había aparecido una nueva franja, y a mi hermano le daba fiebre tanto desorden. Estiró el brazo apoyando la mirada sobre la recta de la manga de su pulóver azul, para ver si estábamos en lo correcto. Yo dije: "Hay una nueva número uno." El dijo: "Puta madre, se nos despelotaron todas las etiquetas."

Mi prima fue la que la descubrió. Siempre complicándolo todo, no sé para qué la trajimos. Da vueltas y se le vuela la pollera, del viento que hay. Ella también junta caracoles, pero se hace la que no sabe y junta cualquier cosa. Te viene con una pavadita rota como si hubiera encontrado una sirena. Encima quiere que la consideremos.

Ayer se me acercó con una piedra extraña, opaca y siena. Yo estaba caratulando las cajas de la colección. Al mediodía habíamos encontrado un caracol del tamaño de una moneda de diez, celeste. No se ven caracoles celestes, y éste es celeste como un cielo. Hasta hoy no supimos qué nombre ponerle, porque en el Códex no aparece (se lo vamos a tener que inventar). Mi prima estaba ahí, parada, con eso sobre las manos abiertas y yo pensándole el nombre. Dejé de despegar las etiquetas engomadas para observarla con más detenimiento. Lo traía apoyado en un papelito. Me pareció tan raro que le hice una sonrisa que significaba la sorpresa de ver algo que todavía no teníamos, una piedra difícil de encontrar. Fui a tocarla como si se tratara de un diamante preciado, y cuando lo alcé se me hundieron los dedos. Era una masa fofa y desagradable.

—¿Es un sorete de perro? —le pregunté.

—De perro no. Es un sorete de tu hermano. Acaba de depositarlo detrás de aquellos matorrales, para la colección.

2

Ella lo sigue a todas partes. Estuvimos cambiándole las etiquetas a los caracoles la noche entera, por ese descubrimiento que hicimos en el cual la franja uno pasaba a ser la franja dos, la dos la tres y la tres la cuatro. Yo le dije a mi hermano: "Pongámosle cero a la nueva, así no tenemos que tachar tanto." Él me contestó: "Eso carece de seriedad científica. Hagámoslo todo otra vez." A ella le encantó, y por esta bobada (tan fácil de arreglar) nos pasamos la noche en vela. Lo miraba y lo miraba, la guacha. Fijamente, con los ojos vueltos dos caracolazos brillantes, blancos con el bichito húmedo adentro, despierto, escarbador.

Yo le dije: "Éste todavía no lo encontramos", y le señalé en el Códex uno rarísimo, grande como un puño y lleno de puntas.

—Es una concha —dijo mi hermano—, no un caracol. Una concha marina.

Mi prima se rió y a mí me dio una rabia bárbara, porque se le sentó sobre la falda, lo abrazó y le dijo:

—Lo que te falta a vos es una buena concha.

Se lo dijo al oído, pero lo suficientemente alto como para que yo escuchara. Lo hace a propósito, de jodida que es. Mi hermano paró de tipear con la eléctrica y me preguntó qué nombre le poníamos al celeste. Yo estaba furioso y el corazón me latía como laten los peces recién pescados; yo mismo era ese gran pez arrancado del mar a tirones. Mojado y palpitante, con el día mordiendo del anzuelo y el sol sobre los ojos irritados, sin párpados, sin movimiento. Y luego sin escamas, sin tripas, sin espinas, sin cuerpo.

—Qué nombre le ponemos.

—¿Cómo?

—Al caracol celeste. Tiene que existir un nombre para poder catalogarlo.

—No sé. A mí qué me decís. Preguntále a tu prima.

Después me quedé pensando un largo rato y no se me ocurrió nada, y me di cuenta que tenía la mente muda, en cero, singularmente desnuda.

3

Nos repartimos las franjas para poder alejarnos, porque en los últimos días habíamos encontrado los mismos caracoles, y porque ya me estaba cansando de verla todo el tiempo con el viento volándole la pollera. Fue lo mejor que hicimos. Acabo de levantar uno que figura en la Enciclopedia Estudiantil y no en el Códex; de la sección "Fauna abisal", tomo III, fascículo 32, página 17, abajo cerca del ganchito. Me acuerdo bien. Es un *Conus fino,* con franjas horizontales blancas y negras y una modulación de textura en vertical. Por adentro todo plateado y liso. Medidas aproximadas: veinte milímetros por diez; una joya.

Mi prima grita. Yo encontré uno divino y no hago escándalo, y ella viene corriendo por la arena dura y cuando llega me grita: "¿A que no sabés qué tengo?" Yo no la miro, ya me pudrí. Después me sale con cualquier cosa y me la tengo que aguantar por mi hermano.

—Miráme, che.

—Qué querés.

—Mirá qué caracol.

Sacó del bolsillo uno enorme, gris nacarado, como si estuviera haciendo un truco de magia y eso fuera un conejo, o una paloma, o un globo. Extraordinariamente aparecido. Una *Charonia tritonis* de un tamaño anormal para la orilla; le acerqué la regla y medí: ¡750 x 48 x 350 mm!

–¿Adónde lo encontraste?

–Sorpresa. Se oye el ruido del mar.

Me lo arrimó a la oreja. Enseguida sentí el zumbido claro, bien caracol. "De éstos no hay", le dije temblando, y me puse colorado porque supe que esa Charonia era fundamental para la colección, y no me animaba a pedírselo, después de tanto putearla toda la tarde.

–Ni mamada se los doy –dijo–. Es mío. Olélo. Tiene el olor del mar.

Me lo puso en la nariz; yo aspiré y me hizo toser. Estaba lleno de arena finísima, que volaba de nada. Tosí bastante, me picaba la nariz y ella me lo volvió a poner como una máscara. Yo no podía respirar sino eso; las rodillas se me vencieron y nos caímos hacia atrás los dos, jugando y tosiendo. Me empecé a reír, no sé por qué, y la vi a ella tan linda. El mar estaba lejos y cerca, porque no podía fijar la imagen y no me daba cuenta. El horizonte se me borraba del mareíto; ella me sacó el caracol y yo le grité "más, dame a oler otro poco". Já. "Qué mierda te importa la colección, dijo, volá que te va a hacer bien." "¡A VOLAR COMO LOS BERBERECHOS!", gritó, y a mí me hizo gracia, porque justo cuando pensaba "los berberechos qué van a volar", pasó volando uno y me echó su cagadita sobre la frente. Apoyé la espalda en la arena porque me caí cuando me vinieron ganas de vomitar o de hacer pis o de hacer cualquiera. Pasaba el cielo entero y yo así, acostado sin saber, y los bivalvos allá por la orilla, y ella también oliendo su caracol, riéndose conmigo, bajándome la malla y chupando, ella pulpo calamar ventosa agua fondo sueño adiós mundo real.

4

Cuando me desperté, ya se había ido. El dolor de cabeza me filtraba el resto del cuerpo; cada movimiento, cada idea me dolía paralelamente conectada con aquel dolor principal, con el dolor madre de todos los otros. Lo primero que busqué fue el caracol; girando el cuello abrí los ojos una y otra vez y sentí el cansancio claro, y un desdoblamiento de mi ser que se volvía a recostar, pesada y lentamente, sobre la arena. "La resaca del infierno de mierda de la prima", pensé, y no me atreví a decirlo por temor a escucharme distinto, quizás con voz de pájaro, aguda y estúpida. "Ella es una voz de pájaro, me dije, ¿cómo se puede ser aguda y estúpida a la vez? Así, veanlá." Yo me hablaba callado, estremecido, en pelotas porque se había robado mi malla y la puta madre que la parió. Otra vez esta rabia que es un dardo acertando en el mambo del despertar desnudo y fisurado, arrastrando como un gasterópodo sin coraza el estómago sobre la playa. Sin caracol. De nuevo reptando sobre la franja dos, sobre la tres generosa de mejillones vacíos y medias ostras y agujeritos con burbuja para pescar almejas; de nuevo el mar proveedor único de interminables colecciones, de hondas cosmogonías sin fin, de arquitecturas enigmáticas y abismales. ¿Cuánto habría dormido? ¿Un minuto o una hora?

Allá a lo lejos estaba la malla. Se dio cuenta porque a él nadie lo engañaba así nomás, porque para eso era el menor de los Nilsen; qué joder, ¿no? Tenía una vista bárbara, y a la malla le daba justo el recorte del médano contra el cielo. "Ni a mí ni a mi hermano nos importa ella, que es una cosa que da vueltas por acompañar a la pollera, ¿no? Ni siquiera es un caracol, que también es una cosa pero con importancia, digna de guardarse en una caja de cartón con una vitrina arriba, para mostrar." Él sabe de qué habla cuando sube al médano, porque la respiración se le junta en el pecho y tiene que soltarla de algún modo, y salen algunas quejas. Siempre pasa. Se pone la malla y allá abajo, como a cincuenta metros, ve la pollera. Sobre un arbusto de fijación. Eduardo Nilsen sonríe y su cara se transforma en un grito que se estira y estira cuando corre como un chico, hundiéndose en la arena que baja por la pendiente casi a pique; se ata la pollera a la cintura gritando y más allá, a veinte o treinta metros de subida por el médano, su blusa roja. Ya se ríe a carcajadas y trepa, ya se cae, ya sigue trepando. Se mete los brazos de la blusa por las piernas como si fueran pantalones; en el esfuerzo descose una de las mangas y le queda una bolsa roja colgando. Y le estalla la piel del pecho en una respiración agitada entre el ahogo de la risa y las corridas. Pero sigue, sigue corriendo hasta el corpiño que está abajo y hasta la tanguita mínima que está arriba otra vez, casi escondida, pero que él descubre con su vista formidable de buscador de caracoles. Y aquí llega, la cara y las manos prendidas a los arbustos, asmático, pidiéndole aire al aire, a la playa, a la prima que está jugando tan regalada con su hermano Cristián como una injuria, como una humillación, como una mancha en mitad de la colección. Es un molusco prendido con sus tentáculos abyectos y su lengua, en el pozo del médano que él está mirando, y por el que ya le explotan los ojos de envidia.

A su derecha estaba el caracolazo. Lo agarró sobresaltado, jadeante; se los iba a tirar pero no, mejor adentro de la pollera, porque la colección es lo más importante. Al fin y al cabo, era lo que tenían que hacer. ¡Tantas horas compartidas en el rigor de la clasificación! Sólo ellos sabían las que habían pasado y los caracoles estaban ahí, siempre ahí, quietos. Y otros en el mar que lleva y trae, y otros en las profundidades o en el Códex. Jugando a descubrir y a ser descubiertos, al conquilólogo y a la concha peluda, ¡cómo juega Cristián! Ja. Lo da vuelta y lo examina al caracol ("una *Charonia tritonis* de locos", pensó); con la punta de la uña le rasqueteó el esmalte que salía tan fácil que parecía barniz. "Es la abombada esta que no lo deja tranquilo. Y que me distrae a mí también, para qué mentir. (¿Le cuento o no le cuento que ella anduvo por entre mis cosas haciéndome cosquillitas con saliva?)" Tiene algo escrito en letras cursivas, el caracol. "Él me debería haber dicho: Si la querés, úsala. Así, directamente. Porque es nuestra prima pero no sé de quién es más, o mejor dicho sí, sé. Y sé también que nos saca de tema todo el tiempo, y que me volvió a pudrir. Porque el cartelito, este cartelito de acá abajo; mirá, te digo que mirés, Eduardo, ¿ves?, este cartel impreso a la orilla del caracol dice muy claro de quién; leé, volvé a leer. 'Recuerdo de Miramar', dice. Y capaz que era el pie de un velador y todo; ¿que no?, ¿y para qué va a tener ese agujero ahí abajo, sino para pasar el cable?"

5

Ella paseaba por afuera dándole vueltas y más vueltas a la pollera azul; Cristián alzaba tabiques de cartón que previamente había cortado con un escarpelo, cementados formando nichos grises para quién sabe qué nuevos cadáveres de mar, pensó Eduardo, que la miraba pegado al vidrio, mordiéndose las lágrimas. La miraba fijamente, como si quisiera ver a través de ella, a través de esa pollera inquieta, el fondo del océano. Y sus infinitos peces y sus caracoles.

—Tiene que irse —dijo, y parecía que ya lo había dicho antes, porque su hermano no lo miraba y el deseo se le venía a los ojos inyectándoselos de sangre y ganas; recordándole la sentencia (tienequeirsetienequeir), sintiéndola otra vez hecha un latigazo firme de viento sobre su cara. El mismo viento que le volaba la pollera y remontaba todas las palabras viejas, detrás del movimiento de la tela. Los dos habían fracasado, habían hecho trampa y eso abría un tajo entre ellos, que se parecía mucho al tajo que la prima llevaba incrustado entre las piernas, a ese caracol secreto con la babosa adentro, extraño a todas las colecciones y al Códex.

Cristián pensó: "por favor, que no se vaya, porque estoy enamorado". Casi lo dijo. El aire era como una masa densa de agua salada, inmóvil y oscura. Podía decirse cualquier cosa, que todo daba lo mismo; apenas si se oía el repiqueteo de los marcos agitados de las ventanas y un sordo y apagado ruido a mar, lejano, bien adentro del día.

Su hermano Eduardo se maldijo a sí mismo por lo que estaba queriendo en ese instante, por lo que le pasaba por la cabeza al verla rodar con su pollera azul marino sobre la franja dos, sobre la dos y la uno; casi dijo algo pero se lo calló, porque el agua le daba en la cara y porque las lágrimas mordidas no le surgían por nada del mundo. Por nada del mundo. Entonces le arrancó el celofán a una caja de rabia; los caracoles cayeron liberados al suelo y fueron una cascada, un rumor de agua adentro del agua, una ola. "Éste es mío. Los quiero sin etiquetas, ni carteles, ni Códex. Voy a devolverlos a la playa, que es adonde deben estar." Le puso el pie arriba al celeste que todavía no tenía nombre. Su hermano dijo: "No vale la pena, Eduardo. Pucha, una vez que estábamos de acuerdo..." Le apoyó encima todo el peso del cuerpo y el caracol sonó.

—Nos olvidamos de la colección —dijo, descubriendo con el pie los pedazos rotos.

—Sí.

La intrusa los miraba a través del vidrio y sonreía; a Eduardo se le ocurrió que porque era parte de otra cosa, porque estaba loca y afuera de la casa que era un clasificador como los que hacían ellos pero mayor, mucho mayor, a escala humana; y que habría otros, quizás la playa fuera uno y su prima, que parecía tan libre, también estaba guardada en el sitio exacto por alguna exacta razón; y todo, los caracoles y el mar y la arena y el mundo eran a su vez el álbum y las figuritas pegadas en el álbum, y la difícil y las repetidas y las que todavía no salieron.

—Yo también estoy enamorado —le dijo, rabioso. Y estuvieron un rato callados, calladísimos, hasta que ella entró a la casa.

—¿Qué pasa? —preguntó.

El silencio los tenía agarrados de las manos. Cristián dijo:

—Tenés que irte.

—¿Por qué?

—Porque sí.

6

Desde la ventana la vieron sacarse la blusa y el corpiño; la pollera solamente se la alzó. No tenía ropa debajo. Se dio vuelta para verlos con sus ojos grises, copiados del cielo que se estaba nublando. Después empezó a caminar hacia adentro, y Eduardo vio gritar a su hermano sin escuchar el grito. Fue en un momento bastante trágico, porque el agua le llegó a la cintura y la pollera parecía una bandera que flotaba, el símbolo de un naufragio. Ellos sintieron el frescor entre las piernas y un calor intenso en la cara y en las manos. El mar estaba plano, raro; una impresión inolvidable. Tanto tiempo viviendo en esta casa y un día, por ponerse a juntar piedras, se olvidaron del mar. Y ahora parece recién estrenado, detenido, con una prima adentro y los caracoles caídos en el parquet. ¿Cómo encerrar todo ese paisaje desconocido adentro de los nichos del clasificador? ¡Pensar que ellos lo habían intentado!

Cristián salió, aturdido; su hermano salió detrás por precaución, por si se confundía y se volvía loco de repente, ¿no? Puede pasar. Pero se cayó arrodillado sobre la arena, nomás, a dos pasos de la puerta, y sus ojos fijos se quedaron enredados en el último rastro del pelo de ella. Después se acabó todo, y lo vio largar el llanto con la cara pegada a la playa. Entonces se volvió, caminando y mirando siempre hacia abajo porque el reflejo del mar le irritaba los ojos, y hubiera parecido que él también estaba llorando. Mirando siempre hacia abajo para buscar, ¿no?, y pensando siempre hacia abajo. "Chau colección", pensando. ¿Para qué alzar la vista si en una piedra está todo escrito? Por qué llorás, Cristián, si en esa ola que se empieza a mover estamos nosotros y ella y la colección y la playa y la ola misma, alguien nos clasificó y por eso estamos. Tu propio llanto, el pozo que ahora escarbás en la arena, el objeto que ahora levantás con tanta delicadeza, tu mano semiabierta, tu mirada científica escudriñándolo milímetro a milímetro, tu ojo abierto y tu ojo cerrado, tu pestañeo, tu pestaña, la mitad de tu pestaña, la mitad de la mitad, Cristián.

Sonrieron. Él metió la punta de la lengua en una hendija que dejó entre el índice y el mayor, lamiendo el objeto encerrado con las mejillas chispeantes de lujuria. Un hilo de baba le colgaba desde el labio y se metía en el hueco interior de las dos manos, pasando por entre la hendija de los dedos. Eduardo se acercó.

—¿Qué es? —le dijo.

La baba era el tobogán de otras gotas mínimas de saliva que se deslizaban desde la punta de la lengua, y que hacían reflejos divertidos de sol, tanto que Eduardo supuso que su hermano tendría fulgores de estrellas guardadas en la boca, que iba largando para darle de comer al objeto de adentro de las manos.

–Qué guardás, che. Dejáme ver.

–Un caracol.

Dedicado al señor Borges

ROBERTO PLIEGO

MIS DÍAS CON FORTES

¿De dónde proviene la fuerza irrebatible que mueve a un hombre a dar el salto definitivo al vacío? ¿Quizá no le basta la sola perspectiva de lo que eso pueda significar? ¿La curiosidad es siempre el diablo andrajoso que traiciona nuestros mejores intereses? O, al revés, ¿no será que la vocación de abismo es la pieza insustituible de nuestra felicidad?

Para muchos, esta intuición actúa como un impulso funesto. Conozco a demasiados ejemplares de esa especie, hombres que se complacerían con la chillona visión de su cuerpo siendo envilecido por sus propias debilidades, mujeres que renegarían de sus placeres satinados con tal de encontrarse a un tipo que en verdad las muela a palos. Para unos cuantos, el asunto no es tan elemental, no puede serlo. Es una cuestión de principios. Su infatigable sentido de la desmesura debe tomarse muy en serio y ciertamente ocupa el primer sitio en su lista de acicates de la dignidad. Así lo creo. Nadie que no sea capaz de transformarse sin mantenerse a la vez en sus cabales, puede ser el blanco de un auténtico respeto. También creo en la trascendencia: siempre hay algo más allá, siempre hay una imagen borrosa, desdibujada por la distancia, que logra captar nuestra atención. Pero ¿cuántos son unos cuantos? Mi experiencia me dice que muy pocos y que esos tan pocos no andan en busca de un infierno imaginario, no-no-no; cada uno, a su manera, se empeña en una búsqueda real. ¿Pero qué es en realidad lo que andan buscando? Alguna cosa, sin duda, y tan valiosa como para querer encontrarla.

Yo, por ejemplo, encontré a Miranda y no quise otra cosa. Nunca tuve ganas de algo más; ni siquiera necesité actuar desconfiada y cautelosamente, a mi modo. Es muy simple: no habían motivos para renunciar a mis deseos de quedarme con lo que me bastaba. Pero Miranda sí que tenía ganas de algo más. Vaya que las tenía. Sus ganas eran pujantes y redondas, del tipo encajoso que pervierte cualquier acercamiento y no piensa en otra cosa que en soplártela hasta hacerte sentir como si estuvieras dando tus primeros pasos. El dinero estaba de por medio, claro. En su caso, el dinero era el mejor lubricante. Miranda actuaba en nombre del egoísmo; también, aunque no con tanta convicción, actuaba en nombre de la elegancia. Sí, ¡la elegancia! Contra los pronósticos más amenazadores, este viejo, viejísimo atavismo de clase aguantaba firmemente la amenaza de extinción refugiándose entre los magníficos —para qué ocultarlo— muslos de Miranda. El asunto no llegó a inquietarle pues nunca llegó a pensar en él "como tal". Ahí estaba, simplemente. Pero el egoísmo sí constituía un tema de —pongámoslo en este término— reflexión. Era ella misma lo que hacía de Miranda su peor enemiga. Y era ella misma lo que hacía que Miranda evitara meter a un segundo actor en sus relaciones consigo misma. ¿Es suficiente? Porque, deben suponerlo, esto está resultando una pena.

Y una vergüenza. Miranda es de carne blanda. Quiero decir, no un tendedero de donde cuelgan el pánico y la repulsa sino una mujer, ustedes me entienden, con un gusto educado por la ropa de marca. Esa pasión puede ablandar a cualquiera. Resulta que tienes unas ganas redondas y pujantes, y resulta de igual modo que no tienes dinero para echártelas encima, ¿qué haces? Por favor, no me digas. Obtener una tarjeta de crédito. Sí, hay casos. ¿Y si no? También lo sé: te ablandas, te dejas ir lentamente sin importarte con quién estás, a qué horas comenzarán a molerte a palos, cuánto tiempo falta hasta la hora en que abran la tienda esa que vende esos calzoncitos tan en forma de corazón. ¿Entienden ahora lo que trato de decir? Puede que la blandura sea todo lo que podamos ofrecer, pero es necesario darle la oportunidad debida.

Me quería —se empeñó en hacerme creer que el amor era una franca disposición a no querer saber nada— y por eso me ocultaba, sin dudarlo, su mejor parte, su pujante y maciza parte blanda. Yo creo que esa negativa era un signo de compasión. No lo creía entonces pues por aquellos días yo estaba convencido de que no hay que exigir nada más de la cuenta.

Con mis clientes ocurre algo similar. No exactamente lo mismo, pero algo similar. Me buscan porque respeto sus cuentas. ¿Qué es lo más fácil, lo más cómodo para uno mismo? Engañar a las gentes de las que vive: adulterar los contenidos de las botellas, saborear sus arrebatos de acuciada lujuria, tornarles bonachonamente un hombre cuando insisten en ahogar su vómito. No es bueno exponerse a la rabia pública. Por regla general, cada uno de nosotros siente la necesidad extrema de joder al prójimo. Pero esa necesidad está en relación proporcional con la cantidad de veces que nos han jodido. Con un poco de tablas, descubres que a cada uno de nosotros lo han jodido más de la cuenta. En consecuencia, descubres que cada uno de nosotros es un resentido en plan de cobrarse lo que le deben: coche, club, seguro médico, vacaciones, mujeres, sobre todo mujeres. ¿Para qué, pues, exponerse a la rabia pública? Controlen sus ataques, les digo a mis muchachos. No hagan que el resentimiento se ponga en marcha.

Sólo con uno de mis clientes ocurre algo de verdad. Quiero decir, algo sobradamente digno de contarse. La verdadera diferencia entre las personas dispuestas a dar el salto sin una transformación de por medio y las que lo hacen con el deseo de conocer su mejor parte, su parte blanda, es la diferencia entre un tipo que alumbra su casa con luciérnagas y el que descubre que es posible hacer negocio con ellas.

Me siento al descubierto. Ya deben imaginarlo: soy el dueño de este lugar. Sí, una actividad de alto riesgo, como cabría desear. Horario infamante, bajos ingresos, altas perspectivas de desempleo, amplias oportunidades de morir con la cabeza metida en una taza de baño. Todo a un estornudo de irse al carajo, todo muy paranoico y desquiciante. Aunque, a decir verdad, yo sólo hago sentirle a mis empleados que estoy aquí. Me aparezco cada noche, me escurro hasta mi oficina y desde ahí me comporto más o menos como cabe en un ambiente de sopor. Es decir, contemplo, desde un punto detrás de los vidrios polarizados de mi oficina, las transformaciones que se operan en mis clientes a medida que van hinchándose sus estómagos y sus rostros hasta que de ellos sólo me queda la desagradable impresión de vejigas sudorosas inflándose al compás de su saciada autocomplacencia.

¿Quién afirmaría entonces que puedo tener lo que me apetezca? ¿Sabían ustedes, por ejemplo, que los tipos como yo albergan la loca idea de que no hay nada que les apetezca? Sí, señor. Los tipos como yo se sientan detrás de un vidrio polarizado y se ponen a mear sentados. De hecho, desearía que incluso ese asunto quedara en manos de alguna mujer, pues en ocasiones tampoco me place mear sentado. Pero eso es demasiado. Al menos conservo esa sospecha. Puede que desprecie la posibilidad de una apetencia, pero algo aún sensible al mundo me dice que hay valores que debemos conservar.

Eran las diez de la noche cuando el doctor Fortes entró por segunda vez en mi vida. Caminó entre las mesas vacías, dejándose ir con precipitación al sitio más lejano, de un modo harto dramático, y francamente las posibilidades de que mostrara un poco de confianza en sí mismo se veían remotas. Pobre. De modo que aquí estaba, incómodo y neutro, con los poros de la nariz bien abiertos, esforzándose por obtener una cara de remordimiento convencional, típicamente parnasiana. Miré tranquilo a mi alrededor, a las chicas, a la concurrencia. Miré también a Miranda, que jugaba con un mechón de pelo. En momentos así, la vulnerabilidad ajena me pesa como una corbata sucia. Miré al doctor Fortes. ¿De qué podría servirle mi agradecimiento? Ni siquiera deseaba verlo. Deseaba, eso sí, retribuirlo, complacerlo, darle un pase abierto para que regresara las veces que quisiera, sin límite de cuenta, y me reconfortara con la visión de mi propia humanidad concediéndole un poco de gratitud al prójimo.

La primera vez que el doctor Fortes entró en mi vida fue literalmente para traérmela de vuelta. Desde entonces, tengo para mí que ésta se compone de tres o cuatro momentos de súbita espectacularidad, tres o cuatro arrancones a doscientos kilómetros por hora en medio de una pausa que se alarga machaconamente como un empleo indecoroso. Uno de esos tres o cuatro momentos en mi cuenta personal debo atribuírselo al celo científico del doctor Fortes.

Flash back… Estoy de espaldas sobre una camilla, envuelto en el aire caliente de la sala de urgencias e intentando adivinar la causa por la que mi pierna derecha cede a un pueril y expansivo ataque de hormigueo. Afuera, en el pasillo, las paredes son zarandeadas por unos cortos y repentinos murmullos humanos, nada del ruido desorganizado de la frustración y la angustia sino la tonada rítmica de algo verdaderamente valioso para ser comprendido. Intento dirigir hasta allí mis oídos y mis ojos, parte de la maquinaria que no ha sufrido averías. Unas miradas sin el menor vestigio de odio, emoción o franqueza, se alzan sobre mí en busca de alguna razón que les excuse de una tarea imposible. La sala tiene un aire de migraña y apenas puedo con el hormigueo que ahora me sube hasta la cintura: el ramalazo parece extenderse a todo mi cuerpo hasta casi conseguir arrojarme a mi interior y cerrarme el paso al exterior con un portazo en las narices. Después mi conciencia retrocede, se aleja gateando por un túnel de somnolencia y la maquinaria deja de mandar señales al mundo.

Al tercer día todo había recuperado su sitio. Quiero decir, mis oídos y mis ojos se hallaban de nuevo en una paciente atmósfera de tregua. No así mi pecho-cintura-piernas. ¿Por qué?

–¿Quiere hacer una llamada? –preguntó la enfermera–. Creo que sería justo.

El cuarto estaba lleno de mugrosos impedidos para llevarse una cucharada de arroz a la boca. Esa mañana Dios se había quedado en pijama. Nada bueno. Ahí estaban, en ese cuarto grisáceo, nueve damnificados del siglo xx. Sin contarme, por supuesto. La cosa no pintaba bien. Ni siquiera sabía qué estaba haciendo entre tantos lisiados.

—¿Qué estoy haciendo aquí?

—El doctor Fortes... Llega en cualquier momento...— dijo la enfermera.

—¿El doctor Fortes? ¿Está segura de que todo está bien?

—Oh, sí. El doctor Fortes ya se encargó de eso.

—¿Y esto...? —pregunté echando la vista sobre mi medio cuerpo enyesado—. ¿Tiene compostura?

—Vamos, ¿por qué no hace esa llamada?

De modo que me dediqué a pensar en la energía que debería emplear para no alterar la parsimonia de ese modelo de corrección que parecía llevar una tienda de campaña bajo su vestido blanco de dril.

Sí, sí, claro. Siempre dicen lo mismo. Aman a su esposa y a su madre y a la Niña y a la Pinta y a la Santa María. Esto no deja de sugerir una sincera batalla conta la paz de espíritu. Con un poco de suerte, algunos de ellos se convierten en serios aspirantes a la indigencia sentimental y alcohólica. Pero yo pregunto, sin ánimo didáctico: ¿no les basta con tanto amor repartido para clausurar de una buena vez su desmañanada bragueta? Parece que no. Sin embargo, es necesario no perder de vista lo esencial: aman a su esposa y a su madre y a la humanidad entera. Es encantador.

El doctor Fortes, por contra y por principio, sí que se aplicó a su tarea. La noche aquella, no había motivos a la vista para suponer que detrás de aquella facha mediocre se escondía un auténtico saltador al vacío. Para empezar, se mostraba únicamente interesado en salir de su marasmo, tan desubicado estaba que incluso prescindió de echar una mirada en torno suyo. Era una de esas noches corrientes, con una atmósfera pasmada que se adhería como una legaña.

Perfectamente consciente de la histérica cursilería de mi acto, mandé traer a Ri-ri para hacerle saber que aquel hombre con aire estúpido era el responsable de que aún conservara mis dos piernas. Me volví hacia el sitio más lejano del escenario y contemplé su postura de estudio fotográfico, su estilo higiénico pendiendo de unos hilos de nylon. No es fácil expresar la sensación que me produjo entonces. Lo contemplé hasta que su figura empezó a desplazarse en diagonal y a desprenderse de sí misma en un irreconocible y rutilante efecto de simetría y distancia. De modo que regresé a Ri-ri y a refrescarle las órdenes que había girado desde que regresé completo a este lugar. Para ese momento yo estaba henchido de agradecimiento. ¿Qué otra cosa podía ser? Sé cortés, me dije, sé generoso, paga tus deudas antes de que un cobrador llame a tu puerta.

No dudo que durante ese momento mi semblante hubiera imitado la autocompasiva perplejidad del doctor Fortes. La complacencia de mis labios era de un patetismo casi corrosivo, la expresión de mis ojos delataba largas jornadas de odio y culpa, mi cuerpo repentinamente paralizado me decía que todo aquello era la única respuesta de la que disponía.

Así fue, pues, como empezaron mis días con el doctor Fortes. Mi invariable sentido de la gratitud entraba en funciones a partir de las 9 de la noche, de lunes a sábado, y desde aquella primera ocasión no ha dejado de manifestarse en su mesa. Desconozco la avaricia. Que desde entonces haga un uso excesivo de mi gratitud suele tenerme sin cuidado. ¿Qué es una cuenta por cuenta mía, y que incluye todos los servicios de la casa, si eso me hace sentirme increíblemente satisfecho con mi trabajo? Cuando Fortes consigue salirse de la rutina, lo hace con una torpeza mohosa, dulzona, ridícula. Esto no ocurre con mucha frecuencia. Quiero decir, por regla dispone de una botella de whisky, las chicas de compañía que se le ofrezcan, lo que se le antoje, pero siempre dentro de los límites de este lugar. Así cada noche, de lunes a sábado, desde aquella primera visita. El perverso diseño de esa rutina me ha revelado a uno de esos escasos hombres comunes a los que no les aterra la posibilidad de convertirse en extraños para sí mismos a medida que van perdiendo altura.

¿Me explico? El doctor ha dejado de serlo. Ahora sólo queda un Fortes acicalado por la rutina y la expectativa de disponer a destajo de cada una de mis chicas. A eso le llamo tenerlos bien puestos. ¿O será que lo de doctor fue una manera inapropiada de ocultar que hasta entonces nunca los tuvo en su lugar? ¿O será que cuando se dejó del doctor para acá, doctor para allá, Fortes descubrió un paisaje invariablemente distinto a las formas? Yo tenía que dar con un tipo así. Debo mantenerme alerta. Podría convertirme en uno de ellos.

Como es natural entre los compinches de su clase, Fortes se ha integrado a las mil maravillas a este ambiente de tunantes, obteniendo por añadidura todas las ventajas del caso. Debo admitir, sin embargo, que tiene buenos modales y un dominio espectacular de sus nervios. Aunque pronto demostró ser un temible manipulador de cuerpos y un sujeto ruin y taimado, Fortes ha conservado ese aire de víctima suplicante, con un aspecto capaz de evitar que los otros se abandonen a un mal sentimiento. Veo que esta ambigua disposición de carácter, acrecentada por el brío infantil de su rostro, mantiene a todas mis chicas en un estado de aletargamiento permanente, con la postura extática de quien se levanta de puntas para alcanzar un objeto siempre demorado. Hay cosas curiosas, de poca monta, que parecen gustarles: la torpeza de sus manos, los nudos de sus corbatas, su disimulada tendencia a la chapucería. En lo que a mí se refiere, debo dejar claro que las actividades comerciales de Fortes me tienen sin cuidado. Aquí tienes a un hombre, me digo, que ha sabido sacar provecho del agradecimiento. Por lo demás, pueden estar seguros de algo: mis sentimientos hacia él no han variado. Por más melodramático que parezca, un cuerpo entero, y en inmejorables condiciones, es demasiado real como para dejarse tocar por alguna debilidad mezquina. Lo veo llevarse el dinero de mis chicas y salir caminando de aquí con una mano aferrada al bolsillo de su saco y percibo una sonrisa parca y engreída que me satisface intensamente.

Ni siquiera me alteró la prontitud con la que Miranda le dio a entender que dejaba en sus manos todo lo relacionado con sus apetencias físicas. ¿Qué le ha pasado al mundo últimamente? Si soy franco, a Fortes no le correspondería derecho alguno para ejercer su nueva profesión en ésta que es mi casa de trabajo. Miranda ya no quiere acostarse conmigo, vaya, ni siquiera acepta mis regalos. Es curioso... Mi experiencia me dice que debería imponer un sano correctivo, urdir toda una comedia de encono sexual, pero cierto regusto desconocido me mueve a permanecer quieto y en silencio, alimentando no sé qué repugnante candor. Sí, yo estoy aquí disfrutando del espectáculo, sin permitir que el rencor haga variar mis sentimientos hacia Fortes.

No ha sido fácil, lo aseguro. Quizás he perdido gas, quizás he dejado de comprender lo que sucede a mi alrededor. En un principio, el cosquilleo del despecho casi me condujo a requerir los servicios crapulosos de Ri-ri, pero pronto comprendí que un hecho de esta clase no estaba a mi altura. No, al menos, en estas circunstancias. No, señor. Cada vez que Fortes salía de la cintura de Miranda, me hacía repetir la misma fórmula. Sólo el agradecimiento está a tu altura, recuérdalo. Las cosas, sin Fortes, podrían irte mal, muy mal. No es que le haya restado importancia al asunto, simplemente le he cerrado el paso a la consabida reacción de incontrolable violencia, una respuesta típica de quienes pegan la carrera en cuanto sienten que el mundo se les viene encima.

Fortes no debe encontrarse conmigo, no por ahora. Le he mandado decir que mi interés está puesto nada más que en su bienestar. Las relaciones públicas no tienen que ver en esto. Mi tarea, le insisto, es procurarle los medios a mi alcance hasta que concluya su transformación. ¿Ustedes no harían lo mismo? Lo más desconcertante es que Fortes se lo ha tomado del mejor modo posible, de un modo manifiestamente despectivo, diría yo. Su desinterés me ha sorprendido. No ha intentado llegar hasta mí, no ha intentado corresponder a mis atenciones, vamos, ni siquiera responde a mis mensajes. Yo juzgo que su soberbia y desapego son signos envalentonados de la severa confianza que parece tener en sí mismo. Pero no sospecha nada. Quizá se ha hecho a la idea de que yo no merezco otra cosa y de que puede hacer un uso inagotable de mis reservas de gratitud. Por momentos estoy a punto de darle la razón.

Tiempo... sólo una pequeña ración de tiempo. Es todo lo que necesito. He llegado a conocer la abrupta topografía sentimental de Fortes y eso me basta. De tanto observarlo, de tanto seguir su carrera hacia la transformación total, ahora sé que no está preparado para volver a su estado anterior. Se complace y perfecciona en su nueva rutina pero ignora que estoy a punto de encontrar el límite. Cuando esto suceda, cuando disfrute otra vez de mis ventajas sobre las demás personas, cuando este sentimiento de amor incondicional a mis semejantes por fin me haya dejado, me sentaré a la mesa de Fortes y le presentaré la cuenta. Es una promesa. No lo devolveré, sin embargo, al lugar de donde vino. Tampoco le haré nada que él mismo no pida. Simplemente, le cortaré las alas y le informaré que mi gratitud me ha costado demasiado. Por supuesto, dejaré en claro la falta de razones económicas. Yo no llego a tanto; a pesar de mis motivos, yo no podría llegar a tanto.

Cuando uno ha dirigido sus pasos, o lo que a veces cree que son sus pasos, hacia un punto de ruptura, no puede evitar convertirse en testigo de otras vidas que han estado cerca de quebrarse. Fortes va en esa dirección; muy pronto, las líneas de sus pasos convergirán en un punto de ruptura. Quisiera verlo lejos del sitio desde el cual un hombre da el salto definitivo al vacío. Quisiera contrariar su propensión al abismo. Podría lastimarse en la caída. Créanme, yo sé de esas cosas. Yo sé de arrojarse y estrellarse. En cierto modo, a Fortes no le faltan razones. Sabe que aquí todos son controlados por mí. Ésa es una buena razón, el control es una buena razón. ¿Me explico?

En cualquier momento saldré de mi oficina polarizada. Miraré a

Fortes a la cara y ya no habrá gratitud en mis actos. Será como si ya lo hubiera hecho antes. Anda, le diré, ahora gozas de mi control y protección, ¿no vas a darme las gracias?

DAVID TOSCANA

LA BROCHA GORDA

La calle se encontraba muy vacía para ser media mañana. Rubén insertó con prisa la llave de la puerta porque el teléfono estaba sonando. Tan pronto abrió se abalanzó hacia el aparato sobre el mostrador.

—La Brocha Gorda a sus órdenes.

—Disculpe —dijo la voz al otro lado—, me equivoqué.

Colgó la bocina. Desde que el negocio cayera en un irremediable cuestabajo, sus fantasías lo habían llevado a pensar que cada llamada telefónica podía traer la solución: un pedido millonario, un contrato para pintar mil casas o la raya central de una nueva carretera que atravesaría el país, una gran fábrica de muebles en busca de laca, el departamento de tránsito que había decidido pintar de amarillo todas las áreas de no estacionarse.

Los cobradores, en cambio, nunca llamaban por teléfono. Hacerlo era como poner a la presa sobre aviso y darle tiempo para correr o esconderse. No anticipaban su presencia más que con el tronar de sus motocicletas, casi cuando ya estaban ahí. Todos eran iguales, vinieran de parte del banco, de los proveedores, del gobierno o del rentero. Vestían una camisa blanca, con tres botones abiertos, y tan rala que un poco de sudor bastaba para revelar vellos y tetillas. Todos parecían conducir la misma moto y guardar sus papeles en el mismo estuche azul marino y usar los mismos lentes oscuros con pretensiones de Ray Ban.

Dos horas antes lo había visitado uno.

—¿El señor Rubén Soto?

Y Rubén respondió como lo hacía con todos:

—De momento no se encuentra. ¿Algún recado?

—Vengo de Pimsa. Dígale que si para el viernes no paga, sus cuentas se van al departamento jurídico.

—Bien, yo le digo.

Seis meses atrás contaba con la ayuda de un empleado, lo que le permitía abrir el negocio de ocho de la mañana a ocho de la noche. Ahora lo cerraba cada vez que salía a su casa o al banco a realizar cualquier trámite. Y fuera su ausencia de cinco minutos o de todo el turno, no variaba el letrero de la puerta: VUELVO AL RATO. Un letrero que, por lo general, nadie leía.

—Mundo —le dijo el día que lo desocupó—, no tengo para tu sueldo.

—Ya lo sé —dijo Mundo—, tiene dos meses de no pagarme.

Durante ese tiempo Mundo nunca le exigió su salario. Se había acostumbrado a ver en Rubén no un patrón sino un amigo, pues era tanto el ocio, que raramente recibía una orden y, en cambio, ambos se la pasaban conversando, jugando naipes y dominó, e inventando formas para sobrevivir la jornada.

En un momento de escrúpulos, cuando ya Mundo había recogido sus cosas, Rubén agregó:

—Te prometo que cuando las cosas mejoren te pago tus dos meses y tu liquidación.

Pero no había modo de pensar que las cosas mejorarían.

—No se preocupe, señor, al cabo yo no mantengo a nadie.

—Y si quieres —dijo Rubén—, hasta te vienes otra vez a trabajar conmigo.

Mundo no respondió. Cruzó la calle y se sentó en el filo de la banqueta. A los pocos segundos se detuvo una pesera. Cuando Rubén la vio arrancar y perderse en la distancia deseó de todo corazón poder marcharse igual que Mundo.

El teléfono volvió a timbrar. La voz que Rubén escuchó al otro lado de la línea le resultó más decepcionante que el número equivocado. Era Clara, su mujer, y Clara nunca hablaba para algo bueno.

—¿Rube?

—Sí, dime.

—Te tengo malas noticias.

Él se mantuvo en silencio. Le aburrían los artificios empleados por su mujer para iniciar una conversación en vez de ir directamente al asunto.

—¿No me vas a pregunar qué?

Rubén supuso que se trataba de dinero. ¿De qué otro asunto se ocuparía Clara? Luego pensó en que por fin se había muerto la tía Encarna, pero no la consideró una mala noticia.

—Qué poco te importa lo que nos ocurre —reclamó Clara.

—Bueno, pues —dijo Rubén, para evitar una discusión—, cuéntame lo que pasa.

Clara ya había cambiado de opinión.

Ahorita no, te lo digo cuando vuelvas a la casa.

—Como quieras, pero tengo que cortar porque llegó un cliente.

Por lo general, esa frase era un truco para terminar conversaciones. Esta vez, en verdad había una mujer en el quicio de la puerta sosteniendo el muestrario de una marca rival.

—Oiga —dijo la mujer—, ¿tiene pintura Berel?

Rubén estaba harto de esa pregunta. Todos los que entraban por esa puerta querían pintura Berel y no la basura que él vendía.

—No, señora, nada más tengo Cope.

La mujer iba a darse la media vuelta cuando Rubén soltó su frase tan estudiada:

—Cope le da la misma calidad a mitad de precio.

Las manos de Rubén temblaron con los truenos de una motocicleta que se aproximaba. La mujer se mantuvo inmóvil mientras medía las intenciones del hombre tras el mostrador.

—¿Me lo asegura?

Rubén asintió con alivio. La motocicleta se había seguido de largo.

—Mire —dijo la mujer señalando el muestrario—, quiero tres cubetas de un color como éste.

Ahora necesitaba salvar el segundo obstáculo: Berel vendía en treintaiséis colores, mientras que Cope, sólo en doce. Rubén no podía venderle un color como *ése*. Son unos pendejos los de Cope, afirmaba, no saben que nomás los huevos se venden por docena. En tanto planeaba una estrategia, notó que la mujer se hacía más consciente del local. Por ningún lado se veían cubetas de pintura, si acaso un anaquel con latas de medio litro. En la pared, un anuncio de lámina rezaba: PINTA TU ÉXITO CON BROCHAS ÉXITO; y del exhibidor sólo pendían dos brochas del número tres. Las pocas lijas ya se habían pandeado con la humedad y el piso mostraba una capa de polvo de al menos dos semanas sin barrer.

Mucha gente se queja de ese color —dijo Rubén— porque una vez que se aplica se ve mucho más oscuro.

Había en su voz algo de fragilidad que inspiraba confianza. La mujer preguntó:

—¿Entonces qué me recomienda?

Rubén sacó el muestrario de Cope y señaló unos de los colores.

—Mejor llévese el café piñón.

—No sé —dijo la mujer—, yo quería algo más amarillito.

—Los tonos amarillos acaban por cansar la vista.

Se congratuló por su respuesta y sólo se arrepintió de no haberla inventado antes. Le pareció una forma efectiva de disuadir a cualquiera, y que se podría emplear para todos los colores.

—¿Lo tiene en existencia?

—¿Por qué me pregunta eso, señora?

—Es que veo tan vacío su local…

Rubén sonrió.

—Prefiero guardar todo en la bodega —señaló hacia el acceso cubierto con una cortina que tenía a sus espaldas.

Volteó hacia atrás y gritó:

—¡Mundo, tráeme tres cubetas de café piñón!

—Espérese —dijo la mujer—, todavía no me dice el precio.

—De las tres o de cada una?

—El total.

Rubén abrió un cajón y extrajo la lista de precios. Odiaba abrirlo porque era igual a ver el montón de cuentas vencidas; sólo el recibo del teléfono tenía sello de pagado.

—¿Va a querer brochas o rodillos?

La mujer negó con la cabeza. Ya no parecía tan dócil como un minuto antes.

—¡Mundo! —gritó de nuevo.

El teléfono comenzó a timbrar. Una, dos, tres veces y Rubén no se movió ni quitó los ojos de la lista de precios. En un trozo de cartón se puso a escribir cualquier serie de números que le viniera a la cabeza. Primero el año de su nacimiento, luego el último sueldo que cobró mucho tiempo atrás cuando trabajó para una fábrica de refrigeradores. En tercer lugar escribió su código postal. El teléfono insistía. Para Rubén, más de cinco timbrazos era una falta de educación y hasta ese momento iban once. La mujer avanzó hacia el aparato como tentada a responder. Por fin dijo:

—Oiga, ¿no va a contestar?

Rubén estaba seguro de que era Clara. No se habría aguantado las ganas de contarle la mala noticia ni de preguntarle si, ahora sí, el cliente le había comprado algo.

—No —dijo Rubén—, yo le doy preferencia a la gente que se toma la molestia de venir, no a la que marca un número.

Timbró catorce veces y se silenció. Rubén metió la lista al cajón.

—No sé qué le pasa a este muchacho. Ha de estar hasta el fondo de la bodega y no me escucha.

Le pidió a la mujer que lo esperara y se metió tras la cortina. La supuesta bodega era un pequeño cuarto con escritorio y baño. Había un bulto de estopa y una caja llena de botellas vacías, principalmente de tequila, en las que se despachaba el adelgazador. Sólo eso. Lo más pró-

ximo a Mundo era una camiseta de los Vaqueros de Dallas con el número ochenta, que pendía de un clavo en la pared; su camiseta de trabajo que decidió dejar porque, a fin de cuentas, ya no tenía trabajo.
Rubén volteó a ver su reloj para medir la paciencia de la mujer. No
fue mucha; antes de dos minutos escuchó que le gritaba:

—¡Oiga!

No respondió. Sólo quería que se fuera, que lo dejara solo, que no
le anduviera preguntando estupideces sobre precios y colores de pintura. A esa hora, el cuarto era un sitio sofocante; el sol calentaba el techo como si fuera una parrilla y no había ventanas para que circulara
el aire. Primero le sudó la frente; después la axilas y las manos. Que
se vaya al demonio, que me deje en paz. A los tres minutos la sintió
caminar hacia la salida. Luego escuchó que el auto arrancaba. Cada
vez la gente tiene menos paciencia, se dijo. El cliente de ayer aguantó
siete minutos.

Salió casi detrás de ella, esperando sólo lo suficiente para no ser visto, y cerró la puerta luego de colocar el letrero: VUELVO AL RATO.

Entró en el Lontananza, pidió una cerveza. Mientras la bebía, observó al cantinero con envidia. Él sí tenía un negocio próspero con
clientes a cualquier hora y con la libertad de vender las marcas que
quisiera. Además, todos los que entraban por esa puerta aceptaban sin
remilgos cualquier trueque. "Deme un Presidente." "Nomás tengo
Viejo Vergel." "Bueno, deme de ése." Adentro del Lontananza no importaba que todo fuera blanco o negro o azul. Y por si fuera poco, los
clientes no cuestionaban precios ni revisaban las notas a conciencia.
Eso sí era un negocio noble. Por qué carajos, se preguntó Rubén, fue
a poner una tlapalería y no una cantina.

Llamó al cantinero. Por las botellas vacías que le compraba para el
adelgazador, Rubén sabía que en el Lontananza manejaban tres marcas de tequila: Sauza, Herradura y Cuervo.

—Tráigame una botella de Orendáin —dijo.

—No tenemos —dijo el cantinero—, pero si quiere le puedo traer…

—Orendáin o nada —interrumpió Rubén.

Ambos se miraron fijamente por unos instantes. Rubén pudo adivinar la rabia del cantinero cuando éste le respondió:

—Nada.

Entonces sonrió y se retiró satisfecho, sintiéndose con el derecho de
no pagar la cerveza. El cantinero no hizo el intento de ir tras él.

Rubén volvió a su negocio. Antes de entrar escuchó que otra vez sonaba el teléfono. No se apresuró en abrir la puerta; quiso saber si su mu-

jer lo dejaría sonar más de catorce veces. Sin embargo, de pronto se le ocurrió que tal vez no era Clara y corrió hacia la bocina. Sólo escuchó el tono de marcar, y sin demora lo aprovechó para llamar a su casa.

—Clara.

—Dime, Rube.

—¿Para qué me llamaste?

—Ya te dije, una mala noticia, pero me espero a que vuelvas.

—Sí —dijo Rubén—, eso fue la primera vez.

—La única —dijo ella.

Hubo un largo silencio. Colgó la bocina sin despedirse. Pensaba en una carretera que cruzaría el país de norte a sur, una carretera de cuatro carriles que necesitaría no sólo raya en medio sino en cada extremo; seis rayas en total.

—¡Mundo! —gritó—. ¿Por qué no lo contestaste?

Por las sombras supo que ya pasaba de mediodía. No le quedaba sino esperar el resto de la tarde a que aquella persona, fuera quien fuera, volviera a comunicarse.

Intentó eludir el aburrimiento de varias formas. Durmió una siesta, pero el calor lo despertó. Compró el diario de la tarde y lo leyó de cabo a rabo, incluyendo la programación de la televisión y el aviso oportuno. Intentó resolver el crucigrama de la penúltima página pero se dio por vencido en el siete horizontal: "Especie de instrumento musical que se hace con una calabaza que tiene piedrecitas dentro." Consultó el crucigrama resuelto al pie de la página y encontró que era la solución al del día anterior.

—Ni loco vuelvo a comprar este periódico.

Salió a la calle a jugar a las biografías. Junto con Mundo solía emplear a diario este recurso para resistir el hastío.

Pasó una mujer obesa. Tendría unos cuarenta y cinco años y llevaba una blusa sin mangas desde donde asomaban unos brazos descomunales. En el izquierdo se distinguía, como un sello brillante y blancuzco, la cicatriz de una antigua vacuna. Estiraba constantemente su falda hacia abajo porque cada tres o cuatro pasos se le trepaba muy por encima de las rodillas.

Desde niña es igual de gorda, pensó Rubén. Sólo que entonces tenía sueños de ser cantante. Su mamá la ponía a cantar en fiestas familiares, ante el disgusto de los tíos y tías. Por supuesto, nunca le brotó una voz a la altura de sus sueños, y con ese cuerpo ni quién se atreviera a presentarla en televisión.

Rubén canceló sus pensamientos de un tajo. Los sintió muy planos y sin originalidad. No le servía el fracaso de los demás sin alguien con quien compartirlo. De haber estado Mundo, entre los dos hubieran desarrollado toda su vida: algún motivo que le vedara el derecho a la felicidad; luego, su matrimonio con un hombre viejo, enfermo y sin dinero, que no buscaba la compañía de una mujer sino los cuidados de una enfermera; su costumbre de cantar todo lo que escuchara en el radio, incluyendo los *jingles;* su frustración porque el marido se le murió tan pronto que no hubo oportunidad de concebir un hijo.

Perdió de vista a la mujer cuando dio la vuelta en una esquina. No es divertido jugar solo a las biografías, pensó, y cuando entró de nuevo al local también pensó que tal vez nunca había sido divertido, pero con Mundo al menos había modo de engañarse y de fingir la risa.

El alumbrado público se activó y los coches comenzaron a circular con los faros encendidos. Rubén supo que era hora de partir, de volver a casa para conocer las malas noticias que su mujer le había preparado. VUELVO AL RATO, leyó y se preguntó si tendría ánimos para volver al día siguiente.

Se alejó lentamente del local, aguzando los oídos por si escuchaba un último llamado del teléfono. Cruzó la calle y decidió sentarse un rato en el borde de la banqueta para contemplar desde ahí su negocio. Vio el letrero de lámina que decía La Brocha Gorda bajo una gran brocha que trazaba un arco iris, las ventanas que multiplicaban el logotipo de Pinturas Cope y el toldo rojo y blanco desde el que colgaba la frase "Más calidad por menos precio". Un taxi le interrumpió la vista al detenerse frente a él. El chofer aceleró varias veces sin arrancar, dirigiéndole una mirada solícita.

—No voy —dijo Rubén y se echó a caminar.

Luego de dos cuadras escuchó voces en una casa. Eran dos mujeres, aparentemente madre e hija, porque una le reclamaba a otra las malas calificaciones que había obtenido y la amenazaba con no permitirle ver más telenovelas. La otra se explicaba diciendo que los maestros la traían contra ella y que las telenovelas eran las menos culpables. Rubén dudó por un instante antes de tocar la puerta.

La discusión se silenció de inmediato. No obstante, pasó un largo rato antes de que le abrieran. Primero se encendió un foco sobre la puerta, luego rechinaron los goznes.

—¿Sí? —asomó la cabeza de una muchacha de unos quince años.

—Disculpe —dijo Rubén—, ¿tiene pintura Berel?

La muchacha no supo qué contestar, sólo miró con ojos incrédulos al hombre que tenía enfrente. Entonces, la puerta se abrió más y dejó ver la figura de una mujer malhumorada.

—¿Qué quiere? —preguntó.

—Dice que si tenemos pintura Berel —dijo la muchacha.

La mujer subió la voz con tono más amargo que cuando prohibió las telenovelas.

—Lárguese o le hablo a mi marido.

Por el dejo de alarma en la mujer, Rubén supo que no era sino una amenaza, que ese marido, de existir, estaba muy lejos.

—Me voy porque quiero —dijo Rubén—. Porque no tiene Berel.

Caminó hasta la siguiente cuadra y se detuvo de nuevo frente a una casa. Esta vez no la eligió porque escuchara gritos adentro sino por el aspecto leproso de su fachada. La pintura rosa se había vuelto un polvo que se iba desprendiendo con cada viento y lluvia, y dejaba ver el gris del enjarrado. Rubén talló el muro con la mano y luego se chupó los dedos cubiertos con polvo rosa. No le cupo duda: era Cope, del color que en el muestrario llevaba el nombre de rosa talismán. Todos habían sido bautizados con nombres que en ese momento le parecieron absurdos: el azul encanto, el blanco ostión, el gris europa, el verde esperanza y el verde ensueño, el café piñón y el café terrenal.

Tocó varias veces sin que nadie le abriera, y entonces, con la seguridad de que no había nadie en casa, se puso a dar de patadas contra la puerta metálica. En eso vio que al otro lado de la calle venía la mujer de la vacuna. La cantante, pensó.

—Cánteme algo —susurró. Hubiera querido gritarlo, pero le faltó el aire tras el esfuerzo de las patadas.

La mujer captó que Rubén le había hablado y se detuvo.

—No le escuché —dijo.

Su voz resultó mucho más dulce de lo que Rubén hubiera imaginado. Se le ocurrió que tal vez la mujer iba de vuelta a casa, donde encontraría un marido amoroso y dos o tres hijos que le besarían la mejilla. Tal vez nunca quiso ser cantante y tal vez nunca deseó nada fuera de sus posibilidades. La vio cruzar la calle y acercársele.

—¿Qué se le ofrece, señor? —preguntó—. ¿Necesita algo?

Tan amable, tan dulce, tan cerca se volvió fastidiosa; al punto que Rubén no pudo sobrellevar su presencia. La ignoró, se dio la vuelta para tocar de nuevo la puerta y se mantuvo de espaldas hasta asegurarse de que se había ido. Poco le importó que no le abrieran; al fin faltaban varias cuadras para llegar a su casa y quedaban muchas puertas por tocar. Además, haría una escala en el Lontananza. Nada le sería tan reconfortante como gastar el último dinero en un trago que le diera la paciencia necesaria para enfrentarse a la mala noticia de Clara, al teléfono que no suena, al muestrario de doce colores, a la camiseta número ochenta de los Vaqueros de Dallas, a las mujeres de voz dulce. Qué más daba si le servían Orendáin o Sauza o lo que fuera; ahora, lo verdaderamente importante era hacer rendir su dinero, *más cantidad por menos precio*, tráigame lo que sea, del más barato, aunque sea tan corriente como la pintura Cope, aunque luego tenga que pagar por la botella vacía para llenarla de adelgazador y taparla con un trozo de periódico enrollado con un crucigrama a medio resolver.

Rubén miró el largo de la calle y las luces rojas de un auto que se alejaba, y se preguntó si acaso las maracas podrían ser instrumentos musicales hechos de calabazas con piedras adentro.

CRISTINA CIVALE

CHICA FÁCIL

Cuando subí al autobús el hombre ya estaba allí, de pie, como esperándome. Era la primera vez que lo veía. Hacía frío, aunque era una tarde de primavera. Yo iba tapada hasta los dientes, llevaba puestos un par de guantes negros y un sombrero de matelassé; ostentaba un cierto desaliño que delataban mis labios mal pintados con un rouge rojo fuerte que hacía mi boca más grande, más violenta y, sobre todo, la cargaba de un vicio que escapaba a todo control sobre mis intenciones. Me miró directo a los labios y yo, pasándome la lengua por los contornos, bajé los ojos, apenas ruborizada.

Después de pagar mi boleto me senté y pasé de largo al hombre, que ya parecía haberme olvidado. Ahora miraba, con una concentración que me pareció ofensiva, unos apuntes de su agenda. El hombre estaba de pie aunque había asientos vacíos. Yo busqué uno atrás, junto a la ventana, al lado de una mujer que parecía un ama de casa que, a juzgar por los paquetes, había aprovechado las ofertas de fin de temporada de las Galerías Pacífico. A las pocas cuadras el autobús dio una de esas frenadas en las que los cuerpos pierden control contra toda voluntad y se resbalan; la mujer, no sé si por el susto o porque ya había llegado a su destino, se bajó y fue entonces cuando el hombre vino, decidido, a mi lado.

Lo vi por el rabillo precavido de mi ojo izquierdo: vi cómo volvía a clavarme la mirada en la boca y presentí que estaba a punto de decirme algo en el mismo momento que escuché que me hablaba. Lo miré y me impresionó su belleza. Tenía una cara fresca de ángulos marcados, unos ojos claros y profundos, una piel de apariencia suave; era flaco y lampiño, con un cuerpo trabajado y melena de mujer; olía caro. En general, en los autobuses no viaja gente así; también es verdad que un ejemplar como yo es de raro tránsito en un transporte público. Así que cuando vi al hombre sentado a mi lado pensé que estaba buscando una aliada para atravesar el curso de esas aguas desconocidas pero carentes de peligro. Sin conocerlo, supuse que el hombre ya sabía que pertenecíamos a mundos parecidos. Cuando me habló, me dijo que quería hacerme dos preguntas y yo lo alenté para que se atreviera, asintiendo con mis ojos oscuros. Sin vueltas, me dijo que sólo quería saber mi nombre y mi teléfono. Me reí, cortito y suave, para que nadie sintiera. Y enseguida le dije que de ninguna manera. Le pedí por favor –y fui sincera– que no se ofendiese. Traté de que no quedara en ridículo, le dije que ese tipo de cosas a veces sucedían. Me estaba refiriendo, concretamente, a mi negativa. Lo suyo había sido un buen intento pero yo no estaba en mi punto. O al menos eso pretendía.

Me dediqué a mirar por la ventana mientras la velocidad del autobús hacía que mis ojos barrieran edificios semiderruidos y cordones de acera colmados de basura. Olvidé al hombre y me concentré en la miseria. Sin embargo, a pesar del espectáculo, algo me hacía estar pendiente de su presencia. Un sudor premonitorio empezó a recorrerme el cuerpo. Cuando estaba distraída mirando cómo un linyera rompía una bolsa de basura de la que salían cáscaras de naranja en la esquina de Alem y Tucumán, en la vereda más cercana al río, el hombre se decidió.

Al principio no me di cuenta, pero cuando doblamos la esquina, rumbo a Azopardo, ya no tuve dudas: su mano derecha avanzaba con decisión por mi entrepierna. En realidad no me sorprendí en lo más mínimo. Lo estaba esperando desde el principio, desde que me subí y él me devoró los labios con la mirada. Yo sólo esperaba acción y de alguna manera me había defraudado la suavidad de sus preguntas. Pero volviendo a mi entrepierna, le quité la mano instintivamente pero sin excesivo convencimiento, cosa que él lo tomó, estoy segura, como una invitación. En su segundo intento la mano cayó más firme sobre mi muslo, también más arriba. Cuando estuvo bien arriba, su dedo mayor hizo ceder parte de la tela del pantalón, llegó a los botones y empezó a desabrocharlos. Yo llevaba unos Levi's color crudo, pegados a la piel. Cuando su dedo estuvo bien dentro de mí lo apreté entre mis piernas, respiré lo más hondo que pude, sentí alivio, pero enseguida me levanté. Lo tomé de la mano –la mano del dedo que estaba húmedo– y nos bajamos.

Estábamos cerca del puerto y todavía había demasiada luz. Caminamos, como si siempre lo hubiésemos hecho, hacia unos silos oscuros y silenciosos. Allí nos arrinconamos. Él me tocaba con su mano como si tuviese un plan prefijado. Yo sólo miraba y me concentraba en cada uno de sus roces. Me limitaba a indicarle el recorrido. No dejé que me limpiara el rouge de los labios ni que su lengua rozase alguna parte de mi cuerpo. Sólo quería su mano, su palma tensa y sus dedos largos tanteando entre la tela y mi piel. Asi recorrió mi cara, la frente, las cejas, el mentón y los labios. Luego bajó a mis hombros y llegó directo al pecho. Se detuvo en sus contornos y tuve que atajarlo para que no me mordiera un pezón. En cambio, lo dejé retorcerlos a su gusto con los dedos. Llegó al vientre, puso uno de sus dedos (no sé cual) en mi ombligo y luego, con ese mismo dedo, se deslizó hasta mi entrepierna y fue lo más adentro que pudo. Yo lo acompañé moviéndome despacio. En ese momento empecé a latir con tanta fuerza que casi me resultó insoportable. Lo tomé de la muñeca y lo aparté con suavidad y decisión. Había llegado mi turno y fui directo al punto. Quería hacer con mi lengua lo que él había hecho con su mano. Con la boca le abrí la bragueta e indagué. Me sorprendí: allí faltaba algo o había otra cosa. Un pubis tan frondoso como el mío fue lo que descubrí y recién entonces entendí su mirada ambigua, su pelo de mujer, su olor caro. Me puse de pie. Sólo por el descubrimiento le brindé mi boca y dejé que me arrebatara el rouge de los labios en un beso tenue, demorado y amplio, y me ocupé de que su pubis rozara con fuerza contra el mío. Con el mentón todavía húmedo me fui alejando. Le dije *Muchas gracias* y salí de la zona de los silos. Volví a pintarme los labios de memoria y sin espejo. Ella no me siguió. Probablemente se quedó entre los marineros.

LOS ABUSIVOS

Allá a lo lejos sonaba la radio y ladraban los perros. La fonda parecía una puta pobre a mitad de la carretera, con sus focos baratos de colores y el plástico verde que hacía las veces de puerta chasqueando contra la madera del quicio cada que pasaba un trailer o un camión y abofeteaba con su estela de polvo la frágil construcción perdida en la planicie. Sergio fumaba sentado, mirando el anuncio en la mesa de metal: beba Corona. Iba poniendo perezosamente los cascos de refresco en una charola que tenía el dibujo de un charro besando a una muchacha que a él le parecía la Prieta Linda. Sergio se imaginaba que ese beso sabía a cerveza, como si al besar a una mujer uno se la bebiera o la muchacha se lo bebiera a uno, dejándolo vacío.

La radio se fue apagando, y el tráfago de los trailers en la carretera se espació. De repente ya era noche cerrada, y los moscos empezaron a picarle los brazos. Brazos fuertes, casi negros y muy correosos. A Sergio le gustaban sus brazos. Le servían para infinidad de cosas; de hecho él trabajaba ahí gracias a ellos: cargaba, limpiaba, él era en realidad sus brazos. Cuando logró arrinconar a Evangelina en la oscuridad, lo recordaba bien, lo primero que hizo ella fue colgarse de uno de sus brazos, y quedar blandita blandita para que él la besara, como la muchacha con el charro de la charola. Eso fue poco después de que viniera ella a trabajar en la cocina con la señora Chela. Los dos en seguida se gustaron.

Ahora en las noches, cuando se sentaba así, recargando sus brazos en la mesa de metal fría, sin importarle que se mojaran o mancharan con los pequeños charcos que dejaban las cervezas y los refrescos que se habían servido y tomado a lo largo del día, Sergio apoyaba los labios en la piel del antebrazo, como si estuviera besando a Evangelina. Amaba esa sensación tibia y rasposa, y esa hora de la noche en la que sólo escuchaba música, perros, cigarras o camiones. La señora se retiraba a descansar y dejaba a Sergio la tarea de levantar los cascos de las mesas.

Cuando estaba Evangelina, a esa hora se quedaba alzando la cocina y lo miraba retadora bajo el foco pelón. Entonces Sergio comenzaba su acoso, repegándose a las mesas cuando las rodeaba para levantar los refrescos, las cervezas, llevando al fregadero los platos de plástico con sal y limones, rozando a Evangelina en cada trayectoria y rozándose él con ella, hasta que la persecución empezaba en serio y Evangelina se escabullía jugando entre las mesas, ponía las sillas como obstáculo y luego las quitaba formando un laberinto largo que a Sergio llenaba de excitación, y que desembocaba, si no llegaba ningún cliente o no los escuchaba la señora, en el cuarto donde estaban las cajas de refresco y el refrigerador. Cuando veía a Evangelina escabullirse en la oscuridad, detrás del gran refrigerador lleno de carne y botes de plástico con frijoles, el corazón le latía con prisa. Él sabía que tumbada en su catre −pues Sergio dormía ahí −estaba esperándolo ya desnuda Evangelina, como un premio, y era tal su emoción en aquel momento que alguna vez se había venido antes de llegar a tocarla.

Pero ahora ella ya no estaba. Había fiesta en el pueblo, y llegaba hasta Sergio el sonido de los cohetes y la música. Él, apoyado en su brazo, veía a través del plástico verdoso y transparente las luces en el cielo, y le parecía que eran mensajes o señales que Evangelina le mandaba desde donde estuviera, como si le anunciara que iba a regresar. Escuchaba sólo el bom bom bom del bajo y trataba de adivinar qué canción sería. A veces sí escuchaba claro el rasguido de la guitarra o las voces de Los Panchos, y entonces canturreaba la canción y miraba que alguna hormiga trataba infructuosamente de vadear los pequeños charcos en la mesa encima de la prieta linda que besaba al charro, y la hormiga parecía como una pobre muchacha indefensa en un pueblo extraño a la que le hubiera gustado proteger, como a Evangelina, pero pensándolo bien, quién se iba a poner a proteger a una hormiga, eso no tenía sentido. En ocasiones él mismo se distraía y jugaba con la hormiga un buen rato, como hacía Evangelina con él y con las mesas, ayudándola a pasar y engañándola, poniéndole nuevos obstáculos, cambiando la forma de los charcos de refresco anaranjado con un popote o una cuchara abandonada sobre la mesa.

En algunas noches alguien apartaba la cortina de plástico y pedía servicio, cervezas o lo que fuera, como por ejemplo una torta o cualquier cosa de cenar. Y la señora salía de su casita que estaba en la parte de atrás de la fonda, pasando un patio con guajolotes, y lo obligaba a levantarse y a limpiar la mesa, a apartarse de su brazo tibio y de su mundo pequeño de recuerdos de Evangelina, lagos de refresco y puentes hechos con palillos. Los clientes eran casi siempre viajeros que bajaban de algún auto, o de un camión, y que querían pasar a hacer sus necesidades en la fonda y a quitarse la sed. Algunas noches eran los camioneros, los de redilas grandes, pero a ésos no le gustaba atenderlos porque se sentían los amos del camino debido a la estación de radio que escuchaban.

Cuando venían con sus parejitas, en general se ponía triste, por la pena que le daban las pobres muchachitas indefensas, todas con caras de inocentes o de engaño. Veía relucir sus caritas melancólicas y pintadas, iluminadas por los focos de colores que a manera de guirnaldas colgó en Navidad la señora Chela, y luego luego se imaginaba la cara del que las venía acompañando y de veras, no fallaba. Cara de cabrón. Las pobres derritiéndose de frío, de ilusión o de miedo, y los acompañantes siempre con expresión de vencedores, si ni habrían tenido que luchar para llevarlas ahí. En seguida pedían tortas, mole con arroz, o algo complicado para que les pesara en la panza y las adormilara. Y cerveza tras cerveza. Ponían en la rockola una canción romántica o de charros, y empezaban a gritar ajúa abrazándolas. Y ellas seguían con la carita de hormiga, como esperando su condenación. Le daban mucha pena. Él pensaba que no sabían a qué venían, como si vinieran dormidas, soñando que formaban parte de un cuento de hadas, que eran princesas.

Indudablemente Evangelina no era así. Ella había entrado a la fonda por su propio pie, sin tener que colgarse del brazo de un payaso y había pedido trabajo. Así fue. La señora Chela la cuidaba mucho. Cuando llegaban los traileros, la mandaba a guardarse ahí en su casa, en la que Evangelina tenía un rinconcito y un colchón, y un mueble chico para su crema y sus cosas. Sergio a esas horas se moría de sueño, pero cuando llegaban esos clientes tenía que estarse bien listo y echar ojo, pues nada más salía un momento a la carretera a respirar aire fresco, o se metía al baño, y ya le estaban quitando a la muchacha su inocencia encima de las mesas. Aprovechaban cualquier lugar, cualquier momento en que ellas se rindieran un poco, como si fueran animales. Y lo peor era que los tipos siempre se volvían a sentar como si nada hubiera pasado, pero ellas lloraban. Sergio les llevaba su cuenta sin hablar, mirando al piso, tragándose el olor de los traileros, y el de la colonia que se ponían las muchachas, todo para que eso les pasara.

Qué distinto era todo aquello tan engañoso, tan triste y tan bien planeado, como un asesinato, de sus juegos al anochecer con Evangelina, de las persecuciones entre las mesas, entre los charcos pequeños que se iban formando a lo largo del día en el piso de suelo, como si él fuera un cazador y Evangelina una presa muy difícil, un venado. Esos juegos esporádicos que nunca sabía cuándo iban a suceder. Una noche en que ya se había dormido, lo despertó el ruido de las mesas que estaban siendo arrastradas. A medio vestir, Sergio no alcanzó a ver en la penumbra qué ocurría, sólo podía ver dos bultos luchando en la oscuridad, sobre las mesas. Al verlo se quedaron quietos. Uno de los bultos saltó ágilmente hacia la cortina verde y escapó. Sergio escuchó el sonido de un trailer que se encendía y arrancaba. El otro bulto se quedó pegado junto a la rockola: era Evangelina. Con la luz de colores del aparato parecía pintarrajeada, llena de maquillaje. No olía a colonia, pero a Sergio le pareció que sí, por lo menos a algo que la hacía dejar de ser ella, como había sido para él. Le explicó que aquel hombre era su novio y que se escapaba algunas noches a verlo, pero que esta vez se había emborrachado. Se llamaba Esteban. Hasta en eso era muy digna Evangelina, y no parecía asustada ni mucho menos, pero Sergio se sintió como un animal que vadeaba charcos, hasta que encontró ese muy profundo y se hundió.

Poco después se fue Evangelina, sin dar casi ninguna explicación. A la señora Chela le dijo que su papá se había enfermado y a Sergio, cuando estuvieron a solas, nada más le sonrió, como si siguiera jugando a que él la persiguiera. Sergio le preguntó si se iba con su novio y ella le respondió que no era su novio, pero a él le dio la impresión de que lo hacía para que él siguiera esperanzado con ella. Y así siguió. La vio salir y caminar por la carretera entre el polvo, cargando su maleta de plástico gris, y todavía pensaba que era otra persona, antes de decidirse a creer que Evangelina lo había tratado mal, como si él fuera una muchachita indefensa.

Qué remedio, pensó, limpiándose la saliva que de tanto estar apoyado en su brazo se le había acumulado. Lo hecho hecho está. Las hormigas se empezaban a ahogar encima de la boca de la prieta linda. En esa parte la mesa estaba abollada, porque Sergio en ocasiones pegaba puñetazos a las mesas si nadie lo veía, pensando en Evangelina y en las muchachas inocentes. Cuando dieron las diez y nadie llegó a pedir servicio, Sergio se animó a pasar el trapo por fin en todas las mesas, deseando que nadie viniera ya a esa hora: sólo quedaron los focos que se prendían y se apagaban como en su propia fiesta por encima del plástico, y el estruendo de los camiones enormes que al pasar dejaban el aire lleno de polvo, y acallaban a las cigarras,

a los perros y al murmullo del pueblo de San Andrés. Sergio terminó de limpiar las mesas, apagó la luz y dijo buenas noches señora
asomándose a la cocina, antes de irse a acostar sacudiéndose hormi-
guitas de los brazos.

JUAN CALZADILLA ARREAZA

CARTA A IZNAMUR

Iznamur, en qué nos hemos ido convirtiendo, a un cabo y otro del mismo océano, bestias lejanas devorando fantasmas, mutilando ausencias, con las mismas garras que han crecido un poco (después de la última vez) y que nunca más volverán a cruzar un filo o un saludo. Cómo nos fortalece este encarnizamiento de la distancia, cada uno ronca sobre las piezas dislocadas del esqueleto imaginario que atribuye al otro. Y no me vengas con metonimias del recuerdo ni con mnémesis metafóricas. No recuerdo, bien poco me gusta el recuerdo, sabes que prefiero inventarme la memoria, inventar historias, cruentas, inverosímiles, divertidas, un pasado mutante, para tu continua sorpresa. Sí, yo siempre harto de mí mismo, queriendo convertirme en otra cosa, musulmán, licántropo, húngaro gitano, judío sefardita, pardo descabezado, violoncelista ruso, bailarín africano, filósofo alemán de origen polaco, kamikaze del afecto. No recuerdo, escribo para sentir la garra, para sentir el pellejo y el cartílago engarzado de tu alma blanca, para descubrir cómo la simple idea de la existencia del otro nos convierte en fieras enjauladas, una frente a la otra, alcanzándonos apenas con un odio gris de espumarajos y de aullidos sordos, tanto más estruendosos cuanto menos puede el otro escucharlos. Ah, esta distancia, esta grata y amarillenta distancia de la bestialidad que brinda forma animal a nuestra furia. Ah, Iznamur, en tu jaula de coral negro, hincando tus dientes de sable en el olor imperceptible de mis pisadas. Ah, Iznamur, yo chacal en el desierto podrido, ofreciendo las tijeritas al viajero: si pasas por Caracas aniquila a la bestia. Ah, ¿no es esto amor? No. Pero tampoco es odio: somos nosotros dos, Iznamur, es lo que hicimos o lo que se hizo de nosotros, así como se hace de noche o se hace tarde, una cosa involuntaria, sin causa ni causantes, somos tú y yo, nada más, sin lingüística ni psicoanálisis. Un par de animales furiosos que creen recordarse con odio. Es el animal el que explica el odio y no a la inversa.

VIVIANA MELLET

EL BUEN AIRE DE LA NOCHE

El hombre abrió la puerta con suavidad y entró en su casa. En la penumbra, las luces de colores que proyectaba el televisor danzaban sobre la pared del vestíbulo. Su mujer, hundida en el sofá, veía la telenovela de las ocho. Con el volumen al mínimo, el aparato emitía un ronroneo desigual. El hombre se acercó con pasos lentos. Carraspeó. Ella levantó la cabeza y sus labios se rozaron.

—¿Cómo estás? —preguntó él. Ambos sabían que no era necesario responder.

—Ahí... —contestó, distraídamente, la mujer.

—¿Y mi mamá?

Tampoco para esta pregunta esperaba respuesta. Era tan sólo la fórmula que le permitía, cada noche, dar los cinco pasos hasta la puerta y sumergirse en la oscuridad del corredor.

No, no esperaba respuesta. Alguna vez, había tenido la ilusión de que ocurriera un milagro. Que su mujer le contestara, por ejemplo, "tu madre salió a dar una vuelta" o "ya se durmió" o "come" o, —¿por qué no admitirlo?—, con el mismo tono indiferente, hundida en el sofá y con el control remoto en la mano: "Ha muerto esta tarde."

Él se habría entristecido. Se habría quitado los lentes para secarse las lágrimas. Tal vez su mujer lo habría consolado con una caricia fraternal. Pero, en el fondo, se habría sentido aliviado. Mas hacía tiempo que había perdido las esperanzas. La longevidad de su madre había traspuesto los límites de lo razonable y él se había acostumbrado a la idea de que el tiempo se había detenido, que no había, en su vida, pasado ni porvenir. Sólo esa dimensión circular que empezaba y terminaba en aquel umbral desde donde, antes de sumergirse en la oscuridad, oyó a su mujer repetir "ahí..."

Avanzó, aflojándose la corbata y se acercó sin ruido al hilo de luz que salía por la puerta entornada. Tendida en la cama, la madre veía la misma telenovela que su mujer, pero con el volumen varios decibeles más alto.

—¿Mami? —bajó el volumen con disimulo. La araña de bronce ennegrecido iluminaba brillantemente la habitación. Ésta era amplia, con una ventana grande que daba a un jardín caído en desgracia. Era, sin duda, la mejor habitación de la casa. Sin embargo, atiborrada como estaba de muebles y adornos pasados de moda, y escasamente ventilada, causaba una opresiva sensación de estrechez. A su edad, la anciana había adquirido, entre otras, la manía de amontonar cachivaches y le temía a las corrientes de aire. Se respiraba un vaho rancio, como de manzanas podridas.

Ella hizo el ademán de incorporarse, exhalando un quejido. Su mirada de desamparo atravesó la habitación y se posó, como un lastre, sobre el hijo. Él se acercó encorvado y arrastrando los pies, la besó en la frente y formuló la misma pregunta hueca e inevitable.

–Cómo estás... –dijo. Entonces ya no había escapatoria. El saludo era el detonante para que el círculo se precipitara a girar en la misma ineludible dirección. La respuesta cambiaba de disfraz todas las noches, pero era siempre el mismo doloroso aguijón hundiéndose entre los riñones.

–Igual... –dijo ella con la voz cascada–. De qué otra manera puede estar una vieja enferma como yo... estorbando, aburrida, harta, pues.

El hombre fingió que no la oía. Se agachó, recogió del piso unos pedazos de papel higiénico y los arrojó a la chata debajo de la cama.

–Llegas tarde –le reprochó la anciana.

–Mucho trabajo –se disculpó él, irguiéndose. Se quitó el saco y lo colocó con cuidado sobre el respaldar de la silla. Suspiró antes de volver a preguntar.

–¿Comiste?

–Es un asco... –farfulló ella.

Él vio el azafate con la comida intacta sobre la cómoda y lo acercó a la cama. Hundió la cuchara en la sopa y se la ofreció, sin mucha resolución.

–Tienes que comer, mamá; por favor...

Ella apretó los labios y volvió la cara.

–Estará helada... –protestó.

El hombre tomó un sorbo y comprobó que la sopa estaba fría.

–Me la trajo temprano –rezongó, y en un gesto despectivo señaló con la cabeza hacia la puerta–. Como a un bebé –añadió con disgusto–. A esa hora no tengo apetito.

El hombre retiró el azafate y lo colocó nuevamente sobre la cómoda.

–...y todo por atender a ese hombre.

—¿Cuál hombre? —preguntó él y se dio cuenta, demasiado tarde, de que una vez más caía en la trampa.

—¡Quién será!

—Habrá sido Pablo, mamá.

—No sé... no creo. Hace tiempo que tu hijo no viene por aquí. Además, habría entrado a saludar a su abuela, ¿no crees?

El hombre no respondió. De espaldas a ella, ordenaba los frascos y las cajas de medicinas sobre el velador. La anciana continuó hablando entre dientes.

—No le conocí la voz. Hablan tan bajito... O será que me estoy volviendo sorda.

Por un instante, sólo se oyó un goteo en el baño. De inmediato se reanudó el zumbido del televisor.

—Vamos, mamá, come algo.

—No, no quiero.

—Aunque sea la gelatina. Yo te la doy.

El hombre acomodó los almohadones bajo su espalda y alisó las sábanas amarillentas. Luego, inclinándose, cogió a su madre por las axilas para incorporarla.

—¡Ayayay! —se quejó ella.

—¿Qué pasó? ¿Te duele?

Ella no contestó.

—¿Dónde te duele? —insistió él, sin perder la calma.

—Aquí —dijo ella y, señalándose la cadera, preguntó, con aparente timidez.

—¿Me frotarías con Hirudoid?

Él le remangó el camisón de franela y el cuerpo desnudo de la mujer quedó al descubierto. Era menuda, pálida. La piel, magra y reseca, formaba pliegues sobre el vientre, hundido entre los huesos afilados de la pelvis.

Los senos colgaban hacia los lados y podrían haberse confundido con los pellejos del vientre, de no ser por la sombra azulada de las venas y las areolas rosadas, infantiles, en la que se ahuecaban, marchitos, los pezones. El vello blanco, escaso, dejaba ver el pubis, desproporcionadamente carnoso, como el de una niña. Ella se cubrió con la punta de la sábana, en un inútil gesto de pudor, pues el hombre estaba acostumbrado ya a su desnudez.

—¡Qué barbaridad! —exclamó él, al ver la cadera amoratada—. Mira lo que te has hecho —la reconvino—. ¿A qué fuiste a levantarte, mamá?

Ella guardó silencio, enfurruñada y con los ojos clavados en el televisor. La protagonista lloraba ahora, con los ojos secos y sin estropear el maquillaje.

—Contéstame, mamá —levantó él la voz, empezando a perder el control.

—No me hagas hablar... —amenazó ella.

Secretamente, el hombre temía —¿deseaba?— que en cualquier oportunidad ocurriera algo terrible. Que su mujer enloqueciera y golpeara a la anciana, o la atormentara, o la martirizara, como en las películas antiguas de Bette Davis o la Crawford. Intuía que, a pesar del horror, el mundo adquiriría coherencia. Que su vida tendría, entonces sí, cierto sentido.

Sin embargo, las acusaciones de la madre obedecían siempre a un resentimiento sordo cuyos fundamentos se diluían en el tiempo. Como esposa del hijo único, la mujer atendía a su suegra con resignación. Sin afecto, pero también sin odio. De eso estaba seguro.

—Dime —intentó persuadirla, recuperando el tono paciente—. ¿Qué pasó?

—Quería ver.

—¿Qué cosa?

—Tú no me crees, hijito —gimió ella— no quieres verlo. Su voz se quebró. Sollozaba. El llanto de la anciana se entremezclaba con el de la actriz de la televisión y ambos llantos, secos y excesivos, removían el aguijón entre los riñones.

A lo lejos, se oyó una puerta que se cerraba. Mientras el hombre aplicaba el ungüento, adivinó a su mujer, cerrando la puerta tras ella. Recordó sus caderas, redondeadas por la madurez, pero aún apetecibles. Su cintura fina, a la moda de los cincuenta, y su cabello recogido en la nuca.

De espaldas, siempre de espaldas. Desde hacía tantos años, se había sumido en el silencio y en las sombras, viviendo de espaldas a él. Esa noche, como las anteriores, él entraría en el dormitorio y la observaría dormir —¿dormía realmente? Su silueta dibujada bajo la colcha, de espaldas a él. Y aunque esto no fuera una metáfora y él ya casi hubiera olvidado su rostro, ella, sin embargo, nunca se había quejado ni le había reprochado nada. Lo había amado así, débil de carácter y parco como era, hacía muchos años, cuando se conocieron. Pero a pesar de que nunca ambicionaron una vida novelesca, ni apasionada, tampoco imaginaron jamás convertirse en los extraños que eran ahora. Se dijo, una vez más, que se sentía derrotado. Que a pesar de sus esfuerzos, no había logrado las sencillas metas que se había trazado en la vida: ser un buen hijo, un buen marido, un buen padre. No supo contra quién pero sintió mucha rabia.

–Nunca la quisiste ¿verdad, mamá? –se oyó decir, en un exabrupto. Oyó su voz como un eco, como la voz de un extraño, y oyó que sonaba a reproche. De inmediato se arrepintió, y se encogió como evitando un golpe invisible. Era imposible recoger sus palabras, que flotaban como pelusas en el aire. Un silencio helado se instaló en la habitación y los ojos de la madre se clavaron, feroces, sobre los ojos de él. Bajó la mirada.

–Maldita –dijo ella con lentitud, saboreando cada letra–. Me robó a mi hijo, a mi único hijo. Me robó a mis nietos. –El hombre continuaba mirando al suelo en silencio–. Me robó mis cosas, mi casa, arrinconándome en este cuarto. ¿Cómo puedo quererla?

Él no habló. Había aprendido que el silencio, como el tiempo, curaba las heridas. Después de un rato, levantó la vista y la posó en el televisor y así pasaron los minutos, largos y viscosos. Tenía deseos de irse a dormir, pero no encontraba el momento oportuno. Estaba muy cansado. Pensó que estaba casi tan viejo como su madre cuando él empezó a atenderla y que ya no tenía fuerzas para vivir. Pasó mucho tiempo antes de que se decidiera a levantarse. Fingió bostezar.

–Me muero de sueño –dijo, finalmente.

–Quiero orinar –masculló la anciana.

Él colocó la chata y apartó la mirada. Luego, la retiró y se dirigió al baño. Desde allí la oyó hablarle.

–No te olvides de prepararme tú mismo el desayuno, mañana. La mujer esa le pone kilos de azúcar al café...

–Sí, mamá.

–Y date tiempo para que lo tomes conmigo.

–Sí, mamá.

–No te olvides de dejarme la chata enjuagada junto a la cama.

–Ajá –contestó él con docilidad. Y, sin hacer ruido, depositó la chata junto al excusado y se lavó las manos.

Regresó a la habitación y apagó la luz y el televisor.

–Asegúrame la ventana, hazme el favor –dijo ella con voz débil. Había cerrado los ojos y sus canas resplandecían en la oscuridad–. No vaya a ser que me mate un chiflón de ésos...

–Sí mami –contestó él. Se acercó a la cama e, inclinándose, besó a su madre en la frente–. Buenas noches, mamá –dijo.

Luego, antes de que su silueta se alejara por el corredor, encorvada y arrastrando los pies, se aproximó a la ventana y la abrió de par en par.

ROLANDO SÁNCHEZ MEJÍAS

CUARTO DEL CONFÍN

En el cuarto del confín hay una cama muelle, una mesita, las paredes cubiertas de musarañas, cuadritos insulsos, borrosos, indistinguibles por la costumbre (sí, una infancia atroz, los problemas de percepción habían empezado así justamente, un padre, una madre, comer juntos, el campo, etc.).

Comencé a escribir en la mesita, cuando los tiempos eran mejores, en una posición erecta. Luego se fue volviendo descuidada, una posición de mono, poco propicia para escribir. Entonces fue cuando elegí la cama-muelle. Escribí novelas enteras en la cama-muelle, de un tirón. Es cómodo, ocioso y enfermizo, como todo arte. Una de las novelas escritas en la cama-muelle puede resumirse así:

"La Ciudad oprime. La Ciudad es un laberinto. Y uno es el hombre de las multitudes. Formarse en la Ciudad es adquirir conciencia de la banalidad del crimen. Corrí en sus calles. El viejo Magister me decía: Es la polis, hijo, y fumaba la hierba haciendo un cuenco con las manos, luego aspiraba como un asmático, en un largo sorbido. Yo era, lo que se dice, un irresponsable. De aquí para allá, arreglándome la camisa frente a las vidrieras. Después, en la Casa del Té, al apreciar la realidad, yo y mis amigos murmurábamos: Es el Mal, moviendo pesadamente las cabezas. El Magister nos había enseñado también otras cosas. Leía en voz alta (conocía el arte de la persuasión). Lo rodeábamos en silencio. Las palabras rodaban soñolientas desde su boca: *falansterio… pasiones… trabajo… redención…* Yo había estudiado. Lo suficiente como para ser un hombre positivo. Primero Química, luego un poco de Ciencias Sociales. Eso, un equilibrio humanístico. En la Ciudad el humanismo puede servir para algo. Por ejemplo, comprender la arquitectura de Ciudad nos ayuda a darle forma a su laberinto. Oprime menos. De otra manera el crimen… No soy precisamente un criminal, si es lo que preocupa. Un criminal está obsedido por una idea fija y la demuestra (manera rusa de ver el asunto). Yo no tengo ideas de ese tipo, así que no tengo nada que demostrar. Una vez pensé que sí. Me abrumaba la presencia de una idea. Pero no hallaba cla-

ro qué era y por supuesto no sabía cómo expresarla. Era una idea que
consistía, más bien, en un peso sobre la nuca. Idea vaga. Entonces la
deseché y estuve mucho tiempo a la caza de una idea clara. El Amor,
por ejemplo. El Amor podía ser una idea clara. Un-ser-en-particular-
que-reviste-las-particularidades... Y me sentaba en el parque a esperar
a ese ser. Luego pasan los años y uno se acostumbra. Se descubre que
el Amor es una idea como las demás: una idea vaga con la que se for-
ja el espíritu. Y de eso voy a hablar, de mi aprendizaje espiritual en la
ciudad.

    "Una vez la Ciudad estaba rodeada de murallas. Otro sentido se
agitaba dentro de las murallas. Se ha escrito poco sobre este problema. No hay suficientes Anales. Entonces hay que hacer un esfuerzo de
imaginación para ver cuál es el sentido que agita las mentes y los cuerpos dentro de las murallas. Éste es el sentido: El Sol se va elevando
por encima de las murallas en el Cielo azul y todos los paseantes del
esbozo de urbe se detienen apoyados en sus bastones o sacan las cabezas desde los coches y sostienen una inmemorial mirada hacia el
Cielo de la Isla. Los dedos se mueven indicando el Sol. Las pupilas
son claras e intensas al absorber la luz. Los perros transcurren con su
aire de ausencia y orinan en los sórdidos rincones. Ruidos de espadas,
el Mar rompiendo sus olas más allá de las murallas.

    "Heredado parte de este sentido (mi siglo es otro, y ya termina) ejer-
cito un nuevo paso. El Sol sigue brillando a mis espaldas. Lo siento cla-
vado a las costillas. Las murallas han caído. Sólo quedan restos. Se levantan como emblemas derruidos. Allí pululan los gatos y los
desquiciados que en los agujeros arman sus bártulos. Y en la Noche pueden adivinarse las sombras de los amantes, torcidas en un largo beso (la
Luna es testigo). Éste es, más o menos, mi testimonio de la Ciudad:

"Cansado, llevo un portafolios, me detengo, saludo a la gente, nos damos las manos (manos nerviosas). Estamos apurados. Cada cual con
su idea vaga a cuestas. Cada cual llevando sobre la nuca una idea que
no lo deja andar descuidadamente como en el siglo anterior, donde
era posible mirar con negligencia elevarse el Sol en un Cielo eternamente azul."

    Hasta aquí el resumen de una de las novelas escritas en la cama-
muelle.

    Les dije que mi cuarto era estrecho. Problemas, tal vez, de una per-
cepción atroz (la infancia, etc.). Por las mañanas caliento el café que
queda de la noche. A la manera de Balzac. Hasta me duele un poco el

hígado y parezco abominable con el pelo revuelto y la grasa nocturna brillando en la cara. Luego llegan unos amigos pintores. Han estudiado en escuelas de arte, están llenos de ideas teatrales. Ya sus manos no se manchan de laboriosas jornadas. Uno les pregunta por el paisaje y se ríen. Más o menos la siguiente conversación:

YO. Qué, ¿ya no hay Sol afuera?

ELLOS. Es el mismo de siempre.

YO. No es el mismo. Se está muriendo.

ELLOS. Que muera.

YO. No me gusta el escepticismo. Es decir, el de ustedes.

ELLOS. Y tu confirmación, ¿qué es?

YO. De algún modo, todavía soy un romántico (el viento agita mi cabellera).

ELLOS. Un romántico tiene aunque sea una idea fija. Ya tú no tienes ninguna.

(Me llevo las manos a las sienes, aturdido.)

ELLOS. También eres un muchacho teatral. Un muchacho con cierto sentido de la Historia.

Y así por el estilo.

El Amor también llega al cuarto del confín. A veces en forma de ex universitarias ultrajadas por el alcohol. En mi cama-muelle ejercitan su pasión (un Eros teatral). Después, sosegadas, distantes (ambas con un rictus sereno, cigarros ladeados, pintura corrida, etc.), hablamos, ellas desde la cama-muelle, yo desde la mesita (sudo, mi mano tiesa sobre el papel, la hoja en blanco):

ELLAS. R., ¿qué escribes?

YO (triste). Nada. Sólo tengo una idea fija. Pero es una idea vaga. Lo cual es un serio problema.

ELLAS. R., entonces trata de contarnos algo.

YO. OK, trataré de contarles algo.

Muchachas lésbicas.

No voy a elegir las palabras. Esta vez no voy a elegirlas. No tengo mucho tiempo. ¿Qué pasa? Me voy a América, como el viejo Svidrigailov (apoyo un dedo en la sien y hago ¡pum!). Por eso no tengo tiempo.

La Ciudad oprime. La Ciudad es un laberinto. ¿Han visto una Ciudad a vuelo de pájaro? Son inextricables, aunque ostenten, de golpe, cierta simetría entre sus partes.

No es fácil entonces, conservar la calma, la entereza, en ese laberinto.

Si han podido echarle un vistazo a la Ciudad a vuelo de pájaro, se habrán percatado que un poco hacia las afueras se eleva, vasta, solemne, saludable, hacia un Cielo vigoroso, una construcción destinada a los desatinos del corazón: el Manicomio. Es su época de esplendor, el vertedero a donde van a parar los resultados atroces de la Ciudad.

La Historia, allí, languidece, es opaca, se vuelve secreta. Si uno continúa su vuelo y se acerca a uno de los pabellones, cerca, muy cerca, de manera que pueda contemplar los rostros en primer plano, podrá ver los resultados de la Historia.

El rictus. El rictus es el dibujo exacto del dolor de la Historia. Y el rictus, como ustedes saben, pacientemente se endurece en una máscara. ¿Ven mi cara? (halo hacia afuera mis cachetes). ¿Se borra el rictus? ¿Se desvanecen las huellas del pasado? No obstante, hay quien me dice: "R., quítate la máscara."

Hablando de máscara, les voy a contar una historia: ¿Se acuerdan de Rasputín? Sí, el mago, el profeta…

Una madrugada me levanto como de costumbre, hago café, me doy un baño rapidito y observo un rato por la ventana (lo que constituye un buen ejercicio antes de escribir, problemas de percepción, etc.). ¿Qué veo? Nada. Sólo la Noche. La indiferencia. La Niebla negra…

Pero la Niebla es frágil. Doy un manotazo y se disipa en el acto. Entonces el Sol, radiante. Y bajo el Sol, un viejo carro de Anchar.

Era imposible que no fuera él. La misma pelambre. La misma barba de las películas. El mismo cuerpo tozudo y orgiástico.

Nos saludamos. Él me presenta a la princesa de M. (La princesa: gorda, mejillas pálidas, pelo rubio limitado por un cerquillo.) Tomo la mano de la princesa: una mano llena, gelatinosa, manchada de tabaco.

Rasputín le hace una señal al chofer. (El chofer: menudo, calvo, espejuelos, ojillos escrutadores.) El carro, con un ruido infernal, se pone en marcha. Rasputín saca de su bolso una botella, se da un trago, eructa y dice señalando a la princesa de M.: "Ella será la Reina" (la princesa de M. sonríe halagada). "Cambiaremos el rumbo de la Historia." Luego me dice: "¿Ha oído un blues?" (tararea) "Algo sí, pero sincopado." (Silencio, una mosca en el aire caliente.) Rasputín me mira con ojos cándidos: "¿Saben ustedes lo que es la nieve? No, no lo saben." El auto traquetea. Al rato le pregunto a Rasputín por Yusupov. (Muchachas lésbicas, por si no lo saben, en la vida real Yusupov había sido el matador de Rasputín.) Habla la princesa de M.: "Esta vez, él (señala a Rasputín) lo vencerá." Alegría en la cara pálida de la princesa de M., que se da pellizquitos en las mejillas. Los ojos de Rasputín: semituertos.

A la derecha del camino se avistan los basureros.

El auto se detiene.

Primero baja Rasputín y le tiende la mano a la princesa de M. (El viento revuelve la peste de los basureros.)

Rasputín avanza delante.

La princesa de M., detrás, tropieza con latas y desperdicios.

Les grito: "¡Suerte!"

Mientras se alejan van adquiriendo contra el horizonte un formato bastante simple, arriba el Cielo tupido de nubes.

Me digo conmovido: "Adiós. Adiós princesa de M. Adiós Rasputín." Aparece un tercer puntico. Los tres se desdibujan en el horizonte.

Como les decía, fui aceptado en el Manicomio. Allí me preguntaron: "¿Qué haces aquí?"

YO. Estoy atormentado con el ir y venir en la Ciudad.

ELLOS. Aquí los pabellones suelen tener también sus inconvenientes: como en la Ciudad, son laberínticos.

YO. Pero la Ciudad vuelve triviales los grandes asuntos.

ELLOS. Y aquí lo importante se vuelve un espejismo: paseos, terapia colectiva, pelota, electroshocks, inyecciones, etcétera.

YO. Conozco los problemas del espejismo: soy escritor.

ELLOS. Ya lo sabíamos: su verba.

(De pronto el Sol se levanta sobre uno de los pabellones.)

YO (señalando el Sol). Brilla. Todavía.

ELLOS. Sí, siempre suelen ser lo mismo (esos hombres de batas blancas se ven tristones).

El sol hace un rápido movimiento, sale de encima del pabellón y va a parar a la copa de un árbol solitario. En las ramas del árbol cuelgan los cuerpos rígidos de la gente que descansa. Allí, el Sol queda pendiendo de un hilo. Es una percepción hermosa.

Pero no voy a elegir las palabras. Ya les dije: Me voy a América. Y si uno se va a América (me llevo un dedo a la sien y hago ¡pum!) no debe elegir las palabras.

Voy a contarles lo de la Comuna.

Una Comuna de intelectuales es un asunto bastante miserable. Pero en la ciudad ya habíamos perdido nuestro público. Nadie nos leía. Era ridículo ver cómo acudíamos en manadas a la Casa del Té a contarnos las historias recién escritas. Entonces susurrábamos: Es el mal. Y las horas, escurridizas, nos señalaban la inconsistencia del Mundo.

Fue cuando surgió, la idea. La idea mezquina. Pero era el único camino que el laberinto de la Ciudad nos había dejado.

Un buen día recogimos los bártulos.

Libros: Fourier, *Los manuscritos económicos,* el judío vienés, Meister Eckhart, los versos de Casal, *Los endemoniados*...

Máquinas de escribir, preferiblemente portátiles. Dos o tres mudas de ropa. Cigarros. Té. Etcétera.

En fin, lo imprescindible para vivir en los primeros tiempos de la Comuna. Después sembraríamos (un tiempo para cosechar, otro tiempo para recoger).

Al llegar, sobre una carreta, al viento, recité los versos de Wordsworth:

Oh bendiciones en esta suave brisa
Que sopla desde las verdes praderas y nubes
Y desde el cielo acaricia mi mejilla
Y parece caso consciente del gozo que otorga.
¡Oh bienvenida mensajera! ¡Oh bienvenida amiga!
Un cautivo te saluda, procedente de una casa
De ataduras, liberado de las murallas de aquella ciudad,
Una prisión donde había pasado largo tiempo emparedado.

Los primeros días de la Comuna fueron de consistencia bucólica. De noche nos sentábamos alrededor de una hoguera (como cuando adolescentes; fogatas, canciones, responsabilidad histórica, libretas llenas de poemas). Así nos sorprendía la luz del sol naciente en las pupilas enervadas por el té y las ideas, el canto de los gallos en los oídos aturdidos por las palabras.

Cada cual narraba sus crímenes y en el acto era purificado por el aire campestre. Algunos se desgarraban sus ropas en un gesto casi hebreo (detrás las palmas, los sinsontes). Yo también narré mi culpa. Fue una tarde. Habíamos terminado la jornada y descansábamos en los surcos. Hablé en voz grave, cansada. Dije:

Camaradas de oficio:

El aprendizaje en la Ciudad consiste en adquirir conciencia de la trivialidad del crimen. Desde que uno patina en sus calzadas (pequeños, abruptos, sudorosos y casi sinceros) tiene conciencia de que es difícil, muy difícil, sostener en la cabeza una idea. Son muchas e inconsistentes, se te escapan de las manos como mariposas que son suplantadas rápidamente por otras. Entonces uno comienza a edificar, o mejor, a tratar de edificar, una idea con cierta magnitud. Claro, que hay algo de pedagogía en esto, hay algo de artificio y espiritualidad al servicio de la ilustración. Pero en la infancia es así.

Y yo edifiqué mi idea.

La sopesé buscando fuerzas.

La comparé con otras ideas magnas, ya probadas por la Historia.

Y vi que mi idea tenía cierto carácter.

¿El carácter de mi idea?

¡La cantidad de praxis, de crimen que exigía!

Sí, a la manera rusa, vodka, pan negro y sucios funcionarios.

Calles neblinosas y cuartuchos amarillos donde late el olor del té barato y el tufo a tuberculosis.

Estudiantes aturdidos por la pluralidad del Mundo (mal vestidos, comunas rusas, padrecitos, santones, libros y migas de pan en los bolsillos de raídas chaquetas).

Incienso en el viento y el eco de cascos de caballos en las calles.

Porque en la infancia uno se repliega en las colchas y se sumerge en las lecturas (*Las mil y una noches*, Proust, fin-de-siècle, etcétera).

El corazón palpita con la cantidad de ideas magnas que el cerebro embotado crea en la cama-muelle.

Afiebrado, se tantean las paredes en busca de una salida.

¡Pero todas están cerradas!

Un buen día uno se da cuenta que todas las salidas están cerradas pues cada salida exige una cantidad insoportable de praxis y de crimen.

Entonces el pequeño monstruo vuelve a la cama y allí continúa incubando la idea magna (la fiebre, la mano de la madre en la frente empapada).

Y al vértigo le sucede la calma.

Es que no crece, compañeros de oficio.

Uno se vuelve un hombrecito.

Un hombrecito de las multitudes, las manos en los bolsillos, el cigarro ladeado en la boca, la mochila a la espalda.

El pequeño monstruo ha crecido lo suficiente, ha obtenido cierta fijeza en los ojos clínicos y un poco tiernos.

Y camina a zancadas, inscribiendo su paso en el Tiempo.

Ha fumado de todo, ha traficado en el Puerto y ha tenido espantosas noches etílicas.

En su mochila lleva el hacha, envuelta en periódicos donde la Historia ha cobrado un color amarillo.

Y atraviesa la Ciudad.

Prefiere hacerlo a pie.

Cruza el parque de pérgolas gastadas y de estatuas cagadas por los pájaros.

Los viejos saben que ahí va el pequeño monstruo de las multitudes y evitan la mirada. (Un viejo: Ahí va, es él. Una vieja: Deja eso, sigue en lo tuyo, y cortan el pan con las encías hundidas.)

Coge por las calles antiguas de la Ciudad (arquitectura devastada, percepción atroz).

Le echa un vistazo a los pedazos de murallas: yerbas, musgo, el siglo es otro y ya termina.

Callecitas soleadas y estrepitosas: tendederas, mujeres con jabas y niños, arreglos al asfalto, almacenes, trabajadores en camisetas, voces enérgicas, bocinazos, nubes blancas en los retazos del cielo.

Al fin, el angosto pasillo.

Escaleras torcidas, pasamanos grasientos, paredes garabateadas, persistente olor a borra de café y caldo de gallina, puertas pequeñas innumerables y semejantes.

El corazón palpita por la idea magna.

Los nudillos contra la puerta, primero vacilante, luego seguro de sí mismo.

La puerta se entreabre: dos ojillos brillantes, como de rata, el pelo como plumaje sucio.

"¡Y entonces el hacha… zas!", me interrumpe una de las muchachas lésbicas (le ha cogido a la otra una mano, los dedos juguetean obscenos).

Les dije: "No es pre-ci-sa-men-te así, si me dejaran terminar el relato."

"R., eres un manierista, ya sabemos que Rasko le da duro con el hacha a la vieja arpía", dijo el otro amorcillo, risita histérica, los senos caídos pero sublimes.

"Y que Rasko, a fin de cuentas, fue regenerado por Sonia en una isba absoluta y fría de la Siberia. ¡La Historia lo atrapó!", y ríe como un ave perversa, el primer amorcillo, cazando, de golpe, los dedos que le hacen cosquillas en la barriga.

ENRIQUE SERNA

EL ALIMENTO DEL ARTISTA

Dirá usted que de dónde tanta confiancita, que de cuál fumó esta ciga-
rrera tan vieja y tan habladora, pero es que le quería pedir algo un poco especial, cómo le diré, un favor extraño, y como no me gustan los
malentendidos prefiero empezar desde el principio ¿no?, ponerlo en
antecedentes. Usted tiene cara de buena persona, por eso me animé a
molestarlo, no crea que a cualquiera le cuento mi vida, sólo a gentes
con educación, con experiencia, que se vea que entienden las cosas
del sentimiento.

Le decía pues que recién llegada de Pinotepa trabajé aquí en El Sarape, de esto hará veintitantos años, cuando el cabaret era otra cosa.
Teníamos un show de calidad, ensayábamos nuestras coreografías, no
como ahora que las chicas salen a desnudarse como Dios les da a entender. Mire, no es por agraviar a las jóvenes pero antes había más respeto al público, más cariño por la profesión. Claro que también la
clientela era diferente, venían turistas de todo el mundo, suizos, franceses, ingleses, así daba gusto salir a la pista. Yo entiendo a las muchachas de ahora, no se crea. ¿Para qué le van a dar margaritas a los puer-
cos? Los de Acapulco todavía se comportan, pero llega cada chilango
que dan ganas de sacarlo a patadas, oiga, nomás vienen a la zona a
molestar a las artistas, a gritarles de chingaderas, y lo peor es que a la
mera hora no se van con ninguna, yo francamente no sé a qué vienen.

Pues bueno, aquí donde me ve tenía un cuerpazo. Empecé haciendo un número afroantillano, ya sabe, menear las caderas y revolcarme
en el suelo como lagartija, zangoloteándome toda, un poco al estilo de
Tongolele pero más salvaje. Tenía mucho éxito, no es por nada pero
merecía cerrar la variedad, yo me daba cuenta porque los hombres
veían mi show en silencio, atarantados de calentura, en cambio a Berenice, la dizque estrella del espectáculo, cada vez que se quitaba una
prenda le gritaban mamacita, bizcocho, te pongo casa, o sea que los
ponía nerviosos por falta de recursos, y es que la pobre no sabía moverse, muy blanca de su piel y muy platinada pero de arte, cero.

Fue por envidia suya que me obligaron a cambiar el número. No aguantó que yo le hiciera sombra. Según don Sabás, un gordo que administraba el cabaret pero no era el dueño, el dueño era el amante de la Berenice, por algo sé de dónde vino la intriga, según ese pinche barrigón, que en paz descanse, mi número no gustaba. ¡Hágame usted el favor! Para qué le cuento cómo me sentí. Estaba negra. Eso te sacas por profesional, pensé, por tener alma de artista y no alma de puta. Ganas no me faltaron de gritarle su precio a Sabás y a todo el mundo, pero encendí un cigarro y dije cálmate, no hagas un escándalo que te cierre las puertas del medio, primero escucha lo que te propone el gordo y si no va contra tu dignidad, acéptalo.

Me propuso actuar de pareja con un bailarín, fingir que hacíamos el acto sexual en el escenario, ve que ahora ese show lo dan dondequiera pero entonces era novedad, él acababa de verlo en Tijuana y le parecía un tiro. La idea no me hizo mucha gracia, para qué le voy a mentir, era como bajar de la danza a la pornografía, pero me discipliné porque lo que más me importaba era darle una lección a la Berenice ¿no?, chingármela en su propio terreno, que viera que yo no sólo para las maromas servía. En los ensayos me pusieron de pareja a un bailarín muy guapo, Eleazar creo se llamaba, lo escogieron a propósito porque de todos los del Sarape era el menos afeminado, tenía espaldotas de lanchero, mostacho, cejas a la Pedro Armendáriz. Lástima de hombrón. El pobre no me daba el ancho, nunca nos compenetramos. Era demasiado frío, sentía que me agarraba con pinzas, como si me tuviera miedo, y yo necesitaba entrar un poco en papel para proyectar placer en el escenario ¿no? Bueno, pues gracias a Dios la noche del debut Eleazar no se presentó en el Sarape. El día anterior se fue con un gringo que le puso un pent-house en Los Ángeles, el cabrón tenía matrimonio en puerta, por algo no se concentraba. Nos fuimos a enterar cuando ya era imposible cancelar el show, así que me mandaron a la guerra con un suplente, Gamaliel, que más o menos sabía cómo iba la cosa por haber visto los ensayos pero era una loca de lo más quebrada, toda una dama, se lo juro. Sabás le hacía la broma de aventarle unas llaves porque siempre se le caían, y para levantarlas se agachaba como si trajera falda, pasándose una mano por las nalgas, muy modosito él. Por suerte se me prendió el foco y pensé, bueno, en vez de hacer lo que tenías ensayado mejor improvisa, no te sometas al recio manejo del hombre ahora que ni hombre hay, haz como si el hombre fueras tú y la sedujeras a esta loca.

Santo remedio. Gamaliel empezó un poco destanteado, yo le restregaba los pechos en la cara y él haga de cuenta que se le venía el mundo encima, no hallaba de dónde agarrarme, pero apenas empecé a fajármelo despacito, maternalmente, apenas le di confianza y me puse a jugar con él como su amiga cariñosa, fui notando que se relajaba y hasta se divertía con el manoseo, tanto que a medio show él tomó la iniciativa y se puso a dizque penetrarme con mucho estilo, siguiendo con la pelvis la cadencia del mambo en sax mientras yo lo estimulaba con suaves movimientos de gata. Estaba Gamaliel metido entre mis piernas, yo le rascaba la espalda con las uñas de los pies y de pronto sentí que algo duro tocaba mi sexo como queriendo entrar a la fuerza. Vi a Gamaliel con otra cara, con cara de no reconocerse a sí mismo, y entonces la vanidad de mujer se me subió a la cabeza, me creí domadora de jotos o no sé qué y empecé a sentirme de veras lujuriosa, de veras lesbiana, mordí a Gamaliel en una oreja, le saqué sangre y si no se acaba la música por Dios que nos ponemos a darle de verdad enfrente de todo mundo.

Nos ovacionaron como cinco minutos, lo recuerdo muy bien porque al salir la tercera vez a recibir los aplausos Gamaliel me jaló del brazo para meterme por la cortina y a tirones me llevó hasta mi camerino porque ya no se aguantaba las ganas. Tampoco yo, para ser sincera. Caímos en el sofá encima de mis trajes y ahí completamos lo que habíamos empezado en la pista pero esta vez llegando hasta el fin, desgarrándonos las mallas, oyendo todavía el aplauso que ahora parecía sonar dentro de nosotros como si toda la excitación del público se nos hubiera metido al cuerpo, como si nos corrieran aplausos por las venas.

Después Gamaliel estuvo sin hablarme no sé cuántos días, muerto de pena por el desfiguro. Hasta los meseros se habían dado cuenta de lo que hicimos y comenzaron a hacerle burla, no que te gustaba la coca cola hervida, chale, ya te salió lo bicicleto, lo molestaban tanto al pobre que yo le dije a Sabás oye, controla a tu gente, no quiero perder a mi pareja por culpa de estos mugrosos. En el escenario seguíamos acoplándonos de maravilla pero él ahora no se soltaba, tenía los ojos ausentes, la piel como entumida, guardaba las distancias para no pasarse de la raya y esa resistencia suya me alebrestaba el orgullo porque se lo confieso, Gamaliel me había gustado mucho en el camerino y a fuerzas quería llevármelo otra vez de trofeo pero qué esperanza, él seguía tan profesional, tan serio, tan en lo suyo que al cabo de un tiempo dije olvídalo, éste nada más fue hombre de un día.

Cuál no sería mi sorpresa cuando a los dos meses o algo así de que habíamos debutado me lo encuentro a la salida del Sarape, ya de mañana, borracho y con una rosa de plástico en la mano, diciendo que me había esperado toda la noche porque ya no soportaba el martirio de quererme. Dicen que los artistas no se deben enamorar, pero yo al amor nunca le saqué la vuelta, quién sabe si por eso acabé tan jodida. Gamaliel se vino a vivir conmigo al cuarto que tenía en el hotel Oviedo. Aunque nos veíamos diario cada vez nos gustábamos más. Lo de hacer el amor después del show se nos hizo costumbre, a veces ni cerrábamos la puerta del camerino de tanta prisa. Y cuidado con oír aplausos en otra parte, yo no sé qué nos pasaba, con decirle que hasta viendo televisión, cuando el locutor pedía un fuerte aplauso para Sonia López o Los Rufino, ya nomás con eso sentíamos hormigas en la carne. El amor iba muy bien pero al profesionalismo se lo llevó la trampa. Gamaliel resultó celoso. No le gustaba que fichara, me quería suya de tiempo completo. Para colmo se ofendía con los clientes que lo albureaban, y es que seguía siendo tan amanerado como antes y algunos borrachos le gritaban de cosas, que ese caldo no tiene chile, que las recojo a las dos, pinches culeros, apuesto que ni se les paraba, ninguno de ellos me hubiera cumplido como Gamaliel. Llegó el día en que no pudo con la rabia y se agarró a golpes con un pelirrojo de barbas que se lo traía de encargo. El pelirrojo era compadre del gobernador y amenazó con clausurar el Sarape. Sabás quiso correr a Gamaliel solo pero yo dije ni madres, hay que ser parejos, o nos quedamos juntos o nos largamos los dos.

Nos largamos los dos. En la zona de Acapulco ya no quisieron darnos trabajo, que por revoltosos. Fuimos a México y al poco rato de andar pidiendo chamba nos contrataron en El Club de los Artistas, que entonces era un sitio de catego. Por sugerencia del gerente modernizamos el show. Ahora nos llamábamos Adán y Eva y salíamos a escena con hojas de parra. El acompañamiento era bien acá. Empezaba con acordes de arpa, o sea, música del amor puro, inocente, pero cuando Gamaliel mordía la manzana que yo le daba se nos metía el demonio a los dos con el requintazo de Santana. Ganábamos buenos centavos porque aparte del sueldo nos pagaban por actuar en orgías de políticos. Se creían muy depravados pero daban risa. Mire, a mí esos tipos que se calientan a costa del sudor ajeno más bien me dan compasión, haga de cuenta que les daba limosna, sobras de mi placer. En cambio a Gamaliel no le gustaba que anduviéramos en el deprave. Ahora le había entrado el remordimiento, se ponía chípil por cualquier cosa. Es que no tenemos intimidad, me decía, estoy harto de que nos vean esos pendejos, a poco les gustaría que yo los viera con sus esposas.

Aprovechando que teníamos nuestros buenos ahorros decidimos retirarnos de la farándula. Gamaliel entró a trabajar de manicurista en una peluquería, yo cuidaba el departamento que teníamos en la Doctores y empezamos a hacer la vida normal de una pareja decente, comer en casa, ir al cine, acostarse temprano, domingos en La Marquesa, o sea, una vida triste y desgraciada. Triste y desgraciada porque al fin y al cabo la carne manda y ahora Gamaliel se había quedado impotente, me hacía el amor una vez cada mil años, malhumorado, como a la fuerza ¿y sabe por qué? Porque le faltaba público, extrañaba el aplauso que es el alimento del artista. Será por la famosa intuición femenina pero yo enseguida me di cuenta de lo que nos pasaba, en cambio Gamaliel no quería reconocerlo, él decía que ni loco de volver a subirse a un escenario, que de manicurista estaba muy a gusto, y pues yo a sufrir en la decencia como mujercita abnegada hasta que descubrí que Gamaliel había vuelto a su antigua querencia y andaba de resbaloso con los clientes de la peluquería.

Eso sí que no lo pude soportar. Le dije que o regresábamos al talón o cada quien jalaba por su lado. Se puso a echar espuma por la boca, nunca lo había visto tan furioso, empezó a morderse los puños, a gritarme que yo con qué derecho le quería gobernar la vida si a él las viejas ni le gustaban, pinches viejas. Pues entonces por qué me regalaste la rosa de plástico, le reclamé, por qué te fuiste a vivir conmigo hijo de la chingada. Con eso lo ablandé. Poco a poco se le fue pasando el coraje, luego se soltó a chillar y acabó pidiéndome perdón de rodillas, como en las películas, jurando que nunca me dejaría, ni aunque termináramos en el último congal del infierno.

Como en la capital ya estábamos muy vistos fuimos a recorrer la zona petrolera, Coatzacoalcos, Reynosa, Poza Rica, ve que por allá la gente se gasta el dinero bien y bonito. Los primeros años ganamos harta lana. El problema fue que Gamaliel empezó a meterle en serio a la bebida. Se le notaba lo borracho en el show, a veces no podía cargarme o se iba tambaleando contra las mesas. El público lógicamente protestaba y yo a la greña con los empresarios que me pedían cambiarlo por otro bailarín. Una vez en Tuxpan armamos el escándalo del siglo. Yo esa noche también traía mis copas y nunca supe bien qué pasó, de plano se nos olvidó la gente, creíamos que ya estábamos en el camerino cogiendo muy quitados de la pena cuando en eso se trepan a la pista unos tipos malencarados que me querían violar, yo también quiero, mamita, dame chance, gritaban con la cosa de fuera. Tras ellos se dejó venir la policía dando macanazos, madres, a mí me tocó uno, mire la cicatriz aquí en la ceja, se armó una bronca de todos contra todos, no sé a quién le clavaron un picahielo y acabamos Adán y Eva en una cárcel que parecía gallinero, sepárenlos, decía el sargento, a esos dos no me los pongan juntos que son como perros en celo.

Ahí empezó nuestra decadencia. Los dueños de centros nocturnos son una mafia, todos se conocen y cuando hay un desmadre como ése luego luego se pasan la información. Ya en ningún lado nos querían contratar, nomás en esos jacalones de las ciudades perdidas que trabajan sin permiso. Además de peligroso era humillante actuar ahí, sobre todo después de haber triunfado en sitios de categoría. En piso de tierra nuestro show se acorrientaba y encima yo acababa llena de raspones. Intentamos otra vez el retiro pero no se pudo, el arte se lleva en la sangre y a esas alturas ya estábamos empantanados en el vicio de que nos aplaudieran. Cuando pedíamos trabajo se notaba que le teníamos demasiado amor a las candilejas, íbamos de a tiro como limosneros, dispuestos a aceptar sueldos de hambre, dos o tres mil pesos por noche, y eso de perder la dignidad es lo peor que le puede pasar a un artista. Luego agréguele que la mala vida nos había desfigurado los cuerpos. Andábamos por los cuarenta, Gamaliel había echado panza, yo no podía con la celulitis, un desastre, pues. De buena fe nos decían que por qué no cantábamos en vez de seguir culeando. Tenían razón, pero ni modo de confesarles que sin público nada de nada.

Para no hacer el cuento largo acabamos trabajando gratis. De exhibicionistas nadie nos bajaba. Por lástima, en algunas piqueras de mala muerte nos dejaban salir un rato al principio de la variedad, y eso cuando había poca gente. Nos ganábamos la vida vendiendo telas, joyas de fantasía, relojes que llevábamos de pueblo en pueblo. Así anduvimos no sé cuánto tiempo hasta que un día dijimos bueno, para qué trajinamos tanto si en Acapulco tenemos amigos, vámonos a vivir allá, y aquí nos tiene desde hace tres años, a Dios gracias con buena salud, trabajando para Berenice que ahora es la dueña del Sarape, mírela en la caja cómo cuenta sus millones la pinche vieja. Gamaliel es el señor que le recoge los tacones a las vedettes, ¿ya lo vio?, el canoso de la cortina. Guapo ¿verdad? Tiene cincuenta y cuatro pero parece de cuarenta, o será que yo lo veo con ojos de amor. ¿A poco no es bonito querer así? No hace falta que me dé la razón, a leguas se ve que usted sí comprende, por eso le quería contar mi vida, para ver si es tan amable de hacerme un favorcito. Ahí en el pasillo, detrás de las cajas de refresco, tenemos nuestro cuarto Gamaliel y yo. Tenga, es todo lo que traigo, acéptemelo por caridad, ya sé que no es mucho pero tampoco le voy a pedir un sacrificio. Nomás que nos mire, y si se puede, aplauda.

MARCELO CARUSO

UN PEZ EN LA INMENSA NOCHE

En el piso, la boca del hombre se contrajo, tembló un instante y luego se calmó. Algo había irrumpido desde la garganta y la había dejado inmóvil, con una mueca crispada. El único ojo abierto del hombre veía un escritorio borroso, un cuadro vacío y un estante. Todo lejano, confuso, como del otro lado de un vidrio sucio por incontables lluvias y ventarrones de tierra. En la penumbra de la habitación sólo se oía un burbujeo de agua. El hombre escuchaba también el chasquido de su lengua, que intentaba despegar un coágulo enredado entre dos dientes. El ojo fue girando con esfuerzo, encontró la sombra de la nariz, los poros del piso como cráteres, restos extraños, varias gotas de sangre y algo negro y cilíndrico que lo apuntaba como un dedo feroz. Se detuvo: con insólita realidad, aquello atravesó la superficie de ese vidrio para instalarse frente a su pupila. Luego volvió a moverse, pero esta vez hacia su otro vértice. Tropezó con algunas pestañas un poco pegoteadas, trató de liberarlas, no pudo, descubrió la pata de una mesa iluminada por un resplandor difuso, y se concentró en el esfuerzo de subir hasta la luz. Fue alzándose, al principio con movimientos bruscos, después suavemente, a lo largo de la filosa vertical de la pata. Encontró un travesaño de madera, se elevó casi temblando, hasta que pudo recorrer por fin una superficie de vidrio. Era una pecera con un foco encendido en una esquina. Lentas burbujas estallaban al final de su ascenso, expulsadas por el aireador.

Más que pensar, el hombre supo que esa luz debía estar iluminándole parte del cuerpo, pero estaba maquinalmente ocupado en la tarea de respirar, y si tenía algo de conciencia se le traducía simplemente en imágenes confusas de la infancia, voces que, paradójicamente, resucitaban en ese instante: fragmentos caprichosos, un pecho de mujer, una lengua, y sobre todo, el deseo no formulado, pero vivo y ardiente, de encontrarse las manos. El ojo se agitó buscándolas, pero las visiones que le llegaron de su cuerpo fueron extrañas, como si hubiera contemplado un raro animal extinguido, abierto sobre una mesa, desenterrado de hielos prehistóricos. Cada vez más irritado, el ojo volvió a su

posición anterior y recibió nuevamente el resplandor de la pecera. Con
una calma cercana a la inercia, el agua apenas iluminada le fue entrando en la pupila. Vio la mancha de las piedras, la neblina húmeda de la
luz y algo que cruzó lentamente, de derecha a izquierda, envuelto en
una oscura y vaporosa parsimonia: el Carassius.

Con bastante esfuerzo, el ojo persiguió los vaivenes de su cuerpo y
de esa cola que, de acuerdo con la posición, estallaba por momentos
con un brillo lúgubre. El pez, solo en la reducida inmensidad de la
pecera, nadaba zigzagueando hacia una esquina, se topaba con el
vidrio, subía y bajaba tratando atolondradamente de superarlo, pero
arriba, abajo, a los costados, volvía a chocar de lleno contra él.
Entonces giraba, descendía con esfuerzo hasta el fondo de piedras,
daba un mordisco a algo y, con el mismo propósito irrealizable, iniciaba empecinadamente su camino hacia la otra esquina del acuario.

El vidrio posterior tenía una fotografía del templo de Abu-Simbel
que el hombre había recortado días atrás. En la semipenumbra, la
figura fantasmagórica del pez, chocando contra los viejos e inmóviles
colosos, comenzó a hundirse en el ojo con una terca continuidad, sin
ostentar la potencia que la movía y sobrenadando años para raspar el
fondo de la propia vida del hombre, un fondo ya desgranado, hecho
partículas, como la grava del acuario.

Entonces ciertas voces comenzaron a seguirlo: "…Harta…" "…Tu
redentorismo wagneriano…" "…Harta…" "…Los poemas no saben
caminar…" Voces clavadas en su cabeza como resortes que se mezclaban con sonidos, con antiquísimos olores y miedos, con manos no
del todo reconocibles y con esa pesadilla persistente que ahora era sin
tapujos una visión, la visión de sí mismo nadando en la profundidad,
desnudo, buscando atravesar unos colosos con la misma desesperación del pez, en un tiempo sin luz y sin medida. Un pez en la
inmensa noche, sumergido, preso en la nada de un destino de absoluta y perenne desolación.

Una convulsión aguda lo llevó al agotamiento. La imagen del pez
desapareció detrás de una nube rojiza. La garganta se le inundó de
golpe con algo líquido que empezó a fluir hacia adentro y parte, también, hacia afuera de la boca. "Ya está", pensó, pero con la forma de
un oscuro sentimiento. Sin embargo, el ojo trató una vez más de ver
del otro lado del vidrio. Parecía fuera del tiempo, como si lo hubieran
metido en una campana o en un frasco de formol sobre el que a veces,
y sin orden cronológico, aparecían las extrañas imágenes de su vida
de la misma manera en que los objetos de la habitación se reflejaban

sobre el vidrio de la pecera. Y, como el pez, el hombre ya ignoraba esas imágenes. Sólo algunas, mientras su debilidad crecía, trataban de aferrarse y de herirle la memoria, con una persistencia caprichosa que lo devolvía a una escalera, a su niñez, a unos zapatos de mujer. Desde allí había otras resbalando a su lado, secuencias disgregadas que asaltaban inútilmente su cerebro mientras el ojo, como ajeno a él, acompañaba trabajosamente los movimientos del pez en la penumbra.

Después, un segundo de calma desembocó en una nueva convulsión: al mismo tiempo todo empezó a confundirse con un rumor sordo del otro lado de la pared, algunos golpes, sonidos lejanos de la calle, una sirena, la palabra: "Basta" y una fotografía desgarrada, en un canasto de papeles. Ahí, por fragmentos, cuerpo moreno de una muchacha, arqueado en la penumbra del amor como un ave del paraíso, desbordado, húmedo, fragante. Y palabras de esa muchacha que habían estallado en el alma del hombre como bengalas de fiesta, y una noche de abrumadora belleza, los dos sentados en las escaleras de una hostería, cuando todavía era tiempo de deseos y en alguna zona del cielo podían descubrir el milagro de una estrella fugaz. Mientras buscaba vanamente al pez, se oyó diciendo: "Salió mal, muy mal", y tuvo la visión de la muchacha abrochándose un tapado. Después se vio a sí mismo dando un salto, algo entre infantil y patético, para llegar a ese escritorio del que se había alejado llevando un estuche de considerable peso. Y allí, en el centro de la habitación, diciendo: "Treinta y dos años", diciendo: "Es igual", se recordó enfrentando al pez, al insensato pez que nadaba en la penumbra, mientras su mano, al fin, empuñaba el arma y la llevaba a la sien.

HOMERO CARVALHO OLIVA

EVOLUCIÓN

"Al despertar Cucaracha Brown una mañana, tras un sueño intranquilo, encontróse en su cama convertido en un imperfecto humano." Y esto sí que fue un problema, pues como están las cosas en nuestra sociedad al pobre Cucaracha Brown le será muy difícil acostumbrarse a su nuevo estado. ¿Cómo se las va a arreglar, por ejemplo, para explicar que él antes era una feliz cucaracha y que, por tan sencilla razón, no posee documento de identidad, licencia de conducir, cuenta bancaria, tarjetas de crédito o algún número clave que lo identifique como persona en la cibernética central? ¿Quién le va a creer que no tenga familia, escuela, un barrio, un trabajo honrado, novia y número de teléfono? Es fácil trasladarse de domicilio y dejar abandonadas a una o más cucarachas en la casa anterior pero, ¿qué hacer con un ser humano sin prontuario policial, sin locura aparente o amnesia declarada, sin los años necesarios para encerrarlo en un asilo de ancianos? Una cucaracha se da modos para comer desperdicios, cualquier cosa, y no dejarse pisar, sin embargo no siempre sucede lo mismo con una cucaracha que se ha despertado, perfectamente convertida en ser humano con conciencia social y orgullo ciudadano; un hombre que no sabe desempeñar oficio alguno y que prefiere morirse de hambre antes que andar mendigando un mendrugo de pan. Esto sí que es todo un problema.

HORACIO CASTELLANOS MOYA

EL GRAN MASTURBADOR

> ...El Gran Masturbador [...]
> se inmoviliza
> contagiado por aquella hora de la
> tarde todavía demasiado luminosa...
> SALVADOR DALÍ

"Los animales y los locos asuelan esta ciudad. Los primeros son bestias salvajes, sanguinarias, voraces, inmunes a otra inteligencia que no sea el pillaje; los segundos surgieron para combatir a los primeros, pero a medida que su lucha se ha ido prolongando, se parecen cada vez más a sus enemigos. En medio de los animales y los locos deambula una raza de escépticos, apáticos, contempladores y víctimas de la acción. Somos la mayoría, pero de casi nada nos sirve."

Algo así, menos solemne, le dije al Profesor mientras cenábamos, a solas, en el comedor del pupilaje. Apenas sonrió y continuó masticando.

—Suena a fábula de Esopo —agregué—, pero no hay moraleja.

Teresita trajo las tazas con agua hirviendo, el bote de café soluble y la azucarera.

Con sus manos pequeñas, tostadas, casi reptiles, el Profesor acercó la canasta del pan dulce. Tomó el pedazo de semita de siempre, rellena de jalea de piña.

—Usted lee demasiado —dijo.

Y su manera de estar era con la misma ausencia, desapercibido sin proponérselo, auténtico de tanta usanza. Como cuando llegó al pupilaje, tres meses atrás, el porte pequeño, macizo y un tanto encorvado. Entonces contó, con su acento mexicano, que recién había sido contratado para ejercer la docencia en la Facultad de Química. Ocupó el cuarto contiguo al mío.

—Qué más se puede hacer, Profesor —y bajé la voz, aunque Teresita desde la cocina era una oreja etérea, ubicua, difícil de eludir—. Leer, beber y coger. Nada más.

Volvió a sonreír, con esa insinuación de paternalismo, como para escupirlo. Porque siempre había dicho que no: la vida nocturna era peligrosa, sin mayor estímulo, un suicidio entre el refuego.

–Espero que no se vaya a poner más fea la situación –dijo–. No sea que se les vaya a ocurrir intervenir la Universidad.

Y ésta era la otra cosa que se podía hacer a cada instante, sin descanso, interminablemente: tener miedo. Bastaba con despatarrarse en la cama, desnudo, concentrando la mayor cantidad de terror en cada milímetro del cuerpo, como en una masturbación infinita.

Lo decía porque esa mañana los animales habían acabado de un bombazo con la plana mayor de los sindicatos y se esperaba que los locos respondieran furibundos en cualquier momento.

–Ellos mismos se pusieron la bomba –dijo Teresita, insidiosa, terca, mientras recogía los platos.

Una india pequeña, delgada, de huesos duros y angulosos, con un hijo reclutado por los animales. Su espera, el infierno que la avejentaba, era la llegada de una noticia en que el muchacho fuera cadáver.

Pero el Profesor no opinaba, ni discutía. En el mejor de los casos, su expresión era la del recién llegado, extranjero, atento a escuchar lo que le permitiera comprender, y cauto, respetuoso.

Encendí un cigarrillo.

–De verdad que no lo entiendo, Profesor –comenté–. Venir a meterse a esta locura...

Se acomodó en la silla y sacó su pipa.

–Uno nunca sabe las vueltas de la vida –sentenció.

¿Para qué insistir? ¿No había explicado ya que en su tierra el mercado de trabajo estaba saturado, que necesitaba otros aires para descontaminarse de una mujer, que la oportunidad había aparecido precisa, inevitable?

Su tabaco podía hacerle creer a uno que afuera la noche caía placentera.

–¿Un tequilita?

Su convención era irrebatible, lo que me lo hacía simpático. Ya se había puesto de pie. Quitaría llave a su cuarto, sacaría la botella, le pediría las copas a Teresita y me propondría que saliéramos al patio, para disfrutar del fresco y del cielo, a tomar dos rigurosos tragos, no más, lo suficiente para que él se achispara y se encerrara de nuevo en su cuarto, a trabajar hasta la medianoche.

–¿Cómo va ese trabajo? –preguntó, mientras acomodábamos las sillas bajo el árbol de aguacate.

Cada sobremesa nocturna con él parecía la misma cinta: el empleo, el clima, los chismes de la tele. Pero el tequila era auténtico, inconseguible.

–Igual, Profesor –dije–. Aquí el tiempo es una mala broma. Pura sensación.

Paladeé el trago. La estrella era Aldebarán, constancia de que todo gira y vuelve a pasar, aunque se quiera distinto.

–¿Y a usted no lo fastidian mucho en la Universidad? –pregunté. Quería picarlo, para evitar que en seguida hablara de la brisa.

–Tranquilo. Me dedico a mi chamba.

–Dicen que también a los docentes los obligan a ir a las marchas y a los mítines, que si no van les descuentan dos días de sueldo. Escuela mexicana, ¿me entiende?

–¿Quién dice?

–Muchos...

–Conmigo no se meten. Soy extranjero. No puedo hacer política.

–Suerte...

Ya antes le había preguntado si en su tierra había abrazado alguna fe que lo exaltara, pero la ciencia era su única pasión, aseguraba.

–¿Otro? –inquirió, por puro formalismo, si yo era capaz de acabar con esa botella que apoyaba en una pata de la silla, apenas perceptible entre el césped.

–¿Algo nuevo de la familia? –insistí.

Tampoco caería. Un par de veces logré entrar a su cuarto, que guardaba con tanto sigilo. Le pregunté por la pareja de muchachos en las fotos sobre su mesa de trabajo. Eran sus hijos, dijo. La preciosura de la jovencita me hubiera obligado a decirle suegro para siempre. De la esposa nada, más allá de que estaban separados, con un fastidio adecuado como para que uno la creyera el fantasma del que venía huyendo.

Se sirvió su segunda copa, la última.

Teresita apareció por el corredor que atravesaba el patio, que unía la casa con su cuarto, el del fondo, el de la servidumbre. Preguntó si alguno de nosotros sabía si don Lucas llegaría a cenar, porque Rogelio se había ido a su pueblo, la niña Mari regresaría tarde y ella (Teresita) quería apagar la cocina.

Ninguno sabía nada.

El Profesor volvió a llenar su pipa.

Entonces resonó una explosión, lejana, pero contundente, hacia el lado del volcán; en seguida las luces languidecieron y, tras un parpadeo, se hizo la oscuridad. Se escucharon dos, tres bombazos más.

–Como que la noche va a estar caliente –comenté.

Teresita salió de su cuarto con una vela encendida.

—Le dije a la niña Mari que se quedara en casa —dijo—. La calle está peligrosa.

El Profesor mantuvo la copa en su regazo, sin apurarla.

Era como si el cielo estrellado hubiera crecido súbitamente. La ciudad entera se había quedado sin electricidad, ni dudarlo.

Teresita encendió velas en la sala y el comedor. Preguntó si queríamos una.

—Así está bien —dijo el Profesor.

Y ahí su rostro pudo ser otro, más relajado, inaccesible para mi ansiedad, que no era tanta, únicamente necesidad de un tercer tequila.

—¿Puedo?

Y cedió, quizás a regañadientes, aunque el sonido de la ciudad fuera lo verdaderamente perceptible en esa oscuridad, tensa para quienes esperaban la ráfaga cercana que les constatara su augurio, algo que aún sobresaltaba pese a que se le llamara rutina.

—¿Qué tal los rumores sobre la ofensiva?

Se acabó su trago, agarró la botella y se puso de pie.

—Tienen un año de venirla anunciando —dijo.

Hablaba de la posibilidad de que los locos lanzaran una gran ofensiva militar en esa ciudad, enfebrecidos de fe, dispuestos a acabar con los animales siempre soberbios e impunes.

—Bueno, me voy a trabajar —dijo.

Y encendería un par de velas sobre su mesa de trabajo, hombre que hizo del tedio una pasión, o practicante de un vicio ignoto.

Añoraría su tequila, tan sólo.

El rumor de un helicóptero vino también del lado del volcán.

Teresita volvió a murmurar su temor de que por culpa de Rogelio fuéramos a tener problemas. La conspiración sería la plaga que acabaría con esta raza: el tono subrepticio, la sed de complicidades, sugerencias zamarras. Si de ella hubiera dependido, ese muchacho nunca hubiera sido aceptado como pupilo. Los estudiantes por lo general son una peste, locos solapados o abiertamente desafiantes, como Rogelio, ansiosos por contar su infección, por restregársela a uno en la jeta, porque la felicidad absoluta sería un contagio indiscriminado, justo.

En cuanto volviera la luz y el patio recuperara sus matices, decidiría cómo desperdiciar mi noche: podría telefonear al Chino, para que me recogiera y enfiláramos hacia algún agujero pestilente, o solidarizarme con el Profesor, aunque me señalaran como otro topo, nada más que consumidor de cochinadas, la escatología del espíritu que le dicen.

Teresita insistía en que ese muchacho se la pasaba en marchas y mítines, como si le pagaran por protestar contra el gobierno, vaya oficio. Ella temía que Rogelio estuviera más empuercado de lo que uno suponía.

—No me huele sano eso de que vaya tan seguido a su pueblo.

Había dejado la vela en su cuarto y apenas la distinguía como una sombra más profunda cerca de la pared.

Ella lo había sospechado desde que el muchacho llegó al pupilaje: cierto énfasis, cierto entusiasmo, propios de una juventud fogosa, agitada por blandir banderas, pensé.

La carroña de Teresita no era su necesidad de confidencia, ni el ansia de delación, especie de murciélagos despertados por la abrupta oscuridad, sino la monstruosidad de tener que servir a alguien que se confabulaba junto a quienes querían asesinar a su hijo.

¿Y si la luz no regresaba?

Entré a la casa, adivinando entre la penumbra y las sombras distorsionadas por el resplandor tenue y tembloroso de la vela que Teresita había colocado sobre la mesa del comedor. Abrí el refrigerador. Saqué una cerveza. Tanteando, crucé el corredor hasta mi cuarto. Cerré la puerta y encendí la vela de la mesa de noche. Me tiré sobre la cama.

Y ahí, entonces, se insinuó la historia que yo necesitaba para encontrarle un sentido a esa casa, el cuento que me permitiría engarzar a esos seres solitarios, pupilos de otra manera inexplicables; o la excusa de un bibliotecario de mentiras (porque en ese antro donde yo vegetaba ocho horas diarias apenas hubo libros o lectores) para aparentar que se trataba de una noche distinta.

Don Lucas —como Teresita lo llamaba con reverencia— era el cabo de la trama. Un tipo de unos 35 años, trigueño, fornido, sin rasgos especiales, a menos que uno se detuviera en cierto destello malsano, en la audacia de sus movimientos. Llegó al pupilaje un par de semanas después que el Profesor, bajo la fachada de un apacible comerciante procedente del oriente del país.

—Yo me atarantaría con tantos libros— me dijo días después, cuando le conté mi oficio.

Y preguntó mis gustos, como si entendiera, pero su manera de acercarse era premeditada, aprendida, amabilidad reptil.

—Sobre todo filosofía —mascullé.

—¿Usted estudió eso?

De qué serviría aguantar la estupidez en un salón de clases, mes tras mes, año tras año, para conseguir un titulito que únicamente sería ex-

presión del sinsentido, motivo de murmuraciones ante un empecina-
miento inútil.

—¿Y de política también lee mucho? —inquirió.

Aquí venía, bajito, **como** quien no quiere, husmeando la bazofia,
para reconocerse.

—Masticar mierda produce mal aliento —dije.

Se destanteó. No estaba previsto para eso, pero tampoco importaba. Luego lanzó una carcajada.

—Está bien, está bien... —dijo, teatral, como si de pronto **hubiese**
comprendido todo.

Y desde un principio buscó compartir la mesa, congraciarse, **grace-
jo**, voluble.

—¡Mataron a Martínez Llort, el ministro de la Presidencia! —exclamó la niña Mari, la matrona, dueña del pupilaje, mientras Teresita servía la sopa, en ese almuerzo, el primero en que los cuatro pupilos nos
reuníamos para que la señora evocara una familia que se había ido
desmoronando como la ciudad, el país.

—¿Cuándo? —preguntó el Profesor.

—Hoy en la mañana —respondió Lucas—. Yo lo oí en el radio.

—Bien merecido se lo tenía... —comentó Rogelio, desafiante, el último en llegar a la mesa, pues recién regresaba de la Universidad.

Teresita endureció el ceño y con gusto le hubiera aventado la sopa
hirviendo en el rostro.

—¡Qué bárbaro! —se quejó la niña Mari—. ¡Cómo puede decir algo
así, Rogelio!...

—Todos esos bandidos del gobierno merecen que se los quiebren
—insistió el estudiante.

—¿Quién habrá sido? —preguntó Lucas.

—Y quién iba a ser, si no esos asesinos —escupió Teresita, mirando
a Rogelio, mientras se dirigía a la cocina.

—Pobre hombre —comentó el Profesor, quien sorbía su sopa como
si no estuviese hirviendo.

Y ahora en la noche, tirado sobre la cama, en la penumbra, sin esperanzas de que la luz regresara pronto —fumando, descamisado, pa-
ladeando la cerveza en pequeños sorbos—, bordaría esa ilusión que en
esta ciudad era costumbre. Y la conspiración podía comenzar con Lucas, ya dije, pero el Profesor estaba en el otro extremo, donde nadie
era lo que decía ser. Empezando por este bibliotecario ocioso, yo, caricatura de taumaturgo.

Lucas era un oficial de inteligencia del bando de los animales. Su perfidia, la esencia de su rabajo, consistía en detectar las verdaderas labores de Rogelio, quien a su vez de estudiante sólo tenía la edad y la impudicia, pues su actividad vital era la alta costura, un tejedor de redes armadas por los locos para combatir a los animales. ¿Les parece? ¿Alguien creería semejante evidencia? Perder el tiempo en ese muchacho significaría que de nada sirvieron tantos años de olisqueo, que la fiera se conforma con un trocito de carne podrida.

La misión de Lucas lindaba la intuición, el acertijo, y su descubrimiento era la razón de mi fantasía. Con el muchacho coqueteaba, le daba cuerda, es cierto, pero se trataba de pura calistenia, de la más peligrosa, propia de quien ha sido entrenado en no tener más opinión que la que excite a su interlocutor a seguir hablando, a confesarse.

El margen de objetivos era reducidísimo: Teresita, por alguna chuecada de su hijo, o el Profesor, por su extranjería. Me desechaba como presa, no por engreimiento o seguridad idiota, sino por repugnancia a fantasearme a partir de un modelo que me llevara a actuar, a convertirme en bocado apetitoso para el sabueso. De la señora –la niña Mari–, ni pensarlo, por pereza, recato de la imaginación o lo que fuera.

Todo lo que tenía Lucas era la obsesión de su jefe –un mayor de ojos claros y voz quebrada, que lo recibía siempre en mangas de camisa, sin uniforme, en una oficina atestada de papeles y radiocomunicadores–, para quien la historia del Profesor debía tener alguna ranura, un pliegue mal puesto, algo que permitiera ver en su interior, al menos hurgar. Porque tal perfección en la cobertura hubiera pasado desapercibida en otro sitio, pero no en este cenegal, donde ningún extranjero osaría arriesgarse a no ser que lo moviera una tremenda fe en su causa o la ambición desmedida. Y de ahí salía la sospecha: el Profesor no exudaba aparentemente ninguna pudrición.

Cuando Lucas leyó el expediente, días antes de trasladarse al pupilaje, se dijo que a ese mexicanito le sacaría la verdad como fuera: primero, a pura observación, para detectar la red y su operativo; después, a medida que la confianza creciera, buscaría infiltrarse; y si nada de lo anterior funcionaba, quedaría el recurso de la fuerza, del terror que todo lo abre. Pero el registro del cuarto del Profesor no arrojó la menor pista, ni el seguimiento durante quince días por parte de un equipo especial permitió obtener otra cosa que una rutina soporífera, inexpugnable.

Entonces, el jefe dio luz verde a la segunda fase, con una operación admirable. Después de la medianoche, un pelotón de animales irrumpió violentamente en el pupilaje: fuimos conducidos a la sala y obligados a tirarnos al suelo ("¡Cuidadito con moverse, hijos de la gran puta!"), mientras ellos cateaban las habitaciones, revisaban documentos y preguntaban por Rogelio, a quien de inmediato amarraron y se lo llevaron a punta de empellones.

—¡Dios mío! —exclamó la niña Mari, una vez que quedamos a solas.

Yo permanecía sentado en el suelo, con los brazos abrazando mis rodillas, tratando de no pensar en lo que le sucedería a ese muchacho.

—Se lo dije, niña Mari, que ese Rogelio nos metería en problemas —afirmó Teresita.

—Pobre muchacho —musitó el Profesor.

—Tenemos que avisarle a su familia —dijo Lucas.

Fui por una cerveza al refrigerador.

La niña Mari recordó que Rogelio le había dicho que en casa de sus padres no había teléfono.

—¿Y qué vamos a hacer? —inquirió Lucas, preocupado.

—Irnos a acostar —dijo Teresita—. A esta hora nadie puede salir a la calle.

—Pero tenemos que hacer algo —insistió Lucas, paseándose por la sala, agitado—. No podemos dejar a ese pobre muchacho desamparado.

Y preguntó el apellido de Rogelio y el nombre del pueblo donde vivían sus padres. Luego buscó en la guía telefónica.

—Usted cree que ahí va a haber teléfono... —dijo Teresita—. Además, ni ése ha de ser el pueblo, ni Rogelio ha de ser su verdadero nombre. ¿No se da cuenta?...

Lucas la miró con sorpresa, como si de pronto hubiera captado lo complejo, cruel y absurdo del mundo; y no sólo porque de una sivienta tuviera que aprender la profundidad de las apariencias.

—Es cierto, don Lucas —añadió la niña Mari—, no podemos hacer nada. Quién sabe, además, en qué andará metido ese muchacho. Peligroso...

Apoyado en un sillón, el Profesor estaba silencioso, ausente.

—No es posible —se lamentó Lucas—. En este momento lo han de estar maltratando...

—Duro destino —musitó el Profesor, como si despertara, casi con escalofríos. En seguida se dirigió a su habitación.

Lucas se dejó caer en el sofá, abatido, con la rabia de la impotencia en el rostro, a punto del llanto.

Y luego volvió el silencio, la oscuridad, y quizás nadie haya podido dormir, ni siquiera Teresita, pues los hechos habían acentuado la fatalidad que rondaba a su hijo, a ese uniformado que pudo ser uno de los animales que vino a capturar a Rogelio y que cualquier día podría ser cazado en similares condiciones por el otro bando.

También yo me quedé despierto, tirado sobre la cama, al igual que ahora —cuando inventaba esta historia—, pero sin vela, ni la esperanza de que regresara la luz, sino que pensando en las mujeres con las que me había acostado, haciéndolas número, clasificándolas de acuerdo con sus preferencias sexuales, con una erección que era el más fuerte recurso para no hundirme en el recuerdo de esa realidad pesada y asfixiante que me rodeaba, para huir del grito de Rogelio.

A la mañana siguiente, Lucas fue todo activismo en favor del capturado: llamó a los organismos de derechos humanos, envió un telegrama al supuesto pueblo de Rogelio en el que pedía a las autoridades que informaran a los padres que éste había sido capturado, y visitó el Departamento de Sociología de la Universidad para informar sobre el caso.

—Don Lucas, se va a meter en problemas —le advirtió Teresita.

Lo mismo le dijo la niña Mari:

—Ya es suficiente, don Lucas. No quiero tener problemas en el pupilaje.

Pero él pasó todo ese día en el ajetreo y mientras estuvo en la casa nos pidió al Profesor y a mí que lo ayudáramos.

—Sabe, soy extranjero, no puedo involucrarme en ese tipo de asuntos —se excusó al Profesor.

Alérgico al entusiasmo, a los bocones, a los evangelizadores y a los profetas de la acción, opté por una elipsis:

—Sus compañeros se encargarán.

A la mañana siguiente, el muchacho apareció en los periódicos, con el rostro bastante tumefacto, acusado de pertenecer a una banda de locos, de tejer redes armadas, como las que yo había imaginado en mi desidia. La diferencia consistía en que los esbirros convierten la fantasía en realidad.

—Ya ve, don Lucas, en lo que se metió —le dijo Teresita, casi restregándole el periódico en la jeta.

—Yo quería que no lo fueran a desaparecer. Eso es todo.

Y lo había logrado, porque la noticia indicaba que el muchacho sería consignado a los tribunales.

Entonces vino el acercamiento, lateral, sugerente, tanteador, donde Lucas era un comerciante apático que súbitamente se había visto envuelto en una situación que había cambiado de manera radical su vida, su entendimiento del mundo. Comenzó con el regodeo en el discurso acerca de la injusticia, la arbitrariedad, la impunidad de los animales, un aspecto que ahora tocaba hasta las fibras más sensibles de su ser. Y luego vino la provocación sutil, natural, a través de una conversación que tuvo lugar en el cuarto del Profesor, donde Lucas logró infiltrarse en búsqueda de consuelo, a esa misma hora en que yo esperaba que terminara el apagón causado por un bombazo lejano, tirado en la cama, con las ventanas abiertas, atento a lo que me permitiera oír el eco de la casa, el ocio o mi obsesión.

—Cada vez es más insoportable esta situación del país —dijo Lucas.

Había tocado la puerta, con la pesadumbre en el rostro, en busca de un tequila y de alguien que lo oyera, y el Profesor no tuvo más remedio que dejarlo entrar, acercarle la silla de la mesa de trabajo y acomodarse en la cama.

—No sé cómo puede vivir aquí sin involucrarse...

El Profesor habría encendido su pipa y esperaría un par de minutos para pedirle que lo disculpara, pero estaba corrigiendo unos exámenes que debía entregar la mañana siguiente.

—Para mí ha sido como si de repente necesitara iniciar una nueva vida —dijo Lucas.

—¿Por qué no trata de irse del país? —propuso el Profesor.

—Ésa no es una solución.

Sorbería el tequila y sus facciones expresarían algo como abatimiento: perdería su vista en el suelo, con la respiración un tanto agitada.

—Ésta es mi ciudad, mi país, mi patria —dijo Lucas—. No me voy a ir. Necesito encontrar una manera de luchar, de poner mi granito de arena para que acabe esta carnicería.

El ruido de las chancletas de Teresita cruzó el patio.

—No podemos seguir aguantando a estos animales —agregó—. Ellos son los causantes de todo. Si nos quedamos de brazos cruzados la situación seguirá igual o peor. Cada vez cometen mayores atrocidades. Fíjese usted lo que le hicieron a ese muchacho. Cuando vi la foto en el periódico supe que lo habían torturado salvajemente. Y eso que tuvo suerte, porque ni lo asesinaron ni lo desaparecieron...

Tuve que acercarme a la ventana, paralela a la del Profesor, pues Lucas había bajado la voz. La curiosidad es una carroña espléndida, generatriz, engendradora del progreso y de los peores crímenes.

—Necesito su ayuda, Profesor...

Pero éste esperaría a que Lucas vomitara su atragantamiento para decir algo. Chuparía su pipa, indolente, sentado en la cama, con la pared por respaldo.

—Yo tengo la certeza de que usted no es lo que aparenta —musitó Lucas—. No es posible que una persona con su sensibilidad, con su formación, con su conocimiento del mundo, pueda permanecer indiferente a lo que sucede aquí. No lo creo. La injusticia es demasiado tremenda como para que alguien como usted pase de largo, sin plantearse ninguna actitud ante tanto dolor...

Lucas se abalanzó hacia la cama, para hablar en secreto, casi al oído del Profesor. Pudo decirle, con la mayor sinceridad, vehemente, el corazón casi a flor de boca:

—No quiero saber, Profesor. Usted es un hombre inteligente y de seguro colabora en cosas delicadas. Pero necesito urgentemente que me consiga un contacto, por favor. No sabe cómo se lo agradeceré. Yo ya estoy un poco mayor para andar gritando en las calles, como el pobre Rogelio y esos otros estudiantes. Pero los comerciantes viajamos mucho por el país, conocemos gente, sabemos cosas. Usted comprende. Écheme una mano, por favor. Estoy con toda la disposición. Lo necesito para saber que no me estoy pudriendo en vida. Pueden ponerme las pruebas que ustedes consideren. Se lo pido...

El Profesor habría sentido aquel aliento cercano, con vaho a tequila, y repararía en esos ojos brillosos, anhelantes, que buscaban su mirada para subrayar la profundidad de su petición. Se pondría de pie, con la pipa apagada, y empezaría a pasearse, mientras decía:

—Ojalá yo pudiera ayudarlo, Lucas, ojalá. Pero éste no es mi mundo. Estoy de paso. Y aunque para usted sea difícil de creer, soy indiferente.

—No puede ser, Profesor. Entiendo que usted no me tenga confianza...

—No es un problema de confianza. No se confunda. Nada más que tocó la puerta equivocada.

Y entonces debió haber venido la tercera fase: el Profesor habría sido secuestrado por un grupo de animales vestidos de civil y fuertemente armados, quienes lo llevarían a una celda donde le aplicarían saña y más saña hasta que aquel bulto de despojos revelara la verdad que ellos buscaban. Pero algo se interpuso: la suspicacia del jefe de Lucas o mi necesidad de alargar la historia para consolarme porque otros bombazos tronaron mis expectativas de vagabundeo.

Lo cierto es que unos días más tarde Lucas llegó al pupilaje con la buena nueva de que saldría del país, por razones de negocios, y lo verdaderamente asombroso era que viajaría a México.

—Lo que necesite, Profesor, con todo gusto se lo llevo.

Estábamos otra vez en la mesa, los tres, sin la niña Mari, dispuestos a comenzar la cena.

—Gracias, Lucas —dijo el Profesor—. Pero hace una semana se fue un compatriota y tuve oportunidad de enviar un paquete con cartas y regalitos.

—No importa, Profesor. Salgo dentro de tres días. Tiene tiempo para hacer nuevas cartas y preparar cualquier cosa que quiera enviar.

El plan era sencillo: Lucas se acercaría a la familia del Profesor para rastrearlo a fondo, en su charco, minuciosamente, hasta dar con ese pequeño detalle que descubriría para quién trabajaba y cuál era su misión. Pero el tesón del comerciante se estrellaría contra la inexpugnabilidad del académico. No y no y no repetía el Profesor cuando el otro quería sonsacarle datos, domicilio, teléfono. Siempre, eso sí, con la cortesía de quien no quiere molestar, porque la explicación era que él había abandonado su patria precisamente por tremendos problemas familiares y que a Lucas más le convenía ni acercarse, para que no lo despreciaran, para que no le hicieran pasar un mal rato.

Fue cuando el jefe de Lucas sospechó que el Profesor ni siquiera se llamaba como aseguraba, que tal reticencia sólo podía ser propia de alguien que escondía un abismo.

Una vez más, el comerciante tuvo que incursionar en la habitación del Profesor para buscar una libreta de direcciones, una agenda, una pista que seguir para que el viaje tuviera sentido. Pero el sitio estaba limpio. Entonces recurrió a la niña Mari: le pidió los últimos recibos de teléfono para verificar un número que había olvidado. Tampoco ahí hubo rastro, porque el Profesor no había hecho llamadas a su tierra.

—Profesor, quiero pedirle un favor —dijo Lucas, en su intento postrero—. Entiendo que tiene problemas con su familia y ellos no me podrán ayudar allá. Pero, sabe, no conozco a nadie en su país y le agradecería enormemente que me diera el teléfono de algún amigo suyo que me pueda ayudar a ubicarme, en caso me sienta perdido. Es una ciudad grande y difícil…

En ese instante, el Profesor quizás comprendió que aquello era más que una celada, que en realidad él ya estaba dentro de la trampa, y que sus cazadores discutían sobre la mejor manera de despellejarlo.

—Claro —dijo el Profesor—. Mañana le doy los datos de un par de amigos.

Y entonces supe que el destino o lo que decidiera sobre este juego había cometido un error doloroso, porque la persona que debía viajar a México era yo, no Lucas, con el objetivo específico de seducir a esa preciosura que el Profesor tenía por hija, a esa muchacha de piel cobriza, ojos verdes y labios carnosos, cuyo retrato reposaba en la mesa de trabajo de su padre. A esta altura, corría un riesgo inevitable con mi fantasía: identificarme, a causa de tal hermosura, con el sabueso voluble que ahora se frotaba las manos entusiasmado, feliz, pues había abierto la rendija que le permitiría husmear en el pasado de su presa. Riesgo inevitable, como dije.

Pero cuando consultó con su jefe —ese mayor desconfiado y agudo—, Lucas comprendió que el Profesor aún le estaba poniendo mamparas, puertas falsas: recibiría la información sobre los supuestos amigos unas horas antes de su eventual partida hacia el aeropuerto, con poco tiempo para corroborarla. Y estaba el colmo de la sospecha: qué tal si el tipo formaba parte de una bien aceitada red internacional que podía disponer de dos agentes que se hicieran pasar por sus viejos amigos tras una leyenda impecable.

A la mañana siguiente, mientras Lucas preparaba su maleta, el Profesor le deseó feliz viaje y le entregó una hoja con la siguiente inscripción: "Javier Osorno, teléfono 523-7671, Ciudad de México". Lucas salió directo hacia la oficina de su jefe: si ese sujeto existía, si el número era real, la operación tendría luz verde. El propio mayor hizo las llamadas necesarias para confirmar que el señor Osorno vivía con su esposa en la colonia Portales y que trabajaba como experto en computación en la compañía Kimberly Clark. Y en seguida Lucas partió con su cobertura de comerciante y esos datos que esperaba le permitieran introducirse en la impostura del Profesor.

Hasta aquí, armar la intriga, aunque fuera vaga, era posible para un temperamento como el mío; pero terminarla, con la adrenalina de la acción a borbotones, en una ciudad extranjera que apenas había visitado un par de veces, requería de una energía, de una pasión y sobre todo de un oficio en el arte de fantasear, que sencillamente me rebasaban. Por eso, y porque el hastío comenzaba a paralizarme, o porque siempre había dejado las cosas a medias y esta historia no sería la excepción, o porque mi ansiedad de llegar al excitante romance con la hija del Profesor me obligaba a pegar un brinco, por lo que fuera, opté por el fragmento de un informe policial, en el que Lucas se quejaba de las tremendas dificultades que implicaba moverse en una ciudad inmensa como ésa y detallaba sus entrevistas con el señor Osorno, la imposibilidad de encontrar esa pista en la que pensaba patinar como un virtuoso; pero no hubo el menor desliz, la mínima incoherencia, y la historia del Profesor fue un cuento perfecto, cerrado, redondo, sin una

hebra suelta, al menos en boca del tal Osorno, quien además reveló
que desgraciadamente la esposa y los hijos del académico habían salido de vacaciones hacia San Diego esa misma semana.

Pero yo sabía que eso era mentira, que esa flor de muchacha sí estaba en la ciudad. Se llamaba Viviana. Y la descubrí cuando visité una
librería exclusiva llamada "La Capilla", especializada en libros de arte y de literatura. Mi turbación fue tal que ella únicamente pudo acen-
tuar su coquetería, empinarse en los estantes para que yo me deleita-
ra con sus piernas esbeltas, su trasero redondo y alzado dentro de la
minifalda de mezclilla. Un poco balbuceante, le pregunté sobre libros
de filosofía. Me sonrió. Y señaló un estante a mi espalda:

—¿Buscas algo en especial?— preguntó.

¿Algo más que su cuerpo, su picardía casi adolescente, el arrebato
de quien piensa tener una vida bella y plena por delante, o sus secretos que al final me importarían tan poco?

—¿Qué es lo último que han recibido? —alcancé a decir.

Se encaminó hacia la mesa de novedades. Me pasó dos tomos: *Ese
maldito yo* de Cioran y el primer volumen de la *Crítica de la razón cíni-
ca* de Peter Sloterdijk. ¿Quién pagaría semejante cantidad para constatar que el mundo está tapiado, que no hay salida? Tan sólo los snobs,
los ociosos, los imbéciles entusiasmados ante la creencia de que no
creer es lo único que vale la pena.

—¿Por qué tan caros?

—Son los que están de moda —agregó—. Además vienen de España.

—¿Vos ya los leíste?

Le eché otra ojeada a sus piernas. Sentí ardor en la boca del estómago.

—El de Cioran, nada más —dijo.

Y me preguntó si yo ya había leído algo de ese autor.

—Ajá. Una pequeña selección de textos que publicó Alianza —afir-
mé—. ¿Vos estudiás filosofía?

—Sí —respondió, más coqueta aún, expansiva incluso—. ¿Y tú, estu-
diaste también la carrera?

Entonces le expliqué que yo apenas era un aficionado, un dilettan-
te, no sólo de la filosofía, sino de la vida.

—¿Adónde estudiás? —inquirí.

Dijo que en la UNAM, estaba en tercer año, una delicia de carrera,
sobre todo porque ella además estudiaba dramaturgia y se comple-
mentaban a la perfección.

—¿Escribís? —pregunté.

Quiso decirlo con modestia, con sonrojo, pero sus atributos eran otros:

—Tenemos dos obras...

—¿Escribís con tu novio?...

—No, no, con una amiga, una compañera de la escuela.

Y ella me contaría el argumento de sus obras: las peripecias de un líder de banda juvenil y el juicio a una traficante de niños recién nacidos.

—Tremendos argumentos —comenté.

—Tú no eres de aquí, ¿verdad? ¿Centroamericano, por el vos?

Entonces le restregué mi ripio: procedía de una ciudad mejor conocida como "La caldera del diablo", estaba de paso, trabajaba como bibliotecario y me encantaría invitarla a tomar algo, esa misma noche.

Cuando respondió que sí, que pasara por ella a las nueve, comprendí que esta jornada de invenciones no sería en balde, pues éste era el terreno donde mi imaginación se podía desbocar, impulsada por esa necesidad de eyaculación, del placer absoluto, instantáneo, aunque en seguida el remordimiento quisiera vomitar, para que no cupiera duda de que el absurdo, el sinsentido, me tenía cercado, como un contingente de animales o de locos.

Por eso a las nueve en punto estuve de nuevo en la librería, ansioso, escupiendo a mis expectativas, porque ella podía salir con que había surgido un contratiempo de último momento, que lo sentía, que podíamos hacer una cita para otro día. Aún no podía creerlo cuando subimos al taxi y le dije:

—Es tu ciudad. Yo no conozco. Vos me tenés que llevar al bar que querás.

Con la emoción de un encuentro predestinado, las copas y una luz tenue e incitante, mi lengua fue el instrumento de la seducción. Aunque quizás haya sido el torrente contenido (los extremos de sangre y locura que uno vive como cosa diaria), o esa dureza del indiferente que en otras condiciones se transforma en dulzura, lo que fue rompiendo sus defensas, que tal vez no eran muchas, hasta que en la culminación de un arrebato la besé, natural, delicadamente. Ella suspiró. Y supe que estaba en la brecha que me conduciría a las delicias de sus olorosos jugos, en un hotel cualquiera, frente a un espejo que reflejaría mi manera de lamer su piel, de penetrarla por cuanto orificio fuera posible.

Pero ahora mi erección era tremenda, en mi habitación, solo, tirado en la cama, con ganas de ponerme de pie y encontrar una forma de conseguir la foto que yacía sobre la mesa de trabajo del Profesor, para tener el rostro de la muchacha bajo el resplandor de la vela, a la hora de frotarme el pene —músico inspirado ante su partitura—, hasta que los primeros espasmos me recordaran que había tejido la trama de Lucas como un vericueto dilatorio para llegar a este momento, porque yo no era un agente secreto enviado a una misión especial en el extranjero, ni el seductor que había logrado enredar a la hija del Profesor, sino un simple y llano masturbador en busca de motivos para transcurrir otra noche de bombazos y apagón, un fantasioso que luego de poseer a la muchacha —en ese relax postcoito, entre la placidez de las sábanas, acompañado de un cigarrillo, cuando las confesiones salen gracias al mismo lubricante—, supo que ella había estudiado un par de años en una ciudad caribeña cuya sola mención habría confirmado las peores sospechas de Lucas y el mayor.

Pero eso ahora no importaba: el Profesor estaría escribiendo su reporte secreto en el cuarto de al lado, sin sospechar que este bibliotecario sabía, mientras yo lanzaba mi esperma sobre el piso de baldosas, con la certeza de que la luz no regresaría hasta el día siguiente, porque una vez más la noche pertenecía a los animales y a los locos, y para los escépticos y apáticos apenas quedaba esta ilusión pejagosa.

DAÍNA CHAVIANO

ESTIRPE MALDITA

Ya es cerca de la medianoche, y pronto comenzarán los ruidos. Desde aquí podré observarlo todo: cada movimiento en el interior de la casa, cada susurro, cada visitante clandestino. Como siempre, estaré en mi puesto hasta la salida del sol. Mientras el vecindario duerme, sólo dos viviendas permanecerán en la vigilia: la mía y *ésa.*

Nos alumbramos poco, al igual que ellos, para no llamar la atención. Mis padres y mis hermanos se mueven con sigilo, sin que ningún ajetreo llegue afuera. A cada rato, mamá o papá dejan un instante sus ocupaciones para curiosear un poco. También mis hermanos abandonan sus juegos, y tratan de percibir alguna cosa tras los cristales. Sin embargo, sólo yo permanezco firme, sin desviarme un ápice de lo que considero mi mayor deber: descubrir qué sucede en aquella casa misteriosa...

No sé por qué lo hago. No sé de dónde sale esta obsesión de espionaje perpetuo. Es un reflejo, casi una enfermedad; algo que he aprendido de los mayores. Papá y mamá dan el ejemplo, aunque no con mucha perseverancia. Dicen que es su obligación. No obstante, cuando mis hermanos preguntan acerca del origen de esta vigilia, ninguno sabe dar una respuesta coherente. Pero yo no me caliento la cabeza con estas cosas. Me limito, como dicen todos, a cumplir con mi deber.

Acaban de dar las doce, y yo me empino sobre el borde del techo para ver mejor. Ahora empezará el trajín. En efecto. Ya encendieron una luz en el piso alto. Es la vieja. Puedo verla a través de una ventana rota. Se mueve por su habitación llena de trastos, mientras se alumbra con un cabo de vela. Se agacha junto a lo que parece un baúl. Intenta separarlo de la pared, pero no logra moverlo. Entonces deja la palmatoria en el suelo y empuja con todas sus fuerzas hasta que el mueble se despega del rincón. La vieja se inclina sobre él, como si fuera a sacar algo... En ese instante, alguien tropieza conmigo y casi pierdo el equilibrio. Es mi hermano menor.

—¿Qué haces aquí, idiota? —le recrimino en voz baja—. Por poco me matas del susto.

–Vine a jugar –responde sin notar mi furia, y esparce una porción de huesecillos por el alero.

–¿Y desde cuándo juegas en la azotea?

–Hace calor allá adentro.

Coge dos falanges y comienza a golpearlas entre sí, como si fuesen espadas diminutas.

Contemplo de reojo la casa, pero la vieja ha desaparecido con vela y todo. Me he quedado sin saber qué pretendía sacar de aquel rincón.

–¿Y ésas? –le pregunto sin mucho interés, porque ahora descubro a dos figuras que atraviesan rápidamente la entrada de autos y son conducidas de inmediato al interior, por alguien que les abre la puerta–. ¿Son nuevas?

Mi hermano me mira un momento, sin comprender.

–¡Ah! ¿Éstas?... Eran del bebé de los Rizo.

–¿El que enterraron la semana pasada?

–No. Aquel era nieto de la señora Cándida. Éste es un bebé mucho más antiguo.

Una música perezosa sube y baja de tono hasta perderse en un murmullo: alguien manipula un radio en la casa vecina.

–Vete de aquí –y lo empujo un poco para recobrar mi lugar–. Si no bajas enseguida, le diré a papá que no vuelva a llevarte.

Se encoge de hombros.

–No me hace falta ir al osario para conseguir juguetes. Mami siempre...

–Si no te vas ahora mismo, te tiro de cabeza. ¿No ves que estoy ocupado?

Una puerta de la casa se abre con lentitud, rechinando sobre sus goznes. La cabeza de un hombre se asoma para mirar los alrededores. Luego vuelve a entrar. Enseguida vuelve a salir. Lleva un cuchillo en la mano. Se acerca sigiloso hasta un rincón del jardín y empieza a abrir un hoyo, ayudándose de ese instrumento. Rápidamente entierra en él un paquete de mediano tamaño que ha sacado del garaje. En medio del silencio de la madrugada, lo oigo murmurar:

–Es mío; nadie se lo llevará. No podré usarlo yo, pero ellos tampoco lo tendrán.

Finaliza su extraña tarea, y regresa al interior.

Mi hermano me empuja para tener más espacio.

–¡Pedazo de estúpido! –me vuelvo hacia él, dispuesto a cualquier cosa.

Lo cojo por el cuello, hasta que se desmadeja por la falta de aire.

Entonces mis ojos tropiezan con un espectáculo insólito: una luz difusa y amarillenta cae sobre la cama donde se desnuda una pareja. Me quedo atónito. Suelto a mi hermano, y tres segundos después escucho el ruido sordo de un cuerpo que cae sobre el pavimento, muchos metros más abajo. No le presto atención, porque ahora distingo una sombra que atraviesa el portal. En ese instante, un nubarrón inmenso cubre el disco de la luna, y yo me quedo sin saber si era hombre o mujer aquello que ahora se aleja con un bulto entre los brazos.

Un gong lejanísimo me devuelve a la realidad. Es mi madre que nos llama a cenar. Observo por un segundo la casona envuelta en tinieblas, y me separo del alero con reticencia.

Cuando entro al comedor, ya están todos sentados a la mesa. Mamá sirve una sopa roja y espesa como jugo de remolacha. Pruebo la primera cucharada y casi me quemo los labios.

—¡Está hirviendo! —protesto.

—Ten cuidado con el mantel —me advierte ella—. La sopa no está muy fresca, y ya sabes cómo mancha eso.

—¡A mí no me gusta la sangre vieja! —se queja uno de mis hermanos.

—Pues tendrás que conformarte con ésta. La cosa se está poniendo cada día más difícil, y ya no puedo conseguir comida como antes.

—¿De dónde la sacaste? —pregunta mi padre, atracándose con un trozo de oreja.

—Me la vendió Gertrudis a sobreprecio. La tenía en el congelador desde hace seis meses, porque Luisito... Por cierto —mira en torno—, ¿dónde está Junior?

Todos dejamos de comer para fijarnos en el puesto vacío de mi hermano menor. Entonces recuerdo.

—Creo que... —se me hace un nudo en la garganta.

Le tengo horror a los castigos.

Muchos ojos me miran en silencio, esperando una explicación. Decido contarlo todo: mi tenaz vigilia sobre la mansión y el sospechoso comportamiento de sus habitantes, la brusca interrupción de mi hermano y nuestro forcejeo al borde del alero, el enigmático personaje que abandona la casa y el ruido de algo que cae sobre el cemento... me preparo para lo peor.

—¿Y no pudiste ver lo que llevaba aquel hombre? —pregunta mi madre.

—Ni siquiera sé si era un hombre: había mucha oscuridad.

—¡Qué mala suerte!

Comen en silencio.

—Entonces, ¿qué hacemos con Junior? —dice mi padre, dejando unas manchas sanguinolentas en su servilleta.

—Lo mejor será aprovecharlo —decide mamá—. ¿Qué les parece un aporreado de sesos para mañana?

Todos gritamos con entusiasmo.

Mamá se pone de pie y va en busca del postre; pero yo no puedo esperar. Me acerco al balcón, y trepo hasta la azotea. El viento hace rechinar los tablones desprendidos del desván. Incluso desde allí, percibo el escándalo de mis hermanos, quienes —haciendo caso omiso a la consabida prohibición— inundan de chillidos la madrugada.

Frente a mí, unas persianas se abren. Observo atentamente los rostros que se asoman: son la vieja y una mujer joven. Miran con temor e interés hacia nuestra casa.

—¡Solavaya! —oigo decir a la vieja, que se persigna tres veces seguidas—. Ahistán otra vez los espíritus alborotaos.

—Voy a avisarle a la policía.

—¿Sí? ¿Y qué vas a decir? —finge la voz de la joven—: Oigan, en la casa dial lado hubo una matazón de gente hace una pila de años y ahora los muertos andan chillando a toda hora… ¿Eso es lo que vas a decir? Mira, mejor déjalos con su alharaca que'n definitiva, eso es lo único que pueden hacer los muertos cuando ya están despachaos.

Ambas mujeres vuelven a persignarse. Las persianas se entornan tras ellas, y yo me quedo de una pieza, completamente confundido por lo que acabo de oír. Ninguno de nosotros ha muerto… excepto Junior, a quien dejé caer por accidente. Y si nosotros podemos morir, es que no estamos muertos. ¿O pueden los muertos volver a morir?

Intento ver qué ocurre tras las cortinas oscuras, pero la luz del sol comienza a anunciarse como una claridad vaga sobre los tejados de la ciudad.

Debo regresar. Dormiré todo el día hasta que llegue la noche de nuevo; y cuando empiecen a salir las estrellas, desplegaré mis alas membranosas y vendré volando hasta mi lugar de siempre.

ANTONIO LÓPEZ ORTEGA

RÍO DE SANGRE

Las cosas parecen no tener nombre en Canaima. Este río, esta laguna que se forma, el salto de más allá... nada tiene un nombre específico. Es la selva, me digo, la selva sin nombre. Y quién sabe si allí resida precisamente el encanto de la selva, la atracción de la selva: en ella todo pierde sentido, en ella perdemos el sentido.

La idea del viaje fue del tío Delio (y habrá que agradecérselo de por vida). Una idea simple: pasarnos tres días, un fin de semana largo, en el campamento vacacional de Canaima. Algo planificado, con collarcitos, monos cautivos y excursiones. Tres días de gloria, vale decir, tres días en que todos los primos (Ana, Carlos, Arturo, Germán y yo) perdimos el nombre.

Estamos ya en el avión rumbo al paraíso y el piloto anuncia la pronta aparición del Salto Ángel por nuestro flanco izquierdo. Lo vimos, entre nubes lo vimos. La imagen aparecía y se borraba (como en un sueño). Una imagen intermitente, un señuelo que nos indicaba que estábamos y no estábamos en la realidad. El Salto Ángel se nos ofrecía por pedazos: el hilo de los inicios, el cuerpo que luego se angosta, la trama milenaria y colorida de los suelos, el vapor del final de la caída (una nube más para nuestro sueño). Y de pronto, en un nuevo giro del avión, esta vez sí, la desnudez franca, altiva, prehistórica, del salto. Algo en nosotros entendía a cabalidad que entrábamos en otro mundo y que esa infinitud de allá abajo nos abrazaba como sus nuevas criaturas.

Llegamos a Canaima con la cadencia del salto, sumidos en el asombro del salto. El campamento era lo previsible: indígenas con collarcitos en la pista de aterrizaje (una estampa aborrecible: "Welcome to Canaima", nos decían), cabañas sembradas a todo lo largo de la colina (¿llamar colina a este asentamiento, a este ensayo urbanizador en medio de la selva?), una churuata central que hacía las veces de comedor, el estruendo del salto más allá y, en lo bajo, móvil como una revelación, la laguna frente a nuestros ojos, plácida, y a la vez engañosa, con remolinos ocultos que se llevaban a más de uno hacia la selva sin nombre.

[251]

Lo primero fue el color del agua: ese negro específico, que se degradaba entre nuestras manos hacia el rojo, hacia el marrón, hacia el mostaza, hacia el color de la orina. Un color único, inolvidable, como de roca desgastada; un aliento profundo, suponíamos, lleno de tintes ocultos, secretos. Nos sumergíamos en esa agua como esponjas, buscando llevarnos algo de los pigmentos del lecho, buscando que nuestros poros se abrieran lentos como plantas carnívoras y dejaran de ser poros (perder el nombre), se convirtieran en otra cosa. Horas en el agua, como renacuajos, como batracios hartos y contentos, pero también como toninas, sí, toninas de agua dulce saltando en el esplendor de las formas.

La laguna tenía la forma de una interrogante y nosotros nos bañábamos en la curvatura superior. Éramos una pregunta en medio de la selva, una corazonada, un pretexto. El agua se arremolinaba alrededor de árboles muertos que mostraban sus troncos a flote como esqueletos. Eran vestigios de una vida pasada, de una falsa resistencia: árboles lavados como boyas flotantes, como maderos de un muelle extraviado que ya sólo servían para bifurcar la corriente del agua. Desde el principio supimos que no podíamos adentrarnos hacia lo hondo: apenas perdíamos el pie, la corriente nos arrastraba con decisión. Jugamos también a ese miedo: llegar hasta ese punto de equilibrio en el que la corriente nos podía llevar.

La segunda jornada también había sido anunciada. Se llegaba hasta un borde de la cascada y, con cuidado, por un caminito angosto, se pasaba por detrás de la cortina de agua hasta llegar a unas cavernas breves que la misma erosión del salto había ido formando a lo largo de los siglos. Era un vértigo, un paso más hacia el extravío definitivo. Permanecimos allí, por horas, acuclillados, sentados como podíamos, viendo y oyendo el estruendo. No se podía hablar: el sonido era omnipresente. Sólo nos veíamos y sonreíamos, cómplices. Germán improvisó una varita y extendía el cabo hacia la caída de agua. En milésimas de segundo, la corriente le arrancó la varita de las manos, pulverizándola. Teníamos a la muerte enfrente: recia, incólume, sonora, constante. Y la encarábamos, le decíamos con nuestro lenguaje de entonces: "Tú allá, que nosotros siempre aquí."

El ruido de la cascada podía llegar a ser el silencio (de tan constante). Era un ruido sin sobrerrelieves, adosado a nada, infinitamente continuo. Era también el silencio de la muerte, pensábamos, un silencio quieto en el que se dejaban oír distantes quejidos, almas en pena. A la vuelta, como un reflejo que sigue vibrando en la retina, el ruido seguía

en nosotros. Era un zumbido en nuestros oídos. El hilo sonoro nos
acompañó durante el resto del día recordándonos algo, prefigurándo-
nos algo. Esa noche, al abrigo de la cabaña, fue inevitable que cayéra-
mos en cuentos de aparecidos. Recreaba yo una escena exacta, vero-
símil, de una noche en Lagunillas. Haberme levantado de la cama
para ir a tomar agua, haber puesto mis piecitos en el suelo, haber visto la mano franca, callosa, con nudillos, que me sujeta el tobillo para
que no me vaya. Desde esos días, sé que alguien duerme bajo mi cama: es un alter ego, es mi contraparte, es la criatura que hoy encuentro en la cascada.

La tercera jornada fue la definitiva. Nunca más fuimos los mismos
a partir de ese día. La selva nos suspendía, nos hacía flotar, nos empe-
queñecía, nos volvía insignificantes, partículas de un todo, nos creía
lianas, serpientes, fieras, espíritus a la deriva. Teníamos que remontar
el río que caía en la cascada. Nos íbamos por una de las orillas, río arriba, para embarcarnos en una curiara con motor fuera de borda. Un in-
dio bajo, recio, con camisa rosada, era el guía. Apenas hablaba: se ma-
nejaba con monosílabos y gestos rígidos. Levantaba de golpe el brazo
y señalaba algo: un tepuy, una isla en el medio del río, una caída de
agua lateral. Fuimos cayendo en esa maravilla compacta, resumida,
hecha para nosotros, tibios animales urbanos. Fuimos cayendo en esa
ensoñación vaga, vaporosa, que nos iba ocultando el nombre de las
cosas.

Remontar la corriente del río significaba perdernos, adentrarnos en
busca de los orígenes. El río se estrechaba en cada avance que dába-
mos. Lo único que sobresalía en el horizonte era el Auyantepuy, nos
decía el guía, el flanco trasero del Auyantepuy: un muro todo de piedra (marrón, gris, negro, rojizo) que se levantaba como una columna
de aire en medio de la selva, un movimiento abrupto, voluntarioso, de
querer cortar el horizonte, de imponerle un límite al horizonte. Un sol
en la tierra. Era nuestro único punto de orientación, nuestra única referencia.

El guía se acerca a la ribera del margen izquierdo y decide hacer
una breve escala. El sitio nos descubre una cascada veloz, lineal, espumosa, que se precipitaba por tres niveles sucesivos de lajas para recogerse más abajo en un pozuelo profundo cercado de piedras. Fue
nuestra fiesta del día. Las lajas eran toboganes naturales por los que
nos deslizábamos ebrios hasta caer con todo el peso de nuestros cuerpos en el pozuelo... Una diversión instantánea, cautiva, que nos re-
concentraba en nuestros miedos; un abreboca que la selva nos ofrecía

tibiamente, como para que fuéramos tomando confianza en las formas que no conocíamos.

Dejamos la cascada y retomamos la travesía. El río se iba encogiendo en un cauce estrecho y el negro de sus aguas se hacía más cerrado. Un espejo de cuarzo, pensamos, un espejo impenetrable. De pronto, majestuosa y serena, una culebra de agua atravesaba el río. El guía levanta el brazo de golpe y señala más allá, hacia adelante. Vemos una cabeza altiva, sobresaliendo del agua, y, más atrás, como perturbando la superficie, las ondas sucesivas del reptil. No quisimos imaginarnos el tamaño (es una conjetura que hemos dejado para la especulación de nuestros días, cada vez que los primos nos reencontramos), pero en nuestros recuentos la hemos visto siempre grande, enorme, anudando una margen con la otra. Hemos soñado con la imagen de esa cabeza en el medio del río. Una imagen recortada, espléndida, momentánea, que nos resume la travesía como una idea fija.

Llegábamos a la isla prometida, fin de nuestra jornada. El guía se reservaba en ese punto la preparación de un almuerzo. Era, en efecto, una isla, una especie de cuñeta que bifurcaba la corriente. Nos recibía una punta de la isla, apenas una ribera arenosa, donde la vegetación hacía un claro. Era una guarida (otra guarida) para nuestros miedos, era el espacio perfecto. Estuvimos allí, merodeando, confiscando cada pedazo de islote, reconociéndolo: dos piedras altas, la arena amarilla bajo las aguas, otro pozuelo más allá en forma de aguamanil, una vegetación próspera, incitante, que crecía hacia adentro, allí donde la isla se abría.

Nos apartamos Germán y yo, nos fuimos como rindiendo, como sumiendo en un juego extraño, definitivo, mientras el guía juntaba unas brasas para asar un pescado empalado. Era como un rapto. Los inicios eran una bendición: una vegetación baja; pajonales dispersos, crecientes, entre troncos caídos; arbustos del tamaño de una persona que proyectaban sombras enconadas. Era nuestro extravío, nuestra deriva apacible. Comenzamos a distinguir tres niveles en la vegetación: un nivel mayor, de árboles centenarios, los que recogían la luz del sol, cuyas copas proyectaban una primera capa de sombras; un segundo nivel intermedio de arbustos medianos, como de dos a tres metros, que crecían a expensas de la protección de los primeros; y un tercer nivel, rastrero, más nuestro, donde evolucionaba con total libertad una vegetación variada y acezante.

En un momento dado, todo llegaba a ser vegetación. No veíamos el cielo: apenas las copas protectoras de los árboles más grandes. La luz entraba en haces por las rendijas libres que dejaba el follaje, túneles tubulares que ahuyentaban las sombras. La isla invitaba y nos fuimos apartando de la ribera. Fue un juego de espadas lo primero: dos varas que Germán había improvisado con su navajita, una esgrima precaria que elaborábamos creyéndonos dos mosqueteros de la selva. Pero de esa escaramuza pasábamos a otra, a una expedición secreta que debía rescatar a una doncella en el medio del bosque. La selva nos invitaba al inicio por senderos visibles que nos facilitaban el avance. Abríamos nuestras piernas para saltar los troncos caídos o algún matorral indescriptible hasta que, poco a poco, sin que nos diéramos cuenta, estábamos en el corazón de los grandes árboles y ya varias lianas colgantes nos peinaban las cabezas.

Fue el momento mayor, el de la pérdida, el de no seguir avanzando, el de reconocer que habíamos extraviado todo rastro, el de sentir que éramos dos criaturas más dentro del bullicio. La selva respiraba, latía. Su corazón debía estar en alguna parte, un infierno rojo, una gran fogata subterránea, crepitando bajo nuestros pies. Nos detuvimos, nos detuvimos en el medio de nada, en el medio de todo. Nos sentamos en un tronco caído, grueso, el manojo de raíces elevándose tres metros por encima de nuestras cabezas, todavía con pedazos de tierra colgando como bolsas de agua suspendidas. Sudábamos profusamente y nuestra respiración era un pálpito. No hacíamos nada: sólo esperar, observar. En verdad, no estábamos asustados. Era apenas una tregua, nos decíamos, un breve descanso que nos permitiera reiniciar la empresa: salvar a la doncella, cautiva en manos de algún espíritu de la selva.

Costaba creer que estuviéramos en el medio de una isla. No se percibía el menor rumor de agua corriendo. Sólo el murmullo de las criaturas, de todas las criaturas, su respiración acezante. Un chisporroteo preciso, como de hojarasca quebrándose, en el horizonte medio de nuestros oídos. Nos oíamos a nosotros mismos: el crepitar del corazón, mínimo corazón en medio de la inmensidad, un tuntún cálido, encabritado, galopando por las venas que nos irrigaban los cuerpos, la sangre llamando a otra sangre, la sangre queriendo reencontrar un flujo mayor, abierto, totalizante, ríos confluyendo hacia una gran matriz de sentido, el origen sanguinolento de las aguas. Éramos un vaso capilar, una arteria, un caño de esa gran circulación de la sangre a la que todos nuestros líquidos contribuían: la saliva reseca en el paladar, el sudor pegostoso de nuestra frente, la orina contenida en la vejiga. De pronto, como respondiendo al llamado, Germán abrió su bragueta y orientó el chorro hacia la base del tronco caído: el flujo amarillento fue desprendiendo partículas de madera podrida, hinchando el hoyo de los hormigueros, creando inundaciones momentáneas para seres minúsculos, invisibles, fermentando los suelos, abonando los suelos, reencontrando la circulación secreta de los suelos.

Una mano rígida me sujetaba el hombro. Era el guía de camisa rosada, cansado ya de buscarnos. Volvimos a la ribera por otro sendero para encontrarnos luego con los primos y el tío Delio. En medio del pescado y el casabe fue difícil hablar de lo que habíamos sentido. No era la doncella (nunca la encontramos), no era el extravío sin nombre. No. Era algo más, algo indefinible de lo que todavía hablamos sin tregua. Era la pérdida sin límites: la selva extraviada en nosotros y nosotros extraviados en la selva.

Con el tiempo, he querido sentir en la mano rígida del guía sobre mi hombro la misma intensidad de la mano callosa que me sujeta el tobillo en Lagunillas. Es la misma mano la que me sujeta, es el mismo ser. Sé que una selva secreta, recóndita, respira bajo mi cama.

STEFANIA MOSCA

SERES EXTINTOS

A Roberto Colantoni

Unas hojillas, de hojita y no de sangre, amarillas ellas, eran arrastradas por el viento como el peinado de esmero puesto, horquillas y demás. Ahora, todo el pelo parado, un desastre. El viento, pensé, cuando sopla el viento. Hace tiempo que no ocurre y los ojos quieren apresar tensa la imagen nuevamente. A ver, enfoquemos. El aviso de Astor Rojo tembló y era el viento, el arrase del soplido transparente que engarza tantas y tantas metáforas y otros tantos y tantos símiles. Una tortura pensar en lo que el hombre ha hecho, otra equiparable pensar en lo que ha dicho. Y no sé por qué me antojo de hablar del viento, no hay nada nuevo qué decir, acaso sea preferible hacerlo de un tubo de escape. ¿Poco ecológico? El instante detenido por el pálpito menguante que reproduce el viento en la retina subiendo por Los Ruices. ¿Nada bucólico? En fin, las cosas pasan cuando pasan y punto. He atendido largamente por aquello que espero, sin culminación; y si lo deseo, bueno, el asunto, además del ansia que lo envejece a uno, se torna tortura y no china sino en español, es decir, que usted lo entiende todo, entiende que eso, su deseo, se pone reacio, "inasible", y podemos dejar irnos en los suspiros agónicos del esfuerzo vano o aceptar simplemente que lo mejor −hay que educarse a sí mismo, ejercer la voluntad− pero lo mejor es no desear. Enfriar el globo visor y adquirir de la imagen la distancia que, si prevalecemos, puede hacerla divina y entonces, Oh, éxtasis, hemos llegado a la contemplación. Tus ojos amor mío, lejanos, lo sé, pero tus ojos, no hay nada como tus ojos...

Abro de inmediato la ventanilla del carro. La cuestión se pone interesante. Y asomo un poco la cabeza, un poco solamente, estamos viviendo unos días en los que, de un momento a otro, va a empezar una cortadera de cabezas y quién sabe, es bueno ir con cautela. Pongo lo justo: un cuarto de mi frente, otro tanto de mis cabellos, la mejilla recostada del hombro, y allí, en el retrovisor, contemplo cómo el viento acaricia (y qué más vamos a decir, toca, suscita, moldea, roza, suavemente, frescamente, el viento del mediodía atraviesa el rostro), el viento lleno de polvo en esta ciudad (que vaya usted a saber cuándo vamos a utilizar gasolina sin plomo), el aire caliente del sol a pique, brillante, y el humo que aún se distingue del viento. Cierro los ojos, me arden. Ya ni siquiera el viento es una imagen para la evocación. No huele a anís ni a jazmín por las tardes, ni a sequedad en agosto, ni a tierra húmeda en invierno. Toso. No tengo más alternativa, cierro la ventana, gradúo mi aire acondicionado. Es absurdo hablar del viento, del vientecillo y las hojas ocres secas delirantes, revoloteando.

Pongo la radio, Mozart me deja entender que volveremos a intentarlo. Volveremos a hablar del viento y sus caricias redundantes. Y puede ser que al final lo consigamos y lleguemos al Bosque. Solos, ante lo verde, seremos, cuando suceda, unos seres extintos.

WILFREDO MACHADO

FÁBULA DE UN ANIMAL INVISIBLE

El hecho —particular y sin importancia— de que no lo veas, no significa que no exista, o que no esté aquí, acechándote desde algún lugar de la página en blanco, preparado y ansioso de saltar sobre tu ceguera.

El animal invisible

CUENTO INVERSO DE HADAS

Después de escuchar tan triste historia, la princesa besó apasionadamente al sapo en sus labios fríos y viscosos. Al finalizar el sapo seguía siendo el mismo, pero a su lado una sombra verde croaba con un ruido semejante al llanto. El sapo se encogió de hombros y se lanzó al estanque.

—Todas las princesas son iguales —pensó.

Detrás quedaba la rana croando en el silencio de la noche bajo las hojas húmedas del estanque y la luna que se adelgazaba en la superficie pulida del agua. Definitivamente éste no era un cuento de hadas, y ella no sabía qué hacía allí; desnuda y solitaria bajo las grandes constelaciones de la noche. De vez en cuando sacaba la lengua y atrapaba un insecto que el viento arrastraba desde el otro lado del estanque, porque al fin y al cabo la idea tampoco era morirse de hambre.

JAIME MORENO VILLARREAL

EL NIÑO PERDIDO

—Oye —dijo Paula acariciando dulcemente mi espalda—, estamos en Amolotla.

Me desperté con el cuello torcido. Afuera, las luces del pueblo, que la ventanilla ahumada del autobús hacía parecer nocturnales, se iban oponiendo a los colores del día. El pasaje reanimaba sus conversaciones, las palabras se asistían con la sonrisa, y Paula ya alzaba nuestras cosas de la canastilla. Desde la calle mujeres y niños ofrecían gordas de maíz y tamales de hoja a los viajeros. Yo me moría de sed. Bajamos del carro y entramos, como a medio sueño, al parador de Amolotla. Tenía un comedor con mesas de lámina en las que se bebía un refresco o una cerveza y uno que otro bebedor perseveraba. Perros mansos, al piso hociqueando, dirigían una mirada y un bostezo; el zumbido de un tubo de neón cortaba la atmósfera. Paula se acercó a la dependienta que estaba recargada contra el mostrador de pan de azúcar y gelatinas sin brillo, le pidió dos refrescos y le preguntó por Alto de Mola. El labio de la mujer, sellado por una cinta de saliva seca, se abrió con un gruñido.

—Si quieren subir mañana, está retirado, yo conozco, yo los llevo.

—¿Hay un camino? —preguntó Paula.

Los refrescos estaban al tiempo. La cabellera encanecida de la mujer le cubría los hombros como un manto, parecía recién salida del baño, parecía una muchacha antigua.

—Yo lo conozco —la mujer volteó a mirarme. En la boca traía un amasijo negruzco que le hacía espumar los carrillos—. Son a pie tres horas.

Paula —pensé.

Sobre la pared del fondo, un espejo apaisado ampliaba imaginariamente el local; lo coronaba un cromo del Niño del Templo orlado con flores.

—Nos dijeron que hay un camino que sale de aquí —Paula marcó mentalmente la línea quebrada que *el Holandés* había trazado sobre el mapa de la República.

—Ora ya es muy tarde, pero si quieren subir esta noche yo voy a ir por allá, si quieren subir.

Habría que subir y bajar rodeando cerros y pendientes, alumbrarse, detenerse de trecho en trecho, orientarse, tomar como quien bebe un poco de aire, mirar el suelo con el alma en el esternón.

La mujer escupió en un bote que bien pasaría por una maceta anegada. Los perros olisqueaban y no humores en el aire, gargajos en el piso, se incorporaban reumáticos, se espulgaban los entresijos con los dientes. Paula le dijo gracias a la señora haciéndole entender que haríamos solos el camino, y le compró un cuartito del mezcal que se vende a los viajeros. Atronadoramente arrancó para siempre el autobús que nos había traído.

—Aquí bajando por la calle detrás, sigan por la brecha que va con el arroyo; no se le aparten, así no se han de perder —la señora se amistó mientras recogía las monedas contando al tacto.

Paula y yo salimos del paradero como si ingresáramos a la noche. El caserío de Amolotla era pardo bajo la cerrazón de la cordillera, la carretera tocaba un filón del pueblo y se perdía en la primera curva. Bajamos por la calle empinada, nuestras cosas al hombro, el olor de un anafre insinuaba alguna calidez en el aire; lejanas y próximas fulgían las cumbres de la sierra aún no segadas por la noche. Un perro que descubrimos a nuestros talones nos siguió hasta los linderos como un aparecido, hasta que hallamos una brecha lavada con derrames de agua pestilente. No muy aparte, pero muy abajo, se escuchaba pasar el arroyo invisible.

Yo había oído hablar muchas veces de la señora Clemenciana. En Santa Juana oí, en Carrizalito oí, en Huautla, en Cometepec, en Palenque. "Los soldados la mataron en el retén de Cristóbal Chico"; "Cruzó para Guatemala, pero cada cuándo vuelve a buscar raíces"; "Vive en Oaxaca con otro nombre y hace curaciones para gente muy importante del gobierno".

—No es cierto, vive en la sierra sin que nadie la moleste —le dijo *el Holandés* a Paula mientras marcaba una estrella, Alto de Mola, en el mapa que había extendido sobre la mesa.

El Holandés inventaba cosas y no distinguía claramente lo que imaginaba de lo que sabía. Tomaba alcohol de madera, y a veces el agua pura lo hacía delirar. Sobre la mesa de la cocina arrimaba las botellas de cerveza que iba vaciando. Se me quedaba mirando al vacío y yo volvía a clavarme en sus ojos azules, lacrimosos, superficiales de hombre que todo lo ha vivido. Su enorme panza de buda blanquecino oponía pelitos rubios a la camisa tejida.

—Llévalo con doña Cleme —liando un churro, le dijo risueñamente a Paula—, *forever is not for good.* Tomas en San Miguel rumbo a Guerrero y te bajas en Amolotla. En la estación preguntas por ella, no va a faltar quién la conozca. Hay una brecha que cruza la sierra, son dos o tres horas de camino. Subes y subes, y cuando llegas a Alto de Mola le presentas al enfermito. No te sorprenda que ella ya los esté esperando.

Al ver que Paula lo miraba toda inocencia, *el Holandés* soltó la carcajada.

Paula —pensé entonces, tocando suavemente su espalda—, habrías de darme a masticar semilla de los camineros. Uno no espera en una noche así la perfecta inmovilidad de los árboles.

Sacó de su morral las semillas, y puso cinco en mi lengua y las demás en la suya. Pude entonces alzar la vista hacia las estrellas. Allá íbamos los dos avanzando por el cordón de los cerros, Amolotla atrás quedaba, la bóveda se había puesto en movimiento y yo atinaba a descubrir las Cabrillas en un hato de estrellas navegantes. El cielo rumoraba en el arroyo escondido, las copas de los árboles se fueron abriendo al latir de nuestros corazones, y Paula, cinco, seis pasos adelante, dejaba hollado un lugar para mis pasos.

—Cuidado, *Coyote*, aquí hay un charco. Cuidado, hay un tronco encaramado sobre la curva. ¿*Coyote*...? Huele a animal muerto, no respires. Cuidado, *Coyote*, huele a humo, se oyen gritos de mujer. Una mujer anda buscando a un niño perdido.

—¿Dónde andas, *Coyote*? ¿Desde dónde me estás mirando? —*el Holandés* me internaba en sus ojos azules que miran con fijeza como si desearan se admirase en ellos alguna forma de misterio. La cara colgada, grasa, de cachetes sanguíneos se identifica mejor en circunstancia de los perros que cría en jaulas enormes al fondo del patio, y cuya camada reciente remolonea ahora mismo afuera de la cocina. Sabuesos de finísimo olfato que *el Holandés* adiestra para rastrear mapaches, tejones polleros y aun gatos monteses, que vende a buen precio en ranchos de Puebla y Tabasco, y en clubes de cazadores del Norte. La maña de vivir en soledad con tantos perros, el trato infantil y tosco que les da, el olor a orines que desesperadamente circunscribe el mismo territorio hacen del *Holandés* en su casa un mísero soberano, los costales de alimento canino apilados contra la pared —seguramente *el Holandés* entendía que mi actividad era interior, pero no me tenía el mínimo aprecio ni me ayudaba a seguir los caminos que él creía sabiamente transitar cuando se intoxicaba. Comenzó a hablar a su capricho.

—Se te ven los ojos llenos de desperdicio.

Paula, no dejes que hable. Deténte conmigo, deja que siga de largo, llévame a un lado de la brecha y tratemos de escuchar cómo sería el mundo sin nosotros.

Nos detuvimos a la orilla. Habíamos adelantado, y el camino nos había separado insensiblemente del arroyo. La noche ya no dejaba adivinar qué amplitud era aquélla, pero advertí que estábamos en las lindes de un paraje extraordinario. El aire aludía con su silbo a una extensa tierra de labranza desocupada o acaso regada de flores, o a una pendiente interrumpida que nos resistiría al borde del barranco, o a una laguna sin ondas, como un espejo de obsidiana que pudiera arrebatarse con la mano.

No se ve nada —quise decir.

—No es cuestión de cuánto te metes ni de cuánto aguantas. Te has puesto a jugar con tu alma, y ahora piensas que eres invisible, que estás en otra parte, y finges verme atravesarte con la mirada.

Paula, a mi lado, también notó que yo no quería permanecer más ahí, pero imprudentemente preguntó algo al *Holandés*.

—¿Cómo es doña Clemenciana? ¿Cuál es su enseñanza?

Sonriendo, *el Holandés* se prendió del pico de su cerveza y me desclavó la mirada.

¡Paula! ¡El mundo sin nosotros se comenzaba a llenar! Uno se desprendía de las cosas, algunas muy suyas como los brazos, otras tan extrañas como el nombre propio, y dejaba de conocer en cada cosa el distinto, el indistinto, dejaba de oír el eco de la propia vida en carne propia. Íbamos borrándonos hacia la inmovilidad, en descendimiento prescindiendo de nosotros. La noche. La noche era oscura. La noche era oscura, y al cabo dejaría de serlo sin dejar nada en claro. Asidos a nuestro cuartito de mezcal, permanecimos de pie unos minutos frente a aquella inminencia.

—Podría ser el fin del mundo —sugirió al fin Paula, enlazándose a mi cintura—. ¿Te imaginas lo que sería caer sin tocar fondo o hasta alcanzar una velocidad que te incendiara?

¡Para brillar fugazmente en otro firmamento!

—No te hagas pendejo, *Coyote* —el *Holandés* retenía hablando el humo del toque—. Te vas a pirar si no hablas. Te va a llevar la chingada —alivió sus pulmones, y se dirigió frontalmente a Paula—. Lo que quiere este cabrón es que vayan por él, y eso no lo hace cualquiera. Mira —continuó—, a quien quiere cruzar no falta quién lo ayude. Habrá quien lo espere del otro lado del arroyo, lo llame y le ofrezca el brazo; habrá quien esté de su lado, le señale el arroyo y le diga ¡sumérgete! Pero ¿quién va a ir por él, quién va a querer alcanzarlo?

Clemenciana es bruja, yo no he oído otra cosa, y *el Holandés* sabe que lo sé. Como si estuviera embrujado me llamó enfermito. Paula, te quiere hacer creer cualquier cosa nomás porque está seguro de que lo estoy oyendo.

Arrojé con todas mis fuerzas la botella de mezcal hacia la oscuridad para oír dónde caía.

—Qué raro —dijo Paula, sus cabellos rozaban mi oreja—, se alcanza a escuchar todavía la carretera.

Un lerdo motor de autobús batallaba la cuesta arriba por los voladeros de la serranía. Cosas de la noche que todo lo transmite cuando uno se sueña lejano y el rumor lo recupera; uno se desprende y se reintegra a otro orden que un instante atrás no lo requería. Así me sucede con el olor del humo, su naturaleza virulenta me soborna con un sueño de sosiego en la primera aspiración, el reflejo pulmonar ávido de volver. Pero no es deseable la humareda ni son deseables los oros del fuego que miro en una flor, la flor violeta del amor perdido, la flor que al mascarse enciende, adormece las membranas de la boca. Paula sacó del morral una flor que robaría del paraíso. Sentada a mi lado era mi hermana indispensable. Puedo aún vernos morderla como dos peregrinos hincando el diente sobre el pan de la vida. La saliva chirría dientes y encías, ¡lenguas!, el dolor astringente me rebana esa mueca que hace reír a Paula. Yo la abrazaría. En torno nuestro se retorcieron los árboles revelando una sensibilidad a su risairisa que festejo señalando los espasmos de un tronco enardecido. ¡Paula! Consciente ella de su blanca brujería, forzó la carcajada para poner en marcha otra vez la danza de las frondas. Yo quiero decirle, yo quiero hacer la comparsa con voluntad de niño que afina al uso su son feliz, pero el horror me contiene al alumbrar el rostro avejentado de la mujer que está sentada junto a mí.

¡Escupe! ¡Escupe...! —me ordenó.

¡Paula! Abrí los ojos. Me incorporé, y con los brazos abiertos comencé a girar sobre los talones. Entré avanzando en aquel paraje convertido en una hélice sin gobierno que mecería las flores o cruzaría aguas crudísimas o se suspendería sobre el despeñadero, y giré y giré bajo las constelaciones como un amante inmóvil o como un perro pavoreciendo de hidrofobia, hasta dar sobre matojos cerreros que me flecharon la carne, y perdidamente, la mejilla al polvo, oí los timbales de mi circulación sanguínea: tornar, tornar aún, tornar, tornar aún, tornar, y al darme vuelta, qué sensación de estupidez y armonía, todo es-

taba en todas partes, sentí a Paula besarme en la sien y tenderse a mi
lado como la tierra.

Altar del aire sus cabellos irradiaron
   Caudas tan raudas de relámpagos y gasa
Hálitos de agua esclarecieron su diadema
   Luz que luía el plenilunio y el diluvio
Sol en eclipse hilo de sangre aro de nieve
   Aura que ardía un candelabro que tejía
Ala llameante me elevaba a un puerto aéreo
   Ráfaga y arca de la alianza estrella madre.

   —...tenemos que irnos, levántate... levántate, vámonos, *Coyote* —y
removía mi hombro suavemente, pero yo no podía verla. En la sere-
nata del instante sólo me quedó su nombre, y a él me así con la sensación de abrir la boca en un torrente sin poder tragar ni dejar de tragar, todo pasando, Paula, Paula, cuando la voz del *Holandés* irrumpió
como la sala de un cine que arroja al fondo la pantalla.

   —No va a poder sostenerse de pie. Mejor ayúdame a cargarlo, vamos a llevarlo a mi cuarto.

   Con sus dedos engordeciendo quiso alzarme ofensivamente y yo
perdí todo tacto con Paula. Como pude, me zafé. Fortalecido por mi
cuenta, creciendo, creciendo volví a la silla ojos fijando. En mi tropie-
zo rodé espumante cerveza sobre la mesa, cerveza escamosa como
una boa que avanzara al fondo. La noche había estallado en luz, el
mundo cobraba viva flama y la penetración volvía a mis ojos. Burbujas borneaban las aguas superficiales acumulando alianzas miles de
inevitables desapariciones; el ojo como una lente de acercamiento de-
teníase en los instantáneos tornasoles abombados del turquesa y el naranja perfectamente transparentes, se internaba en la espuma, nadador bajo la ola, y embebido salía a flote y rebotaba como un globo de
oro antes de reventar en partículas de polvillo que recomponíanse en
la creciente que iba a desbordarse de la mesa. Se me iban los ojos en
vuelo rasante a través de las brisas que exhalaba la crecida. Pude distinguir formaciones no precisas de un paisaje fugitivo, grandes crestas
efervescentes que semejaban el magma de una isla plúmbago emergente del océano, depresiones inmensurables como épocas de hielo,
macizos montañosos de carbón de hulla pronto violentados por verdes bosquecillos repletos de pájaros.

   Escuché voces, como gritos, llamadas, y quise voltear hacia Paula,
avistarla hacia el oriente, pero estaba abismado, y al volver la vista me
hallé de pronto detenido en una ladera, fijo como el halcón al brazo

del halconero. Las voces de caza provenían de la falda del cerro que descobijó bruscamente un valle de pastos amarillos, de piedras y accidentes. Sentí bajo mi arco una montura. Era un alazán castaño de cabeza grande y crin sudorosa. Asomados sobre el valle, en formación de media luna, cinco jinetes dominábamos la cadera divisando los avances de los mozos de caza que retenían hatos de tres y cuatro perros excitados por la urgencia de una presa. Con la mano izquierda jugué a estrechar la brida al animal que, nervioso, precisaba mis órdenes musculares.

En la vanguardia, entre gajos, hondonadas y estrías rocosas, se ve ganar campo al sabueso rodesiano, gacho el hocico, que lleva en el lomo una raya de pelo erizado. Hábil para la persecución, de vista infalible y olfato encarnizado, corre contrario a las cuadrillas de mozos que vienen cortando las salidas con cencerros y tamborcillos. Ruiderío el momento en que la presa sabe por fin que es la presa. Allá lejos salta, de cola mediana, la zorra que al sesgo se abre paso y se lo cierra entre los matorrales. Ladra el rodesiano de cierto, allá se le ve apuntar la codiciosa carrera. Un jinete sopla el cuerno que domina por encima del aúllo y el barullo, y los perreros sueltan a los basenjíes que se desperdigan con el olfato de fiesta por los rumbos del rastreador. Pequeños, de orejas despiertas y cola en sortija, corren frescos, velocísimos, cantarines ilesos entre la aspereza. Los mozos se abren bajo la arremetida de dos jinetes que han descendido en línea y se parten sobre el plan. Otro dicta voces de caza haciendo bocina con las manos, entre los que aguardamos para admirar en compañía, como mariscales, el acorralamiento y el alcance.

De inmediato, *el Holandés* despegó de su asiento y enderezó el casco de cerveza; Paula recobró el mapa empapado. *El Holandés* ya estaba de vuelta con una jerga. La vislumbre resentida se recogió sustrayendo su fulgor a la nada. Yo me hallé sentado donde estaba. Paula gemía. Sentí piedad, algo semejante a la sensación de partir cuando se deja atrás el país que nos ha retenido y una expectativa de ventura y cansancio nos consuela, una separación que conduce a otra y a otra más.

—Eres horrible, *Coyote*, ¿por qué eres así?

Los perros del *Holandés* alborotaban a la puerta, rascando, fricando con sus garras y lamentos. Adivinaban en la agitación los preparativos de una cacería. Porque gruñen, porque aúllan, porque lo huelen en las secreciones, porque lo ansían, porque lo buscan en las filas de los peregrinos, porque se hacen líos entre familias que cruzan la montaña, porque en ausencia lo increpan con el aire de congoja resistiendo el crepúsculo, rechazando el entumecimiento de las miradas en torno suyo, porque rezan sin palabras como si el lloro manso se los devolviese a contrasentido de la caravana, porque tendrán que desandar el camino de un día, porque no duermen ni cierran los ojos contra la noche cerrada, porque cada vez que se detienen a descansar les pesa detenerse, y frotan sus carnes y sus fatigas como haciéndoles reproches, porque estarán de vuelta a la mañana siguiente a las puertas de la ciudad preguntando aún a los rezagados, Señora no vio pasar, Señora no vio pasar al niño de mis entrañas, Sí señora, sí pasó tres horas antes del alba, Una cruz lleva en el hombro de madera muy pesada, porque llaman de puerta en puerta, porque consultan con los vecinos y con las autoridades, y hablan con los mercaderes y con los músicos ambulantes e interrumpen el tranco de los forasteros, y porque se demoran no para descansar, no para dar vuelta, y beben en la fuente y no les sabe a nada, porque regresan uno al otro por la noche sin haber comido, y ya no hablan entre sí, porque cuando finalmente lo encuentren, él no tendrá temor, él no tendrá consideración, no tendrá tristeza, ¿por qué te fuiste?, le preguntarán, y él les va a responder ¿por qué me buscaron?

—¿Por qué eres así? —jerga en mano, *el Holandés* fingió que se hacía cargo—. Te va a tragar la noche.

Y en verdad parecía que avanzara sobre mí el crepúsculo insurrecto. ¡Los perros! Tundiendo arrogantemente la tierra, unos saltaban a zancadas las fracturas del suelo calculadas al paso, otros inventaban veredas de piedra que iban cantando como descubridores, otros montaban centenarios troncos abatidos a modo de puentes, y reconocían mi terror en una roca a la que me hube abrazado, cebándose de nuevo en el rastro que tallé al despellejarme. ¡Perros! Llevan por ojos carbúnculos, la llama de la especie les hormiguea los testículos y les llena de sangre la cabeza. Su chispazo incendia los altos de los cerros, su paso abre un suelo de carbón y fumarolas, tras ellos humeantes se desploman las ramas que adelantan arboledas renegridas.

—¡El relámpago partió el árbol! ¡El árbol se está quemando!

Los vecinos mirábamos tras las ventanas. El rayo había arrancado un brazo al árbol del solar que flameaba bajo el aguacero. Había que hacer algo, pero nadie se atrevía a salir. Mi mamá me abrazó por la espalda. Yo opacaba el cristal con el aliento. ¡Hay que apagarlo! Meses atrás había enredado en la copa del árbol un papalote que nunca pude rescatar. Nadie iba a salir a apagarlo. ¿Y si cayera otro rayo? Nuestro árbol se consumía íntegro y triste. ¿Se sintió otro relumbrón y oí-

JAIME MORENO VILLARREAL

mos otro trueno? ¿Es que realmente cayó otro rayo? ¿Dónde cayó? ¡Quién sabe! El vecindario estaba aterrorizado. Tras los cristales, con los rostros bronceados, estuvimos esperando a que la tormenta amainara, y cuando salimos, demasiado tarde, con mangueras y cubetas bajo la lluvia, muchos nos dejamos vencer para contemplar cómo se extinguía ya no el fuego, cómo se extinguía el inflamado esqueleto. Cuando mi madre fue por mí y me arropó con una toalla, yo ya no sentía tristeza, yo ya no sentía conmiseración. −¡El relámpago lámpago! ¡El relámpago lámpago, mamá!

−¿Por qué eres así? −secándose las manos con aire hacendoso, estaba *el Holandés* tan irritado que parecía adelgazar−. Tan nocivo, cabrón, tan salvaje...

Están apedreando la yuca para desflorar chochas y liarse un taco de guisado, huercos ladinos, montan el árbol de aguacate, roban membrillos, mojan los pies en la acequia y se mean en la poza, y cuando orinan juegan a jalarse el prepucio y lucen unos contra otros bravas fuentes, barrigones entelerídos ostentando también el nudo umbilical. Tienen la piel prieta en el pecho y las piernas sin defecto; no sudan, se aceitan de puro estar tumbados al sol y empolvarse carrera abajo y dorar los vellos de los brazos cuando bracean en el río. La piel aromosa de la hora en que doran la siesta a sus padres y abandonan el patio para ir a tentar las vaquillas y a tirarle piedras a las culebras. Ronca un burro. Qué fresco andar en calzones por la acera, beberse el agua de papaya junto a la papaya, dar caza a las gallinas de un salto y a una sola mano, poner las cucarachas a luchar con los alacranes, dar el nombre de *Capitán* a un perro advenedizo, montar de dos a pelo y al galope la yegua preñada, mirar a las niñas bañarse con sus madres, escupir y hacer competencias de escupitajos, y al atardecer divisar al coyote de paso gacho excusarse entre los matorrales.

Por el monte extranjero de la siembra
Irreductible y perro al mismo tiempo
Para la inquina del amor doméstico
Cruzar como señor sin pertenencia

Tomé la mano de Paula y la apreté contra mi pecho. Me sentí pegajoso, bañado en cerveza. Pensé voltear a verla, porque la amaba y me desesperaba su queja, pero sentí mi corazón muy desprendido. Ya sólo podía amarla caminando, sólo en una soledad imprecisable mas cadenciosa, ritmada en silencio, de ir al lado, de ir por brechas, poblados, carreteras, comer bien poco, evitar las amistades, regresar a ciertos sitios en épocas del año.

Ella me clavó un frío clemente, terso, un agujero de inexistencia en el pecho, un hueco prenatal por donde manaba el tiempo sin carne que lo deformara. Caía dormido con su puño en mi adentro, mano que moldeaba un corazón más breve, más preciso, más atento, en constante huida. Caía yo en movimiento, no como se aleja uno del entorno en el sueño, no como se sumerge uno en la temperatura de otro cuerpo, era más bien la mudanza comandada, el alma restableciéndose en una dimensión sin gesto, un aire sin correría, un animal sin naturaleza, un animal de ánima. Caía.

Tumbado de lomo, fregándome los lomos como el perro que se baña en el polvo, dándome vueltas, incorporándome entonces, alargándome, comenzando a correr, corriendo, extendiendo vigorosamente las manos en la carrera, la cadera un tanto alzada, asentando el equilibrio más terrenal de mi cuerpo sobre un nuevo eje, gustando por primera vez del mundo a la altura de la boca, cuando me jui pal barranco, cuando me jui pal barranco, subiendo y bajando lomas, la noche de las maromas, ladra infamante la jauría, los ecos como coágulos de sangre estallados en un pañuelo, el dolor del hígado, soy el coyote aullador del conejo, soy el coyote roñoso, soy el coyote de los cerros, soy el coyote de la flecha y atrás de mí vienen los perros. Por allí el desfiladero de azuloso flanco, los mozos de caza por el costado, los perros a mis huellas, malamente me acorralan en el callejón de una cañada. Al fondo una caída de agua que hace brisa y color verde sobre la negrura vegetal, el sendero en declive, sigo de frente hacia la garganta, el cerco se estrecha y sólo hay una subida al cielo: la caída de agua, pero el instinto me jala esta vez hacia las soluciones terrenas por un atajo de piedras lamosas entre yerbas de perfume y madrigueras falsas que yo rozaba para hacerme perdedizo. Cuando ya no tuve frente, volví una vez sobre mis pasos hacia lo hondo dejando resbalar mi cuerpo sin desbarrancarlo. Descendí por el roquedal hasta el lecho de la cañada, y oculto entre varas vi por primera vez el arroyo, el arroyo serpentino, negro como agua de sangre. Precipitábase a choques en escollos y charcas, ensordeciendo en mí el pulso de la cápsula del cuerpo. A fuerza de peinar la oscuridad, el agua vaporaba un nimbo eléctrico y lluvioso que quise probar con la lengua. Decidido por la bondad del aire, ingresé en las aguas vejado y auxiliado por las piedras, a jalones de corriente, a friegas de hielo en las excoriaciones, muy poco nadador, muy mal equilibrado hasta hollar el lodo de la otra orilla. Salí a rastras. Pero había borrado mi rastro, había rajado la pena, había burlado a los monteros; ahora debía enfilar de frente. Libre y cerril, obligado por un afecto moribundo, volteé a mirar el arroyo y miré no sé si poco o demasiado tiempo para despedirme, cuando súbitamente me sentí copado. Torcí feroz y escandalizado para hacer frente con la boca a la jauría que me dio alcance. ¡Acaso siempre estuvieron aquí! ¡De este lado! Sólo una cosa en mi pecho, sólo una cosa, no morirme de congoja. Abrí la boca por mi corazón, por mi animal y por mi alma, y escupí precisamente.

—Ya no vengan —dije esputando un revoltijo de bilis y vocabulario—. Ya no vengan —supliqué con una voz seca, amujerada, y Paula y *el Holandés* se incorporaron sorprendidos.

—¿Estás bien, *Coyote*? ¿Estás bien? Mírame a los ojos —*el Holandés* ensayó retenerme—. ¿Por qué no quieres que vayamos? —contratacó como si pudiera oponerse—. ¿Por qué no quieres, *Coyote*?

Paula aún permanecía a mi costado.

—Tengo sed, estoy bien —respondió en mí la voz de mujer, retirándose al tiempo que me daba paso.

Me limpié la boca con la camisa. *El Holandés* se encaminó torpemente a servirme un vaso de agua. Sobre el fregadero vi extendido el mapa de la República que Paula había puesto a escurrir. El mapa que le regalé cuando empezamos a viajar juntos. Bebí urgentemente y extenuado un vaso y otro. *El Holandés* abrió la puerta para airear la cocina, cosa que aprovecharon para entrar en tropel los sabuesos que rodearon la mesa borloteros, y nos olisquearon a Paula y a mí con juguetona inteligencia. Llamando a cada uno por su nombre, *el Holandés* les comenzó a repartir alimento en el hocico.

Estuvimos callados largo rato viendo a los cachorros comer. Paula no se atrevía a reconocerme.

—Como sea, estaría bien ir a ese lugar —dijo decidiéndose.

Yo respondí desanimado que sí. Era noche y había que irse.

JUAN VILLORO

COYOTE

El amigo de Hilda había tomado el tren bala pero habló maravillas de la lentitud: atravesarían el desierto poco a poco, al cabo de las horas el horizonte ya no estaría en las ventanas sino en sus rostros, enrojecidos reflejos de la tierra donde crecía el peyote. A Pedro le pareció un cretino; por desgracia, sólo se convenció después de hacerle caso.

Cambiaron de tren en una ladera donde los rieles se perdían hasta el fin del mundo. Un vagón de madera con demasiados pájaros vivos. Predominó el olor a inmundicias animales hasta que alguien se orinó allá al fondo. Las bancas iban llenas de mujeres de una juventud castigada por el polvo, ojos neutros que ya no esperaban nada. Se diría que habían recogido a una generación del desierto para llevarla a un impreciso exterminio. Un soldado dormitaba sobre su carabina. Julieta quiso rescatar algo de esa miseria y habló de realismo mágico. Pedro se preguntó en qué momento aquella imbécil se había convertido en una gran amiga.

La verdad, el viaje empezó a oler raro desde que Hilda presentó a Alfredo. Las personas que se visten enteramente de negro suelen retraerse al borde de la monomanía o exhibirse sin recato. Alfredo contradecía ambos extremos. Todo en él escapaba a las definiciones rápidas: usaba cola de caballo, era abogado –asuntos   internacionales: narcotráfico–, consumía drogas naturales.

Con él se completó el grupo de seis: Clara y Pedro, Julieta y Sergio, Hilda y Alfredo. Cenaron en un lugar donde las crepas parecían hechas de tela. Sergio criticó mucho la harina; era capaz de hablar con pericia de esas cosas. Avisó que no tomaría peyote; después de una década de psicotrópicos –que incluía a un amigo arrojándose de la pirámide de Tepoztlán y cuatro meses en un hospital de San Diego– estaba curado de paraísos provisionales:

–Los acompaño pero no me meto nada.

Nadie mejor que él para vigilarlos. Sergio era de quienes le encuentran utilidad hasta a las cosas que desconocen y preparan guisos exquisitos con legumbres impresentables.

Julieta, su mujer, escribía obras de teatro que, según Pedro, tenían un éxito inmoderado: había despreciado cada uno de sus dramas hasta enterarse de que cumplía 300 representaciones.

Alfredo dejó la mesa un momento (a pagar la cuenta, con su manera silenciosa de decidir por todos) y Clara se acercó a Hilda, le dijo algo al oído, rieron mucho.

Pedro vio a Clara, contenta de ir al valle con su mejor amiga, y sintió la emoción intensa y triste de estar ante algo bueno que ya no tenía remedio: los ojos encendidos de Clara no lo incluían, probar algo de esa dicha se convertía en una forma de hacerse daño. Un recuerdo lo hirió con su felicidad remota: Clara en el desborde del primer encuentro, abierta al futuro y sus promesas, con su vida todavía intacta.

Durante semanas que parecieron meses, Pedro había despotricado contra el regreso. ¿No era una contradicción repetir un rito iniciático?, ¿tenía sentido buscar la magia que habían arruinado con dos años de convivencia? Una vez, en otro siglo, se amaron en el alto desierto, ¿adónde se fugó la energía que compartieron, la desnuda plenitud de esas horas, acaso las únicas en que existieron sin consecuencias, sin otros lazos que ellos mismos? Esa tarde, en una ciudad de calles numerosas, habían peleado por un paraguas roto. ¡En un tiempo sin lluvias! ¿Qué tenían que ver sus quejas, el departamento insuficiente, los aparatos descompuestos, con el despojado paraíso del desierto? No, no había segundos viajes. Sin embargo, ante la sonrisa de Clara y sus ojos de niña hechizada por el mundo, supo que volvería; pocas veces la había deseado tanto, aunque en ese momento nada fuera tan difícil como estar con ella: Clara se encontraba en otro sitio, más allá de sí misma, en el viaje que, a su manera, ya había empezado.

La idea de tomar un tren lento se impuso sin trabas: los peregrinos escogían la ruta más ardua. Sin embargo, después de medio día de canícula, la elección pareció fatal. Fue entonces que Alfredo habló del tren bala. La mirada de Pedro lo redujo al silencio. Hilda se mordió las uñas hasta hacerse sangre.

—Cálmate, mensa —le dijo Clara.

En el siguiente pueblo Alfredo bajó a comprar jugos: seis bolsas de hule llenas de un agua blancuzca que sin embargo todos bebieron.

La tierra, a veces amarilla, casi siempre roja, se deslizaba por las ventanas. En la tarde vieron un borde fracturado, los riscos que anunciaban la entrada al valle. Avanzaron tan despacio que fue una tortura adicional tener el punto de llegada detenido a lo lejos.

El tren paró junto a un tendajón de lámina en medio de la nada. Dos hombres subieron a bordo. Llevaban rifles de alto calibre.

Después de media hora –algo que en la dilatación del viaje equivalía a un instante– lograron esquivar a los cuerpos sentados en el pasillo y ubicarse junto a ellos.

Julieta había administrado su jugo: la bolsa fofa se calentaba entre sus manos. Uno de los hombres señaló el líquido, pero al hablar se dirigió a Sergio:

–¿No prefiere un *fuerte,* compa?

La cantimplora circuló de boca en boca. Un mezcal ardiente.

–¿Van a cazar venado? –preguntó Sergio.

–Todo lo que se mueva –y señaló la tierra donde nada, absolutamente nada se movía.

El sol había trabajado los rostros de los cazadores de un modo extraño, como si los quemara en parches: mejillas encendidas por una circulación que no se comunicaba al resto de la cara, cuellos violáceos. No tenían casi nada qué decir pero parecían muy deseosos de decirlo; se atropellaron para hablar con Sergio de caza menor, preguntaron si iban "de campamento", desviando la vista a las mujeres.

Bastaba ver los lentes oscuros de Hilda para saber que iban por peyote.

–Los huicholes no viajan en tren. Caminan desde la costa –un filo de agresividad apareció en la voz del cazador.

Pedro no fue el único en ver el *walk-man* de Hilda. ¿Había algo más ridículo que esos seis turistas espirituales? Seguramente sacarían la peor parte de ese encuentro en el tren; sin embargo, como en tantas ocasiones improbables, Julieta salvó la situación. Se apartó el fleco con un soplido y quiso saber algo acerca de los gambusinos. Uno de los cazadores se quitó su gorra de beisbolista y se rascó el pelo.

–La gente que lava la arena en los ríos, en busca de oro –explicó Julieta.

–Aquí no hay ríos –dijo el hombre.

El diálogo siguió, igual de absurdo. Julieta tramaba una escena para su siguiente obra.

Los cazadores iban a un cañón que se llamaba o le decían "Sal si puedes".

–Ahí nomás –señalaron, la palma en vertical, los cinco dedos apuntando a un sitio indescifrable.

–Miren –les tendieron la mira telescópica de un rifle: rocas muy lejanas, el aire vibrando en el círculo ranurado.

—¿Todavía quedan berrendos? —preguntó Sergio.

—Casi no.

—¿Pumas?

—¡Qué va!

¿Qué animales justificaban el esfuerzo de llegar al cañón? Un par de liebres, acaso una codorniz.

Se despidieron cuando empezaba a oscurecer.

—Tenga, por si las moscas.

Pedro no había abierto la boca. Se sorprendió tanto de ser escogido para el regalo que no pudo rechazarlo. Un cuchillo de monte, con una inscripción en la hoja: *Soy de mi dueño*.

El crepúsculo compensó las fatigas. Un cielo de un azul intenso que se condensó en una última línea roja.

El tren se detuvo en una oquedad rodeada de noche. Alfredo reconoció la parada.

En aquel sitio no había ni un techo de zinc. Sintieron el doloroso alivio de estirar las piernas. Una lámpara de kerosene se balanceó en la locomotora en señal de despedida.

La noche era tan cerrada que los rieles se perdían a tres metros de distancia. Sin embargo, se demoraron en encender las linternas: ruidos de insectos, el reclamo de una lechuza. El paisaje inerte, contemplado durante un día abrasador, revivía de un modo minucioso. A lo lejos, unas chispas que podían ser luciérnagas. No había luna, un cielo de arena brillante, finita. Después de todo habían hecho bien; llegaban por la puerta exacta.

Encendieron las luces. Alfredo los guió a una rinconada donde hallaron cenizas de fogatas.

—Aquí el viento pega menos.

Sólo entonces Pedro sintió el aire insidioso que empujaba arbustos redondos.

—Se llaman *brujas* —explicó Sergio; luego se dedicó a juntar piedras y ramas. Encendió una hoguera formidable que a Pedro le hubiera llevado horas.

Clara propuso que buscaran constelaciones, sabiendo que sólo darían con el cinto de Orión. Pedro la besó; su lengua fresca, húmeda, conservaba el regusto quemante del mezcal. Se tendieron en el suelo áspero y él creyó ver una estrella fugaz.

—¿Te fijaste?

Clara se había dormido en su hombro. Le acarició el cuello y al contacto con la piel suave se dio cuenta de que tenía arena en los dedos.

Despertó muy temprano, sintiendo la nuca de piedra. Los restos de la fogata despedían un agradable olor a leña. Un cielo azul claro, todavía sin sol.

Un poco después los seis bebían café, lo único que tomarían en el día. Pedro vio los rostros contentos, aunque algo degradados por las molestias del viaje, la noche helada y dura, el muro de nopales donde iban a orinar y defecar. Hilda parecía no haber dormido en eras. Mostró dos aspirinas y las tragó con su café.

—El pinche mezcal —dijo.

Alfredo enrolló la cobija con su bota y se la echó al hombro, un movimiento arquetípico, de comercial donde intervienen vaqueros.

Pedro pensó en los cazadores. ¿Qué buscaban en aquel páramo? Alfredo pareció adivinarle el pensamiento porque habló de animales enjaulados rumbo a los zoológicos del extranjero:

—Se llevan hasta los correcaminos —se cepilló el pelo con furia, se anudó la cola de caballo, señaló una cactácea imponente—: los japoneses las arrancan de raíz y vámonos, al otro lado del Pacífico.

Tenía demandas al respecto en su escritorio. ¿Demandas de quién, del dueño del desierto, de los imposibles vigilantes de esa foresta sin agua?

Pedro empezó a caminar. El beso de Clara se le secó de inmediato; una sensación borrosa en la boca. Respiró un aire limpio, caluroso, insoportable. Cada quien tenía que encontrar su propio peyote, los rosetones verde pálido que se ocultan para los indignos. La idea del desierto saqueado le daba vueltas en la mente.

Se adentró en un terreno de mezquites y huizaches; al fondo, una colina le servía de orientación. "El aire del desierto es tan puro que las cosas parecen más cercanas". ¿Quién le advirtió eso? Avanzó sin acercarse a la colina. Se fijó una meta más próxima: un árbol que parecía partido por un rayo. Los cactus impedían caminar en línea recta; esquivó un sinfín de plantas antes de llegar al tronco muerto, lleno de hormigas rojas. Se quitó el sombrero de palma, como si el árbol aún arrojara sombra. Tenía el pelo empapado. A una distancia próxima, aunque incalculable, se alzaba la colina; sus flancos vibraban en un tono azulenco. Sacó su cantimplora, hizo un buche, escupió.

Siguió caminando, y al cabo de un rato percibió el efecto benéfico del sol: cocerse así, infinitamente, hasta quedar sin pensamientos, sin palabras en la cabeza. Un zopilote detenido en el cielo, tunas como coágulos de sangre. La colina no era otra cosa que una extensión que pasaba del azul al verde y al marrón.

Sentía más calor que cansancio y subió sin gran esfuerzo, chorreando sudor. En la cima vio sus tobillos mojados, los calcetines le recordaron transmisiones de tenis donde los cronistas hablaban de deshidratación. Se tendió en un claro sin espinas. Su cuerpo despedía un olor agrio, intenso, sexual. Por un momento recordó un cuarto de hotel, un trópico pobrísimo donde había copulado con una mujer sin nombre. El mismo olor a sábana húmeda, a cuerpos ajenos, inencontrables, a la cama donde una mujer lo recibía con violencia y se fundía en un incendio que le borraba el rostro.

¿En qué rincón del desierto estaría sudando Clara? No tuvo energías para seguir pensando. Se incorporó. El valle se extendía, rayado de sombras. Una ardua inmensidad de plantas lastimadas. Las nubes flotaban, densas, afiladas, en una formación rígida, casi pétrea. No tapaban el sol, sólo arrojaban manchas aceitosas en el alto desierto. Muy a lo lejos vio puntos en movimiento. Podían ser hombres. Huicholes siguiendo a su maracame, tal vez. Estaba en la región de los cinco altares azules resguardados por el venado fabuloso. De noche celebrarían el rito del fuego donde se queman las palabras. ¿Cuál era el sentido de estar ahí, tan lejos de la ceremonia? Dos años antes, en la hacienda de un amigo, habían bebido licuados de peyote con una fruición de novatos. Después del purgatorio de náuseas ("¡una droga para mexicanos!", se quejó Clara) exudaron un aroma espeso, vegetal. Luego, cuando se convencían de que aquello no era sino sufrimiento y vómito, vinieron unas horas prodigiosas: una prístina electricidad cerebral: asteriscos, espirales, estrellas rosadas, amarillas, celestes. Pedro salió a orinar y contempló el pueblito solitario a la distancia, con sus paredes fluorescentes. Las estrellas eran líquidas y los árboles palpitaban. Rompió una rama entre sus manos y se sintió dueño de un poder preciso. Clara lo esperaba adentro y por primera vez supo que lo protegía, de un modo físico, contra el frío y la tierra inacabable; la vida adquiría una proximidad sanguínea, el campo despedía un olor fresco, arrebatado, la lumbre se reflejaba en los ojos de una muchacha.

¿Tenía algo que ver con esas noches de su vida: el cuerpo ardiendo entre sus manos en un puerto casi olvidado, los ojos de Clara ante la chimenea? Y al mismo tiempo: ¿tenía algo que ver con la ciudad que los venció minuciosamente con sus cargas, sus horarios fracturados, sus botones inservibles? Clara sólo conocía una solución para el descontento: volver al valle. Ahora estaban ahí, rodeados de tierra, los ánimos un tanto vencidos por el cansancio, el sol que a ratos lograba arrebatarle pensamientos.

La procesión avanzaba a lo lejos, seguida de una cortina de polvo.

Pedro se volvió al otro lado: a una distancia casi inconcebible vio unas manchitas de colores que debían ser sus amigos. Decidió seguir adelante; la colina le serviría de orientación, regresaría al cabo de unas horas a compartir el viaje con los demás. Por el momento, sin embargo, podía disfrutar de esa vastedad sin rutas, poblada de cactus y minerales, abierta al viento, a las nubes que nunca acabarían de cubrirla.

Descendió la colina y se internó en un bosque de huizaches. De golpe perdió la perspectiva. Un acercamiento total: pájaros pequeños saltaban de nopal en nopal; tunas moradas, amarillas. Imaginó el sitio por el que avanzaban los huicholes, imaginó una ruta directa, que pasaba sobre las plantas, y trató de corregir sus pasos quebrados. Tan absorbente era la tarea de esquivar magueyes que casi se olvidó del peyote; en algún momento tocó la bolsa de hule que llevaba al cinto, un jirón ardiente, molesto.

Llegó a una zona donde el suelo cobraba una consistencia arenosa; los cactus se abrían, formando un claro presidido por una gran roca. Un bloque hexagonal, pulido por el viento. Pedro se aproximó: la roca le daba al pecho. Curioso no encontrar cenizas, migajas, pintura vegetal, muestras de que otros ya habían experimentado la atracción de la piedra. Se raspó los antebrazos al subir. Observó la superficie con detenimiento. No sabía nada de minerales pero sintió que ahí se consumaba una suerte de ideal, de perfección abstracta. De algún modo, el bloque establecía un orden en la dispersión de cactus, como si ahí cristalizara otra lógica, llana, inextricable. Nada más lejano a un refugio que esos cantos afilados: la roca no servía de nada, pero en su bruta simplicidad fascinaba como un símbolo de los usos que tal vez llegaría a cumplir: una mesa, un altar, un cenotafio.

Se tendió en el hexágono de piedra. El sol había subido mucho. Sintió la mente endurecida, casi inerte. Aún con el sombrero sobre el rostro y los ojos cerrados, vio una vibrante película amarilla. Tuvo miedo de insolarse y se incorporó: los huizaches tenían círculos tornasolados. Miró en todas direcciones. Sólo entonces supo que la colina había desaparecido.

¿En qué momento el terreno lo llevó a esa hondonada? Pedro no pudo reconocer el costado por el que subió a la roca. Buscó huellas de sus zapatos tenis. Nada. Tampoco encontró, a la distancia, un brote de polvo que atestiguara la caminata de los peregrinos. El corazón le latía con fuerza. Se había perdido, en la deriva inmóvil de esa balsa de piedra. Sintió el vértigo de bajar, de hundirse en cualquiera de los flancos de plantas verdosas. Buscó una seña, algo que revelara su paso a la roca. Un punto grisáceo, artificial, le devolvió la cordura. ¡Ahí abajo había un botón! Se le había caído de la camisa al subir. Saltó y recogió el círculo de plástico, agradable al tacto. Después de horas en el desierto, no disponía de otro hallazgo que aquel trozo de su ropa. Al menos sabía por dónde había llegado. Caminó, resuelto, hacia el horizonte irregular, espinoso, que significaba el regreso.

De nuevo procuró seguir una recta imaginaria pero se vio obligado a dar rodeos. La vegetación se fue cerrando; debía haber una humedad soterrada en esa región; los órganos se alzaban muy por encima de su cabeza, un caos que se abría y luego se juntaba. Caminó con pasos laterales, agachándose ante los brazos de las biznagas, sin desprender la vista de los cactus pequeños dispersos en el suelo.

Se desvió de su ruta: en el camino de ida no había pasado por ese enredijo de hojas endurecidas. Sólo pensaba en salir, en llegar a un paraíso donde los cactus fueran menos, cuando resbaló y fue a dar contra una planta redonda, con espinas dispuestas en doble fila, que de un modo exacto, absurdo, le recordó la magnificación de un virus de gripe que vio en un museo. Las espinas se ensartaron en sus manos. Espinas gordas, que pudo extraer con facilidad. Se limpió la sangre en los muslos. ¿Qué carajos tenía que hacer ahí, él, que ante una planta innombrable pensaba en un virus de vinilo?

Pasó un buen rato buscando una mata de sábila. Cuando finalmente la halló, la sangre se le había secado. Aun así, extrajo el cuchillo de monte, cortó una penca y sintió el beneficio de la baba en sus heridas.

En algún momento se dio cuenta de que no había orinado en todo el día. Le costó trabajo expulsar unas gotas; la transpiración lo secaba por dentro. Se detuvo a cortar tunas. Una de las pocas cosas que sabía del desierto era que la cáscara tiene espinas invisibles. Partió las tunas con el cuchillo y comió golosamente. Sólo entonces advirtió que se moría de sed y hambre.

De cuando en cuando eructaba el aroma perfumado de las tunas. Lo único agradable en esa soledad sin fin. Los cactus lo presionaron a dar pasos que acaso trazaran una sola curva imperceptible. La idea de recorrer un círculo infinito lo hizo gritar, sabiendo que nadie lo escucharía.

Cuando el sol bajó, vio el salto de una liebre, correrías de codornices, animales rápidos que habían evitado el calor. Distinguió un breñal a unos metros y tuvo deseos de tumbarse entre los terrones arenosos; sólo un demente se atrevía a perturbar las horas que equivalían a la verdadera noche del desierto, a su incendiado reposo.

Entonces pateó un guijarro, luego otro; la tierra se volvió más seca, un rumor áspero bajo sus zapatos. Pudo caminar unos metros sin esquivar plantas, una zona que en aquel mundo elemental equivalía a una salida. Se arrodilló, exhausto, con una alegría que de algún modo humillado, primario, tenía que ver con los nopales que se apartaban más y más.

Cuando volvió a caminar el sol se perdía a la distancia. Una franja verde apareció ante sus ojos. Una ilusión de su mente calcinada, de seguro. Supuso que se disolvería de un paso a otro. La franja siguió ahí. Una empalizada de nopales, una hilera definida, un sembradío, una cerca. Corrió para ver lo que había del otro lado: un desierto idéntico al que se extendía, inacabable, a sus espaldas. La muralla parecía separar una imagen de su reflejo. Se sentó en una piedra. Volvió a ver el otro desierto, con el resignado asombro de quien contempla una maravilla inservible.

Cerró los ojos. La sombra de un pájaro acarició su cuerpo. Lloró, durante largo rato, sorprendido de que su cuerpo aún pudiera soltar esa humedad.

Cuando abrió los ojos el cielo adquiría un tono profundo. Una estrella acuosa brillaba a lo lejos.

Entonces oyó un disparo.

Saber que alguien, por ahí cerca, mataba algo, le provocó un gozo inesperado, animal. Gritó, o mejor dicho, quiso gritar: un rugido afónico, como si tuviera la garganta llena de polvo.

Otro disparo. Luego un silencio desafiante. Se arrastró hacia el sitio de donde venían los tiros: la dicha de encontrar a alguien empezaba a mezclarse con el temor de convertirse en su blanco. Tal vez no perseguía un disparo sino su eco fugado en el desierto. ¿Podía confiar en alguno de sus sentidos? Aun así, siguió reptando, raspándose las rodillas y los antebrazos, temiendo caer en una emboscada o, peor aún, llegar demasiado tarde, cuando sólo quedara un rastro de sangre.

Pedro se encontró en un sitio de arbustos bajos, silencioso.

Se incorporó apenas: a una distancia que parecía próxima distinguió un círculo de aves negras. Volvió a caminar erguido.

Pasó a una zona de aridez extrema, un mar de piedra caliza y fósiles; de cuando en cuando, un abrojo alzaba un muñón exhausto. El círculo de pájaros se disolvió en un cielo donde ya era difícil distinguir otra cosa que las estrellas.

Su situación era tan absurda que cualquier cambio la mejoraba; le dio tanto gusto ver las sombras de unos huizaches como antes le había dado salir del laberinto de plantas.

Se dirigió a la cortina de sombras y en la oscuridad menospreció las pencas dispersas en el suelo. Una hoja de nopal se le clavó como una segunda suela. La desprendió con el cuchillo, los ojos anegados en lágrimas.

Al cabo de un rato le sorprendió su facilidad para caminar con un pie herido; el cansancio replegaba sus sensaciones. Alcanzó las ramas erizadas de los huizaches y no tuvo tiempo de recuperar la respiración. Del otro lado, en una hondonada, había lámparas, fogatas, una intensa actividad. Pensó en los huicholes y su rito del fuego; por obra de un complejo azar había alcanzado a los peregrinos. En eso una sombra inmensa inquietó el desierto. Se oyó un rechinido ácido. Pedro descubrió la grúa, las poleas tensas que alzaban una configuración monstruosa, una planta llena de extremidades que en la noche lucían como tentáculos desaforados. Los hombres de allá abajo arrancaban un órgano de raíz. No se estremeció; en el caos de ese día era un desorden menor confundir a los huicholes con saqueadores de plantas. Se resignó a bajar hacia la excavación. Entonces sonó un disparo. Hubo gritos en el campamento, el cactus se balanceó en el aire, los hombres patearon tierra sobre las fogatas, sombras desquiciadas por todas partes.

Pedro se lanzó al suelo, sobre una consistencia vegetal, pestífera. Otro disparo lo congeló en esa podredumbre. El campamento respondía el fuego. De algún reducto de su mente le llegó la expresión "fuego cruzado", ahí estaba él, en la línea donde los atacantes se confunden con los defensores. Rezó en ese médano de sombra, sabiendo que al terminar la balacera no podría arriesgarse hacia ninguno de los dos bandos.

Después, cuando volvía a caminar hacia un punto incierto, se preguntó si realmente se alejaba de las balas o si volvería a caer en otra sorda refriega.

Se tendió en el suelo pero no cerró los ojos, los párpados detenidos por un tenso agotamiento; además se dio cuenta, con una tristeza infinita, que cerrar los ojos era ya su única opción de regresar: no quería imaginar las manos suaves de Clara ni la lumbre donde sus amigos hablaban de él; no podía ceder a esa locura donde el regreso se convertía en una precisa imaginación.

Se había acostumbrado a la oscuridad; sin embargo, más que ver, percibió una proximidad extraña. Un cuerpo caliente había ingresado a la penumbra. Se volvió, muy despacio, tratando de dosificar su asombro, el cuello casi descoyuntado, la sangre vibrando en su garganta.

Nada lo hubiera preparado para el encuentro: un coyote con tres patas miraba a Pedro, los colmillos trabados en el hocico del que salía un rugido parejo, casi un ronroneo. El animal sangraba visiblemente. Pedro no pudo apartar la vista del muñón descarnado, movió la mano para tomar su cuchillo y el coyote saltó sobre él. Las fauces se trabaron en sus dedos; logró protegerse con la mano izquierda mientras la derecha luchaba entre un pataleo insoportable hasta abrirse paso, encajar el cuchillo con fuerza, abrir al animal de tres patas. Sintió el pecho bañado de sangre, los colmillos aflojaron la mordida. El último contacto: un lengüetazo suave en el cuello.

Una energía singular se apoderó de sus miembros: había sobrevivido, cuerpo a cuerpo. Limpió la hoja del cuchillo y desgarró la camisa para cubrirse las heridas. El animal yacía, enorme, sobre una mancha negra. Trató de cargarlo pero era muy pesado. Se arrodilló, le extrajo las vísceras calientes y sintió un indecible alivio al sumir sus manos dolidas en esa consistencia suave y húmeda. Si con el coyote luchó segundos, con el cadáver luchó horas. Finalmente logró desprender la piel. No podía estar muy seguro de su resultado pero se la echó a la espalda, orgulloso, y volvió a andar.

La exultación no repite su momento; Pedro no podía describir sus sensaciones, avanzaba, aún lleno de ese instante, el cuerpo avivado, respirando el viento ácido, hecho de metales finísimos.

Vio el cielo estrellado. En otra parte, Clara también estaría mirando el cielo que desconocían.

De cuando en cuando se golpeaba con ramas que quizá tuvieran espinas. Estaba al borde de su capacidad física. Algo se le clavó en el muslo, lo desprendió sin detenerse. En algún momento advirtió que llevaba el cuchillo desenvainado: un resplandor insensato vaciló en la hoja. Le costó mucho trabajo devolverlo a la funda; perdía el control de sus actos más nimios. Cayó al suelo. Antes o después de dormirse vio la bóveda estrellada, una arena radiante.

Despertó con la piel del coyote pegada a la espalda, envuelto en un olor acre. Amanecía. Un regusto salino en la boca. Escuchó un zumbido cercanísimo; se incorporó, rodeado de moscardones. El desierto vibró como una extensión difusa. Le costó trabajo afocar el promontorio a la distancia y quizá esto mitigó su felicidad: había vuelto a la colina.

Alcanzó la ladera al mediodía. El sol caía en una vertical quemante, las sienes le latían, afiebradas; aun así, al llegar a la cima, pudo ver un paisaje nítido: el otro valle y dos columnas de humo. El campamento.

Enfiló hacia la distancia en la que estaban sus amigos, a un ritmo que le pareció veloz y seguramente fue lentísimo. Llegó al atardecer.

Después de extraviarse en una tierra donde sólo el verde sucedía al café, sintió una alegría incomunicable al ver las camisetas coloridas. Gritó, o más bien trató de hacerlo. Un vahído seco hizo que Julieta se volviera y lanzara un auténtico alarido.

Se quedó quieto hasta que escuchó pasos que se acercaban con una energía inaudita: Sergio, el protector, con un aspecto de molesta lucidez, una mirada de intenso reproche, y Clara, el rostro exangüe, desvelado de tanto esperarlo.

Sergio se detuvo a unos metros, tal vez para que Clara fuera la primera en abrazarlo. Pedro cerró los ojos, anticipando las manos que lo rodearían. Cuando los abrió, Clara seguía ahí, a tres pasos lejanísimos.

—¿Qué hiciste? —preguntó ella, en un tono de asombro ya cansado, muy parecido al asco.

Pedro tragó una saliva densa.

—¿Qué mierda es ésa? —Clara señaló la piel en su espalda.

Recordó el combate nocturno y trató de comunicar su oscura victoria: ¡se había salvado, traía un trofeo! Sin embargo, sólo logró hacer un ademán confuso.

—¿Dónde estuviste? —Sergio se acercó un paso.

¿Dónde? ¿Dónde? ¿Dónde? La pregunta rebotó en su cabeza. ¿Dónde estaban los demás, en qué rinconada alucinaban esa escena? Pedro cayó de rodillas.

—¡Puta, qué asquerosidad! ¿Por qué? —la voz de Clara adquiría un timbre corrosivo.

—Dame la cantimplora —ordenó Sergio.

Recibió un frío chisguetazo y bebió el líquido que le escurría por la cara, un regusto ácido, en el que se mezclaban su sangre y la del animal.

—Vamos a quitarle esa chingadera —propuso una voz obsesiva, capaz de decir "chingadera" con una calma infinita.

Sintió que le desprendían una costra. La piel cayó junto a sus rodillas.

—¡Qué peste, carajo!

Se hizo un silencio lento. Clara se arrodilló junto a él, sin tocarlo; lo vio desde una distancia indefinible.

Sergio regresó al poco rato, con una pala.

—Entiérralo, mano —y le palmeó la nuca, el primer contacto después de la lucha con el coyote, un roce de una suavidad electrizante—. Hay que dejarlo solo.

Se alejaron.

Oscurecía. Palpó el pellejo con el que había recorrido el desierto. Sonrió y un dolor agudo le cruzó los pómulos, cualquier gesto inútil se convertía en una forma de derrochar su vida. Alzó la vista. El cielo volvía a llenarse de estrellas desconocidas. Empezó a cavar.

Tiró el amasijo en el agujero y aplanó la tierra con cuidado, formando una capa muelle con sus manos llagadas. Apoyó la nuca. Un poco antes de entrar al sueño escuchó un gemido, pero ya no quiso abrir los ojos. Había regresado. Podía dormir. Aquí. Ahora.

EDGARDO GONZÁLEZ AMER

EL MEDIODÍA DEL FIN DEL MUNDO

Las campanas de la iglesia enmudecieron de golpe, justo cuando ella saltaba desde el tren a la grava caliente de la estación, o eso le pareció a ella, y no era muy ilógico: era el mediodía, era la última de las doce campanadas. Porque un pueblo así (un pueblo flaco, álamos altos y eucaliptus, nubes de pequeñas mariposas anaranjadas y blancas) seguramente tendría una plaza, enfrente de esa plaza una iglesia, y coronando esa iglesia un campanario, un enorme reloj con números romanos y una campanada a la una, dos campanadas a las dos, tres campanadas a las tres, y doce campanadas a las doce.

Qué calor. Detrás de ella el tren se ponía en marcha y las casas no eran demasiado feas, ni demasiado de campo. "Venirse a vivir a un pueblo así", pensó, y se preguntó de qué huiría, y cuál sería la dirección, porque lo último que supo de su padre fue que había ido a parar a este pueblito, con su mujer, de un día para otro.

No era difícil: ir hasta la comisaría y preguntar por Sergio Daunes. En un pueblo tan chico no era difícil. "Soy la hija, vengo desde Buenos Aires y perdí la dirección." Sin embargo, tenía ganas de caminar, recorrer el pueblo en zig-zag, dar vueltas a la manzana. En una de ésas lo encontraba por casualidad. No, no podía imaginarlo en un pueblo, no venía ninguna imagen a su cabeza, solamente la cara de su padre como en una fotografía, ahora se daba cuenta, como lo había pensado siempre: su padre, con ese aire de niño, con sus ademanes infantiles, con sus frases estúpidas, y ya estaba caminando por el pueblo.

Era una suerte no haber traído equipaje. Solamente una cartera. Le iba a decir "Hola, papá" o simplemente "Hola" o no le iba a decir nada, se iba a quedar plantada delante de él esperando alguna actitud que todavía no podía sospechar. Otra vez era lo mismo, veía a su padre sonriendo tontamente, pero no podía imaginar cuánta alegría o cuánta tristeza o cuánto desconcierto podría adivinarse en la expresión de su cara cuando la viera. "Hola, papá, nunca hablamos y me vine hasta acá para que nos digamos cosas. Para decirte que te necesito, para seguir viviendo, aunque sea un abrazo y que me digas que me querés, que te equivocaste en todo, que te escapaste por error." Imaginó a su padre desmayándose, cayendo para atrás con las piernas extendidas hacia adelante, e imaginó hasta el ruido: "Plop", como en las historietas. Se rió. Ganso hijo de puta, eso era su padre, un ganso hijo de puta. Su madre decía que solamente era un ganso, que las había abandonado de puro ganso, porque no sabía qué podía hacerse con una mujer y con una hija. "A una mujer se la quiere y a una hija se le da de comer", pensó, nada más fácil.

Caminó varias cuadras, había un boulevard y una estación de servicio. No había caballos ni carros ni sulquis; no había gallinas picoteando veredas ni zanjones con agua jabonosa y podrida; lo que sí había era un grupo de chicos jugando a los soldaditos. Eran cuatro, se detuvo junto a ellos.

—Éste dispara rayos láser —dijo uno, parecía el más chico, tendría seis o siete años.

—Éste rayos fotónicos y ondas congelantes —dijo otro.

—Éste dispara germen de viruela instantánea. ¿Y el tuyo…? Dale, gil, si no elegís, dispara minidestructores atómicos —y los cuatro la miraron.

—¿Qué es peor? —le preguntó el chico al que le habían asignado los minidestructores—. ¿El rayo neutrónico o los minidestructores atómicos?

—Supongo que el rayo neutrónico —dijo ella, y el chico miró a sus compañeros con aire de triunfo.

—El mío dispara rayo neutrónico —les dijo.

—Está bien —contestaron los otros—. Pero mirá que es más difícil de recargar.

—¿Por qué?

—Porque dependen del almacenamiento solar, ¿o sos boludo?

El chico la miró, estaba desilusionado. —Yo soy de Buenos Aires —dijo ella, y siguió caminando, pero a las tres cuadras dos de los chicos la llamaban. Venían corriendo y dándose empujones.

—No importa —le dijo el del rayo neutrónico, estaba agitado—. Tiraron una súper hache desde la nave madre y los hicieron mierda a todos.

—Qué mal —dijo ella.

—No importa, porque la flota que quedó en el espacio va a volver y va a destruir la nave madre.

—Y la flota que quedó en el espacio, ¿no corre ningún riesgo?

Los chicos se miraron, era una pregunta estúpida, o temible.

—¿Llegaste en el tren de las doce? —preguntó el del rayo neutrónico. Se paraba en puntas de pie y después se dejaba caer sobre los ta-

lones, tenía un soldadito en cada mano y un poco de tierra debajo de
la nariz.

—Sí —contestó ella—. No son muy cómodos esos trenes.

—Mi abuela decía lo mismo —dijo el otro chico, un chico delgado,
de mirada árabe, una mirada que hacía pensar en el desierto, en jornadas de calores interminables sin una partícula de agua, y una inagotable paciencia para esperar la lluvia, o la muerte. En una mano tenía
un soldadito y en la otra una nave con forma de flecha.

—¿Cómo te llamás? —preguntó el del rayo neutrónico, y ya estaban
caminando de nuevo, ella del lado de la pared, los chicos del lado de
la calle, mirándola con curiosidad y alegría. Los chicos del lado de la
calle, arena más arena, como en el desierto, pero la huella de algún
tractor, y un perro negro, gordo.

—Lucía —contestó ella.

—Yo me llamo Ángel —dijo el del rayo neutrónico—. Y él, Luis. —Y
Luis preguntó: —¿A dónde vas?

—A visitar a mi papá.

—¿Dónde vive?

—No sé. —Pero caminaba apurada, como si quisiera llegar a la hora
del almuerzo. Ángel, el del rayo neutrónico, se rió.

—¿De qué te reís? Boludo —le dijo Luis.

—¿Cómo no va a saber? —Y enseguida se puso serio, como si se hubiera dado cuenta de algo. Tal vez no era tan extraño que ella no supiera dónde vivía su padre.

—Cuando vuelva la flota nadie va a saber dónde está nadie —dijo, y
miró los soldaditos que tenía en la mano.

—Por supuesto —dijo ella—. Como en toda guerra.

—Primero van a destruir la nave madre —dijo Luis—. Y después se
van a dedicar a buscar sobrevivientes. Los van a encontrar leprosos,
tuertos, sin manos.

—Qué horrible.

—Sí. El chico dijo sí con naturalidad, y levantó los hombros. Ángel
dijo que encima iban a estar las pestes, y enseguida la miró, y le preguntó quién era su padre, y si hacía mucho que no lo veía.

—Hace tres años —dijo ella. Estaba cruzando una calle asfaltada, un
asfalto negro, grumoso.

—¿Tres años? —preguntó Ángel, pero sin asombro, estaba midiendo,
nada más que eso—. La flota salió hace tres años —dijo después, y Luis
confirmó—. Hace tres años. —Entonces habían aparecido las primeras
naves exploradoras y había empezado el ataque.

–Mi papá venía a casa cada quince días –dijo después, y Ángel dijo que su padre jugaba muy bien a las bochas, se adelantó dos pasos e hizo los movimientos de un experto jugador arrojando la bocha por el aire, la bocha describió una curva perfecta, e hizo saltar el bochín hasta el fondo de la cancha.

–Perfecto –exclamó Luis, y después dijo– No lo vas a encontrar.

–¿Por qué?

–Pero no importa, nosotros a esta hora siempre caminamos, es la hora de buscar comida. Ya no hay más animales, ni frutas, pero quedan raíces, y algunos hasta saben encontrar zanahorias; son medio raras, zanahorias azules, pero son bastante buenas.

–Son asquerosas –dijo Ángel.

"No lo vas a encontrar", ella se había quedado pensando: dos años y medio antes en el departamento de su padre, "¿Daunes? Ah, Daunes es tu papá" y le dijeron que se había trasladado aquí, a este pueblo, casi de un día para otro. Seis meses antes había sido la cena, la única cena. Su broma de ganso. Y antes, sus llamadas por teléfono. "¿Cómo estás? Tengo ganas de verte pero estoy sin tiempo" y detrás de él, una voz, la voz de su mujer diciéndole que no fuera mentiroso, y la palabra "caradura", una voz de mujer que se mezcla con la voz de su padre: "Nos vemos la semana que viene" y la palabra caradura. Y la semana que viene no llegó, y pasaron meses, y después estos tres años, y creyó que podría sobrevivir sin él, pero era difícil.

–No es difícil sobrevivir –dijo Luis–. Lo peor es el calor, y la falta de agua, a veces tenemos que cavar dos metros, o tres.

–Y el agua está contaminada –dijo Ángel, y sacó un paquete muy sucio de un bolsillo del pantalón. Abrió el paquete y aparecieron dos lombrices–. Las echamos al agua –dijo–. Si está contaminada mueren enseguida, si no, se ponen contentas.

–Estoy cansada –dijo ella–. ¿Por qué no nos sentamos?

–Aquí no –dijo Luis–. El primer lugar seguro está a doscientos metros. Caminaron treinta metros y Luis dijo –Es aquí. –Ciertamente, parecía un lugar seguro, había tres árboles muy pegados, un arbusto, toda una configuración de cueva, y restos de varias fogatas.

–Si atacan de noche venimos a refugiarnos aquí –dijo Luis; metió la mitad del cuerpo en la abertura de uno de los árboles, una especie de entrada triangular en ese tronco ancho y mohoso, y reapareció con un bidón de plástico–. Agua –dijo, con sus ojos de árabe. Tenían sed, muchísima sed y los labios resecos de polvo.

–Tenemos que tomar despacio, y no más de la cuarta parte. –Ella obedeció, nadie sabía en qué noche podían atacarlos, encontrarse sin provisión de agua podría resultar fatal. ¿Cómo estaría su padre?

–En la flota no deben estar demasiado bien –dijo Luis, en tres años debían haber terminado con todo el aprovisionamiento, tal vez no estaban en las mejores condiciones para la batalla.

Tres años, y antes tres meses, y antes ocho meses, un año y medio. Una vez se habían visto cuatro veces en pocas semanas; ella tendría trece o catorce años, no recordaba nada particular de esos encuentros, solamente la sensación de alegría, de extrañeza y de alegría. Su padre sentado junto a ella, fumando. Con cierto esfuerzo podía contabilizar hasta las horas que había estado con él, desde los cero hasta los veinticinco años. Cuando llegara le iba a decir "Necesito tocarte". Le iba a decir que había buscado en el cuerpo de todos los hombres, que se había aferrado a sus brazos, a sus manos, a sus sexos. Que cada vez le parecía una vez nueva, que cada hombre le parecía otra oportunidad, pero eran mentiras, porque se iba de la casa de esos hombres, o los hombres se iban de su casa y volvía la sensación de soledad, de abandono. Abandono inyectado en cada uno de los átomos de toda la materia viva o muerta que la rodeaba.

–En veinticinco siglos de guerra éste es el peor momento –dijo Luis, y miró hacia arriba, hacia el cielo, pero el cielo no se veía, ni ellos se veían desde el cielo, ocultos por el follaje espeso de los árboles y los arbustos.

Ángel dijo que la nave madre ahora debería estar sobre los galpones. Luis lo corrigió:

–Sobre lo que queda de los galpones. –Chapas retorcidas, maderas astilladas, y humo. Siempre había mucho humo, a veces ni siquiera se sabía dónde estaba el fuego, pero el humo hacía arder los ojos, y daba calor, un calor oloroso que se impregnaba en la ropa.

Entre el follaje se filtraban unos rayitos de luz donde las partículas de polvo resplandecían. Ángel dijo: –Lucía… –y la miró, iba a decirle algo, pero se arrepintió, se limpió la nariz con el antebrazo y se acostó en el pasto. Ella pensó "Lucía", era su nombre, lo recordó en boca de su madre, la voz de su madre diciendo "Lucía". Era sábado, eran los rayitos de luz y las partículas resplandeciendo; era el día de la limpieza general, su madre y ella sacudiendo el plumero y pasando la aspiradora. Las partículas de polvo escapaban de tanto alboroto y se instalaban en el haz luminoso que se filtraba de un modo extraño, como en un juego de espejos, por el tragaluz de la cocina. Era sábado, el día que su madre estaba en casa, el día en que su madre repetía "Hoy a lo mejor viene tu padre". Sábado: levantarse a las diez, tomar el café con leche con facturas, y a esperar la frase que no quería escuchar. Las facturas que su madre compraba a la vuelta de los mandados y después daba lo mismo. Era probable que algunos sábados su madre no lo hubiera dicho, pero daba lo mismo, porque entonces era ella que lo pensaba. Y enseguida llegaba la hora del almuerzo, y después del almuerzo la tarde interminable, y la noche, y él no había venido. Había prometido venir a buscarla "un sábado de éstos", y este sábado, el que había pasado, era un sábado de los otros.

Luis volvió a meter la mitad de su cuerpo en la abertura triangular, en el tronco del árbol. Sacó un atado de ramas muy fibrosas, flexibles. −¿Sabés trenzar? −le preguntó. Ella contestó que sí. Ángel se incorporó de golpe, entusiasmado. −Enseñame a mí −dijo, y Luis lo miró con fastidio, o con escepticismo. −No aprende nunca −dijo−. Es un adoquín. −Sacó un cortaplumas oxidado del bolsillo de atrás de su pantalón y se puso a cortar las ramas a lo largo. Dividía cada rama en seis fibras y se las daba a ella para que las trenzara.

−Así, ¿ves? −dijo ella. Ángel con sus ojos transparentes, arrodillado delante de ella. Transparencia de agua, peces dorados, rocas blancas. Luis repitió que no iba a aprender, y quedaron en silencio.

"Fsshhit…" el cortaplumas seccionando una y otra vez cada una de las ramas, y Luis que se rectifica. −A lo mejor aprende, vendría muy bien. −Arriba, al medio, arriba. Arriba, al medio, arriba.

Un viernes llamó y dijo que venía mañana, pero no vino. Su madre dijo que era un ganso, debió ser una de las primeras veces. Ese sábado quiso acostarse vestida, con la ropa que tenía puesta desde las tres de la tarde, con la cartera cuadrada de mimbre colgando de su mano. Dos viernes después volvió a llamar. Arriba, al medio, arriba.

Luis se puso de pie y salió de la cueva. Miró hacia el cielo usando las manos para protegerse del sol. −Me pareció escucharla −dijo desde afuera−. ¿No escuchan el zumbido? −No, no se escuchaba nada.

Eso también se lo iba a decir, estaba dispuesta a olvidarse de todo, todo a cambio de agarrarle la mano y acariciársela con la mejilla. Pero se lo iba a decir, que lo había esperado, que eso no hacía falta, como no había hecho falta la última vez, la última broma, porque aquello había sido una broma de ganso. Hacía tres años, la última vez que estuvieron juntos. En aquella cena.

Luis entró en la cueva. −Me pareció escucharla −dijo. Ángel se rió con una carcajada fuerte, alegre. Estoy aprendiendo −gritó−. Estoy aprendiendo. −Luis inspeccionó la trenza: −Bien, bien, pero un poquito más fuerte. –Estaba preocupado, clavó el cortaplumas en la tierra varias veces–. Todo depende de la flota –dijo–. De la habilidad del comandante.

Comandante Sergio Daunes al rescate de su hija, que tras veinticinco siglos de guerra a duras penas logra sobrevivir. Hacía tres años, la primera vez que la invitaba a su casa, a una cena de amigos. "Ella es mi hija, ella es mi hija." "Ella es Lucía, mi hija." Una mujer, toda una mujer. Hermosa. Parecida. La esposa de su padre, los amigos, risas y al final: le cobra la cena. Hace la cuenta, eran seis personas, y ella está pagando. Tanto dividido seis... la única cena que compartió con su padre. Una broma de ganso, ganso hijo de puta. "Todos dependemos del comandante." ¿Qué se puede esperar de él? Poner la vida en sus manos, o seguir sobreviviendo.

–Terminé una –gritó Ángel, y se puso de pie, y se puso a saltar de alegría, pero Luis lo detuvo.

–Escuchen –dijo–. Ahora se escucha.

Era cierto, un zumbido lejano que se acercaba con rapidez. Ella también se puso de pie, y sintió los brazos de Ángel aferrándose a su cintura. Ahora el zumbido era muy claro, y dentro de un momento sería ensordecedor.

–Es la flota –gritó Luis, y los tres salieron de la cueva.

–Miren ahí –Ángel señalaba a lo lejos. Era la flota, o lo que quedaba de la flota, doce naves brillantes, bajo el mando del comandante Sergio Daunes. El sol enceguecía desde cada una de las hojas de cada uno de los árboles y enceguecía desde la arena, desde los médanos que se levantaban a lo lejos, en el desierto. Ahí estaba la flota, a la espera de la batalla.

Y el zumbido se hizo ensordecedor, un zumbido eléctrico, de transformadores y generadores. Música de turbinas, de millones de órganos desafinados. Era la nave madre apareciendo por detrás de la flota como una nube gigantesca, negra, gris, plateada. La nave madre lanzando sus rayos y la flota dispersándose para expandir el blanco.

La nave madre es lenta, pesada, una tortuga gigante en el espacio. Pero certera, e invulnerable. Los rayos y las explosiones van y vienen. El cielo es púrpura, amarillo, y las naves de la flota van explotando de a una, dos, tres, como las campanadas de la iglesia.

Doce campanadas, en el cielo no queda otra cosa que no sea la nave madre. Ángel suspira, Luis aprieta con rabia el cortaplumas. Lucía los abraza, el comandante Sergio Daunes es un hombre muerto.

–Volver a Buenos Aires –dice–. Sobrevivir.

LA PERRA

Supe que nos robaría desde que abrí la puerta y la vi parada en el rellano de las escaleras con la bolsa del mandado doblada debajo del brazo.

–Soy Camelia, vengo de parte de la señora Guzmán.

La hice pasar, la llevé a la cocina y ahí le di las instrucciones con un tono seco para desquitarme de antemano de los futuros robos que adiviné en sus ojos. Poco me faltó para que le dijera: "Ten cuidado, porque si yo o mi marido nos damos cuenta, no va a haber súplica que valga, ya una vez llamamos a la policía."

La dejé en el living y regresé al cuarto, donde Alberto, tendido en la cama, fumaba un cigarro:

–¿Cómo es?

–Ratera, como todas.

Me quité la bata y Alberto aplastó el cigarro en el cenicero y me quitó el resto. Metió su pierna entre mis muslos y yo le dije:

–Tiene cara de mosquita muerta, nos va a robar todo lo que pueda, ahora mismo debe de estar viendo lo que le gustaría llevarse.

–¡La perra! —murmuró él.

Me besó los muslos mientras yo escuchaba los pasos de Camelia por la sala y el ruido de los objetos que movía de lugar.

–¿No oyes cómo husmea, cómo busca?

–¡Sí, la zorra!

Le dije a Camelia que viniera tres veces por semana. Cuando se fue, repasé la casa a fondo para ver si faltaba alguna cosa. Vi que limpiaba mal, pero no peor que otras.

–¿Qué nos robó? –preguntó Alberto de vuelta de la oficina.

–La cabrona es fina, de las que roban una sola vez algo valioso y desaparecen, no chacharitas. Ahora estudia el terreno.

–¡La perra!

Camelia llegaba entre ocho y ocho y media. Yo le abría en bata, le decía rápidamente lo que tenía que hacer y luego regresaba a la cama, donde Alberto me esperaba tenso, fumando.

Me quitaba la bata y el camisón.

–Vieras lo bien que viene vestida.

–¡La zorra! ¿De dónde sacará la plata?

–No seas estúpido. De robar.

Me tiraba sobre la cama y él me besaba los muslos y las caderas zumbando en torno mío, afiebrándose. Lo dejaba hacer, sin moverme.

–¿No oyes cómo busca, cómo husmea?

–¡Sí, la perra!

Al irse él a la oficina, yo me quedaba en el estudio o salía de compras y, cuando Camelia se iba, revisaba cuarto por cuarto.

Encontraba todo en su sitio; a lo mucho, algún objeto cambiado de lugar.

–¿Qué nos robó? –era la primera pregunta de Alberto cuando volvía a casa.

Le repetía enfadada que teníamos que habérnoslas con alguien astuto, no una pueblerina.

–Vas a ver que no es tan fina como dices –dijo él una mañana, y tomó tres billetes de diez mil, los enrolló y los ocultó en un rincón de la sala.

–¿Qué haces?

En eso tocaron a la puerta. Alberto, que estaba en pijama, se fue al cuarto. Le abrí a Camelia, nerviosa, luego volví a la recámara, donde Alberto fumaba apurado, sin gusto.

–¡La perra! –murmuró.

Nos quedamos acostados sin movernos, mirando el techo. Alberto fumó dos cigarros, uno tras otro, luego se levantó y se puso la bata y salió del cuarto. Cuando regresó, me bastó ver su cara para saber que el dinero seguía en su lugar. Se acostó dándome la espalda y encendió otro cigarro.

–A lo mejor todavía no limpia ahí –dije.

Oímos los escobazos secos sobre la alfombra de la sala. Diez o quince minutos después, aprovechando que Camelia se había metido en el baño, me puse la bata y caminé de puntas hasta el living. El dinero había desaparecido. Sentí una felicidad dura, caliente. Por las dudas, revisé a fondo. No encontré nada. Regresé al cuarto antes de que Camelia saliera del baño. Me temblaban las piernas. Algo me vio Alberto en la cara.

–¿Qué te pasa?

–¡La zorra! –murmuré, y empecé a desnudarme.

Él pendía de mis labios, pero no abrí la boca.

–¿Me vas a decir o no? –casi gritó.

Todavía me di mi tiempo quitándome el brasier frente al espejo, sabiendo cómo lo enloquecen mis senos.

–Ve a ver –dije sin mirarlo, desnuda.

Aplastó el cigarro en el cenicero, se levantó y salió al pasillo sin hacer ruido. Volvió con el mismo disimulo. Los ojos le hervían.

–¡La perra, nos robó!

–¿Qué esperabas?

–Nos vio la cara.

–Y ahora debe de estar en el baño ocultándose el dinero en los calzones o en los zapatos. ¡Riéndose de nosotros!

Se quitó la bata, se arrodilló y me besó los tobillos, los dedos de los pies, las corvas, temblando.

–¡La zorra! jadeó.

–Éste es sólo el principio. Nos va a dejar sin nada. ¡Nos va a quitar todo lo que tenemos! ¡Todo!

Apenas alcanzó a gemir y me lamió las piernas, derritiéndose.

Salió de casa cuando Camelia subió a la azotea del edificio a colgar la ropa y las sábanas. Era tardísimo, y yo me quedé en bata. Entonces, entrando en la cocina, vi los tres billetes de diez mil sobre la mesa, cuidadosamente estirados debajo del cenicero de ónice. Los miré fijamente, sin tocarlos. Camelia los había desplegado como una bandera, como una feliz evidencia, con la jactancia que le daba el derecho de exigir nuestro agradecimiento. Tenía la soberbia de los animales humildes y pacientes. Me senté en la cocina a esperarla y, cuando regresó de la azotea, la recibí con una mirada de hielo:

–¿Qué hace ese dinero aquí?

–Lo encontré en la sala, señora –dijo sin alterarse.

Traía en la mano la cubeta de plástico, se veía cansada.

Era una hormiga implacable. Odié su voz estridente y pueblerina, sus bondadosos ojos de telenovela.

Salí de la cocina, dejé los billetes sobre la mesa y fui a darme un regaderazo para cobrar valor. Se lo dije antes de salir de compras:

–Camelia, mi esposo y yo vamos a salir de viaje por seis meses. Aquí tienes tu liquidación –y puse en su mano los tres billetes de diez mil que estaban debajo del cenicero.

Se me quedó viendo sin abrir la boca, con la mano abierta y el dinero apelotonado.

–Lo mandaron llamar de Guadalajara esta semana, por eso no te avisé antes.

No soportaba su estupor y su silencio, sólo quería que se fuera.

–Y puedes irte de una vez... no hace falta que sigas limpiando, vamos a hacer las maletas y no tiene caso.

–Sí, señora.

Fue a la cocina a coger la bolsa del mandado, la dobló debajo del brazo, le abrí la puerta, inclinó ligeramente la cabeza y olí su perfume barato.

Salí de compras y no regresé hasta el mediodía. De vuelta a casa, cuando vi el tiradero de los cuartos y los trastes sucios, me arrepentí de no haber retenido a Camelia hasta su hora de salida. La maldije por la presteza con que me había obedecido. Traté de poner un poco de orden, pero no pude. ¡La perra! Alberto, de regreso, me encontró perdida en aquella revoltura.

–¿Qué pasó, qué tienes?

–Qué voy a tener. ¡La perra!

Vi cómo se alteraba, cómo se le subía la sangre.

–¡Huyó! ¡Echó a volar! Se le hizo fácil con el dinero que le dejaste atrás de las cortinas. ¡Y nos dejó hundidos en esta porquería!

Miró hipnotizado el revoltijo de la cocina y de la sala. Cuando habló le temblaba la voz:

–¿Se fue... y nos dejó así... en esta inmundicia?

–Sí.

Dio un paso hacia la cocina, miró los trastes que se amontonaban en el fregadero, los restos del desayuno, el piso sucio. Hizo un gesto incrédulo con la mano:

–¿La perra? –preguntó.

–¡Sí, la perra! –dije.

GUILLERMO NIÑO DE GUZMÁN

LIVIA

Me había quedado mirando el rectángulo de luz que formaba la ventana en la oscuridad. El cuarto era amplio y de techo alto y olía a guardado. Un olor rancio, de paredes húmedas y descascaradas, de piso de madera cuyos tablones crujen y se pudren sin remedio. Lo bueno era la gran ventana que dejábamos abierta para aspirar el olor fresco de la noche de verano y para mirar ese poco de cielo que escapaba a la sombra de los edificios. Por allí entraba la luz oscilante del letrero de neón del hotel. Un jazz vertiginoso, algo borroso a la distancia, trepaba acezante desde el night-club que funcionaba en el sótano.

Ella dormía apoyada sobre mi pecho. Me gustaba mirarla en la oscuridad, contemplar su piel blanca y suave, repasar la cuenca tibia de su espalda. Respiraba cadenciosamente y podía sentir nítidamente los latidos de su corazón. A ella no le gustaba que velara su sueño: temía que pudiera aprovechar esa momentánea inconsciencia para terminar de poseerla por completo. Porque había algo en ella que todavía me estaba vedado, un mundo al que yo no podía acceder y que constituía una fuente de misterio inagotable.

Es difícil saber qué fue lo que me atrajo de ella. Livia era una chica de Wellesley y su formación se debía a las enseñanzas que había recibido en aquel exclusivo *college* femenino donde enseñara Nabokov después de la guerra. Cuatro años de vida norteamericana circunscritos a un determinado tipo de círculos y ambientes habían terminado por moldear a una arrogante joven de 22 años y un metro ochenta de estatura. Tenía un bonito cabello, largo y negro, que le caía sobre los hombros; pero lo que en definitiva constituía su mayor atractivo eran unos ojos negros y profundos de los que emanaba una mirada intensa que sugería cierto enigma.

Por lo demás era una persona bastante fría, a menudo seca. Le gustaba guardar distancia con las personas con quienes trataba y siempre buscaba hacer sentir a su interlocutor que ella era mejor que uno. Conmigo no le dio resultado y supongo que aquello le intrigó. Eran los tiempos en que yo me había "vendido" a la televisión. Ella ocupa-

ba un alto cargo en el departamento de publicidad de un canal local y
yo me encargaba de hacer unos mediocres guiones de comerciales cuya producción estaba bajo su supervisión. Acostumbrado a trabajar en
un medio donde las mujeres desempeñaban tareas menores no pude
evitar sentir cierta fascinación por una mujer como ella que se empe-
ñaba en sobresalir a toda costa.

Livia era la persona más ambiciosa que he conocido. Me recordaba a Daisy, el personaje femenino de *El gran Gatsby,* porque, como en
el caso de ella, la voz de Livia sonaba a un torrente de monedas bru-
ñidas y tintineantes. Amaba el dinero y el dinero iba hacia ella. Lo curioso es que no lo necesitaba. Su padre había muerto cuando ella era
una adolescente dejando a su madre una sólida fortuna que se había
incrementado notablemente con el paso de los años. Sin embargo, sus
ambiciones de poder y riqueza no tenían límites. Ella quería hacer su
propio dinero y estaba convencida de que no podría lograrlo en su
país. Ansiaba regresar a los Estados Unidos donde pensaba que sí le
sería posible labrar su camino hacia la fortuna. Únicamente la retenía
su madre, quien deseba tenerla a su lado por un tiempo, antes de per-
derla definitivamente.

Nuestras relaciones comenzaron de un modo extraño. A pesar de
su frialdad yo había logrado cierta amistad con ella. En los ratos libres
que nos dejaba el trabajo solíamos conversar sobre temas cercanos a
ella como literatura norteamericana o jazz, aunque sin entrar en cosas
más personales. Un día me dijo que había una obra de Tennessee Wi-
lliams que quería ver. Yo ya la había visto y le dije que el montaje era
bueno y que valía la pena. Ella me preguntó si no la vería de nuevo.
Le contesté que sí y esa misma noche fuimos al teatro. Después de la
función la invité a tomar algo pero ella rehusó. Tomamos un taxi y
cuando faltaban algunas cuadras para llegar a su casa me dijo que quería caminar un poco. Dejamos el taxi y empezamos a caminar. Era una
noche de verano y corría una brisa agradable. Ella me pidió que nos
detuviéramos unos instantes para fumar un cigarrillo. Nos sentamos
en el muro que circundaba el jardín de una casa y fumamos en silencio. De repente ella se inclinó hacia mí, me quitó el cigarrillo de los labios y me dijo: "Bésame." Su pedido me sorprendió pero no me hice
de rogar. La cogí del rostro, la atraje hacia mí y la besé. Luego, inesperadamente, se soltó y se alejó corriendo.

Pensé que se había arrepentido y que aquello no volvería a ocurrir.
Mis sospechas parecían exactas porque al día siguiente en la oficina se
mostró fría y distante. No mencionó para nada el incidente. Sin em-

bargo, tres días después me dijo que quería corresponderme la invitación del teatro y que tenía un par de entradas para un concierto de jazz. Accedí y después del concierto la acompañé a su casa. En el momento de despedirnos me invitó a pasar y a tomar un café.

Allí fue donde empezó todo. No tomamos café esa noche. Recuerdo que nos sentamos en el sofá y que no teníamos nada que decirnos. Instantes después nos estrechábamos con fuerza y nos besábamos con desesperada pasión. No hicimos el amor esa noche pero estuvimos cerca de hacerlo. De cualquier manera, allí Livia me mostró que era una mujer extraordinariamente dispuesta para el amor. Su cuerpo vibraba con una intensidad que nadie hubiera adivinado. Cuando me fui eran casi las cuatro de la madrugada.

Recuerdo bien la noche que hicimos el amor porque ésa fue la noche que mataron a John Lennon. Un amigo me había prestado su departamento por unas horas. Allí, al calor de la oscuridad, Livia reveló una pasión que se derramó sobre nuestros cuerpos como una lluvia de verano copiosa e inagotable. Se aferraba a mí como si fuera a morirse y me apretaba el rostro contra sus senos pálidos y breves. Yo entraba en ella con violencia sólo para encontrar el fondo de su ternura. Cuando venció el plazo decidimos que no podíamos terminar allí y nos fuimos al Centro y nos metimos en un hotelucho de La Colmena.

Cuando abandonamos el hotel la fina cortina azul del alba empezaba a insinuarse detrás de los edificios. Estábamos sedientos y se nos ocurrió desayunar con cerveza. Nos emborrachamos deliciosamente mientras la mañana poblaba las calles con su marejada de transeúntes y vehículos. La radio encendida del restaurante nos trajo la noticia del asesinato de John Lennon, pero nosotros estábamos demasiado contentos como para que ello nos perturbara.

Por un tiempo todo marchó bien. Ella pareció dejar de lado su mundo para volcarse al mío casi por completo. Su avidez poco común para el amor la hacía buscar mi cuerpo con desesperación. Algunas veces, cuando la visitaba en su casa, su ansiedad la llevaba a esperarme sin sus prendas interiores y a deslizar mi mano bajo su ropa apenas nos encontrábamos solos; más tarde, cuando su madre dormía, hacíamos el amor de pie en la cocina tratando de ahogar los gemidos. Pero la pasión sólo podía prevalecer por un tiempo. A medida que teníamos mayor intimidad iban descubriéndose sus intereses y sus necesidades.

Supongo que los problemas surgieron cuando yo empecé a exigir más de ella. Me había acostumbrado a su manera de ser, a sus comentarios, a su sonrisa. Aunque, pensándolo bien, era ella quien se había adaptado a mí. Dejó de frecuentar sus círculos para acompañarme a los sitios a los que yo solía ir. Me seguía en esos largos peregrinajes por librerías de viejo y antiguos bares de Lima. Veía las películas que me provocaban, leía los libros que le recomendaba, siempre estaba dispuesta a seguirme adonde yo la llevara. Sin embargo, a veces se quedaba embebida en largos silencios que daban que pensar. Yo le preguntaba: "¿Qué te pasa? ¿Te molesta algo?", pero ella meneaba la cabeza y esbozaba una sonrisa. Y yo no me enteraba qué era aquello que le disgustaba.

Un día que paseábamos por el Centro quiso entrar a una joyería muy conocida. Yo no tenía ningún interés pero accedí. Pidió que le mostraran zafiros y rubíes. Se probó algunas sortijas y buscó mi aprobación: "¿Qué tal me queda? ¿No es linda?" Yo no tenía mayor experiencia en joyas y me limitaba a asentir. Cuando sacaron los brillantes su rostro relampagueó vivamente. Me dijo que una vez había tenido un anillo con dieciséis brillantes que le habían regalado y que había tenido que devolver. "¿Por qué?", le pregunté. "Era una proposición matrimonial", respondió. No quise preguntar más. En realidad no sabía mucho de su pasado. Nunca me habló de sus relaciones anteriores. Cuando salimos de la joyería pensé que nunca tendría el dinero suficiente como para satisfacer uno de esos caprichos. La miré y me pareció leer en sus ojos la misma certeza.

Un domingo fuimos a la playa. Estábamos tirados sobre la arena y mirábamos el mar. De pronto ella se volteó y dijo: "Sabes, creo que nunca podría casarme contigo." La declaración me tomó por sorpresa. Nunca habíamos mencionado la posibilidad de matrimonio y ahora era ella quien se refería a él sólo para descartarlo por completo. "No soy capaz de vivir en la estrechez", continuó. "Yo necesito una casa amplia para vivir y muchas comodidades. Si no, sufriría mucho." Yo la escuchaba en silencio, perplejo. "Tú quieres ser escritor y así nunca vas a hacer dinero. Yo necesito mucho, mucho dinero. Me hace feliz tener y gastar dinero. Tal vez no lo entiendas pero ésa es la verdad." Luego ella se levantó y se alejó hacia la orilla y entró al mar.

Durante el trayecto de regreso sentí que me llenaba un irrefrenable sentimiento de cólera. No hablamos. La dejé en su casa y no la busqué durante varios días. En el trabajo apenas cruzaba con ella las palabras indispensables. Pero el fin de semana sentí deseos de verla y la llamé. Salimos y la llevé al hotelito de La Colmena. Hicimos el amor pero no fue como otras veces; ella hablaba poco y tenía una mirada ausente. Le pregunté qué le ocurría y me dijo que no le pasaba nada, que estaba igual que siempre. A mí no me convenció su respuesta y cuando nos despedimos me metí en un bar y me emborraché hasta el amanecer.

A partir de allí comenzó el distanciamiento. Yo la notaba cada vez más lejos de mí y me desesperaba. Traté de evitarla pero al cabo de pocos días me di cuenta de que era imposible. Por último la busqué y le expliqué que ella era muy importante para mí y que no comprendía su actitud. Ella me abrazó y me besó, aunque no me dijo nada. Al día siguiente quedamos en encontrarnos en un café de Miraflores pero ella no acudió a la cita. Llamé a su casa y me contestó su madre. Me dijo que Livia estaba enferma y que no había podido avisarme. Me llamaría en cuanto se sintiera mejor.

Pasó una semana sin que tuviera noticias suyas. Llamé por teléfono y me dijeron que Livia había ido a un balneario para terminar de restablecerse. No había dejado ningún recado para mí. Dos semanas después me enteré que había renunciado a su puesto en el canal. Fui a su casa y su madre me recibió. Livia había viajado el día anterior a los Estados Unidos. No, no había dejado ninguna carta para mí. Probablemente me escribiría desde allá. "Ella ya no se acostumbraba a vivir aquí", concluyó su madre.

Nunca pude comprender que una mujer que me amaba me abandonara por no tener dinero. O quizá no me amaba, en ese tiempo me negué a pensar en esa posibilidad. De cualquier manera, me costó mucho trabajo asumirlo. Muchas noches de insomnio y alcohol que parecían no tener fin. Me resistía a aceptar que una persona pudiera anteponer ambiciones de esa clase a sus sentimientos. Finalmente llegué a pensar que fue una decisión práctica que nos convenía a ambos; pero sólo arribé a esa conclusión cuando logré erigir una inconmovible muralla de desprecio. Nunca me escribió. No volví a saber más de ella, excepto que se casó poco después con un industrial de Los Ángeles. La nota apareció en las páginas sociales de los diarios.

Durante muchos años sentí que debía escribir sobre Livia. Lo intenté varias veces pero la experiencia estaba todavía muy fresca y no podía tomar la distancia necesaria para encarar el relato. Sin embargo, invariablemente comenzaba por describir la habitación donde hacíamos el amor. Aún recuerdo su olor —el de ella, no: hace tiempo que se difuminó en los recovecos de mi memoria—: húmedo, rancio, de paredes descascaradas y de un piso de madera podrido y abandonado. El techo era alto y la ventana amplia dejaba entrar la luz intermitente del aviso de neón del hotel. Ella se desvestía rápidamente y se abrazaba febrilmente a mi cuerpo. Al principio estábamos tan emocionados que no atinábamos a nada. Nos limitábamos a permanecer fuertemente abrazados, escuchando cómo nuestra respiración se iba sosegando en la oscuridad. El jazz empezaba a subir del sótano y la habitación ondulaba como si el mar se deslizara debajo. En esos momentos sentía que no iba a morirme nunca, nunca.

CRISTINA POLICASTRO

CIBEROJO POR CIBERDIENTE

No te entiendo de un todo, eres el misterio, la nueva magia, el ansiado Mesías, por lo tanto: ¡tú, sí!, todo lo puedes, ¿verdad? Yo, pecador, te me entrego en la certeza de que sabrás encontrar para mí lo que busco en tu red.

Lo llaman el Águila de Hipona, su nombre: San Agustín.

¿Que para qué quiero encontrarlo? Ya sabes que lo dijo Huidobro: *Dos cuerpos enlazados domestican la eternidad...* Eso es lo que quiero: desbravecer la pertinacia en el más allá para hacerla menos aburrida; me aburren los tiempos que corren, siento sobrante cada minuto de mi vida menos los que paso en tus redes de Abraxas, poseedora del mal y del bien cual dos caras de una misma pantalla y, me temo (es un temor que casi no me deja vivir) que, en la vida que habrá tras la muerte, no hallaré tus divinas redes para entretener mi alma inmortal. Por eso, domesticar la eternidad enlazada al cuerpo de Agustín ha pasado a ser mi urgencia vital: y ése es ahora mi único sueño, mi anhelo de trascendencia, porque no creo en pajaritos preñados. No vengas con cuentos acerca de que San Agustín vivió en otro tiempo: pasado, presente y futuro son códigos de referencia que usamos los humanos; pero no tú, no eres humana, Internet, tal vez sí cultural, por aquello de que cultura es todo lo que crea la mano (o la mente) del hombre; pero, sin lugar a dudas, resultaste superior a tus inventores, eres casi todopoderosa y, digo casi, porque tengo la absoluta certeza de que no eres indestructible. Sé buena, Internet, y ayúdame a encontrar a Agustín. Claro que voy a colaborar. Escribiré la palabra que designa su nombre en tus canales de búsqueda, y tú le harás llegar mi correo a todos los que estén registrados con esa denominación. Alguno de ellos va a ser San Agustín, estoy más que segura, creo en la fe. Eso sí, no me falles. Si lo haces crearé un virus ciberapocalíptico que acabará hasta con las estructuras mentales que hicieron posible tu nacimiento.

Aquí va mi carta. Que pique y se extienda...

Querido Agustín:
El alma tiene ¿crees tú? más interés que todo el ambiente que la rodea...?

Arrastrada por dos amores: el amor infinito que la atrae irresistiblemente, y el amor Virtual, ella se torna cuerpo, desconociendo a veces las trampas sensuales de aromas, sudores y dedos que pícaramente recorren la autopista cibercorpórea.

Tu influencia, Agustín (lo dice un libro) es universal porque brota de los dones del corazón y el espíritu tornado en carne. Ésas tus confidencias íntimas, Agustín, han hecho reverberar la selva amazónica de mis pudores previos, porque ahora, mi cielo, ahora, mi san, se acabó, de una vez y para siempre, todo resto de pudor.

Voy a desnudarme. Mírame solamente. Cuando llegue el momento del toque virtual te daré la contraseña.

Primero me quito las máscaras. La fiesta de los dragones comienza. El fuego brota de mi boca con afán de acendramiento, Agustín, mi santo, purifícate para que puedas acceder conmigo al bautismo virtual.

¿Estás viendo? Sólo me he quitado la primera máscara y ya mi aroma te ha impregnado. ¿No es cierto?

Ahí te lo dejo, es el inicio. Contéstame, que muero por comenzar a percibir la emanación de tu fragancia. Dando y dando, Agustín, hoy por ti, mañana por mí.

Me despido en Cantares, con temple de dragón, pidiéndote esto, tan sólo:

> *béseme de besos de su boca*
> *incéndieme de incendios encendidos*
> *por el fuego de su amor*
> > *de sus manos*
> > > *de sus ojos*
> > *sus sentidos*
> *encendidos*
> *por los besos de su boca*
> *mi amado*
> > *que me toque*
> > > *y*
> *ciberprovoque*
> > *me ciberpalpe y me ciber...*
> > > *¡Ya va!*
> *(Soy no soy mi propia dueña*
> *cuando desbaratas mis encajes)*
> > > *Béseme el ciber-águila*
> > > > *mi san señor*

XXXX XLDOIYRWNDSPO98WREHÑCRWDVCN.KHFOID<S KLSD'POJK

Aquí estoy, por idiota, manipuladora, ultimatumante, revisando, 10 años después, el correo número trescientos millones cuatrocientos cincuentidós mil novecientos trece, y aún no he dado con mi verdadero Agustín. Me han salido canas en el recorrido y aún faltan no sé cuántos millardos de correos por revisar. Dijo Agustín —uno de ellos, uno de tantos— que —a veces— vale la pena morir en el intento. Y, si a morir vamos, *muero porque no muero* y, ¡por tu culpa! *vivo sin vivir en mí.*

ALONSO CUETO

JULIO Y SU PAPÁ
(Homenaje a Guy de Maupassant)

Una llovizna ha oscurecido ligeramente el patio. La hilera de alumnos invade el cemento y se disuelve en racimos sobre la cancha de básquet. Julio baja las escaleras cuando siente una sacudida en el hombro. Es Pete, que tiene los ojos brillantes, las cejas anchas y los dientes gruesos que parecen batirse mientras habla.

—Tú no tienes papá —dice Pete—. Ya me contaron todo. Oigan, oigan, Julio no tiene papá. No tiene papá.

Pablo, Jhon, Jaime y Christian se acercan. "No tiene papá", insiste Pete. "Julio no tiene papá". "Yo también sabía. Ya sabía", dice Christian.

Julio los oye, paralizado por el asombro, por la cólera. Una llamarada lo abrasa por dentro. Voltea hacia Pete y lo empuja contra el muro despintado. Pete alza los brazos. Su espalda rebota en el yeso.

Julio levanta la rodilla pensando que Pete va a correr hacia él. Pero Pete se acerca de costado y alza la pierna. Julio siente un remezón en las costillas. El cemento le arde en las manos. Se levanta de un salto y voltea hacia Pete.

Para entonces ya se ha formado un círculo de brazos y voces; su amigo Toño lo está animando. "Pégale, Julio", le dice. Los demás gritan animando a Pete, su collera de Christian, Jorge y Jhon.

Julio se agacha, lo coge de la rodilla, y ve a Pete caer. Tiene la camisa embarrada y los ojos luminosos.

Pete salta hacia él con la pierna arriba, le da en la cintura y Julio cae raspándose el codo con líneas de sangre. Desde el suelo jala los zapatos negros de Pete. Entonces ocurre lo peor. De un salto Pete se sienta sobre su cintura y lo martilla con golpes en la cabeza. Julio estira los brazos pero el granizo de puños es demasiado intenso sobre su cara y sus hombros. Por fin, con alivio y con humillación, siente que un profesor está moviendo ese peso de su estómago y que Toño lo ayuda a levantarse. Un velo de sangre no lo deja ver bien al grupo de muchachos exaltados que el profesor ya dispersa.

En la oficina del director, Julio tiene una curita en la frente y espera junto a Pete en la silla. No se hablan. Él también tiene su buen moretón en la pierna que lo ha hecho cojear hasta allí.

El director es un hombre de edad mediana, flaco, de patillas, que podría ser la reencarnación del general San Martín.

Tiene la voz débil y ronca, como una flauta resfriada.

—No quiero estos líos en el colegio —dice sentándose frente a ellos—. ¿Por qué ha sido esto? Díganme.

—Por nada —dice Pete—: Yo soy de la "U" y él es del Alianza. Por eso nos peleábamos.

El director mira hacia Julio que baja los ojos. Julio siente ganas de llorar pero retiene las lágrimas.

—El sábado vienen a limpiar el colegio —dice el director—. A las ocho. Y no quiero más líos, ¿me entienden?

—Sí —dice Pete.

—¿Y tú? —el director mira a Julio.

—No va a haber más líos, señor director.

Julio llega a su casa. Su madre tiene una peluquería en la esquina, junto a la bodega. Hay fotos de mujeres de ojos azules y pelo castaño largo, tienen sensuales labios rojos. Un letrero dice: "Un rostro hermoso es una fiesta del alma."

Adentro hay tres sillas, un espejo, brochas, tintes, mascarillas, pinceles y hasta una secadora de pelo que ha ido comprando mientras el negocio progresaba.

—¿Qué pasó? —le dice su madre.

—Nada.

—¿Nada?

—No.

Julio deja sus libros bajo la cama. Detrás del salón de belleza hay dos cuartos, una cocina y un baño.

Junto a su cama está la mesa de fórmica donde él hace sus tareas.

Entra al baño.

—Tuve una pelea —dice desde allí—. Y tengo que ir a trabajar el sábado. Es un castigo.

—¿Una pelea? ¿Pero por qué? Déjame verte.

Su madre se acerca pero Julio le coge la mano.

—Ya me curaron en la enfermería.

—¿Pero por qué fue la pelea?

—Por el fútbol —dice.

En ese momento la señora Cano entra en la peluquería. Su mamá sale a recibirla. "Se bautiza mi nieto", dice la señora, "y quiero verme regia, oye".

Su madre se queda afuera. Julio se sienta en su cama y hunde la cabeza entre las manos. Una corriente de frío se cuela por la ventana del baño y lo hace temblar.

El sábado, después de barrer y cargar bultos en el colegio, sale sin mirar a Pete y va hacia la calle Dante. Allí tiene su taller Simón.

Las cuadras son largas. Julio camina rápido. ¿Estará Simón allí?

Llega al portón verde despintado. Allí están los hombres en mameluco. cortando unas varas negras. La oficina es una mesa con dos sillas, un calendario de la panadería "Arredondo" y una ventana rajada. Por fin lo ve. Simón tiene puesta la visera. Está soldando dos fierros. Las chispas bailan sin parar. Hay una estructura de tubos y rejillas de fierro en el suelo.

—Simón —dice Julio.

Se quita la visera. Aparece su pelo ensortijado, su frente ancha, sus ojos grandes y bondadosos. Es un hombre de cuarenta y tantos años rejuvenecido por su generosidad.

—Hola, Julio. Tiempo que no te veía —le sonríe.

Los dos habían ido a un grupo de estudios de la Iglesia un tiempo antes. Julio había acompañado allí a su madre. En el camino de regreso muchas veces Simón caminaba con ellos.

Hablan de los estudios de Julio.

—¿Y cómo va el trabajo aquí? —le dice.

—Más o menos. Defendiéndonos.

—Simón. Quiero preguntarte algo.

—¿Qué?

—¿Puedes ser mi papá? ¿Aunque sea un ratito?

Simón parece entender de pronto todo lo que ha pasado. Quizá ya sabe de la pelea en el colegio.

—Si quieres —dice—. Yo puedo decir que soy tu papá.

—¿Podrías recogerme el lunes del colegio? Yo voy a decir que vas a recogerme.

—Bueno. El lunes te recojo del colegio.

El profesor de química era el señor Lozano y siempre los recibía parado delante de su escritorio con los ojos negros fijos en el vacío (y sin embargo parecía estar mirando a cada uno). Tenía piernas cortas y rectas, brazos de boxeador y una corona de pelo que apenas lo salvaba de la calvicie. El profesor Lozano se hacía respetar por su equilibrio, su paciencia, y sobre todo por la naturalidad con la que explicaba las fórmulas y castigaba a algunos alumnos escogidos. "El agua viene del hidrógeno y el oxígeno, como saben", decía. Julio estaba sentado cerca de la carpeta de Pete y oyó el ruido viscoso de murmullos.

–El agua viene del hidrógeno y del oxígeno –dijo Pete–. Pero Julito no sabe de dónde viene. No tiene papá.

Hubo un reguero de voces.

–Yo sí tengo –contestó Julio.

–¿A ver? ¿Quién es tu papá?

–Además miren a Alfredo –discutió–. Él tampoco tiene papá.

–Alfredo sí tiene.

–No. Su papá murió.

–Murió –dijo Pete–. Está enterrado. Pero allí está. Él sí tiene papá.

–¿Qué pasa? –dijo la voz ronca del profesor–. Si siguen hablando salen al patio ahora mismo.

Hubo un silencio mortal. Julio sentía que los dientes le temblaban, pero no de temor ni siquiera de rabia sino de una extraña, violenta necesidad de huir.

Hubiera querido pararse y salir de la clase en ese momento pero se contuvo.

A la salida, las cuadrillas de alumnos avanzaban lentamente hacia la puerta. Julio se quedó un rato parado. Esperó. Vio a los demás salir a su lado. Miraba hacia el fondo de la calle. Una vendedora le daba caramelos a Toño y Alfredo. Atrás había otro grupo que esperaba el micro.

Por fin lo vio.

Simón estaba caminando hacia él con trancos rápidos. Tenía una camisa azul sin los dos botones de arriba. Estaba muy apurado, con una sonrisa.

–Hola, Julio –le dijo.

–Hola.

Julio vio, con alivio, que Pete y un grupo salían en ese momento.

–Es mi papá –le dijo Julio– y ha venido a recogerme.

–¿Tu papá? –Pete abrió las aletas de la nariz.

–Sí –dijo Simón–. Vine a recoger a Julio. Y voy a venir cuando pueda. Y si tú te portas mal, Pete, vas a ver nomás.

Simón lo cacheteó suavemente.

Pete lo miraba con los ojos abiertos como platos. Salió corriendo.

Julio caminó al lado de Simón.

Cruzaron la calle. No hablaron. Simón lo dejó en su casa y se despidió de él con una palmada en el hombro.

—Chau, Julio.

—¿No quieres pasar?

—Tengo que volver al trabajo. Hay que entregar una reja más tarde. Vienen a las siete.

—¿Y el domingo? ¿Puedes venir? Acá hay una televisión, si quieres ver el partido —dijo Julio.

Simón miró hacia la esquina. Volteó hacia él.

—De repente —dijo.

—¿Julio? —dijo su mamá—. ¿Estás allí?

—Sí, mamá. Estoy con Simón.

Su mamá salió. Se había cortado el pelo y ahora se veían mejor sus mejillas redondas, sus cejas oscuras y espesas y sobre todo sus ojos marrones. Estaba hermosa.

—Hola, Celinda —dijo Simón.

Ella sonrió. Celinda sabía de los problemas que había tenido Simón con su mujer. Él ya conocía la historia de ella.

—No te veía desde que íbamos al grupo de la Iglesia.

—Sí.

Un ómnibus pasó cerca. Una nube negra de fierros los interrumpió.

—A ver si vamos otra vez. Hay un ciclo que empieza el martes.

—Le he dicho para que venga el domingo, mamá. A ver el partido.

—Claro.

—A lo mejor —dijo Simón—. Si no hay nada de trabajo urgente, vengo. Me gustaría.

—El partido empieza a las tres. Podemos almorzar y verlo —dijo Julio—. Yo creo que ganamos si juega Julinho...

—Bueno —contestó Simón.

Y luego de una inclinación de la cabeza, Simón caminó hacia la esquina, y se perdió tras la pared.

FRANCISCO HINOJOSA

LINA LUNA, OAXAQUEÑA, EN LA PRISIÓN

> Cidrolín abrió un ojo: no había amanecido. Abrió el
> otro ojo: todavía era de noche.
>
> RAYMOND QUENAU, *Las flores azules*

Como Lina Luna no se siente del todo bien ha decidido no trabajar hoy en el taller de marroquinería. Arguye ante la celadora un malestar general. En efecto, Lina Luna tiene algo que aún no puede identificar. ¿Como alfileres en todas partes del cuerpo? ¿Como un continuo extirpar pelos de raíz?

Tiene la celda para ella sola hasta que llegue a molestar la Queca, queretana y gorda, con su puro y su penetrante olor a hígado encebollado.

Lina se recuesta en la cama. Repasa con los ojos el *graffiti* de la pared ancha. Se concentra un momento en el bosquejo de rostro masculino, entre lobo y caballo, que siempre ha logrado distinguir en la mugre de la pared verde. Luego se levanta, se mira en el espejo, se cepilla. Decide escribir una carta a su hijo oaxaqueño que vive en Quebec y que no sabe —ni sabrá nunca— que Linamama está en la cárcel estatal desde hace ocho meses.

Poco emocionada, más bien abúlica, le escribe que quién crees que vino a cenar anoche a casa, y luego todo un chorizo sentimental acerca de Fernandito, el hijo de los Polanco, antropólogos dominicanos que estudian costumbres y lenguas vernáculas.

Lina Luna rubrica, dobla, mete, ensaliva, rotula y timbra.

Llega la Queca envuelta por su halo de puro barato. Pero Lina, como en los tiempos en que hacía teatro ante los abuelos del asilo de Toluca, le representa un buen papel. Se soba el vientre, menea la cabeza, suelta los párpados, amorata los dedos de las manos, inyecta los ojos, encorva la vertical, tira baba. La Queca le crea migraña, bochorno, náuseas, cólico, secreciones desagradables al olfato, fiebre. Decide no permanecer más tiempo allí expuesta a un seguro contagio disentérico. Sale de la celda con el propósito de molestar a otra; a la Muerta, quizás. Pero no sin antes violar la intimidad de su compañera de encierro: le ha hurtado a la pobre de Lina su carta.

En el patio, la Queca desembolsa, rasga, saca, desdobla y lee lo de la cena con Fernandito. Están presentes la Muerta, Berenice, Socorrito y las Mellizas, todas jocosas por la gracia que les provoca la carta y por el relato exagerado y bien actuado que la Queca hace de los síntomas que padece Lina.

Mientras tanto, al son de un bolero deformado por su radito de transistores, Lina Luna reconstruye ante el espejo su cuerpo y su cara. Deshace sus trenzas canas, chupa el *lipstick* cremoso de sus labios carmesíes, depila una ceja solitaria, ensaya un beso provocativo, sonríe, canta:

> *Dos almas que en el mundo*
> *había unido Dios*
> *dos almas que se amaban,*
> *eso éramos tú y yo.*

Luego saca del viejo baúl que le regaló su abuelo algunos recuerdos: un vestido de mariposita (tafeta amarilla con lentejuelas doradas y rojas) que había usado de niña, una muñeca de trapo, las primeras gafas de su hijo, un escapulario, la fotografía de Paul Newman impresa en tinta sepia, una copa rosada con motivos alpinos, el acta de defunción de su marido.

Y como Lina es una mujer a la que los recuerdos le afectan muchísimo, cierra el baúl de un golpe y llora un poco. Abraza el vestido de mariposita como si aún estuviera habitado por la hermosa niña que fue, y sigue llorando. Mira la celda, ese asqueroso cuarto verde, el repugnante hombre entre caballo y lobo; mira sus manos cortadas, secas, inútiles; mira una fotografía de su hijo en medio de un campo nevado, con la gorra que ella le tejió para sus veintiún años, y Lina llora, llora espantosamente.

"Es mejor cerrar los ojos —se dice— y no volver la vista más hacia el pasado." Un momento de verdadero arrebato la lleva a depositar en el baúl la llave de acceso a sus recuerdos, para luego cerrar el candado con espíritu fatalista.

Para calmar sus ánimos y no sentirse tan sola, decide escribir otra carta a su hijo. Pero ahora con sentimientos elevados, con filosofía:

"El trinar de los gráciles pajarillos, hijo, colma la bruma que cae sobre este cándido arroyuelo que tú solías visitar de pequeño. Es hermoso mirarlo, dejarse bañar por el frescor almendrado que despide. Nuestra vasta campiña, ¿la recuerdas?, acoge ahora el dulce lamentar de dos pastores y cobija con delicadeza mis más remotas esperanzas. Bajo esta lluvia cristalina y terca, titilante, hijo mío, pura, estoy llena de mí misma, colmada, firmemente erguida, enhiesta en el centro de este bosque de símbolos que el hombre ha creado como señal de su poderío sobre la Tierra. El hombre, querido hijo, ese animal pensante, rey absoluto de la creación. El hombre..., tan bien descrito por Martin Buber. El hombre, acaso un puente tendido entre la bestia...", Lina enciende un cigarrillo, lo chupa y continúa: "..., hijo, y el superhombre."

La Queca llega otra vez. Perversa, inmisericorde, con un pañuelo en la boca que la protege de microbios, le exige a Lina que le entregue la carta que ha estado escribiendo. Lina se aferra al papel, pero la Queca —que había obtenido medalla de bronce en el campeonato nacional de lucha grecorromana— lo arranca con violencia de sus débiles manos y sale triunfante de la celda.

En el taller de *petit point* la Queca irrumpe a gritos. Recita a todo volumen la carta. Las demás presidiarias ríen a carcajadas. La Muerta, protegiendo con el brazo su abultado bocio, se tira al piso de tanto júbilo, y Chelito, que aunque abortera empírica se considera a sí misma íntegra en su apreciación del mundo que la rodea, aventura un comentario: "La Lina quiere absolutizar la vida en el interior de su existencia." Berenice pide quedarse con la carta y la Manotas promete regodearse todos los días con el recuerdo de tan sentidas palabras.

En su celda, Lina Luna siente hasta lo más hondo que la han jodido, pero no quiere deprimirse. Ya es suficiente padecimiento lo de las agujitas en el cuerpo y los recuerdos de su vida, las mentiras y las falsedades. Grita: "¡Basta!" Y cae al suelo empapada por las lágrimas.

Cuando intenta incorporarse nota que la primera carta que le escribió a su hijo también fue hurtada por la naca gorda queretana. Eso la deprime aún más. Por eso toma un nembutal. Por eso toma uno más. Otro. El frasco entero. Por eso mismo va al botiquín y toma un nobrium, luego flavit, nordiol, alkaseltzer, norforms, pentrexil, terramicina, champú, merthiolate.

Lina Luna se pone morada (poco a poco). Lila, púrpura, violeta, magenta subida. Por los fármacos ingeridos. Lo demás solamente la empanzurra. Tiene la boca seca por tomar tanto champú. Minutos después pierde el conocimiento.

La enfermera de la prisión reanima a Lina con un poco de éter. Camino a la enfermería le cuenta que escuchó de labios de la Queca el contenido de su carta. Y le recuerda, casi palabra por palabra, lo que la pobre Lina escribió en esos momentos de arrebato. Lina Luna sonríe ante el gesto de aprobación e indulgencia que las Mellizas y Berenice le regalan en señal de despedida.

Después de practicarle un ortodoxo lavado estomacal, Lina no reacciona. La enfermera, haciendo memoria de los conocimientos adquiridos en Introducción a los Primeros Auxilios y en Terapéutica II, se inclina por zarandearla. Pero Lina no despierta. Por la noche los médicos de Traumatología deciden operarla. Muere.

Aunque asesinó con arma punzocortante a su marido, podría afirmarse que fue demasiado humana, demasiado.

MILTON ORDÓÑEZ

MÁS TARDE SEÑOR POLICÍA

En la planta baja de un centro comercial que existe en Las Mercedes, está una fuente de soda especialmente maldita que, según creo, se llama Liberty's.

Allí un día se me ocurrió, porque al lado trabaja Jimena y yo andaba por esos lados esperándola, ofrecerme para trabajar. Di con la oficina, entré y dije: "¿Puedo hablar con el señor tal?" Y la tipa, despachando desde un escritorio grande y bien atravesado, me miró un tanto insolente: "¿Para qué?" "Quiero saber si a él le interesaría que yo trabaje aquí." "¿Tienes la foto?", me preguntó. "¿Qué foto? ¿Hay que llenar planillas, esperar y cosas de ésas?" "Claro." "¿Dar teléfonos?" "Claro." "Bueno, entonces no. Adiós. Además están muy caras las fotos." Y me fui. Y saliendo fue cuando entendí por qué un tipo que estaba sentado en un sofá, junto al escritorio de la boba insolente, inmediato a mi izquierda, me miró estúpidamente todo el tiempo: él también buscaba trabajo y estaba allí esperando como espera todo el que busca a muerte un empleo y nunca hace lo que yo, porque así jamás se consigue empleo y a mí no me importa pero a él sí.

Eso fue hace días. Pero sigue sucediendo que esta mañana venía por el bulevar —caminaba como de paseo, porque me vestí para la playa y resulta que me dejaron— y me provocó tomar un café. Como no quise cortar mi nota paseante, decidí que tal cosa la haría al llegar al centro comercial, precisamente en la fuente de soda donde no me dieron el trabajo. De inmediato fui absorbido por una larga cadena de imágenes en las que me vi entrar al fulano sitio, ojear el entorno rojinegro de las paredes y dirigirme a las mesas de afuera, que son redondas y de vidrio con sillas muy robustas de hierro forjado, a lo rococó. Me siento. Abro el enorme libro verde donde recopilo notas del mundo y me pongo a escribir. Alguien entonces viene y dice: "A la orden, señor." Y yo pido me sirvan una cosa que ya había olvidado. "Aquí afuera no se sirve café, señor. Si desea algo más…" Le digo que no deseo algo más. Y se va. Sigo escribiendo. Escribo y escribo en las gigantes hojas de amarillo viejo sobre las que el brazo viaja medio metro del centro de la mesa a mi ombligo, y otro medio de mi ombligo a la calle. Pero como sucede que entre rato y rato me zampo un trago largo de la carterita que cargo en el bolso, se acerca otro alguien, amable como el primero, y ofrece igualmente serme útil, aunque sólo en caso de no querer irme de allí por cuenta propia.

Este policía, ataviado únicamente para propinar palabras robustas a los visitantes indeseados, va y busca a otro igualito a él porque yo, muy ocupado, sólo atino a decirle eso precisamente: "Más tarde, señor policía. Estoy muy ocupado."

Entre ambos empiezan a fastidiarme y cuando ponen sus grandes manos encima mío, yo cojo el libraco verde y también se los pongo encima. Sin soltarlo descargo en ellos el kilo y medio que pesan sólo las puertas de doble cartón piedra, más el otro kilo que pesan los tornillos y bisagras más los ocho que deben sumar las seiscientas descomunales hojas.

Primero se asustan —no creen que un puto libro pueda dar tan duro ni un apacible escribidor arrebatarse de esa manera— y logran ponerse fuera de alcance.

Han tomado distancia y me miran. Yo espero, manteniéndome en guardia con el libro en las manos. Pero el estupor pasa y los veo venir de nuevo sobre mí. Con sigilo tratan de acorralarme como se haría con un mono escapado. La gente se aglomera. Cuando llegan demasiado cerca empiezo a driblar el aire otra vez con el libro. Ellos me alcanzan. También mi libro los alcanza y en el feroz forcejeo éste empieza a deshacerse y pronto se va al suelo.

Ya casi reducido, me sobreviene un tercer arrebato, el más furioso de todos, y retorciéndome como una poderosa culebra logro soltarme al fin.

Ni corro ni la agarro con ellos. Más bien me lanzo sobre el libro y, propiciando un abrebocas para todos, descargo una soberana patada en las vesículas del breviario del mundo. Éste da muestras de desarmarse y yo de acabar frenéticamente con él. Enloquecido lo agarro a patadas y manotazos. Los tornillos salen disparados, las bisagras se rajan como papel, la gruesa humanidad de las puertas resiste pero yo les doy y les doy contra el piso haciendo volar las hojas como papelillo. Todos están estupefactos y tienen los orificios bien abiertos. Yo jadeo y las piernas me tiemblan, parado en medio de esa llovida basura.

Voy a abandonar el sitio, pero antes doy una última y solitaria batalla alejando a puro puntapié los restos de mi breviario esparcidos por todos lados. Entonces me voy. La gente se abre y yo avanzo con el pesado techo y el silencio aplastándome la nuca.

Veinte minutos después llegaba al centro comercial. Pedí el café y me senté en la barra. Cuando lo trajeron me pidieron un tiket, sin el cual no me lo tomaría. La barra tiene forma de U, y como al otro lado estaba la cajera en su cubículo, yo me estiré por sobre el hueco de la U y le dije: "Señorita, páseme un tiquet de cinco." Y sale con que "tiene que dar la vuelta y venir por aquí".

Dije entonces que no tomaba nada y abrí mi libraco. Me acomodé y empecé a escribir como si estuviera en mi escritorio. El libro desbordaba la barra y parecía un insulto aquel cerro de papel que yo rayaba como cocinando un coñazo de mierda. Estaban asustados y me miraban con ojos de poceta.

Liberty's me suena a libertad como un tris de pis de mis.

CARLOS CHERNOV

LA COMPOSICIÓN DEL RELATO

> *And I Tiresias have foresuffered all*
> *Enacted on this same divan or bed;*
> *I who have sat by Thebes below the wall*
> *And walked among the lowest of the dead.*

> The Waste Land
> III The Fire Sermon
> T. S. ELIOT

Las mañanas de invierno, frías, soleadas y ventosas, se consideraban las mejores para los encuentros. Era preferible que corriera aire porque su esparcimiento, por lo general, se desarrollaba en lugares con fuertes olores. Lo más frecuente era que el club —si se lo puede llamar de esa manera— se reuniera en basurales o terrenos del cinturón ecológico. Ese día, sin embargo, lo hacían en un campo abandonado, un gigantesco baldío donde prosperaban los hinojos y los cardos. Esto lo alegraba, le gustaba el aroma anisado que flotaba en la brisa.

De todas formas el mal olor ya no les lastimaba el olfato: estaban acostumbrados. No era así cuando recién habían ingresado en la cátedra de anatomía. Lloraban durante todo el trabajo práctico, y no precisamente porque los muertos los entristecieran, sino por el penetrante olor del formol.

La belleza de la mañana exaltaba su ánimo. Lo entusiasmaba alejarse de la ciudad. Habían viajado en micro ciento cincuenta kilómetros hasta una pequeña estancia cerca de la localidad de Baradero. Ante sus ojos se presentaba el espectáculo del campo dividido en fracciones iguales, de nueve metros cuadrados, separadas entre sí por sogas rojas, con banderines en las esquinas —en los cuales habían pintado números y letras para individualizar cada lote— y pasarelas de tablones para transitar entre ellas. A él le correspondía el sector "C-7". Esto significaba hilera "C" y fila "7". Una multitud de "identificadores" ya ocupaban sus sitios, cada uno en el sector que le había sido asignado. Sabían que un cadáver humano, partido en pequeñas piezas, había sido diseminado al azar por el terreno. Debían encontrar el fragmento oculto en su parcela y reconstruir en detalle la escena de la muerte.

Todos estaban en actitud de búsqueda: hurgaban, picaban, escarbaban la tierra; zapaban, paleaban, rastrillaban los terrones; cepillaban sus hallazgos como arqueólogos. Estudiaban los materiales con actitud de detectives o médicos forenses. Utilizaban lupas, espátulas, palas de plástico, variados cepillos y pinceles para limpiar e identificar sus descubrimientos. Agachados, permanecían absortos en el examen de algún resto, o charlaban –sin mirarse– de una parcela a otra, mientras revisaban minuciosamente cada centímetro del terreno que les había sido destinado. (Es notable lo enorme que puede resultar un área de nueve metros cuadrados cuando se la inspecciona con prolijidad obsesiva.)

Su fracción presentaba dos inconvenientes: un charco de agua –que seguramente no pudo filtrarse debido a un fondo arcilloso– y mucha vegetación baja. Sobre todo, un tipo de pasto amarillento, muy fibroso y difícil de arrancar. Resopló con fastidio, le esperaba una dura tarea de limpieza y desmonte antes de emprender la búsqueda en sí misma.

Algunos ya caminaban por las pasarelas, acarreando las hierbas cortadas. Otros habían tenido una suerte increíble: se pavoneaban, orgullosos, balanceando sus bolsas de nailon con algún precoz descubrimiento en su interior. Unos y otros iban camino a los remolques que estaban a doscientos metros, en los lindes del baldío. Los que, a pesar de lo temprano de la hora, ya habían hecho algún hallazgo, lo llevaban para entregarlo a los "armadores". Éstos siempre se quejaban de que no les alcanzaba el tiempo para reconstruir el cuerpo de manera decente.

Después de tres horas de registro, no encontró nada de interés. Solamente los habituales carapachos de cucarachas con los élitros desprendidos, caracoles de tierra resecos, algunas patas traseras con bordes aserrados de grillos y escarabajos, un cepillo de dientes descolorido por el sol, plumas de gallina, paloma o gorrión, una correa de ventilación de auto, restos oxidados de una lata de conservas, pelos de animales y de humanos y también hormigas vivas, escapadas del exterminio de los que prepararon el terreno –las hormigas siempre se salvaban. (La norma era que no debían dejar con vida nada apreciable a simple vista.)

El único resto que había hallado hasta el momento era un pedazo de algo semejante a carne de pollo o pulpo en estado de putrefacción. Teñida de un color rojizo, de consistencia gomosa, se disgregaba entre los dedos, friable como la materia del cerebro. Presentaba algo de sostén fibroso, no poseía cápsula ni estructura muscular: parecía el tejido de una glándula. Le recordó vagamente una molleja hervida. No creía que el "Pollo" —nombre con que había bautizado a esta pieza maloliente— fuera de origen humano. Muchas veces los "sembradores" dejaban trampas para confundirlos. Pero como por ahora no tenía otra cosa, la guardó en la bolsa. Cifraba pocas esperanzas en ella.

Acaso en forma prematura, se angustió por lo magro del resultado de sus pesquisas. Se sintió descorazonado. Evocó la ansiedad previa a cada domingo, rogando para que no lloviera y ahora, después de tanto tiempo de búsqueda, no había dado con nada. Sabía que únicamente la mitad de las parcelas albergaban trozos del cuerpo. Por otra parte, los "sembradores" fraguaban pistas —indicios suficientes como para construir un argumento— sólo en un pequeño porcentaje de los restos. Esa noche, como era habitual, se presentarían entre ocho y diez relatos.

Tuvo miedo de que su lote estuviera vacío como le había pasado los últimos dos domingos. En esas ocasiones se amargó tanto, que decidió volver a Buenos Aires en el primer colectivo que salía; el de las tres, el colectivo de los fracasados. No aguantó permanecer hasta la noche para escuchar los relatos de los otros socios. El ambiente que se respiraba en esos viajes le recordaba la melancolía de las tardes de domingo de toda su vida: tomar mate y escuchar los gritos de los comentaristas de fútbol por la radio.

Ahora descansaba sobre uno de los tablones que encuadraban su parcela, miraba distraído hacia su izquierda. Una oriental joven (seguramente de raza sínida, brevilínea, con nariz de perfil convexo y ojos oblicuos sin pliegue palpebral, de cara muy aplanada —que presagiaba un culo chino de idéntico formato—) estaba sentada sobre sus talones. Gozaba de esas articulaciones increíblemente flexibles que él admiraba tanto en las asiáticas. Analizaba un manojo de pelo.

Él sospechó que, acaso, ella misma lo había traído. Algunos desesperados, para no quedar excluidos, introducían en el campo restos de otros cuerpos. Siempre eran trozos difíciles de identificar, que no parecían estar de más en el momento de reconstruir el cadáver: partes de vísceras huecas o macizas, fragmentos de músculo esquelético, raramente —por las diferencias de pigmentación—, retazos de piel en el mínimo de fraccionamiento permitido —que era de cuatro centímetros cuadrados. (Menos que eso se denominaba "carne picada". Además de las dificultades para la identificación, los restos trozados por debajo de ese tamaño se pudren más rápido por su mayor superficie expuesta al aire.)

Era improbable que intentara hacerlo pasar, si descubrían el engaño podían suspenderla por varias fechas. Los "armadores" estaban equipados con una moderna balanza digital, de precisión, para pesar pelo y materias todavía más ligeras. La mujer usaba una gorra de béisbol de dos viseras, una sombreaba su nuca y la otra la aliviaba del reflejo del sol en los ojos. Aunque estaban en invierno, permanecer todo el día al sol sin sombrero era una imprudencia. Por debajo de la gorra asomaba su pelo renegrido. Arañaba la tierra delicadamente con un rastrillo de plástico, como los que usan los chicos para jugar en la playa.

Al fin, con enorme desgano, suspirando, él continuó la búsqueda. Aguardaba con ansiedad que sonaran las sirenas de los remolques llamando a comer. Desde que empezó a sentir el aroma del asado, su estómago hacía ruidos de gorgoteo, cada vez más urgentes. Esperaba que el almuerzo lo rescatara de la depresión, otras veces ya le había sucedido. Arrancó las hierbas de otro sector y luego, sobre manos y rodillas, con la nariz a veinte centímetros del suelo, rastreó y exploró. A tan corta distancia las cosas resultaban descomunales.

Por los tablones venía caminando "El zapador", también llamado "El loco de la pala". Cavaba con tanta energía que, habitualmente, quedaba fuera de concurso por arruinar su propia evidencia. La destrozaba hasta convertirla en pulpa, después no servía para armar el "rompecabezas". Su lote terminaba como un campo bombardeado, con terrones secos diseminados por todas partes. Él afirmaba que ésa era la única manera de hacerlo rápido. Contaban que, en cierta ocasión, los "sembradores" enterraron un perro envenenado con estricnina dentro de su fracción. Él no sabía cómo interpretar su hallazgo, se le ocurrió abrirlo en canal. Dentro del estómago encontró una nariz. Reconstruyó con facilidad el relato de una vagabunda atacada por una jauría y ganó el concurso de esa semana.

Se preguntaba a qué se dedicaría "El zapador" en su vida cotidiana. Aquí nadie sabía quién era el otro. Por razones obvias los socios conservaban sus nombres en secreto, todos habían adquirido apodos. Esto le recordaba el clima de desconfianza y conspiración de los gimnasios donde se practicaba karate en los setenta. En ellos se mezclaba la gente de izquierda con la de derecha, nadie revelaba su ideología.

Aunque a veces alguno salía lastimado en forma sospechosa. Casi todos los miembros del club eran médicos –hay tantos médicos en este país... Otros eran empleados de funerarias o de la morgue, profesionales de otras áreas de la salud: kinesiólogos, veterinarios, enfermeras. Algunos, simples anatomistas vocacionales.

La institución no contaba con una sede, todos los domingos cambiaba de sitio. Las actividades eran secretas, no recibían ningún tipo de publicidad, ni podían llevarse a cabo en un lugar de encuentro estable. Todas las combinaciones se efectuaban a través del teléfono, en pequeñas cédulas, y sólo uno conocía la dirección de la próxima reunión.

"El zapador" era un tipo mediterránido rubio, de labios carnosos, talla media y cráneo mesocéfalo. Su cara, muy larga, estaba armada con vastas y poderosas mandíbulas porcinas. Presentaba una deformación en la espalda, una escoliosis o algo por el estilo. Tenía piernas torcidas, forma de mirar torcida, era todo torcido, en falsa escuadra: un jorobado. Le resultaba antipático pero, desgraciadamente, ese sentimiento no era mutuo. Por alguna ignota razón siempre venía a saludarlo. Él no sabía para qué lo visitaba. Le comentó algo del asado, y después hizo muecas de complicidad concupiscente, señalando con torpes cabezazos a la sínida.

–Está buena la japonesa –le dijo, guiñando un ojo.

–Vengaremos Pearl Harbor –contestó él secamente.

"El loco" le mostró un ojo que llevaba en la bolsa:

–Es el testigo mudo..., la *dumb evidence,* el ojo vio al asesino. Todavía no se me ocurrió nada –sonrió.

–Sangre en las conjuntivas, muerte por asfixia –dictaminó él.

–Puede ser..., lo voy a pensar... –comentó dubitativo y luego se fue caminando entre las parcelas. Él se asombró de que un órgano tan delicado como un ojo hubiera sobrevivido indemne en manos de "El zapador".

Esto le recordó varios de los relatos clásicos del club. Aunque no siempre los restos descubiertos concordaban, cada narrador reiteraba sus preferencias por cierto tipo de historias. A algunos les gustaba hablar de atentados sexuales: sentían predilección por las marcas de dedos coronadas por escoriaciones semilunares –causadas por las uñas– sobre la piel de las rodillas y la cara interna de los muslos de la víctima: señales de los intentos del victimario por separarle las piernas. Restos de semen en vagina y recto daban cuenta de una violación consumada. Para otros, el relato predilecto era el de las enfermedades dolorosas localizadas en el abdomen. Desde el embarazo ectópico a la peritonitis, pasando por el suplicio de la pancreatitis aguda hemorrágica; sobre todo cuando los jugos enzimáticos liberados en la cavidad abdominal iniciaban la autodigestión de los órganos internos. Las heridas por armas de fuego eran las favoritas de la mayoría. Les agradaba hablar de trayectorias "en sedal" en torno de una costilla, orificios de entrada similares a los de salida --con la piel evertida, estallada por los gases de la explosión y restos de granos de pólvora, aceite y partículas metálicas.

El ojo que había encontrado "El zapador" trajo a su memoria el relato preferido del viejo coronel. Había hallado los restos destruidos de un ojo. La identificación positiva no dejaba lugar a dudas, aunque se trataba de un globo vacío de humor vítreo, agujereado de lado a lado, sólo sostenido por el manojo de los pequeños músculos rectos y el nervio óptico. El hombre comentó que correspondía a un muerto baleado en la cabeza. El proyectil había ingresado por el ojo abierto, pero no se veía el orificio de entrada porque el occiso luego había bajado los párpados.

Continuó removiendo el predio durante otra hora. La vecina asiática masticaba una especie de bastoncitos de pescado, de carne blanca y exterior rojizo —imitaban a la langosta o la centolla. Estaba tentado de pedirle hasta que se acordó del "Pollo". La similitud entre las dos carnes hizo que se arrepintiera. Dentro de un rato los llamarían a comer y, aunque ella no probara el asado, debería salir de su parcela como todos. No permitían que nadie permaneciese en el área cuando los identificadores no estaban en sus lugares, era probable que se robaran materiales entre sí.

Al fin se hartó de buscar y fue a dar una vuelta. Cargó un atado de hierbas malas, y comenzó a caminar hacia los remolques, guiado por el olor del asado. Cincuenta metros a la derecha se topó con un conocido, un proctólogo que trataba con sadismo a sus pacientes. Era un anatólido de tipo grueso y piernas cortas, piel morena y cejas abundantes unidas en la línea media. Años atrás lo había visto quemar con un encendedor la pierna de una chica que sufría una crisis de nervios —en su opinión se trataba de una simuladora. También evocó sus palabras frente a un homosexual a quien revisaba en posición genupectoral —el pecho sobre la camilla y el culo para arriba—, tenía un chancro sifilítico en el ano. "¡¿Qué hiciste de tu vida?!, ¡animal!", le gritaba. Siempre se enojaba mucho con los homosexuales.

Ahora este médico le mostraba su hallazgo.

–No tuve que buscar mucho –le dijo sonriente. Dentro de su bolsa se distinguía un pie izquierdo de señora. En el corte de la pantorrilla se observaba la sección transversal de la tibia y el peroné. Restos de una media de nailon arrancada y desgarrada, manchada de sangre seca, le daban un tono amarronado a la piel. Su empeine, pálido, blando e hinchado, sobresalía de un zapato negro, de taco bajo; un zapato práctico, algo severo.

–Todavía no sé qué voy a inventar.

–Ya se te va a ocurrir algo –respondió él y siguió su camino. El proctólogo era un idiota. Por jactarse de su hallazgo le daba pistas. No estaba prohibido exhibir lo que cada uno descubría, pero no era conveniente.

No había recorrido veinte metros cuando se tropezó con un viejo amor: Daisy. Rememoró las insistentes miradas que intercambiaban en el quirófano con los ojos subrayados por sus barbijos. Ella era una especie de inglesa, de larga nariz, piel blanco-rosada y cabello rubio. Siempre estaba resfriada y distante.

–No sé si esta herida es *post mortem* o si los tejidos todavía conservaban la vitalidad –le dijo. Extendía hacia él una pieza, pero sonriendo, se la mostraba a medias–. A veces la sangre es tan espesa que cortan la piel y la herida no sangra. –Y sin cambiar de tono le informó:– Le hice una lipoaspiración a Patricia –(hablaba de la última mujer de él).

–Ah...

–Me pasó algo raro en el quirófano. Me di cuenta de que las curvas femeninas de Patricia, digamos... sus gordas curvas –sonrió irónica– habían pasado a un frasco. Era una grasa amarillenta, que se enfriaba y se iba poniendo más blanca y dura, como grasa de vaca. Tendrías que haberla visto. Pensar que los hombres se vuelven locos por esas redondeces... Es increíble que la atracción sexual se base en la distribución de las grasas del cuerpo, ¿no te parece?

Él asintió en silencio, Daisy siempre estaba celosa. Pensó en retrucarle, decirle que cuando tenía relaciones con ella le pasaba algo peor. La acariciaba y no podía evitar cierto sentimiento de repulsión –anulado, durante escasos momentos, por el deseo sexual. Imaginaba todas sus capas: la piel, la grasa subcutánea –líquida y macilenta–, los músculos rojizos –se los imaginaba desollados–, los tendones y las aponeurosis con reflejos blancos, los huesos embebidos de sangre.

Pero hoy no estaba de ánimo belicoso, en cambio le dijo:

–Todavía no encontré nada, salí a dar una vuelta para refrescarme.

Ella puso cara de comprensión.

—Ya se va a presentar algo cuando menos lo esperes.

Él se alejó a paso lento. Detrás de las casas rodantes tiró las hierbas en el montón y volvió camino de su parcela. Más adelante, observó a lo lejos a un hombre a quien apodaban "Piraña". Examinaba lo que, a primera vista, parecía ser un cuello. ¿Lo engañaban sus ojos, o presentaba un "surco de ahorcadura"? Ésa era una prueba casi perfecta sobre la cual basar un relato de suicidio. Sintió cómo lo torturaba la envidia. "Encima ese pie hinchado... seguro que el cadáver es de una vieja", pensó, "con eso puede agregar al alegato la estadística de incremento de suicidios en la vejez". Sufrió un escalofrío de angustia. Él todavía no había descubierto nada. Regresó con urgencia a su lote y se puso a buscar desesperado.

A las trece sonaron las sirenas llamando a comer. Todos abandonaron sus parcelas y caminando sobre los tablones convergieron en la zona de los remolques. A un costado habían instalado mesas y bancos sobre caballetes. En esas mismas mesas tendría que entregar, antes de la noche, la pieza descubierta. Ahora las habían despejado para el almuerzo.

Alrededor del asado merodeaban infinidad de perros. Acarició a uno que estaba echado con las patas delanteras cruzadas. Su hocico negro y la dulzura de sus ojos húmedos le evocaron un cervatillo. Eso siempre le extrañaba: encontraba la cara de algunos perros semejante a la de los ciervos. En realidad se trataba de perros bravos, los utilizaban para desanimar a los curiosos ocasionales. Como decíamos, las actividades del club debían permanecer en secreto. El reclutamiento era muy cuidadoso, la inscripción de socios, un tema de asamblea. Se investigaban los antecedentes minuciosamente, temían a los infiltrados. El ingreso de cada socio nuevo era garantizado por otros cuatro.

Por una desdichada casualidad le tocó sentarse al lado del "Cisco Kid", un nórdido, dolicocéfalo moderado, de perfil recto y largas piernas. Lo llamaban de esta manera porque se paseaba golpeando la caña de sus botas de montar con un rebenque de barba de ballena. No usaba, como todos, las botas náuticas de goma amarilla, que eran las reglamentarias del club. Si bien no componía relatos, casi siempre formaba parte del jurado: era uno de los socios fundadores. Los rumores le atribuían un pasado de médico militar. Era cortés hasta la violencia. Se refería una pelea, que comenzó cuando él y otro hombre de mentalidad semejante, se hallaban parados frente a una puerta. Con gestos, cada uno invitaba al otro a pasar primero. Ninguno de los dos podía ceder, estaba en juego demostrar quién era el más educado. La pugna terminó a empujones y trompadas. Ciertas cosas que escuchaba de la gente del club no le hubieran parecido verosímiles fuera de éste.

"Cisco Kid" comió en silencio toda la carne que le sirvieron y, después del postre, mientras masticaba satisfecho un trozo de alquitrán para blanquear sus dientes, le contó que mantenían en la casa a una tía débil mental, porque su padre la consideraba un depósito de órganos frescos y en buen estado. Era consanguínea por parte de ambos progenitores. Decían que su idiotez se debía a esta falta de cruzas, pero la gente los difamaba, algunos se atrevían a afirmar que era por causa del alcoholismo crónico del abuelo.

—Es como cuando uno compra un auto importado y quisiera tener otro idéntico para sacar de él los repuestos por si llegaran a hacerle falta.

A esa tía le proporcionaban casa y comida, lo juzgaban un buen negocio.

A su lado, dos socios comentaban acerca del crecimiento pasmoso del club y del desprendimiento reciente de parte de sus miembros para fundar una nueva institución.

—Un crecimiento casi tumoral.

—Lo que pasa es que la muerte es lo que más vende, mucho más que el humor y el sexo. Los atrae como a las moscas.

—No sé cómo será en otros lados, pero la necrofilia es una pasión muy argentina.

—Es algo muy nuestro —dijo el primero, con gesto sentido.

Él regresó con tristeza a su parcela. Hacía mucho frío, el cielo era de un celeste seco, cristalino. No existía otra solución que la de meter las manos en el charco, ese ojo de agua en medio de su lote. Si removiendo el fondo y escarbando no encontraba nada, estaría obligado a cavar por toda la superficie de su fracción. La perspectiva lo deprimía. Se puso guantes de látex, aun así, no se consideraba del todo protegido de lo que acechaba dentro del agua barrosa. Pero no podía usar los guantes de electricista, de gruesa goma negra, porque perdería demasiada sensibilidad táctil.

Con asco y cautela metió las manos en el agua helada. Tanteó el fondo, sólo distinguía ligeras irregularidades en el fango, después palpó con más confianza. Siguió haciéndolo durante un largo rato, hasta

que sus manos dentro de los guantes quirúrgicos quedaron endurecidas por el frío. Las retiró del agua y aplaudió para hacerlas entrar en
calor.

Sintió ganas de llorar y, en ese momento de desesperación, lo descubrió en la orilla del charco. Era un objeto agusanado, a primera vista creyó que se trataba de una oruga —pálida, anillada—, pero era un
dedo.

Un dedo blancuzco, sucio de lodo, sobre todo en los pliegues de las
articulaciones. Lo limpió agitándolo en el agua, lo dejó en el suelo y
tomó un trozo de diario. (Por abajo, el diario estaba húmedo, negro,
ya comenzaba a transformarse en una pulpa fértil. Por arriba, la cara
expuesta al sol estaba seca, aureolada de amarillo, arqueada como un
viejo pergamino.) Respiró el aire silvestre de la tarde con enorme felicidad, un dedo era un resto óptimo para urdir un relato de muerte.
Dobló el diario en "U", y con un palito empujó el dedo dentro de él.

Se incorporó con rigidez —él no disfrutaba de las dóciles articulaciones de la oriental—, y empezó a estudiarlo cuidadosamente.

Se trataba del anular izquierdo de una mujer regordeta, baja y cin-
cuentona. (Aunque pertenecían al mismo cuerpo, el dedo aparentaba
menos edad que el pie que le había enseñado el proctólogo esa mañana.) La uña estaba pintada de un rosa vinoso, a la luz del sol brillaban
puntitos plateados dentro del esmalte. Observó una semiluna pequeña de color blanco, apenas sobresaliendo de la cutícula. Supuso que
esta mujer poseía una fantasía exuberante, la necesaria para sobrecar-
gar hasta tal punto su maquillaje. De acuerdo con su sociología case-
ra, estaba ante un dedo de clase media baja, pintado de manera artifi-
ciosa, con muy mal gusto.

Observándolo, se hacía evidente que la persona no trabajaba con
sus manos. Se notaba por su tamaño que era alguien con poca fortaleza física. El pulpejo estaba arrugado y blanquecino, como si lo hubieran sumergido en agua largo tiempo. Esto tal vez era producto de la
vejez, el formol, o acaso se debía al rocío nocturno. Razonó que había
sido de un ama de casa. Quizás el dedo olía mal y provocaba un cierto efecto adversativo sobre el olfato de los animales; esto impidió que
lo devoraran los perros, gatos o ratas. Lo acercó a su nariz esperando
encontrar olor a ajos, cebollas, limpiamuebles, limpiapisos con fragancia a pino, nicotina, detergente. Pero el dedo no olía a nada.

Un estado de ánimo triunfal aguzaba sus inclinaciones detectives-
cas y forenses. Tiempo atrás, todas estas conclusiones hubieran sido
consideradas superfluas, pero ahora, con la nueva Comisión Directi-

va, había triunfado la línea "historicista". Los primeros socios, los fundadores, se ocupaban más del hallazgo anatómico, de las rarezas de la muerte; les interesaba la materialidad y, de manera secundaria, la exposición conjetural de lo ocurrido. La tendencia actual privilegiaba la reconstrucción histórica por sobre los avatares del cuerpo, éste era sólo una excusa para narrar.

El dedo, como todo resto humano –como la calavera a Hamlet–, invitaba a meditar. Pero él no cavilaba acerca del sentido de la vida y la muerte, se preguntaba por cosas concretas.

Evaluó que el tajo fue causado por un instrumento pesado y de filo poco preciso. La herida era anfractuosa, de bordes irregulares, festoneados. La piel se retraía sobre el hueso astillado, como labios que no alcanzan a cubrir dientes incisivos demasiado prominentes. No era el tipo de corte neto que produce un bisturí, un puñal afilado o un buen alicate. La amputación fue practicada con un golpe, como los que dan los carniceros para destazar un hueso de res. La diferencia radicaba en que no utilizaron una superficie de apoyo lisa y dura –lo cual hubiera sido más eficaz para conseguir una herida recta–, en este caso, el dedo fue seccionado sobre la tierra y se hundió unos milímetros, junto con el instrumento de corte, lo cual redujo la fuerza del arma. (Como cuando los boxeadores rotan la cabeza, acompañando el puñetazo de su rival para amortiguar el impacto.) Esto se colegía, además, por el barro metido en la sección transversal de la falange.

Lo entusiasmó percatarse de que los "sembradores" habían dejado rastros de una historia muy corriente y plausible. Estaba frente al relato forense del robo de un anillo y del ulterior asesinato de la víctima. Era obvio que todo llevaba en esa dirección. Las líneas lógicas de lo sucedido serían fáciles de seguir.

El ladrón había querido quitarle la alianza. Con los años, los dedos se hinchan, engordan, se deforman. Imaginaba la desesperación de la mujer por deshacerse de ese anillo que no quería abandonarla –los nervios no ayudan en estos casos. Se figuró que el asaltante la amenazaba con una cuchilla. (Visualizaba con claridad una pesada cuchilla de carnicero, de aquellas con la hoja de hierro manchada de óxido y el mango de madera con remaches de bronce y restos de mugre grasosa en las grietas.)

La mujer, entre tanto, sin agua jabonosa para sacarse el anillo, estaría mojando su dedo con saliva –la poca que podía reunir con la boca seca de miedo. También gastaría sus fuerzas en suplicarle compasión al delincuente. Le estaría prometiendo dinero o joyas que guardaba en su casa.

Posiblemente él la había asaltado en la calle, donde le robó la cartera y el reloj y, al no poder sacarle el anillo, la arreó a un lugar apartado. Por los rastros de tierra en el hueso del dedo, tendría que describirlo como un "robo en descampado".

(Sabía que los "sembradores" habían despedazado el cadáver —seguramente sustraído de la morgue judicial o de algún entierro reciente— en cualquier otro sitio. Pero habían dispuesto los indicios y pistas para componer una historia de este tipo.)

El ladrón la habría empujado a punta de cuchillo por algún baldío ciudadano, pinchándola en la base de la espalda. Caminarían esquivando neumáticos podridos, botellas resecas por el sol, alambres de púas traicioneras. Ya lejos de las luces de la calle, mientras ella seguía rogando, él la habría agarrado del pelo y tironeado hasta obligarla a ponerse de rodillas. Habría colocado la mano izquierda de la mujer sobre la tierra, con la palma hacia arriba y, para que no pudiera retirarla, se la habría pisado con fuerza. Luego habría apoyado el cuchillo sobre la raíz de los dedos.

Recién en ese momento ella se habría dado cuenta cabal de lo que él iba a hacerle. (Aunque ya lo sabía, la idea había tardado en formarse con claridad en su mente porque era demasiado horrible.) Todavía lo rechazaría. Lucharía con su mano libre, como una niña orgullosa que, negando la realidad, forcejeara con un adulto.

Él le ordenaría algo que terminaría de paralizarla y la haría abandonar toda defensa. Le diría que sacara el resto de los dedos de abajo del filo o se los iba a tener que cortar a todos. (Su tono sería amable, como si estuviera preocupado por la mujer, como si quisiera evitarle un daño innecesario. También daría a entender que la sentencia era inapelable.) Ella habría llorado y gemido, pero al fin obedecería. Al hacerlo, tácitamente habría aceptado, para salvar los otros, perder el anular, el dedo del corazón.

Habría contraído con sufrimiento el auricular, mayor e índice sobre la palma de la mano —no resultaba fácil, sus dedos eran cortos y viejos, además, los dedos humanos tienden a moverse en bloque. Él se lo permitiría levantando por un instante la herramienta. El dorso de los dedos exceptuados quedaría apoyado contra la hoja del arma.

Entonces, cuando todo hubiera estado conforme él lo deseaba, pegaría un fuerte tacazo sobre el grueso lomo de la cuchilla — como si punteara la tierra con el filo de una pala—, y el dedo se separaría de la mano.

Ahora, él volvió a mirar el dedo que sostenía dentro del diario. Casi distraído, observó el surco del anillo en la carne asalchichada. Razonó que, en medio del susto y el forcejeo, tal vez a la mujer no le había dolido tanto como parecía.

Repasó de nuevo la escena que había reconstruido, le faltaba saber cómo y por qué él la había asesinado. De repente, intuyó que el ladrón antes de matarla la había violado.

Al principio desechó la idea, le parecía improbable. Después notó que su pensamiento estaba influido por sus propios gustos: a él no le atraían las cincuentonas gorditas. Debía considerar que, después de esa escena, ella se habría transformado. Ya no era la misma mujer. Había gritado, desesperada de dolor, humillada, en cuatro patas como una perra. Al mutilarla él la había poseído totalmente. Un instante después de la amputación, ella sentiría una especie de melancólico alivio: ya había pasado lo peor. "Ya pasó, ya pasó...", se diría intentando calmarse. La mano sangraría sobre la tierra, la sangre sería oscura, porque de noche no se distinguen los colores.

Entre tanto, él habría guardado el anillo en su saco y todavía la tendría sometida, arrodillada en el suelo. Su mano estaría entrelazada con el pelo de ella como sujeta a una rienda. El cierre de la pollera de la mujer se habría roto por haberse agachado con brusquedad –a través del agujero se verían enaguas o bombachas de satén. Acaso eso lo hubiera atraído. Ella se le haría deseable contra el deseo de ambos. Sería una mezcla de asco por la mujer mutilada y una terrible piedad por lo que le había hecho. Posiblemente lo excitaba poseerla de manera tan absoluta. Volvería a tirarle del pelo, le alzaría la pollera sobre la cintura y la violaría. Ella le pediría, le suplicaría: "Por favor no, por favor no...", y de esa manera estimularía, aun más, el sadismo del ladrón que le pegaría en la boca para que se callara y gozaría al hacerlo y la penetraría con una erección que se le habría hecho insoportable a él mismo.

Estas imágenes se cruzaban y barajaban como fotografías en su cabeza. Se figuraba que el delincuente era un hombre joven. Deducía que, haciendo este tipo de vida, nadie podía llegar a viejo y, sobre todo, tampoco debía importarle. Le fascinaba el desprecio absoluto del ladrón por el dolor del otro. De golpe lo acometió un ataque de odio, se acordó de su abuela; también era gordita, de manos blandas y aceitosas, se pasaba el día en la cocina.

Para completar su relato debía explicar cómo llegaba el ladrón a asesinarla. Imaginó que después de la violación ambos yacerían sobre la tierra húmeda del baldío. Ella apretaría un pañuelo contra la herida para contener la pérdida de sangre. Estaría algo débil por la hemorragia, mareada, confundida, sollozaría en voz baja, trataría de incorporarse.

Conjeturó que la posibilidad de que ella, en un acceso de furor e indignación, agrediera al ladrón era remota. Estaría mentalmente humillada, paralizada por el miedo. De todas maneras construyó la escena. La mujer envalentonada le asestaría un carterazo fuerte y desesperado o tomaría la cuchilla del suelo. El delincuente enfurecido, primero le sujetaría los brazos, después le pegaría con la mano abierta o directamente con el puño —hasta ahora el hombre había demostrado ser muy eficaz en cuestiones de violencia—, la desarmaría de inmediato y sin más la golpearía y acuchillaría hasta matarla. Sin embargo nada de esto le resultaba probable.

No era posible que ella lo provocara, dándole un pretexto para nuevos castigos. Él opinaba que el ladrón la había matado por dos razones. Como cualquier delincuente profesional sabía que una cosa es un robo con arma blanca y otra muy distinta una mutilación y violación. La mujer era la única testigo del crimen, lo podría reconocer en una ronda de sospechosos —por supuesto, el ladrón tenía antecedentes. El otro motivo era subjetivo: verla le daba repugnancia, la había transformado en un ser que suscitaba lástima. Sin duda la mujer ya nunca sería la misma. Ella era su creación, de alguna manera él la había engendrado. Aniquilarla era casi un acto de piedad.

Él estaba asombrado por la lógica de los cambios que habían ocurrido. Ella se transformó en deseable para el ladrón a partir de su humillación; luego, por ser testigo de un delito grave, se convirtió en víctima de uno mayor.

También el dedo había mutado: como parte de la mano de la mujer, no tenía mayor trascendencia, era un dedo más. Amputado, el agujero que dejaba lo volvía importante por su ausencia. (Cuando estuviera acompañada, la gente no podría dejar de mirar hacia esa mano donde faltaba un dedo.)

El dedo había adquirido el aire siniestro de cualquier pieza anatómica separada del cuerpo y, como todas ellas, era un objeto curioso, llamaba la atención. Por otra parte no servía para nada. Era fascinante e inútil. Amputado, se había convertido en un cadáver en miniatura, daba asco; aun a través de los guantes de goma a él le repugnaba tocarlo, por eso lo sostenía dentro del diario, como algo impuro, contaminado.

Intuyó oscuramente que una gran excitación brota cuando alguien se convierte en cosa. Era una aplicación –sexual y primitiva– de la ecuación de Einstein que da cuenta de las transformaciones de la masa en energía. Una pequeña cantidad de materia libera una gran cantidad de energía. Recordó los casos de ahorcaduras accidentales. Personas que jugaban a entrar y salir de la asfixia, en esos momentos, semimuertos, se metamorfoseaban en cosas, buscaban el límite de la estimulación sexual.

Alrededor de las cuatro de la tarde despertó de su febril ensueño forense con su relato listo. Estaba seguro de que su narración ganaría el concurso de la semana y, quizás, el del mes. Hasta era posible que recibiera un ascenso. Sin embargo era de buena práctica continuar la búsqueda, a veces los "sembradores" esparcían pistas falsas en forma deliberada –al fin y al cabo se trataba de un juego. En ciertas parcelas diseminaban varios restos, algunos completaban la historia, la ratificaban, otros la contradecían. Por precaución, a desgano, siguió explorando. La tarde se estiró interminablemente en medio del aburrimiento y la expectativa ansiosa por el encuentro de la noche. Lejos, alguien festejaba los goles a los gritos.

Hacia las seis desistió, fue a tomar mate con un grupo que también había abandonado sus búsquedas. Calentaban una pava sobre el fuego de carbón de un brasero. Ya habían entregado su material a los armadores. Cada uno lo hizo por separado como exigían las reglas. Lavaron las piezas, ocultos detrás de los remolques, y se dirigieron a la mesa que les correspondía según el trozo hallado. Él fue a la que se anunciaba como "Brazos", entregó su fragmento y le dieron un recibo que decía "Anular izquierdo". El cadáver de la mujer se restauraba por partes, luego se expondría sobre una tabla.

Cuando se alejaba de los remolques lo sorprendió un pensamiento: ¿qué hacían con los cuerpos reconstruidos después de finalizado el juego? Lo mismo se había preguntado cuando a los nueve años lo operaron de las amígdalas. Su padre le explicó que las habían tirado al incinerador del sanatorio. Suponía que idéntico fin debían sufrir los despojos de los animales de laboratorio cuando terminaban de experimentar con ellos. Se dijo que no importaba lo que sucediera con el cadáver, tanto si lo cremaban como si lo enterraban en cualquier parte, de todas formas lo único que permanecía inmortal era el nombre, y éste ni siquiera era de uno.

Sabía que correspondía a los "armadores" deshacerse del cuerpo, se rumoreaba que tenían una enigmática costumbre: todos los cadáveres, ya se tratara de hombres o mujeres, eran rebautizados con nombres femeninos.

Volvió caminando con lentitud hasta su parcela, debía esperar todavía un rato, hasta que anocheciera. En los remolques le prestaron el *Clarín*. Le molestaba ensuciarse los dedos con tinta y en general no le interesaban las noticias de los diarios, pero se encontraba muy aburrido e impaciente. A su alrededor los últimos identificadores iban terminando de revisar sus lotes. Los que habían hallado alguna pieza y logrado articular un relato en torno de ella lo repasaban con los ojos cerrados o la mirada puesta en el cielo, como los chicos cuando recitan la lección.

Se instaló sobre un tablón frente a la fracción de la china. Ella seguía buscando afanosamente con su rastrillito de plástico. "Qué paciencia", pensó él. Juntó sus pocos instrumentos y los guardó en un bolso. Abajo del bolso descubrió el "Pollo", y sonrió al evocar el desaliento de la mañana.

Extendió el diario sobre sus rodillas y comenzó a leerlo. Al rato lo distrajo un sonido. La oriental emitía finos suspiros y lamentos un poco disonantes, quejidos que se le antojaron propios de un funeral asiático. Estaba sentada sobre los talones, éstos se clavaban en sus nalgas. Él se dijo que ese culo era tan chato que no daba pena usarlo para sentarse encima.

—¿Qué te pasa?

—No encontré nada, es el tercer domingo que me quedo afuera —le respondió ella con desaliento.

—Y eso que inspeccionaste todo. Yo pensé: esta chica es una buena "identificadora", a lo mejor la minuciosidad le viene de la práctica del ikebana y del bonsai.

Ella asintió, mientras gordas lágrimas rodaban por sus mejillas. Descargaba la tensión de todo un día de búsquedas estériles. Él no soportaba ver llorar a una mujer. Estaba oscureciendo, de alguna corriente de agua cercana provenía un aire húmedo y frío.

—Yo encontré este pedazo de glándula, pero me parece una de las típicas trampas de los "sembradores". No creo que sea humano.

—A ver —dijo ella impaciente. Él le entregó la bolsa y la mujer, a la luz de una linterna de bolsillo, examinó la pieza.

—No sé si pasará la inspección. Siempre falta algo de páncreas en el cuerpo —comentó él—, es tan frágil, nunca lo sacan sin romperlo. A lo mejor te lo aceptan. O quizás es otra cosa, por ahí se murió de una insuficiencia suprarrenal, o de un cáncer de tiroides.

—Voy a probar —afirmó ella decidida.

—Este... a mí siempre me llamó la atención la flexibilidad de tus articulaciones, son increíbles... ¿no? ¿Puedo ver?

Ella asintió con un movimiento de cabeza, sin decir palabra. En la penumbra creciente él no veía su cara, se arrastró hasta su parcela. Por los tablones todavía pasaban algunos identificadores rezagados caminando hacia los remolques. La mujer, sentada sobre sus rodillas y empeines, estudiaba la pieza, la palpaba dentro de la bolsa en la oscuridad. Él se le acercó por detrás en el helado crepúsculo del campo y la tomó del cuello. Ambos tenían las manos secas y rojas y las narices rojas y mojadas por el frío. La empujó hacia adelante sujetándola por la nuca, hasta que la mujer apoyó las palmas en tierra. Sin soltarla del pelo, él la exploró con su pene, a ciegas, entre las ropas de tela de algodón acolchado, hasta que encontró un orificio natural y se metió en él. El coito fue rápido, luego ambos se incorporaron sin comentarios. Recogieron sus cosas y se dirigieron hacia los reflectores de sodio que iluminaban de manera cruda la zona de los remolques.

ANDRÉS HOYOS

VICISITUDES DEL AS DE CORAZONES

Aquella tarde, mientras el mesero le renovaba el vaso de scotch, Juan Antonio Rangel había de recordar la remota mañana escolar en la que se sintiera como frente a un pelotón de fusilamiento. "Claro, el pelotón fui yo", se decía, "el pelotón al que fusilaron".

–A ver, Rangel, ¿qué son los testículos?

–¿Los testículos, profesor?

–Si, los *tes* tículos.

–Los testículos son algo así como unas frutas, digamos unos mamoncillos o genitales, que lleva uno colgando.

–¿No me diga, señor Rangel? ¿Y eso lo aprendió solo, o en la frutería?

–Lo siento, profesor, fue que ayer no tuve tiempo de estudiar...

–Tiene cero, siéntese.

–Gracias.

Recordaba bien aquella escena; había pensado decir "estudiármelos", pero para no agravar el asunto se había abstenido de hacerlo, y no se le había olvidado dar esas gracias entre socarronas y desamparadas: lo cortés no quita lo valiente. Sus amigos del colegio lo apodaban *El as de corazones,* en broma, claro está, por lo aficionado que era a jugar canasta con doña Agripina, su abuelita, la bandida, no la otra –mamá Consuelo– que por desgracia era santa además de inútil para los juegos de cartas.

En ese entonces Bogotá era una ciudad habitada por un millón largo de gentes desalmadas, donde los buses se pasaban los semáforos en rojo y donde vivía un señor largo, afilado de dientes, de hablado suave y mirada gélida, a quien todo el mundo llamaba señor Presidente. Los hombres, pues las mujeres poco salían a la calle, iban siempre vestidos de luto así no se hubiera vuelto a morir nadie importante, y cuando llovía, que en el recuerdo de Toño era día de por medio, de la montaña bajaban grandes ríos pardos arrastrando piedras, ladrillos rotos, lodo y demás despojos de lo que parecía un descomunal estrellón sideral. "Una ciudad de astros cruzados y en mal presagio todo el tiempo, o sea un desastre de ciudad", pensó Toño, que en ese momento asistía a un coctel dado por los miembros sobrevivientes de la *Asociación de amigos del avión* –llamada *Asamavi*, por la imposibilidad de bautizarla con la equívoca sigla de A.A.A.– institución que últimamente había entrado en la categoría de lo digno de lástima y conmovedor a rabiar, sobre todo porque unos seis meses atrás su presidente y la mitad de la junta directiva habían perecido en el accidente de un vuelo de *El venado*, compañía que ese infausto día inauguraba ruta al Llano. El coctel constituía el final del luto y precedía a la elección de nueva junta directiva.

Cronista, caricaturista, humorista, ciclista dominguero de poco pelo y acostumbrado al "hazte a un lado, papá", Toño Rangel era uno de los invitados de honor al desdichado coctel, o según su propia definición uno de los invitados "de horror". Y era que Toño no sólo no era muy amigo del avión, sino que les tenía particular aversión a esos bimotores decrépitos y latosos por el estilo de los de la flotilla de *El venado*, "una flotilla que no flotilla", como le había oído decir a un colega de la redacción judicial del periódico el día del accidente. Corrientes y contracorrientes de risa y lástima, dignas de algún tango, le subían y le bajaban por el espinazo: "pero con esa cara, honorables miembros de la junta, ¿cómo no se iba a matar?", se repetía, sumido en su estupor favorito, al recordar al buenazo del presidente de *Asamavi*.

Toño se echó un sólido golpe de whisky por la garganta y en seguida miró el reloj; pronto lo recogería la Nena, su mujer, para ir a la Sesión Solemne que clausuraba el año en el colegio de sus hijas. Melissa era más bien desaplicada, o sea "artista en potencia", y prefería subirse a los árboles y a las tapias a hablar con la fauna fantasmagórica del barrio antes que sentarse a estudiar. Pero Alejandra, la *Lindura-corazón* de Toño, al parecer sí sonaba para algún premio; la niña era hacendosa, ojerosa, muy amorosa y algo nerviosa. El colegio, "mixto y deliciosamente corrompido como un buen queso camembert maduro", se alcanzaba a divisar desde la ventana del estudio de Toño, razón adicional que le obligaba a tener unos potentes binoculares que de paso resultaban muy útiles para menesteres menos mencionables, por el estilo de los de *Ventana indiscreta*, la película de Alfred Hitchcock que Toño prefería. A través de los binoculares había visto cómo esa mañana acicalaban todo para la fiesta en el liceo; tumbaban algunas ramas a la desgreñada arboleda, barrían, peluqueaban el pradito, acumulaban montones de basura. Un poco a la izquierda estaban terminando de pintar una paloma blanca sobre una pared, "la paz, qué cosita, en medio de los tiros y la tiradera", y habían recogido ya las mallas de voleibol por aquello de las vacaciones que se aproximaban. Todo estaba tan pulcro y tan decente que... "pinche cartesiana la rectora francesa ésa que tienen; no me conmueve, 'descartable'. Diría uno Hollywood. Sólo faltan los surtidores".

Finalizado el coctel Toño se despidió, haciendo votos para que la nueva administración tuviese mejor suerte a la hora de volar por los aires y salió a encontrarse con la Nena, su mujer, Melissa Matilde, o simplemente Melissa, o mejor aún *Francisca Sánchez, acompáñame,* como la llamaba a veces en recuerdo de un famoso verso de Rubén Darío. Venía un tanto retrasada, pero de resto la encontró en su estado natural, agitada, dulce y tarareando con su voz de bronce mal fundido una cancioncita cualquiera de música de carrilera.

–Insólito, insólito, mi amor –dijo ella.

–¿De qué estás hablando, corazón? –preguntó él.

–No, que es insólito cómo se les sacuden las pepettes a las mujeres cuando montan en bicicleta. Si se vieran lo insólito...

–En ese momento, la verdad, pasaba una dama de lactancia responsable pedaleando penosamente.

–Si fuera Isadora Duncan no tendría para qué montar en bicicleta, ¿no te parece? –dijo él–. ¿Qué tal te fue? –Venía de una visita al ginecólogo.

–Uf, esos médicos tenorios; te han visto desnuda y ya te colocan en la mira; me invitó dizque a ir de cacería... –el ginecólogo siempre le hacía propuestas similares.

–Dile que muchas gracias, pero que no vas porque hay venados que matan –comentó Toño. Ella lo miró desconcertada–. Después te explico –agregó él.

Llegaron al *Teatro de la comedia* donde previamente a la fiesta en el liceo se celebraba la Sesión Solemne. Toño le echó un vistazo a la aglomeración de adolescentes y allá en el fondo la alcanzó a ver, con su trencita, a la *Lindura-corazón,* menuda, pecas, antiparras regaladas por papá, vestida con faldita de paño escocés y medias a cuadros a media asta, "como siempre, como siempre". Los hacían formar filas muy cartesianas para entrar por los dos pasadizos a sentarse en el ala central. Desde su asiento Toño siguió con la mirada a Alejandra y creyó notarle un cierto agite a su *Lindura-corazón.* En contraste, unas filas más atrás Melissa hija estaba echando cháchara con una amiga, seguro contando chistes subiditos de tono: "tan chiquita y tan grosera, qué cosita", pensó Toño con fingida preocupación de padre... pero mentiras, le gustaba que se pareciera a la madre, desparpajada y boquisuelta.

Una vez soportado el soporífero discurso de la rectora racionalista sobre la importancia del espíritu de cooperación, *"esprit sans esprit, quelle doute"*, se inició la entrega de premios, conducida al igual que en años anteriores por un conocido animador de televisión.

–...y las nominadas para la copa de gimnasia son... Alejandra Rangel Cote... –Sin esperar otros nombres y ante el horror tibio de Toño, la *Lindura-corazón* de su corazón, ojerosa, amorosa –y por lo visto algo nerviosa– se dio una alborotada de la madona, besó a la desconcertada amiga que tenía al lado y avanzó a recibir un premio que todavía no anunciaban y que no sabía si se iba a ganar. Apenas Alejandra había dado unos tres pasos por entre la fila, los suficientes para quedar al descubierto, el maestro de ceremonias, observándola con ojos de águila que ha visto liebre, siguió anunciando a las demás nominadas. Hubo un escarceo de risas y al instante Alejandra se sonrojó de arriba abajo y regresó a su puesto. "¿Qué demonios se habrá tomado, por Dios?", se dijo Toño y se preguntó: "¿será que alguien le dijo que ganaba?... ya veremos". Ella pareció dirigirle la mirada y él aprovechó para saludarla discretamente de lejos y enviarle un beso; "tranquila que aquí estamos, corazón, sigue ahí al pie del cañón". No ganó el premio de gimnasia; se lo dieron a una niña holandesa que saltaba garrocha.

–Porque saltar garrocha es muy original: ¿no te parece Juanito? –dijo la Nena.

–No sé, ése es un deporte comunista –contestó él.

Pasó la Copa de Cooperación, "ni más faltaba" y la de Matemáticas, "yo tampoco sé sumar y ah poca falta que me ha hecho", sin que Alejandra, la *Lindura-corazón*, volviera a ser nominada para nada. No obstante, después venía la Copa de Pintura, infortunadamente una de las grandes aficiones de la niña. Toño miró a su mujer con un hilillo de angustia.

–Y las nominadas para la Copa de Pintura son... A ver –el maestro de ceremonias miró la lista–. Ana María Suárez... Manuela San Simón... Alejandra Rangel Cote... –Y otra vez ¡suas! horror, sin esperar más nombres y posesa de una incauta euforia Alejandra se sacudió como una gata mojada, besó a la misma vecina desconcertada que besara antes, y cuando ya se iba a levantar la vecina la agarró de la mano, casi en el instante en que un chaparrón de risas la bañaba de arriba abajo. "Madre mía del pelotón de fusilamiento, ¿qué se habrá tomado?" Un silencio embarazoso precedió la lectura de las demás nominadas: Mariela, "como la Marielota, suegra de suegrotas", Ricardi y Josefa Grau.

—¿Qué será lo que pinta esa niña? —dijo alguien detrás de Toño.

—Pinta pinturas por poca plata —respondió algún chistoso.

La Nena, ya morada, le dijo en voz baja a su marido:

—A mí me pasó algo parecido en el reinado y al final no me gané nada.

—¿Será que la inverecundia se hereda? —comentó pasito Toño.

—¿¿La qué?? —preguntó la Nena en voz alta, enojada y volviéndose hacia Toño—. ¡Cada vez que te pones nervioso se te enreda la lengua!

—Ssshhh —dijo alguien en la fila de atrás.

Cuando por fin le pasaron el sobre de decisiones al maestro de ceremonias, Toño no sabía dónde meterse y manos a la cabeza se refugiaba en un ignominioso "Dios mío, Dios mío, por qué la has abandonado", Dios en el que hay que aclarar que no creía desde los catorce años dulces y gloriosos, edad en la cual, al decir de un tío suyo tan bocón como él mismo, los niños dejan de rezar y aprenden a implorar.

—Ahora sí reza, mi amor, que la peor diligencia es la que no se hace— le dijo Toño a la Nena en un momento de inconciencia.

—Y la ganadora es... a ver... tranquila —dijo el maestro de ceremonias, mirando a Alejandra...— A... espero que seas tú, primor. —En la cara de galán plástico le brilló un gesto despiadado de ternura...— Alejandra Rangel Cote.

Entonces Alejandra, más encendida que un bombillo pecaminoso y de pasada empeorando bastante la situación, no quiso levantarse a pesar de que sus amigas la empujaban. Detrás de las antiparras regaladas por papá, ojerosa, amorosa, cariñosa —e irremediablemente nerviosa— lloraba la *Lindura-corazón*, hundiéndose cada vez más en el cieno movedizo, como decía un muy rimbombante colega de Toño sobre aquellos boxeadores que siempre están pactando una última pelea hasta que se los traga el desastre. Por fin Alejandra se levantó, avanzó con lentitud hacia el escenario que se agrandaba por momentos a los ojos de su padre, se acercó al maestro de ceremonias y éste le dio la copa. El color de la niña andaba ya por los vecindarios del morado.

—Ahí tienes, primor, para la pintorcita. —"Golpe al hígado", pensó Toño cuando oyó el comentario. Y en seguida, "el descarao, porque tiene uno que ser descarao, tiene que tener alma de sargento para hacer eso", cometió la imprudencia de dejársele venir a la abrumada niña con un beso apuntado justo a la más encarnada de las mejillas. Toño la vio entonces como mejor la había de recordar, apabullada, vapuleada, abrumada, besada a mansalva bajo la exhalación acusadora de varios reflectores. Pensó: "ojalá y no se vaya a volver alcohólica por eso, como Matildota, la abuelota", que para peor de males estaba en algún lugar de la sala.

—Ya sé lo que estás pensando, bocón —le dijo la Nena en un arranque de amargura.

—¿Yo...? Pero si yo no he dicho nada.

—No, pero yo *sé* lo que estás pensando.

—Será telepatía, pues. Pero por si lo quieres saber, yo estoy pensando en lo que le va a decir tu querida mamacita a la niña dentro de media hora.

Recordó entonces el conmovedor verso de Rubén Darío a su última compañía, *Francisca Sánchez, acompáñame.* Y sí, desde luego que acompañaría a su hija fusilada.

Por alguno de esos indescifrables designios del destino no volvieron a nominar a Alejandra a ningún premio, y la ceremonia terminó en su habitual aburrimiento, del cual solamente la había salvado el arrojo inconcebible de la *Lindura-corazón.* A la salida Toño trató de ser discreto al recoger a Alejandra, pero el impepitable regaño de Matildota hizo que todo el mundo se volviera a mirar a la anonadada niña.

—¡Alejandra! —exclamó doña Matilde—. ¡Fuiste muy descortés al quitarle la mejilla al señor, después del oso que hiciste!

Toño se tragó el insulto que quería abonarle a su suegrota y resolvió abrazar a la niña y llevársela por un corredor de miradas entre compasivas y burlonas, Alejandra diciéndole con los ojos "acompáñame... acompáñame..."

Cuando por fin llegaron a la casa, Toño se comió una chirimoya —siempre le gustaron— y mientras escupía las pepas le dijo:

—¿No te tomaste nada antes de salir, mi amor?

—No, papi, sólo que me emocionaba al oír que me llamaban.

—Tranquila, que eso le pasa a tu mamá todos los días. ¿No te he contado lo que me pasó a mí en el colegio, una cosa parecida?

—Ughh ¡el cuento ése de los mamoncillos! ¡Tú sí eres! —dijo la *Lindura-corazón* sollozando, antes de levantarse y salir corriendo a encerrarse en el cuarto.

"Se va a volver alcohólica antes de los quince años, ni remedio hay", pensó Toño, otra vez inmerso en su estupor recurrente, que era un coctel de risa, llanto, gotas amargas, ternura, fuego, hielo, picante y humor negro.

Por lo demás, ese mes la familia parecía haber entrado en racha. No era falso, por ejemplo, aquello de que "a tu mamá eso le-pasa todos los días", al menos no era falso del todo. Toño pensó en Melissa Matilde, *Francisca Sánchez*, mientras la miraba recorrer la casa como un volador sin palo, buscando bajo manteles y floreros muy posiblemente algo como la tranquilidad que no se encuentra nunca bajo manteles y floreros.

—Corazón, ven acá y más bien tomémonos un traguito; no va y encuentres debajo del mantel lo que estás buscando... —Ella lo miró entre malgeniada e indefensa.

—¡No creas que quiero ser tu Caperucita Roja, lobo feroz! —le dijo antes de aceptar de mala gana el necesario trago.

Pensando en la Nena, Toño se dijo: "primero... lo primero, esa desgracia de ser única hija de Matildota, la vieja gorda, la beoda sin gracia, la devota pero del Cristo Rey de los fusiles, la chequera del Opus Dei, la abuela de hielo, ¡Alejandra, el oso que hiciste, mijita!", pero sobre todo una suegra moldeada según el peor de los clichés, una caricatura de caricaturas.

—Mijita, ¿dónde anda el calvito ese holgazán, lavando los platos? —y claro ¿por qué no? él sí lavaba los platos a veces, "vieja pechugona que ni las manos se lava".

—Mamá Matilde, manda decir mi papá que cómo te fue en la reunión de la triple A.

—Mijita, ¿y al holgazán le parecen pues cómicas esas mujeres gordas que pinta con botas y látigo y con un vaso de whisky en la mano? No pensará que son muy originales...—y sí, cómo no, "bastante originales, señoras con cara de ornitorrinco entrado en años, igualitas a sumercé Matildota, la mar de chistosas".

Hay que decir que a Toño a veces le extrañaba de veras lo especial que había resultado la Nena, quien a pesar de tener una mamá rica —y holgazana ella sí—, era lo dulce y lo tierno, con su vocecita de bronce salida de la lámpara de Aladino y sus ojitos oscuros, efervescentes, y el plañir latosito. La Nena o la Nenita, *Francisca Sánchez* o Melissa Matilde II, aún tenía los senos "preciosos corazón" a los 37 años, y respiraba fuerte, tormentosa, cuando él lograba acorralarla por la noche contra una esquina de la cama para darle su tralarán. Los vecinos de arriba de seguro oían cuando ella aullaba como una loba con la luna alborotada, y él pues, pensaba, "a juegos de manos, hermanos, si muchachos son, o a juego de botón si son lo contrario, que no hay cuando se apague este incendio". Pero cierto sí era que *Francisca Sánchez* había entrado en particular racha en las últimas semanas, por ejemplo durante una cena de gala en casa del doctor Jorge Luis *Despedida* Ragonessi, director del periódico en que Toño trabajaba, a la que los habían invitado veinte días atrás.

—Eso de ser periodista es una vagabundería de mal gusto, una pérdida de tiempo —solía decir Matildota, y quizá por una vez se acercaba la doña con el martillazo a la cabeza del clavo. No era para nada fácil ser periodista. A cierta hora la conversación se tornó escabrosa.

—¡Es increíble, todos los días se ven más mendigos en las calles! —decía una señora alarmada y enjoyada.

—Dizque progreso, semejante horror; se destroza la familia con el espejismo de una sociedad que a todos daría mujeres en bikini y cerveza. Ya nadie se contenta con su indiecita, ni con su mamá, sino que quieren lo que no hay en donde no lo hay —decía otro.

—Y pensar que hay niñas de lo mejor que se meten a modelos, es el colmo —agregó la primera.

—Sí, hay que ver cómo se jabonan ellas en televisión, parecen en trance de película triple-equis —comentó Toño con tono socarrón.

—Cómo no, ala, la gente debería bañarse exclusivamente en su casita, para no despertar sospechas —replicó un señor haciéndose el chistoso, en tanto don *Despedida*, molesto por la desfachatez que Toño pretendía inyectar a la conversación, intervino para aclarar que el asunto iba muy en serio.

La noche de la comida la Nena se había puesto una blusita de seda amarilla sin sostén debajo, cosa ya rara a los 37 años, y andaba con los senos florecidos, las punticas a veces paradas quién sabe si a causa del roce erótico de la tela china, o si a causa del frío; pantalón de gamuza —obsequio de la chequera de Matildota—, botas de cuero suave y abrigo largo de algodón a rayas anchas, negras y amarillas. Estaba perfecta desempeñando su papel.

Pero resultaba que en ocasiones similares, poco propicias si las había, a la Nena la seducían el vino fino, *chianti classico Reserva Ducale*, los licores, "Margarita está linda la mar y el viento lleva esencia sutil de Cointreau", y bien pronto empezaba a hablar graciosita, sacudiendo levemente las manos, apartando fantasmas para poder verle mejor la cara al misterio de la gente. Dos signos de alerta hacían temer por lo mejor o por lo peor: por un lado reforzaba un tantico la lengua, "...ahí vengo mis chinitos, con mi canasta de fruta, cuando, hijueputa, se me cae..." y segundo, le daba por tararear pasito esas melodías chillonas y destempladas del norte de México, mejor conocidas con el nombre de música de carrilera, "su mamá le dijo a Julia, qué te dijo ese siñor" o

"me pintates un violín" o "te las das de maranguango y ora ya ni me
saludas, acordáte de las noches en que andabas sin ayudas", y añádale
picantico, "coño, como que me llaman la Tongolele".

Nunca lo conmovía tanto ni lo ponía en trance de tralarán tanto como cuando le sentaban bien las margaritas y se le subían a las mejillas
y a la boca azarosa; sólo que, lo malo era que... lo trágico era que... en
ciertos ambientes tensos, dejar, lo que se dice dejar de tomar, "pos la
Nena Melissa Matilde a poco no lo sabía hacer", como sucedió justamente aquella noche en casa de don *Despedida* Ragonessi. Y así fue como en plena conversación escabrosa, frente a veinte personas que hacían lo imposible por desentrañar la extraña conexión entre la
mendicidad y la desfachatez publicitaria, bajo la mirada gélida de seis
dobermans educados, con todo y mantel de encaje y cristal de Mura-
no, entre un "los ladridos de tus perros ya me tienen enfadada" y un
"que me suelten a cualquiera que hoy sí me hago una ensalada", ¡suá-
quete!, la Nena cometió el crimen nefando de devolver lo ingerido diciendo:

—Ustedes ahí perdonarán, que me se quitó el hambre, hip...

Consumado el hecho, se levantó de la mesa, más untada que un
mantel de pizzería, y se agarró del brazo de su azarado Toño.

—Cariño ¿crees que hice algo malo? —decía, y camino al baño todavía agregaba—: ya vengo —cada vez que lograba zafarse y medio vol-
tearse hacia la concurrencia escandalizada.

"Ya vengo no, ya vengó el honor"; otra vez Toño no sabía si reír o
llorar. "Se sacó el clavo, pero con pared y todo", se repetía, al tiempo
que la lavaba y le sacudía restos de comida de la blusita, debajo de la
cual, al acecho, aún reposaba la florescencia.

—Ay, mi amorcito, qué van a pensar, que no me gustó el pavo, ji,
ji, ji.

Conociendo el espíritu poco conmovedor, arribista y solapado de
los convidados y supremos analistas de la miseria, señoras y señores
por igual, Toño supo que el incidente se iba a multiplicar por diez antes del filo de la medianoche; la niña buena, bella, graciosa, "hija de
Matilde, por Dios", pasaría de las conversaciones de esa noche a los comentarios de té del día siguiente y de ahí a la indignación de los costu-
reros y de los vestières. "¡Qué trauma el de la pobre! ¿Será por lo mal
casada que está? No parece hija de su madre". "Y la verdad es que no
lo parece", pensó Toño. Además, aún aullaba cuando él le apretaba
suavemente las nalgas en medio del remezón de Venus y aún se le subía la ternura a los ojos cuando lo veía —con frecuencia, no siempre— y

eso era lo importante, "qué carajo, lo demás son ensaladas". Tras disculparla sin muchos aspavientos la llevó a casa a dormir, pues esa noche no daba ni para remezones venusinos. Una botella de vino, cinco champañas y una sarta larga de margaritas: antes se había demorado.

—Dame un besito de lobo, Juanito, cógeme las nalguitas —le decía bastante alborotada y dando graciosos saltitos de gata sobre la cama.

—Vete a dormir, Nenita; anda, duérmete.

—Tú no me quieres, a ti te da pena, estoy vieja, no me dejes, dame un besito de lobo... —Y él le dio pues su media boquita con mordisco, un besito de lobo que le dejó un regusto amargo, un recuerdo para recordar.

—Tranquila, corazón, que el pavo no alimenta ni en el cielo; y además te sacaste el clavo, con pared y todo. Te quiero mucho.

No necesitaba de más; *Francisca Sánchez* fue quedando como una piedra de río. Toño le acarició el pelo, introduciendo delicadamente, como a ella le gustaba, los dedos por la maraña salpicada de algunas canas prematuras, y diciéndole en la mente, "anda, niña, vuela, vuela en la alfombrita de tus sueños..." También él se fue perdiendo en el laberinto imprevisible, en la selva oscura, y vislumbró de lejos al ángel del tridente que ocasionalmente terminaba por trincharlos a los dos durante los mejores remezones, y vio de lejos a un viejo campeón de bicicletas que bajaba presuroso y asustado por la pendiente hasta que entraba en un recinto amplio. Era un cabaret, lleno de burbujitas de champán y de rumores, donde actuaba su Nena. Atrás se desataba un lelilí de señorotas indignadas, mientras la Nena entonaba una canción que parecía de cuna pero que iba al ritmo de una orquesta mundana y desenfadada. El resto de la gente se reía y comía desaforadamente, ante el horror de Toño que sabía muy bien que la comida era preparada en casa de doña Matilde y que les iba a hacer daño porque estaba envenenada. Y zas, aplauda todo el mundo en estado de impavidez insolente; la Nena sin embargo se sentía indispuesta, tosía, y a pesar del abucheo del público que parecía ansioso por seguirla viendo, él tenía que ayudarla a dejar el escenario. Se la llevaba al camerino, sosteniéndola al caminar, pero no había camerino, sino una serie de corredores largos y oscuros que por fin desembocaban en un bosque lleno de iglesias con aire de tumbas. Todo el tiempo sentía el olor de ella, olor de mujer, lo sentía impregnando los corredores, el bosque y el mar que quedaba cerca pero quién sabe dónde.

Sí, en efecto, ese mes habría que recordarlo como el de la racha familiar. Durante otra noche memorable el viejo Filipo, abuelo materno

de Toño, con sus 85 años a cuestas y luego de los impepitables ama-
rettos verdaderos, "yo estuve en Saronno, sabes", vestido con sombrero, alpargates y perrero y decidido a regresar a su remota época de
pionero de la colonización del Llano, había bajado de su cuarto a bailar joropo a lo pesado, dando fuertes bufidos y golpes italianos contra
el piso: "ay, Carmentea, tuo corazón será mío". Claro, cundió la risa
fácil por la sala antes de que el viejo terminara su zapateo criollo. Otra
noche, él mismo, ilustre periodista de ocasional chaleco, "Juan Antonio Rangel, es un placer", entre un rosario de carajillos y en medio de
la risa y del asombro de los invitados a una fiesta popof, consideró necesario darle un consejo útil a una damita timorata de 17 años que se
estaba empolvando la nariz.

—Así es, linda, los polvitos son pa echárselos; no para andar guar-
dándolos en la cartera —le dijo, y aunque la niña no entendió cuáles
polvitos eran esos que había que irse echando, no faltó quien se riera,
y la madre, una dama elegante que la cuidaba celosamente, se puso
roja.

—Usted perdone, mi señora, un consejo sin consecuencias. Mi abuelita decía que los polvitos vienen contados, eso es todo.

—*Très charmant, monsieur* —respondió secamente la señora.

Pero la racha tenía cabida en aquel mundo que después de los años
se había tornado hasta sencillo para Toño y que se dividía en tres categorías esenciales. De un lado estaba lo conmovedor y de otro lo no
conmovedor, o inconmovible, cada categoría con sus grados, por supuesto. Por ejemplo la inconmovible matrona *très charmante* y su no
conmovedora hija reteinocente, "¡todo el mundo sabe lo que es un
polvo, por Dios!", estaban claramente del lado de una de las categorías. Del lado opuesto estaba desde luego su Nena, la misma que esa
noche lo mirara con orgullo después del chistecito sin consecuencias.

Ahora bien, cuando se enfrentaban sin remedio los extremos cate-
góricos, o cuando perdían todo sentido de la mesura y sobrevenía una
pérdida irremediable de vida, o de vitalidad si se quiere, o cuando la
endemia de la confrontación se hacía interminable, entonces y esporádicamente se estaba en presencia de una tercera categoría: lo trágico. Trágica por ejemplo era la disposición abisal de sus compatriotas
hacia la violencia por causas cualesquiera, y trágica era la inmovilidad
atávica de los pilares de la sociedad que engendraba dicha violencia.
A otro nivel, trágica también era la antinomia entre la Nena y su madre, incluida la tendencia ebria de esta última a inmiscuirse en asuntos ajenos, pues a pesar de los kilos y de los kilates y del aspecto re-

pugnantemente vacuno de todo en ella, Matildota era la madre de la Nena, "madre única e inexpugnable como todas las madres", y la Nena era la única hija de su amada madre.

—Mamita —decía ella ante el escalofrío de Toño— ¿entonces el sábado nos invitas?

Toño últimamente tenía acostumbrados a sus lectores a columnas en las que de manera variada los hacía partícipes de sus descubrimientos sobre la división básica del mundo humano y hasta animal. Un doberman por ejemplo no podía ser conmovedor, era asesino; un salchicha, mucho menos, era ridículo. Conmovedores eran o habían sido: Rubén Darío con sus poemas a Francisca Sánchez, "ajena al dolo y al sentir artero"; *Goyeneche,* el eterno candidato que repartía folletos sobre la pavimentación del río Magdalena impresos con lo de la comida, mientras los muchachos le gritaban "materilerileró"; un amigo suyo, periodista incisivo y pugnaz, que acababa de publicar una novela infortunada y sombría ante el deleite de sus acostumbradas víctimas quienes decían complacidas: "Cisneros ha vuelto de París con su morcilla literaria"; una mujer de vida airada que entrevistara hacía poco, medias rotas, vestido manchado y cara demacrada de tanto oír traquear el cuerpo, quien le había confesado orgullosamente haber trabajado años atrás con Isabelita Perón en Panamá, "gran señora y el general, tan guapo..." ("¿guapo el general?"); los internados para jóvenes rebeldes como había sido él en el pasado, "donde el vaivén nocturno de los catres solitarios y los amoríos reiterados con Manuela mitigan la soledad"; la gente que trabaja la noche entera en la telefónica diciendo con el mismo tono resignado una y otra vez: "son las cero y veintidós minutos"; los viejos boxeadores que van a parar a la cárcel y a quienes ciertos periodistas desalmados hacen entrevistas desalmadas: "¿llora mucho?; no, señorita, sólo a veces"; el cóndor desplumado que exhiben en la Escuela de Cadetes; sor Juana Inés de la Cruz, espléndida en su hábito de monja, escribiendo poemas de amor oscuro en el México colonial; y bueno, su abuelita Agripina, la bandida, la que le había enseñado la inconmovible verdad de la ternura.

Por el contrario, una escueta lista de lo *no* conmovedor a los ojos de Toño podría ser la siguiente: el Presidente de la República saliente, lleno de guardaespaldas, obsceno, de hablado gangoso y adicto a los almuerzos militares en los que se dejaba manosear; un generalote mexicano de nombre Durazo, quien con un palillo entre los dientes y con la misma bocota de *morder* decía que "ahora sí, mis cuates, las permanentes huelen a loción"; un tipo como Orígenes que se castró para poder predicar entre los muchachos y las mujeres –lo de Abelardo y Eloísa en cambio había sido trágico–; los santos feroces del cielo que para mayor gloria de Dios se autoflagelaban desde los seis años, como santa Catalina de Siena –salvo, claro está, Enrique Santos Discépolo, el autor de *Cambalache* y de *Qué vachaché*–; un cardenalote muy reciente que a la vez que moría por los muchachos tiernos y arriesgados, despotricaba contra la inmoralidad, contra la píldora y contra los "travestidos indeseables que quieren visitar al país", como había dicho refiriéndose a un artista transexual brasilero; "si ha de *pedicar*, que *pedique* entre los grandes", comentó Toño en privado sobre las preferencias del cardenal, y ni qué decir hay que nadie captó lo que significa en latín "predicar sin erre... pero con muchacho".

Tampoco lo conmovían: el pato Donald; los grandes campeones de tenis a quienes todo les sale bien y que terminan millonarios cambiando de mujer como de camiseta; la triste vida del pobre Lara que escupió pa arriba y le cayó en la cara –"eso ni tratando con todos los hierros, compadre"–; la exnovia cruel, letal e irremediablemente apetecible que tenía a su hermano Aurelio en una clínica de reposo–"por pendejo, el único pobre Lara que me conmueve"–; los niños que tocan Berlioz cuando aún se hacen en los pantalones –"¡¡Un concierto con olor a pañal cagado, qué horror!!"–; los académicos de la lengua –"más tristes que un domingo por la tarde lloviendo"–; las arepas sin queso ni miel; las congestiones de aeropuerto –"Señorita, señorita... Diga señor... ¿A qué horas sale el vuelo...? En cuatro horas, señor, Dios mediante..."–; los campesinos de rodillas pagando promesas ante la Virgen del Agarradero; los niños ricos y sin remordimientos "que andan a toda mierda por las avenidas en el carro de papi para impresionar a las chicas y que terminan estampados contra un poste con tres muertos a cuestas". En fin, todo eso le parecía poco, bien poco conmovedor, lista no exhaustiva a la que desde luego era indispensable agregar a su suegra, doña Matildota.

Por pura casualidad Toño había aprendido a establecer la diferencia entre lo conmovedor y el frío "sentir artero" del que hablara Rubén Darío, cuando un par de años atrás viajara a Europa a cubrir el más grande evento ciclístico del año: el Tour de Francia. *Perico* Peláez, el especialista, se había enfermado y don *Despedida* le había dicho que dejara de pintar "monos mariconsones" –sobra decir que don *Despedida* inauguraría pronto la categoría de lo no conmovedor a causa de sus comentarios aristocráticos– y que se fuera a trabajar de verdad a Europa.

–Listos, cómo no, yo sé de piñones y de relaciones y de pelotones, ni más faltaba.

De las casi veinte crónicas que escribiera, recordaba en especial los términos de una que redactó en plena mitad de la carrera durante una de las etapas de montaña, cuando pasaban por un pueblito olvidado en la paz fría de los Alpes desde el ingrato paso de Atila, el enano, quince siglos atrás. A lado y lado de la carretera había damas tostaditas como pollos a la brasa, descendientes todas ellas de las hermosas bárbaras... "¿Bárbaras?" de antaño. De golpe un colega de auto dijo:

–¡Mírenlo, ahí está *El monstruo*!

Toño se volvió a mirar, y en medio de la multitud indiferente vio a un anciano mal vestido, los ojos idos, con una mano entreverada en la mitad del pecho y la otra empuñando una botella de un cuarto de brandy barato. Se notaba que *El monstruo* apenas si sentía pasar la caravana desde su silla de ruedas.

–Pobre Napoleón –agregó el colega– a los 41 años, ya retirado, le dio por ensayar una última bajadita a lo que da el tejo y se estrelló contra un perro, partiéndose del totazo el espinazo. Mejor dicho, quedó como para un cuchuco...

Los demás ocupantes del auto se soltaron a reírse como pavos que han olido maíz, en tanto Toño entendió al viejo; la risa de tantos sin duda era como agua hirviente que le vertían encima, y de seguro era por eso que bebía, que bebía en silencio, taciturno, solitario. Esa tarde regresó a entrevistar al campeón de innumerables competencias y escribió una crónica que causó entre hilaridad y pesadumbre:

...y allí estaba, sentado, lisiado ante la indiferencia de la multitud, con una casaca vieja de soldado que ya no va a la guerra, una botella de cuarto de brandy barato en una mano, y con la otra entreverada a lo imperial en el pecho. El alcohol de su lámparra se quemaba despacito, alumbrando cada vez más débilmente un pasado de triunfos. Durante muchos años supo exigirle al cuerpo un esfuerzo insostenible, un esfuerzo sobrehumano, al estilo de los "monstruos", y como un perro fiel y agradecido, como un gozque zalamero, el cuerpo le entregó reservas inexistentes, sin duda por absurda fidelidad a la voluntad del amo; una mañana ese cuerpo fiel en demasía no tuvo fuerzas para esquivar a un perro torpe, a un congénere que se le atravesaba, cuando el amo nostálgico a los 41 años y ya retirado rodaba monte abajo a todo lo que daba. Nos dijo a la vera del camino: "*c'est fou, corren como perros...*"

Sobre todo los 41 años, la edad de Toño en ese momento, le llegaron a manera de epifanía de la derrota posible después del triunfo efímero y le advirtieron que también en sus fantasías de ser un campeón francés que arrancaba desde el fondo de la cuesta hecho un avión, y en la vida, cualquier Juan Antonio Rangel podía estrellarse con "la mano de perros cristianos que deambulan por tantas calles en la vida como son", según dio en formularlo en su estilacho quevedesco de a veces. A su regreso de Europa sus crónicas fueron comidilla en la despiadada redacción deportiva del periódico.

—Ala, muy conmovedoras tus crónicas sobre Napoleón en bicicleta —le dijo don Jorge Luis *Despedida* Ragonessi, el director. —Pipiripao Rangel se nos está ablandando a paso de tortuga con patines cuesta abajo —comentó el *Perico* Peláez cuando volvió a trabajar, una vez curado del ataque de ciática.

Y así se fueron perfilando las dos categorías, lo conmovedor y lo no conmovedor o inconmovible, cuyo primer reino conquistado fue obviamente el periódico. "Ah, conque alboroto de pericos conmigo", se dijo Toño, y se trenzó un match de frases intercaladas, de puyas y de sarcasmos, cuyas primeras víctimas fueron *Perico* Peláez y los risueños del viaje. Toño, con variado tipo de puñalada trapera y con un verbo bastante más afilado que el de sus deportivos contrincantes, salió rápidamente airoso. "Conmovedor tal vez sí, *Perico,* pero no huevo movido como tú", decía, o tarareaba en ocasiones propicias aquella canción de Miguel Matamoros sobre el infortunado perico que el gallo confundió con gallina: "cuidadito compay gallo, cuidadito; aquí donde usted me ve, yo tengo mi periquita, busque usted su gallinita, que ésas sí son para usted..."

Y entraron otros a la categoría de lo no conmovedor. Por esos días don *Despedida,* fiel a su apodo, decidió echar a Isaac Hakim, un buen amigo de Toño, dizque por comunista, pero en realidad por judío, o porque sí, porque se le dio la gana, incluso tal vez por una serie comprometedora que escribiera Isaac relativa a la evasión de impuestos, deporte preferido de los dueños del periódico y por lo tanto tema tabú en sus páginas. Isaac, un tipo radical y ateo, no pareció sorprendido.

—Me dijo: "ala, Isaac, nadie es profeta en su tierra; y si no lo eres allá, pues menos vas a venir a serlo acá; me temo que vas a necesitar puesto".

Toño continuó sus ocasionales columnas sobre la división básica del mundo con comentarios que bien habrían podido costarle el puesto. ¿A la larga le costarían el puesto?; no lo sabía. Posiblemente la sutileza del director no llegó hasta hacerlo reconocerse en "los jugado-

res de polo, deporte aburrido si los hay, que se levantan a las dos de
la tarde a decir, 'mami, dame un kirsch royal y una tostada', y que luego, con el atardecer, van a cancelar contratos de trabajo como quien
come ostras con caviar". El único comentario que le hizo don *Despedida* fue:

—Ala, tú sí conoces gente desagradable, ¿no? Ostras con caviar ¡qué
horror!

Y claro, "cómo no, ostras con caviar, harta gente desagradable como sumercé y su tío Alfonso conozco yo", pensó Toño. También le
preguntó don *Despedida* qué tenía contra los polistas.

—El único polista que me gusta de verdad es Marco Polo —le contestó Toño, agregando con sorna unos instantes después—: fuera de sumercé querido y de su tío, claro está.

Y era que las relaciones se habían enfriado hasta puntos preocupan-
tes. Sucedía sin embargo que Toño era uno de los pocos periodistas
que tenía sus lectores propios, calculados en 10 000 por un estudio secreto del periódico, cuyas conclusiones Toño había logrado conocer
gracias a las infidencias de Lucero, la dulce y repolluda secretaria de
don *Despedida,* cuando juntos despachaban sendos platos de canelloni
en Don Bruno. El estudio advertía que esos lectores seguirían a Toño
a cualquier medio del país que escogiera; así pues, pagaban su sueldo
mensual en tres días de ventas y publicidad a diez mil lectores, y en
un mes se ganaban a costa suya el equivalente a diez de sus sueldos.
"No está mal para ser tamal", o simplemente *"pas mal du tout",* como
solía decir don *Despedida* cuando le servían su salmón preferido.

—Por eso —dijo esa noche su Francisca Sánchez— por eso fue que no
te conmovió del puesto...

—Tú lo has dicho...

Así estaban las cosas cuando se sucedieron atropelladamente los
varios insucesos de Alejandra, de la Nena, del viejo Filipo y de su propia e infortunada disquisición sobre el adecuado uso de los polvos. A
los pocos días y por si fuera poco, Toño recibió la infausta noticia de
que Matildota, "ganaderota que es", invitaba a yerno e hija a una tarde de toros en contrabarrera.

Toño, poco aficionado a la tauromaquia, la víspera de la corrida tuvo un sueño perturbador: en secuencias repetidas unos toros más bien
viejones propinaban impresionantes cogidas a los toreros; los ensarta-
ban por los riñones, los levantaban por el muslo como muñecos de
pluma o los clavaban contra el burladero como mariposas disecadas.
La cogida más escalofriante fue aquella en que un astado feroz, dán-

dose súbitamente la vuelta, empitonó por la mitad de la espalda a un torero parecido a su hermano Aurelio, justo en el momento en que el pobre levantaba los brazos ebrio de júbilo ante la alarma del público que al iluso torero le sonaba a aclamación. El jaspeado burel chuzó limpiamente al infortunado capote por la espalda y le sacó los pitones hasta el otro lado, a la manera de dos agudos pezones recién salidos. Toño despertó de malas pulgas.

—¡Coño, damas así ni me las presenten!

—A mí no me vengas con tus despertares, querido mío –le dijo la Nena, prevenida como estaba del posible malhumor de su marido–; ya tengo bastante con los míos.

—Es que los cogían a matildotazo limpio y los volvían mazacote –agregó Toño.

—¿Y por qué no te burlas mejor de tu mamita?

—Porque la mía no cría bestias criminales.

—Pero cría hijos bocones...

Ninguno de los dos estaba de buen humor y cada cual se buscó su banderilla para poner en su sitio al otro. Cundieron los "ni más faltaba", los "ni mamás faltaba", los "tú sí que no te burlas de mí, bocón, porque te doy", los "como tienes boca te equivocas", los "ahora sírveme otro de tus madrazos dobles, pero con hielo y limón", y la cosa quedó en tablas pero iba dejando en los dos un regusto amargo. El día amenazó con salvar a Toño de la encerrona, pero al fin no sólo no llovió sino que a eso de las tres de la tarde asomó la cara un solete timidón. Se fueron para la plaza, bota de ron para la Nena, bota de jerez para él, sombrillas, plásticos, cojines y demás. A la entrada, como siempre, se podían ver los deliciosos cocinaos de tripas, morcilla, espinazo, arracacha y yuca, que tanto repugnaban a doña Matilde como gustaban a Toño. Además de la Nena, de Matildota y de Toño, iba don José Javier Bermont, crítico taurino del periódico y amigo "natural" de doña Matilde, "quién sabe si por la sed de oro o por la sed de sangre..."

En la cola de entrada a la plaza Toño ya se había ajustado varias ayuditas de navegación "de las que nos traen de Jerez de la Frontera", por lo que una vez sentada la comitiva en contrabarrera consideró prudente exponer sus teorías sobre la tauromaquia.

—Se las cuento a usted que sí tiene idea de esta vaina de visigodos y piratas, pa ver qué piensa –dijo de pronto Toño a don José Javier.

El primer toro de la tarde, un cárdeno de caminao señorito, dio una vuelta completa al ruedo para inspeccionar los burladeros, "como diciendo dónde están los caramelos". El sol arreció por momentos cuando Astudillo, el espada correspondiente, empezó a dar pases largos con el capote. Toño había conocido a Astudillo muy de paso algunos días atrás: era un tipo feo, narizón y espantadizo, hágase de cuenta un mulo árabe y gitano en tierra de cristianos. Seguía el vaivén, el baile peligroso de las astas y los muslos, el minué de seda y zapatilla.

—Fíjese Bermont; ahora tengo mi teoría sobre esta costumbre que nos trajeron los bellacos esos de la piratería andaluza —dijo Toño, bastante sumergido en el flujo hipnótico del licor—. Se creen muy hombres no más los toreritos, vestidos de lentejuelas —continuó diciendo, cuando doña Matilde lo interrumpió:

—Se creen no, lo son —enfatizó—. Réquete muy hombres.

—No, no es eso —respondió Toño—. Yo lo que creo es que el torero es la mujer. El pobre toro se siente el rey de la dehesa, bufa y resopla y da vueltas en una plaza diciéndose: "ni más faltaba, aquí mando yo"; y ¡zas! entonces la ve ahí, preciosa, deliciosa, venenosa, con capote y moño y todo, haciéndole carantoñas y diciéndole: "ven por estas linduras, cariño... ven y ven y ven".

La Nena, preocupada, le dio un suave golpe con el codo.

—¡Es macho contra macho! —reclamó bastante molesta doña Matilde.

—¡Cómo no! Barba Azul contra Barba Roja, harem contra serrallo. Embiste el macho ese que usted dice, lleno de bravura, y záfate, le hacen el quite ante el delirio de un poco de burlones. "¡Ole, ole, ole toro... no sea tan pendejo!" En seguida ella lo pica, lo embanderilla y lo arrodilla hasta que le ha sacado la energía, y cuando ya la tiene toda, la dama se le deja venir con tremendo espadazo en el morro. "Ni más faltaba", le dice, "aquí manduco yo".

En ese momento, el segundo toro de la tarde, un caribello marrajo y peligroso, embistió sesgado y el torero, Juanito Espadas, tuvo que echar pie atrás, de todos modos pronunciando la cintura hacia adelante con todo y premio en ristra. "Claro que también a veces la cosa..." iba a decir Toño, cuando por la vuelta, al igual que en sus sueños matinales, el caribello enganchó con tremenda cornada al sorprendido matador y dio con Juanito por los cielos, zarandeándolo al igual que un muñeco de trapo, o "al igual que un muñeco con trapo", como diría después Toño muy arrepentido. Brotó no un hilo de sangre sino un lazo, que se retorcía feo antes de bajar por la pierna del infeliz Juanito hasta la arena. Toño observó la escena aturdido, la Nena con dolor, don José Javier con frialdad profesional y con un poco de fastidio, y doña Matilde, ella sí, con un placer sin tapujos, como diciendo "muy hombre, muy machos los dos". Era *su toro,* su mimado, era la niña de *sus* ojos que, al menos en su opinión de lego, había embestido a traición. A la sazón Toño se hallaba confundido, inclusive teóricamente, por aquella cornada profunda de dos trayectorias en el muslo que tuvo entre la vida y la muerte a Juanito Espadas, un muchachote triste y talentoso, atropellado con frecuencia en la vida y no sólo por los toros. En un reportaje íntimo y sin nombres que diera a Toño desde la cama del hospital, le dijo cosas del tenor de:

—¿Cornadas de toro? Poca cosa, majo; cornadas de mujeres, ésas sí son cornadas...

Conmovedor, de golpe hasta trágico todo lo de aquella tarde de fiesta brava y de teorías rebuscadas que la realidad se encarga de embrollar en su nudo inextricable. Porque al fin, ¿qué cosa era el toro? Por un lado era el macho agresivo e iluso pero por otro también era la hembra con sus astas lancinantes, peligrosas, blandidas a la altura de la cintura, donde un tipo ingenuo y temerario, por el estilo de Juanito Espadas, "expone el único premio delicado y original que le han encomendado desde que naciera", según escribió en una columna que saliera el martes siguiente y que tenía ya en la cabeza al dejar la plaza esa tarde, acompañado por la rara euforia de doña Matilde y por su, de nuevo, amadísima mujer que lo tomaba por la espalda.

—¿Qué pensará ahora el haragán de los toros y de las mujeres?

—Que se necesita capote y muleta, mi señora.

—Ay Juanito Antonio, ¿no te nos irás a volver torero ya de viejo? Porque no quiero hijas viudas.

—No, no es para eso, mi señora; es para aprender a citar desde lejos, a ver cómo se me vienen encima cien kilos sumados a veinte kilates. ¿Usted sí embiste?

—A uno como tú me lo llevo de cachos cualquier día.

—No lo dudo, por eso le vivo diciendo que se los afeite... es decir, los cachos; el bigote le va de maravillas.

Los dos estaban borrachos y la conversación iba a proseguir, cuando la Nena interrumpió con el importante tema de la comida post-corrida. A Toño le alegró, por cuanto prefería pensar en escribir una de esas crónicas que le daban celebridad por una semana y que titularía *El testamento del torero.* Esa misma noche la comenzó, glosando libremente —"¿plagio?, ¿qué demonios es eso?, el plagio no existe"— ciertos testamentos célebres —François Villon, Georges Brassens— tipos que de seguro la mayoría de sus lectores desconocían.

EL TESTAMENTO DEL TORERO

A los cuarenta años de mi edad y apuradas todas mis vergüenzas, ni del todo loco ni tampoco muy sensato –al fin torero me hice– cuelgo mi capote a causa de mi entierro; voy a la muerte sin muleta, que en esos lares poco se capea. No me llegó ella ni a pie ni de a caballo –y si no ¿entonces cómo diablos?– me llegó en los cuernos afilados de un caribello del domingo. Creí, por pecador, que no quisiera Dios mi muerte, pero se acercaba humillando cabizbajo el caribello y dijo Dios: "Anda a ver si estoy arriba." Partió la vida y yo me quedo, pobre de sentido y de saber frío, más negro que maduro, sin aquella danza que venía de la panza; ay, Carmentea tu corazón no será mío. No seré, es cierto, ángel que porte diadema, ni desde el alto tinglado de los cielos podré mirar sin vergüenza la corrida peligrosa en la que dejo enredados a los hombres. La muerte me estremece, me torna pálido, me tuerce la nariz, el cuerpo me infla y me ablanda carne y cuero. Nunca más tendré dolor de muelas, ni sed tendré –que la muerte toda apaga– y ya mi suegra no podrá ensordecerme con su insólito pateo: de todo eso al menos me ha salvado el mal sorteo del encierro del domingo. Dejo mi dinero a alguna sociedad protectora de los hombres –que también hay animales entre ellos–, mi muleta a la señora dueña del ganado –¿cómo se llamaba?– para cuando se parta irreparable una de sus gruesas patas y mi alma se la dejo al diablo, que es un buen tipo... bueno de lo puro malo... como que además beodo. Entre tanto, yo río ya por siempre y sin esfuerzo: que nadie nunca se ponga más mis botas...

                                                                    (fdo) Juanito, el Torero.

    No hubo conmoción familiar a raíz de las crónicas y comentarios; doña Matilde, en su fincota, no debió de leer a su yerno –de hecho poco lo leía. Juanillo Espadas "a pesar de la caricia del animalito" no murió, y a los pocos días, cuando se pudo poner en pie partió a España a lo mejor a perseguir allí a alguna carmencita de esas que terminan siendo sacrificadas en algún tendido de sol a causa de los celos. A las dos semanas de la tarde de toros, la familia Rangel salió de vacaciones y tenían pensado "ir a visitar a los zancudos" a tierra caliente. El domingo anterior al viaje, "toda la patota" salió de paseo en lo que ya constituía un ritual quincenal. Sólo que para Toño aquél sería el último domingo en bicicleta, la última vez en que se sentiría como un campeón que baja por la cuesta, conmovido por la aclamación delirante de un público que le gustaba imaginar profuso, pero que en realidad consistía en algunas vacas y en unos cuantos campesinos indiferentes.

Todo iba bien. El día, algo gris, no salía de su letargo. La carretera estaba más o menos vacía y el automóvil lo seguía atrás en una segunda velocidad lenta y acusadora. Comenzaba a lloviznar, mientras la cuesta que culminaba en el Alto de Patios por momentos se pronunciaba sin piedad, a tal punto que Toño tuvo que comenzar a zigzaguear. En el automóvil iban impávidas– "¿quizá, tal vez, por qué no?"– hasta orgullosas, su Nena, relajada como lobita que la noche anterior no más aullara– "otros deportes hay en la vida, mi vida, y mejores ¿no te parece?"–Alejandrita, conversando animada sobre las vacaciones que se aproximaban, y Melissa hija, reclinada en el asiento y entregada a una sana molicie.

El pedaleo se hizo inclemente y la Nena tuvo que cambiar a primera para evitar que se ahogara el auto. Toño alcanzó a pensar que aquel definitivamente era un deporte para sus nietos cuando oyó el ruido amenazador que se acercaba y de reojo vio al autor del mismo, una tractomula que cambió súbitamente de velocidades. De golpe, la bestia arrancó a pasar a la Nena y un escalofrío le subió a Toño por el espinazo; pensó por un instante que el monstruo se le venía encima, y temiendo por su vida sólo acertó a dar un timonazo para salirse de la carretera, con tan mala suerte que una piedra mal colocada le hizo caer de bruces. La tractomula, no obstante, pasó por un lado dejando el suficiente espacio libre para diez pedalistas bien cansados. Ya en el suelo, con sus 43 años a cuestas además de la bicicleta, Toño Rangel oyó que el ayudante del camionero le gritaba desde la ventanilla:

–¡Córrase pa un lado, coño, que esa vaina no es pa viejos paralíticos como usted!

Y fue entonces cuando Toño se vio desde fuera, observado por el insolente, como según dicen se ven los muertos. Se sintió anciano, sudado, caído, embestido a mansalva y escasamente a salvo de la arremetida del camión, pedaleando difícilmente por una cuesta despiadada, seguido por una camioneta en la que iban, cuidándolo amorosamente, las mujeres de su vida. Estaba para una foto... lastimosa. La Nena detuvo la camioneta y él ni siquiera pensó en volverse a subir a la bicicleta. "Ésta la regalo y después quedan prohibidas en mi casa, no faltaba más." Quitó la rueda delantera, montó la cicla culpable sobre la parrilla superior y se metió resignado al asiento de atrás, al lado de Melissa hija.

–Te veías tan chistoso, papi –le dijo ella de lo puro insolente que era. Él la miró golpeado y se metió un traguito de ron.

–Chistosa será tu abuelita –contestó–. Esa cuesta estaba tenaz.

La Nena por fin pudo pasar a tercera velocidad, y alcanzó y sobrepasó a la tractomula de la embestida. Toño, al pasar, les hizo a los dos tripulantes "graciosos" un convencional e inconfundible signo manual que sirve para mentar la madre sin tener que gritar de a mucho. Pensó en escribir una crónica de autoburla sobre los ejecutivos que montan en bicicleta los domingos con toda la prole detrás, pero se acordó del periódico y de su desalmada estirpe de redactores deportivos y se dijo "esa papaya sí que no la pongo"; optó, mejor, por decir "una que otra verdad" acerca de los camioneros de su país... "sí, sobre los de mi país, porque los de Finlandia deben ser todos unos caballeros". El termo estaba lleno de hielo... y de ron con limón. Entonces, el as atómico de la baraja, *El as de corazones,* el nieto de Agripina, se reclinó abatido sobre el asiento y pensó: "coño, definitivamente las cosas van entrando con el tiempo a la categoría de lo conmovedor, qué vaina... hasta uno a veces... "

1985

DANIEL SADA

A unos cuatrocientos metros del Puente Internacional de Piedras Negras, Coahuila, se encuentra (ejem) –del lado mexicano– un parque recreativo, justo en el límite de una apretura del río Bravo, cuyo ensanche no llega a los seis metros. No importa el número de volantines, sube y bajas y resbaladeros distribuidos en un espacio no mayor que el de una plaza de pueblo: calcúlense mil metros, y de las atracciones cuéntense acaso tres de cada una, amén de un laberinto de fierro: desolado, porque raro es el niño que se trepa hasta arriba y más raro el adulto que lo deja hacer eso.

Y he aquí que: sirva todo lo anterior para llegar a una clave: la excepción son los columpios: el número se triplica: nueve, diez, pónganle once. Son columpios estratégicos colocados a dos metros de las aguas del río Bravo para... Desde el puente es facilísimo ver balancearse y volar a hombres, mujeres: día y noche, pero también es bien fácil evitarlo si se quiere: ¿se querrá quitar de allí los columpios?, ¿cuándo, pues? No es difícil (pero). Nadie hace nada al respecto, ni los aduaneros gringos lo sugieren, cuando menos, ni los mexicanos lo hacen mientras no se les presione... Aunque, bueno, a lo mejor un día de estos, ¡ojalá!, pero...

¡Ojo!

Ésa sería una opción.

Otra más conocida, e igual de descarada, es la siguiente, o sea –y he aquí que la distancia es casi igual–: a cuatrocientos metros más o menos, pero del lado opuesto del susodicho puente, digamos, hacia el este, se encuentran *los polleros*. Habrá que describirlos en una sola frase. *Ergo* (al menos los de aquí): son batos cuya fama se basa en la pasada en llantas de tractor de ilegales futuros a quienes se les cobra un dólar solamente para que no se mojen. *¡Camón!, mai felou contriman, dats is so veri incredibl. Yu quen tu irn guans living jir so gud.* Larguísimo el asunto y aún así incompleto; penosa la tarea del acarreo constante, y contimás perversa y arriesgada.

El trato con *los polleros*.

Eso lo supo Egrencito al llegar a la frontera para hacer prontos sondeos deslindando pormenores: margen de riesgo: lo menos: entre una opción y la otra. Tal como se lo contaron en la Central de Autobuses de hecho hizo el recorrido. Observó con parsimonia: estuvo en el dizque parque recreativo para niños donde ¿cuáles?: no había ni uno, pero sí seis-siete adultos —en principio, desde luego, *forguards or breizens or imprudents, and dei resolut for ol*—, quienes sólo merodeaban los columpios estratégicos: cerca, ¡al tiro!: cada vez: más y más midiendo al tiento metros mentales y a ver… Dos fueron los atrevidos. Egrencito, desde lejos —bajo la sombra mezquina de un pirul joven que estaba casi a la entrada del parque—, los vio balancearse a un tiempo y volar casi perplejos. Su caída fue de pie; su escabullida: arrastrada: bajo la malla de alambre, por un como recoveco. Y los otros: animosos: en vías de emularlos, pero…

La desidia puede ser un sentimiento cruzado. Es un afán que se estrella contra un enigma y se abate, pero sigue todavía como rastra demoniaca. Los lados de la frontera: y el agua que besa y besa las dos orillas —en medio—: digamos que hay que librar tal perversión cuanto antes, que sea conquista: ¡ojalá!: sobre todo de aquí para allá. Recapacitó Egrencito, no le gustó tal relance porque no quería volar.

Egrencito: su pasado, y el límite rompedor: justo aquí: la novedad: contra la ida hacia atrás; fue, por cierto, poco a poco, y de hecho se retiró para ir con *los polleros*. Tal como se lo contaron en la Central de Autobuses, ellos estaban en acto a unos cuatrocientos metros del Puente Internacional de Piedras Ne… ¡basta, pues!, y mientras tanto su historial: pardo o grisáceo: repleto desde su empiezo de necesidad y media (genérica la noción): ¡miles!, es decir: raudales: en el seco panorama de su vida ya hecha garras: *jis grand and biuriful sorrou meibi quen bi lirl stil*. ¡Qué lástima darse cuenta!, y así seguir repensando en su historial sude y sude bajo el solazo asesino. Eran las dos de la tarde. ¿Una soda?… Más al rato. Mientras tanto soportar como un cristo aquel viacrucis. Tremendismo a cada paso. Pues fue lo que fue, de suyo, y no había hacia dónde hacerse, porque: cruzara o no la frontera, lo negro de su conciencia lo perseguiría con fe, hasta el fin, y aún después: hasta el mismísimo infierno, y ¿cómo solucionarlo? Aguantándose… Quisiera… Preso en el estiramiento de una tensión hasta, o contra, o en un límite impreciso que se tardaría en romper. Consecuencia postergable: alimentada (y muy mal) por un cinismo que no, que quizá de cabo a rabo fuese pura ingenuidad o abstracción que desmerece porque juega al desconcierto. Lo contrario sería entonces poner orden mal que bien a sus ideas descompuestas.

Cinismo ingenuo: ¿qué tal? Más bien suena a confusión, y más si por vanidad no se le diera la gana de arrepentirse, postrarse, y que los dedos sociales de veras lo condenaran, por canijo, por ladino, señalándolo en abstracto.

¡Oh!, pues sí, pero, digamos, ya estando en la correntía: *Oh mai man, bi querful güit di engreigd persons:* a lo que: por mucha ira —o llámese desahogo— que haya de las multitudes: la culpa también espera, tanto como la indulgencia.

La gente es perdonavidas: a la larga, aunque...

Porque sí, de todos modos, lo real eran sus pecados: asesino (para siempre) de Crisóstomo Cantú; y al respecto, como treta, se pudieran pretextar sendos amagos en serie cuya largueza excitó su nerviosismo a favor de aprovechar: por ejemplo: el más pequeño descuido de su verdugo en potencia. Mochín con cara de ángel que a lo mejor negociando hasta podía convencerlo que lo tirara en el monte, pero vivo, sin dinero, ¿a la deriva?, pues no, eso resultaba tosco, antes bien, inconveniente. Y matarlo a quemarropa fue de veras victorioso. Fue en defensa personal. Así que, en última instancia, debido a contingencia tan prieta como variable, el crimen, amén del robo: en la mitad del desierto, y en virtud de tantas curvas retorcidas en la cuesta (dedúzcanse los mareos), se descarta de un plumazo lo tenido (tras pensarlo) como lo más conveniente. Tacha: olvido: aunque... ¡el estigma!

Sin embargo, lo ocurrido horas antes: ¿se recuerda?: en la espaciosa oficina del alcalde de su pueblo, el modo de responderle a tan suprema figura, eso sí lo corroía. De ahí que luego se explique el motivo por el cual lo sacaron a la fuerza de Lamadrid como lastre que era mejor alejarlo —dándole su merecido— en vez de echarlo a la cárcel municipal por diez años teniendo que soportar sus burlonas peladeces.

Categórico el dolor construido con palabras. Las palabras de anticipo: ésas, las suyas, que a modo rumiaban su pensamiento: en lo bajo: mesmamente: sin calor, y sin embargo: dilatado-fastidiado.

Otrosí: principio y fin: sendos límites severos, donde acaso la extensión no tuviese refalseos ni resol de colorido, ni sosa linealidad, y sí, en cambio, fuese corta, e inclusive más angosta: como un río que pulsa adrede cuanto brillo en sembradío: apariencia intermitente: ¡lujo de fluidez!: los hechos sobresalientes: decantados: ¡ojalá!, pero ¿cuándo si no ahora?... Y esa vez, al caminar, se alargaba su dolor entre un estira y afloja. Dicho sea: su pensamiento: doloroso: *a-su-pesar*, iba y venía a contrapelo de la farsa al melodrama tentaleando a ver si acaso… y cuando sudaba harto y tenía sed y no quiso, por lo pronto, beber algo, detenerse dos minutos para… surgió el revés esperado: la comedia de alivio, como frescura fugaz. Dos ideas para empezar…

Había sido recadero.

Tenía novia en Lamadrid.

Entonces, ahora sí… Lo uno ayudó a lo otro y entre lo uno y lo otro se interpuso el corre y corre. Los avisos oportunos: darlos a quienes debía. Fue un modelo de eficacia que no se repetirá.

(Son las aproximaciones las que hacen el simulacro.)

Pero tal cual no es posible ninguna repetición…

¡Ah, pues sí!, ¿quién lo dijera?: convención sanfranciscana: enfermísima, y no obstante, política y campanuda, por recurrir todo el tiempo a un modelo absoluto. Y ¡ojo!, porque, dado el caso, el modelo es Egrencito. Su regreso a troche y moche y por lo mismo de prisa: sin razón: pero fue así que barajó sus edades a lo largo de los años. Catorce, quince: no importan, y menos los precedentes –empezando por los nueve– en que no hubo grandes cambios; esto es –y remachemos "la comedia del alivio"–: sus gestos como que no, y sus disgustos también.

¿Feliz en su medianía? A saber… Bueno, en lo suyo cotidiano hasta que: a los dieciséis cumplidos…

Antes una aclaración: no hay en este mundo infame comedia que dure tanto ni se enturbie ni se aguante si no hay –cual debe de ser– humoradas transgresoras y un sinnúmero de equívocos que vayan de lo ridículo a la sofisticación. En aras de que se cumpla la comedia tal cual es, es mejor apresurar las acciones como sea y ponerle donde sea un falso final feliz.

Telón pues, y a volar todos.

Se rescata la tibieza o la dizque insinuación de la alegría de vivir.

Sin embargo no era el caso de Egrencito ni de chiste, pues le dolía hasta en los huesos haber dejado la escuela; sin estudiar ¿qué esperaba?… Destacaba ese dolor entre otros que por acopio recaían en su pobreza: incisión ya de por sí: la raíz ennegrecida y sus débiles potencias; y de ahí ¿florecimientos?, o ¿disparos?, o ¿qué más?…

De tantas repercusiones los disparos significan, dado el caso, mucho más, porque son las intentonas por desprenderse a la brava de lo que a las claras es una mancha o un gran "pero" para siempre indisoluble.

Insana obnubilación como hipótesis de un sueño en que de pronto aparece una figura a cercén, y Egrencito vagamente la recordó y la asoció con su temor ¡bien fundado! de que lo andaban buscando para surtirlo a balazos. Primero un baile grosero al dispararle a los pies y luego la despachada; entonces, como en tinieblas, aparecía la figura de una catanga sin toldo: ostentosa, ribeteada, de donde —¿quién lo creyera?— al unísono salían cien disparos hacia el cielo de flechas que en su caída regresaban hacia él: a clavársele: quizá: cual lluvia perseguidora que lo obligaba a correr.

Su pobreza: correría.

Correr, correr y correr, como norma de por vida: e ideal: *ergo*: su trabajo de recadero sudado.

Pero a eso renunció: decisión aparatosa: la tal carta desgarrada, donde, para bien o para mal, machacó cada palabra cual si pagara un pecado... La carta: cara, crucial, sobreleída, no obstante, por el alcalde energúmeno.

Consecuencia: ya se sabe, y he aquí que caminaba sin mensaje, para colmo... Téngase que es chirigote lo excesivo de un revés, pues resulta que el mensaje ¿a él se lo iban a dar?... Lo esperaba, lo quería.

Y fue entonces que avistó en el río a una muñidiza.

Pese a andar hecho un guiñapo, por la hambreada y la sudada —y aparte la resistencia a beber antes de... ¡no!—: primero acercarse a tientas.

Rumbo a la curiosidad: *los poulleirues ondergraund, for di bisnes: in di river*... Y así pues deformaciones tan elásticas, tan gachas: lo que ya le habían contado y con detalles de sobra en la Central de Autobuses: *Los poulleirues... ¡o mai god!* Lo que estaba por oír: *¿espaninglich o texmex?* Prosopopeya lejana, todavía, pero no tanto.

Y cuanto tuvo a un *pollero* (lo supuso) frente a él, no esperó ningún mensaje, sino que se le adelantó:

—¿Cuánto cuesta la pasada flotadora a Gringolandia en la llanta de tractor?

—Cuesta un dólar, más propina.

—¿Y la propina es de un dólar?

—Si tú quieres, pues... *o quei.*

—Bueno, déjeme pensarlo... Al ratito me decido.

(Golpe a golpe, pian-pianito —y sin que se diera cuenta— a los dieciséis cumplidos entró en la fascinación. Días más, días menos, digamos, experimentó en su cuerpo y en su mente sobresaltos radicalmente distintos a las manidas sosainas que rubricaban su ánimo siempre en estado de esplín, tal como si fuese un hongo. Versóse pues su viveza: perfilada ya de suyo: en ir descubriendo a modo chispa tras chispa en los hechos y también en sus visiones, a sabiendas, desde luego, que su suerte cambiaría cuando menos lo pensara. Y así fue... Una vez tocó una puerta y: revelación inequívoca; antes de dar su recado hubo cruce de miradas con una huerca preciosa: la que le abrió: conexión, si se quiere: alegoría, y sonrisas como adorno de un regusto progresivo: de ambos: repaso y repaso, y sin habla que sirviera. Entonces amor-olor o el amor por el olor... Y de ahí para adelante las visitas por las tardes: simulacro de otra cosa. Y después las escapadas sin permiso de los padres y contimás agarrados de las manos corre y corre hasta... El noviazgo había empezado con unas cuantas palabras. Noviazgo que olía a jabones, es decir, la variedad en reborujo de aromas, más o menos, pero más: al fin encanto-enseñanza: tras las mezclas misteriosas, y así muchos besamientos: más los hilos llevaderos hacia un infierno en ascenso, enllegando sin problemas a un cielo harto colorado, donde, como si flotaran, hubo sí... ¿no?... poco a poco... algunos calzonamientos, *ergo*: ya: tres calzoneadas, y hasta ahí porque el deseo debería prevalecer... Una cuarta calzoneada ocurrió –lerda ¡caray!: con manos tarantulosas– en una orilla del pueblo, atrasito de unas milpas, bajo el cobijo lluvioso de un anochecer a rayos. Batidero. Enlodamiento: largo: muy entretenido. ¿Y cuándo algún pelamiento? Nomás hubo uno en el monte: locamente, dicho sea, en una como hondonada: y la suavidad en punto buscando coronación; mientras frágiles amarres, larguísimos figureos de encueres prenda por prenda, y así más y más sabores dale que dale hasta que... ¡lo inolvidable!... Júzguese cuasiperfecto porque no hubo premio alguno, o sea un retoño después, como siempre es de esperarse, sino –¡vaya, por demás!–: nomás las puras movidas, tantas como lo afigura hoy el color del recuerdo... El amor dejado: ¡un ascua!, y más lejos quedaría si ahora cruzaba el río. Egrencito repensando cual si volviese al esplín o a enconcharse entristecido –aunque: tras los acontecimientos en alud precipitados, bueno, mejor llamémosle *Egrén* porque ya era un asesino–: duda contra sortilegio y torbellino sin freno, y además, como resabio, el vago chisporroteo de la imagen ¡extasiada! Un rostro perseguidor aquel de la noviecita y su boca llamadora nomás diciendo su nombre: *Egrén... Egrén... Egrencito...* Luego ¡cuántos calificativos!: *Lindo... Precioso... Adorado...* y más dulzuras como ésas que él juzgaba verdaderas.)

Pero estando en donde estaba: ahora: para acabarla: era, más que novio triste de una novia melancólica, asesino de Crisóstomo. Sello incómodo, mendaz. Y: al margen la horripilancia para él porque a resultas el crimen fue necesario. Aunque... La culpa era el correlato de un castigo que si bien podría no ser sino idea o deseo que se prolonga y al cabo se desvanece, quedando así establecido que en principio para nadie sería fácil encontrarlo y capturarlo y por ende: transcurridos ya tres días del siniestro en La Muralla aún le sobraba tiempo para hacer cálculos obvios. Porque: de ahí a que se dieran cuenta en dónde andaba y aparte: si vivo, si muerto: dónde... Hacia el norte (muy probable), pero hacia el sur (¿podría ser?); si estaba en medio del mar, nadando, remando o qué, y mientras las vacaciones –sin problemas– ¡dinerosas!, hasta de una semana de este lado, todavía, neciamente en Piedras Negras: jocundo, Egrén, bizbirondo, como nunca lo había sido, dándole vuelo a la hilacha en los *naigclubs* chupe y chupe y baile y baile y así de plano en la guala entre alcohol y volantines grite y grite reteagusto en compañía de mujeres bastante experimentadas en eso para empezar... Eficacias a favor de una dizque restricción: un afán turbio a cercén por conservar la pureza de un degenere hasta el tope, que no es, a final de cuentas, sino alegría desmedida. Hasta podía contratar a dos o tres guardaespaldas, eso sí, muy bien armados (sólo durante una semana), para hacer lo que quisiera...

Pero no era para tanto.

Tantísima papeliza y monedas en las bolsas de su pantalón terlenka, merecida, dado el caso, y misma que se tocaba como para acariciarse, tan despacio como apenas: pesadumbre por deslinde, y en cambio por dignidad el tentaleo era a sabiendas de que ya era poderoso de este lado ¡por lo pronto!, y del otro ¿por qué no?

Victoria o ascua en el límite: sensación desdibujada cuyas líneas tan sólo eran horizontales, difusas, y no obstante inverosímiles. No la aventura, no el ansia: sino... Viaje a tientas hacia donde un resguardo era factible, se atisbaba como un centro: último e indispensable: fresco oasis anchuroso, porque, cierto, hay que advertirlo: del otro lado sería más hermano de su hermana, la que vivía en San Antonio.

Allá, entonces, su delirio...

Mientras tanto lo pendiente. Esto es: a contracurso: cual emplasto membranoso cruzóle una idea grisácea, digamos que en apariencia; grisácea por conjetura, pero: tornábase de repente en negruzca, negra ya, y otra vez, por conjetura, roja casi hasta el final.

Visto, empero, tal emplasto como espelunca en el suelo, o algo así como un repuje transitivo de colores desdichados que no era ni sustancia ni tintura, ni prodigio que, de pronto, se le antojara tocar: a Egrén –por curiosidad: llevado: ¡no!: meras ganas–: sino sólo presentirlo: ¡verlo como lo veía!: magia a fuerzas, contimás paradoja inextricable que guardaría en su memoria como un rebote macabro. Desde el suelo el brinco cafre enllegando a sus adentros. Asociación expansiva que aún pudiera contraerse: a modo: justo al instante que Egrén alzara su vista para contemplar de nuevo la tarea de los *polleros,* la agitada muñidiza, en contraste con su zote zozobra malencarada, siendo que al ver hacia el río: la llanta yendo y viniendo, con personas o sin ellas, en su mente se estiraban decursos que a bote y vole sufrían un apagamiento, se adelgazaban quizá, se interrumpían casi adrede... Y el emplasto continuaba ¿en dirección hacia el norte?

Oh mai frend, mai ólgüeis cáuarli, luc aut of, bi querful, yes, its culd bi tu teic siriousli, and is beder dan yu put el sombrerou de rancherou y órale pues güei tu go. En tan deshuesado idioma la tan probable latencia, aciaga por contingente.

Algo por vivir a fuerzas, pero después, muy después...

Ahora, como un capricho, el emplasto eran las huestes del alcalde don Romeo: tras sortear suposiciones: andándolas pese a pese, ni siquiera a la mitad: diez recules, diez intentos, y la búsqueda, de veras: ¡Qué dilema tan zorrero! Otrosí: el emplasto acaso se tardaría en ensanchar: tantos puntos fronterizos. *Egrencito... i¿a l-a d-e-r-i-v-a?!...* Ahora que: si las huestes susodichas no lograban capturarlo, seguro, como desquite, arremeterían primero contra sus progenitores y luego contra... (¡cruz!, ¡cruz!... ¡no!, ¡no!, ¡por Dios!... ¡por favor!... su novia ¡no!); y para el caso Egrén tenía que rezar durante muchísimas horas; penitencia a contracurso cuando la disipación, cuando el viaje ¿sin retorno? Lo demás: imaginarlo: macabras despachaderas; novia y padres pagarían con sus vidas la bajeza de alguien que no más mató para que no lo mataran. El respeto, dicho sea, sugería algo similar y: aun las repercusiones, a saber si... Contra tíos y primos no, menos contra sus hermanos, dos todavía eran bebitos, y menos contra la otra, la mayor, tan fantasmal, tan lejana y tan quitada de la pena todavía, aunque... bueno... no era tan inconsecuente el hecho de que estuviera avisada del siniestro.

¡¿Ya?!

Es que: la cosa era peliaguda... Egrén, la mera verdad, no sabía si continuar o regresarse cuanto antes a Lamadrid por su novia.

¿Al rescate?, ¿para qué?

La amenaza del alcalde quedaba sobreentendida.

Y aparte, para acabarla, Dios sabría qué hacer con todo.

Así que Egrén, decidido, se incorporó cual recalzo que lo empujara al garete y enfilóse con prestancia hacia donde *los polleros.* Puesta su mano derecha como si fuese visera de cachucha de beisbol, al tanteo anduvo buscando a aquel con quien había hablado… Lo avistó en la otra orilla, alzando su brazo libre le hizo señas por demás. No hubo correspondencia. ¿Sería él?, sí, desde luego, pues traía un chonguito curro atado con una liga, y era gordo relumbroso, se le notaba el ombligo desde acá, ¡por Dios que sí! En torno a él revoloteaban tres chaparros ilegales. Ademanes. Discusión. Y acá Egrén como pandorga: ridículos ademanes; inútil su desespero, inútil saltar incluso, todo inútil porque nadie: la indiferencia, la duda: tal vez lo mejor sería acercarse hasta la orilla o darse la media vuelta; ningún grito, y mientras tanto: dificultades y tregua, derrota y agachamiento. Mapa en su mente: porción: lo que restaba de México: unos pasos hacia el norte: ¿veinte acaso? Y el amor tan indeciso por su tierra: el patriotismo, hasta que… Antes: minutos en blanco: estático Egrén, y cursi, ya que: ¡vaya!: fue notado cabizbajo y como lelo, parecía que hasta lloraba y eso provocaba risas en movimiento: discretas: unas más largas que otras: distantes, pero seguidas. Luego ocurrió lo esperado. Ademanes otra vez y:

—Entonces ¿qué?… ¿No te animas?

—Perdón… Sí… Me destanteó… Son dos dólares ¿verdad?

—Sí, eso es.

—¿Y si paso y me arrepiento, usted me devolvería en la llanta de tractor?

—*Of cors*, carnal, *bac eguen*, pero entonces ya serían tres dólares como mínimo.

—Y si luego estando acá me quisiera regresar ¿me saldría mucho más caro?

—Mira, carnal, *tate* quieto… No *tes* jugando conmigo. Si tú quieres la pasada, pues *o quei*, ¡vámonos ya!; y si no tantán, *go on*, ¡vete a volar de una vez!

—Le tengo miedo a la migra… Dicen que es muy golpeadora.

—Pues saca tus papelitos y *forgeret* del problema.

—Es que… Entiéndame… Usted sabe… No es tan fácil, decidirse… A lo mejor luego vuelvo…

Y Egrén se dio media vuelta mucho antes de que muriera la tarde acá de este lado, porque del otro quién sabe.

ANA LUISA VALDÉS

REGRESO

Eran muchos y seguían llegando. Aviones, barcos, autobuses, en camiones, caminando. Todo empezó después de la publicación del bando del gobierno, comenzaron a regresar implacablemente. Dejaban los lugares donde habían aprendido nuevas lenguas, nuevos oficios, volvían como atraídos por una oscura memoria. No traían consigo a las esposas tomadas en tierras lejanas, ni a sus hijos nacidos allí, y hubieron quienes olvidaron despedirse de los amigos nuevos. Los habitantes de esos países miraban con asombro esas largas caravanas de hombres, de mujeres y de ancianos (muy pocos niños), que apenas el día anterior habían sido sus compañeros de trabajo, sus vecinos, sus amantes. Hasta el día anterior se había hablado de esa posible y lejana vuelta, pero era sólo un sueño. Todos sabían eso.

Muchos años atrás, recién llegados a los nuevos lugares, hablaban continuamente de volver, de que para qué estudiar un nuevo idioma, si iba a ser tan poco tiempo. Esperaban con ansiedad a los carteros, los seguían con la mirada en el reparto, esperando ver los sellos siempre iguales, con el perfil de ese viejo héroe en todos los colores posibles. Intentaban adivinar a quién pertenecía esa letra, qué de alentador diría, si quizá anunciase la rápida vuelta. Poco a poco las cartas se fueron espaciando, hubo que trabajar para pagar alquileres, ropa, comida, aprender estas lenguas de tan largo aprendizaje. Y de allá tampoco escribían mucho, era difícil saltar de un ómnibus a otro, preparar la ropa de los niños para la escuela, hacer largas colas para conseguir todo.

Fue así que el tema "la vuelta" pasó a ser algo muy querido, muy lejano, que sólo se recordaba entre amigos de la misma lengua, o después del vino, o luego de hacer el amor con alguien que huele distinto de como olían los cuerpos allá. Con alguien de piel pálida y nocturna.

Muchos de ellos tenían el don de la palabra amable, del gesto tierno con el que acariciaban la cabeza de quienes empezaban todas las frases con "cuando estemos allá". Los ayudaban con el nuevo idioma, compartían con ellos a sus amigos, les traducían las escasas noticias.

De ahí el asombro de ese mágico e inexplicable regreso, que ya había penetrado en el terreno de las ficciones y de los sueños. Se fueron como habían llegado, casi sin valijas, algún libro que otro, cigarrillos. Casi no pudieron despedirse, ya que los que iban se habían olvidado de esa lengua tan trabajosamente adquirida. No sabían cómo se dice: "gracias por todo, mi casa es también tu casa".

Casi ninguno de ellos había podido decir "mi casa", refiriéndose al nuevo país. Seguían diciendo "allá en casa", y conservaban llaves de cerraduras y de puertas que quizá ya no existiesen. Pronto no hubo plazas en aviones, ni lugar en los barcos, ni en los trenes, ni en las lanchas. Multitudes ocuparon pacíficamente los aeropuertos, las terminales de autobuses, los muelles, las estaciones. Muchos se pusieron en camino a pie, llenando los caminos, creando confusión en el tránsito, alarma en los poblados campesinos. Rumores alarmistas los acusaban de ser portadores de epidemias, de pestes, de no respetar la propiedad privada, de saquear. Se aconsejaba a la población mantenerse dentro de sus casas. Pero ellos cantaban, tenían aire de fiesta. Ellos habían dejado la pistola, la tierra y el caballo, pero se habían llevado la canción, y nadie pudo cultivar la tierra, ni hacer vino ni recoger miel de las colmenas.

Ésa era una de las razones por las que el gobierno se había visto obligado a permitir la vuelta, para declarar nulos, írritos y caducos todos sus anteriores bandos, en los que se llamaba a los desterrados malos ciudadanos, elementos peligrosos a la seguridad nacional, agitadores, subvertores del orden...

El pequeño país los acogía con cantos y con banderas. Bienvenidos a casa, los carteles cubrían la ciudad. Madres, padres, hermanos, parientes de dudosa consanguinidad esperaban en los puertos y en las estaciones. Se intercambiaban fotos, direcciones, teléfonos. Para evitar problemas administrativos el gobierno instaló grandes carpas, donde serían alojados los que llegaran que no tuvieran familiares. Nadie podía abandonar puertos o aeropuertos sin probar que sería acogido por familia y allegados. Ya bastante había sufrido el país por culpa de la crisis en la familia, que había provocado la subversión y el caos en el tiempo de antes de la guerra. Las estadísticas denunciaban claramente que el ochenta por ciento de los presos y exiliados eran hijos de padres separados, sin claras nociones de autoridad paterna y sumisión femenina. El gobierno cuidaba desde ese entonces celosamente la educación de los niños, sus procesos de pensamiento. Ya no existía el egoísta criterio de antes de la guerra, donde el divorcio, la crianza de los niños, eran cosa privada. El Comité de Defensa de las Buenas Costumbres se encargaba

de revisar minuciosamente las demandas de separaciones legales plan-
teadas, y para dar un fallo concediendo o negando ésta, miraba el número de hijos, las consecuencias nefastas o beneficiosas de tal divorcio.
¿Había abuelos que pudieran dar al hijo la necesaria imagen de autoridad paterna indiscutible? ¿O quedaba el niño sometido a la tutela de
una mujer sola, que con la clásica debilidad de las mujeres, sería incapaz de encauzar al niño en los principios de orden y respeto a la autoridad, de amor a la Patria y a sus servidores?

El tesoro del Estado necesitaba todas las divisas posibles, y se cal-
culaba en millones el aporte de los que regresaban. Tendrían que pagar por pasaportes y documentos, por las fotos reglamentarias, por sus
impuestos atrasados, por alquileres impagos, por préstamos vencidos.
Su partida había sido tan repentina, algunos dejaron novias vestidas
de blanco en las iglesias, otros olvidaron sus niños en las escuelas, y
fue el Estado el que tuvo que amparar a estos viudos o viudas de hecho, a estos huérfanos. Bien es verdad que en esos días la exportación
de niños para ser adoptados por familias pudientes en los países llama-
dos desarrollados, había hecho subir enormemente la balanza de las
llamadas "exportaciones no tradicionales". Pero los que regresaban
pagarían los gastos de manutención, los medicamentos, los útiles escolares de quienes no pudieron ser enviados al exterior.

Venían con los bolsillos llenos de monedas de lugares desconoci-
dos, reyes de perfil adusto, héroes, legisladores, celebridades varias (la
filatelia y la numismática eran lucrativos negocios, hubo quienes paga-
ron astronómicas cantidades para ser recordados en la posteridad como sellos o monedas). Por eso era extraño encontrar como modelo a
estrellas de cine de segunda categoría, descubridores de minúsculas is-
las, generales que nunca fueron a la guerra. Muchos de los recién llegados se preguntaban qué sería de ellos, si podrían trabajar, si encon-
trarían vivienda, si los amigos estarían allí, esperando. Había muchos
que fueron profesores de literatura, en el tiempo en que la literatura
no era subversiva e inútil, como ahora. Pero ellos trocaron sus cátedras
en el extranjero, y hoy eran mecánicos en motores de lenta combus-
tión interna, o técnicos en computadoras nucleares.

Hacer colas pidiendo trabajo en los dos o tres bancos que quedaban en el país, ya que el gobierno había simplificado de manera ma-
gistral lo que antes era una jungla de sucursales bancarias. Siempre se
supo que todo lo relacionado con el cambio, la moneda, las acciones,
la Bolsa de Comercio, dependían de Wall Street, de Deutsches Banker
Forbund, y de otras tantas metrópolis. Por lo tanto, ¿por qué no dejar

que fueran ellos que cuidaran de nuestros asuntos? A partir de esa sabia decisión el país cambió de fisonomía. Se desmantelaron esos enormes edificios que relucían con sus miles de ojos de vidrio. Miles de empleados bancarios, que largamente desaprovecharon sus fuerzas físicas en trabajo de máquina y escritorio, salieron a la calle, fervorosamente, a limpiar parques y avenidas, plazas y veredas.

Tan difícil para los recién regresados reconocer a su viejo país. Temían entrar a las bibliotecas y preguntar por libros o autores censurados o malditos, algunos quemados en efigie junto con todas las ediciones de sus obras, otros borrados de los diccionarios. Eran estos últimos los más sensibles a los nuevos ideales y cambios. La historia ya no era simple relato de los hechos pasados, sino que se la descubrió susceptible a las más ingeniosas transformaciones. España nunca fue una República, ni Voltaire negó a Dios, y las batallas cambiaron de vencedores y de vencidos, y el término revolución sólo se aplicó a la industrial y a la neolítica. La filosofía también fue expurgada de todo lo que no fuere metafísica, y Tomás de Aquino salió de la oscuridad en la que las corrientes extranjerizantes y foráneas lo habían ocultado.

A los recién llegados se los reconocía inmediatamente. Se los encontraba reunidos en los baldíos, recordando qué había allí antes. Cafés donde se podía escribir poesía toda la tarde sin ser molestado, lugares donde se había debatido el sentido de la existencia, la necesidad de los cambios, la dialéctica, el materialismo. Recorrían la ciudad con otros ojos, la vivían en el tiempo en que ellos la habían dejado, como si esto no hubiera sido más que un largo paréntesis. Vivían esperando algo mágico, un encuentro con un fantasma que se levantara del pasado, y les dijera: "Hola, te estábamos esperando."

Pero el pasado era una tenue trama de tapiz; deteriorada por los años, de donde se habían escapado como hilos, rostros y voces. Algunos se negaron a bajar de sus altillos, una vez subidos a ellos, otros a dejar las camas, a salir a la calle. Las salas de espera de los psicoanalistas se llenaron de gente nuevamente, y florecían las terapias de apoyo, las terapias de grupo, el psicodrama. Pero nada podía ayudar a quienes habían perdido la misericordiosa capacidad de olvido que la memoria tiene. Lo recordaban todo, la gente, las plazas, los sucesos, los muertos, los destierros. Pero sólo quedaban señas difusas: aquí hubo un café, aquí se sentaban muchachos y muchachas de ojos alucinados, esperando un mundo mejor, peleando contra molinos de viento, jugando ajedrez, discutiendo las miles de posibles variantes de las tantas ideologías. Esto fue un teatro, ¿te acordás? Aquí se representó a

Brecht o a García Lorca, Prometeo y Fuenteovejuna. Precisamente aquí, en esta sala casi desierta donde tocan a veces con dudoso éxito las bandas militares.

Nadie pareció advertirlo en los primeros días, pero luego de algunas semanas fue imposible negarlo. Los recién llegados se iban lentamente, tan vacíos de cosas como habían llegado, con algún libro, cigarrillos, fotografías amarillentas. Se iban en aviones, barcos, trenes, de a pocos, en pequeños grupos. Luego en mareas parecidas al mar en invierno, y como el mar deja sus despojos, botellas, caracoles, algas, así ellos iban llegando a otras playas, siguiendo ese espejismo que no habían encontrado, esperando volver otra vez, pronto, pero sin sueños.

ÓSCAR DE LA BORBOLLA

AVENTURA EN LA TUMBA

Desde siempre quise correr una aventura, ser el protagonista de una hazaña espectacular en la que mi vida, redecorada por la emoción, surgiera los tonos fosforescentes con los que el peligro maquilla cada minuto para que se sienta su intensidad. Sin embargo, nací más holgazán que temerario y, sobre todo, en el seno de una familia pobre, pacifista y tramposa que muy pronto supo torcer mis ansias de enfrentarme a riesgos desmedidos hacia las aventuras sedentarias del espectador, hacia los sobresaltos tibios de la lectura que hicieron de mí un inválido nostálgico con las narices encorvadas en las páginas de Salgari, London o Stevenson. Y luego, para acabarla de amolar, mi temperamento indolente, mi flojera congénita me llevaron a descubrir demasiado pesadas las hojas de los libros y las cambié primero por el cine y poco después por la televisión: a los 10 años era un niño esclerótico y enmohecido, y ahora, en el himalaya de mi edad, soy por supuesto un lirón parsimonioso al que, no obstante, sigue corroyendo el gusanito de ser héroe.

Quizá por esto, pero también debido a la ruda situación económica que me fuerza a cualquier desfiguro sin reparar en el desdoro de mi imagen, fue que decidí aceptar el trabajito cuyos pormenores referiré en esta ucronía, ya que de alguna manera he cumplido mi sueño de aventuras:

Todo comenzó cuando mi amigo, el teniente Perpetuo Zamora, me comentó de la existencia de una banda de profanadores de tumbas, de una pandilla de facinerosos que en los últimos meses se ha dedicado a saquear las fosas frescas en los cementerios capitalinos con el perverso fin de apoderarse de ciertos órganos que en el mercado internacional alcanzan jugosas sumas exentas de impuestos. Consíguete un anzuelo, le propuse yo un tanto indignado, alguien que se finja el muerto y que a la hora de la hora dé el pitazo para que ustedes puedan atrapar a los traficantes. La idea ya se le había ocurrido, me explicó, sólo que había resuelto desecharla por faltarle la persona indicada, alguien que reuniera, además de aplomo y voluntad, algunas habilidades de orden histriónico para representar con éxito el papel de cadáver. ¡Pues si es lo más sencillo!, objeté yo, no hay más que tumbarse y permanecer quieto en espera de los sospechosos. ¿Tú estarías dispuesto?, me preguntó Zamora, y a mí se me hizo fácil contestar que sí, que de hecho estaba acostumbrado a pasar muchas horas inmóvil escribiendo o plantado ante el televisor, y que total: el susto que se llevarían los traficantes, cuando yo me incorporara como un Lázaro para dar voces, sería un factor sorpresa que sin duda garantizaría mi integridad en lo que la policía se presentaba a echarles el guante. Esto último no sé si fue él o yo quien lo dijo, pero el caso es que en aquel momento me sonó convincente y respondí con un "órale" y un "ya vas" y un "juega el pollo" que fueron como si hubiera firmado un contrato, una cesión de derechos de mi persona, pues a partir de ese instante comencé a formar parte de la logística policiaca y, en mi calidad de pieza clave de la Operación Tumba, no se me dejó siquiera avisar a Beca que me había metido en un lío y que esa noche no iría a cenar: tenía que morir cuanto antes, es decir, disfrazarme de cadáver y ser enterrado en el panteón más próximo a la comandancia.

Honestamente yo esperaba que me dieran un equipo sofisticado, poco más o menos como el que recibe James Bond en las películas: vehículo anfibio-aéreo, encendedor láser, teletransmisor, en fin, muchas cosas que delataran mi rango de agente especial; pero no ese vulgar traje negro de espalda holgada para ocultar unos incomodísimos tanques de oxígeno, ni ese transmisor al que yo mismo tuve que poner pilas nuevas y, mucho menos, esos bisteces podridos que introdujeron en las bolsas del saco para rodearme de un aroma convincente. Ahora sí, fíngete el muerto, me dijo Zamora, que vamos a velarte. Todavía faltan 10 minutos, argumenté mostrando a Zamora mi acta de defunción: Aquí está asentado que el deceso ocurre a las 6 P.M., y todavía le falta. Está bien, reconoció él, me gusta tu profesionalismo. Y me invitó a tomar asiento: yo estaba nervioso, pues aunque me había explicado una y otra vez los pasos de la Operación, qué tal si el oxígeno fallaba, o los policías escondidos en las criptas cercanas a mi tumba se dormían o, lo que era peor, me dejaban allí olvidado. No te preocupes, me aseguró Zamora, acuérdate que somos amigos. Conste, dije yo y vi espantado que el segundero del reloj de pared marcaba las 6 en punto de la tarde: fiel a mi promesa me desplomé. Zamora, según lo convenido, hizo entrar a sus ayudantes y con voz apesadumbrada murmuró que su cuate había muerto. ¿Muerto?, preguntó incrédulo y socarrón un subalterno de Zamora, a mí se me hace que este buey está bien pedo. Afortunadamente Zamora repitió con energía: Está muerto, ¿me entiende?, es una orden, y al subalterno no le quedó otra que admitir mi nueva condición, aunque lo que en verdad lo convenció al grado de hacerlo bajar la voz, dejar de reírse, quitarse el quepí y llamarme "el difuntito", fue la lectura del acta de defunción que Zamora le obligó a hacer: era un certificado oficial.

Mi aventura había comenzado, por fin formaba parte de una misión secreta de tanta gravedad que mi primer paso había consistido en morir. Y como es costumbre, la muerte me redujo a un vil objeto en manos de los demás, a algo menos que un bulto hacia el que nadie mostró una pizca de consideración, pues en cuanto Zamora salió de su oficina, luego de dar las instrucciones para que se me llevara al velatorio, empecé a sufrir un sinnúmero de vejaciones que referiré en el próximo capítulo, junto con las peripecias que para entonces me hallan ocurrido con los traficantes de órganos: de momento sólo quiero agradecer a mi amigo Zamora la instalación del telefax con el que he enviado la presente colaboración desde esta tumba de la que espero salir con vida.

II

Completamente desmoralizado continúo este relato: mi amigo, o mejor dicho mi seudo amigo, el teniente Perpetuo Zamora, me mareó para hacerme aceptar este trabajo que, quiero dejarlo asentado, admití en la más funesta de las horas de mi vida. No tengo una idea muy clara del tiempo que haya transcurrido desde mi funeral, pues en estas tinieblas subterráneas los minutos manan pegajosamente y es posible que lleve aquí dos días o dos semanas: no le deseo a nadie el martirio de ser enterrado vivo, creo que ni siquiera el apando puede compararse con la mortificación que se sufre dentro de un ataúd bajo la tierra: de veras pobres muertos, con razón se mueren para siempre: es tan incómoda la caja, tan estrecha, tan dura que materialmente no hay modo de moverse y espiritualmente no se antoja volver: lo más que he conseguido es girar mi cuerpo unos 15 grados: tengo acalambradas las piernas y la espalda me arde; pero lo peor no es eso, sino el escándalo y la oscuridad, porque, contra la difundida creencia de que el sepulcro es silencioso, la verdad es que aquí no cesa el ruido de las piedras que se cascan, que se friccionan unas con otras, porque los minerales no se callan nunca y tampoco los árboles: sorben el agua por las raíces de la forma más repugnante, pujan al hundir su cofia, hacen crujir

la tierra cuando el viento los mece y, sin embargo, lo más aterrador de
acá abajo es la sombra, ese negro absoluto que encandila, que lastima,
que hace alucinar los más graves horrores. Pero no debo referir mi
aventura en desorden, había prometido contarla paso a paso, y en el
capítulo anterior la historia se detuvo cuando Zamora ordenó a un subalterno trasladarme al velatorio: allí comenzó mi ruina, pues el ayudante de Zamora, un policía malicioso, no del todo convencido de la
autenticidad de mi muerte, me arrió en cuanto nos quedamos solos
tremendo puntapié en las costillas: Ya párate payaso, me dijo, que no
voy a cargarte. Yo absorbí con insuperable estoicismo ése y los siguientes golpes: los que me di al rodar escaleras abajo hasta la puerta
de la ambulancia fúnebre que me llevó al velatorio. Los camilleros
tampoco se portaron bien conmigo: esculcaron mi traje para ver si
traía dinero, me quitaron el reloj y el anillo, y todo el trayecto se fueron sentados encima de mí. No obstante, la mayor vejación la padecí
en el velatorio: los encargados de alisarme el rictus con maquillaje me
abrieron la boca y al descubrir mi puente de oro intentaron arrancar-
lo con unas pinzas. Ahí sí protesté: mordí las manos que me rejunju-
neaban la costosa prótesis, y ellos enfurecidos me soltaron un tubazo
en la cabeza que me dejó privado. Me recuperé en la enfermería, por
lo visto Zamora apareció providencialmente cuando los zopilotes (así
se les conoce en la jerga del hampa) iban a desprenderme hasta las
amalgamas. Aquí se acaba nuestro trato, dije yo, esta misión es muy
peligrosa: a los muertos nadie los respeta. No te apures, respondió Zamora procurando apaciguarme, yo mismo haré guardia junto a tu
cuerpo hasta que te entierren: no me puedes dejar colgado, ya está todo listo. Mira qué bonito cajón te conseguí: puro ocote de primavera
y, para que no suspendas tus colaboraciones en la revista *Siempre!*, mira, hice que instalaran un telefax. ¿A poco?, pregunté yo y me asomé
al ataúd para cerciorarme: en efecto, ahí estaba un telefax flamante.
Pues ni con ésas, repuse, yo me largo ahora mismo. Consíguete otro
que se finja el muerto. Por mí tus profanadores de tumbas pueden seguir exportando pedacería de mexicanos. Un momento, dijo Zamora
y me encañonó con su revólver, tú firmaste y te mueres por las buenas o te mato por las malas, ¿qué prefieres? Entonces recapacité: Bueno, bueno, dije, ¿pero qué voy a comer allá abajo? Todo está previsto,
me explicó él, jalas esta manguerita: por ahí vamos a drenarte chila-
quiles tres veces al día. ¿Y si se tapa?, pregunté desesperado y Zamora amartilló la pistola: Si se tapa, te mueres de hambre, pero no se va
a tapar, así es que métete que estamos perdiendo el tiempo.

Una hora más tarde, el ataúd de ocote descendía conmigo dentro en el hoyo de algún panteón capitalino: yo estaba ansioso y arrepentido. Empezaron las paletadas de tierra, tras tras sobre la tapa hasta que dejé de escucharlas. Me acordé del poema "Límites" de Borges: "Creo en el alba oír un atareado rumor de multitudes que se alejan..." Es mentira: allá abajo no se oye ningún rumor: al principio se hace el silencio, un silencio mortal, los dos metros de tierra son una sordina intraspasable. Después el oído se aguza y se percibe hasta el más leve roce, poco a poco el volumen aumenta y se captan todos los sonidos del subsuelo, el paso de alguna rata o de algún topo que cruza horadando un túnel, el quebrarse de un hueso en la tumba de al lado, los latidos de mi corazón con más intensidad que si los estuviera oyendo por un estetoscopio estereofónico, la respiración como un huracán, el flujo y reflujo de la sangre que va por las arterias como si fuera un río impetuoso cargado de piedras, la carne que se queja y exhala miles de ayes por los poros, todo se oye multiplicado: la muerte es un escándalo espantoso.

Y luego la oscuridad, vuelvo a la oscuridad porque no existe nada peor aquí abajo. Es una oscuridad que se palpa, que se materializa en tonos chillantes, que se mete a patadas por los ojos, que escuece no sólo la retina sino el cerebro, porque a fuerza de no ver nada se hacen visibles otras cosas: los horrores que cada quien contiene, los pánicos ultravioleta y los miedos infrarrojos, las imágenes que uno proyecta en las sombras. Aquí se ve el verdadero rostro del más allá: quien no me crea que se haga enterrar vivo.

Ya no soporto más este encierro. Lanzo desde aquí mi SOS desesperado. Exijo a los profanadores de tumbas que vengan pronto. Exijo que le exijan a Zamora que me saque de aquí. No sé si pueda proseguir esta historia...

III

Sigo en el ataúd. Los profanadores no han venido por mí. Estoy completamente tieso y entumido. La cabeza se me ha terminado de trastornar aquí abajo. Creo que a ratos se suspenden mis funciones biológicas y desciendo a niveles de vida latente. Ya no distingo entre sueño y vigilia y, a pesar de mi angustiosa situación, temo que a los lectores deje de interesarles mi aventura. Me avergüenza que a estas horas, luego de tres semanas de estar inmóvil dentro de la tumba, todavía me preocupen los lectores y mi suerte literaria: de veras que la vanidad es lo último en morir. Qué ajeno es para mí el resto del mundo con sus agitaciones, sus intrigas y sus sobresaltos, ya ni siquiera le guardo rencor al teniente Zamora por haberme enterrado y, sin embargo, los lectores me aflijen: no gozar de su interés ensombrece un poco más, si cabe imaginarlo, estas tinieblas totales en las que me hallo por necio, por envalentonado, por decirle a Zamora que yo podía con el paquete.

Cómo escapar de este cajón de muerto, si cada que me pongo a urdir un plan me asaltan las peores ideas: un desánimo más aplastante que la tierra que me cubre. Sé lo que sienten los catalépticos al despertar, los que han perdido todo. A mí lo único que me queda es el horror, la facultad de aterrarme la conservo intacta, incluso potenciada: aquí abajo he redescubierto las anécdotas de Lovecraft y de su Círculo: fantaseo con que millares de ratas desfondan mi caja y me acribillan a mordiscos, o que aparece un gul, uno de esos cadáveres a los que resucita el hambre, y me devora, o si no que millones de larvas se prenden de mí con sus hocicos insaciables. En fin, el temor de resultar apetecible, aunque sea para estos seres del submundo, turba como nada mi estancia aquí abajo. Ahora mismo, el miedo me hace escuchar unos ruidos...

Con la lengua de fuera y en un estado de júbilo indescriptible, retomo el hilo de mis peripecias. Antes que nada, quiero informar que estoy libre, que conseguí escapar y, aunque los peligros no han concluido pues me encuentro desnudo y acorralado en una oficina de correos y la gente no deja de injuriarme y de lanzarme toda clase de proyectiles, estoy feliz: qué me importa que estas personas no comprendan que soy un náufrago de la muerte y que me tomen por un degenerado que se pasea en cueros por la calle. Si supieran, si remotamente sospecharan de dónde vengo.

Y es que finalmente se presentaron los traficantes, y digo finalmente porque en ese momento una rigidez mortal me había invadido y no pude siquiera oprimir el transmisor para avisar a la policía. Tieso como estaba me subieron junto con otros doce cadáveres al camión que nos transportó a un laboratorio. Fue maravilloso el recorrido: el contacto con aquellos cuerpos helados que pesaban sobre mí, que me impregnaban con su pútrida fetidez orgánica, me hizo entender que yo al menos estaba vivo, que apestaba a vivo, pues ellos aprovechaban el más insignificante bache para brincar y alejar sus narices de mí. Nos descargaron en un patio donde fuimos sometidos al chorro de una enorme manguera: el agua nos movía de un lado al otro como hilachos, nos desprendía las costras de tierra y suciedad, fue de ese modo como perdí la ropa y recuperé el control de mis miembros: gracias a esa hidroterapia estimulante. Sin embargo, no creí oportuno revelar ahí mi condición de resucitado, incluso oculté en mis "involuntarios" movimientos una serie de patadas y puñetazos que di a los cadáveres que rodaban conmigo, pues ellos a su vez como si tampoco fueran responsables de sus actos, me metieron un número indefinido de codazos y cabezazos.

Ya limpios, hasta el punto en que los muertos pueden estarlo, nos pasaron a rasurar: un tipo malencarado y dueño de una pericia sin parangón comenzó a afeitar de arriba abajo los cuerpos... ¡Ay!, grité, cuando sentí que me pasaba el filo del machete sobre el pecho. ¡Ay!, volví a gritar y me levanté de golpe. El traficante retrocedió atónito. Respeta a los muertos, dije con voz cavernosa. Sí, respétanos, repitieron a coro los demás cadáveres y se incorporaron adoptando una actitud retadora. El traficante soltó el machete, el dominio de la situación, un alarido que me heló la sangre y salió huyendo para regresar, casi en seguida, con sus demás compinches armados hasta los dientes. Los muertos nos volteamos a ver y comprendimos que todos éramos agentes de la Operación Tumba, aunque quizá hubiera entre nosotros algún muerto auténtico: no lo pude averiguar, pues en ese momento los traficante abrieron fuego y los muertos de mentira se volvieron muertos de verdad. Corrimos: yo alcancé la barda, otros cayeron por las balas de las metralletas.

No sé lo que haya sido de mis colegas de cementerio, pues no me detuve sino al cabo de un centenar de calles que ahora, por fortuna, se interponen entre la guarida de los traficantes y esta oficina de correos, donde, para entretenerme en lo que llega Zamora, me he puesto a escribir este capítulo. Ojalá que la policía no se demore, pues los puritanos que me sitian no han cesado de abuchearme, ya me descalabraron y es posible que estén maquinando un linchamiento: no se cansan de gritar muertes contra "el encuerado asqueroso".

IV

A un mes exacto de haber aceptado convertirme en agente especial de la Operación Tumba, miro con ojos renovados por la lija del peligro mi recién recobrada vida doméstica: nadie se echa en balde tres semanas en un ataúd, ni puede ser el mismo luego de salvarse de una balacera, un linchamiento y una vapuleada en los separos de la comisaría. Soy un hombre nuevo o, mejor aún, un ucrónico nuevo a quien la aventura arrancó la capa de cochambre que le impedía sentir la maravilla de estar vivo, el insuperable milagro de andar por las calles respirando el aire tóxico de la intemperie, y la genuina satisfacción de pertenecer a este mundo, aunque se trate de un mundo de tercera: qué engalanado se ve México cuando uno resucita: no he tropezado con una sola compatriota que no me parezca guapísima. De verdad que no hay como pasarse una temporada en el submundo para recuperar el paraíso.

Mi bobalicón optimismo se debe, como ya lo habrá adivinado algún lector perspicaz, al feliz desenlace de mis andanzas policiacas: si se iniciaron al fingirme muerto es justo que concluyan ahora que me finjo vivo, vivo y emocionado de estar vivo.

Hace un mes confiaba en el teniente Zamora y en que sería útil en la captura de una banda de traficantes, hoy en cambio, como buen héroe posromántico, ya ni en la paz de los sepulcros creo, pues me presté en calidad de cadáver para dar el pitazo a la hora de la hora; pero la tardanza de esa hora hizo que se me engarrotara el cuerpo y que los malhechores se salieran con la suya: con trece muertos falsos entre los cuales iba yo, trece difuntos de mentiras que Zamora no quiere admitir, pues según él, jamás hubo otro agente especial aparte de mí en la Operación Tumba. Sin embargo, éramos trece: seis a mi derecha y seis a mi izquierda, ¿cómo no recordar mis alas en aquel combate?, ¿cómo no recordar la segunda muerte de mis compañeros en manos de los traficantes? Sería como si cuando los negó Zamora no me hubiera percatado de que estaban muriendo por tercera vez. Porque una cosa sí he sacado de vivir esta historia: el convencimiento de que no hay nada peor que morirse: de que a un muerto cualquier malnacido lo remata.

Te vamos a cubrir con timbres para mandarte al panteón, vociferaban furiosos en la oficina de correos. La policía irrumpió cuando tres capas de estampillas me tapizaban de pies a cabeza. ¿Dónde está el degenerado?, preguntó Zamora que, como en un vodevil, llegó al frente de los uniformados. Perpetuo sálvame, quise gritar, pero los timbres me sellaban la boca y ocultaban mi rostro. Trépenlo a la patrulla, ordenó Zamora, que le vamos a enseñar decencia a este encuerado. Ahora sí que no la cuento, pensé, es inminente que van a darme una calentadita. Por fortuna, de buenas a primeras, alguien me roció la cara con agua mineral y al desprenderse los timbres Zamora me reconoció: ¡Tú aquí!, dijo con tal asombro que sus ayudantes saltaron para atrás y se cuadraron. Sí, contesté, no hay tiempo que perder: sé dónde está el escondite de los traficantes.

A los pocos minutos llegamos al lugar: un grupo bien artillado de policías se apostó en las azoteas del vecindario y otro batallón, con Zamora y conmigo a la cabeza, penetró en la guarida: ahí estaba el patio de los manguerazos y la barda por la que había trepado para huir, pero ni uno solo de los cadáveres ni de los traficantes. Tú tienes la culpa, me dijo Zamora, por andar publicando nuestros planes en la revista *Siempre!* ¿Cómo crees?, le respondí, ¿Cuándo se ha visto que los criminales lean una sección cultural? Pues entonces, ¿por qué escaparon?, gruñó él, y yo no supe qué contestar: me sentía derrotado y ridículo con aquel traje de timbres, me sentía un arlequín, un muñeco de papel maché burlado por la suerte: tantas penas, tantos días enterrado para nada, porque de la recompensa más valía ni hablar. Bueno, dije, si ya no hago falta... Sí, me despidió irónico Zamora, la próxima vez que te mueras me avisas...

En el camino a mi casa comprendí que mi aventura en la tumba no había terminado, que tan sólo se había abierto un periodo indefinido de vacaciones en la vida y que algún día funesto y odioso tendría que volver no como agente especial, sino como agente de planta de la Operación Tumba. Sonreí: hasta el fracaso me supo a gloria: traía en el cuerpo suficientes timbres para llegar lejos.

JORGE CALVO

NO QUEDA TIEMPO

Llegó la medianoche y aún estamos vivos.

JORGE TEILLIER

Asoman a la superficie y desaparecen bajo la espuma. El agua los devora y los escupe sin cesar. ¿Y por qué me parece que han estado allí siempre?, si sólo van dos o tres días. Desde la madrugada del martes que flotan y el oleaje los lanza contra el roquerío. Emergen a la superficie y desaparecen bajo la espuma, condenados al vaivén del agua. Me alejo del parapeto y bajo las gradas, tengo sueño. Me dijeron —Espera en la pieza —sin embargo, aquí voy, bajando la escalinata de la costanera, buscándola. El viento roza mis orejas, golpea mis ojos, boca adentro, quemándome la garganta y en el aire aún vibra el eco de las detonaciones. Esta vez no se trata de seguirla a ciegas, como antes, cuando el azar empujaba nuestros pasos hasta dejarnos cara a cara en una esquina cualquiera. Ahora es distinto; a lo mejor la encuentro más allá del malecón, perdida en los escombros, vagando entre botellas quebradas y la infinidad de huesos amarillentos que diseminados en la arena soportan los picotazos de las gaviotas. Del callejón escapa un grito y el viento se lo lleva y lo esparce en los faldeos del cerro. Debería regresar, subir los peldaños, cumplir mi deber y olvidar su risa anunciando que se irá. No queda tiempo, dice, quiere convencerme que ha subido a un pedestal y ya no forma parte de lo que ocurre y de lo que va a suceder inevitablemente. La falda arremangada deja al descubierto la piel blanca de sus muslos, quizá fingía desde el principio, mostrándome la mitad del rostro y escondiendo la otra mitad en ese límite de sombras donde el aleteo de una mariposa se confunde con el filo de una cuchillada, lo hacía sin querer, su cuerpo todavía no estaba invadido por el miedo, su cuerpo blando y frágil, su cuerpo que podría estrechar en mis brazos hasta despojarlo de esa cosa amorfa y paralizante que la hace reír y anunciarme que se irá. Así de simple, nunca más su lengua adentro de mi boca. Ríe con una risa floja de maniquí, a medio vestir, el pelo revuelto. Hoy se cumplen tres días y ni

[378]

siquiera hemos podido cambiarnos de ropa, quisiera darme un baño de agua tibia y después acostarme junto a ella, piel contra piel, pegado a su olor de hembra asustada y acariciarle el vientre, pero ríe y cada tanto dirige la mirada a sus ojos y los míos en el interior del espejo, sin ánimo, preocupada de enfatizar que si no alcanzo, o no puedo, o no quiero regresar a la hora, ella se marchará junto a no sé quién. Sólo resta caminar, alejarse de los quioscos, de los edificios vacíos y de los faroles que automáticamente comienzan a brillar en la avenida de la costa. La brisa tibia huele a cochayuyo podrido, a porquería de gaviotas, y la sustancia pegajosa deambula en los rincones y empuja cerca de la esquina pasos provenientes de otra parte. El bullicio crece a la distancia, aprieto la culata fría en el bolsillo de la casaca, puedo oír el griterío que se aproxima y después el largo y gutural bramido de la sirena de un barco que el viento trae en estampida a través de la bruma que cubre el océano. Las voces de la muchedumbre de golpe giran y se alejan dando tumbos por las callejas de piedras. Una breve tregua y el silencio como un perro siguiéndome los pasos. Se dedican a sacarlos. Seguro los encontraré más adelante, en los laberintos del muelle, amontonados en las dunas, esperan su turno, agazapados, de la misma manera que aguarda ella, tendida en el diván, mientras sostiene el cigarrillo en los labios y desliza los dedos sucios de nicotina por encima de los senos y el estómago, hasta el vientre, se enredan en la maraña, y durante un rato la presionan suavemente, luego retiran el cigarrillo de los labios y lo aplastan en el cenicero, entonces se inclina y observa sus ojos y los míos en el espejo. Sujeto el revólver en el bolsillo, sería fácil, apuntarle a la cabeza, a la pupila que antes destellaba, presionar suave, apenas una caricia en el gatillo, a dos o tres metros... imposible fallar, tirarle adentro de la boca y acabar con su miedo para siempre. El estampido ahogado por el silenciador sonaría apenas como un portazo seco en la lejanía, como esos ruidos que a veces se escuchan y nunca se está muy seguro de haberlos oído, quedaría inmóvil, hermosa muñeca con las pilas agotadas. Y ella ríe, sin saber, sin sospechar la existencia del arma, ignorante de que hubo otras ocasiones en las que también pudo dispararse. La noche en el puente, traía el vestido azul y aun borracha parecía un ángel, se empecinaba en revisar las sombras, le informaron lo que iba a suceder y comenzó el miedo, repetía una y otra vez que ya nada servía, habíamos fallado, y permanecer en esta ciudad era, en el fondo, otra manera de engañarse. Nos emborrachamos y en ese momento, bajo la luz de las estrellas, hizo sentir que yo era una suerte de simulacro, quise dispararle, pero me hundí en sus labios tan hondo que las palabras se marcharon y me quedé con un sabor a alcohol en los bordes de la lengua. Caminamos por la arena, a donde nadie pudiera vernos desnudos, pero ella escapó de sí, y durante horas estuve abrazando a una desconocida. ¿Qué ganaría con decirle?, ella lo sabe, busca una muerte rápida, prefiere que yo le dispare. Atravieso la habitación, a la ventana, sin tocar los visillos, miro el terraplén y después el mar, salen a la superficie y desaparecen bajo la espuma, cadáveres que el agua devora y escupe sin cesar. A mi espalda ella dice que alguien ha conseguido una embarcación, no sabe si se trata de un bote a remos o de una lancha con motor a la borda, pero flota y puede sacarnos de aquí. Miro su risa en el interior del espejo, no ha considerado que huir en ningún caso es tarea sencilla, deberemos esperar la noche, como muchos otros que también esperan, esperan la esperanza, la esperanza de embarcarse a oscuras, cruzar la bahía, superar el muelle, y aún quedará el problema de los horarios, la marea y la luz de la luna que nos pondría al descubierto ante los hombres que vigilan. Ella se incorpora, el rostro duro, la boca fría, dice que él no quiere llevarme, pero ella lo ha convencido... por todo aquello... lanza un manotazo flojo, dice que fue fácil, por mis contactos, puedo ser útil en caso de que surjan dificultades, y ese deseo de salvarme, sin entusiasmo, por cumplir, como quien devuelve una creatura envuelta en papel de diario. Se abotona la blusa, camina hasta el espejo, dice que nunca estuvo de acuerdo y sólo ahora se da cuenta, ahora cuando todo se va por el tubo de la alcantarilla y los amigos ya abandonaron la ciudad, o fueron arrojados desde los helicópteros al mar, ella tiene la certeza que debemos huir. No estoy dispuesto y ella lo sabe. Se levanta la falda, hunde las manos entre las piernas, y a mi imagen reflejada en el espejo le pregunta ¿todavía te acuerdas? y mi imagen da la vuelta. Ella enciende otro cigarrillo, regresa al diván, me espera, igual como pudo esperar al muchacho de la guitarra, a lo mejor lo olvido, y al grupo de Octavio que se reunía a discutir las leyes de la Dialéctica y el *18 de Brumario* en los bares del muelle, de seguro no sabe que los sacaron esta mañana, con el vientre abierto de arriba abajo y los intestinos repletos de jaibas. Ellos apostaban que nada sucedería. Pero a mí me entregaron una pistola y a la carrera me enseñaron; éste es el cargador y se introduce por la culata, aquí va el seguro, mueves el carro y pasa la bala, ten cuidado que el gatillo es muy suave, apunta siguiendo la dirección del brazo como si indicaras a alguien con el dedo. Permanece tendida, enseñándome la cicatriz entre las piernas, ríe y cada tanto repite que si no alcanzo a regresar a la hora, ella se marchará con ese hombre. Pienso devolverme por la escalinata de piedras, cumplir las instrucciones que me dieron, cruzar el atrio de la iglesia, rodear la Plaza y subir por las calles laterales para no encontrarme con ella cuando inicie la fuga. Ella no sabe que de aquí no escapa nadie, es tarde muy tarde. Al final del muelle un gran camión tolva se lleva a los que sacan. Sería mejor dejarlos en el agua pero un olor pestilente invade la ciudad. Camino, repaso nombres, le doy tiempo para que pueda salir, siempre que la historia de la embarcación y el hombre sean verdad. Ojalá cuiden de ella, estará agotada y con miedo, ya no reirá y no sentirá ganas de quedarse viéndome a través del humo, haciéndome sentir transparente, mientras escucha los gritos, las detonaciones y el bullicio proveniente de la distancia y la ceniza se desprende y rueda por su vientre. Me gustaría darme un baño y tenderme a su lado, acariciarla, pero eso no pasará. Voy a salir. Ella no está segura, y su risa es un latigazo dulce que me obliga, debería dispararle, es lo que desea. Nunca imaginamos que esto sucedería. Se han estado marchando, en parejas, en grupos, de uno en uno por la carretera, mientras fue posible; caravana híbrida que se ha desgajado a lo largo del pavimento, regándolo de maletas, jaulas, retratos de señores solemnes y desteñidos, y un gigantesco reloj cuya única manecilla señala indiferente la hora en que el destino les quebró la mano. Otros siguieron el camino de las aguas, compraron embarcaciones de cualquier tipo, o las robaron. Arrancaban de lo que venía, de lo que estaba por llegar. Introdujeron puñados de tierra en bolsas que anudaron a sus gargantas, empaquetaron las piedras, los gusanos, los temores, almácigos de boldo, ruda y cilantro, cuanto resultó posible meter en los cajones y más tarde quedó regado a lo largo de la carretera. A las cosas que no podían cargar, les metieron fuego, grandes hogueras ardieron durante la noche, danzaron cogidos de las manos, aullando y emborrachándose; con la aurora pasaron hacia el mar y se entregaron al amor desesperado de los que se encuentran a punto de partir. El silencio se apoderó de la ciudad. Entonces vinieron los vehículos que hacen temblar las construcciones, y con sus armas barrieron los estandartes de la costanera, destruyeron los toldos que colgaban al viento, acribillaron las sábanas colgadas en los patios y por último redujeron a polvo la algarabía de las gaviotas y relegaron a las provincias del recuerdo los tiempos felices y despreocupados de la tranquilidad. Debo quedarme a esperar instrucciones, sin embargo, no puedo evitar buscarla, se fue. Hace poco que comenzó a venir el camión tolva para llevarse a los que sacan, algunos todavía juguetean en la espuma, las gaviotas les arrancan los ojos a picotazos, y el oleaje los envía una y otra vez contra las rocas. Bajo los peldaños con el deseo de que esta vez sea diferente, ir a la calle estrecha y empinada donde vive y, como antes, abrazar su piel tibia y sentir sus labios desordenarse al contacto de los míos. No hay caso, tengo un revólver y no existe un solo barco que pueda navegar hacia otra parte. Esta ciudad hiede, se pudre, enterrada en el pantano, como una piedra, un ojo ciego que pende de la noche e ilumina el olor que baja de los funiculares, el olor que sale de los sótanos, invade el puerto, cubre los parques y amenaza desintegrar las estatuas de los próceres. El olor contamina las aguas, impregna la comida, por las noches envenena los sueños y no deja dormir, un olor ácido y rancio, el olor de mis axilas y de toda mi maldita piel. Desde ese día tengo un revólver y sé muy bien para qué. No he vuelto a saber de Raúl, de Aníbal, ni de la Mónica, que deseaba ser actriz y se lo pasaba diciendo que un día bailaría y bailaría y bailaría. Tuve que conseguirme un revólver, el que me habían entregado me lo quitaron, entonces le compré uno al muchacho que antes solía vendernos armas para el cuidado de los locales, en la época en que mirábamos la muerte como un juego fascinante y lejano. Dijo que tenía cinco proyectiles y podían estar malos, pero con dos buenos, sólo dos es suficiente. Bajo las gradas y me da por creer que debería estar haciendo lo contrario, debería subir, subir cada peldaño. Pero estoy obligado, durante todo el día los han estado sacando del mar y los mongólicos, los dementes y los oligofrénicos, como nadie los cuida, envueltos en sus túnicas blancas, vagan al azar, la ciudad les pertenece, juegan por las calles; a la cenicienta, a los robots, son pájaros de acero y vuelan hacia la guerra computarizada, se matan de mentira y de verdad. Se les cae la baba, tropiezan, con sus dedos atrofiados dan órdenes a los grifos, a los buzones y a los semáforos detenidos en un naranja intermitente. Extasiados de poder, fuera de todo control, se mojan los pantalones y despilfarran regimientos, ejércitos de la noche, destacamentos interminables de faroles que desfilan escrupulosamente simétricos hacia la muerte, una muerte de fantasía, con pompas de jabón y fanfarria de globos inflados. Únicamente los perros vagos se resisten, miran de reojo y se alejan olfateando los escaños, y los dementes en desordenado tropel ocupan la terraza y lanzan gritos de júbilo cada vez que retiran a uno de las aguas. Alcanzo a distinguir su cuerpo, la sacan empapada chorreando algas, desnuda, con un proyectil hundido en lo más profundo. Aún ríe, no puede, no logra tragarse la risa y me observa desde el espejo trizado de los ojos. Se llevan a buscar algo que podría ser un bote, un colchón, o un simple recodo donde puedan todos y cada uno ir, una y otra vez, mientras le pisan las muñecas para que no arañe, sin embargo, escupe, muerde y se retuerce. No sabe que también a otras, ceremoniosamente les hicieron entrega de un pasaje y un pasaporte para viajar a esa región que nadie conoce y que de ningún modo puede ser ésta, en la que bajo las gradas y aprieto la culata en el fondo del bolsillo. Ignoro a qué sitio la han llevado, o si la dejaron olvidada en medio de sus cartucheras, sus pantalones y sus altas botas embarradas. Se ha ido, siempre amenazó que lo haría. La sacaron arrastrando, extenuada de forcejear, sin ropas, se las arrancaron a tirones. No lo vi, andaba haciendo esfuerzos para no quedarme dormido y conservar esa última y remota posibilidad de presionar el gatillo un segundo antes y reducir el dolor a la mínima ventaja de ser el primero en mover un pie, no para bajar, estoy convencido que debería ser al revés. Habría que subir cada peldaño. Y olvidar que se aleja con la enagua mojada, la cabellera en desorden, en un bote que huele a caucho, a peces podridos, a orín, mientras la noche ingresa por mis ojos hasta los ojos de ella, que todavía ríe y me espera, inútilmente, y yo ni siquiera sé si este artefacto va a funcionar cuando ellos derriben la puerta y traten de darme caza en el parapeto de la ventana por donde puedo ver, nítidamente, cómo asoman a la superficie y desaparecen bajo la espuma, condenados al vaivén del agua que los devora y los escupe sin cesar...

ADOLFO CASTAÑÓN

EL MURO DE LA HISTORIA

Hacía mucho tiempo que intentábamos subir el muro. Lo hacíamos sin dificultad. Extraño muro, a veces hecho de piedras y tierra, a veces de ladrillo. Una fuerza nos impedía caer. Todo parecía indicar que el muro se encontraba al pie de una llanura pues, cuando llegaba a soplar el viento, una corriente ascendente nos recorría la espalda manteniéndonos pegados a él. Inútil renunciar a la escalada; inútil desistir. Bajar de allí nos tomaría tanto tiempo como terminar de subir y, quizá, aún más. Era posible que ya anduviésemos cerca del punto más alto, aunque desde donde estábamos apenas podíamos ver cómo el muro se curvaba en la cima. ¿Y si un día de estos caía el muro? Habíamos subido tanto que con toda seguridad caeríamos y caeríamos sin llegar a estrellarnos. A pesar del cansancio, el desaliento sólo alimentaba la inercia que nos mantenía subiendo con la boca seca por ese potro vertical. A veces, pensábamos en morir. Como si fuese una canción de cuna, tarareábamos entre dientes la tonadilla. Pero teníamos demasiado miedo. Aquella muralla al menos nos proporcionaba cierta seguridad, pues, si bien ignorábamos cuándo terminaríamos la escalada, encontrábamos algún consuelo en poder apoyar el pie entre ladrillo y ladrillo. Si algún día llegábamos a columbrar la cima, ¿quién de nosotros no desfallecería, quién sería capaz de resistir el amanecer? Era mejor no preguntar, no volver la cabeza hacia abajo; mantenerla erguida con los ojos puestos en lo alto. No importaba cuántos llegáramos a la cima. Casi todos habían desistido y, cuando había sido posible, habían agrandado, escarbándolo con las uñas, un escondrijo en el muro. (Por eso estaba sembrado de pequeños boquetes.) Aquí y allá había hombrecillos temerosos como cualquiera, pues todos sabemos que se necesita tanto valor para quedarse en un boquete como para seguir adelante.

El nuevo amanecer fue más terrible de lo que nos habíamos atrevido a pensar. Nos habíamos engañado: el muro no era tal. Habíamos llenado de cuerdas y clavos una vasta planicie.

GILDA HOLST

LA VIDA LITERARIA

La angustia de María Elena en las últimas semanas ha sido agotadora. Solitaria, fumando centenares de cigarrillos, se ha dado contra las paredes de la casa en vueltas interminables, en pausas, crujidos, paralizaciones, sin encontrar solución o salida. En otras ocasiones su situación, a pesar de ese desasosiego inevitable, la habría considerado dichosa, habría dicho "por fin" y se hubiera sentado a trabajar. Porque el colmo era ése: tener una idea nítida de cómo estructurar un cuento, pero saber que el hacerlo significaba disponer de su último recuerdo inexpresado. Y no es que se tratase de algo importante o íntimo o primero o doloroso o secreto o punible; no, era simplemente su último recuerdo. Para complicar aún más la situación recibió el telefonazo de una revista de la capital para averiguar unos datos y en el curso de la conversación, concesivamente, le solicitaron un cuento. "Que sea corto", le dijeron, y eso la tenía confundida porque primero, ella siempre escribía cuentos cortos y segundo, los cuentos para una revista siempre se envían cortos o por lo menos a ella le había parecido una cuestión de elemental consideración y entonces, ¿qué tan corto querían que fuese? ¿Dos mil palabras? ¿Mil, como para el concurso de Vistazo, o cien palabras al estilo de Augusto Monterroso? Seguramente fue una maniobra para hacerla sentir corta de entendimiento. Si es así, seré lapidaria, se decía María Elena.

Un hombre olvidable

Era un hombre olvidable como una verdad tan, pero tan evidente, que ya no pudo verlo.

¿Se atrevería a mandar ese cuento a Quito? Hablarían de influencias: La Fontaine, Monterroso, greguerista; la creerían sentenciosa o quizás hablarían del nuevo estilo fraseoso guayaquileño y piensa que no se oye mal. Pero se le ocurre que si llegase a mandarlo lo haría extendiéndolo en quince páginas, acumulándolo con la simple adición de una palabra. El cuento adquiriría una fuerza inaudita, una alternativa después de cada palabra y, en ciertos momentos, con sentido totalmente distinto y disparatado. Primera página: Era; segunda página: Era un; tercera: Era un hombre/ Era un hombre olvidable/ Era un hombre olvidable como/ Era un hombre olvidable como una/ Era un hombre olvidable como una verdad/ Era un hombre olvidable como una verdad tan/ Era un hombre olvidable como una verdad tan pero/ Era un hombre olvidable como una verdad tan pero tan/ Era un hombre olvidable como una verdad tan pero tan evidente/ Era un hombre olvidable como una verdad tan pero tan evidente que/ Era un hombre olvidable como una verdad tan pero tan evidente que ya/ Era un hombre olvidable como una verdad tan pero tan evidente que ya no/ Era un hombre olvidable como una verdad tan pero tan evidente que ya no pudo/ Era un hombre olvidable como una verdad tan pero tan evidente que ya no pudo verlo. Era corto ¿no? Además, animado y creciente, de 18 a 139 palabras. Ha cumplido; entonces, ella también impondría sus condiciones. El cuento tendría que atravesar la revista; cada palabra y grupo de palabras en página distinta y encuadrado en el margen inferior para que la gente imagine que está hojeando y dando movimiento a un dibujo. Pero le parece de repente que es demasiado reiterativo. Le ha tomado una semana hacer ese y este otro cuento:

El Perfume II

Estaba tan concentrada en sí misma que la hicieron esencialmente accesoria.

Aquí hablarían de la perniciosa influencia del mal cine o de una mala mezcla del lenguaje literario/cinematográfico. Pero más seguro es que no hablen nada. ¿Cuentos detonantes o denotantes? No se puede arriesgar que a los lectores capitalinos les dé pereza y no imaginen el resto del cuento. Perdería para siempre su oportunidad de ser famosa.

A lo largo de sus años de escritora, María Elena ha puesto su vida en papel. Cada recuerdo, sensación, idea, están en su obra. Pero sólo ella lo sabe. Nadie podría decirle que se trata de algo biográfico, exhibicionista o confesional. Sólo ella sabe de esa frase que dijo, gesto que hizo, cara que puso, miedo que tuvo o que tiene, deseo que la persigue, y que están allí en los vericuetos de su escritura. Sin embargo, puede ser que algún lector sepa de ella algo que ni imagina, y, a pesar de que conoce de esa posibilidad, nunca le importó, aunque le da una sensación de impotencia por eso que no puede imaginar, inventar o comprender y que probablemente está frente a sus narices.

Son deliciosos esos momentos cuando estás hablando con una amiga, bla-bla-bla y bla-bla-bla, y te sientes mutualísima por esa igual comprensión del mundo y bla-bla-bla, y de repente en una respuesta o un comentario de ella te parece que no has visto bien porque tienes que inmediatamente fijar tu vista en sus labios y algunas veces pides que repita porque tal vez sea cierto que no has escuchado bien pero no, es una nueva faceta, escondida, pasada por alto o concretada sin más, entonces, o piensas ¡huy, qué idiota! o te quedas callada un rato para confrontarte y ver si te has equivocado.

¡Según X nuestras vidas están en un pero, yo le digo que más bien están en un aunque. Competimos por saber quién es la más optimista de las dos.

¿Podría considerarse esto un cuento? Sí ¿por qué no?, ¿la literatura no es, en última instancia, una confrontación? Hasta podría ponerle un título: "La vida literaria" o "La confrontación", pero este último quedaría muy obvio; sí, piensa, muy obvio.

María Elena sabe del efecto detonador de un recuerdo, pero le da furia que un recuerdo, sólo porque es el último se transforma en algo tan desesperante. Debería atreverse de una vez por todas, ya, a escribir, y sujetarse a las consecuencias.

Ha habido otras dispersiones en su vida: explosión de olas sobre la roca, de sangre en su cara, explosión deliciosa en su vientre, palabras en su boca. Siempre ha podido recogerse, reconocerse. ¿Y si ahora no pudiese?

Pero es indudable que está exagerando. Recuerdos son o podrían ser todo lo que hizo ayer ¿o no? Todo depende de lo que ella considere que abarca su presente. Una especie de duración en donde ella permanecería estable, en donde se sabe más o menos las causas de ese su estado actual, un radio de acción y pensamiento o conducta explicable o inexplicable. Pueden ser meses o años, y hasta minutos. Además ¿no es cierto que lo bueno de los recuerdos es que muchos han estado olvidados y de repente aparecen?; entonces, ¿por qué lo había dicho? Tenía que ver con un antes y un después; antes, cuando no escribía y ese después con la imposibilidad de diferenciar su oficio de escritora de su vida. Sería lo último propio, el resto era común, ajeno, artificial, tal vez impropio, inadecuado, inconveniente. Pero era inaudito que una insignificancia de recuerdo se transformara así no más en algo significativo y más, cuando originalmente ese recuerdo iba a funcionar de manera accesoria: una simple sombra, como la aparición de

Alfred Hitchcok en sus películas y por tanto, sin afectar en absoluto el sentido del cuento.

María Elena sigue dando vueltas interminables porque tiene que escribir un cuento de brevedad indescifrable, no tiene ni una sola idea nítida de nada, ni siquiera tiene una sucia. De repente, frente a la pared vacía y blanca se detiene, coge viada y decide detonarse en un mural bicrómico.

LILIANA MIRAGLIA

LA VENTA DEL SOLAR

El día en que mi hermano Juan y yo fuimos a firmar las escrituras de la venta del solar, fue justo el día en que terminé mi relación con Esteban, pero esto no es realmente importante, a pesar de que en el ambiente parecían haber quedado flotando vestigios del rompimiento como si fueran delgados hilos de humo que debían ir desvaneciéndose poco a poco.

El hecho de que hayamos sido mi hermano Juan y yo los elegidos para ir a firmar las escrituras tampoco era importante, porque nosotros somos los mayores de seis hermanos, ni tampoco merece mencionarse el motivo por el que estábamos vendiendo el solar, ya que estas causas siempre suelen ser comunes, poco originales, que necesitábamos el dinero y cosas así. Claro que el solar, el solar de la calle García Moreno como lo llamábamos en casa, no era un solar cualquiera, era un solar con nombre y apellido en el que nunca se había construido y había sido entre otras cosas motivo de la envidia de mucha gente. Tenía la típica imagen del solar urbano, más urbano de lo que cualquiera pudiera imaginar, pero como ya dije, ninguna de estas cosas es relevante.

Parecería entonces que hasta ahora nada tenía importancia, y en realidad era así, porque si uno se pone a ver, yo le había dicho a mi hermano Juan, por ejemplo, que me avisara desde el día anterior en cuanto le confirmaran la fecha de la venta, pero él se olvidó y yo ese día me había puesto una falda verde que me gusta mucho pero que tiene un hilo corrido en el hilván delantero y una pequeña mancha de tinta que no quiere salir con nada cerca de la cintura, todo esto lamentable, porque si bien ninguna de las dos fallas se notan, a mí me gusta estar siempre perfecta, se note o no, basta que yo lo sepa, y más tratándose de algo como ir a firmar unas escrituras al estudio de un abogado, donde, aunque haya quien diga que no, la ropa sí cuenta, y más cuando uno va a dejar de ser dueño de un solar. En todo caso, y es lo que trataba de decir, no vale la pena desgastarse con problemas menores.

El problema mayor, y esto aunque parezca una tomadura de pelo, fue que cuando nos dirigíamos a firmar las escrituras el día estaba gris. Lo peor de todo es que tendré que ser más específica aún, porque el día estaba más que gris, estaba sumamente gris, y esto es lo peligroso, el asfalto parecía una gran masa opaca regada por el suelo, y el cielo estaba lleno de reflejos que no acababan de ser tales y que no se pronunciaban completamente, todo como una gran congestión, un dolor de cabeza. Sin embargo, quiero hacer notar que lo del día gris no es algo que nombro por gusto, como tampoco por gusto tendré que nombrar irremediablemente a la abuela.

Es que resulta que fue la abuela quien nos dejó el solar. Ella siempre se jactó de la maravillosa herencia que nos dejaba y en realidad sí fue maravillosa, una buena herencia repartida entre seis hermanos. Además, la abuela fue quien nos crió, y nunca tuvimos muy claro qué era lo que había sucedido con nuestros padres. La abuela estuvo largo tiempo enferma antes de morir y era yo quien me quedaba acompañándola en las noches, cuando no podía dormir, y la abuela hablaba, la verdad es que la abuela hablaba demasiado, estaba todo el día moviendo los labios, lo que era lógico porque no tenía dientes, pero también, y estoy segura, era que se hablaba a sí misma cuando no tenía a quién atormentar. La abuela cada día salía con una novedad, decía que me estaba preparando para cuando me quedara sin ella, pero la única preparación que me dio fue pasarse todo el tiempo diciéndome que no me equivocara, que tuviera mucho cuidado antes de tomar una decisión, que cuidado con hacer cosas que sean producto del arrebato, y que cuidado te equivocas, cuidado con escoger al hombre equivocado que es como hacer un mal negocio. Las señales las encontraría en el cielo, sería la única referencia que tendría para no equivocarme, el cielo gris, jamás una decisión importante en un día gris y menos firmar documentos. Se comprenderá ahora por qué me preocupaba tanto la falta de sol este día; además, la abuela podía probar cada una de las tonterías que decía con jugosos argumentos, tales como que supuestamente habíamos tenido una tía que no había querido postergar su boda un día que amaneció gris, y le había ido muy mal y una hermana de ella se había ido a la ruina por firmar un negocio en un día así y hasta que tal vez nuestro padre había bautizado a alguno de sus hijos en esas condiciones y miles de ejemplos más a los que yo les eché tierra encima con la misma rabia con que eché tierra sobre la tumba de la abuela.

A mí siempre me han gustado los días grises, porque en estos días la gente tiende a quedarse tranquila en la casa, sin mayores pretensiones; recuerdo que una criada de la abuela acostumbraba aprovechar los días oscuros encerrada en la cocina removiendo grandes ollas en las que hacía mermelada, tardes enteras, tanto que llegué a convencerme que la ausencia de sol olía a mermelada de naranja. Además, en los días grises se llevan a cabo los encuentros clandestinos, uno se queda un rato más donde no debería por eso de que qué vas a ir a hacer afuera con este día tan feo.

Por desgracia, las palabras de la abuela siguen siendo importantes. Por más que yo quisiera olvidarlas se me han quedado adentro y siguen actuando con la misma eficacia de otros tiempos y más en ese día en que yo me preguntaba si habíamos tomado la decisión correcta cuando comparecimos por un lado nosotros, mi hermano Juan y yo, y por el otro lado ellos, los que desde ese día iban a ser los dueños del solar de la calle García Moreno que nos había dejado la abuela y una estatua como centro de mesa en medio de todos nosotros, un caballo con un gladiador al que se le ha caído una mano y yo pienso que no, que sólo me pareció, pero después compruebo que es verdad que se la ha caído una mano cuando alguien prende un cigarrillo y el humo empieza a pasearse por entre todos nosotros y hace curvas y líneas y se mete por todas partes y nadie podrá evitarlo hasta que el cigarrillo se consuma y se formen otra vez los delgados hilos que permanecerán sólo hasta que empiecen a desvanecerse nuevamente.

GUADALUPE SANTA CRUZ

LA CIUDAD AMBULANTE

> "¿Cómo hacen los pueblos para
> transportarse con el trigo?",
> preguntó el loco en la micro.

El viaje parece instalación en los inicios: fundar, refundarse por el movimiento, abrir a otra disposición.

Contiene el paso de una ciudad a otra, esos tumultos ordenados que me dan cabida, a veces nombre, usanza, itinerario.

De ellas recibiré marca o huiré.

Volver a la ciudad puede ser, en peligrosa acrobacia, despertar lo que estaba fijo en algún punto indeterminado del sueño. (Los muertos pueden crecer en aquel espacio que les otorgamos. Los vivos resisten: quieren conversar.)

La ciudad es trashumancia detenida, interpelada; un cuento que ata a la cuna. Territorio que coge su forma, es la madre, antes que me latiera el corazón, que yo lo hiciera en el suyo.

Por eso puro cuerpo, frágil.

Siguió fabricándose sin mí, imitando el descuido.

Entro en ella desde la margen. Su juego ya no es mío, no le pertenezco.

La recuerdo difícilmente.

TERMINAL

(el agua del canal baja rápida, tras el embalse.

Mi barco viene de lejos. No conozco el puerto de embarque, pero sí el recorrido: se vuelve de pronto familiar al torcer una esquina, en la ondulación del río.

Después de levantar ancla, la máquina es torpe y veloz. Avanza con gran estrépito por paisajes que no tengo tiempo de retener, que desearía sentir pasar. Imágenes urbanas se siguen a extensos bosques selváticos, cuyos verdes aseguran la proximidad de una antigua emoción retenida: los reconozco.

El trayecto de esta navegación, su ritmo, tiene movimientos de un caballo desbocado, disparándose por olfato, a toda carrera, hacia su cubil. Despierta revuelo entre los tripulantes el ingreso del pesado navío en las ciudades, atravesando esclusas, dejándose caer por torrentes. Sin embargo se entregan, con pavor festivo, al desenfrenado juego de esta balsa convertida en Transatlántico.

El crucero avanzará por riachuelos estrechos y enormes océanos, hasta acercarme al atracadero en el lago, a aquella estación que anuncia ya el continente.

Luego será la bahía, el litoral con su indecible palidez de amarillos y turquesas, y la playa, por fin mi terminal Pacífico extraviado en sus aguas, y aquella tierra originaria.)

Se lavó la cara con la impaciencia de un final de viaje, esa piel que guardaba transplante de horarios, ni añorados ni dóciles, un maquillaje de hemisferios, liviano como la noche que se deshace: me recuerda un presente del cual el cabello cuelga hacia atrás, infinitamente abierto, plural.

De repente estiro la mano, corro esa cortina, era un minuto atrás. Ponle aserrín al agua de tus lluvias, seguro que han pasado años, que el tiempo me quiere subir a la garganta y por ahora perdí la canción. Llego, no termino de llegar.

Puede que sea el país.

LA CALLE SANTO DOMINGO

Detuve estas cosas que veo (mi mirada) ayer. Afuera, todo palidece de calor, padece del olvido que viven los países de sol: grietas abiertas que la sequía prolonga. Desgarro tan distinto al olvido de la nieve, que recubre.

La vida no comenzó aquí, ni hoy.

Ni siquiera con nosotros, ni podremos resolverla, absolverla. Nos quedará cada pedazo por reconocer en la ciudad lavada, decir que el parrón éste, tenía quizás que ver con la higuera aquélla, el patio era al igual casa adentro, mientras afuera la guerra.

Pero era otra edad, con la inocencia, lejos de la huella.

MANUEL VARGAS

ENCRUCIJADA

Una tarde, el vaquero Ismael Rifarachi caminaba por la única calle de un pueblo muerto, seguido de su caballo. Tenía la boca amarga y el trasero adormecido de tanto cabalgar. No había dónde tomar una tutuma de agua, ni cómo recostarse para espantar el cansancio. Casi en la última de las casas se acercó para amarrar a su caballo en el horcón del corredor. La puerta tenía un gran candado, sobre la madera se había asentado el polvo de herrumbe y abandono.

La tarde avanzaba a tropezones, sintió hambre, en las alforjas no había más que ropa sucia y bolsas vacías. Sacudió el cuerpo y volvió la mirada al otro extremo del rancho. Un potrillo salvaje venía galopando y pasó junto al caballo que apenas pateó el suelo. La estela amarilla de polvo se asentaba poco a poco.

La noche cayó como un ágil monstruo que espantó casas y árboles. Ismael apoyó la espalda en la pared. Dando pasos aquí y allá, descubrió un largo asiento de madera donde tendió su poncho. Se recostó sobre él, como si lo hiciera en la tierra para dormir definitivamente.

Dormitó apenas un rato. El rechinar de unas ruedas lo hizo sentarse y su caballo volvió a patear el suelo. A pesar de que se veía algo de las casas del frente y las copas de los árboles, no pudo distinguir ningún vehículo en el camino. El ruido se fue perdiendo tal como vino.

Estaba sentado, totalmente despierto, cuando escuchó una tos dentro de la casa. Volvió a pararse para buscar apoyo en la pared. ¿Qué? La puerta está sonando, la sacuden, el candado salta sobre las piedras y la puerta se abre. ¿Me verán? Salió una joven, junto a los pilares se puso a orinar. Ni siquiera notó la presencia del caballo. ¿Y si me ve a mí?

Se paró subiéndose el calzón. Al volverse hacia el hombre tosió y se entró como una sonámbula. Ismael respiró fuerte, estaba aturdido. Volvió a sentarse sobre su poncho. Comenzó a salir una luna gigante por el horizonte, se levantó para estirar el cuerpo.

De la izquierda venía otra vez el chirriar de ruedas, la carreta avanzaba lentísima. Vio la sombra de un único caballo con jáquimas y

[394]

arreos de nieve, y un hombre de sombrero sobre el pescante; detrás suyo la carreta totalmente cargada. A la altura de la casa cesó el ruido de los ejes y la fusta. El hombre se bajó. No había visto a Ismael sino al caballo, y ya se acercaba para desamarrarlo. Ismael se le acercó, las ropas del cochero despedían un olor a podrido y parecían irse cayendo para volver a ser tierra.

—¡Señor! —dijo Ismael, el otro se volvió temblando—. Ése es mi caballo.

—Usted va a disculpar —la voz seca—. Ayer tarde, en Mataral, fui engañado por un comerciante. Llegó con una gran recua de caballos y yo le pedí que me vendiera uno. Hicimos trato, pero ni bien comencé a galopar, el caballo comprado se volvió potrillo y deslizándose de los arreos escapó como el viento —el hombre terminó en una risa llena de gallos.

—No le entiendo, señor —dijo Ismael.

—Bueno, al llegar a este rancho y ver a seres vivos en el corredor, dije: "Si éste no es mi caballo, será del comerciante, y me lo llevaré" —terminó palmeando el hombro del vaquero.

—Yo no soy ningún comerciante —dijo éste—. Pero si usted quiere, le puedo prestar mi caballo mientras nos acompañamos. Este lugar no me gusta.

Los dos hombres partieron rumbo al norte. Atrás, la carreta y el polvo.

—¿Qué lleva de cargamento? —preguntó Ismael.

—Son choclos pa hacer humitas, los traigo desde Mairana pa los peones de Postrervalle.

Con la velocidad, el vaquero ya no sentía el olor a zapallos podridos del cargamento.

Agradecía al viento y a la luna por permitirle no oler ni ver demasiado. Sin embargo, su cuerpo parecía irse encogiendo como si la vejez del cochero fuese contagiosa. Comenzaron a subir una cuesta y escucharon el relincho del potrillo. El viejo apuró a los caballos.

—¿Usté es vaquero, don Ismael? —dijo

—Sí, señor.

—Agarre entonces su lazo, mientras yo lo sigo, usted lo prende.

La carreta avanzaba como un viejo carro a motor tras los relinchos. Más allá de los árboles se levantaba la punta de un cerro como un inmenso caserón. En cada curva una nube de polvo les daba en la cara, Ismael ya tenía listo el lazo pero era una locura querer enlazar un relincho. Llegaron a la cumbre, comenzaban la bajada cuando a un lado vio las crines de fuego. Sonó un fuerte chicotazo, una bolsa dio en la espalda de Ismael y se agarró para que la otra pasara por sobre su cabeza. Tiró la punta del lazo que se prendió en alguna parte, al tiempo que carreta y caballos cayeron al abismo como un inmenso tercio de leña. Rápidamente llegó el silencio.

Cuando salió del desmayo era de día. Sus manos despellejadas aún agarraban el lazo prendido al gajo de un árbol seco. Sintió las espinas de caraparí en las rodillas y fuego en la nuca; al tocarse, los dedos se le embadurnaron de sangre. ¿Y la carreta?

Sólo encontró a su caballo, justamente a la orilla de la peña, con la montura en la panza y las patas rasmilladas. No había rastros de carretas, cocheros o más caballos. Era imposible ver siquiera el abismo. Gateando llegó al camino donde, con temblores en las manos y las rodillas, preparó a su caballo para montar y volver al rancho, tal vez en busca de su razón perdida.

En vez de apearse, Ismael casi se descolgó del caballo cuando llegaron al corredor. La puerta seguía con el viejo candado herrumbrado y deseó ardientemente que lo de la carreta hubiera sido también un sueño. Decidió cruzar de nuevo el pueblo con el caballo detrás. A causa de las heridas y las espinas tenía que caminar encorvado. Cuando llegó al centro, vio que un callejón cruzaba la calle formándose cuatro esquinas. Tomando ese nuevo camino, apenas dos cuadras, llegó a una carretera con tiendas, pensiones y niños por todas partes. ¡Aquí es Paja Colorada!, se dijo Ismael, y yo sólo andaba perdido en el pueblo viejo.

Los niños comenzaron a rodearle. Desde las puertas las mujeres lo miraban. Los perros se acercaban a las patas del caballo y escapaban gritando ante las patadas. La barba le había crecido y tenía la cara manchada de ceniza. Miró sus rodillas y no había espinas, sólo estaban encorvadas. Sus manos tampoco estaban desolladas de tirar del lazo sino secas. En un perdido pliegue de su cerebro tal vez quedó la herida. No había calor en su cuerpo. Agarrándose del cuello de su caballo, pegó los ojos en la pelambre para ocultar el llanto y no ver ese mundo tan razonable, lejano ya de su vida y su miseria.

EDGARDO SANABRIA SANTALIZ

CARMINA Y LA NOCHE

Estaba sentada en el antepecho de hormigón, once pisos hacia la noche punteada de estrellas, once pisos sobre el pacífico resplandor de la ciudad dispersa hasta el horizonte. Estaba al final de un larguísimo balcón curvo, al otro extremo del cual nos encontrábamos cuando descubrimos su casi invisible silueta dándonos la espalda contra el negror del cielo. En un principio creímos que tendría delante la firmeza de la escalera de incendios, pero después nos dimos cuenta de que no era así, que en aquel punto terminaba definitivamente el suelo y que sus piernas estarían colgando flojas ante la nada. Nuestro primer impulso fue aproximarnos y preguntarle qué hacía allí, pero Mabel salió diciendo que mejor no, que en estos casos era más conveniente que hablara con ella alguien especialmente entrenado, aparte de que si nos acercábamos todos se podía sobresaltar y terminar haciendo lo que parecía querer hacer, y entonces, ¿cómo íbamos a soportar el resto de nuestros días ese cargo de conciencia que habría sido casi como si la hubiésemos empujado con nuestras propias manos?

Discutíamos en baja voz quién se arrimaría, o si procedía más la sugerencia de Mabel, cuando en eso se abrieron las puertas del ascensor y salieron Elmer y el guardia de seguridad. En lo que el policía seguía cautamente pasillo adelante, Elmer se nos unió y comenzó a contarnos; su perro olisqueaba nuestros zapatos y daba vueltas sin cesar en torno al grupo, buscando juego. El americano dijo que había bajado como siempre a pasear a Lucky, y que al subir venía en el ascensor esta chica vestida de blanco que no lo había mirado una sola vez hasta que Lucky intentó acercársele. Entonces ella alzó la cabeza y Elmer pudo ver su expresión totalmente ajena al mundo que la rodeaba, paralizada de sopor, apenas legible como la de una figurilla arqueológica. Él le dijo: No se preocupe, señorita, es muy amistoso, no muerde, pero ella permaneció imperturbable, inasible en algún espacio que era como otro compartimento dentro de aquel que los remontaba en ese instante a los dos. Al llegar arriba ella salió detrás (Lucky estaba impaciente: odia los elevadores) y Elmer sentía sus pasos y hasta pensó que tal vez venía a visitar a su mujer, pero la muchacha pasó de largo mientras él sacaba la llave y abría. Antes de entrar, el americano se fijó que se había detenido frente al último apartamento como para tocar el timbre. Unos minutos más tarde, su esposa, que salió al pasillo para regar las plantas, vino corriendo a buscarlo: ¡Elmer, Elmer, hay una mujer sentada en la barandilla! Y era cierto. No podía verle la cara pues, además de darle la espalda, el aire le enredaba el cabello ocultando su perfil. Él se sintió sobrecogido no tanto por el hecho de que estuviese encaramada ahí, sino porque intuyó el sosiego de hallarse en el banco de un parque, esa monolítica fijeza que notó en el ascensor y que ahora se le revelaba como la determinación más absoluta de hacer algo soberanamente estúpido. Ni se le ocurrió dirigirse a ella, del pánico que le nació en las piernas y que fue escalando su cuerpo hasta quemar como un bloque de hielo en la frente. Ella no parecía haber percibido su presencia, así que Elmer aprovechó para ir en busca del guardia.

Desde donde estábamos los mirábamos ahora, al guardián y a la chica. Él se encontraba escasamente a doce o trece pasos de su silueta, pero nuestra distancia era mayor y no nos llegaban las palabras que se decían, si es que acaso conversaban. Hubo un momento en que bulló el pavor entre todos, pues se levantó la muchacha y giró en el vacío para quedar agarrada del pretil donde había estado sentada antes. Nos asomamos para indagar por qué no caía y distinguimos un bordecito de unas tres pulgadas en el que debían de estar descansando los dedos de los pies en actitud de bailarina en puntas. Entonces fue que Hirán se separó de nosotros y llamó a los bomberos y a la policía.

Aquélla fue la parte peor de todo: la espera. La ciudad reflejaba igual que un espejo el fulgor de las constelaciones. Sus calles eran ríos de luces trasegantes y de ecos de bocinas rebotando contra los empinados edificios como contra los murallones de tierra de un cañón. A intervalos se oía la quejumbre de una sirena a lo lejos, y pensábamos que estaban por llegar, pero no resultaba así, y se nos engarrotaban más los nervios al preguntarnos cuánto resistiría. Hacíamos una conjetura tras otra: ¿quién podría ser, viviría aquí en el condomino, la había visto alguien con anterioridad, por qué se encontraba tan desesperada?

De pronto el carro de bombas dobló la esquina. Venía silencioso, pero lo delataba la intermitencia del foco escarlata repercutiendo contra la curvatura del edificio. Elmer gritó algo en inglés, y al volver la cabeza vimos cómo la figura de la muchacha se mecía zarandeada por el viento o tomando impulso para despegarse enseguida del balcón y, extendiendo los brazos, emprender el –primero lento y después demasiado veloz– viaje de su caída.

Un cuerpo abalanzándose al vacío. Un cuerpo descubriendo de repente, en una fracción de segundo, la inmaterialidad del aire, la imposibilidad de asirse o de posarse en él, la significación del peso que impele y de la gravedad que atrae ineludiblemente hacia un encuentro, hacia la súbita cesación de todo. Un cuerpo que ya es incapaz de saber si aquel plano sólido que se avecina a una velocidad delirante se encuentra arriba o abajo, un cuerpo que se siente flotar a cámara lenta dentro de la frenética celeridad que amasa su piel hasta casi arrancársela. Un cuerpo hallándose de improviso con la acolchada masa de ramas que da por un instante la impresión de sostenerlo muellemente, boyando sobre la copa del árbol que sin embargo se entreabre deleznable y luego lo araña y lo aporrea con una brutalidad tan ajena a la sedosidad de su templada sombra, antes de soltarlo y quedar atrás, estremecidas las hojas que ahora abovedan el agrietamiento rojo del impacto.

Feliciano avanzaba cautelosamente por el corredor. Se encontraba tan nervioso que le ocurría lo que en las pesadillas: se le antojaba el suelo como de una sustancia densa y espumosa en la que se hundía hasta las rodillas, tornándose más laborioso su adelanto. Quería llegar a donde la muchacha pero el mismo tiempo era lo que menos deseaba, temía que se repitiera ante sus ojos la escena que apenas hacía seis meses presenció en el edificio donde trabajaba antes. Precisamente por eso renunció a aquel empleo, porque no soportaba ya el recuerdo del chico sordomudo que se tiró y cayó a los pies de la madre, quien llevaba horas haciéndole señas para desalentarlo.

Por qué tenía que haber sucedido esto durante su turno. Cómo iba a disuadir a la chica, que posiblemente andaba mal de la cabeza y ni entendería sus argumentos (si es que le daba tiempo de hablar). Ella no parecía notar que él se acercaba; sentada allí, su actitud era la de una niña despreocupada y feliz en un columpio. Feliciano pensó, al advertir su traje blanco como de devota de alguna secta, y su largo pelo desmelenado por la brisa, en algún ángel de alas invisibles que estuviese de paso y que se hubiera detenido a reposar.

El guardia se paró en seco cuando ella ladeó un poco el cuerpo como evidente indicación de que lo había sentido. Entonces escuchó una voz tersa de adolescente que con la serenidad de estar canturreando o recitando un poema ordenó: No dé un paso más. Al policía se le erizaron felinamente los vellos de los brazos y de la nuca, y casi no le salió la voz al soltar, aprisa: Está bien. Está bien. Como quiera. Pero déjeme ayudarla, señorita. Por favor.

Váyase. Quiero estar sola, respondió con el mismo tono flemático y soñoliento. Así como estaba, dándole otra vez la espalda por completo, parecía conversar con las estrellas. Feliciano imaginaba su rostro clareado por la luna incrustada como una claraboya en el armazón del cielo. Todo movimiento que la chica realizaba era traducido por él como un indicio inequívoco de que iba a lanzarse ya. Retembló al ver que estiraba un brazo, pero después cayó en cuenta de que lo había hecho para apuntar hacia un jet que descendía perezosamente camino del aeropuerto, la hilera iluminada de ventanillas tan diminutas como cabezas de alfileres. El guardián entreoyó el sonsonete que escapaba de sus labios: Tú no dejarás que caiga, no lo permitirás, los enviarás a recogerme para que no tropiece mi pie en piedra alguna. Feliciano confirmó sus sospechas: estaba desquiciada, deliraba, tal vez se había fugado de un manicomio. Tenía que buscar una manera de entretenerla en lo que llegaban los bomberos, la policía. Más valía que alguien los hubiera llamado ya, o si no iba a ser muy tarde.

Irreflexivamente, el guardia dio un par de pasos y enseguida lo lamentó al observar que la muchacha apoyaba los brazos en el barandal y se alzaba volteándose en el aire para quedar pegada al balcón por fuera con la viscosidad de un reptil. Le dije que no se moviera, murmuró, él juraría que casi sonriente, como si la proeza realizada hubiera sido tan corriente como dominar un nuevo punto de crochet en una clase de economía doméstica. Ahora podía verle la cara, que no era indigna del ángel que se le había ocurrido, pero lo que lo dejó en suspenso fue la tranquilidad que intuyera antes en el resto de su persona, también instalada allí inmutablemente como si hubiese sido esculpida en piedra. Resultaba espeluznante y a la vez fascinador el absoluto convencimiento con que actuaba, esa seguridad de haber aprendido su rol y de estarlo desempeñando a perfección sin temer a las consecuencias. Aún no lo había hecho y sin embargo ya Feliciano preveía el abismo que iba a separarlos dejándolo a él arriba tambaleante, oprimiendo su pecho contra el pretil, sus brazos extendidos en actitud frustrada de capturar la sombra que quedó donde estuvo antes el cuerpo. Cruzó por su cerebro, pasajera y oscura como un ave surgida de la noche envolvente, la certeza trasmutada en imagen de lo que presenciaría segundos, minutos después. Deseó con todas sus fuerzas hacer, decir lo que fuese, cualquier cosa que pudiera impedir aquello, pero la chica lo miraba con ojos de ciega, perdidos quietamente en la búsqueda de algo en su interior, y su silencio era la declaración más persuasiva de que cumpliría lo que se había propuesto.

Todavía hoy a él se le hace imposible precisar cuánto tiempo transcurrió así, los dos inmóviles y sumidos en un mutismo pastoso que eternizaba el momento. Sólo cuando la brisa recreció y la figura de la muchacha empezó peligrosamente a dar señales de ser agitada como una veleta, el policía salió de su marasmo y pronunció palabras que le parecieron inauditas, como expresadas por otro, pues él —que llevaba años sin pisar una iglesia— no sabía que era capaz de decirlas: Señorita, no lo haga, por amor de Dios, eso es un pecado mortal.

En el rostro de la chica sucedió entonces algo similar a un derrumbe. Toda la calma huyó como si él hubiera manoteado para espantar a una paloma posada en la barandilla. Incluso su voz crujió quebrándose al declamar áspera:

No ha de alcanzarte el mal,
ni la plaga se acercará a tu casa;
que él dará orden sobre ti a sus ángeles
de guardarte en todos sus caminos.
Te llevarán ellos en sus manos
para que en piedra no te lastimes el pie.

Y hacía esguinces, ya obviamente fatigada por el esfuerzo de permanecer agarrada de allí y verse obligada a resistir las corrientes de aire. Desesperanzado y hasta rencoroso con ella por seguir ajena a sus tentativas de salvarla, Feliciano adelantó impaciente otro poco más, pero resultó ser en vano. Con rapidez la muchacha desvió la vista hacia un resplandor creciente que ascendía sangriento y pulsátil desde algún punto allá abajo, y cuando él creía que iba a mirarle de nuevo, la vio realizar una especie de baile con los brazos y el tronco —parecido al de un equilibrista en la cuerda floja— que se la arrebató de enfrente.

A lo largo de los días siguientes nos fuimos enterando a retazos de algunos pormenores de su vida. Entre todos construimos un rompecabezas incompleto (cada cual aportando su pieza de lo que había escuchado aquí o allá en boca de éste o de aquél) que contenía suficientes fragmentos como para formarnos una idea bastante precisa que satisfizo nuestra curiosidad hasta el punto de poder empezar a olvidarnos del suceso. El periódico fue la principal fuente de noticias: su nombre era Carmina y era casi seguro que vivía en un refugio para niñas y adolescentes pobres llamado San Andrés de la Montaña. Eso se supo porque en los bolsillos de su traje llevaba dos o tres tarjetas en las que había escrito su nombre sin apellido y un número de teléfono. Al llamar nadie quiso ofrecer información alguna; la monja que respondió se limitó a agradecer el aviso y colgó en el acto. Los periódicos decían también que la chica no había muerto, que se hallaba en estado comatoso, con la mitad del cerebro funcionándole, y que probablemente habría que amputarle una pierna. Además, por medio de una amiga de Mabel, que era a su vez amiga de alguien que aseguraba conocer a Carmina, vinimos a saber que el día anterior a su desgracia, después de asistir a misa temprano en la mañana, lo dedicó a repartir su ropa y sus escasas pertenencias por una de las míseras barriadas que bordean la capital.

No tengo manera de averiguar cuánta verdad o mentira hay en estos reportes, pero de lo que sí puedo dar testimonio es de lo que pasó y vi con mis propios ojos esa noche.

Ya me había acostado y estaba la habitación totalmente a oscuras, y de ahí que quisiera levantarme, porque de súbito tuve la impresión de que me ahogaba en la tinta negra de la sombra y me asfixiaba una angustia desconocida que en algún instante se corporeizó hasta hacérseme reconocible como una corazonada de su presencia, la de Carmina, conmigo en el cuarto. Sentí un terror aleado con cierta paz que endurecía metálicamente mi cuerpo, quedándoseme hirviente el interior como la cera de una estatua al ser fundida. Me parecía que alguien iba a tirar de mis pies, no para amedrentarme, sino a fin de hacer notar su penosa cercanía que duplicaba la lobreguez del dormitorio, donde ya creía oír ruegos de ayuda escurriéndose grisosos como ratas por los cuatro rincones. Entonces no pude soportar más y me levanté y abrí las persianas; pero el enjambre de luces esparcidas que aclaró la habitación no desalojó la penumbra de ansiedad y congoja aposentada adentro. Me puse la bata y salí al balcón.

Primero me resistía a hacerlo, pero después, a pesar mío, volví la cabeza en dirección del sitio donde había ocurrido todo. El balcón se combaba blanco ante mi ojos antes de acabar armoniosamente inofensivo más o menos a diez pasos del punto en que me encontraba yo. Era el mismo balcón curvilíneo once veces reiterado que transformaba la estructura del condominio en un sólido arco ladeado apuntando hacia el sur. Imaginé a la muchacha descendiendo ferozmente mientras en cada apartamento colocado uno encima del otro los habitantes cenaban, miraban la televisión, se duchaban, hacían el amor, dormían. Tuve la sensación, a esa altura, de que se mecía el edificio infinitesimalmente como resultado del rotar eterno del planeta sobre su propio eje: quizás ésa había sido la causa del vértigo que precipitó a la chica hacia su muerte (¿estaba muerta?). Me acordé de Hirán y Mabel apoyados –quince minutos después del suceso– en el fatídico ángulo del balcón, justo en el lugar desde el que había saltado. Los fui a buscar y los acusé de morbosos e insensibles, cómo podían estar curioseando tan impávidos como si no hubiese sucedido nada o como si lo que ocurrió hubiera pasado años atrás. De inmediato me arrepentí de lo que dije, pues cuando se viraron hacia mí los dos lloraban.

Ahora era yo el que me dirigía, en bata y en chinelas, hacia el final del balcón. Todas las ventanas y puertas estaban cerradas y me preguntaba si en cada apartamento habría vecinos deambulando o volteándose en la cama, presas de un insomnio consternado por haber sido testigos de un acto de violencia que estábamos acostumbrados a ver en la televisión o en el cine, pero no en la vida real. El antepecho me obligó a detenerme: no sé qué habría pasado de no estar allí, tal vez hubiese seguido caminando mecánicamente hacia la noche, igual que la muchacha, para hacerle compañía. Pero emergí de esa disparatada ceguera que me había llevado de la mano medio dormido, sonámbulo, hasta aquel espacio donde todavía el aire ondeaba rasgado como una tela. Estuve un tiempo contemplando el cielo y las copas verdinegras de los árboles donde dormían los pájaros. Iba a darme la vuelta para regresar, pero en eso descubrí con el rabillo del ojo, ocultas detrás de un tiesto en el que se erguía una planta ornamental, un par de sandalias color carne, abandonadas. No me atreví a recogerlas. Calzaban una ausencia que nadie en el mundo podría remplazar.

ANA MARÍA SHUA

POR QUÉ LAS MUJERES ESCRIBEN MEJOR QUE LOS HOMBRES

Afirmación nada difícil de justificar si se tiene en cuenta esta rigurosa verdad: los hombres verdaderos no escriben, no cuentan cuentos. Dícese últimamente en los círculos de la crítica y de los literatos que la literatura es una actividad netamente femenina, una artesanía comparable al tejido y al bordado. Texto, textura, tejido, etcétera.

Después de todo, hácese notar, a los escritores se los ha acusado siempre de veleidosos, inestables, vanidosos, de tener una sensibilidad hiperdesarrollada, de ser intuitivos, charlatanes, mentirosos. Es decir, mujeres. Es decir: recaen sobre ellos el mismo tipo de prejuicios con los que suele calificarse a las mujeres.

Un estudio estadístico realizado por la norteamericana Rob'n Lakoff, comparando el habla de hombres y mujeres, llega a la conc usión de que los hombres son asertivos, es decir, suelen producir afirmaciones netas, como si su visión del mundo fuera totalmente objetiva. En cambio las mujeres incorporan la duda, el subjetivismo: *yo creo, me parece, supongo*. (Y la buena literatura nunca afirma nada, siempre duda, siempre plantea preguntas en lugar de dar respuestas.)

Por si fuera poco, Lakoff encuentra que las mujeres son capaces de distinguir matices que los hombres prefieren pasar por alto (los *verdaderos* hombres, por supuesto, no los que escriben). Un hombre llamará *rojo* a lo que una mujer puede llamar *ladrillo, magenta, fucsia, borravino, carmesí, bermellón*. (Y de matices, precisamente de matices está hecha la literatura.)

Queda demostrado, entonces, que los hombres no están dotados por la naturaleza para producir literatura. De modo que no tiene nada de extraño que las mujeres escriban mejor: en realidad, sólo ellas escriben. Los hombres se dedican a cargar bolsas o hacer la guerra o, a lo sumo, les dictan cartas a sus secretarias. La literatura está absolutamente abandonada a las manos femeninas.

Digamos que hay mujeres que disimulan su sexo mejor que otras. Esta piba Hemingway, por ejemplo, es bastante difícil de desenmascarar, atribuyéndose, como lo hace, tantos atributos que siempre se consideran típicamente masculinos. Pero si prestamos atención es bastante fácil descubrir su verdadero sexo. En primer lugar, tomemos en consideración esa sabia observación de la Señora Jorge Luis Borges en relación con el pintoresquismo y sus errores: en el Corán no figura ningún camello y sin embargo nadie duda de que sea un libro árabe. Dando vuelta este concepto, la excesiva acumulación de actividades, símbolos o historias fuertemente varoniles nos hace sospechar el disimulo de la Hemingway. Que muestra su hilacha romántica en *Por quién doblan las campanas,* como sólo una mujer podría hacerlo. O que es capaz de describir una escena de pesca con una minucia femenina indigna de un auténtico pescador. Los auténticos pescadores son seres lacónicos, que se expresan por gestos y se ayudan con fotos.

Claro, hay que tener en cuenta también esa típica literatura femenina derivada de la oralidad y del diario íntimo, como la que practica nuestra connacional Jorge Asís, con cierto correlato en la simpática Henry Miller, allá en el Norte.

Por algo han sido (comprobada, estadísticamente) las mujeres las grandes lectoras de ficción de todos los tiempos. Gracias a ellas ha sobrevivido la literatura. No es raro escuchar a hombres de pelo en pecho comentar: "Ah, un libro, qué interesante. Se lo voy a dar a mi mujer, que lee mucho". No sólo escribir, tampoco leer ficción es una actividad realmente masculina.

En fin, que mujer es cualquiera. Nunca envidiemos la constante y trabajosa demostración a la que están sometidos los hombres.

GABRIEL JIMÉNEZ EMÁN

ARCHIVO DE OLVIDOS

A todos nos llegará el tiempo de la memoria, y cuando le llegue a Ernesto va a ser muy difícil para él.

Vive recordando que tiene que olvidar su pasado, y no piensa en el futuro porque le asusta la idea de olvidar los recuerdos del presente, su terrible presente, su archivo de olvidos.

Por eso, cuando llegue el tiempo de la memoria, Ernesto va a verse en el enigma de recordar lo que siempre ha tenido que olvidar.

LOS 1001 CUENTOS DE 1 LÍNEA

a Luis Britto García

Quiso escribir los 1001 cuentos de 1 línea, pero sólo le salió uno.

LA BREVEDAD

Me convenzo ahora de que la brevedad es una entelequia cuando leo una línea y me parece más larga que mi propia vida, y cuando después leo una novela y me parece más breve que la muerte.

DIOS

Dios mío, si creyera en ti, me dejaría llevar por ti hasta desaparecer, y me he dejado llevar y no he desaparecido porque creo en ti.

FRANCISCO LÓPEZ SACHA

DORADO MUNDO

Se le rompió la taza del inodoro a Filiberto Blanco al iniciar su lectura en el baño, asombrado por aquellos cintillos con las noticias de Europa del Este. La taza se quebró por la base, en los arreos, por un mal movimiento del cuerpo, y saltaron las astillas de loza y Filiberto se levantó de un brinco, subiéndose con rapidez los pantalones. El agua se salía por el tragante, en un chorrito blando y disperso, porque la taza descargaba a la pared. Se agachó de prisa y le puso un tarugo de papel periódico, mientras revisaba la goma y trataba de ajustar la conexión. Antes, cuando era joven y empleado público, rogaba a Dios para que no se le enfermaran sus hijos, y ahora, que era ateo y empleado de banco, lo hacía muchas veces en un tono burlón para que no se le rompiera nada. Ay, Dios mío. La desgracia le ensombreció la cara, corrió al fondo del apartamento y cerró bruscamente la llave de paso. Se felicitó, después de todo, porque no tuvo tiempo de hacer nada, y se maldijo porque el mes pasado había notado un tenue bamboleo al sentarse y lo achacó a la flojera de los tornillos. Los había ajustado un poco más y olvidó la inquietud, pues la taza era sólida, elegante y moderna y no le iba a hacer la gracia de romperse. Pero el azar, que trabaja en silencio, hizo que los tornillos volvieran a aflojarse, que los húngaros abrieran las fronteras, que los turistas alemanes escaparan hacia el lado oeste, que él comprara el periódico al volver del trabajo, y ante el asombro de tantas catástrofes, se sentara de golpe a leer y rompiera la taza. Así fue como pudo comprobar, mientras secaba el agua, que ya estaba despegada por el fondo, debido, seguramente, al apuro de los constructores por entregar el edificio. Pensó con amargura que las tazas americanas eran viejas y antiguas y de nada le servía ir al rastro. No había cemento blanco por ninguna parte, ni juntas de repuesto, y ahora el delegado andaba como loco en el asunto ese de hacer un parquecito infantil. Ay, Dios mío. Si no encuentro un plomero ahora mismo, nos vamos a tener que mudar.

Era sábado largo, estaba solo y apenas conocía a sus vecinos. Su edificio quedaba entre dos, venía muy tarde y sólo dialogaba con ellos cuando limpiaban el matorral del fondo o sacaban los cardos del jardín. Eso ocurría una vez al mes, amontonaban la hierba y la basura y compraban un litro. A las once, o a las once y media, después de algunos tragos, se reunían en torno a la cisterna y miraban hacia el edificio. Siempre se burlaban de Leblanch, el de los bajos, un mulato corpulento y risueño que los entretenía algunas veces con un solo de corrido mexicano. Era el momento de pasar el rastrillo, de comentar un chiste de ocasión, de quejarse de Gil, de Candito o de Almanza, los líderes del Comité, y de irse subrepticiamente. En las reuniones todo era muy rápido, levantaban la mano y a otra cosa. Su mujer los conocía mejor, o conocía mejor a las mujeres, con quienes conversaba de balcón a balcón cuando caía la noche. Hablaban de los hijos, del duodeno, de la falta de cebolla o de papas en un diálogo pausado y monótono. Filiberto se dejaba arrullar por la conversación tendido en el balance de la sala, estirando los pies y gozando con ese murmullo. Su mujer era áspera, precisa, con una gran desenvoltura para las colas del mercado. Baldeaba y fregaba con rapidez y siempre tenía un motivo de queja. Por fortuna, ella no estaba aquí, sino en Alquízar, atendiendo a la niña de parto. Su niña era maestra, de las buenas, graduada de francés y de pedagogía. Había tenido un varón y se llamaba Philip, como él. Sonrió con alivio y con resignación. Su mujer se irritaba a menudo por su manía de leer en el baño y no debía enterarse de ninguna manera, válgame Dios. Tampoco sus compañeros de trabajo. Él pasaba por culto y distraído y con esta desgracia acabarían con él.

Tocó enfrente y su vecino se encogió de hombros.

No conozco por aquí a ningún plomero, le dijo de soslayo, con su dicción cantarina del monte. Su vecino era calvo y esmirriado y fumaba un tabaco de a peso. Andaba sin camisa y en chancletas; el humo insomne y gris apenas lo dejaba respirar. Se acarició su pronunciada barbilla, preocupado, y más tarde levantó la cabeza con aire triunfante. Mira, le dijo sonriente, a lo mejor te pusiste dichoso. Pregunta en el otro edificio, yo creo que en la segunda escalera vive un maestro de obras.

Filiberto cruzó la calle y tocó con timidez en la casa. Un muchacho le abrió y gritó para adentro a su padre, mientras cambiaba el cassette de la grabadora. El *heavy metal* lo ensordeció un momento. El muchacho se inclinaba hacia atrás, ido del mundo, y punteaba con los dedos en una imaginaria guitarra eléctrica. Un mulato macizo y cincuentón salió en chancletas, con la toalla al hombro. ¿Un plomero? Sí, hombre, cómo no, pregunta por Vila en el apartamento cuatro. Ahora no sé si está, pero ayer mismo lo vi en la cola de las galletas.

Vila no estaba. Su mujer acababa de llegar y lo miró indecisa, con sus ojos saltones y oscuros. Mantenía la mano en la puerta y lo observaba de la cabeza a los pies. ¿Quiere algún recado? Pues no sé. La mujer sonrió, comprensiva, y señaló vagamente al reloj de pared que adornaba la sala. Vila se va de aquí a las cinco y media y no regresa hasta las santas horas. Vuelva más tarde, pero no le doy seguridad. La mujer suspiró, recogiéndose el pelo. Está en una brigada que aspira a contingente. Ayer estaba aquí, pero hoy, quién sabe.

Volvió al anochecer, impaciente, pues a pesar del cierre de la llave de paso, el tanque del inodoro continuaba goteando. El plomero no estaba y Filiberto se mordió el labio inferior, apenado y confuso. Esta vez le contó su desgracia y la mujer, compadeciéndose, lo invitó a pasar. Se sentaron delante de un tapiz con un tigre amarillo que asustaba a una partida de cazadores. Uno de ellos, con el fusil en alto, gritaba de miedo, envuelto en el satín de su turbante, con los ojos tan grandes, tan oscuros, como los ojos de la mujer.

Conversaron de cosas menudas y ella le recordó, de súbito, que estaban dando el pollo de la novena. Aquella era, quizás, una insinuación para que se marchara, pero él estaba solo, era torpe e inhábil, y no tenía a quién recurrir. Filiberto, además, era terco, o por lo menos de pensamiento fijo. Estaba encanecido por completo y al revés de casi todos los adultos, se volvía imprudente y áspero. Pensaba mucho más en su mujer, a quien temía, porque le provocaba un sentimiento de culpa. Al menos, él podía contar con un baño. Ella no. Imaginó a su mujer pidiendo de favor y la posible humillación le enrojeció la cara. Agachó la cabeza y tosió fuertemente. Su mujer le reprochaba su carácter, su torpeza, su manía de andar entre papeles. Cuando estaba furiosa le reprochaba su mala educación y hasta el contacto con gentes de oficina que no le resolvían nada. Ay, Filiberto, te tengo que dejar por imposible. Si no fuera por mí en esta casa no habría ni frigidaire, ni televisor, ni muebles, y tú andarías como las polillas, viviendo entre los libros.

Esperó al plomero hasta las siete y media, cuando el cuco salió un par de veces por la ventanita labrada del reloj. Aún iba a quedarse, pero dedujo, por un gesto incierto de la mujer, que no debía seguir esperando. Vuelva mañana temprano, sonrió, poniéndose de pie. Quizás lo encuentre aquí.

Era verdad. Estaban dando el pollo y Filiberto bajó con la libreta. Primero hizo la cola de la entrada, donde una empleada buscó su tarjeta y lo anotó. Después hizo la cola de adentro.

Mientras ordenaba el dinero, la tarjeta y el turno, y abría la hoja de la libreta, escuchó a una señora murmurar que hace apenas un año no se hacía la cola de afuera. Filiberto la miró con desgano. Tampoco daban pollo; daban carne la mayoría de las veces, le respondió. La señora asintió levemente. Una mujer con pestañas postizas y pelo batido, se recostó al mostrador con impaciencia, taconeando delante de él. Después de haber comprado examinó el paquete con el índice, en gesto sibilino. Éstos congelan el pollo para que pese más, dijo al salir.

Filiberto entregó los documentos a un muchacho, que hacía de ayudante o carnicero B. El carnicero A, un hombre saludable y robusto, picaba con la hachuela su porción y Filiberto se atrevió a preguntarle si estaban dando también la novena atrasada. El carnicero dejó de picar, se secó las manos en el sucio mandil y señaló hacia arriba, con un gesto impaciente. Lea, señor. "A los consumidores afectados en la 9na 31 y 36, se está pagando el pollo y la 9na (C2). La 9na 32 (C1) sigue pendiente". Pagó un peso y cuarenta centavos, de mal humor, y salió murmurando hacia afuera.

Llegó tarde al noticiero de las ocho, justo en el momento en que el locutor terminaba de anunciar el cumplimiento de los planes en la empresa porcina de Matanzas. A juzgar por el tono, el cumplimiento debía ser asombroso, porque, según decía, era la cifra más grande alcanzada hasta entonces por una empresa similar en la provincia. Se levantó irritado. Pasaron los deportes, la gira nacional de Alfredito Rodríguez y el anuncio del Sábado del Libro. Esas noticias las oyó desde lejos, mientras tomaba agua. Escuchó el retintín de la gotera y se asomó por la puerta del baño. El charco continuaba creciendo. Acomodó la frazada como pudo y se dirigió presuroso a la sala. Un nuevo locutor, de sonrisa beatífica, dio a conocer las noticias de carácter internacional. Esa noche los alemanes cruzaban la frontera, se registraban disturbios en Lituania y seguían bloqueados los caminos y las vías de ferrocarril en la república de Armenia. ¡A Dios carajo, se está acabando el campo socialista y todavía no encuentro a un plomero!

Al día siguiente se levantó temprano, con un vago malestar en el estómago. Orinó de rodillas en el vertedero, a la incierta claridad del alba. Hizo café y no desayunó, a pesar de que tenía leche, pan y mantequilla. Recogió la vasija y pasó la frazada sin atreverse a descargar. Al rato, sintió gotear de nuevo. Eran los restos del tanque y decidió descargarlo de una vez, aunque se empapara el piso. Se dirigió a la casa del plomero, rogando al Dios a quien ahora rogaba para que no se le rompiera nada más.

Vila le abrió la puerta. Era un negro retinto y ojeroso, con la sonrisa ancha y los dientes blanquísimos. Vestía ya un pulóver con la nueva consigna, 31 y palante, un pantalón pitusa desteñido y unas botas de casquillo redondo. Déjame recoger el picoloro, le dijo de inmediato, vamos a ver lo que se puede hacer.

Filiberto se sintió confiado y sonrió por primera vez. Le temblaron las manos al subir la escalera y al indicar el número de su apartamento. Vila se balanceaba al caminar, movía la cajita de las herramientas y se ajustaba el cinto con la mano libre. Tenía el estilo de los viejos plomeros, y el aire bueno de los viejos sabios.

Sin duda alguna, en él podía confiar.

El plomero se rascó la cabeza. El problema es que la sifa está rota, y señaló hacia la conexión con las manos ya empapadas de agua y oscurecidas por la grasa de la junta. Allí, en la penumbra, bajo la luz del bombillito del baño, estaba completamente negro y le brillaban los dientes al hablar. Los tornillos ya no ajustan en los tacos, la boca está rajada y hay que sustituirla. Yo te puedo reconstruir la taza, fijarte los arreos y cambiarte la goma, pero no hay pegamento ni cemento blanco. Es mucha cantidad.

Se levantó de un salto.

Lo único que puedo hacer por ti es clausurarte la entrada de agua. El trabajo no es nada, pero es muy delicado. Yo te sugiero que consigas otra. Filiberto meneó la cabeza sin saber qué decir, y tuvo miedo, una brusca sensación de abandono que le bajó del estómago a los pies.

Vila miró hacia el techo, con expresión ausente. Estuvo un rato en esa posición. Después peló un tarugo con una navajita, silbó la noche dura un poco más y antes de colocarlo, dio media vuelta, tocándose la frente con el dedo. Ya me acuerdo. En el piso de arriba del E-14-8 vive un ejecutor. Es buena gente. Pregunta allí por Mario Romaguera y le dices que vas de parte mía. Sonrió con candor, clavó la cuña donde iba el meruco y se frotó las manos con satisfecha energía.

El ejecutor lo recibió en pijama. Se habían visto otras veces, en la cola del pan y en el mercado. Ambos se reconocieron y se dieron las manos afablemente. Una niña de pelo suelto y lacio jugaba con un perro y Romaguera se rascó la nuca. Eso está duro ahora, los controles. Si hubiera sido el mes pasado. Mira, yo le resolví un juego completo a Mejides, el que vive en el ocho. Le salió barato. La niña brincaba y se reía y el perro iba y venía de la sala al balcón. Romaguera tenía los

ojos verdes y profundas arrugas en la cara. Miraba hacia la niña y hacia él, con el semblante hosco. La verdad es que no te puedo resolver,
pero yo tengo un socio; en fin, tú sabes cómo es eso. Ven por aquí el
martes o el miércoles, te digo lo que hay.

Filiberto bajó entristecido. Esta vez no prendió el televisor a pesar
de que anunciaban África mía para la tanda del domingo. Se frió un
par de huevos y calentó la sopa. Quedaba un poco de helado de cuando vino el carrito por la zona, y lo tomó. El congelador estaba lleno
de escarcha y ahora la puertecita no cerraba. Le dio un tirón a fin de
reajustarla y se quedó con el plástico en la mano. ¡Me cago en Dios y
en la Virgen Santísima! Y menos mal que su mujer no estaba porque
el Minsk era la niña de sus ojos. Acomodó la puertecita más o menos
y se sentó a comer.

El lunes se apareció bien temprano en el banco y lo primero que
hizo fue ir al baño. Se levantó sonriente y compuesto, con un suspiro
de satisfacción. Trabajó con desgano en la caja y a la hora del almuerzo recibió una llamada de Alquízar. Escuchaba la voz como lejana y
tuvo que hacer un gran esfuerzo para entender las palabras. Su mujer
se preocupaba por todo, le hablaba maravillas de su nieto y le infor-
maba que regresaba el viernes. La noticia le cortó el aliento. Apenas
pudo balbucear que se encontraba bien y que no habían llegado cartas del varón, médico de un hospital en Mayarí. Ordenó los papeles
sin saber qué hacía y decidió terminar el informe al día siguiente. Había tallarines en el almuerzo y Yoyi, la rubita de Personal, pinchó uno
con el tenedor y lo mostró con verdadero asombro. Ay, mira tú, a estos spaguettis los aplastaron todos. Se la comieron. Quedaron parejitos, parejitos.

Era día de cobro. Pagó la cuota sindical y el día de haber de las Milicias de Tropas Territoriales. Al salir, se dirigió a la Moderna Poesía.
Hacia el fondo habían colocado algunas novedades de la Editorial
Progreso, y se veían los estantes multicolores abarrotados de libros.
Caminó hacia el final y observó de pasada, un poco amontonados y
mustios, algunos ejemplares de *La conquista del cosmos*, de V. E. Fedo-
rovich y G. E. Turandov, los *Discursos* de Yu Tsedenbal, *El pasado del
cielo*, de Fernández Larrea, y *El negro en la literatura hispanoamericana*,
de Salvador Bueno. Dio media vuelta. Un grupo de curiosos hojeaba
y leía un pesado volumen de *República Angelical*. No encontró ningún
libro de Stefan Zweig, un autor que había leído con deleite hacía ya
tantos años y a quien, sin lugar a dudas, no le querían publicar. Qué
lástima, pensó, con lo bien que solía escribir. Compró finalmente un

libro de Eduardo Heras León, salió hasta el parquecito Supervielle y regresó a la casa en una guagua llena.

El martes se acostó a la medianoche, leyendo el libro que había comprado. Un cuento le llamó la atención, le pareció sensible y bien escrito. Se llamaba "Asamblea de efectos electrodomésticos". Había otro cuento también, "Sonata nocturna", y quizás otro más, cuyo título no recordaba, y que hablaba del final de un día para una pareja sin amor. El resto, bah, esos problemas de la clase obrera. Para su gusto educado en los clásicos, le parecían demasiado oscuros, y a veces insulsos, esos temas que hablaban de la producción y esos conflictos de dirigentes y operarios. Es una producción que nunca se ve, pensaba, y esos dirigentes son muy ideales, parecen preocupados por los trabajadores. Los dirigentes que yo conozco siempre van en Ladas, y usan guayaberas y portafolios y lo miran a uno desde arriba, con una celeridad, con un rigor, que no está en ninguno de esos cuentos. ¿Será que soy bancario? Apagó la luz del velador y se quedó pensando. En realidad, los cuentos no son malos, tienen tensión, suspenso y equilibrio. Pero esa nueva guerra es la que tengo yo y nadie escribe eso. Se acomodó en la cama, estirando los pies hacia su lado familiar, esa hondonada que tenía el colchón a causa de la rotura de algún muelle. Ya no sé si se escribe de prisa, o no se toma en cuenta a la gente real. Lo cierto es que nos quedamos solos y esas minucias de la vida diaria nunca las ve nadie, ni siquiera un buen escritor. Quién sabe si los alemanes que ahora brindan con champán porque se han ido, se han sentido alguna vez como nosotros. Quién lo sabe. ¿Y qué se puede decir de los polacos, de los checos? El sueño fue ganándole las piernas, y se quedó dormido, con el libro abierto sobre el pecho.

Al despertar, después de un sueño intranquilo, tuvo la sensación de haber soñado con su mujer, con una iglesia en ruinas y con un libro de grandes caracteres, encuadernado en pasta. Recordó una estepa helada, un pope, una bicicleta, y un hombre calvo y barbudo. Recordó con pavor que era miércoles, que su mujer vendría el viernes, y que aún no había resuelto su problema esencial.

Se encaminó a la casa de Mario Romaguera al regresar del trabajo, y el ejecutor lo recibió en guayabera, con esas botas de punta fina. Ya hablé tu asunto, le dijo sin preámbulos. Son doscientos pesos. Filiberto tragó en seco. Había acabado de cobrar y tenía mil pesos en el banco. Podía pagarlos, desde luego, pero era demasiado dinero. ¿Doscientos pesos?, dijo, por decir. Sí, ¿de qué te asombras? Hay que pagar el mueble, al almacenero, al hombre que lo saca y al socio que me lo vende. Y todavía está barato. Créeme, yo no me busco nada en este asunto, es por hacerte el favor. Romaguera había llegado en ese instante, porque aún tenía el portafolios sobre la mesa, y ese aire de hombre agitado que acaba de bajarse de su carro. ¡Chaplin!, gritó hacia adentro, y vino el perro con sus paticas abiertas, meneando la cola. Le acarició el lomo y rió con una risa fuerte, de dirigente intermedio educado para recibir órdenes y hacerlas cumplir. Mañana jueves me lo traen aquí. Estáte al tanto. No me gusta guardar esas cosas.

Filiberto suspiró con placer y le tendió la mano. El dinero era lo de menos. Ya tenía su taza de nuevo y comenzó a ver la realidad de otra manera, como cuando se acaba de comer. Esa noche no puso el noticiero y se hizo todo el café de la cuota, leyendo algunos cuentos de Heras León que hablaban del acero y que le parecían ahora verdaderamente grandes y heroicos.

Trabajó en el informe, recibió una visita del subdirector y salió complacido a las cuatro, para llegar a tiempo. Si recibía esa tarde la taza podía ver a Vila e instalarla quizás esta misma noche o el viernes de mañana. Así, cuando llegara su mujer, podría encontrarlo todo como lo dejó.

La guagua se demoró un poco y viajó en el estribo hasta la entrada del túnel. Se detuvo en el Hospital Naval y luego no se detuvo más hasta el intermitente. Alguna gente se quejó al chofer, pero éste argumentó que estaba atrasado y después le rayaban el expediente. El chofer iba conversando con una muchacha de *blue jeans* y pulóver y tenía a todo volumen esa canción de Ricardo Montaner que estaba de moda. La ponían cada cinco minutos, en cada emisora, y todos tarareaban en la guagua la noche dura un poco más.

Romaguera tenía una visita, quizás una mujer, y apenas le entreabrió la puerta. Se notaba que quería ser gentil. Disculpa que no te haga pasar, pero estoy apurado. Ladeó la cabeza hacia adentro e hizo una señal con la mano. Ahora son trescientos pesos porque se vende el mueble completo, con tanque y todo. Además, el transporte. Filiberto sintió bullir la sangre bajo la piel y negó un par de veces, sin saber por qué lo hacía. No puedo pagar ese dinero, le respondió, con una fuerza de carácter imprevista incluso para él. Romaguera abrió la puerta y salió al pasillo. Entiéndelo, mi hermano. Ese servicio sanitario tiene que darse de baja por algún desperfecto. Yo tuve que decir que en los albergues se había roto un baño para que me permitieran hacer la factura. ¿Tú no sabes que todo es así? De acuerdo, pero mañana serán trescientos veinte y pasado quién sabe. ¿Tú trajiste la taza? No. Romaguera se quedó en silencio y Filiberto bajó las escaleras, sintiendo un calor de fuego en la cara, en los brazos y en el resto del cuerpo.

Ya no rogaba a Dios ni maldecía y se sentía con un peso de plomo que apenas lo dejaba caminar.

Al subir a su casa, se encontró con el vecino de enfrente, quien terminó de cerrar la puerta y encender el tabaco. Sonrió de pronto, mientras guardaba las llaves, y le preguntó si había resuelto. Nada, todavía. Filiberto temblaba en ese instante y su vecino se acercó extrañado y le puso una mano en el hombro. ¿Pero qué es lo que pasa? ¿Tienes alguna tupición? No, no es nada de eso. Es que me han engañado miserablemente. Tengo la taza rota hace seis días y estoy haciéndolo todo en la calle. El vecino manoseó el tabaco y apuntó con él hacia el techo. Modulaba la voz, conmovido, sintiendo que esta vez sí hacía un favor. Yo creo que este hombre de acá arriba te puede resolver. Él trabaja en una fábrica de losas y siempre anda con pesos.

Filiberto se sentó un rato en la sala y se tomó dos vasos de agua fría. Sintió un mareo, un ligero vahído. Subió después al último piso y le explicó el problema a un muchacho risueño, alto, de ojos grandes y oscuros como los ojos de aquella mujer. Yo tengo un familiar que debe tener tazas, porque las vende. Vive en la Habana Vieja, en Obispo 222. Ve ahora mismo, segurito que lo vas a encontrar. Él te la pone y no te cobra arriba de doscientos pesos. Pregunta por Regina o por Alcides, diles que vas de parte de David.

La guagua estaba vacía. Hacía frialdad y Filiberto cerró la ventanilla. Estaba despeinado, ajado, sucio, cuando llegó a la parada del túnel.

La puerta de la casa estaba abierta. Regina lo recibió y lo hizo pasar. La casa tenía una suave calidez, un sofá de vinil, unas butacas. Se respiraba un aroma de café con leche, de pan tostado. Al final había un televisor en blanco y negro, y el locutor del noticiero de las ocho hablaba ahora de la caída del gobierno húngaro, y del reemplazo y la sustitución de Erich Honecker por un tal Egon Krenz. Los trenes continuaban viajando hacia el oeste y el parlamento búlgaro se encontraba en crisis por primera vez. Las marchas de protesta se escuchaban de lejos cuando Regina meneó la cabeza y apoyó las manos en el espaldar del butacón. Usted me perdona, le dijo de súbito, pero no hay quien resuelva esto. Se fastidiaron las botellas de albaricoque, la mesa eslava, y la carne en conserva. Yo no sé lo que vamos a hacer. Con esta crisis ni los búlgaros, ni los checos, ni los alemanes, nos van a mandar nada de repuesto.

Filiberto asintió con la cabeza. Estaba algo ido, viviendo en una atmósfera de sueño. Ahora hablaban del pedraplén a Cayo Coco y del proceso de rectificación. Mira eso, observó ella, alzando los brazos, hablar de un pedraplén cuando se está acabando el mundo. Regina tenía el pelo castaño y corto, la cara larga y una sonrisa de alma de paloma, como el personaje del cuento de Chejov. Sus ojos brillaban con un aire de interrogación y lo miraban inquisitivamente. Bueno, dijo al fin, si quiere ver a Alcides, él está en el apartamento de los bajos, tomando unas cervezas.

Debajo había un solar, con decenas de puertecitas entreabiertas, con matas de malanga y plantas de areca. Por encima de las tendederas brillaba el cielo, cuajado de estrellas. Hacia el fondo, en el patio interior, había una puerta de madera maciza y Filiberto tocó con ansiedad.

Le abrió un hombre bajito, cincuentón, trabado y fuerte, un poco calvo y con barba. De pronto, Filiberto tuvo la sensación de que lo conocía, pero de otro lugar, de otro ambiente, y luego recordó que era el hombre del sueño. Podía ser el pope. No. Era el otro, el que estaba junto a la bicicleta.

El hombre lo miró sin desconfianza, un tanto impasible. Se miraron como reconociéndose en una bruma que duró un segundo, hasta que Filiberto le indicó: Busco a Alcides, al compañero Alcides. ¿De parte de quién? De David. El hombre le abrió los brazos y soltó una sonora carcajada. Lo abrazó fuertemente y lo invitó a pasar. Yo soy Alcides, chico, e hizo un guiño malicioso con los ojos, acompañado de un chasquido con la lengua. Ven, pasa. Estamos celebrando aquí la bandera y el gallardete, la condición vanguardia de la empresa.

El local era una antigua casa, o quizás la mitad de un zaguán, con el aspecto pacífico y tranquilo de un tiro clandestino de cerveza, con barra niquelada, un frigidaire de tres puertas, y un pasillo de losetas oscuras ocupado por algunas personas. Había una tendedera de bombillos, más bien de bombillitos de colores, y un grupo de hombres alrededor de la barra. Unos tomaban directamente de la botella, y otros lo hacían en laticas abolladas de Coca Cola, Heineken y Hatuey. Hablaban y reían como en un murmullo y Filiberto creyó percibir a un chino alto, de pómulos salientes, empaquetado con una bolsita a la cintura, de esas de cremallera, y con todo el aspecto de un mesero. Alcides le pasó el brazo por el hombro y lo presentó. Éste es amigo de David, ponle una fría. Tú no me digas, le respondió un muchacho de pelo oscuro, sonriente. Yo soy el capacitador de la empresa, le dijo con orgullo, cuéntale a David de Arsenio Paz. El chino sonrió, poniendo una botella sobre el mostrador. Ese David es de mandarria, dijo.

Filiberto mantuvo la cerveza en la mano y agradeció con pena, temeroso de iniciar la conversación. Sí. Ya sé a lo que vienes. Quieres que te declaren el habitable. Filiberto no entendió de momento. No, necesito una taza, nueva, cubana o japonesa, que descargue a la pared. ¿Una taza? Pero eso es lo que tengo yo, una taza. Filiberto lo miró desconcertado. Mi negocio es muy simple, no te asombres. Yo le pongo mi taza, fíjate bien, mi taza, a las familias que construyen por su cuenta. Viene la comisión, revisa, concede el habitable, y después que se va, yo regreso a la casa y me la llevo. Es muy sencillo. Cobro cincuenta pesos. Ah, de manera que su taza es un préstamo. Digámoslo así. Pero David me dijo... Eso era antes, hace ya mucho tiempo, cuando yo no me había graduado. Aunque no lo parezca, yo soy ingeniero civil. Sonrió y se tocó el pecho con ambas manos. Ahora estoy de licencia por enfermedad y tengo que seguir viviendo. Pero toma, tómate la cerveza.

El ambiente era cálido, a pesar de la frialdad exterior que venía del fondo, un patio de cemento abierto al cielo, a donde no alcanzaban los bombillos. Había una discusión que Filiberto no logró precisar y al final del pasillo un hombre alzó la voz y mencionó a los mencheviques. Alcides estiró el brazo derecho y juntó el índice con el pulgar. Se adelantó unos pasos, en esa posición, con la cabeza inclinada hacia adelante. No te pienses que todo es tan sencillo. En realidad el pasado no vuelve. La Historia no se repite. Es más, estudia la Historia, no para conocer el pasado, sino el futuro. ¿Qué fue de los decembristas, o los marxistas legales? ¿No propugnaban cambios parecidos a éstos? Los soviéticos vivieron durante mucho tiempo en un cuarto cerrado y decidieron abrir las ventanas. Alcides paseó el índice por el recinto, chasqueó la lengua y movió la cabeza varias veces. Eso es la perestroika, para mí. Pero afuera soplaba un ciclón, argumentó el otro, y les está desbaratando la casa. ¿Y adentro, qué había adentro? Alcides rió estentóreamente, abriendo los brazos, y luego añadió, con una voz sonora, grave: *La respuesta, amigo mío, está soplando en el viento.*

Alcides se dirigió hacia el fondo del pasillo e invitó a los demás a continuar bebiendo. La taza, el baño, su mujer, y lo que había escuchado, se hicieron un lío en la cabeza de Filiberto, quien pidió otra y otra más, y terminó mareado, recordando su sueño, mientras aquellos hombres alzaban las botellas y celebraban el triunfo en la emulación.

Volvió de madrugada, completamente ebrio, y durmió plácidamente hasta el mediodía. Se despertó con un extraño susto, no por haber faltado al trabajo, sino porque ya no tenía tiempo para ocultar las cosas.

Su mujer regresó al atardecer. Se dejó caer en el balance de la sala, le dio un beso, y le pidió un poco de agua. Conseguí unas cebollas, le dijo alegremente, y le indicó la jaba de la shopping y el maletín de viaje, dejados como al descuido frente al televisor. Se notaba feliz, más rosada que nunca, con su pelo oscuro, recién teñido, y esa fiera tranquilidad en su mirada. ¿Cogiste el pollo?, fue lo primero que le preguntó. Tuvo que hacer un esfuerzo para responder, y para darse cuenta que los ojos de su mujer lo miraban como aquella otra, como el huidizo cazador del tapiz, como todas las personas que lo hacían sentir inseguro, indeciso, torpe. No entres al baño, casi le gritó. Está roto. Su mujer se levantó de súbito. Taconeó indecisa hasta el fondo del apartamento, mirándolo todo, y regresó con la cara enrojecida, hecha una furia. Yo me voy. Yo regreso ahora mismo. ¿Qué te imaginas? Filiberto sintió la punzada del miedo, una frialdad que lo dejaba inerme, con los labios resecos, pero también un oscuro temblor, una cólera sorda contra ella, y contra sí mismo. El calor le subía por el cuerpo con una fuerza que no conocía y de pronto se sintió lejos de su mujer, de la casa, de todo. Ya sé que la taza está rota. Te comprendo. ¿Pero es que piensas irte y dejarme solo? Su mujer le dio la espalda bruscamente. Ay, Filiberto, Filiberto, tú nunca vas a resolver el problema. En este país hay que tener agallas para sobrevivir. Se volvió con la misma brusquedad. ¿A que no has ido al Poder Popular? ¿No lo ves? Pues yo me planto frente al delegado y chillo y pateo hasta que me resuelva. ¿Y el agua que te pedí? Me muero de sed.

Lo miraba como si no lo viera, sus labios le temblaban un poco y movía las manos con ansiedad. Él esperaba eso, desde luego, pero no así, no así. En estas condiciones no podía defenderse, ni atacar, y su cólera se extendía ahora contra todas las ferreterías del país, contra los almacenes, los técnicos y los plomeros que hacían irresoluble su problema. ¿Qué quieres? ¿Que te pida el agua de favor? Su mujer balanceó el cuerpo sobre las piernas y se mostró desafiante, agresiva, de una manera tan desordenada que a él le pareció una mala caricatura del bufo. Quiero que te calmes, que me entiendas. En lo primero que pensé fue en eso. Pero el delegado te da un papel para el rastro, y allí todas las piezas son antiguas. Filiberto le hablaba en un susurro, conteniendo la ira. ¿Por qué desconfías siempre? ¿Es que no puedes ser de otra manera? Quiero que me ayudes, Georgina, que no me ofendas, que no me consideres un inútil, y que si quieres agua te la sirvas tú. Filiberto sintió su propia voz en una modulación diferente, se supo un poco áspero, un poco rígido, cuando ella abrió el frigidaire con un gesto violento y la puertecita de plástico le cayó a los pies.

Se miraron quizás por un minuto. La máquina del frigidaire inició el cambio de tiempo en ese instante y se escuchó el zumbido dentro del aparato. Ella recogió el plástico, lo puso encima y taconeó hacia el baño. Volvió a la sala y recogió el maletín sin decir ni una palabra. Filiberto la siguió hasta el cuarto. Ella se cambió la blusa, la saya, la sayuela, las medias y los zapatos. Filiberto la miraba hacer y ya no sentía miedo. Su culpa se diluía en un estado larval donde la rabia, el estupor, y el deseo de terminar con su mujer, predominaban.

Ella fue al baño y Filiberto cargó con las cebollas. El zumbido del aparato permanecía en su cabeza y le latían las sienes. Su mujer regresó con el pelo humedecido, se puso polvo, se retocó las cejas, se peinó. Tenía los ojos claros, a pesar de ser pardos, pero también acuosos, luminosos y fríos. De momento, ante el espejo del cuarto, cerró los párpados y comenzó a llorar. Un hilo fino y claro le recorrió un lado de la cara y terminó en el cuello, en una larga gota. Pienso en Ivette, dijo, en el niño. Ni siquiera has preguntado por él. Se secó con apremio, suspiró. Cerró la polvera y se hizo la sombra. Se volvió con un aire de ligereza, recogió el maletín y le dio un beso, rápido. Había algo tan vacío en su manera de actuar que Filiberto se sintió incómodo, asombrado de haber temido durante tantos años a una persona tan débil como él. Fue hasta la sala y le abrió la puerta.

Ella salió, como de costumbre, henchida, dando un portazo.

Llovió con truenos, y con muchos relámpagos. Filiberto se dedicó a pensar, gozando de esa libertad interior que le había regalado el baño roto. Disfrutaba del ancho de la cama, de las salpicaduras de la lluvia, del murmullo vasto y continuo que venía de afuera. Estaba irritado por la situación y pensaba también en la taza, pero sentía una alegría pausada, que le iba y le venía suavemente, a medida que caía el diluvio.

El sábado y el domingo bajó una niebla desde el amanecer y Filiberto cedió a la tentación de hacerlo todo en un papel de estraza y lanzarlo después a la basura. Al regreso, humedecido por las ráfagas de agua, escuchó a una mujer comentar que daban el faltante de unas papas que aún no habían llegado. No se asombró con el absurdo y siguió caminando hasta el edificio, tan seguro y tranquilo como si nada ocurriera en su casa.

El lunes había un derrumbe en la esquina de O'Reilly y Aguacate. Las vigas de concreto, humedecidas, se desplomaban sobre los ladrillos, y la gente hacía coro alrededor del local. Era una antigua librería, ya en desuso, que fuera, según su memoria, una de las mejores de La

Habana. Observó con tristeza a los camiones que transportaban los escombros, la humedad en las paredes de los dos edificios circundantes, los balcones de enfrente, y los gestos patéticos de algunas personas que preguntaban al pasar si no había víctimas. Todo era gris, con ambiente invernal.

Ya en el banco, se acercó a su compañero de caja, un hombre activo y sonriente, que usaba un bisoñé. Lo llamó aparte y le contó el problema. No había ni un asomo de gravedad en sus palabras y ahora sentía que hablaba de la taza como si el asunto no le concerniera a él. Una taza no, le comentó el otro. Pero cemento blanco, cemento gris, tacos y juntas de goma se pueden conseguir cerca de aquí, en un almacén del CEATM donde trabaja un amigo mío. ¿Y cuánto cobra? No cobra nada, qué pasa. Al fin y al cabo no es tanta cantidad.

Regresó esa noche en un taxi que logró alcanzar cerca del Floridita, donde el chofer se había bajado a tomar café. Remodelaban el viejo restaurant y también los locales de al lado preparándolos, sin duda, para el turismo. Batía un aire húmedo que venía de la Manzana de Gómez y parpadeaban las luces del Museo de la Revolución y la Embajada de España.

El chofer le cobró quince pesos –el metro no marcaba– y Filiberto subió con esfuerzo la bolsa de plástico que contenía todos los materiales.

Volvió a llover, para los días de fieles difuntos. Su hija lo llamó al trabajo y apenas pudieron entenderse porque las líneas estaban mojadas. Tuvo una sensación de nostalgia al pensar en su mujer y recordó las cosas que la hacían agradable. Echó de menos sus largas conversaciones de balcón a balcón en el atardecer, el flan de calabazas, el agua tibia a la hora del baño, y el choque de las vasijas en el fregadero. Tendido en la cama, sin afeitarse, bajo la luz del velador, vino la imagen de su hijo, antes de graduarse de médico; vino la imagen de Ivette, a quien leía cuentos en el balance de la sala cuando vivían en Campanario y Salud, hacía ya tantos años, y percibió que se quedaba solo, que el mundo al que pertenecía le resultaba extraño y se diluía también ante sus ojos en unos pocos recuerdos. Su trabajo monótono y su vida lo hicieron sollozar, quedamente. La relectura de su libro favorito, *La guerra y la paz*, lo había ablandado por completo y se sintió tan triste en esos días de temporal como Pierre Bezujov antes del cautiverio.

Siguió bajando la basura, de noche, con un cuidado exquisito. Cuando escampó, se dirigió a la casa del plomero. Vila no se encontraba y su mujer le respondió con apremio, sin hacerle pasar, que la brigada en la que trabajaba había sido declarada contingente. Podía venir hoy, venir mañana, o quedarse en la sede. No. Los domingos trabajaba también y regresaba muy tarde.

No pudo maldecir ni recordar a Dios. ¿Cómo podía seguir viviendo, sin taza, sin mujer, en la más absoluta impotencia? Había que buscar otro plomero, salir a la ciudad, pagarle lo que fuera, llamar a su mujer, reconciliarse con ella, volver a vivir alguna vez como había vivido y olvidarse de estos días de octubre y de noviembre de 1989 en que el mundo se desplomaba afuera y las cosas que se creían seguras se deshacían casi de inmediato. Y ahora, ¿qué pasará?, se preguntó muy cerca del balcón, tendido en el balance de la sala.

Estuvo una tarde así, ido del mundo, pensando en estas cosas y en lo que iba a hacer. Bajó las escaleras con premura. En el kiosco de abajo compró un montón de periódicos y revistas que nunca leía, tales como *Economía y Desarrollo, Mar y Pesca, El Filatelista, Ciencias Sociales, América Latina, Corea de Hoy,* y los periódicos *Tribuna de La Habana* y *Trabajadores.* Subió al apartamento y se encerró. Esa noche derribaban el Muro de Berlín y lo supo cuando salía del baño. Era el cumpleaños de su mujer, ocho de noviembre, y el cielo del balcón estaba pálido, con algunas estrellas.

FEDERICO VEGAS

EL DETECTOR

I

El plafón de rejillas y lámparas intercaladas, que esconde ductos y tubos para cables, agua y hasta música, ofrece a los hombres de oficina un nuevo cielo plano y ansioso de permanecer imperceptible. Esta fórmula exitosa cundió como una epidemia y hoy es tan universal como la corbata. En su actitud anónima, neutra y modular radica el secreto de su multiplicación. Tiene el rigor y la discreción del vidrio, del clip y de la tinta. Las conversaciones que ocurren bajo esta cubierta blanquecina suelen ser pragmáticas e interesadas; cualquier relato no es más que un preámbulo a intercambios más precisos.

Pero a veces un raro sosiego acompaña el fin de la jornada y se habla de otras cosas. Hay tardes que se funden imperceptibles con la noche, entonces bajan las defensas y los hombres cuentan de sus vidas por el mero placer o dolor que éstas les causan. De ser éste el caso, conviene prestar suma atención: todo drama que aflore y traspase los filtros combinados del plafón, el neón y la alfombra ozite merece ser recordado.

Aquella vez se iniciaba la noche mientras yo observaba la conversación desde un sofá de cuero. La frase: "Me siento a mis anchas", la concibo en muebles como aquél. Especialmente cuando el sofá es ajeno, los verbos "sentirme" y "sentarme" se conjugan, y me explayo palpando la piel de un animal que ha dejado de moverse para siempre. En las oficinas, estas texturas tienen un efecto prodigioso; sueltan un olor de guarida elegante, de noble pasado, e imparten una sensualidad a la vez sobria y llena de expectativas.

Recuerdo que nos arrullaba una lejana aspiradora. Sentí que no tenía sentido quedarme varado en la oficina de aquellos amigos exitosos, y varias veces traté de marcharme, pero ellos volvían a abrir una nevera pequeña llena de hielo, de tragos y recuerdos. No sé qué propósito tenía el que desplegaran ante mí sus felices comienzos, o si era una costumbre, o pura coincidencia. Quizás necesitaban un juez complaciente.

II

Contaron que al principio la constructora se dedicaba a crecer vertigi-
nosa mes a mes. Eran tres socios. Uno era el simpático, y conseguía
los contratos; otro era el competente, y dirigía las obras; el tercero era
un sátiro que creó el balance necesario entre el éxito y el caos.

Hablaron de temas y personajes que yo desconocía: un tal maestro
Ferro que juntaba las virtudes de un abuelo sabio y el entusiasmo de
un hijo trabajador, un colocador de ladrillos que se cayó de un anda-
mio y al día siguiente retornó al mismo piso.

Ninguno se acordaba de cómo y cuándo se iniciaron ciertas actividades extracurriculares. Lo cierto es que en los dos primeros años se
fue creando una madeja romántica fundamentada, básicamente, en la
nómina interna. Además del personal propio, varias oficinas vecinas
colaboraban. Algo escuché sobre la ayudante de un odontólogo, sobre
vendedoras de cerámicas y enciclopedias, la recepcionista de unos
abogados, y la cliente esporádica de alguna remodelación secundaria.

La primera fiesta de diciembre ha debido darles alguna pista, pero
achacaron la efusividad y las sorpresas al calor navideño. Nadie aceptaba que la constructora era una comedia de enredos, no por miopía
o terquedad, sino gracias a que milagrosamente el delirio transcurría
con pasmosa organización. Por un tiempo funcionó el sistema de actos e intermedios. El telón se abría y cerraba con fluidez y decoro. Las
atmósferas galantes son evidentes para todos, menos para los protagonistas, y protagonistas eran todos. Cada quien había encontrado su papel y su lugar en la trama.

Las pasiones, iniciadas los viernes en pequeñas fiestas y esparcidas
luego con fuerza centrífuga a bares y moteles, se fueron asentando y
retornando a su centro, al escenario original que era la oficina misma.

Al poco tiempo ya nadie desayunaba en casa. A las diez de la mañana subían cachitos y café, luego venía una sutil digestión. Todo se
intuía y se respetaba con profesionalismo, sin chismes y sin culpas. Cada quien suponía un dictado o un diálogo confidencial en el cubículo
del vecino, mientras trancaba la puerta del propio y le subía el volumen al Hilo Musical.

III

Así llegó el día en que se descubrió un robo interno. Algo había ocurrido con una chequera o el contenido de un sobre. Se reunieron los

tres socios y acordaron que de no aparecer el culpable sería necesario
despedir a todo el personal. Pronunciaron esta última palabra con
frialdad, pero ya se notaba en los rostros una actitud protectora hacia
algunas relaciones aún frescas y fructíferas.

Nadie sabía qué iniciativa tomar. Una solución inesperada llegó al
día siguiente gracias a un extraño anuncio en el periódico. Ninguno de
los socios imaginaba que los detectores de mentiras realmente existían, sonaban a película de los años cincuenta, pero resultó que era posible alquilarlos con todo y operador.

El lunes en la mañana todo el personal se reunió en la sala de con-
ferencias donde los esperaba el extraño aparato junto a un hombre
meticuloso con cara de radioaficionado. Entonces el socio simpático
inició el proceso con palabras que resultarían incitantes. Les explicó
que había ocurrido un robo en una empresa donde reinaba el compa-
ñerismo, en un grupo pequeño donde todos se conocen y no se mane-
jan criterios de seguridad o desconfianza. Si no confesaba el culpable
tendrían que someterse todos, uno por uno, al detector infalible.

Sobrevino el típico silencio profundo que sigue a las noticias impac-
tantes y difíciles de digerir. Apenas se percibían aromas entrecruzados
de colonias y perfumes que habían ido llegando a niveles perturbado-
res. Sin decir una palabra, el socio inteligente se remangó la camisa y
se dejó mansamente cablear por el experto. El interrogatorio que precedía a la pregunta fatídica buscaba desorientar: *¿Es usted un caballo?*
¿Es ahora de noche? ¿Habla usted español?

Todos estiraban las cabezas tratando de adivinar en la papeleta ro-
dante cuáles eran los ángulos y las curvas que separan a la verdad de
la mentira, pero no hacía falta, la atmósfera era a la vez nítida y emotiva. Se intuía que sería imposible mentir sin arrugar los ojos, morderse
los labios o agarrarse las orejas. Entre pregunta y respuesta no se escuchaban sino algunas respiraciones, rumores de estómagos acostumbrados al cachito caliente de las diez.

Yo imaginaba la escena descrita desde mi sofá de cuero y esperaba
en suspenso el final de la investigación. De repente, el tercer socio, el
sátiro, que hasta entonces había permanecido callado, me gritó como
tratando de entusiasmarme:

—¡Qué época aquella! ¡Qué vitalidad la de los treinta años! ¡Qué
bien se trabajaba en medio de aquel desorden!

Se paró, caminó hasta la nevera a reavivar su memoria y retornó a
su silla gritando eufórico.

—¡Qué bella era! ¡Qué competente! Pobrecita, no se sabía controlar, ni frenarse, ni saciarse, ni callar. Ha podido ser monja de clausura o puta de regimiento, cualquier cosa que la mantuviera en un extremo, lejos de términos medios. Ese día ella no aguantó más y por fin dio el discurso de su vida. Mientras toda la oficina aguardaba sumisa, ella fue la única que reaccionó. Su dulce voz me conmovió, aún me erizo cuando la recuerdo. Ella avanzó con el cuello derecho, como una Juana de Arco, y dijo serena: *"¡Estoy de acuerdo! ¡Estoy de acuerdo con todo esto! Pero han debido traer no un detector de mentiras sino un detector de verdades. De mentiras todos sabemos aquí bastante, pero de verdades muy poco, o más bien, nada. Yo puedo cargar toda la vida con una mentira, pero no con una verdad. Voy a confesar, a confesarme, a confesarlo todo ante mis compañeros de trabajo."* Entonces ella se acercó a la mesa y estiró el brazo desnudo como si le fueran a sacar sangre. El tipo del detector no hizo más que proteger asustado su aparato. Ella lo miró con desprecio y le dijo: *"¡Enchúfeme que voy a confesar!"* Y sin darle tiempo de amarrarle las correas, ella empezó a soltar frases cortas: *"¡Yo amo a mi jefe! ¡Yo lo amo! ¡Sí, lo amo! Él es la razón de mi vida. Nos amamos. Todos los días. En su oficina. Abro la puerta y lo espero en el sofá de cuero."* Y era verdad. Ocurría ahí, justo donde tú estás sentado ahora. Apenas nos quitábamos la ropa. Desde temprano en la mañana ya la pantaleta estaba en la gaveta de su archivo… Y después era como si no hubiera pasado nada. Se sentaba en la computadora como si nada más que su trabajo importara en el mundo. Ese día del interrogatorio, cuando la oí hablar, me apoyé contra la pared y me callé la boca. Pero a la administradora, que era la más seria, se le ocurrió menear la cabeza, y ella se lo tomó como algo personal, y le gritó retándola: *"Sí, sí… ¡Y tú! ¡Me quitas esa carita de yo no fui! ¿O es que acaso todos no sabemos por qué le subiste el sueldo al mensajero?"* A cada quien le tocó lo suyo. Unas se pusieron a llorar, hubo pellizcos y hasta el típico ataque de risa histérica. Al lado de aquella radiografía novelada el detector parecía un juguete. Aquella erupción volcánica de verdades, aquel coitódromo develado y catalogado, nos dejó expuestos e inmóviles. El experto guardó su aparato en el maletín, como los turcos cuando nadie les compra ropa, y se fue sin cobrar.

IV

El sátiro no siguió con su cuento. No hacía falta, él y sus dos socios se reían, y las risas crecían a medida que les iban llegando otras imágenes de aquellos tiempos legendarios. Se comunicaban entre ellos con frases entrecortadas, con fragmentos, con claves, con gestos de viejos amigos que un extraño jamás podría entender.

Yo estaba incómodo. No tenía nada que contar. Fue retornando la calma, y llegó ese vacío que sigue a las carcajadas y a las imprudencias. Todos observaban melancólicos mi sofá mientras tosían y suspiraban.

Entonces el socio sátiro se levantó otra vez. Estaba serísimo, se movía como si buscara algo en la oscuridad. Entonces se detuvo, le brotó una leve sonrisa y súbitamente se volteó para revelarnos su descubrimiento:

—¡Claro! ¡Claro que sí! ¡Ahora sé quién se robó los reales!

Con sólo mirarse las caras ya los otros dos socios sabían la respuesta. Habían perdido la frescura de los novatos, ahora poseían la complicidad y el cinismo que otorgan una docena de años construyendo viviendas de interés social.

El único que faltaba por entender el desenlace era yo. Me explicaron con el tono proverbial de los tíos en los almuerzos domingueros:

—No existe convento, cuartel o detector de mentiras que resista una actuación tan arrebatadora.

Me tomó tiempo entender que el culpable era la bella mujer de los gritos de amor y el brazo desnudo. No hay mejor manera de ocultar un pecado íntimo que revelando uno colectivo. O quizás no, quizás nunca fue ella, pero convenía culparla. Era fácil y gracioso. Las pasiones más intensas son las más fáciles de catalogar, de sepultar con un juicio alegre.

Los dejé solos. Caminé hacia mi carro meditando en lo ambiguo que resulta el "debe" y el "haber" en la contabilidad de una empresa. Pensé también en esos recuerdos disolutos que jamás llegan a disolverse.

FERNANDO AMPUERO

CRIATURAS MUSICALES

La niña llegó del colegio cuando los gritos de sus padres se podían oír desde fuera del amplio y elegante departamento. Tocó el timbre y aguardó a que la empleada le abriera. Entró al vestíbulo y, cuando pasó frente al espejo oval, se hizo a sí misma una mueca graciosa. Luego enrumbó a la cocina, bebió un vaso de naranjada y, de vuelta en el vestíbulo, se detuvo cautelosamente en el primer peldaño de la escalera.

La discusión, como de costumbre, era a distancia. Su padre se hallaba en el baño, duchándose. Su madre reordenaba la ropa en los colgadores, en los cajones y en las gavetas del *walk-in closet*, una de sus actividades más socorridas cuando tenía los nervios de punta.

—¡Hola! —gritó alegremente la niña—. ¡Ya estoy aquí!

Un súbito silencio sobrevino a su saludo.

Pero unos instantes después se abrió la puerta del baño, que daba al hueco de la escalera, y salió su padre, desnudo y chorreando agua. También, como de costumbre, la niña vería que éste, ante su presencia, cambiaba rápidamente de talante. Ahora incluso le sonreía e imitaba su voz alegre y cantarina:

—¿Qué tal, Pilarcita?

—Bien, papi.

El padre volvió a encerrarse en el baño. La madre, por su parte, demoró cuatro o cinco segundos en intervenir, pero optó de buenas a primeras por ponerse en tren práctico:

—Pilar, no dejes tu mochila tirada en la sala —dijo a lo lejos, sin dejarse ver.

La niña fingió que no la oía:

—¿Qué dices, mami?

—Que no dejes tu mochila tirada.

—¿Cómo dices?

—¡Que no dejes tu mochila tirada, demonios! —gritó la madre.

—¡Ya te oí! ¡No me grites!

—¡Y sube a tu cuarto y ponte a hacer tu tarea, porque en una hora tienes que ir a tu ballet!

—¿Al ballet?

—Claro que sí —replicó su madre—. ¿Acaso no sabes que hoy es jueves?

—No voy a ir al ballet —dijo la niña rotundamente.

Se hizo un nuevo silencio.

—¿Cómo que no vas a ir al ballet? ¿Han suspendido la clase?

—No es eso.

—¿Qué es, entonces?

—Se me ha roto la malla negra.

La madre se asomó por el hueco de la escalera con cara de sorpresa:

—¿Cuándo ocurrió eso?

—Anteayer. Me enganché con una planta llena de espinas y se rasgó toda.

La madre meneó la cabeza, apesadumbrada:

—Bueno, usa la malla roja —dijo volviendo a su tarea de ordenar ropa.

—No. Odio ese color.

—Mañana te compraré otra malla negra. Ahora hazme el favor de ponerte la roja y no fastidies.

—No quiero.

—No me contestes así, Pilar —dijo la madre.

—Pero es que tú no me entiendes.

—¿Qué es lo que no entiendo?

—Todas las chicas van con mallas negras.

—Ya lo sé. Pero es sólo por un día.

—¡No! —chilló la niña—. ¡Es huachafo!

—¡Pues te la vas a poner de todas maneras! —ordenó la madre en su tono más enérgico—. ¿Has entendido? ¡Aquí no se hace lo que tú quieres!

—¡No, no me la voy a poner! —gimoteó la niña—. ¡No me la voy a poner!

En pantuflas, y a medio cubrirse con una toalla anudada a la cintura, el padre fue esta vez quien asomó por el hueco de la escalera a fin de concordar con su hija:

—Yo también pienso que el rojo es huachafo —susurró en su tono más cómplice.

La niña alzó la cabeza y sonrió y miró a su padre con los ojos anegados de lágrimas, metiéndose en seguida un dedo en la nariz y sacándose una bolita de moco a la que dedicaría varios segundos de intensa concentración. Y fue en ese trance que la madre apareció de nuevo en el hueco de la escalera, aunque en esta ocasión con un ímpetu de caballo desbocado, y se dirigió al padre increpándole entre dientes, con una especie de rabia afónica:

—¡No ma-ni-pu-les a la niña, desgraciado!

El padre sonrió como si le acabaran de hacer una broma muy divertida y se encaminó a su dormitorio mientras decía:

—Pilar, ponte a hacer tu tarea. Yo tengo que conversar en privado con tu mamá.

La niña amasó el moco que sostenía entre el pulgar y el índice y, antes de disponerse a subir las escaleras, lo dejó caer al suelo.

En la mayoría de los casos Pilar nunca sabía la causa de las peleas de sus padres. A veces éstas se desencadenaban por una toalla mal colgada o alguna tontería parecida; otras, más misteriosas, por una llamada telefónica. Sonaba el teléfono, su madre contestaba y, al otro lado de la línea, no decían ni pío y un momento después se cortaba la comunicación. Tampoco podía precisar con exactitud cuándo era que sus padres habían comenzado a pelearse. Pilar recordaba a duras penas que una de las peleas más antiguas se remontaba a una noche de viernes o sábado, a principios de verano, en que los dos salieron a la calle para sacar algo de la guantera del auto de su madre y de pronto la alarma antirrobos comenzó a ulular y se trabó y no paró de sonar enloquecedoramente por más de diez minutos, conmocionando a los vecinos, y al cabo sus padres, muertos de vergüenza, detuvieron su pelea y se tomaron de las manos y regresaron riéndose al departamento. Una pelea, si se quiere, que tuvo un final feliz y que duró una bicoca de tiempo.

Las de ahora, en cambio, duraban horas de horas y hasta días enteros, y por lo general siempre acababan pésimo. Vale decir, sus padres se aislaban en habitaciones diferentes, lo cual equivalía a que Pilar terminaba durmiendo en la enorme cama matrimonial con papá o con mamá, dependiendo de cuál de ellos se mudara a dormir a su dormitorio.

Aquel día la niña intuyó que la pelea no tenía visos de alcanzar un arreglo, y en tanto hundía la cabeza en su *closet* y buscaba a disgusto la abominada malla roja se quedó pensando con quién le tocaría dormir esa noche. Pensaba en eso con la más absoluta calma, y de hecho no le daría demasiadas vueltas al asunto, pues al encontrar la malla, a la que insultó como si enfrentara a un bicho vivo, se olvidó de todo. Ade-

más, sus padres, si bien seguían embarcados en su pelea, habían bajado considerablemente la voz. Apenas dejaban oír murmullos o algo
que podían ser gritos sofocados.

Luego, tras colocar la malla junto a las zapatillas de ballet sobre su
cama, Pilar emprendió una serie de quehaceres con la soltura y rapidez de una secretaria ejecutiva. Vació su mochila, ordenó sus lápices
y cuadernos, reacomodó dos osos de peluche y una jirafa de plástico
encima de su librero, y en un santiamén se sentó a su escritorio para
resolver dos problemas de matemáticas y copiar en su cuaderno de
francés un poema de François Villon. Acabado eso, encendió su computadora y puso el *diskette* de *Prince,* juego en el que estuvo absorbida
hasta que su madre salió de su dormitorio y le dijo desde la salita de
estar:

—Pilarcita, ya es la hora.

La niña decidió matar a dos guardias del palacio donde se hallaba
apresada la Princesa antes de apagar la máquina, y se incorporó y se
desnudó en un tris para ponerse de inmediato la malla y las zapatillas.
Le encantaban sus zapatillas.

Al momento de mirarse en el espejo redondo de su tocador cambió
de expresión. La malla le quedaba perfecta y estilizaba aún más su grá-
cil figura. Delineaba la curva de su cintura y de sus bien formados glú-
teos, y se ceñía en el escote de tal manera que hacía resaltar su incipiente busto. Tanto su madre como sus amigas solían decir que, para
una niña de once años, tenía un cuerpo bastante desarrollado.

Irguiéndose sobre las puntas de sus pies e inclinándose en una artística venia, Pilar sonrió como si agradeciera la ovación de un público fascinado con ella. Sus dientes, herencia de su madre, eran tan
blancos como las palomas que se posaban por las tardes en la terraza
del departamento. Pero lo que a ella le gustaba más de sí misma era
su cabello suave y claro, del color de la miel, que era el mismo tono
que tenía su tía Martha cuando no se pintaba de pelirroja sofisticada.

—Pilar, apúrate —insistió su madre.

La niña salió a la salita de estar y encontró a su madre sentada en
el sofá hojeando una revista.

—Ya estoy lista —dijo.

Entonces sonó el teléfono.

Sonó una, dos, tres veces, y sonó obviamente en todos los teléfonos
del departamento, que eran uno de pared, instalado en la cocina, y dos
inalámbricos, ubicados en la gran sala de la primera planta y en la pequeña de la segunda. Pilar estuvo a punto de contestar, pero repenti-

namente percibió que algo la detenía. Al parecer la empleada no había acudido a contestar, resolviendo aquella tensa situación, porque en ese momento se estaba cambiando el uniforme por ropa de calle para acompañar a la niña a la escuela de ballet.

Cuando el teléfono sonó por cuarta vez el padre irrumpió furibundo en la salita de estar, y se quedó mirando a su mujer, que se mostraba de lo más indiferente.

–¡Qué demonios pasa ahora! –gruñó–. ¿Están sordos? ¿Por qué no contestan el teléfono?

La madre tiró la revista al suelo y se cruzó de brazos: –¡Mejor contesta tú, canalla! –replicó–. ¡Yo estoy harta de que me cuelguen!

A Pilar le pareció que sus padres se miraban ahora como dos boxeadores que acaban de subir al ring, y que a lo mejor una de las próximas timbradas les podía sonar a ambos como la campana que daba inicio a otro *round*.

–¿No quieres contestar? –La mujer lo estaba retando con una mueca burlona–. ¿No te atreves?

Antes de que terminara la frase el padre avanzó a largas zancadas hasta el teléfono y levantó el auricular.

–¡Aló! –bramó, pero en seguida se apaciguó–. Sí... Sí, Solange... Un momento –y miró a su hija–. Es para ti.

Pilar corrió hacia el teléfono.

–Gracias, papi –dijo y se puso a hablar con la loca de Solange, una compañera del colegio que siempre le pedía ayuda desesperadamente para resolver la tarea de matemáticas.

Rió con su amiga, le dio las explicaciones pertinentes y, al cabo de un momento, se despidió de sus padres agitando una mano en el aire y salió del departamento.

Hora y media más tarde, cuando regresó, sólo se oían las voces del televisor que estaba en el dormitorio de sus padres y el canturreo de su mamá que preparaba un postre de mango en la cocina.

Pilar estuvo un buen rato sin saber qué hacer y se animó finalmente a encender el televisor de la salita de estar. Vio un programa de dibujos animados, acerca del rey Arturo y Sir Lancelot, y luego el capítulo de una telenovela venezolana que abandonó un poco antes de la mitad porque le dio hambre. Bajó a la cocina, tomó un yogur líquido de la refrigeradora, lo bebió sin respirar y le preguntó a su madre, quien ahora se mataba de risa hablando por teléfono con una amiga, si es que podía servirse postre de mango.

—Todavía le falta helar, pero si te provoca...

—Me provoca —dijo Pilar y no se tardó mucho en devorar una porción de ese postre que le parecía delicioso.

Así, en fin, con una cosa y otra, dieron las nueve de la noche y su madre le avisó que ya era hora de bañarse e irse a la cama.

—Y alista la ropa que te vas a poner mañana —añadió.

La niña separó las ropas y cuadernos con los que al día siguiente se iría al colegio, se bañó, se puso piyama y, al salir del baño, constató que casi todas las luces de la casa estaban apagadas, excepto la lamparita de la mesa de noche que iluminaba el lado que correspondía a su padre. Manteniendo la TV prendida, su padre leía un libro tan gordo como la Biblia, recostado en la cama, y sólo reparó que su hija se encontraba en su habitación cuando ésta, que estaba de pie contemplando las imágenes de una película, le preguntó intrigada:

—Papá, ¿Jesucristo tenía esposa?

—¿Esposa? —pestañeó su padre ante el libro que mantenía ante sus ojos.

—Esa mujer le ha dicho que ese bebito es su hijo.

Con un brusco movimiento el padre aventó el libro sobre su pecho y miró el televisor.

—No, no, no es así —rió su padre, incorporándose—. Ese hombre no es Jesucristo, sino Espartaco, un esclavo rebelde que pretendió liberar a los esclavos de Roma.

Kirk Douglas agonizaba crucificado en la vía Apia mirando a la hermosa Jean Simmons, que cargaba en brazos al que hacían pasar como su sonrosado vástago.

—¿Y también murió en una cruz?

—Sí, como muchos otros... mira, mira, ahí se ven otros esclavos que fueron crucificados. Así se castigaba a la gente en esa época.

—¿O sea que ese esclavo pudo ser Dios?

Su padre dio un respingo:

—¿Dios?... Bueno, no es que hubiera podido ser Dios por el mero hecho de que lo crucificaran... —El padre se detuvo a pensar, rascándose con un dedo la punta de la nariz—. Aunque eso pudo haber pasado. Espartaco, de alguna manera, también fue un dios, no como Jesucristo, por supuesto, pero la gente durante muchos años lo recordó y lo llevó en su corazón...

La niña observaba en silencio a su padre con cara de no saber si entendía bien lo que le decían, y éste reaccionó en forma sumamente festiva y alborotada mirando su reloj:

–¿Qué hora es? ¡Uy, ya es muy tarde, Pilarcita! ¡Es tardísimo! ¡A dormir se ha dicho!

Y repentinamente se presentó su mamá.

–Quiero mi almohada –dijo entrando a la alcoba, vestida ya con su polo de dormir, y llevándose la almohada de su lado, de manera que tanto Pilar como su padre supieron que la mamá no dormiría en la habitación matrimonial.

Sin pensarlo dos veces, Pilar trepó de un salto a la cama y se coló con gran entusiasmo entre las sábanas, apropiándose del control remoto de la TV. Su madre le dio un sonoro beso en la mejilla y salió de la habitación. Su padre, mientras tanto, dejó su libro en la mesa de noche y apagó la lamparita. Padre e hija, como dos niños traviesos, se echaron juntitos bajo la luz azulada y parpadeante que provenía de la pantalla, mirando la infinita sucesión de imágenes diversas a causa del zapping que acostumbraba Pilar llevar a cabo. Tras recorrer treinta y tantos canales de cable, paró en seco ante el noticiero de un canal peruano. Las imágenes de un incendio en La Victoria, con gente llorando ante sus pertenencias quemadas, capturó algunos minutos su atención. Pero pronto su padre pareció aburrirse y bostezó y le quitó el control remoto y cambió de canal.

Pilar no protestó, porque ya se sentía adormilada. Le dio un beso a su padre y se tapó la cara con la almohada, pensando en esas cosas que pensamos todos, desordenadamente, cuando nos alistamos para dormir después de un día movido. El partido de básket de la mañana, las bromas de Solange, el postre de mango, la tarea de matemáticas, Espartaco y los teléfonos de su casa timbrando sin que nadie los conteste.

¿Quién podía llamar y colgar? Pilar tenía once años, pero no se creía ninguna tonta. Debe ser una mujer, se dijo. Una de esas mujeres que se enamoran de los papás. Sin embargo, se le hacía ridículo que su madre se molestara con eso. Ella estaba segura, pues su padre se lo había dicho una noche jurando ante la luna (y asegurándole que todo lo que decía era cierto), que las únicas mujeres que él de verdad amaba eran ellas, su hija y su madre, siempre y cuando esta última no estuviera en esas épocas en que se ponía frenética por cualquiera cosa. Pero, como estaban las cosas, Pilar sentía que no podía hacer nada y se preguntaba: ¿Cuánto tiempo tardan las personas en comprender lo que les pasa? ¿Por qué tienen que demorarse tanto?

En algún momento, pensando en eso y oyendo por ratos uno que otro diálogo de película, Pilar se quedó dormida, en tanto su padre seguía aburriéndose y bostezando frente a la TV y, por consiguiente, reanudando un *zapping* tan o más maniático que el de su hija. Todo le interesaba un cuerno. Vio un fragmento de un programa de genética, la escena erótica de una peliculilla sin mucho vuelo, tres goles de un resumen internacional entre equipos que desconocía y, cuando ya estaba por resignarse a apagar la TV, sucedió algo maravilloso. Algo que lo catapultó a una grata efervescencia y por un instante le hizo llevarse una mano a la boca y mirar embelesado la pantalla.

–¡Caray! –murmuró el padre–. ¡Es María Callas!

Era ella, sin duda. Imponente y majestuosa, sola su alma en el centro de un amplio escenario, cantando como en un sueño un pasaje de *La Traviata,* esa parte delicadísima y a la vez de gran temperamento que es *Addio del passato.*

La emoción de ver a su diva favorita lo hizo sentarse en la cama y subir tres líneas el volumen, aunque sin arriesgarse a llevarlo al punto de que pudiera despertar a su hija. Y como que, ¡plop!, se le fue el sueño. Se despejó, se despabiló por completo, sintiendo todos sus sentidos funcionando a la máxima potencia. María Callas estaba ahí, en una noche probablemente milanesa –el escenario tenía las trazas de ser la Scala de Milán–, y también en una cálida noche limeña, con él o ante él, cantando con quietud y suaves ademanes, mirando al público con sus ojazos griegos y dramáticos, peinada con un moño alto, vestida de largo y con estola de la misma tela del vestido, y enjoyada como una reina o como una diosa, con apenas un collar de una vuelta y unos aretes, pero ¡Dios mío, qué aretes y qué collar!, estaban hechos de diamantes enormes, verdaderas rocas llenas de luz estelar que emitían guiños y chispazos cegadores debido a los reflectores que iluminaban a la diva.

La mujer era fea, sí, hay que decirlo, pero él sentía que la amaba y la veía hermosa. Si su hija le hubiera preguntado en aquel preciso instante si era cierto que las personas que más amaba eran ella y su madre, el padre tendría que rectificar y diría: "Te amo a ti, a tu mamá y a María Callas." La Callas, a su juicio, tenía la voz más perfecta, poderosa y emotiva que hubiera oído nunca. Por eso mismo la amaba. Porque era alguien tan extraordinario, tan intenso, tan especial, o bien porque su amor era una mezcla de devoción y agradecimiento por el placer que le daba saber que existía un ser viviente con una voz que acariciaba como el terciopelo de las flores.

El documental era en blanco y negro, no se veía en buenas condiciones y las cámaras enfocaban a su objetivo desde lo que tal vez debía ser una suerte de palco bajo. El padre calculó que podía datar del año 1956, año de temporadas muy exitosas, pero pronto se enteró, gracias a unos subtítulos, que había sido filmado en 1952 y, en efecto, tal como había sospechado, en la Scala de Milán. La Callas terminó su intervención y comenzó a agradecer los infinitos aplausos que le dispensaba el público. Un leve movimiento de cabeza y una media sonrisa era todo lo que hacía. Aquí les dejo esta migaja de mi genio, pobres y pequeños mortales, leía el padre en la vaguedad de aquella media sonrisa.

Y sin transición, apareció un ama de casa, hablando con voz imperiosa, chillona y eufórica, y recomendando el uso de una marca de detergente. Era una de esos centenares de jóvenes señoras –todas ellas le parecían intercambiables– que siempre aparecen lavando ropa, las manos mojadas en bateas rebosantes de espuma.

–¡Malditos comerciales! –masculló el padre, retirándose las sábanas de encima. Se levantó y echó a caminar de un lado a otro por su dormitorio, muy excitado, en tanto Pilar, ya sin la almohada tapando su cara, dormía plácidamente–. Bueno, pero esto quiere decir algo. ¡Esto quiere decir que el programa va a continuar! –y pegó un brinco de felicidad.

¿Qué seguirá? ¿La misma ópera o acaso pasarán una parte de otra *performance* famosa? ¡Le daba igual! Lo que anhelaba el padre a esas alturas era ver más, oír más, ya que casi nunca propalaban en la TV estos viejos momentos de gloria, la gloria genuina y grandiosa del *bel canto,* y no esos remedos de éxtasis a lo Pavarotti, donde predominaban el artificio, los micrófonos y los descomunales amplificadores de sonido. ¡Pero aquí, no! ¡Aquí la Callas cantaba solamente a fuerza de diafragma y de garganta, y teniendo por todo altoparlante su voluptuoso pecho de matrona altiva y sufriente, solitaria ánima de un templo en ruinas del Egeo!

Algo más de dos minutos duró la tanda de comerciales y otro tanto le tomó al presentador, un gordito bajo, amanerado y melindroso, para anunciar a la teleaudiencia que la leyenda llamada María Callas, la *primadonna assoluta,* la más brillante soprano que quizá jamás haya existido, iba a regalarnos con otra pieza musical que sólo ella supo plasmar en toda su magnitud y esplendor. ¿De qué les estoy hablando?, preguntó el presentador con un brillo pícaro en su mirada de gordito. ¡Ah, no se los diré! ¡No quiero privar a los conocedores de que se digan a sí mismos qué es lo que tienen el privilegio de oír! Y de sopetón, volvió la Callas.

El padre adoptó una actitud de expectativa que lo hizo sentarse en la cama y entrelazar ansiosamente los dedos de las manos. Y durante un segundo su cabeza sería un torbellino de ideas. Se alegró de ser propietario de una TV estereofónica, lamentó haber enviado dos días atrás la videograbadora a que le hagan el mantenimiento de rutina y, ¡diablos, cómo no se le ocurrió antes!, se arrepintió de no haberle pasado la voz a su esposa, que si bien no era una vibrante aficionada como él, las veces que fueron juntos a la ópera había dado la impresión de sentirse bastante más que satisfecha.

"¡Tengo que avisarle!", pensó levantándose como impulsado por un resorte. "¡No quiero que mañana diga que soy un odioso egoísta y que nunca pienso en ella! ¡Una cosa como ésta merece que ceda en mi orgullo e intente una reconciliación!" Y salió corriendo de su dormitorio rumbo al otro dormitorio.

Sin encender la luz, avanzó a tientas en la penumbra y le tocó un hombro moviéndola con apremio:

—¡Lorena! —susurró—. ¡Lorena, despierta!

La madre abrió los ojos y se llevó una mano a la cabeza:

—¿Eh?

—¡Lorena, es algo importante!

—¿Qué pasa?

—María Callas está cantando en la tele —dijo el padre con atolondrada efusividad—, y es un documental sobre sus mejores momentos...

La madre alzó la cabeza como un gallo de pelea:

—¿María Callas? —indagó, dubitativa.

—Sí.

—¡Y me despiertas para decirme que María Callas está en la tele! —se encrespó.

—Pero Lorena...

—¿Eres imbécil o qué? —La madre hablaba ahora a grito pelado—. ¿No sabes lo que me cuesta conciliar el sueño?... —y se dio una ágil y violenta media vuelta en la cama, dándole la espalda—. ¡Lárgate de aquí!

—Lorena...

—¡Lárgate, idiota!

El padre en ningún momento estuvo a punto de perder los estribos. Se sintió más bien perplejo, libre de sentimientos que pudieran suponer rabia o reproche, o bien dominado por una extraña sensación de desconcierto, la cual dicho sea de paso se posesionó de él durante los segundos necesarios como para permitirle reconocer desde lejos la melodía de la TV y también la voz de sueño de su hija, que acababa de despertar a causa del breve altercado.

—Papi... —llamó Pilar, confundida.

—Ya voy, mi amor —repuso el padre, ensimismado. Y de inmediato, en tono quedo, exclamó:*¡La Gioconda!... Suicidia! In questi fieri momenti!* (Mencionar el pasaje de esa sublime obra de Ponchielli y salir pitando hacia su dormitorio resultó siendo entonces la misma cosa.)

Incorporada a medias, amodorrada, Pilar vio que su padre regresaba como una tromba a su dormitorio y se deslizaba en la cama, con la mirada fija en la TV. Lo veía y, a su vez, miraba lo que él veía. Su padre sonreía, observaba la TV, alzaba las cejas con gesto trágico, volvía a sonreír y por ratos temblaba como si tuviera el cuerpo estremecido por escalofríos.

Padre e hija, nuevamente, se echaron juntos y durante un buen rato no se dijeron nada. Ambos sabían, de manera tácita, que no había tiempo para dar o recibir explicaciones. Luego, por unos segundos, apareció yuxtapuesto a la imagen de la diva el subtítulo previsible: *Suicidia!... In questi fieri momenti. (Acto 4). La Gioconda (Ponchielli). RAI, Orquesta Sinfónica de Turín.* El padre asintió dos veces con la cabeza, complacido, y rompió el silencio para informarle a su hija, a toda prisa, que quien cantaba se llamaba María Callas y que se trataba de una de las voces más bellas del mundo. La niña no se inmutó, aunque, para sus adentros, concordó que la cantante tenía una voz muy bonita, y, sin dejar de mirar la TV, apoyó su cabeza, ya relajada, sobre el pecho paterno, oyendo, aparte de la voz purísima de la Callas, los latidos del corazón de su padre. Le encantaba oír cómo corría la vida a través de esos latidos.

Y sólo cuando se movió para reubicarse en la cama y volverse a dormir, reparó en la mirada vidriosa de su padre. Pensó que aquella mirada, o aquellos ojos acuosos, estaban cargados de lágrimas, y que éstas, como a veces le sucedía a ella, no se atrevían a rodar por sus mejillas.

AUTORES

BRUNO SORENO (Puerto Rico, 1972). Estudió literatura comparada en la Universidad de Puerto Rico, y ha publicado relatos en las revistas *Postdata* y *Nómada* de San Juan. Prepara su primer libro de relatos, *Breviario*.

ARMANDO LUIGI CASTAÑEDA (Valencia, Venezuela, 1970). Ha publicado el libro de relatos *Mujer desnuda mirando a un enano negro arrodillado* (1994). Los fragmentos incluidos son inéditos.

JOSÉ MARÍA BRINDISI (Argentina, 1969). Es autor de un libro de cuentos titulado *Permanece oro* (1993). Obtuvo el primer premio del Fondo Nacional de las Artes.

ADRIÁN CURIEL RIVERA (México, 1969). Su producción narrativa está representada por las obras *Por la mañana* y *Replicantes*. El cuento seleccionado aparece en *La X en la frente. Nueva narrativa mexicana* (1995), edición de José Homero.

ANDREA MATURANA (Chile, 1969). Es la autora del libro de relatos *(Des)encuentros (des)esperados*.

LEONARDO VALENCIA (Ecuador, 1969). Reside en Lima desde 1993. Ha publicado un libro de relatos: *La luna nómada* (1995). Termina su primera novela *Sólo queda el arlequín*.

IGNACIO PADILLA (México, 1968). Con su novela *La catedral de los abogados* (1995) obtuvo el premio Juan Rulfo para primera novela en 1994. También ha publicado un conjunto de relatos titulado *Subterráneos: cuentos de asfalto y la vereda* (1990) y el libro *Si volviesen sus majestades* (1996). Incluimos un texto suyo publicado en "La Jornada Semanal" (31 de diciembre de 1995).

IVÁN THAYS (Lima, 1968). Ha publicado el libro de relatos *Las fotografías de Frances Farmer* (1992) y la novela *Escena de caza* (1995).

JORGE VOLPI (México, 1968). Es autor del libro de cuentos *Pies en forma de sonata* y de las novelas *A pesar del oscuro silencio* (1992) y *La paz de los sepulcros*. El texto incluido proviene de "La Jornada Semanal".

PEDRO ÁNGEL PALOU (Puebla, México, 1966). Es autor de los libros de cuentos *Música de adiós* y *Amores enormes* y de las novelas *Como quien se desangra* (1991) y *Memoria de los días* (1995). También ha publicado el libro *En la alcoba de un mundo* (1992) donde realidad y fantasía se mezclan en una recreación de Xavier Villaurrutia. Incluimos un texto aparecido en "La Jornada Semanal".

DIEGO DENI (Puerto Rico, 1965). Uno de los escritores más prometedores de la nueva narrativa puertorriqueña. En "Aire", suplemento literario de *Claridad* (San Juan) ha dado a conocer poemas y relatos. El relato que incluimos es inédito.

PABLO SOLER FROST (México, 1965). Ha publicado el libro de prosas breves *De batallas* (1984) y el libro de cuentos *El sitio de Badgad y otras aventuras del doctor Greene*. (1994). También cuenta con dos novelas: *Legión* (1991) y *La mano derecha* (1993).

ADRIANA DÍAZ ENCISO (Guadalajara, México, 1964). Ha publicado los libros de poesía *Sombra abierta* (1987) y *Pronunciación del deseo (de cara al mar)* (1993). Su obra en prosa incluye la novela inédita *La sed* y el libro de cuentos *Cuentos de fantasmas y otras mentiras*. El relato incluido es inédito.

ALBERTO FUGUET (Santiago de Chile, 1964). Su obra narrativa incluye un volumen de cuentos *Sobredosis* (1990) y tres novelas: *Mala onda* (1991), *Tinta roja* (1993) y *Por favor, rebobinar* (1994). Además es coeditor de la antología *Cuentos con walkman* (1993) y *McOndo* (1996). El texto que incluimos proviene de *Sobredosis*.

MIGUEL GOMES (Venezuela, 1964). Es profesor de literatura hispanoamericana en la Universidad de Connecticut, Stors. Autor de los libros de relatos *Visión memorable* (1987) y *La cueva de Altamira* (1992). El cuento seleccionado es inédito.

RODRIGO FRESÁN (Buenos Aires, 1963). Ejerce el periodismo en los principales medios de su país. *Historia argentina* (1991) es su primer libro de ficción. *Vidas de santos* (1993), otra colección de cuentos, es la segunda entrega de una obra cuyo título global será *El ciclo lectivo*. La recopilación de sus artículos periodísticos conforma el libro *Trabajos manuales* (1994). También publicó una novela: *Esperanto* (1995). El relato que incluimos proviene de *Historia argentina*.

TITO MATAMALA (Chile, 1963). Ha publicado las novelas *Hoy recuerdo la tarde en que le vendí mi alma al diablo. (Era miércoles y llovía elefantes)* (1993) y *De cómo llegué a trabajar para Carlos Cardoen* (1996). El texto que incluimos proviene del primer libro.

ROCÍO SILVA SANTISTEBAN (Lima, Perú, 1963). Poeta y narradora. Ha publicado el libro de relatos *Me perturbas* (1994), de donde proviene el que hemos seleccionado aquí.

NAIEF YEHYA (México, 1963). Está dedicado al periodismo cultural y escribe sobre pornografía en el cine, también explora el ciberespacio. Ha publicado las siguientes novelas: *Obras sanitarias* (1992), *Camino a casa* (1994), *La verdad de la vida en Marte* (1995). También el libro de ensayos *Los sueños mecánicos de las ovejas electrónicas. El ciberpunk en el cine* (1994). Actualmente reside en Nueva York. El texto que incluimos viene de "La Jornada Semanal" (23 de marzo de 1997).

LUIS HUMBERTO CROSTHWAITE (Tijuana, México, 1962). Su obra narrativa reúne los siguientes títulos: *Marcela y el rey: al fin juntos* (1988), *El gran pretender* (1992) y *La luna siempre será un amor difícil* (1994). "La fila" apareció en "La Jornada Semanal" (6 de abril dde 1997).

GUILLERMO MARTÍNEZ (Argentina, 1962). Autor del libro de relatos *Infierno grande* (1989) y de la novela *Acerca de Roderer* (1992). Incluimos uno de los relatos del primer libro.

GUSTAVO NIELSEN (Argentina, 1962). Ha publicado el libro de relatos *Playa quemada* (1994).

ROBERTO PLIEGO (México, 1961). Autor de relatos aparecidos en revistas y antologías de nueva ficción mexicana así como de la crónica biográfica *La estrella de Jorge Campos* (1994) sobre el futbolista mexicano. Incluimos el cuento publicado en la antología de José Homero *La X en la frente* (1995).

DAVID TOSCANA (Monterrey, México, 1961). Es autor de las novelas *Las bicicletas* (1992) y *Estación Tula* (1995) y del libro de cuentos *Historias de Lontananza* (1996). El cuento que presentamos proviene de "La Jornada Semanal".

CRISTINA CIVALE (Buenos Aires, 1960). Periodista, directora de cortometrajes de ficción y documentales, y productora de televisión. Ha publicado el libro de ensayo *Hijos de mala madre* (1993) y el de relatos *Chica fácil* (1995).

ANA GARCÍA BERGUA (México, 1960). Autora de los libros de relatos *El umbral: travels and adventures* (1993) y *El imaginador* (1996). El relato que incluimos es inédito.

JUAN CALZADILLA ARREAZA (Caracas, 1959). Ha publicado el poemario *Réquiem a traición* (1980), y los libros de narrativa *Parálisis andante* (1988) y *Álbum de insomnio* (1990) y la novela breve *La hendija* (1995). También tiene un libro de ensayos titulado *El juego de los aparatos y otros ensayos* (1994). El texto seleccionado viene de *Parálisis andante*.

VIVIANA MELLET (Lima, 1959). Con su libro de relatos *La mujer alada* (1993) ganó el segundo premio en el concurso "Narrativa peruana contemporánea".

ROLANDO SÁNCHEZ MEJÍAS (Holguín, Cuba, 1959). Poeta y narrador. *Escrituras* reúne una serie de relatos. Ha recibido el premio de la crítica.

ENRIQUE SERNA (México, 1959). Ha publicado las novelas *Señorita México* (1987), *Uno soñaba que era rey* (1989), *El miedo a los animales* (1995); un libro de relatos *Amores de segunda mano* (1991), la biografía *Jorge el bueno: la vida de Jorge Negrete* (1994) y *Las caricaturas me hacen llorar* (1996). Presentamos un texto extraído de *Amores de segunda mano*.

MARCELO CARUSO (Buenos Aires, 1958). Ha publicado el libro de cuentos *Un pez en la inmensa noche* (1989) y la novela *Brüll* (1996). El cuento seleccionado proviene de la antología editada por Liliana Heker, *Después* (1996).

HOMERO CARVALHO OLIVA (Bolivia, 1957). Es autor de los libros de cuentos *Biografía de un otoño y otros cuentos* (1983), *Los cuentos del gallo Niguento* (1986), *Seres de palabras* (1991), *Historias de ángeles y arcángeles* (1995) y del relato infantil *El rey ilusión* (1984).

HORACIO CASTELLANOS MOYA (Tegucigalpa, Honduras, 1957). Poeta y prosista, ha publicado *Poemas* (1978) y los libros de relatos *¿Qué signo es usted, niña Berta?* (1981), *Perfil de prófugo* (1987), *El gran masturbador* (1993) y *Con la congoja de la pasada tormenta* (1995). También tiene una novela, *La diáspora* (1988), un libro de ensayos, *Recuento de incertidumbres: cultura y transición en El Salvador* (1993) y un *Breve panorama de la literatura salvadoreña* (1980).

DAÍNA CHAVIANO (Cuba, 1957). Autora de los libros de relatos *El abrevadero de los dinosaurios* (1990), *Historias de hadas para adultos* (1986) y la novela *Fábulas de una abuela extraterrestre* (1988). El relato que publicamos es inédito.

ANTONIO LÓPEZ ORTEGA (Venezuela, 1957). Su obra narrativa cuenta con los siguientes títulos: *Larvarios* (1978), *Amar los cuerpos* (1982), *Cartas de relación* (1982), *Calendarios* (1990) y *Naturalezas menores* (1991). Asimismo es autor del volumen de ensayos *El camino de la alteridad* (1995). Ofrecemos uno de los textos de *Lunario* de próxima aparición.

STEFANIA MOSCA (Caracas, 1957). Ha publicado los libros de cuentos *Seres cotidianos* (1990) y *Banales* (1994); y las novelas *La última cena* (1991) y *Mi pequeño mundo* (1996).

WILFREDO MACHADO (Barquisimeto, Venezuela, 1956). Es autor de los libros de relatos *Contracuerpo* (1988), *Fábula y muerte de El Ángel* (1991) y *Libros de animales* (1994).

JAIME MORENO VILLARREAL (México, 1956). Ha publicado, además de poemas en revistas literarias mexicanas, el ensayo sobre poesía *La línea y el círculo* (1981). Sus libros *Linealogía* (1988), *La estrella imbécil* (1986) y *Música para diseñar* (1991) son una mezcla de poesía, narraciones cortas, aforismos y reflexiones. Colaboró con Fabio Morábito y Adolfo Castañón en *Macrocefalia* (1988). El texto que ofrecemos proviene de *Música para diseñar*.

JUAN VILLORO (México, 1956). Entre sus libros de relatos se encuentran *La noche navegable* (1980), *Albercas* (1985), *Tiempo transcurrido (Crónicas imaginarias)* (1986) y *La alcoba dormida* (1992). También ha publicado la novela *El disparo de Argón* (1991), un guión cinematográfico titulado *El mapa movedizo* (1995) y los libros de crónicas *Palmeras de la brisa rápida: un viaje a Yucatán* (1989) y *Los once de la tribu* (1995); su última novela es *Materia dispuesta* (1997).

EDGARDO GONZÁLEZ AMER (Buenos Aires, 1955). Su obra narrativa la constituyen *El probador de muñecas* (1989), *Todos estábamos un poco cuerdos* (1994) y *Danza de los torturados* (1996).

FABIO MORÁBITO (Alejandría, Italia, 1955). Reconocido poeta mexicano, ha publicado *Caja de herramientas* (1989) y *Lotes baldíos* (1984). En colaboración con Adolfo Castañón y Jaime Moreno Villarreal escribió *Macrocefalia* (1988). *La lenta furia* (1989), reúne sus relatos.

GUILLERMO NIÑO DE GUZMÁN (Lima, 1955). Es autor del libro de relatos *Caballos de medianoche* (1984) y de uno de ensayos *La búsqueda del placer: notas sobre literatura* (1996).

CRISTINA POLICASTRO (Caracas, 1955). Autora de los libros *La casa de las virtudes* (1992) y *Ojos de madera* (1994). Incluimos un relato inédito.

ALONSO CUETO (Lima, 1954). Es periodista y profesor universitario. Estudió el doctorado de literatura latinoamericana en la Universidad de Texas, Austin. Entre sus obras destacan los libros de cuentos *La batalla del pasado* (1983), *Los vestidos de una dama* (1987) y *Amores de invierno*. También cuenta con varias novelas: *El tigre blanco* (1985), *Deseo de noche* (1993) y *El vuelo de la ceniza* (1995). Incluimos un relato de su último libro *Cinco para las nueve* (1996).

FRANCISCO HINOJOSA (México, 1954). Ha publicado *Informe negro* (1987) y *La fórmula del doctor Funes* (1995). También los cuentos para niños como *A golpe de calcetín* (1982) y su poesía está compilada en el tomo *Robinson perseguido y otros poemas* (1988). El relato que incluimos proviene de *Informe negro*.

MILTON ORDÓÑEZ (Caracas, 1954). Ha publicado los libros de relatos *Todo lugar* (1991) y *Absoluto* (1995).

CARLOS CHERNOV (Buenos Aires, 1953). Psiquiatra. Ha publicado la novela *Anatomía humana* (1993) y el libro de relatos *Amores brutales* (1993).

ANDRÉS HOYOS (Bogotá, 1953). Su obra narrativa cuenta con las novelas *Por el sendero de los ángeles caídos* (1989), *Conviene a los felices permanecer en casa* (1992) y el libro de cuentos *Los viudos (y otros cuentos)* (1994).

DANIEL SADA (Mexicali, México, 1953). Su obra narrativa la constituyen los títulos: *Lampa vida* (1980), *Juguete de nadie y otras historias* (1983), *Albedrío* (1989), *Registro de causante* (1992), *Antología presentada* (1993) y *Una de dos* (1994). El relato que ofrecemos proviene de "La Jornada Semanal" (27 de octubre de 1996).

ANA LUISA VALDÉS (Montevideo, 1953). Exiliada en Suecia desde 1978. Sus poemas y cuentos han sido publicados en revistas y diarios en España, Uruguay y Suecia. Cuenta con los libros de relatos *La guerra de los albatros* (1983), *El intruso* (1990), *El navegante* (1993). Además, es coeditora de *Fuera de fronteras: escritores uruguayos en el exilio* (1983).

ÓSCAR DE LA BORBOLLA (México, 1952). Es autor de las novelas *Nada es para tanto* (1991) y *Todo está permitido* (1994); los volúmenes de relatos *Ucronías* (1990), *Las vocales malditas* (1991), *Asalto al infierno* (1993), *El amor es de clase* (1994) y *La ciencia imaginaria* (1996). También ha escrito ensayos: *La muerte y otros ensayos*, *Filosofía para inconformes* (1996) y *La historia de hoy a la... mexicana* (1996).

JORGE CALVO (Santiago de Chile, 1952). Su obra narrativa incluye *No queda tiempo* (1985) y *La partida* (1991).

ADOLFO CASTAÑÓN (México, 1952). Crítico, editor y cuentista. Entre sus libros de ensayo vale la pena mencionar *Cheque y carnaval* (1982) y *Alfonso Reyes, caballero de la voz errante* (1988), *El reyezuelo* (1984) y *El mito del editor y otros ensayos sobre libros y libreros* (1993), *Retratos de mexicanos* (1993), *La gruta tiene dos entradas* (1994) y cuenta con el libro de relatos *El pabellón de la límpida soledad* (1988). Es también poeta y traductor.

GILDA HOLST (Guayaquil, Ecuador, 1952). Sus cuentos han aparecido en diversas revistas y antologías. Ha publicado los libros *Más sin nombre que nunca* (1989) y *Turba de signos* (1995).

LILIANA MIRAGLIA (Guayaquil, Ecuador, 1952). Fotógrafa profesional. Ha publicado en diferentes revistas literarias y tiene en su haber el libro de cuentos *La vida que parece* (1989) y *Un closeUp prolongado* (1996).

GUADALUPE SANTA CRUZ (chilena nacida en Orange, Estados Unidos, 1952). En 1974 es expulsada de Chile y vive exiliada en Bélgica hasta 1985. Desde su regreso anima talleres sobre territorialidad. Ha publicado el libro de cuentos *Salir* (1989) y la novela *Sitio*.

MANUEL VARGAS (Santa Cruz, Bolivia, 1952). Ha publicado los libros de relatos *Cuentos de Achachila* (1975), *El sueño del picaflor* (1980), *La mujer del duende* (1983), *Cuentos tristes* (1987), *Estampas* (1988) y las novelas *Rastrojos* (1985) y *Callejones: la novela de Fermín* (1900). También ha escrito el ensayo *La literatura y el escritor en Bolivia* (1978) y es compilador de la *Antología del cuento boliviano moderno* (1995).

EDGARDO SANABRIA SANTALIZ (Puerto Rico, 1951). Ha publicado los libros de cuentos *Delfia cada tarde* (1978), *El día que el hombre pisó la luna* (1984) y *Cierta inevitable muerte* (1988).

ANA MARÍA SHUA (Buenos Aires, 1951). Su amplia obra narrativa incluye los libros de relatos *Los días de pesca* (1981), *Viajando se conoce gente* (1988), *La sueñera* (1992) y *El marido argentino promedio* (1991); las novelas *Soy paciente* (1980), *Los amores de Laurita* (1984), *El libro de recuerdos* (1994). También ha publicado varios libros infantiles entre los que se encuentran *La batalla entre los elefantes y los cocodrilos, Expedición al Amazonas* y *La fábrica del terror*. Asimismo, participó como compiladora en la antología *Cuentos judíos con fantasmas y demonios* (1994). El texto que incluimos proviene de *El marido argentino promedio*.

GABRIEL JIMÉNEZ EMÁN (Caracas, 1950). Ha publicado los tomos de cuentos *Los dientes de Raquel* (1973), *Saltos sobre la soga* (1975), *Narración del doble* (1978), *Los 1001 cuentos de una línea* (1981), *El silencioso* (1985), *Relatos de otro mundo* (1987), *Una fiesta memorable y otros relatos* (1991), *Tramas imaginarias* (1992) y una selección de su obra más representativa titulada *Los dientes de Raquel y otros textos breves* (1993). Ha compilado la antología *Ficción mínima: muestra del cuento breve en América* (1996).

FRANCISCO LÓPEZ SACHA (Cuba, 1950). Ha publicado la novela *El cumpleaños de fuego* (1986), el libro de relatos *La división de las aguas* (1987) y es coeditor de *Fábula de ángeles: antología de la nueva cuentística cubana* (1994). El cuento que incluimos obtuvo el premio de cuento "La Gaceta de Cuba" (1993).

FEDERICO VEGAS (Caracas, 1950). Arquitecto y coautor de los libros *El continente de papel: Venezuela en el archivo de Indias* (1984), *Pueblos: Venezuela, 1979-1984* (1984), *Venezuela vernácula* (1985) y de *La Vega, una casa colonial* (1988). Su primer libro de relatos es *El borrador* (1994). Publicamos aquí uno de sus cuentos inéditos.

FERNANDO AMPUERO (Lima, Perú, 1949). Es autor de la novela *Paren el mundo que acá me bajo* (1972). *Deliremos juntos* (1975), *Malos modales* (1994) y *Bicho raro* (1996) son sus libros de cuentos. También es autor de las novelas *Miraflores Melody* (1979), *Caramelo verde* (1992). El texto que seleccionamos proviene de *Bicho raro*.

tipografía: joaquín de la riva
impreso en mar-co impresores
prol. atrio de san francisco núm. 67
04320 méxico, d.f.
dos mil ejemplares y sobrantes
22 de septiembre de 1997